WUNDERRAUM

Lesen ist ankommen.

Buch

Südafrika 1993: Die siebzehnjährige Zodwa lebt mit ihrer kranken Mutter Leleti in einer Armensiedlung vor den Toren Johannesburgs. Als Zodwa ungewollt schwanger wird, bricht für sie eine Welt zusammen: Sie kann die Schule nicht beenden – ihre einzige Chance auf eine bessere Zukunft in einem Land, das von Bürgerkriegsgefahr und den verheerenden Auswirkungen der Aids-Epidemie gezeichnet ist. Mit letzter Kraft versucht Leleti ihrer Tochter zu helfen und trifft an dem Tag, an dem Zodwa einen Sohn zur Welt bringt, eine folgenschwere Entscheidung.
Am selben Tag wird auf einer Farm bei Magaliesburg ein schwarzes Neugeborenes gefunden. Die beiden Schwestern Delila und Ruth nehmen den kleinen Jungen vorübergehend bei sich auf. Ruth, eine selbstverliebte Tänzerin, die mit ihrem Leben hadert und Zuflucht auf der Farm ihrer europäischen Vorfahren gesucht hat, entwickelt eine große Zuneigung zu dem Kind, konnte sie doch selbst nie Kinder bekommen. Delila jedoch, die lange in einem Waisenheim in Zaire gearbeitet hat, kann den Anblick des Babys kaum ertragen, da es sie an eine schreckliche Schuld erinnert. Mit der Ankunft des Babys brechen neue Zeiten an. Die beiden ungleichen Schwestern erleben, wie über Generationen verfestigte Ansichten über Rasse und Herkunft ins Wanken geraten und Vergebung möglich wird.
Auch das Land selbst gerät in Bewegung: In Johannesburg hält am 10. Mai 1994 zum ersten Mal ein schwarzer Präsident seine Antrittsrede: Es ist Nelson Mandela. Mit ihm verbinden sich die Hoffnungen von Millionen Schwarzen auf eine gerechtere Zukunft. Von dieser Hoffnung getrieben macht sich auch Zodwa endlich auf, ihren Sohn zu finden.

Bianca Marais

Wie man Gott zum Lachen bringt

Roman

Übersetzt von Heike Reissig
und Stefanie Schäfer

WUNDERRAUM

Für Poodle

(Tut mir leid, was ich mit Sodom und Gomorrha gemacht habe. Man kann nicht alles haben, aber dir bleiben ja noch »Orc« und »Faloolah«)

KAPITEL EINS

Zodwa

21. November 1993
Sterkfontein, Transvaal, Südafrika

Eine dünne Rauchsäule schlängelt sich hinauf in den wolkenlosen Himmel und dient Zodwa als Orientierungspunkt. Sie strebt darauf zu, bis der sandige Weg plötzlich steil abfällt und eine Hütte sichtbar wird, die sich in das Grasland unterhalb von ihr duckt. Eine Frau sitzt wartend auf der Schwelle, nach vorn gekrümmt wie ein Fragezeichen, und ihr Kopfschmuck aus weißen Perlen verdeckt teilweise ihr Gesicht. Ein Leopardenfell umhüllt ihre Schultern, und der Anblick beruhigt Zodwa; der golden und schwarz gesprenkelte Pelz-*ibhayi* bedeutet, dass die *nyanga* eine mächtige Heilerin ist.

Die Frau kaut Tabak, den sie ausspuckt, als Zodwa sie erreicht. »Warum hast du so lange gebraucht?«, murrt sie und richtet sich mit ihren arthritischen Knien mühsam auf.

»Woher wusstest du, dass ich komme?« Zodwa hat bis heute früh selbst nicht gewusst, dass sie diese Reise unternehmen würde.

»Die Ahnen haben es mir gesagt.« Die *nyanga* streckt die Hand aus.

Zodwa greift in ihren BH und holt ein paar zerknitterte Geldscheine heraus. Mehr hat sie nicht. »Was kostet es?«

Die knorrige Hand der *nyanga* schnellt hervor und schnappt sich alles, bevor Zodwa protestieren kann. Die Frau verschwindet im Halbdunkel und winkt Zodwa, ihr zu folgen. Innen sieht die Hütte ganz normal aus: runde Außenwände, Strohdach und Fußboden aus festgestampftem Dung, aber Zodwa weiß, dass sie von den Geistern verstorbener Clanmitglieder erfüllt ist; die *ndumba* ist ein heiliger Ort.

Die Heilerin bedeutet Zodwa, sich auf den Boden zu setzen. »Wie alt bist du, Kind?«

»Ich bin siebzehn«, antwortet Zodwa. »Beinahe achtzehn.« Sie weiß, dass sie jünger aussieht, und führt es auf ihre rundliche Wangenpartie zurück, die ihrem Gesicht einen kindlichen Ausdruck verleiht.

Die Heilerin mustert Zodwa von Kopf bis Fuß, und die junge Frau errötet, weil sie weiß, dass der alten Frau nicht gefällt, was sie sieht. Der Saum ihres schwarzen Faltenrocks reicht Zodwa zwar bis über die Knie, ist aber dennoch zu kurz, um den Traditionen gemäß als sittsam zu gelten. Die weiße Bluse ist einen Tick zu eng, aber nur weil Zodwa aus ihr herausgewachsen ist, nicht weil es ihr gefällt.

Die *nyanga* hält eine Kalebasse hoch. »*Undlela zimhlophe*«, erklärt sie, bevor sie den Inhalt leert. Sie humpelt zu einer Matte und kniet sich hin.

Die Mittagszeit ist schon vorbei, und die wirkmächtige Wurzel muss auf leeren Magen eingenommen werden, um die hellseherischen, prophetischen Träume auszulösen, die der *nyanga* helfen, die Stimmen der Ahnen zu hören. Die alte Frau muss hungrig sein. Auch Zodwa hat Hunger, aber nicht weil sie gefastet hat. Ihr Hunger ist kein vorübergehender, der rasch gestillt werden kann; es ist ein nagender, der sich in einem Magen einnistet, der zu lange leer gewesen ist. Es ist ein aus Armut geborener Hunger.

Die *nyanga* fängt an zu stöhnen und sich vor und zurück zu wiegen. Der Geruch von brennendem *impepho* liegt in der Luft, und der Salbei füllt Zodwas Lunge mit jedem Atemzug, vernebelt ihre Sinne mit seinem hypnotischen Duft. Die halbdunkle, warme Hütte erinnert sie an zu Hause. Jedenfalls das Zuhause, das sie mit ihrer Großmutter in KwaZulu geteilt hat, bevor sie vor ein paar Monaten zu ihrer Mutter in das Squatter Camp gezogen ist.

Ihre Großmutter hat sich zunächst gesträubt, Zodwa an Leleti abzugeben, und wenn man bedenkt, was schon alles passiert ist, kann Zodwa ihr das nicht verübeln. Ihre *gogo* hat ihren einzigen Sohn, Zodwas Vater bei einem Minenunglück in der Goldstadt verloren, und Zodwas Bruder Dumisa ist mit achtzehn Jahren spurlos verschwunden, knapp ein Jahr nachdem er nach Johannesburg gegangen war. Zodwa war damals sieben.

»Du musst sehr vorsichtig sein, mein Kind«, hat Zodwas *gogo* sie gewarnt, bevor sie das Dorf verließ, um in die Township zu gehen. »In der Stadt passieren schlimme Dinge. Ihre Götter sind hungrig und verlangen Opfer. Lass nicht zu, dass du eines von ihnen wirst. Du musst fleißig lernen, *mzukulu wami*«, fügte ihre Großmutter hinzu. »Du musst tapfer sein, aber versuch nicht, auf dieselbe Art deinen Mut zu beweisen wie dein Bruder. Wenn dein Licht zu hell scheint, wird immer jemand versuchen, es auszulöschen. Und gib den Versuchungen nicht nach. Die Stadt lässt Mädchen ihre Tugend und Bescheidenheit vergessen. Sie macht, dass sie sich schamlos benehmen. Vergiss nicht, mein Kind, dass ein guter Brautpreis auf Respekt beruht.«

Zodwa hat versucht, dem Rat ihrer *gogo* zu folgen, das hat sie wirklich, aber die Township weckte etwas in ihrem

Inneren. Es war, als hätte die Elektrizität der Stadt ihren Körper kurzgeschlossen, und egal wie sehr sie versuchte, ihre Gedanken rein zu halten, sie sträubten sich.

Es wird keinen guten Brautpreis für sie geben. Es wird gar keinen Brautpreis geben, da ihr niemand einen Heiratsantrag gemacht hat.

Als sich die *nyanga* von ihrem Platz auf dem Boden erhebt, wird Zodwa aus ihren Gedanken gerissen. Die alte Frau krümmt sich unter Schmerzen, als sie sich mit steifen Knien aufrichtet und zu Zodwa hinüberschlurft.

»Die *amadlozi* sind böse auf dich«, krächzt sie mit heiserer Stimme.

Davor hat sich Zodwa am meisten gefürchtet. Niemand möchte den Zorn der Ahnen auf sich ziehen. »Wegen des Babys?«

Die alte Frau wirft Zodwa einen verschlagenen Blick zu. »Nein, die Ahnen meinen nicht das Baby.«

Zodwa lässt den Kopf hängen, und die altbekannte Scham schlängelt sich wieder ihre Wirbelsäule hinauf.

»Was hast du geträumt, als du zum letzten Mal geschlafen hast?«, fragt die Heilerin.

Die Antwort fällt Zodwa nicht schwer, da der Albtraum sie den ganzen Tag verfolgt hat. »Ich habe geträumt, dass ich verfolgt werde.«

»Von wem oder was?«

Zodwa erschauert innerlich. »Von zwei weißen Eulen. Ihre Schwingen erstreckten sich über den ganzen Himmel und verdunkelten die Sonne.«

Die Furchen auf der Stirn der Heilerin vertiefen sich. »Und was ist dann passiert?«

»Ich dachte, sie würden mich töten, aber sie waren nicht hinter mir her.«

»Hinter wem denn?«

»Dem Baby. Sie haben es mir entrissen und sind weggeflogen.«

Die *nyanga* nickt und seufzt. »Es ist so, wie die Ahnen gesagt haben. Du führst einen Krieg gegen dich selbst, indem du dem falschen Weg folgst. Du hast es nur dir selbst zuzuschreiben, dass du jetzt dieses Kind erwartest, das dir noch größeres Leid bringen wird.«

»Was soll ich machen?«

»Wegen des Babys … Das kannst nur du entscheiden.« Die *nyanga* zuckt mit den Achseln. »Ich kann dir Kräuter geben, um es loszuwerden. Was die andere Sache angeht … Die Ahnen sagen, dass du dem Weg folgen musst, der dir vorherbestimmt ist. Nur dann wirst du Ruhe finden.«

Daran kann Zodwa im Augenblick nicht denken. Frieden und Ruhe würde ihr nur der Abbruch der Schwangerschaft bringen, die das dringendere ihrer Probleme ist. »Ich nehme die Kräuter.«

»Es könnte schon zu spät sein.« Das Gesicht der *nyanga* ist undurchdringlich, als sie sich umdreht und zu dem Tisch humpelt, auf dem Dutzende von Tiegeln und Körben stehen.

Zielsicher bewegt sie sich zwischen ihnen hin und her, wählt Zweige aus dem einen und Wurzeln aus einem anderen Gefäß, während sie ihren Trank vorbereitet. Sie füllt Wasser in einen Dreibeinkessel und gibt die Zutaten hinein, bevor sie den Topf über die Feuerstelle in der Mitte des Raums stellt. Unter Rühren bringt sie die Mixtur zum Kochen und seiht sie anschließend durch ein Tuch ab.

»Trink«, sagt sie und reicht Zodwa eine Kalebasse mit bitter riechendem Gebräu.

Zodwa wird neuerdings von vielem übel, aber dieser Trank ist besonders widerlich. Sie zwingt sich, ihn zu trinken, würgt zwischendurch ein paarmal und erbricht ihn beinahe wieder.

Als sie den letzten Tropfen geschluckt und sich den Mund abgewischt hat, nimmt ihr die *nyanga* die Kalebasse wieder ab. »Jetzt warten wir.«

KAPITEL ZWEI

Delilah

22. April 1994
Goma, Zaire

Der Brief, der alles veränderte, traf ein, als Xavier und ich gerade versuchten, den Generator zu neuem Leben zu erwecken, nachdem der Strom wieder einmal ausgefallen war. Da das Waisenhaus über zweihundert Kinder beherbergte, war der Mangel an Strom für Licht und Heizung schon schlimm genug, aber kein Wasser aus dem Bohrloch pumpen zu können bedeutete eine potenzielle Katastrophe.

Dabei waren die Nerven aller bereits so gespannt wie Drahtseile, nachdem das Flugzeug mit den Präsidenten von Ruanda und Burundi vor zwei Wochen abgeschossen worden war. Tausende Ruander rannten um ihr Leben, und die Tutsis strömten über die Grenze nach Zaire. Wir alle waren in voller Alarmbereitschaft und mussten jederzeit darauf vorbereitet sein zu flüchten, falls das ruandische Militär Stoßtrupps über die Grenze schickte. Es schien immer wahrscheinlicher, dass dies geschehen würde.

Natürlich war der Generator nutzlos ohne Brennstoff, von dem jedoch jeder Tropfen in die Tanks der Landrover gewandert war, falls wir das Waisenhaus evakuieren mussten. Ich musste etwas davon für die Maschine absaugen, aber das widerspenstige Biest weigerte sich immer noch, das Opfer anzunehmen und anzuspringen.

Ich blickte zum Horizont, zur Sonne, die bald untergehen würde. Xavier konnte im Dunkeln nicht arbeiten, deswegen blieb uns nicht mehr viel Zeit. Ich wollte schon durch eine Socke Reste von Sonnenblumenöl filtern, das als Schmierstoff dienen konnte, falls Xavier es brauchte, als jemand meinen Namen rief.

Ich drehte mich um und sah, wie Doctor breit grinsend auf mich zugerannt kam, wobei er mit einer Hand irgendetwas schwenkte. Alle traten zurück, als er über den Spielplatz lief. Er war wie Moses, der das Rote Meer teilte. »Granny! Granny!«, rief er.

So nannten die Kinder alle über vierzig, und da ich schon auf die sechzig zuging, war es mehr als passend. Als ich noch sehr viel jünger als Sozialarbeiterin jenseits der südafrikanischen Grenze anfing, wurde ich »Mother« genannt. Das hatte sich angefühlt wie ein Schlag ins Gesicht, als verhöhnte man mich für meine Kinderlosigkeit, was natürlich nicht der Fall war. Viele Länder und Missionen später, nachdem ich mich um Tausende von Kindern gekümmert hatte, hatte ich mich endlich daran gewöhnt. Als Doctor auf mich zugerannt kam, hätte ich ihn für seine Unvorsichtigkeit in der Nähe der Maschine schelten sollen, aber ich tat es nicht. Seine Lebensfreude war so unverfälscht, dass ich mich eines Tages dabei ertappt hatte, wie ich ihn bevorzugte und sogar von den Regeln entband, die für alle anderen galten. Meine besondere Zuneigung für den Jungen basierte nicht nur auf seiner positiven Lebenseinstellung; ich hatte ihn fünf Jahre zuvor auf die Welt geholt.

Obwohl ich Geburtshilfe nicht gelernt hatte, war ich eingesprungen, als sämtliche Hebammen sich geweigert hatten, seiner HIV-positiven Mutter zu helfen, damals, als HIV noch so selten war, dass es eher als schwarze Magie denn als eine Krankheit betrachtet wurde. Die Wehen hatten ein paar Wochen zu früh eingesetzt, nachdem man die Frau mit Gewalt aus dem Dorf gejagt und beinahe zu Tode gesteinigt hätte. Ich war entschlossen, nicht zuzulassen, dass sie eine weitere Prüfung allein durchstehen musste.

Über Satellitentelefon von einem Geburtshelfer der Ärzte ohne Grenzen gecoacht bastelte ich mir einen improvisierten Schutzanzug, bevor ich half, Doctor auf die Welt zu bringen. Wir hatten Glück: Trotz der gesundheitlichen Probleme seiner Mutter war es eine Bilderbuchgeburt.

Sie drückte ihn anschließend eine Stunde lang an ihre Brust, zu schwach, um sich aufzusetzen, aber zu widerspenstig, um ihn sich von mir abnehmen zu lassen. Sie hielt ihn im Arm, und ich hielt sie. Meine von einem Handschuh geschützte Hand lag über ihrer nackten, die auf seinem mageren Popo ruhte.

»Der hier wird mal ein großer Mann«, sagte sie und lächelte schwach. »Ich nenne ihn Doctor.« Einen ehrenvolleren Namen hätte sie ihm in ihrer Vorstellung nicht geben können. Es deprimierte mich, dass die medizinische Zunft nichts für sie hatte tun können.

Ich habe mich seitdem oft gefragt, ob ein Kind im Bauch durch die starke Liebe einer Mutter vor den Schrecken der Welt gewappnet werden konnte und ob diese Liebe einem Kind Freude einzuflößen vermochte, selbst wenn es ihre Gegenwart nicht mehr konnte. Gott weiß, wenn es je eine Frau gegeben hatte, die leben wollte, um ihr Kind großzuziehen, dann diese. Sie kämpfte wie eine Ausgeburt der Hölle, damit er auf die Welt kommen konnte. Sie sagte mir, sie habe es deswegen getan, weil er das Einzige in ihrem Leben war, was einzig und allein ihr gehörte.

»Ich habe einen Brief für dich, Granny«, sagte Doctor jetzt und lächelte stolz, als er mir den Umschlag reichte.

Der Junge war erschreckend dünn und ganz außer Atem von dem kurzen Sprint. Sein Atem klang besorgniserregend, als wäre die Luft etwas Festes, das zerhackt werden musste. Dennoch hatte Doctor jetzt schon drei Jahre länger überlebt, als irgendeiner von uns erwartet hätte, und er akzeptierte stoisch seinen Zustand.

»Danke, dass du ihn mir gebracht hast, Doctor. Das hast du gut gemacht«, sagte ich feierlich, streckte die Hand nach ihm aus und drückte seine Schulter. Er strahlte bei der Berührung. »Könntest du ihn in meine Tasche stecken?«, bat ich, zeigte ihm meine schmutzigen Hände und drehte mich um, so dass er den Umschlag hinten in meine Gesäßtasche stecken konnte.

Es war nach Mitternacht, als Xavier und ich uns endlich trennten, erschöpft, aber erfolgreich. Der Generator lief wieder. Die Katastrophe war für einen weiteren Tag abgewendet worden. Ich suchte Zuflucht in meinem Zimmer, schleppte mich zum schmalen Bett und hob das Moskitonetz an, um mich auf das Baumwolllaken zu setzen, für das ich ein Vermögen bezahlt hatte.

Von meinem Platz aus blickte ich auf meinen improvisierten Kleiderschrank, der aus einer Stange bestand, die zwischen zwei Pfeilern aus aufeinandergestapelten Holzklötzen balancierte. Die wenigen Kleidungsstücke, die ich besaß, waren dort aufgehängt, während mein leerer Rucksack aufrecht in einer Ecke des Raums stand. Amelia, die UN-Hilfskoordinatorin, hätte einen Anfall bekommen, wenn sie das gesehen hätte, da wir strikte Anweisungen hatten, uns jederzeit für die Evakuierung bereitzuhalten.

Doch wohin floh man, wenn man sich bereits im Fegefeuer befand und auf allen Seiten von der Hölle umzingelt war? Und wie konnte Flucht eine Option sein, wenn sie bedeutete, sich selbst zu retten, dabei aber Hunderte wehrloser Kinder im Stich zu lassen?

Ich zündete die Kerze auf meinem Nachttisch an und verdrängte die Gedanken an die Bedrohung jenseits der Grenze, genauso wie das Licht die Dunkelheit zurückdrängte. Dann bückte ich mich, um die Schnürsenkel meiner Boots zu lösen. Normalerweise trugen wir Flipflops wegen der Hitze, aber sie waren diese Woche verbannt worden, weil es unmöglich war, in ihnen zu rennen. In den Boots bekamen wir zwar Schweißfüße, aber man stolperte nicht darin oder verknackste sich den Knöchel, wenn man sich schnell in Sicherheit bringen musste.

Als ich die Schuhe abgestreift hatte, zog ich den zerknitterten Umschlag aus meiner Hosentasche. Ich hielt die Kerze an die Briefmarke und achtete darauf, die Flamme nicht am Papier lecken zu lassen. Der Brief war in Johannesburg aufgegeben worden, aber das Datum war zu verschmiert, um es lesen zu können. Es stand kein Absender darauf, aber ich erkannte die Handschrift wieder, obwohl ich sie seit vielen Jahren nicht gesehen hatte.

Mein Puls beschleunigte sich, als ich den Kerzenhalter abstellte und mit den Fingern unter die Umschlagklappe fuhr.

Ich zwängte sie hinein, bis das Siegel brach, und fand ein einzelnes Blatt Luftpostpapier darin. Als ich es auseinanderfaltete, flatterte ein Polaroidfoto zu Boden. Ich bückte mich, hob es auf, und als ich es umdrehte, setzte mein Herz beim Anblick des Gesichts darauf aus. Ich legte das Foto beiseite und hielt den Brief ans Licht.

Meine liebe Delilah,
ich bete, dass dieser Brief sicher in deine Hände gelangt. Bitte vergib mir, dass ich schlechte Nachrichten überbringen muss, und dann auch noch auf so unpersönliche Weise.

Das Blatt zitterte in meinen Fingern, während unverständliche Wörter über seine Oberfläche wanderten: *Pater Daniel … Pfarrhaus … Raubüberfall … Johannesburger Allgemeinkrankenhaus … Koma … ringt um sein Leben …* Ich musste ihn drei Mal lesen, bevor ich die ganze Tragweite der Nachricht erfasste. Die Vergangenheit lockte, und ich hatte keine andere Wahl, als ihrem Sirenenruf zu folgen.

Ich würde so bald wie möglich abreisen.

KAPITEL DREI

Ruth

22. April 1994
Clifton, Kapstadt, Südafrika

Ich muss meinen Unterarm benutzen, um den beschlagenen Badezimmerspiegel freizuwischen, weil ich beide Hände voll habe: In einer halte ich ein Weinglas und in der anderen das Rasiermesser. Die Tabletten habe ich schon genommen, so muss ich nicht auch noch das Tablettenröhrchen halten. Wenigstens eine kleine Annehmlichkeit.

»So viel zum Reisen mit leichtem Gepäck, wenn's ans Sterben geht«, murmele ich mit der Zigarette zwischen meinen Lippen und kichere, als ich mein verschwommenes Spiegelbild sehe. Die Zigarette steckt verkehrt herum in meinem Mund, und der Filter qualmt. Als mein Blick jedoch vom Mund aus weiter nach oben wandert, vergeht mir das Grinsen. Mein Mascara ist völlig verschmiert und hat sich in den Krähenfüßen rings um meine Augen abgelagert. Ich sehe aus wie ein Waschbär im Fummel.

Ich seufze, stelle das Glas ab und lege das Rasiermesser hin. Altwerden ist scheiße. In den Spiegel zu gucken und ein zerfließendes Wasserspeiergesicht zu sehen, das in nichts mehr dem eigenen gleicht, ist auch scheiße. Im Grunde ist das ganze Leben total scheiße.

Ich rupfe die nutzlose Zigarette aus dem Mund und spucke Tabakkrümel aus. Dann stecke ich die Zigarette richtig rum wieder rein, drehe den Wasserhahn der Badewanne zu und gehe zurück in die Küche, um ein Feuerzeug zu holen und mein Glas aufzufüllen. Ich stelle es auf die Marmoranrichte neben zwei fast leere Weinflaschen und das Telefon, das ich von der Station genommen habe. Ich ermahne mich, auf die Uhr zu sehen, um zu überprüfen, wie viel Zeit vergangen ist, seitdem ich angerufen habe. Mir bleiben noch ungefähr fünfzehn Minuten, aber die Tabletten benebeln mich, so dass ich nicht ganz sicher sein kann.

Ich zünde die Zigarette an und inhaliere tief. Mein Blick wird von dem vergrößerten und eingerahmten Zeitschriftencover angezogen, das mich vor dreißig Jahren zeigt und an zentraler Stelle im Wohnzimmer hängt. Es sollte mich trösten, dass ich mal so ausgesehen habe wie dieses nackte, wunderschöne Mädchen, das herausfordernd meinen Blick erwidert – ein Python um den Hals drapiert, der die Brust bedeckt –, doch das tut es nicht. Ich habe nicht das Gefühl, dass dieses Mädchen noch ein Teil von mir ist, es ist eher, als wäre es jemand Jüngeres, Wilderes, den ich früher mal gekannt habe.

Ich reiße mich von ihrem Anblick los und lenke mich mit der Aussicht ab. Sie ist spektakulär. Die umlaufenden Glasfronten rahmen perfekt die funkelnden Lichter von Kampsbaai im Osten ein, während der Infinity Pool genau vor dem Patio die Illusion erweckt, man könnte von unserem Zuhause aus direkt hinaus aufs Meer schwimmen.

Na ja, wenn ich »unser Zuhause« sage, meine ich eigentlich das von Vince. Ich hätte nie diesen verdammten Ehevertrag unterzeichnen dürfen. Verdammt, dabei war ich diejenige, die ihn überhaupt vorgeschlagen hat. Wenn man bis über beide

Ohren verliebt ist, trifft man eben manchmal kopflose Entscheidungen. Zu meiner Verteidigung muss ich sagen, dass ich sein Geld nicht brauchte, als wir geheiratet haben. Darum ging es bei uns auch gar nicht. Aber ich habe seitdem ein paar Dummheiten gemacht und bin nicht mehr ganz so unabhängig wie damals. Um offen zu sein: Es ist der schlimmstmögliche Zeitpunkt, alles zu verlieren.

Ich drücke die Zigarette aus und starte die CD, die ich vorher ausgesucht habe. Dann leere ich den Rest des Kanonkop Pinotage in mein Glas. Ich stelle den Brief an Vince gegen die leere Flasche, wo er ihn nicht übersehen kann, und kehre mit einem Kerzenleuchter ins Badezimmer zurück. Nachdem die Kerzen angezündet sind (mit Moschusduft, für einen noch dramatischeren Effekt), bleibt mir nicht mehr viel zu tun, außer mich bestmöglich zu inszenieren.

Ich wische die schwarzen Flecken weg, tusche meine Wimpern neu und trage knallroten Dior-Lippenstift auf. Dann muss ich mir nur noch überlegen, ob ich nackt in der Badewanne liegen will oder nicht. Nackt würde mehr Eindruck schinden, aber das alte Gestell ist nicht mehr das, was es mal war. Ich möchte Vince daran erinnern, was er verliert, und ihn nicht in die Berge jagen.

Ich komme zu dem Entschluss, dass ein Killerdekolleté der beste Freund einer Frau ist und behalte meinen La-Perla-Spitzen-BH und den passenden Slip an, greife wieder nach meinem Weinglas und dem Rasiermesser und steige ins Bad. Ich deponiere alles auf dem Wannenrand und lasse mich ins Wasser gleiten. *Air Supply* schmachtet laut »Without You« aus den versteckten Lautsprechern. Ich möchte, dass dieser Song läuft, wenn Vince mich findet; den CD-Player habe ich auf Wiederholung gestellt, da ich nicht genau weiß, wann er kommt.

Mir verschwimmt alles vor den Augen, und ich blinzele ein paarmal. Das Badewasser könnte für den besseren Effekt ein bisschen Blut vertragen, aber ich will mich lieber nicht zu sehr schneiden oder zu viel Blut verlieren, deswegen werde ich mich erst in letzter Minute ritzen. Schon der Anblick meiner eigenen Periode reichte damals, als ich sie noch hatte, damit mir schwummrig wurde.

Ich lasse mich tiefer ins Wasser sinken, um meine Rückenmuskulatur zu entspannen, und trinke einen Schluck Wein, vorsichtig, damit kein Badewasser über den Rand des Glases schwappt. Preisgekrönten Wein zu verdünnen wäre ein Sakrileg. Der Schweiß läuft mir von der Stirn in die Augen. Immer noch kein Lebenszeichen von Vince, aber er wird kommen. Natürlich wird er das.

Aber angenommen, er kommt nicht?

Ich verdränge den Gedanken und schließe für einen Moment die Augen. Das Wasser reicht mir bis knapp unter die Nase. Ein angenehmes, kitzelndes Gefühl.

KAPITEL VIER

Zodwa

21. November 1993
Sterkfontein, Transvaal, Südafrika

Eine Stunde, nachdem Zodwa das Gebräu getrunken hat, setzen die Krämpfe ein. Sie beginnen wie sich kräuselnde Wellen auf einem Teich, werden aber schon bald zu Meereswogen, die sie von einer Seite auf die andere werfen. Als der Schmerz den Gipfel erreicht, werden sie zu Brechern mit weißer Gischt, die schäumen, bis sich Zodwa auf den Boden kniet und ihren Bauch umklammert.

Nein! Nein! Nein!

Ihr Darm entleert sich, und Zodwa stöhnt auf, als sie nach dem Eimer greift, den die *nyanga* neben sie gestellt hat. Der Salbeiduft ist zum Geruch von Leid geworden und quält Zodwa noch mehr als der Gestank ihrer Ausscheidungen.

Vielleicht ist dies ihre Strafe für den Versuch, den Willen des Herrn nach ihrem eigenen zu beugen. Sie weiß, dass ihre Mutter es zutiefst missbilligen würde, dass sie hierhergekommen ist und versucht, Gott zu spielen. Als die Krämpfe endlich abebben, wird Zodwas Stöhnen zu einem Wimmern. Zusammengekrümmt liegt sie da, zitternd und vollkommen erschöpft, und sieht zu, wie die *nyanga* sich von ihrem Platz am Feuer erhebt und zu ihr herüberhumpelt. Grob spreizt sie Zodwas Schenkel und fasst dazwischen. Ihre Finger kommen sauber heraus.

»Kein Blut. Das Baby will nicht gehen. Es hat gekämpft und gewonnen. Mögest du stärker sein, um den anderen Kampf zu gewinnen. Jetzt geh, Kind. Du hast diese alte Frau müde gemacht.«

Zodwa hat kein Geld mehr, um sich wie geplant ein Taxi nach Hause zu nehmen, deswegen muss sie den langen Weg zu Fuß zurücklegen. Ihr ist klar, dass er in Anbetracht ihres geschwächten Zustands wesentlich länger als die fünf Stunden dauern wird, die sie hierher gebraucht hat.

Schwankend entfernt sie sich die ersten fünf Schritte von der Hütte und blinzelt ins Sonnenlicht. Mit ihren geschärften Sinnen glaubt Zodwa, die Wildblumen und Insekten entlang des Weges hören zu können, die zu ihr sprechen. Die rosa-weißen Kosmeenblüten wiegen sich im Wind, als nickten sie ihre Zustimmung zu dem Urteil der Ahnen, dass Zodwa durch und durch eine Enttäuschung ist.

Und das, obwohl sie doch so angestrengt versucht hat, alles richtig zu machen: Sie hat fleißig in der Schule mitgearbeitet und bei Kerzenlicht bis spät in die Nacht gelernt, einen weiten Bogen um die Jungen geschlagen, die sich an den Straßenecken in Grüppchen zusammenfanden, sie hat Angebote von Alkohol und anderen Zerstreuungen abgelehnt, ist eine gehorsame Tochter und Enkelin und eine gute Freundin gewesen.

Eine gute Freundin.

Zodwa kann die Gedanken an Thembeka nicht mehr verdrängen, die sie gemieden hat, seitdem sie wusste, dass sie schwanger war. Thembeka: ihre beste Freundin. Thembeka, deren Freund der Vater des Kindes ist, das Zodwa trägt. So schwer es sein wird, es ihrer Familie beizubringen: Es Thembeka zu sagen wird unendlich viel schlimmer sein.

KAPITEL FÜNF

Delilah

25. April 1994
Goma, Zaire

Meine Abreise aus Goma verlief lautstark und turbulent. Die Kinder umringten mich und rissen mich mit im Wirbel ihres Überschwangs, während ich verzweifelt versuchte, mich loszureißen.

Michel umklammerte mein Bein, während die kleine Sonia bettelte, auf den Arm genommen zu werden. Xavier, mein Kollege und engster Freund im Waisenhaus, marschierte mir voraus, und sein steifer Rücken und seine energischen Schritte verurteilten mich auf eine Art und Weise, für die er keine Worte fand. War ich nicht diejenige gewesen, die ihm erst vor wenigen Wochen gesagt hatte, sie würde auf keinen Fall flüchten, selbst wenn wir den Befehl erhielten? Und dennoch war ich gerade dabei, das sinkende Schiff zu verlassen, ohne auch nur ein Wort der Erklärung abzugeben.

Doctor war nirgends zu finden. Ich hatte am Morgen überall nach dem Kind gesucht, um mich gebührend von ihm verabschieden zu können. Dieser Junge war einfach zu oft im Stich gelassen worden, und er würde mir nicht die Gelegenheit dazu geben, es wieder zu tun. Ich konnte es ihm nicht verübeln. Ich nahm Abschied in dem Bewusstsein, dass es der denkbar schlechteste Zeitpunkt war zu gehen.

In Anbetracht dessen, was jenseits der Grenze in Ruanda

geschah, wurde meine Hilfe im Waisenhaus mehr denn je benötigt. Der Massenmord an den Tutsi ließ Tausende ihrer Kinder verwaist zurück, und der weitverbreitete Einsatz von Vergewaltigungen als Kriegsmittel sowohl von den Milizen als auch den Hutu-Zivilisten würde noch mehr unerwünschte Babys nach sich ziehen, um die man sich kümmern musste. Doch zu bleiben war keine Option mehr.

Als ich auf den Brief hin die Intensivstation des Johannesburger Krankenhauses angerufen hatte, hatte die Krankenschwester am Telefon gefragt, ob ich zur Familie gehöre.

Ich schluckte und erwiderte mit einem Kloß im Hals: »Nein, ich bin nur eine Freundin.«

Sogar das war eine Lüge. Es gab eine Zeit, in der ich so viel mehr für ihn hätte bedeuten können, aber ich war weggelaufen und hatte versucht, die größtmögliche Distanz zwischen uns zu bringen. Ich floh sowohl vor dem Verdikt der Kirche als auch vor meiner eigenen Scham über das, was ich getan hatte.

»Es tut mir leid, aber ich kann Informationen nur an Familienangehörige herausgeben.«

»Könnten Sie mir wenigstens sagen, ob es ihm gut geht? Ich rufe aus Zaire an und breche gerade nach Johannesburg auf, um ihn zu besuchen. Ich möchte einfach nur wissen, ob es ihm gut geht. Bitte!«

Die hörbare Verzweiflung in meiner Stimme erweichte sie. »Ich kann Ihnen nichts weiter sagen, als dass sein Zustand weiterhin kritisch ist.«

Wenigstens lebte er noch. Ich war mir dessen nicht sicher gewesen, da der Brief, in dem mir von seinem Zustand berichtet wurde, zwei Wochen alt war. Es gab immer noch Hoffnung, wenn ich nur rechtzeitig bei ihm sein konnte.

Die Schuldgefühle, die mir durch die Waisenhaustore hinaus gefolgt waren, lähmten mich noch Stunden später, als Xavier mich am Goma International Airport absetzte. Er war ein Bär von einem Mann, hochgewachsen und kräftig, und normalerweise lächelte er über das ganze Gesicht, stets angetrieben von seinem unerschütterlichen Optimismus. Doch in diesem Moment sah er elend aus.

»Xavier …«, sagte ich, brachte aber kein Wort mehr heraus, als wir einander gegenüberstanden.

Ich wollte so sehr, dass er verstand, warum ich gehen musste, aber es gab keinen einfachen Weg, ihm zu erklären, dass ich mich vor fast vierzig Jahren in einen Priester verliebt und eine schreckliche Sünde begangen hatte, während ich selbst auf dem besten Weg war, mein Gelübde als Nonne abzulegen. Ich war daraufhin exkommuniziert worden und hatte mich bereit erklärt, ohne Aufhebens die katholische Kirche zu verlassen, um Daniel die Schande zu ersparen.

Denn egal wie sehr ich ihn geliebt hatte – egal ob er möglicherweise gewollt hätte, dass ich Teil seines Lebens blieb, egal welche Konsequenzen das hatte –, ich wusste, dass er mich irgendwann dafür verachtet hätte, wenn ich geblieben wäre. Die Wahl, ihn aus weiter Ferne zu lieben, war die schwerste Entscheidung, die ich jemals treffen musste. Manchmal verlangt ein Opfer, das wir als sinnvoll erachten, einen zu hohen Preis, um ihn jemand anders abverlangen zu können.

Es gab keine Möglichkeit, lebenslangen Herzschmerz in eine einfache Erklärung zu packen, deswegen tätschelte ich Xavier nur verlegen am Arm, entschuldigte mich und wandte mich zum Gehen.

Als das Flugzeug ein paar Stunden später abhob, glitzerte

das Sonnenlicht auf dem Lake Kivu. Ich sah zu, wie der vulkanische Gipfel des Mount Nyiragongo zu einem harmlosen Flecken am Horizont wurde. Erst als wir in Kinshasa landeten und ich auf meinen Anschlussflug nach Johannesburg wartete, spürte ich endlich, wie die Last der Schuldgefühle ein wenig leichter wurde.

»Ich komme, Daniel«, flüsterte ich. »Ich komme. Halte durch!«

KAPITEL SECHS

Ruth

23. April 1994
Groote Schuur Hospital,
Kapstadt, Südafrika

Ich erwache in einem Krankenhausbett, was überhaupt keinen Sinn ergibt. Dieser klinische Geruch, die piependen Maschinen, die quietschenden Schuhe auf dem Linoleum, der potthässliche Baumwollkittel: alles kompletter Blödsinn.

Nur ein Gutes hat die Sache: Vince ist da.

Er sitzt schlafend auf dem Stuhl neben mir und sieht unermesslich traurig aus. Oh mein Gott, wie ich mich in dieses Basset-Gesicht mit den noblen Hängebacken und seelenvollen braunen Augen, dem Bartschatten und den unregelmäßigen Grübchen verliebt habe! Und wie sehr ich es immer noch liebe, obwohl es in letzter Zeit mir gegenüber so verschlossen war, verhärtet von Enttäuschung und Missbilligung.

Vince muss meinen Blick gespürt haben, denn er schlägt plötzlich die Augen auf. »Ruth!« Er klingt resigniert.

Ich lächlc, um meine Verletztheit zu überspielen. »Hey, Baby«, flüstere ich. Ich habe Halsschmerzen. Warum das? Dann fällt es mir wieder ein. Man hat mir den Magen ausgepumpt.

Vince reibt sich die Augen, und seine riesigen Hände bedecken für einen Augenblick sein Gesicht. Sein Armani-Anzug ist ganz zerknittert, und seine Seidenkrawatte hängt ihm lose um den Hals wie eine Henkerschlinge. Die beiden oberen Hemdknöpfe sind geöffnet, und graues Brusthaar kräuselt sich heraus.

»Wo bin ich?«

»Im Groote Schuur Hospital«, antwortet er.

»Du siehst richtig scheiße aus.« Ich lächle. »Du hättest dich wenigstens ein bisschen zurechtmachen können, bevor du mich besuchst.« Ich hoffe auf ein Lachen, denn das war immer unser Ding.

Es ist vorbei. Ich ernte nicht mal ein Lächeln. »Du wärst beinahe gestorben«, sagt er.

»Unsinn!«, erwidere ich schroff, zu müde und schwach, um das Geplänkel weiterzuführen. Natürlich wäre ich nicht beinahe gestorben. Ich hatte keinerlei Absicht zu sterben. Ich wollte nur seine Aufmerksamkeit, sonst nichts. »Ich habe doch nur zwei Rohypnol genommen.« In Anbetracht der Menge an Medikamenten, die ich immer in meiner Handtasche und im Badezimmerschrank aufbewahre, hätte ich mich mehrmals umbringen können, wenn ich es wirklich gewollt hätte.

»Du hast in der Wanne das Bewusstsein verloren und wärst beinahe ertrunken«, sagt er tonlos. »Ich bin gerade noch rechtzeitig gekommen, um dich rauszuziehen.«

Das haut mich um. Der Tod war eine Nebenwirkung meines Selbstmordversuchs, die ich nicht vorausgesehen hatte.

Ich versuche, in Vince' Gesicht zu lesen, was er denkt, was er fühlt. Früher war er wie ein offenes Buch für mich, und als er dort so sitzt, erhasche ich einen letzten Blick in sein Inneres und weiß Bescheid. Mein Plan ist nicht aufgegangen. Ich sehe es in seinen Augen und an der Art und Weise, wie er die

Arme fest über dem Herzen verschränkt hat. Ich kenne diese Geste. Es ist eine Schutzhaltung, und ich hasse es, wenn er sie mir gegenüber einnimmt, als wäre ich eine Bedrohung für ihn. Wann bin ich zu seiner Feindin geworden?

Ich räuspere mich. »Du verlässt mich trotzdem, oder?«

Ich habe meinen stoischen Ehemann noch nie weinen sehen, nicht ein einziges Mal in den zwölf Jahren, die wir zusammen waren. Seine Tränen sind die Antwort. Mit einem kurzen Nicken akzeptiere ich meine Niederlage.

KAPITEL SIEBEN

Zodwa

24. April 1994
Big Hope Informal Settlement,
Magaliesburg, Südafrika

Der Hund winselt im Schlaf, zappelt mit den Hinterbeinen und weckt Zodwa noch vor Sonnenaufgang. Das Baby in ihrem Bauch bekommt einen Schluckauf. Obwohl sie unbequem liegt und den Hund am liebsten wegschubsen möchte, versucht Zodwa sich nicht zu bewegen, um ihre Mutter nicht zu stören. Sie teilen sich eine Matratze auf dem Boden der Hütte, und in dem Maße, wie Zodwas Bauch gewachsen ist, hat sich Leletis Gereiztheit in Bezug auf alles, was sie tut, verstärkt.

Zodwa liegt wach und lauscht dem nächtlichen Chor des Elendsviertels, dessen Stimmen ihr ebenso Gesellschaft leisten wie der schwere Atem ihrer Mutter. Die Hütten im *Big Hope* Informal Settlement, dem Squatter Camp, sind praktisch übereinandergebaut. Ihre Wände bieten keinerlei Isolation gegen die Kälte, und Geräusche dringen ungehindert durch das Wellblech. Musik, Gelächter, Gespräche, Flüche, das Weinen von Babys und Laute von entweder Sex oder Gewalt oder beidem gehen ein und aus wie ungebetene Gäste.

Als Leleti auf den fernen Schrei eines Hahnes hin endlich erwacht, steht sie auf und zündet die Flamme des Paraffinkochers an. Zodwa kämpft sich hoch, hüllt sich in eine Decke und macht sich auf den Weg zur Gemeinschaftstoilette, um ihre Blase zu leeren. Sie muss aufpassen, dass sie in der Dunkelheit nicht über den Steinhaufen stolpert, den ihre Mutter täglich um einen Stein erhöht. Den Schrein umzuwerfen wäre ein unverzeihliches Vergehen.

Es ist kalt draußen, doch bei den Temperaturen ist wenigstens der Geruch aus der tiefen Sickergrube nicht allzu schlimm. Tagsüber bringt die Hitze die menschlichen Exkremente fast zum Kochen, so dass ihr Gestank in Verbindung mit den schwirrenden Schmeißfliegen sie schwindeln lässt. In den ersten Monaten ihrer Schwangerschaft ist es noch schlimmer gewesen.

Als Zodwa zurückkehrt, beendet Leleti ihre morgendliche Bibellektüre und klappt das Buch zu. Das Kerzenlicht ist schmeichelnd, doch trotz seines sanften Scheins sieht Leleti wesentlich älter aus als siebenundvierzig. Sie hat Zodwa mit neunundzwanzig bekommen und ist damit die älteste von allen Müttern in Zodwas Freundeskreis. Dennoch hat sie immer jugendlich ausgesehen, bis es mit ihrer Gesundheit so schnell bergab ging und sie rapide an Gewicht verlor, so dass ihre Haut wie ein loses Kleidungsstück an ihr herabhängt. Durch ihr Haar, das sie zu einem kurzen Afro geschnitten trägt, zieht sich noch kein Grau, aber um ihre Augen haben sich Falten der Sorge und Erschöpfung eingegraben.

Wortlos reicht sie Zodwa eine Tasse schwarzen Tee und eine Scheibe trockenes Brot mit Aprikosenmarmelade. Der große Hund erhebt sich vom Bett und tappt zu ihr herüber. Leleti gibt ihm eine Scheibe Fleischwurst, die sie ihn vorsichtig annehmen lässt.

»Guter Hund, Shadow«, sagt Leleti lächelnd, und Zodwa spürt, wie die übliche Ablehnung in ihr aufwallt.

Es ist lächerlich, dass sie sich diesen Riesenhund als Haustier leisten. In der ganzen Township lachen die Leute über sie, jedenfalls die, die keine Heidenangst vor dem Tier haben. Wer gibt einem Hund Fleisch, wenn er selbst nichts zu essen hat? Dennoch liebt Leleti das schwarze Tier und will kein böses Wort darüber hören. Sie behauptet, es sei zweimal so treu wie alle Menschen, die sie je gekannt hat.

Leleti selbst isst nichts. Sie behauptet, sie äße die Reste der Kinder, draußen bei ihrer Arbeit als Hausmädchen im über sechzig Kilometer entfernten Rustenburg. An Wochentagen muss sie um sieben Uhr morgens in der Küche stehen, damit sie den Kindern vor der Schule das Frühstück machen kann. Das bedeutet, dass sie um vier Uhr aufstehen und einen langen Weg in Kauf nehmen muss. Ihre Madam hat Leleti wiederholt gewarnt, dass sie, wenn sie zu spät käme, ein Hausmädchen engagieren würden, das bereit wäre, auf dem Grundstück zu wohnen und damit verfügbarer für sie wäre. Da heute Sonntag ist, kann Leleti zwei Stunden später aufbrechen.

»Hast du am Mittwoch freibekommen, um wählen zu gehen?«, fragt Zodwa, um das Schweigen zu brechen.

Leleti schüttelt den Kopf.

»Aber es ist ein wichtiger Tag für unser Volk, und du solltest …«

»Glaubst du, das weiß ich nicht?«, erwidert Leleti ruppig. »Glaubst du, ich mache diesen Job, für den du zu schade bist, nur aus Spaß?«

»Ich habe nie gesagt, dass ich mir zu schade dafür bin …«

»Ich sage, dass du zu schade dafür bist, Hausmädchen zu sein. Und du brauchst mir nicht zu erzählen, wie wichtig der

Mittwoch ist: Auf diesen Tag habe ich mein ganzes Leben lang gewartet! Aber Essen ist auch wichtig. Geld ist wichtig. Und wer bringt das nach Hause, hä?« Leleti schüttelt den Kopf und wird von einem heftigen Hustenanfall geschüttelt.

Zodwa reicht ihrer Mutter ein Taschentuch. Während Leleti hineinhustet, bei jedem heftigen Krampf am ganzen Körper zuckend, wendet Zodwa den Blick ab, damit sie nicht sehen muss, wie die Blutspritzer den Stoff verdunkeln. Sie fragt sich, wie es Leleti geschafft hat, ihre Krankheit so lange vor ihrer Madam zu verbergen. Wie lange wird ihr das noch gelingen?

Endlich geht der Anfall vorüber, und der hin und her laufende Hund beruhigt sich. Als Leleti wieder spricht, hat ihr Tonfall alle Schärfe verloren. »Die Hoffnungen, die ich für dich gehegt habe, mein Kind! Die Hoffnungen, die wir alle für dich hegten. Nachdem dein Bruder …« Sie beendet ihren Satz nicht.

Sie muss ihn auch nicht beenden, Zodwa weiß genau, was ihre Mutter denkt.

Als Dumisa vor über zehn Jahren nach Johannesburg gegangen ist, sah seine Zukunft so strahlend aus, wie es die eines schwarzen Mannes während der Apartheid nur sein konnte. Er hatte sein letztes Schuljahr in KwaZulu mit Bestnoten abgeschlossen und eine Stelle als Junior Manager im *Baragwanath Hospital* in Soweto ergattert. Die Familie war überglücklich über die Nachricht gewesen.

Zodwas Bruder würde nicht mit den Händen arbeiten müssen. Er würde der erste Mann in der Familie sein, der zur Arbeit Anzug und Krawatte trägt und sein Gehirn anstelle seiner Muskeln benutzt, und wenn er zu Wohlstand käme, würde er seine Familie mitziehen, als Belohnung für all die Opfer, die sie für ihn gebracht hatte.

Das war der Plan gewesen, und anfangs lief alles noch besser als erwartet. Dumisa schickte jeden Monat Geld nach Hause, und bald erhielt er eine Beförderung und konnte es sich sogar leisten, ein gebrauchtes Auto zu kaufen. In seinen Briefen beschrieb er ausführlich, was er alles kaufte, dass er auf ein Haus sparte und wie viele Geschenke er für die Familie hortete. Er war die Verkörperung der Hoffnung, die das Land für seine schwarzen Söhne hegte, und er lebte das Leben, von dem sie alle nie zu träumen gewagt hatten.

Doch all das änderte sich, nachdem Dumisa von der Jugendbrigade der Inkatha-Freiheitspartei in Soweto rekrutiert worden war. Schon wenige Monate nachdem er sich der Widerstandsbewegung angeschlossen hatte, verschwand er auf mysteriöse Weise wie so viele andere Anti-Apartheid-Aktivisten vor ihm. Der letzte Mensch, der ihn lebend gesehen hatte, berichtete, dass Dumisa von der Sicherheitspolizei gefoltert worden sei, weil er sich geweigert habe, seine Genossen zu verraten. Der Mann sprach von seiner Tapferkeit und Würde, und daraufhin wurde Dumisa als Held verehrt für das, was er für sein Volk auf sich genommen hatte.

Leleti wäre jedoch ein lebendiger Sohn, der sein Potenzial ausschöpfte, lieber gewesen als einer, der gestorben war, um die Rechte des Volkes durchzusetzen. Da die Leiche ihres Sohnes nie gefunden wurde, weigerte sich Leleti zu akzeptieren, dass er tot war. Es gab keine letzte Ruhestätte für ihn, kein Grab, an dem Leleti Frieden finden konnte, und deswegen suchte sie ihn und baute ihm einen Schrein, auf den sie für jeden Tag, den er verschwunden blieb, einen weiteren Stein legte.

Nach Dumisas Verschwinden oblag es Zodwa, die Träume zu verwirklichen, die alle für ihren Bruder gehegt hatten, doch anstatt aus seinem Schatten heraus in ihr eigenes Licht zu treten, hat Zodwa eine noch tiefere Dunkelheit über sich und ihre Familie gebracht, eine, die sie sich selbst zugefügt hat und der sie nicht entkommen kann: Schande. Denn obwohl Teenagerschwangerschaften in der Township an der Tagesordnung sind, hatten sich die Khumalos bisher davor gefeit geglaubt.

Leleti schüttelt den Kopf. »Was nutzt uns die Freiheit, wenn du nicht die Chancen nutzt, für die ich gekämpft habe – die Chancen, für die Dumisa gekämpft hat –, damit du eine Zukunft haben kannst? Dann kannst du genauso gut als Hausmädchen arbeiten, wenn Babys zu bekommen das Beste ist, was dir einfällt.«

Zodwa senkt den Kopf.

»Und wofür, mein Kind?«, fragt Leleti. »Wo ist der Vater des Babys? Hier ist kein Mann, der dich liebt.« Ihre Stimme bricht. »Der liebe Gott weiß, dass du dieses Kind gar nicht willst.«

Es ist das erste Mal, dass ihre Mutter so etwas gesagt hat, und es tut Zodwa weh, den großen Schmerz in ihrer Stimme zu hören. Sie hätte so gerne die Arme nach ihr ausgestreckt, um Leleti zu zeigen, wie sehr sie sie liebt und wie leid es ihr tut, sie enttäuscht zu haben, aber der Zorn ihrer Mutter hat eine Mauer zwischen ihnen errichtet. Zodwa fällt nichts ein, womit sie sie einreißen könnte, nicht einmal die Wahrheit.

Vor allem nicht die Wahrheit.

KAPITEL ACHT

Delilah

26. April 1994
Johannesburg General Hospital und
Verdriet, Transvaal, Südafrika

»Hallo«, begrüßte ich die Intensivkrankenschwester. »Ich möchte Pater Daniel besuchen, den Priester. Er wurde vor etwas über zwei Wochen mit einer Schusswunde eingeliefert. Ich konnte leider nicht eher kommen«, fügte ich hinzu. Ich merkte, dass ich dummes Zeug redete, konnte mich aber nicht zurückhalten. »Ich bin direkt vom Flughafen aus hierhergefahren.«

»Oh nein! Sie waren doch hoffentlich nicht von der Bombenexplosion betroffen?«, fragte sie mit einem besorgten Ausdruck auf ihrem freundlichen Gesicht.

»Bombenexplosion?«

»Ja, vor zwei Stunden ist eine Autobombe auf dem *Jan-Smuts*-Flughafen explodiert. Ich habe es in den Nachrichten gehört«, sagte sie und wies mit dem Kinn auf ihr kleines Radio.

»Vor zwei Stunden? Dann muss es kurz nach meiner Landung passiert sein.«

»Nun, dann hat Ihr Schutzengel wohl heute Überstunden gemacht. Wie ist Ihr Name, meine Liebe?«

»Delilah. Delilah Ferguson. Ich bin keine Verwandte, falls Sie das wissen wollen.« Ich spähte über den Tresen und hielt nach so etwas wie einer offiziellen Besucherliste Ausschau. »Aber ich weiß, dass er mich gerne sehen würde, deswegen bin ich sofort aus Zaire angereist, nachdem ich von dem Überfall erfahren habe. Könnten Sie mich bitte zu ihm hineinlassen? Nur für einen Moment. Ich verspreche, nicht lange zu bleiben.«

»Ich befürchte, das ist nicht möglich, Mrs Ferguson.«

»Es ist nämlich so. Ich will ganz ehrlich zu Ihnen sein«, sagte ich, bereit, meine Seele vor einer vollkommen Fremden zu entblößen und ihr zu offenbaren, was Daniel und mich verband, in der Hoffnung, dass sie dann eher dazu bereit wäre, meiner Bitte nachzugeben. »Er …«

»Ich meine es doch nicht böse, meine Liebe. Aber es ist immer nur ein Besucher erlaubt, und gerade ist ein anderer Priester bei ihm und hält Wache, falls er die Letzte Ölung braucht.«

Die Letzte Ölung.

»Steht es so schlimm um ihn? Besteht denn keine Hoffnung, dass er aus dem Koma erwacht?«

»Wunder geschehen immer wieder«, antwortete sie ausweichend und betastete geistesabwesend das Kreuz um ihren Hals. »Aber ja, er ist immer noch in einem kritischen Zustand und hat das Bewusstsein noch nicht wiedererlangt.« Sie deutete mit dem Kinn auf ein Fenster in der Wand, durch das Besucher in die Intensivstation hineinblicken konnten.

Alle Betten waren belegt, und fast ein Dutzend Patienten waren an alle Arten von lebensrettenden Maschinen angeschlossen. Nur um ein Bett war eine Gardine zugezogen, jedoch nicht vollständig.

Durch den Spalt sah ich einen Priester neben dem Bett stehen.

Er war ein wenig gebeugt vom Alter und hatte den Kopf im Gebet gesenkt. Er hielt eine Bibel in den Händen, aber noch während ich ihn beobachtete, legte er sie beiseite, nahm die Hand des Patienten in seine und wickelte den Rosenkranz um ihre Finger, so dass sie verbunden waren.

Die Szene traf mich so heftig, dass mir ein schmerzlicher Stich durch die Brust fuhr. Sosehr die Religion einst ein Teil von mir gewesen war, sosehr sie mich früher auch definiert hatte, ich war nicht länger Teil jener Welt, so wie Daniel es war, der Welt des Glaubens, Gottes und der Kirche. Ich war hinausgeworfen worden und jetzt nichts als eine Betrügerin, deren verlorene Seele höchstens mögliche Wunder abschwächen konnte.

Als fühle er sich beobachtet, hob der Priester den Kopf und wandte sich mir zu. Unsere Augen trafen sich für eine Sekunde, bevor ich mich umwandte und davonlief.

KAPITEL NEUN

Ruth

25. April 1994
Clifton, Kapstadt, Südafrika

Ich bin dabei zu packen, als Vince ins Schlafzimmer kommt. Der Schlafmangel hat dunkle Ränder unter seine Augen gezeichnet. »Ich wollte dich im Krankenhaus abholen, aber dort hat man mir gesagt, du hättest es vorzeitig verlassen.«

»Na ja, du hast unsere Ehe vorzeitig verlassen, dann sind wir jetzt wohl quitt.«

»Ruth!«, stöhnt er. Hilflos steht er da, ein paar Schritte von der Tür entfernt, als sei er in Strömungen geraten, in denen er nicht länger navigieren kann. Er sucht Halt, indem er die Hände in die Taschen steckt. »Du weißt, du musst nicht sofort ausziehen. Das hat doch keine Eile.«

»Ich weiß, wann ich unerwünscht bin.« Schon als ich es ausspreche, merke ich, dass ich wie meine Mutter klinge: märtyrerhaft. »Gib mir eine Stunde Zeit, um fertig zu packen, dann bist du mich los.«

»Darf ich fragen, wohin du willst?«

»Nein.«

Die Wahrheit ist, dass ich es selbst noch nicht weiß. Meine Möglichkeiten sind äußerst limitiert. Ich habe einmal vier Mietwohnungen besessen, aber davon ist nur noch eine übrig, und die Erlöse aus dem Verkauf der anderen drei sind in Investitionen geflossen, von denen ich hoffte, sie würden meine schwindenden Reserven wieder auffüllen. Doch ich habe mich verkalkuliert und alles verloren. Ich habe immer Geld gehabt, war aber nie besonders gut darin, damit umzugehen. Natürlich weiß Vince nichts von alldem. Ich war immer stolz darauf, dass ich sein Geld nicht brauchte. Bis jetzt, genau genommen.

Meine letzte verbleibende Immobilie, ein Apartment in Kampsbaai, ist noch für zehn Monate vermietet, deswegen kann ich es momentan weder verkaufen noch beziehen, und obwohl ich viele Bekannte habe, ist nicht die Art von Freunden darunter, die mich aufnehmen würden. Und keine, von denen ich wollte, dass sie von der schmählichen Art wüssten, wie ich auf die Straße gesetzt werde.

Ich habe auf ein Zeichen gehofft, irgendetwas, was mich in die richtige Richtung lenken würde, aber das Universum ist derzeit stumm; es ist wahrscheinlich ebenso erschüttert von meiner misslichen Lage wie ich.

»Hör mal«, fährt Vince fort, »warum bleibst du nicht so lange, bist du etwas Dauerhaftes gefunden hast? Ich ziehe in eines der Gästezimmer und mache mich rar.«

Das ist es ja gerade! Ich will nicht, dass er sich rarmacht. Ich könnte es nicht ertragen, mit ihm im selben Haus zu leben und zu wissen, dass er in einem anderen Zimmer schläft, weil er unseres nicht mit mir teilen will.

»Nein, vielen Dank. Ich habe schon Pläne.« Ich schaue ihn nicht an, während ich das sage. Ich konzentriere mich darauf, einige Blusen und meinen Seidenkimono zu falten, um mich daran zu hindern, mich in seine Arme zu werfen und ihn anzuflehen, es sich noch einmal zu überlegen. Nun ja, und um mich davon abzuhalten, ihn windelweich zu prügeln, weil er mich derart im Stich lässt. Mich fallen lässt wie eine heiße Kartoffel.

Er kommt zu mir, setzt sich auf das Bett, und der Koffer kippt in seine Richtung, als er mit seinem Gewicht die Matratze hinunterdrückt. Ich drehe mich um und gehe zurück in mein Ankleidezimmer, um Distanz zwischen uns zu schaffen.

Vince' Stimme hinter mir klingt gedämpft, sein Tonfall gekünstelt fröhlich. »Weißt du, es gibt auch noch eine andere Option, und ich finde, dass du darüber nachdenken solltest. Ich habe mit dem Arzt gesprochen, der dich im Krankenhaus behandelt hat, und er meinte, ich solle dir vorschlagen, dich in eine Kurklinik einweisen zu lassen.«

»Eine Entzugsklinik?«, erwidere ich und lache laut auf. »Vergiss es.« Habe ich alles schon hinter mir. Hat nicht geholfen. »Ich brauche keinen Entzug.«

»Nein, keine Entzugsklinik.« Vince räuspert sich. »Eine Klinik für psychische Erkrankungen.«

Ich denke, ich höre nicht richtig. Ich umklammere das Negligé in meiner Hand und marschiere zurück ins Schlafzimmer. »Eine Klinik für psychische Erkrankungen?«

Er nickt, sichtlich nervös.

»Eine Klapsmühle? Glaubst du ernsthaft, ich gehöre in eine Klapsmühle?«

»Das ist keine Klapsmühle. Es ist eine Einrichtung für Menschen, die …«

»Die nicht alle Tassen im Schrank haben«, ergänze ich verächtlich.

»… die emotional instabil sind und ein wenig Zeit brauchen, um wieder zu sich zu kommen.« Vince spricht über mich.

»Verdammt noch mal, ich bin nicht ›emotional instabil‹!« Es würde überzeugender klingen, wenn meine Stimme nicht brüchig wäre, als würde ich jeden Moment zusammenklappen.

»Du wolltest Selbstmord begehen, Ruth.«

»Nein, wollte ich nicht!«, rufe ich und stelle zufrieden fest, wie er zusammenzuckt. »Das Ganze war inszeniert, und natürlich war es total bescheuert, aber ich fand, irgendjemand sollte um diese Ehe kämpfen, da dir so offensichtlich kein Deut daran liegt!«

Vince fährt sich mit einer Hand durchs Haar. »Mein Therapeut hat vorhergesagt, dass du so reagieren würdest. Dass du manipulativ werden und mir die Schuld geben würdest, um von dir abzulenken.« Er wendet die Augen von meinem Gesicht ab und richtet sie stattdessen auf ein Objekt nach dem anderen, um meinen Blick zu vermeiden.

»Dein Therapeut? Du gehst zu einem Therapeuten?« Ich kann nicht anders, ich muss lachen.

»Die Therapie hat mir bei vielen meiner Probleme geholfen, und ich glaube, dass es auch dir helfen würde, professionelle Hilfe anzunehmen. Es gibt so vieles in deiner Vergangenheit, das du nie aufgearbeitet hast …«

»Und was hat das mit der jetzigen Situation zu tun?«

»Ich glaube, dass du deswegen trinkst, Ruth. Dass du deine Gefühle mit Alkohol betäubst. Wenn du darüber sprechen würdest, könntest du vielleicht …«

»Was?«, schnaube ich. »Wie durch ein Wunder in der Zeit zurückgehen, und dann würde sich alles einrenken? Ich bitte dich, das sind uralte Geschichten, und es kann nichts Gutes dabei herauskommen, sie alle noch mal durchzukauen.

Außerdem braucht man keinen anderen Grund zum Trinken als einen Heidendurst.«

Das Telefon neben dem Bett vibriert auf einmal, und ich hechte hin und gehe ran, auf der verzweifelten Suche nach einer Ablenkung. Die Männerstimme am anderen Ende klingt aufgeregt, und ich höre ihr mit wachsender Erleichterung zu.

Als ich den Hörer wieder auflege, fährt Vince fort, als wäre unser Gespräch nicht unterbrochen worden. »Bitte denk darüber nach. Ich meine, du hast die Zeit dazu, und …«

»Ich befürchte, da irrst du dich«, erwidere ich mit grimmiger Zufriedenheit.

Der Anruf des Immobilienmaklers hätte zu keinem besseren Zeitpunkt kommen können. Schon seit Jahren versuche ich, mein Elternhaus zu verkaufen, aber bis jetzt hat es keine Interessenten gegeben. Ich habe die Immobilie nach dem Tod meiner Mutter geerbt, und obwohl ich dort nach meinem einundzwanzigsten Geburtstag nicht mehr gelebt habe, konnte ich mich aus sentimentalen Gründen nicht davon trennen. Dreißig Jahre nach Mutters Tod sind diese Gründe jedoch nicht mehr so deutlich, wie sie einmal waren. Außerdem ist es erstaunlich, wie die Sentimentalität zum Fenster rausfliegt, wenn das Unglück an deine Tür klopft.

Das Universum hat mir im letzten Moment Rettung geschickt; ich habe mein Zeichen erhalten und weiß genau, wohin ich muss.

KAPITEL ZEHN

Zodwa

27. April 1994
Magaliesburg, Transvaal, Südafrika

Die Morgendämmerung kündigt sich mit einem zarten roten Streifen am Horizont an, als Zodwa das Schulgrundstück erreicht. Sie hat versucht, nicht zu sehr über all das nachzudenken, was sie jenseits dieser Tore alles vermisst, aber als sie auf der Schwelle steht, kommt alles zurück: die Fächer, in denen sie brillierte, die Freunde, die sie bewunderten, und die Lehrer, die stolz auf sie waren; das bedeutungslose Geplauder über Jungs und Mode im Wechsel mit ernsthaften politischen Diskussionen und hitzigen Debatten.

Zodwa verdrängt die Gedanken an das, was hätte sein können, und reiht sich in die Schlange der Wähler ein, die sich bereits zu den Schultoren hinauszieht. Eine *gogo* steht vor ihr, knorrig wie ein uralter Zweig und über ihren *knopkierie*, ihren Spazierstock, gebeugt, der sie aufrecht zu halten scheint. Ihre Augen sind milchig vom grauen Star, leuchten aber vor Aufregung. Bei ihrer kleinen Plauderei in der Schlange, während die Morgendämmerung zum Tag heranreift, erfährt Zodwa, dass die alte Frau vierundneunzig Jahre alt ist und in einem Dorf lebt, das eine halbe Stunde Fußweg entfernt liegt.

»Die Leute von der weißen Kirche in Fouriesburg sind heute Morgen gekommen und haben uns abgeholt. *Yoh*, sie hatten so schöne Busse, wie Taxis, aber Weiße-Leute-Taxis, die hatten sogar Heizungen.« Sie schlingt die Arme um sich und schwelgt in der Wärme der Erinnerung, wobei sie beim Lächeln ihr lückenhaftes Gebiss entblößt. Die Falten um ihre Augen vertiefen sich.

Nachdem wir vier Stunden lang in winzigen Schritten vorangeschlurft sind, sieht Zodwa der alten Dame allmählich die Anstrengung an. »*Gogo*, wir müssen Ihnen einen Stuhl organisieren.«

»Nein, mein Kind, *dir* müssen wir einen Stuhl suchen.« Die alte Frau lacht und deutet auf Zodwas dicken Schwangerschaftsbauch. »Außerdem«, sagt die alte Frau und versucht sich an einem lebhaften Two Step, »möchte ich gerne stehen bleiben, um ein bisschen zu tanzen. Heute werde ich zum ersten Mal in meinen fast hundert Lebensjahren einen meiner Leute als Präsidenten wählen können. Heute ist ein Tag zum Tanzen!« Sie wirft den Kopf zurück, lacht und taumelt dabei nach vorn.

»Alles in Ordnung mit Ihnen, *gogo*?«, fragt Zodwa, die die alte Frau gerade noch rechtzeitig festhalten kann.

Sie sieht sie etwas verwirrt an, lächelt aber immer noch. »Swingen fällt einem schwer in meinem Alter. Mein Blutdruck ist nicht mehr das, was er einmal war, und ich habe in den letzten Tagen meine Tabletten nicht genommen. Zu teuer.«

Da fasst Zodwa einen Entschluss. »Kommen Sie, *gogo*. Kommen Sie mit mir. Wir werden mit jemandem reden, der Sie ganz an den Anfang der Schlange bringt oder Sie im Schatten sitzen lässt, während Sie warten.« Nach ein bisschen gutem Zureden verlässt die alte Dame die Schlange und geht zusammen mit Zodwa auf die Schultore zu. Trotz des langen Wartens, der frühmorgendlichen Kälte, auf die eine stechende Hitze folgt, ist die wartende Menge guter Laune.

Wenn es etwas gibt, was wir können, dann ist es warten. Wir hatten jahrzehntelang Zeit, Erfahrung darin zu sammeln.

Das hat Zodwas Mutter ihr oftmals erklärt.

Auch wenn ihre Leute an das Warten gewöhnt sind, fällt es ihnen schwer, in einer Reihe stehen zu bleiben. Grüppchen finden zusammen und fangen an zu singen. Den ganzen Morgen schwellen die tiefen Baritonklänge des Anti-Apartheid-Songs »Shosholoza« an und wieder ab. In der Nähe unterhält ein Gummistiefeltänzer die Menge. Er wirbelt Staub auf mit seinem stampfenden Minentanz, zu dem seine schwarzen Gummistiefel den Rhythmus vorgeben, während ein cleverer Teenager die Schlange entlanggeht und geröstete Maiskolben und Styroporbecher mit lauwarmer Cola anbietet. Die Polizei muss einschreiten, um ANC- und Inkatha-Anhänger zu trennen, nachdem eine Schlägerei zwischen ihnen ausgebrochen ist. Sie werden zu den gefürchteten Hippos geschleift, den gepanzerten Einsatzwagen der südafrikanischen Polizei.

Zodwa erkennt einige Gesichter in der Menge und grüßt sie im Vorbeigehen. Ihr Lächeln gefriert, als sie sie weiter vorn entdeckt: Thembeka und Mongezi, ihre ehemalige Freundin an der Seite des Vaters ihres Kindes. Die Tatsache, dass sie immer noch ein Paar sind, schmerzt Zodwa mehr, als sie sagen kann.

Noch ehe Zodwa den Kopf senken und so tun kann, als hätte sie sie nicht gesehen, dreht sich Mongezi um und erblickt sie. Er versichert sich mit einem raschen Seitenblick, dass Thembeka anderweitig beschäftigt ist, wendet sich

Zodwa zu und zwinkert. Etwas in ihr zerreißt; wie ein Zickzackriss, der durch einen Eiswürfel schießt, wenn man ihn in ein warmes Getränk gibt. Sie kann das Knacken förmlich hören, als es sie durchfährt.

Zodwa dreht sich von ihm weg. Sie widersteht der Versuchung, sich zu beeilen, da die *gogo* nicht mit ihr Schritt halten könnte. Als sie endlich den Anfang der Schlange erreichen, entdeckt Zodwa eine Frau mit dem Leibchen der unabhängigen Wahlkommission. Erst als sie sich umdreht, erkennt sie Beauty Mbali, eine Nachbarin aus der Township und die beste Freundin ihrer Mutter. Sie umarmt Zodwa, als sie sie erblickt. Als Wahlhelferin scheint sie ganz in ihrem Element zu sein; niemals hätte sie sich träumen lassen, jemals so eine Aufgabe übernehmen zu können. Zodwa freut sich, sie so strahlend lächeln zu sehen.

»Wo ist deine Mutter, mein Kind?«, fragt Mama Beauty.

Zodwa möchte nicht, dass ihre Mutter Ärger mit ihrer politisch engagierten Freundin bekommt, und tut so, als hätte sie die Frage nicht gehört. »Entschuldige, Mama Beauty, aber *ugogo* ist vierundneunzig Jahre alt und hat jetzt schon seit über vier Stunden angestanden. Von der Hitze ist ihr ganz schwindlig. Wäre es möglich, sie jetzt gleich wählen zu lassen?«

Mama Beauty schaut an Zodwas Bauch vorbei auf die winzige Gestalt hinter ihr. »*Sawubona, gogo*«, grüßt sie. »*Unjani?*«

»Guten Morgen, mein Kind«, antwortet die Frau. »Ganz wunderbar geht es mir heute! So gut wie nie zuvor, denn heute ist der Tag, an dem ich wählen werde.«

Mama Beauty lacht. Sie ist selbst schon über sechzig, und niemand würde sie mehr als Kind bezeichnen außer einer so viel älteren Person. »Dann wollen wir Sie nicht länger warten lassen, *gogo*. Kommen Sie, Sie können jetzt Ihr Kreuzchen machen.«

Sie bringt die beiden an der Schlange vorbei die Treppe hinauf in ein wohltuend kühles Klassenzimmer. Die Tische und Stühle sind ordentlich an den Wänden aufgestapelt. »Kann ich bitte eure Pässe haben?«

»Meinen Pass?«, fragt die alte Frau. Ihr Lächeln verblasst, und Zodwa ahnt Schlimmes. »Aber ich habe keinen Pass.«

»Die Wahlbenachrichtigung tut es auch«, erwidert Mama Beauty.

Ihre Verwirrung nimmt zu. »Ich weiß nicht, was das ist. Ich habe nie eine Geburtsurkunde gehabt, deswegen konnte ich auch nie irgendwelche Papiere beantragen.«

»Aber *gogo*«, erwidert Mama Beauty freundlich, »ohne gültige Ausweisdokumente können wir doch gar nicht wissen, wer Sie sind.«

Das Lächeln der *gogo* kehrt zurück, und sie berührt ihre Brust. »Meine Liebe, ich kann Ihnen sagen, wer ich bin. Ich bin Eunice Dlamini und wurde am Neujahrstag des Jahres 1900 geboren. Ich habe zwar keine Geburtsurkunde, aber ich kenne meine Lebensgeschichte. Ich weiß, wer ich bin!« Ihre Miene wird ernst. »Ich bin jetzt bereit. Ich habe mein ganzes Leben lang gewartet und möchte es nicht länger aufschieben. Sagen Sie mir, wo soll ich meinen Namen hinschreiben und mein Kreuz machen? Ich möchte, dass Gott mir zusieht, während ich das tue.«

Mama Beauty verzieht das Gesicht; es schmerzt sie sichtlich, sagen zu müssen: »Tut mir sehr leid, *gogo*, aber ohne einen Ausweis oder eine Wahlbenachrichtigung dürfen Sie nicht wählen.«

Das Lächeln der *gogo* zittert und erstirbt auf ihren bebenden Lippen, als ihr allmählich dämmert, dass all ihre Kämpfe und Leiden – die vierundneunzig Jahre, die sie als nicht registrierte Person in ihrem Heimatland gelebt hat – umsonst waren.

Sie wird weder an diesem noch an irgendeinem anderen Tag wählen können. Sie wird ihr Zeichen niemals setzen.

Während sie fest die Hand der alten Frau in ihrer hält und sich Mama Beauty tröstend zu ihr neigt, wallt weißglühende Wut in Zodwa auf. Das Baby protestiert mit Tritten.

Jetzt weißt du's, sagt Zodwa zu ihrem ungeborenen Kind. *Jetzt weißt du, was du von dieser Welt zu erwarten hast.*

KAPITEL ELF

Delilah

27. April 1994
Verdriet, Magaliesburg, Südafrika

Es war ein Schock, mich selbst neben dem wilden Feigenbaum zu finden, der an der Einfahrt zur Farm Wache stand. Ich hatte keine Ahnung, wie ich dorthin gelangt war, konnte mich an nichts mehr erinnern, nur dass ich aus dem Krankenhaus gerannt und in meinen Mietwagen gestiegen war. Ich musste stundenlang herumgefahren sein, denn es war inzwischen dunkel geworden, ohne dass ich es mitbekommen hatte.

Ich überlegte, ob ich wenden und die achtzig Kilometer zurückfahren sollte, denn ganz in der Nähe des Krankenhauses hatte ich ein Hotelzimmer reserviert, aber ich war hundemüde und konnte wirklich froh sein, dass ich es unfallfrei hierhergeschafft hatte.

Also lenkte ich den Wagen vor das alte Einfahrtstor, das an klapprigen Scharnieren hing, öffnete es, fuhr hindurch und schloss es wieder hinter mir. Als ich um die Kurve bog, wurde ich von dem rostigen Windrad begrüßt, das noch genauso heruntergekommen aussah wie bei meinem Weggang vor vierzig Jahren. Der abnehmende Dreiviertelmond schien auf die riesigen Flügel; das Mondlicht wurde von dem kleinen See reflektiert und warf gespenstische Schatten auf das Savannengras.

Das Farmhaus hatte sich nicht verändert. Es war noch immer in dem gleichen Schlammbraun angemalt, an das ich mich erinnerte, und die Farbe blätterte von den Traufbrettern und Regenwasserrohren. In der Dunkelheit hinter dem Haus konnte ich zwar nichts erkennen, doch ich wusste, dort erstreckten sich Avocadoplantagen, und weit hinten am Horizont die Magaliesberge wie gigantische Wellen auf einer ansonsten ruhigen See; sie waren das Einzige, was diese eintönige Landschaft durchbrach, die ansonsten nur aus Erde und Himmel zu bestehen schien.

Vor dem düsteren Gebäude hielt ich an und betrachtete es argwöhnisch. Das Farmhaus hieß Verdriet. Auf Afrikaans bedeutet das Wort »Kummer«. Besser hätte sich das, was es über das Haus zu wissen gab, nicht zusammenfassen lassen. Mein Afrikaaner-Großvater hatte es so genannt, bevor er seinen Besitz aufteilte und es seiner Tochter und ihrem frisch angetrauten schottischen Ehemann als Hochzeitsgeschenk überließ. Das sei eine Prophezeiung gewesen, hatte meine Mutter gesagt. Mein Vater hatte es lieber Großvaters Fluch genannt.

Ich ließ die Scheinwerfer an und öffnete die Fahrertür. Als ich die Stufen zur Haustür hinaufstieg, warf ich einen langen Schatten auf den Boden. Das Licht machte es leichter, den alten Betonengel zu finden. Ich nahm ihn, drehte ihn um und zog den Keil an der Unterseite heraus, der eigens dafür ausgemeißelt worden war, um etwas hineinzulegen, und dort war er: der Schlüssel, den mein Vater für mich hinterlegt hatte für den Fall, dass ich jemals beschließen sollte, nach Hause zurückzukehren. Damals wusste ich nicht, ob es eine Geste des Hohns war, eine Art väterliche Weissagung, dass ich mit meinem Vorhaben, dem er sehr ablehnend gegenüberstand, scheitern würde, oder ob er es tatsächlich aufrichtig gemeint hatte.

Ich nahm den Schlüssel heraus, pustete Spinnweben und Staub weg und steckte ihn ins Schloss. Die Tür ging mühelos auf, als hätte sie nur auf mich gewartet. Ich ging zurück, um meinen Rucksack zu holen und den Wagen zu verriegeln, stieg wieder die Stufen hinauf und betrat das Haus.

Drinnen war es dunkel und roch seltsam nach kaltem Zigarettenrauch. Ich schloss die Tür mit meinem Fuß und wandte mich automatisch nach rechts, denn ich wusste, dass der Lichtschalter sich zwei Schritte weiter in dieser Richtung an der Wand befand. Als ich auf den Schalter drückte, erwachten die Leuchtstofflampen surrend zum Leben und offenbarten eine bizarre Wohnzimmerszene.

Eine Frau lag ausgestreckt auf dem Sofa, ihr Kopf ruhte auf einem Kissen, ein Arm war über dem Kopf drapiert. Sie trug ein rotes Negligé mit einem Oberteil aus Spitze, das ihre großen Brüste eher bloßlegte, statt sie zu bedecken. Der Tisch vor ihr war mit leeren Weinflaschen, einem überquellenden Aschenbecher und Wachsflecken von zwei vollständig abgebrannten Kerzen übersät. Die Frau schnarchte leise; sie hatte gar nicht bemerkt, dass ich ins Haus gekommen war und das Licht eingeschaltet hatte.

Ich brauchte eine Weile, bis ich sie erkannte.

Zu meiner Verteidigung sei gesagt, dass es fast vierzig Jahre her war, seit ich sie zuletzt gesehen hatte. Und ihr ausgerechnet hier zu begegnen kam völlig unerwartet, denn soweit ich gehört hatte, lebte sie mit ihrem dritten oder vierten Ehemann irgendwo in Kapstadt. Mir waren auch Gerüchte über Dinge zu Ohren gekommen, die davor passiert sein sollten, doch sie hatten so haarsträubend geklungen, dass ich ihnen lieber keinen Glauben schenken wollte.

»Ruth?«, flüsterte ich, um sie nicht zu erschrecken. Sie zuckte noch nicht einmal, also sagte ich ihren Namen abermals, diesmal etwas lauter. Noch immer keine Reaktion. Ich ging zum Sofa herüber, rüttelte sie am Arm und wiederholte ihren Namen so lange, bis sie endlich aufwachte.

»Was zum …?« Meine Schwester blinzelte mich kurzsichtig an, dann verengte sie die Augen und fragte verblüfft: »Ma?«

Sie blinzelte mich erneut an und setzte sich umständlich auf, ohne den Blick von mir abzuwenden. Endlich ging ihr ein Licht auf.

»Bist du das, Dee?«, sagte sie. »Gott, siehst du alt aus.«

KAPITEL ZWÖLF

Ruth

27. April 1994
Verdriet, Magaliesburg, Südafrika

Ich mache mir vor Schreck fast in die Hose, als sie sich über mich beugt. Sie sieht Mutter so ähnlich, dass ich im ersten Moment glaube, sie wäre es – dabei ist sie seit über dreißig Jahren tot.

Ihr kurzes, fettiges graues Haar steht vom Kopf ab, und über ihr ungeschminktes Gesicht ziehen sich Spuren von Schweiß oder Tränen. Es ist runzlig und verhärtet; mir kommt es vor, als würde ich von einem Racheengel heimgesucht, und ich glaube zunächst an einen Albtraum.

»Steh auf und geh ins Bett, Ruth!«, befiehlt sie mir, und das ist derart banal und so typisch für Delilah, dass ich weiß, dass es kein Traum ist.

Doch auch wenn es kein Traum ist – ihr plötzliches Erscheinen muss ein Omen sein!

Ich habe schon immer an Zeichen geglaubt. Delilah hat es wohl auch getan, aber da ihre Zeichen angeblich von dem Kerl da oben kamen, betrachtete sie sie nicht als solche. Stattdessen glaubte sie, auf das hören zu müssen, was der Herr ihr befahl. Irgendwie erinnert mich das an die meisten meiner Beziehungen zu Männern, jetzt, wo ich so darüber nachdenke, deswegen kann ich ihr kaum etwas vorwerfen. Von wegen im Glashaus sitzen und so.

Mit siebzehn behauptete sie, Gott habe ihr aufgetragen, das Elternhaus zu verlassen, um seinen Wunsch erfüllen und Nonne werden zu können. Ich war ja eher der Meinung, dass dieser attraktive Priester, Pater Sowieso, sie derart um den Finger gewickelt hatte, dass sie die niederländisch-reformierte Kirche unserer Mutter verließ und zum katholischen Glauben übertrat.

Ich weiß noch, dass sie knallrot anlief, als ich ihr das auf den Kopf zusagte. Sie behauptete, das eine habe mit dem anderen rein gar nichts zu tun, und es sei kompletter Blödsinn. Aber der Typ war dermaßen hinreißend, dass sogar ich unter Umständen in die Kirche eingetreten wäre, wenn er mich jemals eines Blickes gewürdigt hätte. Ihr süßer Jugendfreund Riaan van Tonder, der sie anhimmelte wie ein Hundewelpe, war fix und fertig und weinte an dem Abend, bevor sie fuhr. Ich weiß das, weil ich Delilah hinterhergeschlichen bin, als sie heimlich das Haus verließ und sich in der Avocadoplantage mit ihm traf.

Ich war auch an dem Tag da, als Delilah Novizin wurde, und bei dem ganzen Brimborium lief es mir kalt über den Rücken. Delilah trug Mas Hochzeitskleid, das eigentlich für mich als die Ältere bestimmt war. Glücklicherweise war es viel zu konservativ und überhaupt nicht mein Stil, deswegen ärgerte ich mich nur aus Prinzip. Dass sie so dick geworden war, war ihre Strafe dafür, dass sie etwas bekommen hatte, das rechtmäßig mir zustand.

Sie und die anderen Pusteln (wie ich sie nannte, obwohl Delilah auf »Postulantinnen« beharrte) schritten durch den Mittelgang, verschleiert wie Bräute, denn sie wollten ja ihr Gelübde ablegen, um mit Christus vermählt zu werden. Ma hatte sogar monatelang heimlich Geld beiseitegelegt, um Delilah einen goldenen »Ehering« kaufen zu können.

Als ich meine Schwester in einer Reihe mit den anderen jungen Frauen stehen sah, die alle mit Christus verheiratet werden sollten, überkam mich Gänsehaut. Ich wusste damals nichts über Sektenkult, aber ich hätte ihn mir genau so vorgestellt. Ich weiß noch, wie ich dachte, dass Gott ein echter Polygamist war und ich verzweifelt hoffte, dass er Delilah vor dem Altar sitzen lassen würde.

Es war ein Schock für uns alle, als Delilah nur wenige Monate später das Kloster wieder verließ. In ihrem Brief verriet sie nicht, weshalb sie aufgab; sie sagte nur, dass Gott seine Meinung in Bezug auf ihre Berufung geändert habe.

Nachdem wir die Nachricht erhalten hatten, wartete Mutter ungeduldig darauf, dass Delilah nach Hause käme und ihr alles erklärte.

Stattdessen erhielten wir einen Brief von ihr aus Ruanda, in dem es hieß, Gott habe beschlossen, dass sie weiter nach Norden gehen solle, um Sozialarbeiterin zu werden. Ich konnte nicht verstehen, dass eine verlassene Frau Befehle von ihrem Ex annahm, und fand, dass Gott mit einem solchen Verhalten nicht ungestraft davonkommen sollte, nur weil er der Allmächtige war.

Wir erwarteten, dass Delilah uns im Urlaub besuchen käme, aber wir haben sie niemals wiedergesehen. Weder als Pa so krank war, noch bei seiner Beerdigung, obwohl ich im Nachhinein glaube, dass wir damit rechnen mussten. Womit ich jedoch nicht gerechnet hatte, war, dass sie Mas Flehen sechs Jahre später ignorieren würde, als sie im Sterben lag und Delilah bat, nach Hause zu kommen, damit sie sie ein letztes Mal sehen könne. Ich fand es furchtbar rachsüchtig von ihr, einer sterbenden Frau ihren letzten Wunsch zu verweigern, zumal meine Schwester ihre Lieblingstochter war, und außerdem schien es so gar nicht zu Delilahs vorgeblicher Frömmigkeit zu passen.

Schon früher waren ihre Gebete theatralisch gewesen: Sie kniete auf dem gebohnerten Fußboden, bewegte fieberhaft die Lippen und presste die Hände zusammen, den Rosenkranz umklammernd wie ein Seil, das sie vor dem Ertrinken rettete. Ich habe es selbst ein paarmal versucht, erhielt aber nie eine Antwort von oben.

Ich weiß, dass die siebzehnjährige Delilah meine Behauptung, dass ich eine lebenslange Unterhaltung mit dem Universum führte, die genauso tief ging wie ihre mit Gott, rundheraus abgestritten hätte. Sie glaubte an keine Form der Spiritualität, die nicht unter dem Deckmäntelchen der organisierten Religion daherkam – inklusive den dazugehörigen Ritualen, Gewändern und Strafen –, und sie hätte die feinen Zwischentöne des Universums definitiv nicht verstanden.

Das Universum stößt einen sanft an, es spricht in Hinweisen und Anspielungen anstatt pompösen Predigten und Psalmen, Geboten und Verboten. Ich habe mich mein ganzes Leben lang auf seine Zeichen verlassen, und deswegen habe ich gehorcht, als es mich hierher zurückzurufen schien.

Als ich unter Delilahs missbilligenden Blicken ins Bett stolpere, frage ich mich unwillkürlich, warum das Schicksal uns auf diese Weise wieder zusammengeführt hat. Ich nehme an, ich werde es früh genug herausfinden.

KAPITEL DREIZEHN

Zodwa

27. April 1994
Big Hope Informal Settlement,
Magaliesburg, Südafrika

Als die ersten Regentropfen auf das Wellblechdach klopfen, zuckt Zodwa zusammen und lässt das Buch in ihren Schoß sinken. Die flatternden Seiten löschen die Kerze, und die Hütte ist in Dunkelheit getaucht.

Obwohl sie schon seit über einem Jahr in dem Squatter Camp lebt, hat sich Zodwa immer noch nicht daran gewöhnt: die Panik, wenn die ersten dissonanten Schläge ihren Rhythmus finden und zu einem stetigen Trommelschlag werden, der eine Katastrophe ankündigt. Die Hütten nahe am Flussbett wurden im Januar überflutet und weggespült. Niemals wird sie das unmenschliche Heulen der Frau vergessen, als am Tag darauf die aufgequollene Leiche ihres zweijährigen Kindes zwei Kilometer flussabwärts gefunden wurde.

Am schlimmsten findet es Zodwa, dass die dünne Schaumstoffmatratze anfängt zu stinken, wenn Wasser in die Hütte läuft und den Lehmfußboden tagelang schmierig aufweicht. Es gibt ihr das Gefühl, wie ein Insekt in feuchter Erde eingegraben zu leben, anstatt ein menschliches Wesen zu sein, das versucht, sein Leben auf dem winzigen Stückchen Land zu fristen, das sie für sich beanspruchen.

Doch sogar das Konzept des Eigentums ist eine Illusion.

Die Leute hier haben zwar ihre Hütten gebaut, aber das Land gehört nicht ihnen. Wie Tausende anderer hausen sie hier ohne offizielle Genehmigung und leben in ständiger Furcht – vor den Bulldozern und den Hüttenfeuern, die gelegentlich aufflammen und durch das Lager brausen. Die Regierung und die Polizei stellen eine gleichermaßen schlimme Bedrohung dar.

Zodwa ist erleichtert, als die Regentropfen leiser werden. Gerade hat sie ein Streichholz entfacht, um die Kerze wieder anzuzünden, als sich ihre Mutter plötzlich aufrichtet, geschüttelt von einem heftigen Hustenanfall. Auch der Hund, der zusammengerollt zwischen Leletis Beinen geschlafen hat, erhebt sich.

Leleti hat in den letzten Wochen so viel Gewicht verloren, dass sie nur noch aus Haut und Knochen besteht. Als Zodwa die Hand auf das Knie ihrer Mutter legt, fühlt es sich so hart an wie eine Zurückweisung. »Mama. Was kann ich für dich tun?«

Leleti wartet, bis der Hustenanfall abgeebbt ist, bevor sie mühsam keuchend antwortet: »Gar nichts, mein Kind, aber ich danke dir. Versuche, dich ein bisschen auszuruhen.« Der Hund winselt, als er ihre Stimme hört, und leckt ihre Hand.

»Ich kann nicht schlafen. Bitte lass mich dir helfen. Komm, ich befeuchte das Tuch, dann kannst du dein Gesicht damit kühlen«, sagt Zodwa und macht Anstalten aufzustehen.

Ihre Mutter deutet auf den Topf voller Wasser neben sich, in dem nutzlos ein Tuch schwimmt. Es ist voller Blut, das in Schlieren herausläuft und rosa Farbwirbel im Wasser hinterlässt. »Es nützt doch sowieso nichts.«

Endlich gibt sich der Anfall, und Leleti legt sich wieder hin.

Der Hund tut es ihr nach. Gerade als Zodwa glaubt, ihre Mutter sei eingeschlafen, sagt sie: »Du solltest nach Hause gehen.«

»Ich bin zu Hause, Mama.«

»Nein, zurück nach Ulundi. Nach KwaZulu. Nach Hause ins Dorf.«

»Nein, ich möchte hier bei dir bleiben.«

»Ich bin krank, Zodwa, ich habe diesen furchtbaren Husten. Er wird nicht besser, und ich kann mich nicht um dich oder das Baby kümmern.« Dann fügt sie hinzu: »Du wirst Hilfe mit dem Baby brauchen, wenn ich nicht mehr da bin.«

»Sag so etwas nicht! Du wirst wieder gesund.«

»Das hier ist kein Ort für dich. Ich hätte dich bei deiner Großmutter lassen sollen. Sie hat gleich gesagt, dass es ein Fehler wäre, dich hierherzuholen, aber ich war so egoistisch und wollte dich bei mir haben.«

Zodwa muss an den Tag vor etwas mehr als fünfzehn Monaten zurückdenken, an dem sie in der Township endlich wieder vereint waren. Leleti hatte stundenlang in der Gluthitze am Straßenrand gesessen und auf das Taxi gewartet, das ihr endlich ihre Tochter bringen würde.

»Mein Kind«, sagte Leleti, und ihr sorgenvolles Gesicht entspannte sich, als Zodwa schließlich aus einem der Dutzenden von Minivans stieg, die ankamen und wegfuhren. »Was für eine wunderschöne Frau du geworden bist!« Sie hatten sich fast zwölf Jahre lang nicht gesehen, und Leleti war Zodwa fremd geworden.

»Danke, Mama.« Zodwa war ganz verlegen, als die Augen ihrer Mutter auf ihr ruhten. Sosehr sie sich nach ihr gesehnt hatte, nachdem sie weggegangen war, so sehr hatte sie jetzt Heimweh nach ihrer *gogo*, die die Rolle ihrer Mutter so gut ausgefüllt hatte, dass ihre wirkliche Mutter zu einer Art Mythos geworden war, den sie nur aus den Erzählungen anderer kannte. Und dennoch stand sie jetzt vor ihr, einer Frau aus Fleisch und Blut, die sichtlich krank war, obwohl Zodwa noch nicht wusste, was sie hatte.

»Du hast mich so stolz gemacht«, sagte Leleti und nahm Zodwas Gesicht in beide Hände. »Genau wie Dumisa. Und du wirst noch Größeres vollbringen. Das weiß ich.«

Zodwa schämt sich, wenn sie daran denkt, wie sehr sie ihre Mutter enttäuscht hat.

»Du hättest die Schule beendet, wenn du in KwaZulu geblieben wärst. Das«, sagte Leleti und deutet mit dem Kinn auf Zodwas Bauch, »wäre dort nicht passiert. Ich habe gerade genug Geld, um dich zurückzuschicken. Wenn du morgen aufbrichst, wirst du es schaffen, bevor das Baby kommt.«

»Nein, Mama. Wir nehmen das Geld, um dich zu einem Arzt zu bringen und behandeln zu lassen.«

»Ärzte sind nichts für Leute wie uns.«

Leleti sagt die Wahrheit. Erst vor wenigen Tagen ist ihre Freundin Mama Beauty mit zwei Plastiktüten voller Babysachen zu ihnen gekommen. Die Kleidung war teilweise noch ungetragen und roch trotzdem nach Weichspüler, weil die Weißen offenbar alles waschen, was sie neu gekauft haben, egal ob ihre Babys es jemals benutzen oder nicht.

Mama Beauty ist die einzige Schwarze aus Zodwas Bekanntenkreis, die eine weiße Freundin hat, eine jüngere Frau namens Robin, die regelmäßig hinaus in die Township kommt und sie besucht. Soweit Zodwa weiß, hat Mama Beauty für Robins Familie als Hausmädchen gearbeitet, bevor sie in Rente gegangen ist.

Sie hat gehört, dass die weiße Frau, Robin, Mama Beauty regelmäßig bittet, zu ihr nach Johannesburg zu ziehen, aber Beauty lehnt jedes Mal ab, weil sie bei ihren Söhnen bleiben will, die beide in den Platinminen in Rustenburg arbeiten. Zodwa weiß, dass sie noch eine ältere Tochter hatte, Nomsa, die in den 1980er Jahren verschwunden ist. Darauf beruht die Freundschaft zwischen Mama Beauty und Leleti: Sie sind einander nähergekommen, weil sie beide nach einem Kind suchten, das während der grausamsten Jahre der Apartheid verschwunden ist.

Mama Beauty ist freundlich zu Zodwa und hat Umstandskleidung und Babysachen für sie aufgetrieben. Dabei erhält Zodwa Einblick in eine Welt, von der sie ansonsten nie etwas erfahren hätte. Zum Beispiel, dass weiße Frauen regelmäßig zu Blutuntersuchungen und zur Vorsorge gehen, wenn sie schwanger sind, und dass sie Medikamente extra für Schwangere bekommen.

Für Zodwa hat es keine Arztbesuche oder Untersuchungen gegeben. Als ihre Periode ausblieb und ihre Brüste anschwollen, wusste sie, dass sie schwanger war – ganz einfach. Die nächste Klinik liegt einen halben Tag Fußmarsch entfernt, und als ihre Mutter sie zwang hinzugehen, fand Zodwa dort eine lange Schlange vor, die sich kaum voranbewegte. Nachdem sie stundenlang gewartet hatte und immer noch nicht untersucht worden war, kehrte Zodwa wieder nach Hause zurück und ging nie wieder hin. Es schien ihr wenig sinnvoll zu sein.

»Du wirst wieder gesund, Mama. Du brauchst einfach nur Ruhe. Ich werde mit deiner Madam sprechen und fragen, ob du eine Woche Urlaub bekommen kannst.«

»Ich bin heute entlassen worden. Ich habe keine Arbeit mehr.« Leletis Stimme klingt hohl.

»Warum? Du bist sogar hingegangen, als du dir für die Wahl einen Tag hättest freinehmen dürfen.«

»Schau mich doch an, mein Kind. Ich schaffe die Hausarbeit nicht mehr. Es wundert mich sowieso, dass sie mich so lange behalten hat.«

Offenbar hat die Madam Leleti nur das bezahlt, was sie ihr für diesen Monat schuldig war. Mehr Geld haben sie nicht, und Leleti möchte es gerne dazu benutzen, Zodwa zurück ins KwaZulu-Homeland zu schicken. Eine Weile sitzen sie schweigend da, beide in ihre eigenen Gedanken versunken. Da sie nur so viel Geld haben, dass eine von ihnen nach Hause fahren kann, und keine Aussicht darauf besteht, in nächster Zeit etwas zu verdienen, werden sie beide bleiben müssen.

»Sag mir doch wenigstens, wer der Vater ist«, bittet Leleti nach einer Pause. »Als Kindsvater muss er dir Geld geben, um dich zu unterstützen.«

»Mama, er wird nicht …«

»Er wird! Ich werde mit ihm reden. Ich habe dafür gebetet, und es ist der Wille des Herrn, dass ich ihn so lange beschäme, bis er bezahlt.«

»Ich möchte das nicht, Mama.«

»Sag mir nur, wer er ist! Welcher Mann mit einem Funken von Selbstachtung würde sich weigern, sich um sein eigenes Kind zu kümmern? Lass den Unsinn und sag mir, wer …«

»Ich wurde vergewaltigt, Mama!« Zodwa ist so erschrocken über diese Enthüllung, dass sie die Hand vor den Mund schlägt. Sie schaut ihre Mutter an, entsetzt über den Schrecken auf ihrem Gesicht.

In der letzten halben Stunde haben sie mehr miteinander geredet als in all den vergangenen Monaten. Zodwa hat sich so sehr gewünscht, ihre alte Vertrautheit zurückzugewinnen, aber als sie nun endlich die Worte ausspricht, die sie so lange in sich getragen hat, wirken sie wie eine Waffe.

Leleti verzieht entsetzt das Gesicht. »Wer hat dir das angetan, mein Kind? Wer?«

Doch Zodwa weigert sich, es ihr zu sagen, überrascht von den heftigen Gefühlen, die ihr die Kehle zuschnüren.

Leleti zieht Zodwa an ihre Brust und fängt an zu schluchzen. »Oh, lieber Jesus, sag mir, dass das nicht wahr ist! Sag mir, dass das meiner wunderschönen Tochter nicht zugestoßen ist!«

Zodwa lässt sich in den Armen ihrer weinenden Mutter wiegen. Ihr geht der Gedanke durch den Kopf, dass es manchmal besser ist, unter dem Gewicht der schwersten Bürde mit gesenktem Kopf dahinzustolpern, als miterleben zu müssen, welches schreckliche Leid man seinen Liebsten zufügt.

»Es tut mir leid, mein Kind! Es tut mir so leid!« Leleti weint und ergeht sich in Entschuldigungen und Selbstvorwürfen. »Ich hätte dich vor so etwas beschützen sollen … Vergib mir, mein Kind … Ich werde es wiedergutmachen. Vergib mir! Vergib mir!«

Die Tränen ihrer Mutter tropfen auf Zodwas Wangen, und sie würde ihr so gerne widersprechen und ihr sagen, dass sie keine Schuld trägt, ihr aber trotzdem nichts Näheres erklären kann, denn dann würde sich ihre Zärtlichkeit wieder in Härte verwandeln.

Du hättest mich nicht beschützen können, Mama. Ich wurde vergewaltigt, weil ich die falsche Person liebte. Und ich liebe sie immer noch.

KAPITEL VIERZEHN

Ruth

28. April 1994
Verdriet, Magaliesburg, Südafrika

»Ich habe gestern geglaubt, ich träume«, sage ich, als ich in die Küche schlurfe, wo Delilah einen schrecklichen Lärm verursacht und ganz allgemein wenig Rücksicht auf das Hämmern in meinen Schläfen nimmt. »Ehrlich gesagt dachte ich, es wäre ein Albtraum.«

Sie gießt mir eine Tasse Kaffee ein und reicht sie mir. »Hier, das hilft bestimmt.«

»Gegen was?«

»Kopfschmerzen und Übelkeit, mit denen du vermutlich aufgewacht bist.«

»Kopfschmerzen und Übelkeit sind nicht das Problem. Ich habe nur immer so einen fürchterlichen Kater.«

Mit der Bemerkung wollte ich eigentlich das Eis brechen, aber Delilah taut kein bisschen auf. »Tut mir leid, dass du ihn schwarz trinken musst, aber wir haben weder Milch noch Zucker. Genauer gesagt, es ist gar nichts im Haus. Wie kannst du so leben?«

»Ich bin gestern erst aus Kapstadt gekommen, ein paar Stunden vor dir«, sage ich zu meiner Verteidigung. »Ich hatte noch keine Zeit zum Einkaufen.«

»Aber du hättest doch wissen müssen, dass keine Lebensmittel im Haus sind, und vorher etwas einkaufen können.«

»Keine Zeit.«

»Aber Zeit, beim Spirituosenladen anzuhalten, hattest du.« Delilah wirft einen Blick auf die leeren Flaschen neben dem Mülleimer. »Es ist nichts im Kühlschrank außer Wein und Tonic Water.«

»Delilah? Du hättest genauso gut unterwegs am Supermarkt anhalten können. Oder wo sind deine Vorräte?« Sie errötet, erklärt aber nicht, warum sie nicht einkaufen war. Das ist wieder mal typisch für sie. Meckert andere an, aber wehe man wagt es, sie zu kritisieren. »Wenigstens wissen wir, dass eine von uns klare Prioritäten hat. Und danke, dass du mich an das Tonic erinnert hast«, erwidere ich leichthin und stehe auf, um mir eine Zigarette und die Zutaten für ein Katermittel zu holen.

»Brauchst du wirklich gleich nach dem Aufstehen etwas zu trinken?« Delilah wäscht einen Aschenbecher aus und knallt ihn vor mich hin.

»Moskitos verursachen die meisten Todesfälle in Afrika. Sie fordern mehr Menschenleben als Flusspferde. Ich beweise nur gesunden Menschenverstand. Du solltest auch einen nehmen.«

»Es gibt keine Malaria in den Ausläufern der Magaliesberge. Das weißt du ganz genau.«

»Man kann nicht vorsichtig genug sein.« Ich gebe einen Extraschuss Gin in das Tonic, damit die Mischung stimmt.

»Außerdem hilft das Chinin im Tonic gegen Moskitos, nicht der Gin.«

»Tja, aber ich kann den Gin jetzt nicht mehr rausfiltern, oder? Egal was Ma über die Briten gesagt hat – sie haben das Tonic nach Afrika gebracht, also können sie so schlimm nicht gewesen sein. Bist du sicher, dass du keines möchtest?«

»Ja.«

»Wie du willst«, erwidere ich und füge leise hinzu: »Da ist aber heute Morgen jemand mit dem linken Bein zuerst aufgestanden.«

Delilahs Attacke kommt wie aus dem Nichts. Ich dachte, das hier wäre ein kleines Geplänkel, aber da habe ich mich wohl geirrt. Meine Schwester ist so empfindlich wie eh und je. »Was machst du hier, Ruth? Ist mal wieder eine Ehe von dir in die Brüche gegangen, oder erholst du dich von deiner neuesten Schönheitsoperation?«

Das lasse ich ihr nicht durchgehen. »Was machst du hier, Delilah? Warte, sag's mir nicht. Irgendjemand braucht dich ganz dringend in Zaire, Ruanda oder in Scheiß-Timbuktu, und du dachtest, ach, dann lauf ich mal schnell weg, denn war das nicht schon immer deine Spezialität?«

Delilah ist sichtlich getroffen, schluckt den Köder aber nicht. »Nein, ich bin in Rente gegangen.«

»In Rente? Na ja, hoffentlich hast du nicht geglaubt, hier wohnen zu können.«

»Warum nicht? Das ist genauso mein Zuhause wie deines.«

Träum weiter! »Ich bin dabei, die Farm zu verkaufen.«

»Wie bitte?«

»Deswegen bin ich hier. Wir haben ein Angebot erhalten, und ich werde es annehmen.«

»Das kannst du nicht machen!«

»Allerdings kann ich das. Du hast mir schon vor Jahrzehnten die Vollmacht gegeben, weißt du noch? Als du es mir überlassen hast, mit allem fertigzuwerden, inklusive des lästigen Papierkrams?« Es ärgert mich, dass ich so verletzt klinge. Die kann mich mal!

»Dann ziehe ich meine Vollmacht eben wieder zurück. Du darfst die Farm nicht verkaufen!«

»Wir werden ja sehen«, entgegne ich, nehme meinen Drink und rausche aus dem Zimmer, gefolgt von Zigarettenrauch und meinem flatternden Seidenkimono.

KAPITEL FÜNFZEHN

Delilah

28. April 1994
Verdriet, Magaliesburg, Südafrika

Ruth hat mich schikaniert, seit ich denken kann.

Sie ist nur zehn Monate älter als ich und wurde im selben Jahr geboren. Wir sind also »irische Zwillinge«. So wurden wir allerdings nie bezeichnet, schon gar nicht in Gegenwart unseres schottischen Vaters, Angus. Vielleicht hielten die Leute sich zurück, weil er zu Gemeinheiten neigte, vielleicht lag es aber auch nur daran, dass sie den Begriff nicht kannten. Wir lebten in einer kleinen Farmergemeinde, der hauptsächlich Afrikaaner angehörten, und diese Leute misstrauten allen, die nicht dazugehörten oder etwas anderes lasen als das Farmer-Wochenblatt und die Bibel.

Die Tatsache, dass meine Eltern so kurz nacheinander zwei Kinder zeugten, hätte dafür sprechen können, dass sie Zuneigung füreinander empfanden. Das taten sie allerdings nicht, im Gegenteil. Ihre Ehe war ein endloser Krieg, der regelmäßig in Auseinandersetzungen gipfelte, und die einzige Schlacht, aus der Ma je als Siegerin hervorgegangen war, war diejenige um den Namen von Ruth.

Mein Vater wollte sie Donalda nennen, nach seiner eigenen Mutter, doch Ma bestand auf dem Namen einer biblischen Figur, der das Kind nacheifern konnte. Wahrscheinlich hatte der Anblick des roten Haarbüschels auf dem Kopf der frisch geborenen Ruth ihr solche Angst eingejagt, dass sie auf keinen Fall nachgeben wollte. Meine Mutter ahnte wohl schon, dass sie mit einer Tochter, die in Aussehen und Temperament nach ihrem Vater schlug, nicht fertigwerden würde. Wahrscheinlich hoffte sie, dass ihre Erstgeborene so gehorsam wie die biblische Ruth werden würde, wenn sie sie nach ihr benannte.

Diese Hoffnung erfüllte sich jedoch nicht.

Pa nahm den Tag meiner Geburt zum Anlass, sich an Ma zu rächen. Sie hatte ihn mit der Anweisung zum Standesamt geschickt, »Naomi« auf meiner Geburtsurkunde eintragen zu lassen. Sie dachte wohl, da sie die Schlacht um den Namen Ruth gewonnen hatte, würde sie auch diesmal den Sieg davontragen.

Doch sie irrte sich.

»Du willst einen biblischen Namen, Weib? Den sollst du haben, verdammt noch mal!«

So kam es dazu, dass ich Delilah heiße.

Mein Vater fand das überaus witzig, vor allem, weil ich an Weihnachten zur Welt kam, dem Tag der Geburt des Herrn. Welche Ironie: Die Ruth der Familie entpuppte sich als wilde Ungläubige, während die Delilah sich zur braven Gottesfürchtigen entwickelte. Ich rede mir gern ein, dass ich auf diese Art gegen meinen Vater rebellierte und mich im Auftrag unserer Mutter an ihm rächte, indem ich den Spieß umdrehte, so dass der Witz letztendlich auf seine Kosten ging.

Wenn ich an die Ehe meiner Eltern zurückdenke, floss an jedem Tag, an den ich mich erinnern kann, Blut. Und es forderte seinen Tribut, auf einem Schlachtfeld aufzuwachsen. »Gott steh dir bei, Delilah, aber wenn du älter bist, wirst du es verstehen«, sagte meine Mutter eines Tages zu mir, als ich mit finsterem Blick zuschaute, wie sie das Frühstück für meinen Vater zubereitete. Auf ihrer Wange prangte ein frischer Bluterguss, dessen Anblick ich kaum ertragen konnte. »So sehen die ehelichen Beziehungen zwischen einem Mann und einer Frau eben aus.« Sie zuckte mit den Schultern, als bliebe ihr nichts weiter übrig, als es zu akzeptieren.

Je mehr Pa trank, desto streitlustiger wurde er. Er fing an, ihre zahlreichen Unzulänglichkeiten aufzuzählen, und ritt darauf herum, wie oft sie ihn schon enttäuscht habe. Die anderen Gemeindemitglieder reagierten darauf, indem sie die Farm nicht mehr Verdriet, sondern Dronkverdriet nannten, was auf Afrikaans so viel wie »Saufkummer« bedeutet. In Pas Augen war sein Misserfolg als Farmer Mas Schuld, weil sie ihn, einen Schiffsbauer und Seemann, gezwungen habe, auf dem Feld zu schuften. Und dass er als Ehemann versagte, war auch ihre Schuld, weil sie ihn seiner männlichen Würde beraube. Wie sollte ein Mann sich wie ein Mann verhalten, wenn seine Frau ihm keinen Respekt entgegenbrachte?

Damals stand für mich fest, dass ich mit so etwas nichts zu tun haben wollte. Wenn Liebe solches Leid hervorrief – ich ging natürlich davon aus, dass sie sich irgendwann einmal geliebt hatten –, konnte ich gut darauf verzichten. Das, wonach ich mich sehnte, war eine große, erhabene Liebe, die über irdische Gelüste hinausging. So begann meine Liebesaffäre mit Gott und der Kirche, und ich war dumm genug zu glauben, dass sie mich gegen das Chaos menschlicher Gefühle immun machen würde.

Was natürlich nicht der Fall war.

Im Gegenteil: Letztendlich führte sie zu meinem Ruin,

denn durch die Kirche lernte ich einen Priester kennen, in den ich mich verliebte, und diese Verblendung war der Auslöser für alles, was danach kam. Damals war ich überzeugt, dass es mir gelang, meine Gefühle für ihn zu verbergen, aber Ruth durchschaute mich natürlich. Sobald sie merkte, was los war, quälte sie mich unablässig.

Ruth, die Unbarmherzige.

So war sie damals gewesen, und sie hatte sich keinen Deut geändert. Es war ein Charakterzug, den sie von unserem Vater geerbt haben musste, wie auch ihren Hang zum Alkohol.

Als sie mir mitteilte, dass sie die Farm verkaufen wollte, war mir klar, dass ich schnell an die frische Luft musste, damit ich Ruth nicht ihren gestrafften Hals umdrehte. Außerdem brauchten wir Lebensmittel, und sie war höchstens imstande, Zitronen für ihre Gin Tonics zu besorgen.

Bevor ich mich auf den Weg machte, nahm ich jedoch meinen ganzen Mut zusammen, um auf der Intensivstation anzurufen und mich mit zitternder Stimme nach Daniel zu erkundigen. Man sagte mir, sein Zustand sei unverändert und nach wie vor kritisch. Als ich ins Auto stieg, versuchte ich, nicht mehr an ihn zu denken, und erging mich stattdessen in wütenden Mordfantasien gegen meine Schwester.

Obwohl ich die Strecke zur Farm am Abend zuvor bereits gefahren war, wirkte bei Tageslicht alles ganz fremd. Der Weg in die Stadt führte durch eine riesige Wellblechsiedlung, die sich ausdehnte, so weit das Auge reichte. Die Hütten standen auf ehemaligem Farmland. Da ich regelmäßig Nachrichten aus Südafrika verfolgt hatte, wusste ich, dass es sich um eines jener Squatter Camps handelte, die euphemistisch als »informelle Siedlungen« bezeichnet wurden. Die Städte zogen Abertausende von schwarzen Arbeitern an, aber da es keinen Wohnraum für sie gab, schossen überall solche Siedlungen aus dem Boden.

In der Stadt fand ich schließlich einen Supermarkt, und nachdem ich alles gefunden hatte, was ich brauchte, stellte ich mich in eine der langen Schlangen an den Kassen. Mein Einkaufswagen war halb voll, aber andere Leute hatten zwei oder sogar drei Wagen, die bis zum Rand mit Konserven gefüllt waren. Ich verstand nicht, warum an einem normalen Wochentag so viel los war, und als ich endlich dran war, fragte ich die weiße Kassiererin: »Was ist denn heute los? Gibt es einen Ausverkauf, von dem ich nichts mitbekommen habe?«

Sie trug ein T-Shirt der Nationalen Partei mit Staatspräsident Frederik Willem de Klerks Konterfei darauf, um zu zeigen, dass sie mit dem Apartheid-Regime sympathisierte. »Nein, die Leute sammeln bloß Vorräte«, antwortete sie auf Afrikaans. Ruth und ich waren von unserem Vater zwar auf eine englischsprachige Schule geschickt worden, doch da Ma und alle anderen Mitglieder der Farmergemeinde Afrikaaner waren, beherrschten wir beide Sprache fließend.

Also fragte ich die Kassiererin, nun auf Afrikaans: »Vorräte? Und wofür?«

»Für den Bürgerkrieg, der ausbricht, wenn Nelson Mandela Präsident wird.«

Ich dachte zuerst, die Kassiererin scherzte, doch sie sah todernst aus. »Bürgerkrieg?«

»Ja, die Schwarzen drohen doch schon seit Jahren damit, sich für die Apartheid an den Weißen zu rächen. Dann wird keiner von uns mehr sicher sein. Vor allem Frauen nicht. Es gibt doch wohl nicht Schlimmeres, als von einem dreckigen Kaffer vergewaltigt zu werden, oder?«

Als ich fünf Minuten später zur Farm zurückfuhr, dachte ich noch immer über ihre Worte nach. Als ich wieder durch das Squatter Camp fuhr, zwang mich eine rote Ampel anzuhalten. An der Kreuzung standen mehrere Warnschilder, sich vor Überfällen in Acht zu nehmen. Ich verriegelte die Autotüren.

Während ich darauf wartete, dass die Ampel grün wurde, betrachtete ich die chaotische Szene, die sich um mich herum abspielte. Minivan-Taxis hielten an, um Passagiere aufzunehmen, planlos weiterzufahren und dabei Staubwolken aufzuwirbeln. Einige Fußgänger standen plaudernd in Grüppchen zusammen, andere streckten die Hand aus, um zu signalisieren, in welche Richtung sie unterwegs waren. Fliegende Händler boten lautstark ihre Waren an, während Federvieh und Ziegen am Straßenrand herumstreunten.

Überall waren Schwarze unterwegs, und die meisten trugen Schwarz, Gelb und Grün, die Farben des Afrikanischen Nationalkongresses, ANC. Seit das Verbot des ANC im Jahr 1990 aufgehoben worden war, hatte die Partei Nelson Mandelas eine beeindruckende Anhängerschaft gewonnen. Die einzigen Weißen saßen in Autos, so wie ich, mit verriegelten Türen, doch die Angst stand ihnen ins Gesicht geschrieben. Hatte die Kassiererin im Spar etwa recht gehabt? Gab es wirklich Grund, sich zu fürchten?

Die Frau hatte vermutlich ihr gesamtes Leben in dieser Stadt verbracht, während ich eben erst in eine Heimat zurückgekehrt war, die sich in all den Jahren ebenso grundlegend verändert hatte wie ich selbst. Was wusste ich schon? Ich war die verlorene Tochter, fremd im eigenen Land.

Plötzlich tauchte ein schwarzes Gesicht neben mir auf und klopfte gegen die Scheibe. Ich zuckte zusammen und wich zurück. Die Ampel war grün geworden. Ich trat das Gaspedal durch und schaute in den Rückspiegel, um mich zu vergewissern, dass ich Abstand zu dem Mann bekam, der sich mir genähert hatte. Dabei übersah ich ein Schlagloch und konnte nicht rechtzeitig ausweichen. Ein lauter Knall ertönte, gefolgt von einem heftigen Ruck, und die Lenkung gehorchte nicht mehr richtig. Ein Reifen war geplatzt. Mir blieb nichts anderes übrig, als an den Straßenrand zu fahren und anzuhalten.

KAPITEL SECHZEHN

Zodwa

28. April 1994
Big Hope Informal Settlement,
Magaliesburg, Südafrika

Zodwa verriegelt die Hütte und stopft sich den Schlüssel in den BH. Auf dem Weg hinaus kommt sie an dem dürftigen Gemüsegarten vorbei, den sie versucht anzubauen, sowie an dem Schrein, den ihre Mutter für Dumisa errichtet hat. Dreitausendfünfhundertelf. So viele Steine liegen inzwischen auf dem Haufen; einer für jeden Tag, seit Dumisa verschwunden ist. Zodwa berührt ihn kurz; der Berg wirkt so massiv wie Dumisas Abwesenheit, und sie denkt an all die Zeit, die Leleti und sie schon damit verbracht haben, ihren Bruder zu suchen.

Nach Zodwas Ankunft in der Township nahm ihre Mutter sie als Erstes mit, um Schulsachen zu kaufen. Eigentlich hätten sie das im Einkaufszentrum an der Ecke erledigen können, doch zu Zodwas Überraschung nahmen sie ein Minivan-Taxi nach Johannesburg.

Als Zodwa nach dem Grund fragte, erwiderte Leleti: »Willst du dir nicht die Stadt anschauen?«

Das wollte Zodwa zwar, aber sie wusste auch, dass das Taxi mehr kostete, als sie sich leisten konnten. Erst als Leleti die Anweisungen auf der Rückseite eines Flugblatts studierte, die sie zu einer Wohnsiedlung nach Hillbrow führten, begriff

Zodwa, was ihre Mutter tatsächlich vorhatte: Sie wollte dort einen Mann aufsuchen, der früher Mitglied der Jugendbrigade der Inkatha-Freiheitspartei gewesen war, und ihn fragen, ob er vielleicht etwas über ihren Sohn und seine Rolle in der Zulu-Jugendorganisation wusste, die gegen die Apartheid kämpfte. Wie sich herausstellte, war die Fahrt vergeblich gewesen, sie hatten noch nicht einmal die Schultasche besorgt, die Zodwa brauchte. Doch es war der erste von unzähligen Trips dieser Art gewesen, die Mutter und Tochter noch unternehmen sollten, viele auf eigene Faust, manche zusammen mit anderen Suchenden wie Mama Beauty, deren Herzen auf ähnliche Weise gebrochen worden waren.

Als Zodwa nun den Weg zwischen den Hütten Richtung Hauptstraße entlanggeht, dröhnt von allen Seiten Musik aus Ghettoblastern, Radios und Autolautsprechern auf sie ein. Bob Marley, Whitney Houston, Lionel Richie und Michael Jackson liefern sich einen Wettstreit mit Miriam Makeba, Rebecca Malope, Yvonne Chaka Chaka und Brenda Fassie. Eddy Grants Anti-Apartheid-Song »Gimme Hope Jo'anna« wummert aus der Hütte, die dem öffentlichen Wasserhahn am nächsten ist. Marihuanarauch weht durch die Luft und vermischt sich mit dem Qualm der Feuerstellen, an denen gekocht wird.

Alle sind in Feierstimmung. Schwarz-grün-gelbe Plakate hängen an Lichtmasten und Zaunpfählen. *Wählt Mandela als Präsident. Der Kandidat des Volkes! Wählt ANC!* Die Menschen strömen aus den Hütten. Einige haben sich in ANC-Flaggen gehüllt, viele haben Bierflaschen, Kalebassen mit Hirsebier, *umqombothi*, oder Trinkkartons mit fermentiertem *mahewu* in den Händen.

»Hier, Schwester«, sagt ein Nachbar und reicht Zodwa eine Flasche Black Label. »Trink das. Bier ist gut für das Baby. Das macht den Kleinen groß und stark.«

Zodwa bedankt sich lächelnd. Würde er ihr doch stattdessen etwas von dem Schafskopf anbieten, der auf dem Grill über der Tonne brutzelt. Der Duft des gebratenen Fleisches lässt ihren Magen knurren.

»*Es lebe Mandela! Es lebe die Freiheit!*« Die Rufe kommen von allen Seiten.

Zodwa läuft weiter, an einer Hütte vorbei, die abseits an der Ecke steht. Sie ist die Einzige in dem Squatter Camp, die sich in einiger Entfernung zu den anderen Hütten befindet. Die Frau, die darin wohnt, Gertie, hat angeblich die tödliche Krankheit, *ingculaza*, oder Aids, wie die Weißen sie nennen. Auch wenn Zodwa in letzter Zeit wirklich Pech gehabt hat, sie ist wenigstens keine Unberührbare, so wie die dahinsiechende Gertie, die früher über hundert Kilo wog. Das letzte Mal, als Zodwa sie sah, war sie zum Skelett abgemagert.

Als Zodwa vom schmutzigen, mit Müll übersäten Weg auf die Hauptstraße biegt, geht die Sonne unter und lässt die Wolken in den Rosa- und Lilatönen von Kosmeen und Kohlblättern aufleuchten. Manchmal staunt Zodwa darüber, dass Schönheit an einem Ort wie der Township überhaupt existieren kann. Mit all den Wellblechhütten, die aus Kram zusammengeschustert werden, mit dem die Weißen nichts mehr anfangen können oder den sie sich haben klauen lassen, ist sie ein schwärender Schrotthaufen. Doch so hässlich, bruchstückhaft, verzweifelt und notdürftig sie auch ist, sobald man sie im Widerschein des versöhnlichen Lichts der

Dämmerung erblickt, wird einem klar, dass auch Weggeworfenes schön sein kann.

Zodwa will zum Spaza-Shop. Sie zählt ihr Wechselgeld, um sicherzugehen, dass sie genug dabeihat. Sie weiß nicht, wo ihre Mutter heute steckt. Leleti hat sich bereits vor Sonnenaufgang auf den Weg gemacht, aber sie hat ja keine Arbeit mehr, zu der sie gehen könnte, und so, wie sie aussieht, würde sie auch niemand, der noch bei Verstand ist, einstellen. Wenn Leleti wieder heimkommt, will Zodwa sie mit einer Mahlzeit überraschen. Als sie den Laden mit einer kleinen Packung Maismehl verlässt, erregt ein Tumult auf der anderen Straßenseite ihre Aufmerksamkeit. Auf dem Randstreifen steht ein Wagen. Er stört die Taxifahrer, die hupend und armfuchtelnd ihr Missfallen zum Ausdruck bringen. Eine weiße Frau sitzt am Steuer. Sie ignoriert den Zeitungsverkäufer, der an ihre Scheibe klopft und ihr gestikulierend zu verstehen gibt, dass sie das Fenster herunterkurbeln soll, damit er mit ihr reden kann.

»Ich will Ihnen helfen!«, ruft er und bedeutet ihr, dass er den Reifen wechseln will. Er fordert die umstehenden Männer auf, ihm zu helfen, damit sie die verrückte *mlungu* zurück auf die Straße und aus dem Weg schaffen können.

Doch es scheint die Weiße zu ängstigen, dass weitere Männer sich ihrem Wagen nähern, denn sie starrt sie mit weit aufgerissenen Augen an. Zodwa schüttelt den Kopf über die Dummheit der Frau. Da sind Leute, die ihr helfen wollen, aber ihre Furcht vor den schwarzen Wilden macht es ihr unmöglich, das zu erkennen. Dann scheint endlich etwas zu ihr durchzudringen; sie öffnet das Fenster einen Spalt und redet mit dem Zeitungsverkäufer. Nach einer Weile nickt sie und lässt den Kofferraum aufspringen. Die Männer machen sich augenblicklich daran, den Ersatzreifen herauszuholen und den platten durch ihn zu ersetzen.

Die Frau steigt schließlich aus, schlingt die Arme um sich selbst und schaut einem der Männer dabei zu, wie er den Wagen hochbockt. Dann beginnt sie mit den Helfern zu reden, und sie sagen etwas, das sie zum Lachen bringt. Zodwa will sich gerade wieder abwenden und auf den Heimweg machen, als sie ihre Mutter und Mama Beauty aus einem Taxi steigen sieht.

Sie machen Anstalten, die Straße zu überqueren, doch dann dreht Leleti sich um und bemerkt das Hin und Her an dem stehen gebliebenen Wagen. Als sie die Weiße sieht, schaut sie zweimal hin, und plötzlich verändert sich ihre Miene. Sie winkt Mama Beauty zu sich und geht mit einem zaghaften Lächeln auf den Wagen zu.

Zu Zodwas Überraschung spricht ihre Mutter die Weiße an. Sie unterhalten sich eine Weile, und dann sieht Zodwa zu ihrer Verblüffung, dass Leleti die Fremde in die Arme schließt wie eine lange verschollene Freundin. Sie reden aufgeregt miteinander, Zodwa kann ihre Stimmen hören, allerdings kein Wort verstehen, der Verkehr ist zu laut. Aber sie sieht, dass ihre Mutter lächelt, ja strahlt und sich Freudentränen aus den Augen wischt, während sie die Frau immer wieder aufs Neue umarmt.

Nachdem sie eine Weile geredet haben, holt die Frau ein paar Plastiktüten aus dem Kofferraum und reicht sie Leleti. Als Leleti sich weigert, sie zu nehmen, greift die Frau nach Leletis Hand und drückt sie an ihr Herz, bevor sie ihr die Tüten förmlich aufdrängt. Die Begegnung nimmt ein abruptes

Ende, als der Reifenwechsel erledigt ist und die Taxifahrer der Weißen wütend zu verstehen geben, dass sie endlich den Weg freimachen soll.

Die Frau gibt dem Zeitungshändler etwas Geld. Dann steigt sie ein, und bevor sie wegfährt, winkt sie Leleti noch einmal zu und ruft durchs offene Fenster: »Auf Wiedersehen, Precious! Es war wunderbar, mit dir zu reden!« *Precious*. So lautet Leletis Name auf Englisch.

Leleti winkt lächelnd zurück, sie sieht beinahe verzückt aus. Liegt es an den unerwarteten Essensgaben oder an der Begegnung mit der weißen Frau?

Zodwa überquert die Straße und begrüßt ihre Mutter mit einem unsicheren Lächeln. »Hallo, Mama. Wo warst du denn heute?«

»Beauty und ich waren in Soweto.«

»In Soweto?«, fragt Zodwa verblüfft. »Wieso?«

»Wir haben uns nach Nomsa und Dumisa erkundigt.«

»Mama …«, sagt Zodwa kopfschüttelnd. Es macht ihr Sorgen, dass Leleti in ihrem schwachen Zustand so weit gefahren ist. Wenigstens war Mama Beauty bei ihr und hat auf sie geachtet.

»Was schaust du mich so an?«, sagt Leleti. »Ich muss wissen, was mit ihm passiert ist, bevor ich sterbe.«

»Mama, du wirst nicht …« Zodwa verstummt, als sie den Gesichtsausdruck ihrer Mutter sieht. »Wer war denn die Weiße, mit der du eben geredet hast?«

»Jemand, für den ich vor langer Zeit einmal gearbeitet habe, als wir beide noch sehr jung waren. Der Herrgott hat uns damals zusammengebracht, und er vollbringt noch immer Wunder.«

Zodwa teilt den Glauben ihrer Mutter nicht. Soweit es sie betrifft, entscheiden die Launen des Schicksals darüber, wer leiden muss und wer nicht. Das erscheint ihr jedenfalls tröstlicher als die Vorstellung, dass Gott bestimmt, welche seiner Lämmchen er quält und welche er belohnt. Wenn Gott Zodwas Vergewaltigung und Leletis Leid tatsächlich gewollt hat, würde das alles nur noch schlimmer machen. Aber das behält sie lieber für sich.

»Du hast sie umarmt«, sagt sie vorwurfsvoll.

Leleti nickt lächelnd.

»Warst du nicht immer der Meinung, dass alle Weißen Dämonen sind?«

»Diese Frau nicht«, sagt Leleti. »Sie ist ein Kind Gottes.«

»Was hat sie dir gegeben?«

»Lebensmittel. Der Herr gibt. Habe ich es dir nicht immer gesagt?«

Der Weg wird schmaler, so dass Zodwa nichts anderes übrig bleibt, als ein paar Schritte hinter ihrer Mutter zu laufen. Am liebsten würde sie entgegnen, dass die Gabe nicht von Gott, sondern von der Weißen stammt und daher weniger ein Segen als vielmehr ein Akt der Wohltätigkeit ist, aber diesen Frevel würde ihre Mutter niemals dulden.

In Bezug auf die weiße Frau bleiben zwar viele Fragen offen, aber wenigstens wird Zodwas Hunger bald gestillt sein.

Preiset den Herrn.

KAPITEL SIEBZEHN

Ruth

5. Mai 1994
Verdriet, Magaliesburg, Südafrika

Dee kommt ins Wohnzimmer und beäugt den Pappkarton, der neben mir steht. »Was machst du da?«

»Ich packe, schließlich wird die Farm bald verkauft. Oder wonach sieht es für dich aus?«

»Du vergeudest deine Zeit. Ich bin auf dem Weg zum Rechtsanwalt, um die Vollmacht aufzuheben. Wir verkaufen nicht.«

Ich ignoriere sie und gehe weiter Mas Riesenkiste voller Memorabilien durch.

»Hast du mich gehört, Ruth?«

Ich summe ein paar Takte von Elton Johns »The Bitch Is Back«, aber natürlich kapiert Dee die Anspielung nicht. Sie konnte mit Musik nie etwas anfangen, außer mit frommen Kirchenliedern. Halleluja.

»Ruth? Ich rede mit dir! Würdest du mir bitte zuhören?«

Ich schlage ein Fotoalbum auf und blättere die Seiten um. »Weißt du«, sage ich gedankenverloren, »es gab mal eine Zeit, in der ich mir sehr gewünscht hätte, etwas von dir zu hören. So oft habe ich dir geschrieben, wie sehr wir dich brauchten, wie sehr ich dich brauchte … Wie habe ich dir mein Herz ausgeschüttet und dich angefleht, nach Hause zu kommen und mir zu helfen … Aber damals hast du geschwiegen und mir damit sehr deutlich zu verstehen gegeben, wie wenig wir dir bedeuteten, und jetzt, nach all der Zeit, stelle ich fest, dass es mich nicht mehr besonders interessiert, was du zu sagen hast.«

»Ma hat die Farm uns beiden vererbt«, beharrt Dee dickköpfig, wobei sie immerhin so viel Taktgefühl besitzt, mir dabei nicht in die Augen zu sehen.

»Dann haben wir wohl auch beide die Schulden geerbt. Aber auch dafür hast du nicht geradegestanden. Du warst nicht da. Du hast nicht die Rechnungen bezahlt. Du hast kein Geld in die Farm gesteckt, nur um sie instand zu halten. Du hast Sarie und Stompie keinen Monatslohn gezahlt, damit sie sich um Haus und Hof kümmern.«

»Ich zahle dir meinen Anteil zurück.«

»Womit denn?« Ich lache. »Schau dich mal im Spiegel an. Du siehst aus wie eine Obdachlose. Dein gesamter Besitz besteht aus einem Rucksack mit alten Lumpen. Du siehst aus wie eine aus dem Squatter Camp die Straße runter. Und willst dir etwas unter den Nagel reißen, was dir nicht zusteht.«

»Ich habe Ersparnisse, Ruth, und die Farm gehört zur Hälfte mir.«

Ich zucke mit den Achseln.

Meine Gleichgültigkeit scheint sie bis aufs Blut zu reizen. »Aber wenigstens bin ich nicht für Geld splitterfasernackt herumstolziert wie eine Nutte! Wenigstens habe ich meinen Lebensunterhalt mit harter Arbeit verdient!«

Überrascht sehe ich sie an.

»Ja, ich habe erfahren, was du gemacht hast«, setzt Dee nach. »Ich weiß, was für eine du warst.«

»Aha, den Klatsch über mich hast du verfolgt, aber mit mir persönlich wolltest du nichts zu tun haben?« Ich zwinge mich zu einem Lächeln. Zum Teufel mit ihr und ihrer Scheiß-Frömmelei! »Ich schäme mich für nichts. Ich habe für mein Geld ebenso hart gearbeitet, wenn auch nicht ganz legal, und die Rechnungen bezahlt! Wenn ich nicht hiergeblieben und mir den Hintern abgearbeitet hätte, indem ich meine Titten und meinen Arsch hergezeigt habe« – ich rede einfach weiter, obwohl sie zusammenzuckt –, »dann hätte es nicht mal mehr eine Farm gegeben, zu der du hättest zurückkehren können. Sie wäre schon vor Jahren an die Bank gefallen. Also, wie wär's, wenn du dich mal bei mir bedanken würdest, anstatt mich zu verurteilen?«

»Ich gehe trotzdem zu meinem Anwalt.«

»Wie du willst. Und ich gehe zu meinem.« Ich habe vielleicht nicht mehr besonders viel Geld übrig, aber ich kenne Leute in einflussreichen Positionen.

Im Hinausgehen knallt sie die Tür hinter sich zu. Ich warte zehn Minuten, bevor ich aufstehe und sie wieder öffne, um ein Lüftchen ins Wohnzimmer zu lassen. Es ist heiß, ich bin verschwitzt, und Seide ist vielleicht nicht der praktischste Stoff, um damit im Haus zu arbeiten. Außerdem langweilt mich das Packen. Eigentlich wollte ich damit eher Dee auf die Nerven gehen, als irgendetwas Produktives zu tun.

Ich sehne mich so verzweifelt nach Ablenkung, dass ich fast schon so weit bin, Vince anzurufen – und in dem Moment ruft er mich an, schon zum zweiten Mal in dieser Woche. Ich bedaure es, ihm die Nummer gegeben zu haben. Saubere Trennungen sind so viel leichter als langwierige. Außerdem tut es mir weh, seine Stimme zu hören.

»Hallo, Ruth, hast du heute Zeit, mit mir zu reden?« Beim letzten Mal habe ich behauptet, ich müsse dringend los. »Du hast mich gar nicht zurückgerufen.«

»Wenn du dein Auto willst, kannst du kommen und es abholen.« Na ja, strenggenommen habe ich sein BMW M3 Cabrio wohl tatsächlich geklaut. Ich wollte ihn ärgern, das Cabrio ist sein ganzer Stolz.

Er lacht. »Du hast es aber hoffentlich nicht mit einem Baseballschläger traktiert, oder?«

»Bring mich bloß nicht auf dumme Ideen, Freundchen.« Oh mein Gott, wie ich diesen Schlagabtausch vermisse!

»Das Auto ist mir völlig schnuppe, Ruth. Du kannst die Karre von mir aus behalten.« Es enttäuscht mich, dass er das sagt. Ich habe gehofft, er wolle sein Auto so sehr zurück, dass er zu mir kommen würde. Was ist bloß aus dem guten alten Materialismus geworden? »Ich wollte nur wissen, wie es dir geht, und dich bitten, irgendwann im Laufe der Woche Bill anzurufen.«

Bill ist sein Anwalt. »Hast du so schnell die Scheidung eingereicht? Meine Güte, du verlierst wirklich keine Zeit, oder?« Mich durchfährt ein so schmerzhafter Stich, dass ich befürchte, es ist ein Herzinfarkt.

»Nein, nein, darum geht es gar nicht. Ich möchte nur sichergehen, dass wir den Unterhalt geklärt haben, während wir … getrennt sind … und über ein paar Dinge nachdenken.«

Typisch Vince. Großzügig bis zum Umfallen. »Ich brauche keinen Unterhalt von dir, vielen Dank.«

»Ruth, laut Ehevertrag …«

»Scheiß auf den Ehevertrag. Ich habe dein Geld nie

gewollt oder gebraucht, Sugar Daddy. So, war's das jetzt? Ich muss los.«

»Ich möchte nur wissen, ob du noch mal über die Kur nachgedacht hast, über die wir geredet haben?«

Zur Antwort knalle ich den Hörer auf und mache mich wieder daran, die Schränke auszuräumen. Als ich Mas alten Strickkorb im obersten Fach des Vorratsschranks finde, zerre ich die Nadeln heraus. Ich bin nicht vorbereitet auf das unfertige Babyschühchen, das noch daran hängt. Und ebenso wenig auf meine heißen Tränen.

Für welchen kleinen Fuß mit niedlichen, winzigen Zehen meine Mutter ihn gestrickt hat, kann ich nicht sagen. Vielleicht das Baby einer unserer vielen fruchtbaren Cousinen. Ich weiß nur, dass ich, wenn ich dreißig Jahre jünger wäre, die Entdeckung des blauen Schühchens als Zeichen interpretieren würde. Da es aber kein Zeichen sein kann, muss sich wohl das Universum über mich lustig machen. Das hat es in letzter Zeit öfter getan. Und dennoch: Die Luft knistert, als wüsste sie etwas. Ich wünschte, sie würde ihr Geheimnis mit mir teilen.

KAPITEL ACHTZEHN

Delilah

7. Mai 1994
Verdriet, Magaliesburg, Südafrika

Drei Mal schon hatte ich mir vorgenommen, noch einmal zum Krankenhaus zu fahren, doch jedes Mal war ich nur bis zur Stadtgrenze gekommen, bevor ich resigniert umkehrte und zur Farm zurückfuhr. Ich redete mir ein, es läge daran, dass Daniel noch nicht bei Bewusstsein war und meine Anwesenheit ohnehin nicht mitbekommen hätte, aber der wahre Grund war der Anblick des Priesters an seinem Bett; diese Selbstverständlichkeit, mit der er sich das Recht nahm, dort zu sein und Daniel zu vereinnahmen – was mir niemals zustehen würde.

Es war schon spät am Nachmittag, doch Ruth lag noch immer im Bett. Dem Krach aus dem Radio nach zu urteilen, der ihren lallenden Gesang bis weit nach Mitternacht begleitet hatte, musste sie im Vollrausch gewesen sein. Ich hatte zwar versucht, sie zum Schlafengehen zu bewegen, doch sie hatte sich in ihrem Zimmer eingeschlossen, und als ich gegen die Tür hämmerte, sang sie nur noch lauter.

Überall standen halbvolle Pappkartons herum. Mit dem Packen kam sie anscheinend nicht voran. Ruths Konzentrationsspanne war noch niedriger als die eines Goldfischs. Fast hätte ich die Kartons wieder ausgepackt, vor allem, um meine Schwester zu ärgern, aber auch, um mich abzulenken. Aber da ich tags zuvor nach einem Termin mit meinem Anwalt meine

Vollmacht widerrufen hatte, so dass Ruth die Farm ohne meine Zustimmung nicht verkaufen konnte, wollte ich mir eigentlich lieber ansehen, wie sie die Kartons selbst wieder auspackte. Ich freute mich schon richtig darauf. Den notariell beglaubigten Widerruf der Vollmacht hatte ich extra an ihre Ginflasche gelehnt, so dass sie ihn unmöglich übersehen konnte.

Als das Telefon eine halbe Stunde später klingelte, wollte ich eigentlich nicht rangehen, damit Ruth davon endlich wach wurde, aber nach dem sechsten Läuten hielt ich es nicht mehr aus. »Hallo?«

»Ruth?«

»Nein, hier ist Delilah.«

Es blieb lange still, bevor der Mann am anderen Ende der Leitung sagte: »Sie klingen genauso wie Ruth. Ich dachte, sie will mich zum Narren halten.«

»Nein. Mit wem spreche ich?«

»Mit ihrem Mann, Vincent.«

»Sie ist noch nicht aufgestanden. Soll ich sie ans Telefon holen?«

»Nein!« Er schrie beinahe. »Sie wird wahrscheinlich ohnehin nicht mit mir sprechen wollen«, fügte er dann etwas leiser hinzu. Bevor ich ihn nach dem Grund fragen konnte, sagte er: »Sie sind also die lange verschollene Schwester. Ich dachte immer, Ruth hätte Sie bloß erfunden.«

»Nein, mich gibt es wirklich«, erwiderte ich.

»Es schien nur so unwahrscheinlich, dass es eine Familie mit zwei Töchtern gibt, die Ruth und Delilah heißen. Sind Sie nicht Nonne?«

»Nein, ich habe das Kloster verlassen, als ich noch Novizin war.«

»Ruth hat erzählt, dass Sie beide vollkommen unterschiedlich sind.«

»Wie Sternschnuppe und Kohlsuppe«, murmelte ich. Plötzlich erinnerte ich mich wieder.

»Wie bitte?«

»Das hat unser Vater immer gesagt. Wir wären so gegensätzlich wie Sternschnuppe und Kohlsuppe. Ruth war natürlich die Sternschnuppe.«

»Aha«, sagte er. Diese Anekdote kannte er anscheinend noch nicht. Dass Ruth damit nicht vor ihm angegeben hatte, sprach ja fast schon für sie. »Wie geht es Ruth denn?«, wechselte er das Thema. »Also, wie geht es ihr wirklich, meine ich.«

»Tja …« Ich schaute zu ihrer verschlossenen Zimmertür, unsicher, welche Antwort ich ihm geben sollte. Warum wollte er das überhaupt wissen?

»Hören Sie, ich frage nur deshalb, weil ich mir Sorgen um Ruth mache.«

»Das können Sie sich sparen«, sagte ich schroff. Wenn es eine Person gab, die imstande war, ihre eigenen Dämonen zu erledigen, dann Ruth. »Es geht ihr prima.« Jedenfalls gut genug, um mich zu schikanieren.

Er seufzte und schwieg eine Weile. Dann platzte er heraus: »Vor ein paar Wochen wäre sie fast gestorben. Hat sie Ihnen davon erzählt?«

»Nein.« Das war in der Tat eine Überraschung. »Was ist denn passiert?«

»Sie hat versucht, sich umzubringen. Sie behauptet zwar, sie hätte es nicht ernsthaft vorgehabt, aber ich fand sie in der Badewanne. Neben ihr lag ein Rasiermesser. Sie hatte

Tabletten geschluckt und war ohnmächtig geworden. Um ein Haar wäre sie ertrunken.«

Ich war so perplex, dass ich nicht wusste, was ich sagen sollte.

»Hören Sie«, sagte er. »Ich hätte Ihnen das besser gar nicht gesagt, aber Sie sollten wissen, in welcher seelischen Verfassung sie ist.« Er seufzte abermals. »Bitte werfen Sie ein Auge auf Ruth. Sie liefert gern eine gute Show ab, doch manchmal mache ich mir Sorgen, wie es unter der Oberfläche aussieht.«

Als wir uns verabschiedet hatten, grübelte ich über seine Worte nach. Das alles ergab keinen Sinn. Die Ruth, die ich kannte, war viel zu selbstverliebt, um sich etwas anzutun. Ich neigte eher dazu, ihrer Version der Geschichte zu glauben. Doch ich war unsicher, und eine Stimme in mir fragte, ob meine Schwester vielleicht doch angeschlagener war, als ich dachte.

Umso erleichterter war ich, als Sarie einige Minuten später in die Küche kam. Es lenkte mich davon ab, mir weiter Sorgen wegen Ruth zu machen. Ich lud Sarie ein, sich zu mir an den Esstisch zu setzen. Zuerst wollte sie nicht, aber als ich darauf bestand, gab sie nach. Sie war unser Hausmädchen gewesen, seit ich denken konnte, aber meine Mutter hatte ihr niemals erlaubt, sich im Haus hinzusetzen oder zu essen. Manche Gewohnheiten ließen sich anscheinend nur schwer ablegen.

Sarie war schon über siebzig und kleiner, als ich sie in Erinnerung hatte; wie viele Leute war sie im Alter etwas geschrumpft. Doch nach Jahrzehnten harter Arbeit waren ihre Arme noch immer von Muskeln durchzogen. Ihr Haar hatte sie unter ein farbenfrohes *doek*, ein traditionell gebundenes Kopftuch, gesteckt, doch vorn schauten graue Strähnen hervor. Ihre Augen glänzten, als sie mich hinter dicken Brillengläsern anschaute.

»*Miesie*«, sagte sie, »*dis so lekker om jou weer te sien.*« Missus, es ist so gut, dich wiederzusehen.

»Nenn mich nicht Missus, Sarie. Du bist älter als ich. Ich bin diejenige, die dich so anreden sollte. Bitte nenn mich Delilah.«

»*Ag nee, miesie.*« Sie lachte. »Das kann ich nicht machen, auch wenn jetzt, nach dem Ende der Apartheid, alles durcheinander ist. Die Weißen spielen verrückt. Erst letztens erzählte mir Maria, dass ihre Madam, *Mevrou* van der Merwe, sie zum Tee eingeladen hatte. Die arme Maria dachte, sie sollte ins Haus kommen, um ihn zu kochen, also zog sie sich ihre Schürze und Schlappen an, aber nichts da! Die Madam hatte sich fein herausgeputzt, um Maria höchstpersönlich Tee und Kuchen zu servieren.«

»Nein!«

»Doch!« Sarie klopfte sich lachend auf die Schenkel, als wäre es das Lustigste, das sie je gehört hatte. »Seit vierzig Jahre arbeitet Maria für die Madam, und jetzt soll sie zu Besuch kommen? Sieht so aus, als wollten die Weißen sich im neuen Südafrika mit den Schwarzen anfreunden, um zu beweisen, dass sie keine Rassisten sind, aber die einzigen Schwarzen, die sie kennen, sind ihre Hausmädchen und Gärtner. Das ist alles Mandelas Schuld!«

Wir lachten, und dann erzählte sie mir, was auf der Farm passiert war und welchen Tratsch es in der Gemeinde gab. Seit Mas Tod bezahlte Ruth Sarie und ihren Mann Stompie dafür, dass sie sich weiter um die Farm kümmerten, und Sarie war dankbar dafür. »Wo sonst würden wir in unserem Alter noch Arbeit finden?« Sie erzählte mir außerdem, dass Ruth vor einigen Jahren die Kosten für Stompies künstliches Hüftgelenk und die OP übernommen und sogar für die Schulbildung ihrer beiden Enkel gesorgt hatte.

Ruths Altruismus verblüffte mich, und um das Thema zu wechseln, berichtete ich Sarie von meiner Begegnung mit Precious in der Woche zuvor. Ich ertappte mich dabei, dass ich bestimmte Einzelheiten aussparte, etwa meine alberne Angst vor einer vermeintlichen Bedrohung. Ich schämte mich, weil ich mich von der allgemeinen Hysterie im Land hatte anstecken lassen.

»Precious kommt überhaupt nicht mehr zu Besuch, seit ihre Tochter von KwaZulu zu ihr gezogen ist«, murrte Sarie, als ich zu Ende berichtet hatte. »Precious hatte so große Hoffnungen, aber …« Sie seufzte tief und senkte die Stimme. »Es sollte nicht sein. Niemand kann einem so das Herz brechen wie die eigenen Kinder.« Sie spielte eindeutig auf irgendeinen Skandal an, in den ich mich allerdings nicht hereinziehen lassen wollte.

Wir beide kannten Precious, seit sie mit sieben Monaten zur Waise geworden war. Ruth und ich waren zehn Jahre alt, als Precious zu Sarie und Stompie kam, die sich als entfernte Verwandte bereit erklärt hatten, sie aufzunehmen. Sie taten es nicht nur aus Wohltätigkeit; auf einer Farm wurden immer Arbeitskräfte benötigt, und die Kleine konnte später in der Küche mithelfen.

Precious' Ankunft lieferte Ruth und mir einen weiteren Grund zu zanken, denn natürlich wären wir nie auf die Idee gekommen, sie uns zu teilen. Wenn wir darum stritten, wer mit Precious spielen durfte, gewann Ruth fast jedes Mal. Zuerst ärgerte mich das, bis mir klar wurde, dass der Umgang mit einem Baby viel anstrengender war, als ich es mir ausgemalt hatte. Ruth ließ sich davon jedoch nicht abschrecken. Obwohl es ihr schon damals schwerfiel, sich lange auf etwas zu konzentrieren, konnte sie Stunden damit verbringen, dem Baby die Puppenkleider anzuziehen, die Ma uns gestrickt hatte, und verlor selbst dann nicht die Lust daran, wenn das Baby kotzte und kackte.

Mein Interesse an Precious schwand also schnell, lebte jedoch wieder auf, als sie drei wurde und anfing, mir zu folgen und alles, was ich sagte, nachzuplappern. Sie saugte die Welt um sich herum auf wie eine kleine intellektuelle Zecke, die sich mit Wissen aufbläht. Je neugieriger sie wurde, desto weniger wollte Ruth sich mit ihr beschäftigen, doch ich dafür umso mehr.

Precious lernte schnell und eifrig, und sie behielt alles, was ich ihr beibrachte, sogar Wörter wie *Jesus*, *Bibel*, *Herrgott* und *Erlöser*. Dieser religiösen Begeisterung war es zu verdanken, dass Ma Precious tolerierte; ansonsten hätte Ma sie in die Küche verbannt, denn für gewöhnlich untersagte sie uns jeden Kontakt mit Schwarzen, selbst mit Kindern.

Dieser selbstverständliche Rassismus – die in die Wiege gelegte Überzeugung, dass wir als Weiße den Schwarzen weit überlegen waren – schien das Einzige zu sein, was Ruth von Ma geerbt hatte. Ruth war zwar in Precious vernarrt (und sie quiekte oft, dass schwarze Babys die niedlichsten wären), doch mit den anderen Schwarzen auf der Farm sprach sie höchstens, um ihnen Anweisungen zu erteilen; sich mit ihnen anzufreunden wäre undenkbar für sie gewesen.

Dabei war es kein Widerspruch, dass Ruth Saries Familie nun finanziell unterstützte. Wohltätigkeit und Freundschaft waren schließlich zwei völlig verschiedene Dinge. Die Rolle der Wohltäterin passte sogar perfekt in Ruths Weltbild, weil die Schwarzen ja von den Weißen abhängig waren, um zu überleben. Ruths Großzügigkeit war also kein selbstloses Geben; vielmehr bestärkte es sie in ihrem Glauben an ihre eigene Überlegenheit. Wie oft hatte ich das schon in den verschiedenen Hilfsorganisationen erlebt, für die ich in ganz Afrika tätig gewesen war: weiße Retter und Retterinnen, die sich nur deshalb einmischten, weil sie fest davon überzeugt waren, dass die Schwarzen ohne sie gar nicht klarkämen.

Das war das Einzige, was Ma an mir missbilligte. Dass ich trotz allem, was Kirche und Politik damals lehrten, nicht an die Überlegenheit der Weißen und an die Rassentrennung glaubte. Damals wollte ich damit jedoch keine politische Überzeugung zum Ausdruck bringen. Sarie war immer freundlich und liebevoll zu mir gewesen, und deshalb war es für mich ganz natürlich, ihre Warmherzigkeit und Zuneigung zu erwidern.

Als ich ins Kloster ging, brach das Precious, die damals sieben war, das Herz. Meine Aufmerksamkeit hatte ihr wahrscheinlich das Gefühl gegeben, etwas Besonderes zu sein, so wie ihre Bewunderung mir das gleiche Gefühl vermittelt hatte. Manchmal brauchen wir es einfach nur, gesehen zu werden, damit wir gedeihen können. Nur gesehen werden, das reicht.

»Wie hat sie dich denn nach all der Zeit wiedererkannt?«, fragte Sarie erstaunt. »Du warst siebzehn, als sie dich zum letzten Mal gesehen hat.«

»Sie sagte, ich wäre Ma wie aus dem Gesicht geschnitten«, antwortete ich und lachte. »Sie dachte, ich wäre ein Geist!«

Ruth hatte mich auch zuerst für unsere Mutter gehalten, als sie mich wiedersah. Die Ähnlichkeit musste ja wirklich frappierend sein.

Saries nächste Frage überraschte mich. »Hat dein Freund dich eigentlich gefunden?«

»Welcher Freund?«

»Der Mann, der dich hier vor etwa einem Monat gesucht hat. Ich habe ihm gesagt, dass du schon als junges Mädchen fortgegangen bist und die Familie schon lange nicht mehr hier lebt. Er war sehr enttäuscht.«

»Hat er dir seinen Namen genannt?«

»Ich glaube nicht. Ich erinnere mich nicht mehr.«

»Weißt du noch, wie er aussah?«

Sarie schüttelte den Kopf. »Das war in der Woche, als meine Brille kaputtging und ich die neue noch nicht hatte. Ich weiß nur, dass er groß war und Englisch sprach. Und er hatte weißes Haar, hier.« Sie deutete auf ihre Schläfen.

Mein ganzes Leben lang hatte ich davon geträumt, dass ich eines Tages die Tür öffnen und Daniel vor mir stehen würde, um mich zu bitten, Teil seines Lebens zu werden; zur Hölle mit all den Gründen, weswegen ich ihn damals verlassen hatte. Und einen Moment lang, einen winzigen Moment nur, erlaubte ich mir, daran zu glauben, dass mein Traum wahr geworden war und Daniel sich nach all den Jahren tatsächlich auf den Weg gemacht hatte, um mich ausfindig zu machen.

Aber ich wusste nur zu gut, dass das Herz dem Verstand die übelsten Streiche spielen kann. Das Herz ist ein verräterisches Biest, dem man niemals trauen kann, erst recht nicht, wenn es gebrochen ist.

KAPITEL NEUNZEHN

Zodwa

10. Mai 1994
Big Hope Informal Settlement,
Magaliesburg, Südafrika

Die Feiern zu Nelson Mandelas Wahlsieg elektrisieren das ganze Land, und sie pulsieren durch das Squatter Camp, so dass es für ein paar Stunden von einem Schrotthaufen aus Müll und Alteisen zu einem lebendigen, atmenden Organismus wird. Das Leben stimmt einen Refrain an, und die Township selbst antwortet.

Als Mandela vor über vier Jahren aus dem Gefängnis entlassen wurde, keimte Hoffnung auf. Alle wussten jedoch, dass Hoffnung etwas Trügerisches ist; sie erlaubt einem, sich die Hände an ihr zu wärmen, und im nächsten Moment lodert sie plötzlich auf und verbrennt einen zu einer leeren Hülle. Deswegen gingen die Menschen vorsichtig mit ihr um. Doch an diesem Tag, dem Tag, an dem unglaublicherweise Millionen von Träumen wahr wurden, hat sich die Hoffnung zu einem Freudenfeuer entfacht.

Zodwa spürt es. Die Township feiert, und keiner wird in dieser Nacht zu Bett gehen, denn wer würde einen solchen Moment verschlafen wollen? Der ANC hat gewonnen. Ein Schwarzer ist Präsident. Geschichte wird geschrieben, und schwarz zu sein, die Apartheid durchlebt zu haben und hinterher als Sieger daraus hervorzugehen ist eine große Gnade.

Die Feiern sind so laut, dass Zodwas Schreie darin untergehen. Als Wehe um Wehe durch sie hindurchrast, krallt sie sich in die Schaumstoffmatratze und wartet darauf, dass der Schmerz sie verzehrt. Leleti sitzt neben ihr, wischt ihr den Schweiß von der Stirn und drückt ihr jedes Mal ein Tuch zwischen die Zähne, auf das sie beißt, wenn ihr Bauch sich zusammenzieht. Ihre Rollen haben sich verkehrt, und jetzt ist Leleti an der Reihe, tatenlos zusehen zu müssen, wie der Schmerz den Körper ihrer Tochter schüttelt.

Sogar während Zodwa heftig keucht und das Baby darum kämpft, sich aus ihr zu befreien, nimmt sie wahr, wie hinfällig ihre Mutter ist. Leleti ist um zehn Jahre gealtert, und Zodwa weiß, dass es am Geständnis ihrer Vergewaltigung liegt und auch daran, dass die Krankheit sich verschlimmert. Jetzt kniet sich Leleti zwischen Zodwas Beine und spornt sie an: »Pressen! Du musst jetzt pressen, mein Kind!«

Der Hund winselt und läuft hin und her, und Zodwa presst, bis sie glaubt, sterben zu müssen. Ihre Mutter verschwimmt vor ihren Augen und nimmt die Gestalt von Mongezi an, der zwischen ihren Beinen hockt.

Sie sieht sein Gesicht, dicht über ihrem, verzerrt vor Wut und Triumph, genau wie an jenem schicksalhaften Tag vor so vielen Monaten. Zodwa konnte sich unter seinem Gewicht nicht bewegen und rang an seiner rauen Wange, die er fest auf ihren Mund und ihre Nase presste, vorbei um Atem. Sie beißt sich durch den Schmerz, so wie sie wünscht, damals seine Wange durchgebissen zu haben.

»Pressen!«, keucht Leleti, und Zodwa tut es, bis sie endlich spürt, wie etwas nachgibt, als bräche eine Staumauer, wonach sie in eine wohltuende Ohnmacht sinkt.

Als sie erwacht, nuckelt ein Baby an ihrer Brust. Leletis Hund steht so dicht neben ihr, dass sie seinen heißen Atem in ihrem Gesicht spüren kann.

»Frei geboren«, flüstert ihre Mutter, atemlos vor Ehrfurcht. »Dein Sohn ist frei geboren!«

Dein Sohn.

Zodwa weint leise, obwohl sie nichts spürt außer dem Gefühl, dass Milch und Tränen aus ihr hinausfließen. Sie denkt an Thembeka, die Person, der ihre Leidenschaft gilt, und dass dieses Kind der Preis ist, den sie dafür bezahlen muss, die Strafe, die ihr dafür auferlegt wurde, dass sie ein Mädchen liebt. Der Penis ihres Sohnes fühlt sich an wie ein grausamer Scherz, nur eine weitere Erinnerung daran, dass Männer die Welt regieren und niemals zulassen werden, dass sie obsolet werden.

Als Zodwa spürt, wie ihre Mutter kurze Zeit darauf das Baby von ihrer Brust nimmt, öffnet sie benommen die Augen. Leleti scheint fest auf beiden Beinen zu stehen und umfasst mit einer Hand den Kopf des Babys und mit der anderen seine Beinchen, während sie es an sich drückt. Das Letzte, was Zodwa sieht, bevor sich ihre Mutter von ihr abwendet, ist das Muttermal auf der linken Pobacke ihres Sohnes.

Afrika, denkt sie. *Es sieht aus wie Afrika.*

Dann schließt sie die Augen wieder und erlaubt sich, vom Winseln des Hundes sanft in den Schlaf gewiegt zu werden.

KAPITEL ZWANZIG

Ruth

10. Mai 1994
Verdriet, Magaliesburg, Südafrika

Dee fummelt an der Hasenohrantenne auf dem Fernseher herum, um den Empfang zu verbessern, aber Mas uralter Schwarz-Weiß-Telefunken sträubt sich hartnäckig.

»Das Ding ist so alt wie Methusalem«, sage ich, gehe drum herum und versetze ihm von hinten einen kräftigen Schlag. Dee öffnet den Mund, um zu protestieren, aber ich deute auf den Bildschirm, der etwas weniger krisselig ist. »Hat funktioniert. Bitte, gern geschehen.«

Sie bedankt sich nicht bei mir, aber damit habe ich auch nicht gerechnet. Sie hat tatsächlich ihre Vollmacht zurückgezogen, und ich warte auf eine Antwort von meinen Anwälten auf die Frage, welche Chancen ich habe im Hinblick auf ihre jahrelange Abwesenheit.

Es läuft darauf hinaus, dass keine von uns weiß, wo sie sonst hinsoll und wir fürs Erste zusammen festsitzen. Wenigstens hat sich die Zankerei auf ein Minimum reduziert, aber nur weil Dee sich die meiste Zeit in ihrem Zimmer verschanzt. Ehrlich gesagt ist mir die Zickerei lieber als das Schweigen. Mir ist so langweilig, und ich sehne mich derart nach Gesellschaft, dass ich sogar bereit bin, Dee für einen Abend einen Olivenzweig zu reichen. Natürlich nur weil Oliven gut zu Martinis passen und Martinis immer eine gute

Idee sind. Außerdem wird mich das Plaudern mit Dee davon abhalten, Vince anzurufen, was eine viel zu große Versuchung für mich ist.

»Was guckst du?«, frage ich.

»Die Nachrichten.«

»Wieso das denn?«

»Ich möchte mir Nelson Mandelas Antrittsrede ansehen.«

»Okay. Wenn ich mir die schon mit dir zusammen anschauen muss, dann brauche ich aber was zu trinken«, sage ich und gehe zum Kühlschrank.

»War ja klar«, meckert sie.

»Möchtest du auch was?«

»Nein.«

»Komm schon, lebe ein bisschen! Es wird dich schon nicht umbringen, das neue Südafrika zu feiern. Ein Glas?«, schmeichle ich. »Um auf den neuen Präsidenten anzustoßen.«

Dee denkt kurz nach und nickt dann zu meiner Überraschung. »Okay. Ein Glas.«

Ich gieße mir einen Wodka Martini und für Dee ein Glas Wein ein, während das Nachrichtenjingle ertönt und der Sprecher von den Ereignissen des Tages zu berichten beginnt. Es ist dieser Cruywagen, der aussieht wie eine Bauchrednerpuppe nach zu vielen Faceliftings. Das ist die Crux bei der Schönheitschirurgie: Man muss wissen, wann man damit aufhören muss. Tja, aber so geht's eigentlich mit allem im Leben, oder?

»Bitte«, sage ich und reiche Dee das Glas. Sofort mahnt sie mich zum Schweigen.

Nelson Mandelas ausdruckslose, monotone Stimme ertönt blechern aus den Fernsehlautsprechern. Er klingt so gelassen inmitten der ganzen Hysterie, die seine Präsidentschaft ausgelöst hat, dass sie mich augenblicklich beruhigt.

»Wir erkennen trotzdem an, dass es keinen einfachen Weg zur Freiheit gibt. Wir wissen sehr gut, dass niemand von uns allein Erfolg haben kann. Deshalb müssen wir gemeinsam als ein geeintes Volk handeln, für nationale Versöhnung, für den Aufbau der Nation, für die Geburt einer neuen Welt. Es soll Gerechtigkeit für alle geben.«

Die Menge jubelt ihm zu, und ich schwöre, dass Dee sich eine Träne wegwischt. Sie trinkt einen schnellen Schluck von ihrem Wein, und ich beuge mich mit ausgestrecktem Arm nach vorn. »Cheers«, sage ich, und wir stoßen an.

»Cheers.«

Sie dreht die Lautstärke des Fernsehers herunter, und wir sitzen schweigend beisammen. Manchmal kann Schweigen ganz gemütlich sein, glaube ich, aber in diesem Fall ist es das nicht. Ich zünde mir eine Zigarette an, lehne mich auf dem Sofa zurück und schließe die Augen. »Glaubst du, er meint, was er sagt?«, frage ich mit einem Nicken zum Fernseher. »Dieses ganze Zeug über Versöhnung?«

»Ja, das glaube ich.«

»Aber ist das denn überhaupt möglich? Ich meine, wenn ich Mandela wäre, wäre ich richtig, richtig sauer über die vielen Jahre im Gefängnis. Ich würde mich an den Leuten rächen wollen, die mir das angetan haben.«

»Gut, dass du nicht er bist.«

In dem Moment höre ich ein unheimliches, schrilles Geräusch von draußen. »Hast du das gehört?«

Dee legt den Kopf schief und lauscht einen Moment.

Alarmiert sage ich: »Ich finde wirklich, dass wir uns besser absichern sollten. Ich habe gehört, dass die Kriminalität hier in der Gegend aus dem Ruder gelaufen ist. Ein weiterer Grund, warum wir verkaufen sollten«, füge ich unwillkürlich hinzu.

Wieder dieses Geräusch draußen, und jetzt haben wir es beide gehört, denn Dee wendet den Kopf ruckartig in dieselbe Richtung wie ich. Es ist ein durchdringender, gespenstischer Schrei, wie von Katzen in der Paarungszeit.

Dee steht auf und geht zur Tür.

»Mach nicht auf! Wir wissen doch nicht, was …«

»Aber wir müssen nachsehen«, erwidert Dee und greift nach dem Türknauf.

»Um Gottes willen, warte!« Ich renne ins Schlafzimmer, nehme Pas alte Winchester von der Wand und laufe wieder zurück. Sarie hat erzählt, dass die Überfälle auf Farmen zunehmen, und zwei Frauen allein auf einem ländlichen Anwesen sind ein leichtes Ziel.

»Ist die überhaupt geladen?«, fragt Dee skeptisch. Die Flinte stammt noch aus dem Burenkrieg.

»Keine Ahnung, aber vielleicht wirkt sie abschreckend.«

Ich stehe hinter Dee, das Gewehr im Anschlag, während sie langsam die Tür aufschließt und öffnet. Ich schaue über ihre Schulter, kann aber nichts erkennen. Auf der Veranda ist niemand. »Bestimmt nur rollige Katzen«, sage ich und versuche, Dee wieder zurück ins Haus zu ziehen. Je schneller wir die Tür wieder zumachen und abschließen, umso besser.

Aber Dee bleibt stehen. Sie starrt auf etwas hinunter, und ich muss sie beiseiteschubsen, um besser sehen zu können. Als ich es entdecke, weiß ich sofort, dass mir nicht der Alkohol etwas vorgaukelt, weil Dee es auch sehen kann.

Es ist ein großer schwarzer Hund. Und er bewacht etwas.

KAPITEL EINUNDZWANZIG

Delilah

10.–11. Mai 1994
Verdriet, Magaliesburg, Südafrika

»Oh mein Gott!«, rief Ruth und versuchte, sich an mir vorbeizudrängen.

Der große Hund erhob sich von seinen Hinterläufen und gab mit aufgestellten Rückenhaaren ein leises Knurren von sich. Ruth blieb wie angewurzelt neben mir stehen. Das Biest war teerschwarz und sah aus wie eine Mischung aus Rottweiler und Labrador. Es leckte sich die Lefzen und starrte Ruth argwöhnisch an, bevor es sich wieder neben das schreiende Bündel setzte.

Ich betrachtete das winzige zappelnde Wesen vor unserer Haustür. »Das ist ein Baby«, sagte ich verdutzt.

»Ohne Scheiß, Sherlock«, flüsterte Ruth und starrte es fassungslos an.

Ich beugte mich langsam hinunter und streckte die Hand aus, damit der Hund daran schnüffeln konnte, was er vorsichtig tat. Anscheinend nahm er mich nicht als Bedrohung wahr, denn er stand auf und schüttelte sich, bevor er zum Rand der Veranda lief und leise winselnd in die Dunkelheit starrte.

Ruth ging zurück ins Haus, um die Waffe wegzulegen, und als sie wieder herauskam, griff sie mit zitternden Händen nach dem Bündel und hob es so vorsichtig auf, als wäre es eine Seifenblase, die bei der kleinsten Berührung zerplatzte.

Der Hund lief sofort zu ihr, verhielt sich jedoch nicht mehr aggressiv.

Ich ging an Ruth vorbei nach draußen. Zwei Plastiktüten waren neben der Tür abgestellt worden, und ich schaute kurz hinein. Sie enthielten anscheinend nur Babysachen, nichts Bedrohliches. Ich ließ den Blick über die Veranda und den Teil des Gartens wandern, der noch sichtbar war.

»Hallo?«, rief ich in die Dunkelheit. Doch niemand antwortete, nur das Zirpen der Grillen und die Autos, die auf der Hauptstraße vorbeirauschten, waren zu hören. Hinter mir winselte wieder der Hund, doch das Baby hatte sich Gott sei Dank beruhigt. »Ist da jemand?«

»Herrgott noch mal, Dee! Hör auf, so rumzuschreien. Dir wird sowieso niemand antworten.«

»Woher willst das wissen?«

»Der Kleine ist ja wohl kaum zufällig hier gelandet.«

»Der Kleine?« Ich schaute auf die rosafarbene Wolldecke, in die das Baby gewickelt war. »Für mich sieht das nach einem Mädchen aus.«

»Es ist ein Junge«, sagte Ruth entschieden.

»Aber das Baby steckt in einer rosafarbenen Decke.«

»Glaub mir, es ist ein Junge«, wiederholte Ruth.

Sie ging ins Haus und legte das Baby behutsam aufs Wohnzimmersofa. Ich folgte ihr mit den Plastiktüten. Als Ruth sich vorbeugte und die Decke auseinanderfaltete, trottete der Hund zu ihr hinüber. Er setzte sich neben das Baby, das zu quäken begonnen hatte, und leckte ihm die Wange, woraufhin es ruhig wurde.

»Halt den Hund davon ab«, sagte ich.

»Wovon denn?«

»Das Baby vollzusabbern.«

»Der Hund beruhigt das Baby aber«, sagte Ruth. »Siehst du? Der Kleine hat aufgehört zu schreien.«

Das Baby trug einen mintgrünen Strampler, der vorn Druckknöpfe hatte. Ruth rieb sich die Hände, um sie zu wärmen, bevor sie die Druckknöpfe vorsichtig öffnete. Sie zog die Beine des Babys aus dem Baumwollanzug und entfernte anschließend die Sicherheitsnadel von der Stoffwindel.

»Aha!«, rief sie. »Ein Penis! Ich hab's dir ja gesagt!«

Ich ging zum Sofa hinüber und betrachtete das Baby, das in der Tat ein Junge war. »Woher wusstest du das?«, fragte ich ungläubig und fügte halb im Scherz hinzu: »Hast du etwa so eine Art Penissensor?«

Ruth zuckte mit den Schultern. »Vor ein paar Tagen habe ich ein Zeichen gesehen.«

»Ein Zeichen?«

»Ja, einen blauen Babyschuh, der an einer von Mas Stricknadeln hing.«

»Und was hat das mit diesem Baby zu tun?«

»Habe ich doch gerade gesagt. Das war ein Zeichen, das die Ankunft eines Jungen ankündigte. Als ich es sah, habe ich es aber nicht sofort begriffen. Jetzt schon.«

Jetzt fing sie wieder mit diesem übersinnlichen Quatsch an. »Du hast zufällig richtig geraten, weiter nichts«, sagte ich. »Es gab ja nur zwei Möglichkeiten: Entweder ist es ein Junge oder ein Mädchen. Du hattest also eine fünfzigprozentige Chance.«

»Du auch, aber bei dir ging es daneben.« Plötzlich lachte sie. »Schau dir das mal an. Er hat ein Muttermal auf dem Po, das wie Afrika aussieht.«

Ich beugte mich vor, um besser sehen zu können. »Für

mich sieht das eher wie ein Blumenkohl aus.« Das Baby war noch mit Käseschmiere bedeckt, und der Faden, der benutzt worden war, um die Nabelschnur abzubinden, sah nicht ganz sauber aus. Das Kind war wohl kaum in einem Krankenhaus zur Welt gekommen.

Der Hund watschelte zu Ruth hinüber, legte den Kopf auf ihr Knie und schnüffelte an dem Baby, als wollte er sich vergewissern, dass sie dem Kind nicht wehgetan hatte. Irgendetwas an dem Biest ließ mir keine Ruhe.

»Bilde ich mir das nur ein«, sagte Ruth, »oder sieht der Hund genauso aus wie der, den du als Kind hattest? Wie hieß er doch gleich?«

Ich musste unwillkürlich lächeln. Natürlich. Ruth hatte recht. »Shadow«, antwortete ich. Und dann passierte etwas Merkwürdiges. Der Hund spitzte die Ohren und schaute mich an, als hätte ich ihn beim Namen gerufen.

Ruth lachte. »Unser Freund hier scheint jedenfalls zu denken, dass er auch so heißt. Vielleicht ist Shadows Geist ja zurückgekehrt, um dich zu verfolgen.«

»Sei nicht albern«, sagte ich und ging zum Telefon. »Ich erledige jetzt den Anruf. Bleib du sitzen und sorg dafür, dass die beiden keinen Lärm machen.«

»Welchen Anruf?« Ruth drehte sich zu mir um.

»Na, den Anruf bei der Polizei.«

»Bei der Polizei? Warum in aller Welt willst du die denn anrufen?«

»Vor unserer Haustür wurde gerade ein Baby abgelegt, Ruth. Das müssen wir natürlich melden.«

»Nein!«, rief Ruth. »Wir rufen nicht die Polizei an!« Das Baby erschrak und begann wieder zu weinen.

»Es ist aber ein Verbrechen, ein Baby auszusetzen. Wer auch immer das getan hat, muss gefunden und zur Verantwortung gezogen …«

»Die Mutter hat den Kleinen aber nicht auf einer Müllhalde oder irgendwo auf einem Feld ausgesetzt, sondern vor unsere Tür gelegt, weil sie wusste, dass er hier in Sicherheit sein würde.«

»Das Baby muss aber in Gewahrsam …«

»Hör dich mal an! ›Das Baby muss in Gewahrsam.‹ Es ist doch kein Verbrecher! Es hat überhaupt nichts getan.«

»Herrgott noch mal. Würdest du freundlicherweise aufhören, mich andauernd zu unterbrechen? Ich wollte sagen, es muss in Gewahrsam, damit es von dort aus an einen sicheren Ort gebracht werden kann.«

»Und dann was?«

»Dann werden sie zuerst nach seiner Mutter suchen …«

»Ich bitte dich! Wie soll die Polizei sie denn finden? Das ist doch unmöglich. Und selbst wenn man die Mutter wie durch ein Wunder finden würde, ändert das nichts an der Tatsache, dass sie sich offenbar nicht um ihr Baby kümmern kann, denn sonst hätte sie es wohl kaum hier bei uns gelassen.«

»Glaub mir, die meisten Frauen, die ihre Kinder aufgeben, bereuen diesen Schritt zutiefst. Ich weiß, wovon ich rede.«

»Dann hat es erst recht einen Sinn, ihn hierzubehalten. So weiß die Mutter, wo sie ihn finden kann, wenn sie es sich anders überlegt.«

»Wir können ihn nicht einfach behalten, Ruth. Er muss ins System eingegeben werden …«

»Was soll das denn schon wieder heißen?«

»Er kommt in eine Kinderkrippe, und …«

»Du meinst, er kommt in ein Waisenhaus!«, fauchte Ruth. »Hör auf, das Ganze schönzureden, Delilah.« Sie holte tief Luft. »Ich würde sagen, wir gönnen dem armen Baby jetzt wenigstens eine ruhige Nacht und entscheiden erst morgen, was wir machen.«

Mit diesen Worten wandte sie sich von mir ab, setzte sich aufs Sofa und nahm das Baby auf ihren Schoß. Dann griff sie nach meinem Weinglas und nahm einen großen Schluck. Es hatte keinen Sinn, vernünftig mit Ruth zu reden, nicht nur wegen des dramatischen Verlaufs dieses Abends, den sie sichtlich genoss, sondern auch, weil sie getrunken hatte.

Ich ging zu ihr hinüber und nahm ihr das Glas weg. »Du trinkst keinen Tropfen, solange du dich um das Baby kümmerst. Sonst rufe ich doch die Polizei.« Ich starrte sie herausfordernd an. Sie verzog zwar das Gesicht, versuchte aber nicht, mir das Glas wieder zu entreißen.

Ich ging die Plastiktüten durch, zog eine Milchflasche und eine Dose Säuglingsnahrung heraus. »Das scheint für ältere Babys zu sein, aber jetzt um diese Zeit haben alle Geschäfte zu. Das wird bis morgen genügen müssen.«

»Machst du sie auf, während ich …«

»Nein, das ist deine Sache. Du willst das Baby über Nacht hierbehalten, also kümmerst du dich darum. Und um den Hund auch. Ich gehe jetzt ins Bett.«

Das unerwartete Auftauchen dieses Babys hatte etwas Unheilvolles, als wäre mir meine Vergangenheit in die Gegenwart gefolgt, um mich flüsternd daran zu erinnern, dass ich erst kurz zuvor Hunderte von Waisen in Goma zurückgelassen hatte, obwohl sie dringend auf mich angewiesen waren.

Ich trug schon genug Schuld. In meinem Leben war kein Platz für ein weiteres verlassenes Baby.

Sei drei Uhr nachts schrie der Säugling ununterbrochen. Ich hatte mir ein Kissen über den Kopf gezogen, doch es nutzte nichts. Ich überlegte, ob ich meine Hilfe anbieten sollte, ließ es jedoch, da Ruth ja unbedingt den mütterlichen Engel spielen wollte. Ich hatte keine Ahnung, warum sie so stark auf das Kind reagierte – ob nur ihr weißer Retterkomplex dahintersteckte oder möglicherweise etwas anderes mit hineinspielte –, aber je eher sie sich das Ganz aus dem Kopf schlug, umso besser.

Als ich am nächsten Morgen ins Wohnzimmer kam, saß Ruth noch genau so da, wie ich sie verlassen hatte, mit dem Baby im Arm auf dem Sofa, den Hund neben sich. Ihre Augen waren gerötet, doch diesmal lag es nicht am Alkohol. Für sie war die Nacht mindestens genauso anstrengend gewesen wie für das Baby.

»Oh gut! Du bist schon auf!« Ruth schien so erleichtert, mich zu sehen, dass ich mich sofort umdrehte und in die Küche ging, um Kaffee zu machen.

Ich hatte gehofft, ihr nicht zu begegnen, weil ich meinem morgendlichen Ritual nachgehen wollte, ungestört auf der Intensivstation anzurufen. Das musste nun leider warten. »Warst du etwa die ganze Nacht wach und hast dich um ihn gekümmert?«, rief ich.

»Nachdem du zu Bett gegangen bist, habe ich es geschafft, ihn für einige Stunden zum Schlafen zu bringen, aber mitten in der Nacht ist er wieder aufgewacht, und seitdem lässt er sich nicht mehr beruhigen, egal was ich versuche.« Sie kam mit dem Baby in die Küche. »Die Säuglingsnahrung hat er nicht vertragen, das meiste hat er wieder erbrochen. Er muss kurz vorm Verhungern sein.« Als ich mich zu ihr umdrehte, stand sie direkt vor mir und reichte mir das Baby. »Halt du ihn. Ich muss mal aufs Klo und will schnell unter die Dusche. Danach muss ich ihm die richtige Säuglingsnahrung und alles, was er noch so braucht, besorgen.«

»Ruth, wir müssen die Polizei …«

»Wir können doch ein verhungerndes Kind nicht einfach den Behörden übergeben, verstehst du das nicht? Herrgott, wo ist nur dein Mitgefühl geblieben?« Sie sah mich so vorwurfsvoll an, dass es mir die Sprache verschlug. Ich drehte mich wieder zur Spüle, wusch meine Hände und nahm ihr schließlich das Baby ab.

Als es nach Luft schnappte, verwandelte sich sein Schreien in jene herzzerreißenden zitternden Laute, die nur Neugeborene hervorbringen können. Da mir nichts Besseres einfiel, steckte ich dem Baby den Finger in den Mund, um es zu beruhigen.

Es klammerte sich sofort daran fest und begann, so begierig zu nuckeln, dass ich dachte, es saugt mich auf.

KAPITEL ZWEIUNDZWANZIG

Zodwa

11. Mai 1994
Big Hope Informal Settlement,
Magaliesburg, Südafrika

Beim Aufwachen hat Zodwa das eigentümliche Gefühl, dass ihre Organe wieder an ihre ursprünglichen Positionen zurückwandern. Als sie sich umdreht, spürt sie den Schmerz in ihren Brüsten und im Unterleib; alles ist geschwollen und empfindlich.

Da erinnert sie sich an das Baby.

Sie stützt sich mit dem Ellbogen auf und schaut sich in der Hütte um. Das Baby ist nirgendwo zu sehen. Leleti auch nicht. Ihre Mutter muss es weggebracht haben, damit sie sich ausruhen konnte.

Zodwa legt sich wieder hin und schließt die Augen. Die Gegenwart ist zu schmerzvoll, um in ihr zu verweilen, doch die Vergangenheit ist ein altvertrauter Pfad, auf dem sie wandern kann, wann immer ihr danach ist. Dort sucht sie nun Zuflucht, in den Momenten, bevor ihr Leben in ein Davor und Danach zerteilt wurde.

Sie beschwört den Tag herauf, an dem sie Thembeka zum ersten Mal begegnete, und sofort lindert die Erinnerung ihre Qual. Thembeka sah so schön aus mit ihrer hohen Stirn, den sanft gerundeten Wangenknochen und dem breiten Lächeln, das rosafarbenes Zahnfleisch und strahlend weiße Zähne enthüllte. Ihre Augen waren heller als Zodwas, mit einem Stich ins Rotbraune; ihr Blick wirkte verträumt, doch zugleich war ein übermütiges Funkeln darin.

Für Zodwa war es Liebe auf den ersten Blick, gepaart mit Schuldgefühlen. Sie spürte Scham, Angst und Freude; alles auf einen Schlag.

Wie klar sie es jetzt erkennen kann: Der Moment, in dem sie Thembeka zum ersten Mal erblickte, war der Anfang und das Ende von allem. Wie seltsam, dass man sich, wenn man auf sein Leben zurückblickt, an winzige Entscheidungen und Begebenheiten erinnert, selbst an scheinbar leere, träge Momente; lauter rasende Kometen, die wie ein Feuerwerk auf einen Moment zuschossen, auf einen Sekundenbruchteil in der Zukunft, der weder klein noch unbedeutend war, sondern in einer Explosion der absoluten Gewissheit gipfelte, so dass man nur noch keuchend hervorstoßen konnte: *Oh! Dahin hat also alles geführt.*

Zodwa hat so viele schöne Erinnerungen an Thembeka, aus denen sie wählen kann; sie hüpft zwischen ihnen hin und her wie eine Elster, um die funkelndsten herauszupicken und sich damit abzulenken. Sie denkt an den Tag kurz nach ihrer ersten Begegnung, als sie Thembeka zeigte, wie man einen Wassereimer auf dem Kopf balanciert.

»Ihr Stadtmädchen haltet euch für sehr schlau«, frotzelte Zodwa. »Es mag ja ganz nützlich sein zu wissen, wie man ein Taxi nach Pretoria nimmt, aber wichtiger ist es zu wissen, wie man Wasser trägt und gleichzeitig die Hände für das Feuerholz frei hat.«

Thembeka lachte, aber sie versuchte es trotzdem und kreischte stolz, als der Eimer auf ihrem Kopf blieb.

»Gut, und jetzt geh vorwärts«, ermutigte Zodwa sie.

Nach vier schlurfenden Schritten geriet der Eimer in Schräglage, und bevor Thembeka danach greifen und ihn festhalten konnte, fiel er herunter, so dass Thembeka und Zodwa klatschnass wurden. Als sie sich vor Lachen bogen, stießen sie gegeneinander, und da spürte Zodwa zum ersten Mal Thembekas Herzschlag auf ihrer Handfläche.

Das zweite Mal passierte es einige Tage vor der Vergewaltigung. Sie und Thembeka saßen auf dem Bett in Thembekas Hütte und machten ihre Hausaufgaben. Sie hatten eine lange Sperrholzplatte auf den Knien, die als provisorischer Tisch diente, und darauf lag ein aufgeschlagenes Textbuch.

Zodwa war mit den Aufgaben auf der Seite schon fertig, aber Thembeka rechnete noch. Während Zodwa wartete, zog sie eine kleine Dose Vaseline aus der Tasche ihrer Hemdbluse, schraubte den Deckel ab, tauchte einen Finger hinein und strich sich die glänzende Salbe über die Lippen.

Dabei war sie so in Gedanken versunken, dass sie zu viel Vaseline auftrug. Als sie sich schließlich wieder ihrer Freundin zuwandte, starrte Thembeka ihr auf den Mund.

»Ich will auch was davon«, sagte sie.

Zodwa hielt ihr die offene Dose hin, ließ sie jedoch versehentlich fallen, bevor Thembeka sie nehmen konnte. Als sie im Affekt versuchte, sie aufzufangen, klemmte sie die Dose zwischen ihrer Hand und Thembekas Brust ein. Ihr stieg das Blut zu Kopf, als sie Thembekas gleichmäßigen Herzschlag fühlte, es schien Sekunden zu dauern, dann riss sie ihre Hand weg, und die Dose fiel hinunter, irgendwohin.

Thembeka schüttelte lachend den Kopf. »Kein Problem. Ich brauche die Dose nicht.« Dann beugte sie sich langsam herüber und drückte sanft ihre Lippen auf Zodwas Mund.

Zodwa schloss die Augen und traute sich kaum zu atmen, als Thembekas Lippen ihre berührten.

Ist das ein Kuss? Küssen wir uns?

Irgendwo die Straße hinunter bellte ein Hund, und in einer der Nachbarhütten kratzte jemand mit einem Löffel in einem Topf herum. Der Duft gebratener Zwiebeln vermischte sich mit dem Geruch der Vaseline und des Talkumpuders, den Thembeka benutzte. Zodwas gesamtes Universum dehnte sich aus und zog sich wieder zusammen, und wenn es jemals einen perfekten Moment in ihrem Leben gegeben hatte, dann diesen.

»Siehst du«, sagte Thembeka. »Du hast zu viel draufgetan. So ist es besser.« Sie lächelte Zodwa an und schaute ihr sekundenlang in die Augen, während ihre Lippen ein Schmatzen hervorbrachten. Dann wandte sie sich wieder ihren Hausaufgaben zu.

Es war nur ein winziger Moment gewesen, wenige Sekunden, doch so intim – es musste ein geheimes Zeichen gewesen sein, eine andere Erklärung konnte Zodwa sich nicht vorstellen. Zwei Tage später nahm sie ihren Mut zusammen und schrieb einen Brief, um ihre Gefühle zum Ausdruck zu bringen, die eindeutig nicht platonischer, sondern fieberhafter, verzehrender Natur waren.

Diesen Brief musste Thembekas Freund Mongezi abgefangen haben, bevor Thembeka ihn lesen konnte. Und in dem Moment nahm das Unheil seinen Lauf, denn Mongezi beschloss, Zodwa eine Lektion darüber zu erteilen, welche Art von Verlangen einer Frau zustand und welche nicht.

Für eine Liebe, die so unnatürlich ist, dass Zodwa von ihren erzürnten Vorfahren dafür verflucht wurde, kann es wohl kaum ein Happy End geben.

KAPITEL DREIUNDZWANZIG

Ruth

11. Mai 1994
Verdriet, Magaliesburg, Südafrika

Als ich vom Einkaufen nach Hause komme, bin ich bepackt mit Tüten voller Fläschchen, Sauger, verschiedenen Sorten Folgemilch, Schnullern, Windeln, Popocremes, Lotionen, Feuchttüchern und diversen anderen Babyutensilien, inklusive einem Körbchen und einer winzigen Badewanne.

Meine Güte, Babys sind echt materialistische kleine Biester.

Der Hund kommt rausgerannt, um mich zu begrüßen, und folgt mir auf Schritt und Tritt, während ich drei Mal zwischen Haus und Auto hin- und herpendle, bis ich alles hineingetragen habe. Wo sind Dee und das Baby? Ich will meine Schwester nicht rufen – falls das Baby eingeschlafen ist, was ein absolutes Wunder wäre –, deswegen schleiche ich auf Zehenspitzen zu ihrem Zimmer und spähe durch den Türspalt.

Dee sitzt mit dem Baby an die Brust gedrückt auf ihrem Bett, und Tränen laufen ihr über die Wangen.

»Dee?«, flüstere ich. »Was ist denn los?«

»Ach, nichts.« Müde steht sie auf, wischt sich die Tränen ab und gibt mir das Baby. Der Kleine wacht sofort auf und fängt an zu quengeln, und ich schaue Dee nach, die sich ins Badezimmer zurückzieht.

»Dee?«, rufe ich, aber sie lässt bereits Badewasser ein und übertönt damit mich und das Baby. Meine Güte, wenn ich daran denke, dass Ma immer mich als die Dramaqueen bezeichnet hat! Ich verdrehe die Augen über Dees Theatralik. Das Baby für eine Nacht zu behalten, anstatt es sofort den Behörden zu übergeben, ist doch nichts, weswegen man heulen müsste.

Ich wende meine Aufmerksamkeit dem armen Wurm zu, der schon ganz fuchtelig ist vor Hunger. Es gibt meterlange Gebrauchsanweisungen für das Sterilisieren der Flaschen und Sauger, die zwar zum größten Teil hilfreich sind, aber trotzdem bin ich dankbar dafür, dass ich viele Jahre lang Fernsehsendungen und Filme über Babys geschaut habe. Ich habe es als mein heimliches Vergnügen betrachtet, aber es ist erstaunlich, wie viel man über Bäuerchen machen, Füttern und Windelwechseln lernen kann, wenn man einfach anderen dabei zusieht.

Ich versuche, alles mit einer Hand zu erledigen und dabei den kleinen Kerl an meiner Brust zu halten, aber es ist so gut wie unmöglich, und deshalb gebe ich auf und lege ihn aufs Sofa. Der Korb muss noch richtig ausgepolstert werden, und deswegen baue ich ein improvisiertes Nest aus vier zu einem Rechteck gelegten Kissen. Er ist so winzig, bewegt sich kaum, bringt aber mit seinem Geschrei beinahe das Haus zum Einstürzen.

»Pass auf das Baby auf!«, befehle ich dem Hund, der sich pflichtbewusst daneben setzt.

»Fast fertig! Dein Essen ist gleich so weit«, flöte ich aus der Küche. Das Gesicht des Babys ist zu einer wütenden Grimasse verzogen, und seine vollen Lippen entblößen das Zahnfleisch. Ich hoffe, dass meine Stimme ein bisschen dazu beiträgt, ihn zu beruhigen, obwohl alle Zeichen auf das Gegenteil hindeuten.

Der Hund leckt die Hand des Babys, und sein Weinen wird um ein paar Dezibel leiser.

»Braver Hund!«

Als ich endlich die Babynahrung in der Flasche gemischt und sie auf die richtige Temperatur habe abkühlen lassen, was ich vorsichtshalber auf meinem inneren Unterarm überprüft habe, gehe ich hinüber zum Baby und nehme es in den Arm. Ich halte es in meiner Ellbogenbeuge, bringe die Flasche an seine Lippen und gebe einen Tropfen Milch darauf.

Das Baby schnappt sofort nach dem Sauger, und dann schnüffelt es und beginnt so heftig zu saugen, dass ich Angst habe, es könne ersticken. »Langsam, kleines Kerlchen. Locker bleiben. Ich kann noch mehr davon besorgen.« Er glaubt mir wohl nicht recht, denn er trinkt weiterhin in großen, hastigen Schlucken. Die Milch läuft ihm größtenteils wieder aus dem Mund, die runden Bäckchen hinunter und in die vielen kleinen Speckfalten an seinem Hals.

Endlich finden wir einen gleichmäßigen Rhythmus, und er hört ganz zu weinen auf. Sein Gesicht ähnelt zugleich dem eines weisen alten Mannes und eines Cherubs, als wüsste er die Antworten auf die Rätsel des Lebens, fläze sich aber genauso gern auf den Wolken herum zwischen all den Harfen, als Ausgleich zu dem ganzen ernsthaften Zeug. Während er saugt, glätten sich die Falten auf seiner Stirn, und er schließt die Augen. Er ist glücklich, und ich habe das bewirkt! Ich habe dazu beigetragen. Ich wünschte so sehr, dass Vince hier wäre, um daran teilzuhaben; dass er sehen könnte, wie toll das kleine Gör ist und wie gut wir zusammenpassen.

Ich brauche keinen Seelenklempner, Vince. Das hier ist alles, was ich brauchte. Nur das.

Ich schlucke eine unerwartete Gefühlswallung hinunter, die mich daran erinnert, wie oft ich in den Park gegangen bin und mich auf eine Bank gesetzt habe, ohne auch nur zu versuchen, meine Absicht zu verbergen, indem ich mich zum Beispiel hinter einer Zeitung oder einem Buch versteckte. Ich kann mir nur ungefähr vorstellen, welches unstillbare Verlangen mir ins Gesicht geschrieben stand, wenn ich sehnsüchtig in Kinderwagen schaute und Kleinkindern hinterherstarrte, die auf stämmigen Beinchen umherrannten.

Ich werfe einen Blick auf meine Armbeuge und frage mich, wofür sie gemacht ist, wenn nicht, um ein Baby zu halten. Meine Brüste, die einen Mann nachts in einen Taumel der Lust versetzen konnten, kamen mir tagsüber sinnlos und rein dekorativ vor. Wozu waren sie nutze, wenn nicht, um ein Kind zu nähren? Als mich Fantasien heimsuchten, wie ich an einem Kinderwagen vorbeiging, ein Baby herausnahm und einfach weiterlief, wusste ich, dass es Zeit wurde, damit aufzuhören, in Parks zu gehen und mich zu quälen.

Es ist seltsam, wie sich unsere Träume im Laufe der Zeit verändern; wie hochfliegend sie anfangs sind und wie schnell wir dazu bereit sind, unsere Erwartungen zu senken, sobald klar wird, dass wir unsere Ziele zu hoch gesteckt haben. Anfangs hatte ich von wunderschönen Babys geträumt, die wie die perfekte Kombination aus mir und dem Mann aussahen, mit dem ich gerade zusammen war: blaue Augen, rotes Haar, Sommersprossen; grüne Augen, blondes Haar, Grübchen. Jetzt, viele Jahre und Enttäuschungen später, kommt mir dieses Baby, das überhaupt nicht aussieht wie ich, wie ein Übermaß an Glück vor, zu groß, als dass ich jemals darauf zu hoffen gewagt hätte.

Der Hund winselt plötzlich und reißt mich damit aus meinen Gedanken, und ich bin dankbar für die Ablenkung von alten Erinnerungen, die nicht länger die Macht haben sollten, mir wehzutun. Er sitzt da, starrt uns an, und ich frage mich gerade, ob es ein Rüde oder eine Hündin ist (da mein Penissensor offenbar bei Hunden versagt), als er das Bein hebt und es mir zeigt. Es ist ein Mädchen. Ich lache, als sie das Bein noch weiter anhebt und anfängt, sich zu lecken.

»Du bist ja eine richtige Isebel, was?«, frage ich. Und so kommt sie zu ihrem Namen.

Als der Kleine die Flasche leer getrunken hat, hebe ich ihn hoch und lege ihn mir über die Schulter, damit er sein Bäuerchen machen kann. Nach ein paarmal Tätscheln rülpst er wie ein Großer und kotzt meinen Rücken hinunter. »Charmant. Vielen Dank.«

Ich lege ihn wieder aufs Sofa, und er schläft praktisch sofort ein. Ich küsse ihn auf die Stirn, die nach Milch und unerhörten Träumen riecht, die endlich wahr geworden sind. Ein hicksendes Schluchzen aus dem Bad bringt mich zurück in die Wirklichkeit. Ich weiß, dass das Geräusch von den Fliesen und dem Badewasser verstärkt wird, aber es ist dennoch alarmierend. Halleluja, es sieht ganz danach aus, als müsste ich mich um zwei Babys kümmern.

Ich klopfe an die Badezimmertür und rufe: »Dee?«

»Geh weg!«

Sie klingt, als hätte sie eine Erkältung, also muss sie sehr geweint haben. Dass wir das Baby gestern Abend nicht abgegeben haben, kann unmöglich der einzige Grund sein. Irgendetwas anderes muss sie belasten. »Geht's dir gut?«

»Lass mich in Ruhe!«

Ich denke an meine eigenen Eskapaden vor ein paar Wochen und weiß, dass das Badezimmer der richtige Ort ist, um

Dummheiten zu machen. Ich hatte keine Absicht, meinen Selbstmordversuch ernsthaft durchzuziehen, aber ich weiß nicht im Geringsten, was meiner Schwester durch den Kopf geht. Sie ist mir fremder denn je.

»Ich komm jetzt rein, okay?« Sie sagt irgendwas, das ich nicht verstehe. Der Türknauf lässt sich drehen. Wenigstens hat sie sich nicht eingeschlossen.

»Was zum Teufel machst du hier?« Dee ist gerade dabei, aus der Wanne zu steigen, einen Fuß auf der Badematte, den anderen noch im Wasser. Ihr Gesicht bietet ein Bild des Jammers.

»Ich wollte nur mal nachsehen, ob es dir gut geht. Von draußen hat es sich angehört, als würde hier drin die Welt untergehen.«

»Mein Gott, Ruth«, murmelt sie, während sie versucht, nach dem Handtuch zu greifen, das sie über den Toilettendeckel gelegt hat, aber es ist zu spät. Ich habe bereits gesehen, was sie vor mir verbergen wollte.

Meine Schwester hat unregelmäßige weiße Dehnungsstreifen an Bauch und Brüsten. Ich schnappe nach Luft. Ich kenne diese Initiationsnarben, die ich mein ganzes Leben lang begehrt habe. Es kann nicht sein, und doch ist es nicht anders möglich. »Wer … Wann …« Ich habe so viele Fragen, kann aber keine einzige in verständliche Worte fassen.

Dee reißt das Handtuch an sich und hüllt sich darin ein wie in eine Rüstung.

»Du bist Mutter?«, frage ich. Sie antwortet nicht; stattdessen verzieht sie schmerzlich das Gesicht. »Mein Gott! Du hast ein Baby gehabt!«

»Ja«, flüstert sie. »Daniel.«

KAPITEL VIERUNDZWANZIG

Delilah

11. Mai 1994
Verdriet, Magaliesburg, Südafrika

Pater Thomas war derjenige, der meine Schwangerschaft entdeckte und Alarm schlug. Ich war im siebten Monat. Fünf Monate lang hatte ich es geschafft, sie zu verdrängen. Meine Periode blieb aus, mein Bauch wurde immer dicker, und meine Brüste schwollen an, doch ich wollte nicht wahrhaben, dass ich ein Kind erwartete. Stattdessen deutete ich die Symptome als Ausdruck meiner Schuld.

Die Schwangerschaft vor den anderen Nonnen zu verbergen war nicht einfach, aber auch nicht so schwer, wie man hätte meinen können; im Kloster stand schließlich nicht der Körper, sondern die Seele im Mittelpunkt. Wir trugen weite Ordenstrachten und wurden angehalten, den Blick stets auf den Boden zu richten, damit uns nichts von unserem Zwiegespräch mit Gott ablenkte. Niemand hatte mich jemals nackt gesehen, außer Schwester Marguerite, die Novizin, die mir am Tag meiner Ankunft im Kloster geholfen hatte, die Nonnentracht anzulegen. Als ich mich meiner eigenen Kleidung entledigt hatte und nackt vor ihr stand, schien sie etwas sagen zu wollen, doch falls sie einen Verdacht hatte, behielt sie ihn für sich.

An dem Tag, als mein Geheimnis entdeckt wurde, war ich in Pater Thomas' Büro. Es war Besuchssonntag, aber meine

Eltern hatten so viel auf der Farm zu tun, dass sie es nicht schafften vorbeizukommen. Da Pater Thomas derjenige gewesen war, der mich zum Glauben geführt und meine Konvertierung zum Katholizismus begleitet hatte, betrachtete die Ehrwürdige Mutter ihn als Freund der Familie; wenn meine Eltern nicht kamen, sollte ich stattdessen mit ihm sprechen.

»Ah, Schwester Maria Theresa«, sagte er, als ich sein Büro betrat. Er nannte mich bei meinem neuen Namen, den ich bei meiner Aufnahme als Novizin angenommen hatte; ich hatte ihn selbst ausgesucht. »Schön, dich zu sehen.« Er streckte mir die Arme entgegen, als er um seinen Schreibtisch eilte, doch wie in den vorangegangenen drei Monaten tat ich so, als hätte ich seine Geste nicht bemerkt, und versuchte, mich rasch hinzusetzen, bevor er mich umarmen konnte.

»Guten Abend, Pater.« Ich konnte gerade noch rechtzeitig auf den Stuhl sinken. Das war knapp gewesen.

Pater Thomas beugte sich zu mir hinunter, um mir einen züchtigen Kuss auf die Stirn zu geben. Ich wich zurück. »Wie geht es dir, mein Kind?«, fragte er schließlich.

»Mir geht es gut, Pater«, antwortete ich.

Als er hinter seinen Schreibtisch zurückkehrte, plapperte ich nervös über die vergangene Woche; was ich im Lateinunterricht gelernt hatte und was im Kloster alles passiert war. Früher hatte ich mich in seiner Gegenwart sicher gefühlt, doch das hatte sich geändert. Es war nur noch eine Frage der Zeit, bis man meine wahre Natur entdecken und mich hinauswerfen würde, so, wie ich es verdient hatte.

In der nächsten halben Stunde stellte Pater Thomas mir Fragen, die ich beantwortete, so gut ich konnte. Seine Meinung von mir hatte immer eine große Rolle für mich gespielt, umso mehr, als ich unsterblich in ihn verliebt war. Deshalb achtete ich darauf, nichts zu tun oder zu sagen, was ihn dazu hätte verleiten können, schlecht von mir zu denken. Als es Zeit für mich wurde zu gehen, stand er auf und kam um den Schreibtisch herum.

Durch die Schwangerschaft war ich unbeholfen und langsam geworden. Als Pater Thomas zu mir trat, hatte ich es gerade geschafft, mich von meinem Stuhl zu erheben. Bevor ich mich abwenden konnte, umarmte er mich. Seinen Gesichtsausdruck werde ich niemals vergessen; in seiner Miene spiegelte sich zuerst Zuneigung, dann Verwirrung und zum Schluss Entsetzen, als er begriff, was mein geschwollener Bauch, der gegen seinen Körper gedrückt wurde, zu bedeuten hatte. Bei der Erinnerung daran würde ich noch immer am liebsten vor Scham im Boden versinken.

Es gab Anschuldigungen und Vorwürfe von allen Seiten, und meine Weigerung, den Namen des Vaters zu verraten, machte es nur noch schlimmer. Der Skandal war so groß, dass selbst die Schweigeregeln des Klosters ihn nicht eindämmen konnten. Das Geflüster der anderen Nonnen verfolgte mich, wohin ich auch ging.

»Wie alt ist sie?«

»Erst siebzehn. Selbst noch ein Kind.«

»Das war ja nicht anders zu erwarten. Sie ist ja erst seit ein paar Jahren Katholikin.«

»Angeblich war sie früher bei der Niederländisch-reformierten Kirche. Das sind Barbaren.«

Einige jüngere Nonnen schauten mich mitleidig an, und Schwester Marguerite drückte mir einmal verstohlen die Hand, doch alle anderen Schwestern wandten sich gegen mich, um Pater Thomas und die Ehrwürdige Mutter zu trösten.

»Es ist doch nicht Ihre Schuld, dass Sie nicht erkannt haben, wie schamlos sie ist.«

»Ihre eigene Mutter hatte ihre Jungfräulichkeit überprüfen lassen, bevor sie ins Kloster eintrat.«

»Wer hätte denn ahnen sollen, dass sie sich in ihrer letzten Woche in Freiheit ihrer Keuschheit entledigen würde?«

Natürlich waren sie gezwungen, mich zu exkommunizieren. Pater Thomas war derjenige, der der Ehrwürdigen Mutter vorschlug, das Baby trotzdem zu behalten und im Kloster großzuziehen. »Dieses Kind verdient eine Chance auf ein gutes Leben. Lasst es uns nicht für die Sünden seiner Mutter bestrafen«, sagte er. »Es ist schrecklich, wie sie uns hintergangen hat, und niemand ist über ihr Verhalten mehr enttäuscht als ich, aber dieses unschuldige Kind soll doch nicht darunter leiden, nicht wahr?«

Die Ehrwürdige Mutter war von seiner Barmherzigkeit so beeindruckt, dass sie seinem ungewöhnlichen Vorschlag zustimmte.

Es war eine schwere Geburt. Ich lag fast sechsundvierzig Stunden in den Wehen. Zwei ältere Nonnen dienten als Hebammen; jede Sekunde meiner Qual war ein Fest für sie.

»Das ist Gottes Strafe für deine Sünde«, erinnerten sie mich, wenn ich mich durch eine Wehe hechelte.

»Du hast wirklich Glück, dass Pater Thomas deinem Baby das Waisenhaus erspart.«

»Dein Elend ist nichts gegen das Leid des armen Kindes, denn es wird mit der furchtbaren Schande leben müssen, eine gefallene Nonne zur Mutter zu haben!«

Die Schmerzen rissen eine Kluft zwischen mir und dem Baby, während Minuten sich zu Stunden dehnten. Jede Wehe trieb das Kind ein Stück näher zur Welt, doch zugleich ein Stück weiter von mir weg.

Als das Baby endlich geboren wurde, fühlte ich mich so schwach, als hätte ich mit dem Kind auch den letzten Funken Leben aus mir selbst herausgepresst.

»Es ist ein Junge«, wurde mir mitgeteilt.

»Preiset den Herrn. Das macht es weniger wahrscheinlich, dass er den schwachen Charakter seiner Mutter entwickelt.«

»So ist es. Denn er wird von echten Frauen Gottes erzogen werden und Pater Thomas als moralisches Vorbild haben.«

»Bitte«, flüsterte ich. »Darf ich ihn halten?«

»Besser nicht.«

»Bitte. Nur einen Moment. Um mich zu verabschieden.«

»Gib ihr das Kind«, sagte die Ehrwürdige Mutter, die hereingekommen war, um zu sehen, wie weit ich war.

Sie war eine freundliche Frau, eine echte Christin, und ich war dankbar, dass sie sich in diesem Moment einmischte. Ich weiß nicht mehr, ob ich ihr für ihre Barmherzigkeit dankte. Alles, woran ich mich erinnere, ist das Gesicht meines Sohnes, als er mir zögernd überreicht wurde. Es war zu einer Grimasse des Unbehagens verzogen, als fände er unsere missliche Lage ebenfalls verabscheuenswert.

»Vergib mir, mein Sohn. Verzeih mir, was ich tue«, flüsterte ich in seine winzige Ohrmuschel und strich über sein seidiges Haar. Ich weinte hemmungslos, und meine Tränen fielen auf sein perfektes kleines Gesicht.

»Möchtest du ihm einen Namen geben?«, fragte die Ehrwürdige Mutter. »Bevor du gehen musst?«

Ich nickte, dankbar darüber, dass das Gefühl, verlassen worden zu sein, nicht das Einzige war, was ich meinem Sohn hinterließ. »Ich möchte ihn Daniel nennen.«

»›Gott ist mein Richter.‹ Ein guter Name.«

Wegen seiner Bedeutung hatte ich ihn auch ausgesucht. Da die Kirche und auch ich selbst so hart mit mir ins Gericht gingen, wollte ich, dass Daniel sich, wenn überhaupt, nur vor Gott rechtfertigen musste.

Die Ehrwürdige Mutter streckte ihre Arme nach ihm aus. »Es ist Zeit, meine Liebe.«

Ich hielt Daniel fest. »Nur noch einen Moment, bitte.«

Ich beugte mich zu ihm und gab ihm einen Kuss auf die Stirn, salbte ihn nicht mit Öl, sondern mit der Liebe einer Mutter in der Hoffnung, dass diese Liebe ihn vor dem Schlimmsten beschützen würde, was das Leben für ihn bereithielt. Natürlich hatte sich diese Hoffnung nicht erfüllt, aber damals hatte ich Trauer und Verzweiflung im Sinn gehabt, keine Kugeln, die jemand auf ihn abfeuern würde.

Welch grausame Laune des Schicksals, dass ich meinen Sohn zum ersten Mal sah, als ich ihm gerade das Leben geschenkt hatte, und das nächste Mal, fast neununddreißig Jahre später, als er so verzweifelt um dieses Leben kämpfte. Damit hatte ich nicht rechnen können. Und auch nicht damit, dass Pater Thomas – der Mann, den ich von ganzem Herzen geliebt und der mich verstoßen hatte – der Priester sein würde, der am Krankenbett meines Sohnes betete. Und wieder zwischen uns stand, so wie damals.

KAPITEL FÜNFUNDZWANZIG

Ruth

11. Mai 1994
Verdriet, Magaliesburg, Südafrika

Das Baby liegt schlafend zwischen uns auf dem Sofa, während Dee sich stammelnd einen Weg durch ihre Geschichte bahnt. Sie hat ihren Schlafanzug wieder angezogen, obwohl schon fast Mittag ist, und ihren lausigen alten Bademantel fest um sich gewickelt.

Sie ist zu dünn, aber sie war immer schon schmal, während ich eher üppig bin.

Üppig.

Das Wort ruft ein Bild hervor; als hätte ein Zauberer ein Kaninchen aus dem Hut gezogen: Dee im Hochzeitskleid während ihrer feierlichen Aufnahme im Orden. Wie dumm ich war! Sie war nicht dick, sie war schwanger.

Der Gedanke macht mich wütend, ebenso wie das Wissen, dass sie das Kind weggegeben hat. »Warum hast du nicht einfach das Kloster verlassen und bist mit dem Baby nach Hause gekommen?«

»Du sagst das so, als wäre es das Einfachste auf der Welt gewesen. Es war 1955, Ruth. Unverheiratete katholische Mütter durften damals ihre Babys nicht behalten. Ihre kleinen ›Bastarde‹ wurden in Waisenhäuser gesteckt, und diejenigen, die nicht das Glück hatten, adoptiert zu werden, wuchsen unter furchtbaren Bedingungen auf.« Sie schaut mit glasigen

Augen ins Leere und erschreckt mich dann mit einem freudlosen Lachen. »Kannst du dir vorstellen, was das für unsere Mutter bedeutet hätte? Zuerst von zu Hause wegzugehen, um Nonne zu werden, und dann mit achtzehn als ledige Mutter zurückzukommen? Oh Gott, es hätte sie umgebracht!« Sie schließt die Augen und schüttelt den Kopf. »Dass ich die Nonnen Daniel behalten und aufziehen ließ, war die beste Lösung für alle. Ich habe getan, was das Beste für ihn war.«

Isebel steht plötzlich auf, tappt hinüber zum Baby und schnuppert an seinem Gesicht. Es kneift die Augen zusammen und sieht aus, als würde es jeden Moment aufwachen. »Pfui, Isebel!« Dee zuckt zusammen, als hätte ich sie geohrfeigt. »Was ist? Ich will nicht, dass sie ihn weckt.«

»Du hast den Hund Isebel genannt?«

»Ja, na und? Verletzt das deine Gefühle? Ist doch bloß ein Name.« Ich lasse sie nicht zu Wort kommen. Ich bin jetzt nicht in Stimmung für eine Predigt über mangelnden Respekt vor der Bibel, nicht heute, wo meine hochheilige Schwester mir enthüllt hat, dass sie eine Heuchlerin war. »Und wie hast du die Kirche dazu gebracht, es Ma und Da nicht zu sagen?«

Sie seufzt. »Sie haben sich bereit erklärt, Stillschweigen zu bewahren, unter der Bedingung, dass ich ohne Aufhebens verschwinden und die Stelle bei der Hilfsorganisation annehmen würde, die sie für mich gefunden hatten. Sie wollten keinen Skandal und waren froh, auch gleich der Familie einen zu ersparen.«

»Aber, großer Gott … Du hast in Waisenhäusern gearbeitet, nachdem du gerade dein eigenes Kind weggegeben hattest?« Ich würde sie gern fragen, wie verhärtet man sein muss, um das zu können – umgeben zu sein von all diesen mutterlosen Babys, nachdem man gerade sein eigenes im Stich gelassen hat –, ohne zusammenzubrechen.

Dees Stimme ist kalt, als sie antwortet: »Es sollte eine Strafe für mich sein, Ruth, und ich habe sie als solche auf mich genommen. Buße zu tun ist ein integraler Bestandteil des Glaubens, aber ich nehme nicht an, dass du nicht das Geringste darüber weißt.«

Eigentlich will ich etwas Bissiges antworten, aber zu meiner eigenen Überraschung sage ich: »Ich habe dich früher manchmal beim Beten beobachtet, weißt du. Als wir noch Kinder waren. Du hast die Augen geschlossen und bist ganz still geworden, wie der Busch vor einem Gewitter.«

Dee lächelt wehmütig. »Ich habe mir immer vorgestellt, dass ich die vier Ecken des Zimmers nehmen und wie eine Decke um mich schlingen würde, um mich vor der Welt zu verstecken.«

»Am liebsten mochte ich es, wenn sich die Falten auf deiner Stirn geglättet haben. Dann haben sich deine Mundwinkel nach oben gezogen, du hast einmal genickt, und dann musste ich schnell wegschauen, weil ich wusste, dass du gleich die Augen öffnen würdest und sauer wärst, wenn ich dich angeschaut hätte.«

»Ich dachte, du konntest es nicht ausstehen, wenn ich gebetet habe.«

»Ich konnte es nicht ausstehen, ausgeschlossen zu werden.« Das Geständnis ist irgendwie zu persönlich, deswegen füge ich rasch hinzu: »Betest du denn noch?«

Sie schüttelt den Kopf, und es überrascht mich nicht. Die Schwester, die zurückgekehrt ist, ist nicht die Schwester, die fortgegangen ist. Ich nehme an, das ist unter den gegebenen

Umständen verständlich, aber aus irgendeinem Grund macht es mich traurig.

»Willst du mir sagen, wer der Vater ist?«

Dee weicht zurück, als hätte ich sie beleidigt, indem ich angedeutet habe, ihr Baby sei das Ergebnis einer sexuellen Beziehung mit einem Mann, aber es wird nun mal keine Jungfrauengeburt gewesen sein, garantiert nicht. Trotzdem war es wohl eine dumme Frage. Ich habe sie mit Riaan van Tonder in der Avocadoplantage gesehen, an dem Abend, bevor sie weggegangen ist, und es schien ziemlich heiß herzugehen. Ich hatte damals angenommen, es wäre nichts als eine heftige Fummelei gewesen, aber offenbar ist meine Schwester als Jugendliche wilder und interessanter gewesen, als ich es ihr je zugetraut hätte. Meine Güte, sogar ich war noch absolut jungfräulich, als sie von zu Hause weggegangen ist. Na gut, vielleicht nicht so hundertprozentig jungfräulich, aber im Großen und Ganzen.

»Und, was ist mit Daniel geschehen?«, frage ich, als klar wird, dass Dee meine Frage nach dem Vater ihres Babys nicht beantworten wird. »Wo ist er jetzt?«

Mit zitternder Stimme antwortet sie: »Er liegt im Krankenhaus und kämpft um sein Leben.«

Damit habe ich nicht gerechnet. »Was ist passiert?«

»Er ist Pricster geworden und bei einem Einbruch ins Pfarrhaus angeschossen worden, vor über einem Monat. Seitdem liegt er im Koma.«

»Das tut mir furchtbar leid!« Und das stimmt. Mist, wenn ich das Geld hätte, ihn in ein Privatkrankenhaus mit besseren Neurologen zu bringen, würde ich es Dee geben, obwohl es wahrscheinlich genau diese Großzügigkeit ist, die zu meinem jetzigen finanziellen Engpass geführt hat. Vince hat oft gesagt, mein Herz wäre wie ein Omnibus: Es passe immer noch einer rein.

»Danke.« Sie steht auf, wischt sich eine Träne weg und geht zu ihrem Zimmer. An der Tür dreht sich noch einmal um und wirft einen Blick auf das Baby. »Jetzt weißt du alles, und deswegen wirst du bestimmt verstehen, warum es für mich nicht infrage kommt, dass er hierbleibt.«

»Aber … Du hast doch so lange diese vielen anderen Waisenkinder um dich gehabt, ohne dass es dir etwas ausgemacht hat, vielleicht gewöhnst du dich ja an …«

»Nein, Ruth, ich bin nicht mehr bereit, mich auf diese Weise zu bestrafen. Meine Zeit der Buße ist vorbei. Ich kann seine Anwesenheit nicht ertragen. Das Baby muss weg.«

KAPITEL SECHSUNDZWANZIG

Zodwa

12. Mai 1994
Big Hope Informal Settlement,
Magaliesburg, Südafrika

Als Zodwa wieder erwacht, liegt Leleti neben ihr. Zwar hat das Husten ihrer Mutter sie geweckt, aber sie fühlt sich so ausgeruht und wach wie schon seit Ewigkeiten nicht mehr. Es ist, als hätte sie eine Betäubung abgeschüttelt, in der sich alles dumpf und entfernt anfühlte; als hätte sie lange nichts empfunden und empfände jetzt zu viel.

Ich habe einen Sohn.

Der Gedanke bringt Zodwa zum Lächeln. Sie setzt sich auf und reibt sich die Augen. Ihre Brust ist ganz nass, und als sie an sich hinunterblickt, sieht sie, dass ihr Nachthemd vorn durchweicht ist. Milch sickert aus ihren schmerzenden Brüsten. Sie ist jetzt bereit, ihren Sohn zu stillen, und blickt sich nach ihm um, von einer plötzlichen Sehnsucht erfüllt, ihn in die Arme zu nehmen.

Als sie ihn nicht finden kann, nimmt Zodwa an, dass er an Leleti geschmiegt daliegt. Sie beugt sich über ihre Mutter, blickt ihr über die Schulter und stellt überrascht fest, dass er dort nicht ist. Sie sucht die ganze Hütte ab und sieht, dass die Tüten mit Babysachen, die sie unter dem Tisch verstaut hatte, ebenfalls weg sind. Und auch der Hund ist nirgendwo zu sehen.

Zodwa wird eiskalt vor Schreck, und sie rüttelt Leleti wach. »Mama!« Ihre Mutter fühlt sich heiß an.

Leleti rollt sich herum, die Augen glasig vom Fieber. Das Kissen ist rot befleckt. Sie stöhnt und schließt die Augen wieder.

»Wach auf, Mama!«

Leleti schlägt die Lider wieder auf und sucht Zodwas Blick, doch als ihre Augen sich treffen, ist es, als schaue Leleti durch ihre Tochter hindurch.

»Wo ist das Baby?«

Leleti verzieht die Lippen zu einem Lächeln. »Dumisa, mein Sohn, bist du das?«

Angst überkommt Zodwa. Ihre Mutter ist offenbar im Fieberwahn, und wer weiß, wozu ein Mensch in ihrem Zustand fähig ist.

»Nein, ich bin es, Zodwa. Deine Tochter«, sagt Zodwa und schüttelt Leleti sanft. »Mama, wo ist mein Baby?«

»Baby?« Das angedeutete Lächeln verschwindet.

»Ja, das Baby. Weißt du nicht mehr? Wo ist es? Wo ist mein Sohn?«

Leleti reißt die Augen weit auf, als hätte sie einen klaren Moment. Sie öffnet den Mund zu einer Antwort, und Zodwa neigt sich vor, um zu hören, was ihre Mutter sagen will.

»Ich habe … Ich habe ihn …« Sie stolpert über ihre Worte. »… weggebracht.«

»Du hast das Baby weggebracht?«, souffliert ihr Zodwa bemüht ruhig, trotz ihrer wachsenden Panik. »Wohin hast du es gebracht?«

»Es … Es … ist weg.«

»Weg? Wo ist es, Mama? Was hast du mit ihm gemacht?«

»Ich habe es … für dich getan«, antwortet Leleti. »Und für ihn.«

»Was? Was hast du getan?«

Leleti scheint über die Frage nachzudenken, doch bevor sie antworten kann, verdreht sie die Augen und bekommt einen Krampfanfall.

KAPITEL SIEBENUNDZWANZIG

Ruth

12. Mai 1994
New Beginnings Baby-Auffangstation,
Rustenburg, Südafrika

Dee ist unerbittlich, was das Baby angeht. Sie hat die Polizei angerufen und einen Termin mit den Sozialbehörden zur Übergabe vereinbart.

»Wie konntest du es wagen, das einfach so zu organisieren, ohne dich vorher mit mir abzusprechen?« Ich hocke auf allen vieren und beuge mich über die kleine Plastikwanne, die in der großen Badewanne steht. Das Baby liegt auf der Wickelunterlage auf dem Boden neben mir.

»Ach, Ruth, du hast ja nicht die leiseste Ahnung von dem, was du da tust. Es darf noch gar nicht gebadet werden. Nicht, solange die Nabelschnur nicht abgefallen ist.«

»Ach so? Und wie soll ich es dann sauber halten?«

»Indem du Watte in warmes Wasser tauchst und es damit abwäschst.«

Oh.

Ich komme mir ein bisschen dumm vor, wenn ich daran denke, wie ich meinen Ellbogen ins Badewasser getaucht habe, um zu überprüfen, ob es die richtige Temperatur hat. Um mein Gesicht zu wahren, erwidere ich: »Das weiß ich natürlich. Ich wollte seinen Bauch mit Frischhaltefolie umwickeln, um die Nabelschnur trocken zu halten. Außerdem lieben Babys es, gebadet zu werden, das weiß doch jeder. Es erinnert sie an ihre Zeit im Mutterbauch.«

Dee schüttelt den Kopf und erwidert verächtlich: »Das alles bestärkt mich nur in meiner Ansicht, dass du nicht dazu geeignet bist, für dieses Kind zu sorgen.«

»Es hatte zufällig keine Gebrauchsanweisung dabei«, erwidere ich schnippisch. »Und ich könnte es lernen, oder etwa nicht? Ich könnte mir ein Buch kaufen, aber weißt du was? Ich hab noch eine viel verrücktere Idee. Anstatt die ganze Zeit an mir herumzunörgeln, könntest du mir vielleicht helfen, Angus zu versorgen, wo du doch so eine Babyexpertin bist?«

»Angus?«

Ich spüre, dass ich erröte. »Wir können das arme Ding doch nicht die ganze Zeit ›er‹ oder ›es‹ nennen, deswegen habe ich ihn nach Pa benannt.« Dee verzieht derart wütend das Gesicht, dass sie mir etwas den Wind aus den Segeln nimmt. Vielleicht war es tatsächlich nicht die beste Idee, wenn man bedenkt, welche Probleme sie mit unserem Vater hatte. Da ich aber nie einen Sohn nach ihm benennen konnte, hatte ich das Gefühl, das wäre das mindeste, was ich für ihn tun könne.

»Du hast allen Ernstes ein schwarzes Kind Angus genannt?« Sie schüttelt den Kopf, als wäre es das Dümmste, was sie je gehört hat.

»Was ist denn so schlimm daran? Ich weiß, du hattest Probleme mit Pa, aber …«

»Das tut gar nichts zur Sache. Aber ist es dir nicht in den Sinn gekommen, dass dieses Kind seine eigene Kultur hat? Sein eigenes Volk und eine ganze Geschichte, die nichts mit uns zu tun hat? Du hättest wenigstens mal darüber nachdenken können oder es wenigstens versuchen können zu respektieren, indem du ihm einen passenderen Namen ausgesucht hättest.«

»Woher zum Teufel soll ich wissen, aus welcher Kultur er stammt?«

»Jedenfalls nicht von einem rothaarigen schottischen Säufer, so viel kann ich dir sagen!« Sie schüttelt den Kopf und verschränkt die Arme. »Weißt du was, ich verstehe dich nicht im Geringsten.«

»Schon klar, aber was soll das denn jetzt heißen?«

»Deine Affenliebe für dieses Baby ist dummes Zeug. Du weißt schon, dass er schwarz ist, oder?«

»Ich habe Augen im Kopf, Dee. Ich bin nicht blind.«

»Stimmt, farbenblind warst du tatsächlich nie.«

»Willst du mich etwa als Rassistin bezeichnen?«

»Wem der Schuh passt …« Ehe ich mich verteidigen kann, fügt sie hinzu: »So, entweder übergeben wir ihn heute freiwillig, oder sie kommen ihn holen. Es ist deine Entscheidung.«

Ihre Worte treffen mich, und ohne nachzudenken, schlage ich zurück. »Nur weil du dein Baby im Stich gelassen hast, kannst du mich noch lange nicht zwingen, meines abzugeben!«

Dee weicht das Blut aus dem Gesicht. »Das ist nicht dein Baby, Ruth. Vielleicht wäre es gut, wenn du daran denken würdest.« Damit dreht sie sich um und geht.

Unser Termin mit den Sozialbehörden ist in einem Waisenhaus eine halbe Stunde entfernt. Wir haben keine Babyschale für den Kleinen, deshalb schnallt sich Dee hinten an und hält

Angus im Arm, während ich fahre. Ich habe das Dach zugemacht, um ihn vor Zug zu schützen, aber das Fenster des Beifahrersitzes ist offen, und Isebel streckt den Kopf raus.

Die Wegbeschreibung führt uns zu einem großen Backsteingebäude, geduckt auf nackter Erde, so flach wie ein Kuhfladen und ebenso abstoßend. Ein verlassener, armseliger Spielplatz nimmt den größten Teil des Außengeländes ein, das man traditionell vielleicht als Garten bezeichnen würde, obwohl dies wiederum die Anwesenheit von Gras und Bäumen implizieren würde. Doch weder das eine noch das andere ist auf dem Grundstück zu sehen. Das Waisenhaus heißt *New Beginnings* Baby-Auffangstation.

»Ach, ist das nicht hübsch hier?«, bemerke ich ätzend, als wir davor anhalten. »Ich nehme Angus, dann kannst du vorgehen, denn das sind ja eher deine Leute als meine.«

»Ich geh nicht mit rein.«

»Wie bitte? Verdammt noch mal, du hast das doch arrangiert! Ich geh da nicht allein rein.« Ich drehe mich auf dem Fahrersitz um und starre sie wütend an. Dee erwidert resolut meinen Blick. Wieder sieht sie aus, als würde sie jeden Augenblick in Tränen ausbrechen, wodurch ich beinahe die Beherrschung verliere. Sie zwingt mich, Angus abzugeben, und sie heult? Ich steige aus und klappe meinen Sitz nach vorn, damit sie mir Angus geben kann. Isebel macht Anstalten, ebenfalls herauszuspringen. »Bleib, Bella.« Sie winselt, gehorcht aber.

Als ich auf dem Parkplatz stehe und mich umblicke, ist mir bewusst, dass ich nur Zeit schinde. Endlich schüttle ich meine Erstarrung ab und gehe hinein. Eine schwarze Frau erwartet mich im Empfangsbereich. Sie hat ein engelsgleiches Gesicht und graumeliertes Haar, das sie zu einem kurzen Afro geschnitten trägt.

Sie erinnert mich spontan an jemanden, aber ich brauche einen Moment, um mir darüber klar zu werden, an wen. »Hallo, hat Ihnen schon mal jemand gesagt, dass Sie aussehen wie …«

»Die Schwester von Erzbischof Desmond Tutu?«

»Ich nehme an, das heißt ja«, erwidere ich.

Sie lacht. »Ja, das habe ich schon sehr oft gehört. Aber leider besteht nicht die geringste Verwandtschaft, soweit ich weiß. Sind Sie Mrs Richardson?«

»Ja, das bin ich.«

»Ich bin Lindiwe Nkosi, die Sozialarbeiterin. Die Zuständige bei der Polizei hat mir Bescheid gegeben, dass sie spät dran ist«, sagt sie. »Kommen Sie, ich zeige Ihnen in der Zwischenzeit unsere Einrichtung.«

Wir gehen einen Flur entlang, und als wir uns einer gelben Tür nähern, höre ich dahinter gedämpft ein Baby weinen. Es klingt schrecklich, jämmerlich, mehr wie ein Wimmern als ein Schreien. An der Tür hängt ein Schild: *KEIN ZUTRITT*. Auf mich wirkt das wie ein Alarmsignal.

Lindiwe geht weiter, aber ich halte inne. »Was ist da drin?«

Sie schnalzt mit der Zunge und sagt: »Das möchten Sie nicht sehen.«

»Warum nicht? Gehört das nicht zu Ihrer Einrichtung?« Wenn sie versucht, etwas zu verbergen, will ich es erst recht sehen. »Ich dachte, ich bekomme eine Führung.«

»Ja, aber da drin sind nur zwei Babys. Kommen Sie, gehen wir zur Engelkrippe, wo all die anderen Kinder sind.«

»Aber ich möchte die Babys da drin sehen.«

»Der Raum steht aber unter Quarantäne. Nur qualifizierte Krankenschwestern dürfen ihn betreten.« Als deutlich wird, dass ich nicht nachgeben werde, seufzt sie vernehmlich und sagt: »Meinetwegen, aber das Baby darf nicht mit rein. Und Sie müssen eine Maske und Handschuhe tragen.«

Das macht mich nervös, aber ich will keinen Rückzieher machen, nachdem ich so insistiert habe. Sie greift in ein Regalfach neben der Tür und holt eine Maske und Schutzhandschuhe heraus. »Hier, ziehen Sie das an«, sagt sie.

Ich weiß nicht, was ich erwartet habe, aber jedenfalls nicht den antiseptischen Geruch eines Krankenhauses. Drei Brutkästen säumen die Wand, und als ich mich ihnen zuwende, bemerke ich die unheilvoll stillen Bündel in zweien von ihnen. Schläuche mit Flüssigkeiten ranken um Sauerstoffflaschen und eine andere lebenserhaltende Apparatur, mit der man eher in der Geriatrie eines Krankenhauses rechnen würde als im Krankenzimmer eines Waisenhauses.

Ich trete an den Brutkasten, der mir am nächsten steht, beuge mich vor und schaue hinein, langsam und vorsichtig, um das schlafende Neugeborene nicht zu wecken, für das ich die kleine Gestalt im Inneren halte. Doch ich irre mich. Zwei schwarze, tief eingesunkene Augen erwidern meinen Blick, und die erbarmungswürdige Gestalt ähnelt so wenig einem Baby, wie ich es noch nie gesehen habe. Seine Wangenknochen springen obszön aus einem übergroßen Kopf hervor, und mir wird klar, dass ich im Zusammenhang mit Babys noch nie an Wangenknochen gedacht habe, bis jetzt. Es ist ein Teil ihres Schädels, der nicht sichtbar sein sollte.

Wo ist das Puttengesichtchen, wo sind die Pausbäckchen? Dieses Kind sieht aus wie ein Alien und ist zweifellos sterbenskrank. Ich trete zurück, abgestoßen von seinem Anblick, und noch abgestoßener von mir selbst wegen meiner Reaktion. Ich schwanke, während ich meine widerspenstigen Gedanken zu kontrollieren versuche, und strecke die Hand aus, um mich abzustützen. Sofort ist eine Krankenschwester bei mir und hält mich. Auch sie trägt eine Gesichtsmaske und Handschuhe.

»Es ist sehr traurig, oder?«, sagt sie freundlich und weist mit einem Nicken auf das abgemagerte Kind. »Sein Name ist Themba, das bedeutet ›Hoffnung‹. Er ist zwei Jahre alt und sehr krank. Es ist erstaunlich, dass er dieses Alter überhaupt erreicht hat. Wir können nichts mehr für ihn tun, außer seine Schmerzen zu lindern und darauf zu warten, dass er stirbt.« Sie zuckt mit den Achseln, als wäre das eine vollkommen logische Handlungsweise.

»Was hat er denn?«

»Aids.«

Aids. Das erklärt zumindest die Handschuhe und die Atmosphäre von Krankheit, die jeden Quadratzentimeter des Raumes durchdringt. Aber sehr viel mehr erklärt es nicht. »Aber Aids bekommen doch nur schwule Männer.« So stand es in allen Artikeln, die ich bisher darüber gelesen habe. »Wie kann ein Baby Aids haben?«

»Die Krankheit beschränkt sich nicht mehr nur auf Homosexuelle«, erwidert die Schwester. »Frauen sind sehr anfällig für sie, und wenn sie infiziert werden, geben sie die Krankheit mit hoher Wahrscheinlichkeit an ihre ungeborenen Kinder weiter.«

Oh mein Gott, ein doppelter Schicksalsschlag.

»Ich glaube, ich möchte jetzt wieder rausgehen«, sage ich, und sie nickt.

Draußen im Flur reiße ich Maske und Handschuhe herunter und schnappe nach Luft.

»Ich habe Ihnen ja gesagt, Sie sollten besser nicht reingehen«, bemerkt Lindiwe. »Aber keine Sorge, wie Sie sehen, halten wir die Sterbenden von den Lebenden fern. Kommen Sie, sehen wir nach den anderen.«

Ich nehme ihr Angus ab und ringe um Fassung, während ich ihr einen weiteren Flur entlang folge. Vom anderen Ende her ertönt Lärm wie von einem Schlachtfeld, und der Krach wird mit jedem Schritt lauter.

»Es ist gerade Bade- und Fütterungszeit. Da ist sehr viel los.«

Sie biegt scharf rechts ab, und dann stehen wir in einem anderen Raum, und diesmal versperrt uns keine geschlossene Tür den Weg. Es gibt gar keine Tür, nur einen offenen Durchgang.

Das Erste, was mir auffällt, ist das Chaos. Der lange, schmale Raum enthält zwei Dutzend schäbige, zusammengewürfelte Babybettchen, sechs Bocktische aus Metall, fünf Hochstühle, zwei rostige Zinkbadewannen sowie stapelweise lumpige graue Frotteewindeln, Strampler und Decken.

Sieben Frauen, alle verschwitzt und derangiert, versorgen ungefähr zwei Dutzend Kinder, von wenige Monate alten Babys bis zu zweijährigen Kleinkindern. Sie haben eine regelrechte Kette gebildet. Eine Frau nimmt ein Baby aus dem Bettchen, bringt es hinüber zum Tisch, zieht es aus, wischt ihm den Popo sauber und gibt es einer der Frauen, die auf dem Fußboden sitzen und für das Baden zuständig sind.

Das Baby wird ins Wasser getaucht, ein paarmal mit einem Lappen abgerieben und schließlich einer weiteren Frau am nächsten Tisch gereicht. Hier wird das Baby abgetrocknet, gecremt, gepudert und gewickelt und an die nächste Frau weitergegeben, die es anzieht.

Wenn es fertig ist, wird das Baby entweder zurück in eine Wiege gelegt und bekommt eine Flasche, aus der es selbstständig trinkt, oder es wird in einen Hochstuhl gesetzt und rasch mit einem Brei aus Gemüse und Maismehl gefüttert. Die einzigen Kinder, die weinen, sind diejenigen, die niemand auf dem Arm hält.

Ich wundere mich gerade darüber, dass Angus trotz des Höllenlärms weiterschläft, als er sich regt und aufwacht. Er fängt an zu weinen, und an der Frequenz höre ich, dass er Hunger hat.

»Ich muss ihn nur schnell füttern«, sage ich zu Lindiwe.

Sie deutet zu einem Raum weiter hinten. »Da ist die Küche. Dort können Sie sein Fläschchen zubereiten.«

Als ich zurückkehre, bereit, Angus zu füttern, steht eine andere Frau bei Lindiwe. Sie trägt eine Polizeiuniform und stellt sich als Mandy vor, die Kontaktperson zu den Sozialbehörden. »Mrs Richardson, bitte begleiten Sie mich ins Büro, damit ich Ihre Daten aufnehmen und einen Bericht darüber schreiben kann, wie Sie das Baby gefunden haben. Danach dürfen Sie gehen.«

Ich darf gehen.

Als könnte ich Angus einfach so hier zurücklassen.

Lindiwe liest meine Gedanken und lächelt aufmunternd. »Wir werden uns gut um ihn kümmern. Keine Sorge.« Sie greift nach ihm, aber mir wird schwindlig.

»Ich möchte ihn vorher noch füttern«, sage ich und schinde ein paar weitere Minuten heraus.

»Mandy hat es leider ein bisschen eilig. Bitte gehen Sie mit ihr und machen Sie Ihre Aussage. Ich füttere ihn inzwischen. Das wird ihm sicher nichts ausmachen.«

Sie nimmt ihn mir aus den Händen. Als mich seine beruhigende Wärme und sein Gewicht nicht mehr erden, fühle ich mich so substanzlos wie eine Wolke, als bestünde ich nur noch aus einem flauschigen Gespinst aus Sehnsucht und Verzweiflung. Mir kann keiner erzählen, dass man es nicht hört, wenn ein Herz bricht. Es klingt wie ein Baby, das zwei Tage lang deines war und dann weggetragen wird, während seine zitternden Schreie leiser werden und die Welt heranrauscht, um die Lücke zwischen euch zu schließen.

Wie ein Zombie wanke ich aus dem Waisenhaus und muss daran denken, wie ich mein ganzes Leben lang nach Zeichen Ausschau gehalten habe, um sie dann an den ungewöhnlichsten Orten zu finden. Die mächtigsten begegneten mir, als ich nicht einmal nach ihnen suchte.

Zum Beispiel in Form eines Songs im Radio, an dem Abend, als das Universum andeutete, es könne an der Zeit sein, meinen ersten Ehemann zu verlassen, Doug. Als ich in Dougs Ford Cortina vom Hof raste, mit zerrissenem Kleid und blutendem Mund, rieselte »You Always Hurt the One You Love« von den Mills Brothers aus den Lautsprechern.

Es war dasselbe Lied, das ich an dem Abend in der Bar gesungen hatte, als Doug und ich uns begegnet sind, und dasselbe, zu dem wir eine Woche später tanzten, während er mir ins Ohr flüsterte, ich sei die schönste Frau der Welt. Das war natürlich, bevor er anfing, mich zu schlagen. Mit den Fäusten ist es so: Sie haben die Fähigkeit, dich zu berauben –

deiner Schönheit, deiner Würde, deines Selbstwertgefühls. Der Song erinnerte mich daran, dass ich nicht mehr ganz so schön war wie zuvor.

Ihm hast du das zu verdanken, Ruthie, flüsterte das Universum. *Er hat dir das genommen. Du weißt, was du zu tun hast.*

Und das tat ich.

Manche Zeichen haben mir das Leben gerettet, während andere mich daran erinnerten, dass ich tatsächlich ein Leben besaß, das zu retten es wert war. Sie zu lesen ist nicht immer leicht gewesen; nur wenige kostbare sind eindeutig, der Rest ist so vergänglich wie Rauch und so klar wie Kloßbrühe. Aber keines war jemals so deutlich wie das Baby, das auf meiner Schwelle abgelegt wurde.

Und dennoch habe ich es gerade abgegeben; ich habe ein echtes Geschenk der Götter zurückgewiesen.

KAPITEL ACHTUNDZWANZIG

Zodwa

13. Mai 1994
Big Hope Informal Settlement,
Magaliesburg, Südafrika

Leleti hat in den letzten vierundzwanzig Stunden so viele Krampfanfälle erlitten, dass Zodwa aufgehört hat zu zählen. Sie selbst hat überhaupt nicht geschlafen und nichts weiter essen können als eine halbe Dose kalte Baked Beans, rasch zwischen zwei Anfällen ihrer Mutter. Was sie aufrecht hält, ist der Drang, Leleti Linderung zu verschaffen – nicht zuletzt, damit sie ihr sagen kann, wo ihr Baby ist.

Zodwa sollte Leleti nicht allein lassen, aber sie muss den Eimer ausleeren, der ihnen als Toilette gedient hat. Und sie muss frisches Wasser holen, um das schmutzige Bettzeug zu waschen. Der Gestank ist inzwischen so überwältigend, dass sie befürchtet, Leletis Leiden dadurch noch zu verschlimmern. Kurz fragt sie sich, wohin Leletis Hund verschwunden ist, da seine Gegenwart sie wahrscheinlich beruhigen würde. So viel zur sprichwörtlichen Treue der Tiere.

Zodwa macht einen Umweg an Mama Beautys Hütte vorbei und klopft an die Tür, um sie zu bitten, bei Leleti zu bleiben, aber sie ist nicht da. Zodwa fragt sich gerade, wen sie sonst um Hilfe bitten könnte, als Mama Beauty mit ein paar Einkaufstüten um die Ecke kommt.

»Mein Kind!«, ruft sie aus und rennt auf Zodwa zu. »Ich

habe es schon gehört! Mein Beileid zu deinem Verlust.« Mama Beauty stellt die Tüten ab und schließt Zodwa in die Arme.

Zodwa ist so benebelt vor Erschöpfung, dass sie kaum begreift, was Mama Beauty da sagt. »Meinem Verlust?«

Mama Beauty seufzt. »Ich sehe dir an, dass es dich mitnimmt, aber das ist auch verständlich. Ein Baby bei der Geburt zu verlieren, nachdem man es neun Monate lang getragen hat, ist furchtbar!« Mama Beauty lässt Zodwa los, und ihre Augen sind mit einem solchen Mitleid erfüllt, dass der erschöpften Zodwa beinahe die Knie weich werden.

Sie schüttelt den Kopf, um einen klaren Gedanken zu fassen und sich auf die zu erledigende Aufgabe konzentrieren zu können. »Ich wollte den hier gerade ausleeren.« Zodwa weist mit einem Nicken auf den Eimer, den sie mit Zeitung abgedeckt hat. »Mama ist sehr krank. Ich muss wieder zu ihr.«

»Tut mir leid, dass ich dich aufgehalten habe! Schütte das mal schnell weg, mein Kind, ich gehe solange zu deiner Mutter.«

Sie trennen sich, und Mama Beautys Worte ziehen eine Schleife durch Zodwas Gedanken.

Ein Baby zu verlieren. Ein Baby zu verlieren. Ein Baby zu verlieren.

Was hat sie damit gemeint?

Die Durchgänge zwischen den Hütten sind schmal, und ständig wird Zodwa von Leuten angerempelt, die in das Lager hinein- und aus ihm hinausströmen. Sie braucht länger als sonst, um den Abort zu erreichen. Sie leert den Eimer, geht ihn auswaschen und füllt dabei den Wassereimer. Schwarzer

Rauch steigt irgendwo in der Nähe auf, und Zodwa blickt ihm ängstlich nach.

Eine Frau, die auf sie zukommt, erkennt ihre Sorge. »Keine Angst, *sisi*. Das ist ein kontrolliertes Feuer. Sie brennen Gerties Hütte nieder. Es ist die einzige Möglichkeit, die tödliche Krankheit auszumerzen, jetzt, nachdem sie gestorben ist.«

Zodwa dankt ihr für die Information und will weitergehen, aber die Frau blockiert ihr den Weg.

»Es gibt noch andere, die die Todeskrankheit haben«, fährt sie fort. »Und es werden jeden Tag mehr. Wenn wir ihnen erlauben hierzubleiben, wird sie sich auf uns alle ausbreiten. Was wir brauchen, sind mehr Feuer. Das wird sie lehren!«

»Ja«, stimmt Zodwa ihr zu, damit die Frau sie gehen lässt.

Als sie zurückkehrt, ist sie entschlossen, Mama Beauty zu fragen, was sie mit dem Verlust eines Babys meinte, aber Beauty hockt mit dem Rücken zu Zodwa auf den Fersen, und Leleti liegt auf dem Rücken, einen Arm weit zur Seite ausgestreckt.

Zodwa lässt den Eimer fallen. Das Wasser spritzt heraus und bildet Pfützen im Schmutz. »Mama?«

Leleti antwortet nicht, aber Mama Beauty steht auf und dreht sich zu ihr um. »Mein Kind«, sagt sie. Ihre Lippen zittern, sie nimmt Zodwas Hand. »Mein Kind, es tut mir so leid!« Ihr kommen die Tränen.

Zodwa zwingt sich, ihre Hand wegzuziehen, tritt einen Schritt nach vorn, und dann noch einen, bis sie sieht, was auch die Freundin ihrer Mutter sieht. Leleti liegt mit weit aufgerissenen Augen und getrocknetem Schaum auf den Lippen da.

Zodwa fällt auf die Knie, und der Moment ist so surreal,

dass sie das Gefühl hat, unter der Decke der Hütte zu schweben und auf sich selbst hinunterzuschauen. Was sie sieht, ist ein egoistisches Mädchen, dessen unnatürliche Gelüste großes Leid über sie alle gebracht haben, eine Tochter, die die letzten Monate ihrer Mutter auf dieser Erde bitter gemacht hat vor Enttäuschung.

Mehr als alles andere wünscht sie sich, die Zeit zurückdrehen zu können, immer weiter und weiter, bis in die Hütte ihrer Großmutter in KwaZulu, zurück in eine idyllische Kindheit, bevor Brüder spurlos verschwanden und Mütter an Tuberkulose erkrankten und Mädchen zur Strafe vergewaltigt wurden, um sie von ihrer Liebe zu anderen Mädchen zu kurieren.

Sie sehnt sich zurück nach einer Zeit, als ihre Zukunft vielversprechend war, einer Zeit, bevor Babys geboren wurden und in der Nacht verschwanden, bevor sie sich schon mit achtzehn uralt fühlte durch die große Müdigkeit, die auf ihren Schultern lastet.

Oh, Mama. Mama, nein!

KAPITEL NEUNUNDZWANZIG

Delilah

14. Mai 1994
Johannesburg General Hospital, Johannesburg, Südafrika

Als ich den Warteraum der Intensivstation betreten wollte, sah ich ihn. Pater Thomas saß in der Ecke und las in seiner Bibel, doch plötzlich schaute er auf, als hätte er meine Anwesenheit gespürt. Ich stand wie erstarrt auf der Türschwelle, als er zu mir hinübersah.

Er musste Ende siebzig sein, doch wie die meisten attraktiven Männer hatte er sich gut gehalten. Sein kurzgeschorenes Haar war ergraut, doch noch immer voll. Die Nickelbrille, die seine dunklen Augen umrahmte, ließ seinen Blick, der mir noch immer durch Mark und Bein ging, durchdringender denn je erscheinen. Selbst nach all den Jahren war Scham das stärkste Gefühl, das ich in seiner Gegenwart empfand.

»Delilah«, sagte er und stand auf. »Du warst es also doch. Ich dachte, es wäre nur Einbildung gewesen.« Er hatte mich also erkannt, als ich das letzte Mal dort gewesen war.

Erstaunlich, dass die Macht, die manche Menschen über andere haben, selbst dann ungebrochen bleibt, wenn Jahrzehnte vergangen sind. Doch ich war erst fünfzehn und leicht zu beeindrucken gewesen, als ich mich auf den ersten Blick in Pater Thomas verliebt hatte.

Es war an einem Sonntag geschehen. Meine Mutter hatte mich nicht zur Kirche begleitet, weil sie bei der Ernte helfen musste. Pa hatte gewollt, dass ich ebenfalls mithalf, doch Ma hatte gemeint, ich solle gehen; sie würde schon mit ihm fertigwerden. Also machte ich mich auf den Weg. Doch kurz bevor ich unsere Kirche erreichte, beschloss ich spontan, stattdessen die katholische Messe zu besuchen, die ganz in der Nähe stattfand. Seit ich erfahren hatte, dass in der Niederländisch-reformierten Kirche nur Männer dem Herrn dienen durften, war ich sehr enttäuscht, und ich wollte mehr über die katholische Kirche erfahren, weil es dort Nonnen gab. Einen Bogen um unser vertrautes Gotteshaus zu machen und mich stattdessen in die Messe einer fremden Glaubensgemeinschaft hineinzuschleichen war für meine Verhältnisse eine geradezu rebellische Tat.

Als ich an jenem Morgen einige Minuten nach Beginn der Messe in die katholische Kirche schlüpfte, stand Pater Thomas auf der Kanzel. Der Anblick des Kirchenfensters aus buntem Glas mit Bibelszenen darauf, das hinter ihm leuchtete, war schon atemberaubend genug, doch als ich den Pater sah, dem das diffuse Licht der Regenbogenfarben einen Glorienschein verlieh, als wäre er ein Wesen aus einer anderen Welt, war ich hingerissen.

Er sprach mit großer Überzeugungskraft, wie ein Mann, der wirklich vom Heiligen Geist erfüllt ist, und strahlte dabei eine Souveränität aus, die zutiefst beeindruckend war. Die Gemeindemitglieder, mehrheitlich Frauen, blickten ihn verzückt an; ich begriff sofort, dass ich nicht die Erste war, die in seinen Bann geriet. Er war zweifellos der schönste Mann, den ich je gesehen hatte, und an jenem Tag verliebte ich mich nicht nur in ihn, sondern auch in die faszinierenden Rituale seines Glaubens.

Und nun, nach all den Jahren und trotz allem, was passiert war – obwohl Pater Thomas über mich gerichtet, mich verurteilt und das Urteil vollstreckt hatte, indem er mir meinen Sohn genommen und mich anschließend aus der kirchlichen Gemeinschaft verbannt hatte –, wurde mir auf einmal bewusst, dass von diesem Gefühl noch immer ein Rest übrig war.

»Pater«, erwiderte ich. Mehr bekam ich angesichts der Umstände nicht heraus.

»Woher wusstest du, dass er hier ist?«

Die Frage verblüffte mich. »Wie bitte? Ich habe Ihren Brief bekommen.«

»Meinen Brief?« Er sah mich verwirrt an. »Ich habe dir keinen Brief geschrieben.«

Ich dachte an die Nachrichten, vielleicht ein Dutzend, die mich im Laufe der Jahre erreicht hatten, und an die Handschrift, die mir dadurch so vertraut geworden war. Ich hatte natürlich immer angenommen, dass er sie mir geschickt hatte. Aber wenn er es nicht gewesen war, wer dann?

Pater Thomas neigte den Kopf, als er mich ansah, als wäre ich ein Rätsel, bei dem er schon vor langer Zeit beschlossen hatte, dass es unlösbar war. Er trug noch immer diesen verwundeten Gesichtsausdruck zur Schau, den ich in den letzten Wochen meiner Schwangerschaft kaum hatte ertragen können, als hätte ich ihn so furchtbar enttäuscht, dass er nie darüber hinwegkommen würde.

Er nahm mich am Arm, führte mich zum Sichtfenster und deutete mit dem Kopf hinter die Glasscheibe. Ich folgte seinem Blick zu Daniels Bett. Diesmal war es nicht durch Vorhänge verdeckt, und ich konnte Daniels Oberkörper unter dem Laken erkennen; der obere Teil des Bettes war leicht nach oben geneigt. Daniels Kopf war bandagiert, sein Gesicht geschwollen. Er sah gar nicht aus wie der Mann auf dem letzten Foto, das mir geschickt worden war. Wenn ich im Laufe der Jahre nicht immer wieder Fotos von ihm bekommen hätte, hätte ich ihn niemals erkannt.

Eine Nonne saß an seiner Seite. Sie hatte die Ellbogen auf die Matratze gestützt und die Stirn auf ihre gefalteten Hände. Ihr Gesicht wurde teilweise von ihrem Schleier verdeckt, doch ich konnte sehen, dass sie den Mund bewegte – sie betete offenbar fieberhaft –, während ihr Tränen die Wangen hinunterliefen.

»Siehst du die Schwester? Das ist Daniels Mutter. Sie ist seine Mutter, seit du damals gegangen bist.«

Es wäre gar nicht nötig gewesen, dass er mich über ihre Beziehung aufklärte, ich hatte es mir ohnehin sofort gedacht. Die Nonne sah wie die Inkarnation mütterlicher Sorge aus.

»Deine Anwesenheit wird sie nur aufregen. Ich weiß, du glaubst, hier eine Aufgabe zu haben, doch das stimmt nicht. Du kannst nichts für Daniel tun. Aber du kannst das Richtige für sie tun. Was geschehen ist, ist geschehen. Ich bitte dich: Lass die Vergangenheit hinter dir, denn dort gehört sie hin, und zieh weiter.«

Ich wollte Pater Thomas sagen, dass er sich irrte. Die Vergangenheit war kein Ort, den man einfach verlassen konnte, sondern etwas, das man sein Leben lang mit sich herumtrug, Jahr für Jahr, während die Kraft der Arme langsam nachließ und die Last immer schwerer wurde. Doch ich wünschte mir so sehr, dass er recht hatte, denn dann hätte ich diese Bürde mit all der Schuld, Reue und Scham loslassen und ihm vor die Füße legen können.

Sie gehört jetzt Ihnen, wollte ich sagen. *Nehmen Sie sie.*

»Geh nach Hause, Delilah«, sagte er.

Und ich tat, was er sagte. Denn trotz allem, was ich seitdem erreicht hatte, war ich tief in meinem Innern noch immer das brave Mädchen, das alles richtig machen wollte und gehorsam folgte, wenn man ihm etwas befahl.

KAPITEL DREISSIG

Ruth

14. Mai 1994
Verdriet, Magaliesburg, Südafrika

Ich gieße mir noch einen Drink ein, den fünften oder sechsten an diesem Tag. Es sind jetzt zwei Tage vergangen, seitdem ich gezwungen wurde, das Baby abzugeben, und ich stelle fest, dass Alkohol meinen schlimmsten Zorn auf Dee dämpft und mich auch mir selbst gegenüber etwas gnädiger macht. Er hilft allerdings nicht dagegen, dass ich dauernd nach dem Telefon greife und Vince anrufen will, denn er ist derjenige, mit dem ich rede, wenn ich am tiefsten verletzt bin. Mich jedes Mal daran zu erinnern, dass ich nicht mit ihm reden kann, führt nur dazu, dass ich die Drinks noch stärker mache.

»*Jirre,* Mann! Guck dir mal den scharfen BMW M3 an!«

Eine Stimme von draußen schreckt mich auf. Ich schaue aus dem Fenster und entdecke zwei Männer in Tarnanzügen, die aus einem *bakkie* steigen und auf Vince' Cabrio zugehen. Mein Gott, die finden das Auto so geil, dass sie glatt einen Ständer kriegen. Sie sind blond, breitbrüstig und über einen Meter achtzig groß – beide ein Abklatsch von Maynard Coetzee, dem Mädchenschwarm der Stadt, mit dem ich mit siebzehn eine kurze Affäre hatte. Sie müssen seine Söhne sein.

»Wahnsinnsmagnesiumfelgen und Spoiler. Ob der auch ein richtiges Rennlenkrad hat?«, erwidert der mit der Kappe auf Afrikaans und beugt sich vor, um sich das Cabrio näher anzusehen.

»Hat er«, sage ich, öffne die Haustür und gehe hinaus, »aber er ist frisch gewaschen, also sabbere bitte nicht drauf.«

Er wirbelt herum, lässt schnell die Tür los und lächelt, als er mich sieht. »Hallo, *tannie*.« Von einem über Dreißigjährigen »Tante« genannt zu werden versetzt mir einen Stich, obwohl ich weiß, dass es nicht so gemeint ist. Auf Afrikaans ist es die höfliche Anrede für eine ältere Frau. »Gehört das Auto Ihrem Mann?«, fragt er ohne einen Hauch von Sarkasmus oder Ironie.

»Nein, das ist meiner«, lüge ich unverfroren. Man kann kein Pokerturnier gewinnen, ohne gut bluffen zu können.

»*Regtig?*« Ich nicke, und er fährt fort: »Eine kleine Frau wie Sie fährt ein so dickes Auto? Was bringt der denn so auf die Piste?«

»Hm.« Ich denke an die staubige Karoo-Ebene auf dem Weg hierher. »Ungefähr 220 Sachen.«

Er pfeift anerkennend, während der mit der Kappe erwidert: »*Kak*, Mann! Das kann gar nicht sein.«

Ich zucke nur mit den Schultern und lächle geheimnisvoll. »Ich bin übrigens Ruth. Und ihr müsst zu den Coetzees gehören, stimmt's?«

»Stimmt. Ich bin KleinMaynard, und das ist mein Bruder Henning«, sagt der mit der Kappe. Den Zusatz »Klein« benutzen Afrikaaner, wenn sie denselben Namen wie Ältere in der Familie tragen; es bedeutet so viel wie »Junior«.

»Nett, euch kennenzulernen. Ich habe vor langer Zeit euren Vater gut gekannt.« Ein anzügliches Grinsen huscht über die Gesichter der beiden, und ich weiß, dass sie Geschichten über mich gehört haben, oder zumindest wilde Gerüchte. »Möchtet ihr vielleicht reinkommen und etwas trinken? Ich habe kein Bier da, könnte euch aber eine Brandy Cola mixen.«

Sie bedanken sich und folgen mir die Treppe hinauf. Sie sagen, sie hätten schmutzige Stiefel und wollten keinen Dreck ins Haus tragen und setzen sich auf die Stühle auf der Veranda. Als ich ihre Drinks gemixt habe – und für mich noch einen doppelten – folgt mir Bella hinaus. Kurz vor den Männern bleibt sie abrupt stehen, legt die Ohren an, kneift den Schwanz ein, zieht zu meiner Überraschung die Lefzen hoch und knurrt die Männer an.

Sie lachen nervös, und ich entschuldige mich, dränge den Hund hinein und schließe die Tür. Bella ist nicht mehr sie selbst, seitdem wir das Baby abgegeben haben. Es ist, als wüsste sie nun nichts mehr mit sich anzufangen. Ich weiß, wie sie sich fühlt.

Wir plaudern ein wenig über das Wetter, und dann kommt die Rede auf den Hartebeespoort-Stausee, der zum Anziehungspunkt für reiche Leute aus Johannesburg geworden ist, die mal für ein Wochenende rauswollen. Golfplätze und Hotels schießen überall aus dem Boden und locken zahlreiche Kurzurlauber mit Geld in den Taschen an unser Ende der Welt.

»Deswegen sind wir bereit, unser Angebot zu erhöhen«, sagt KleinMaynard.

»Euer Angebot?«

»Für die Farm. Nachdem Sie das ursprüngliche abgelehnt haben.« Ich bin überrascht. Der Immobilienmakler hat mir erzählt, eine Art Konsortium hätte das Angebot gemacht, aber nicht gesagt, wer dahintersteckt.

»Wir möchten Ihnen ein Angebot unterbreiten, das Sie nicht ablehnen können«, sagt Henning, und KleinMaynard bietet eine Million Rand mehr.

Als er die Gesamtsumme nennt, treten mir fast die Tränen in die Augen.

Ich verfluche Dee, die unbedingt wollte, dass wir das Angebot ablehnen. Ich verfluche sie dafür, dass sie mich dazu gebracht hat, das Baby abzugeben. Sie soll in der Hölle schmoren für das alles.

Und indem ich sie verfluche, scheine ich sie irgendwie heraufzubeschwören wie einen dieser Dämonen in Horrorfilmen, die erscheinen, wenn man ihren Namen nennt, denn da biegt sie plötzlich in Pas altem Chevy Impala auf den Hof ein. Wir sehen zu, wie sie hinter dem Pick-up der Coetzees parkt und aussteigt. Ihre Augen sind geschwollen, als hätte sie wieder geweint, und auf einmal wird mir klar, wo sie den ganzen Morgen gesteckt hat: Sie war im Krankenhaus und hat ihren Sohn besucht. Ich überlege gerade, wie ich sie fragen kann, ob sich irgendetwas verändert hat, ohne unseren Gästen zu viel zu verraten, als sie die Treppe heraufkommt und sie missbilligend anstarrt.

»Das ist meine Schwester, Delilah Ferguson«, stelle ich sie vor, in dem Versuch, die Spannung etwas aufzulockern. »Das sind KleinMaynard und Henning Coetzee.«

Sie stehen auf, und KleinMaynard nimmt seine Kappe ab, bevor er Dee die Hand hinhält. Sie ergreift sie nicht.

»Aha, du bewirtest jetzt also AWB-Mitglieder, was?«, fragt sie mich spitz.

»Wie bitte?« Ich habe keine Ahnung, wovon sie redet. »Was für Mitglieder?«

»Die sind von der Afrikaner Weerstandsbeweging!«, zischt sie.

KleinMaynard zieht die Hand zurück und steckt sie in die Tasche. »Das stimmt. Wir sind AWB-Mitglieder«, sagt er stolz und deutet auf ihre Kleidung, die tatsächlich kein Freizeitoutfit, sondern eine Uniform ist.

Sie tragen ein Abzeichen auf jeder Seite der Brust: rot, weiß und schwarz, so ähnlich wie ein Nazi-Hakenkreuz, und die vierfarbige Flagge der südafrikanischen Republik, die schon seit hundert Jahren nicht mehr existiert.

»Diese Idioten gehören zu der Gruppe, die mich auf dem Flughafen hätte töten können, wenn ich eine halbe Stunde später gekommen wäre«, schnaubt Dee, an mich gewandt. »Über dreißig von ihnen wurden im Zusammenhang mit den vielen Bombenattentaten im ganzen Land verhaftet. Du lässt dich mit Terroristen ein!«

»Moment! Der Oberterrorist des ANC ist inzwischen Präsident unseres Landes, für den hat es sich also anscheinend gelohnt«, entgegnet KleinMaynard. »Für wie viele Bombenattentate waren die damals verantwortlich? Wir schlagen nur zurück und verteidigen, was uns gehört. Sie können mir glauben, es wird zu einem Bürgerkrieg kommen, Weiße gegen Schwarze, und Sie können nur hoffen, dass Leute wie wir *kafferboeties* wie Sie beschützen, wenn sie nachts kommen, um Ihnen im Schlaf die Kehlen durchzuschneiden!«

Er starrt Dee drohend an, deswegen mische ich mich jetzt ein. »Dee, geh du doch schon mal rein, und ich verabschiede in der Zwischenzeit unsere Gäste.«

»Pass bloß auf«, sagt sie. »Wie Ma immer gesagt hat: Wer mit Hunden zu Bett geht, steht mit Flöhen wieder auf.«

»Los, komm«, sagt KleinMaynard zu Henning, »lass uns gehen.« Er wendet sich wieder an mich. »Das Angebot gilt für einen Tag. Sagen Sie mir Bescheid, wie Sie sich entscheiden.«

Sie brausen in einer Staubwolke davon, und ich sehe ihnen mit offenem Mund nach. »Was zum Teufel war das denn? Wir sitzen hier wie zivilisierte Leute und trinken etwas, und dann kommst du plötzlich anmarschiert und fällst über sie her!«

»Verdammt noch mal!«, erwidert sie. »Hast du mir denn überhaupt nicht zugehört?«

»Es ist doch nicht illegal, zur AWB zu gehören, oder? Es ist ihr gutes Recht, welcher Organisation auch immer anzugehören.«

»Das sind militante Rassisten, Ruth. Neonazis, die an die Überlegenheit der weißen Rasse glauben. Kapierst du gar nicht, wie absurd es ist, sie zu verteidigen, wo du noch vor zwei Tagen wolltest, dass wir ein schwarzes Baby behalten?«

Jetzt bin ich an der Reihe, sie anzustarren. »Ich verstehe nicht, was das eine mit dem anderen zu tun hat. Und du bist diejenige, die mich gezwungen hat, das schwarze Baby wegzugeben, weißt du noch?«

»Nicht weil das Baby schwarz war, Ruth.« Sie schüttelt den Kopf, geht zur Tür und hält noch einmal inne. »Was war das für ein Angebot, von dem sie geredet haben?«

»Sie haben ihr Angebot für die Farm erhöht, und zwar erheblich, deswegen sollten wir überlegen, ob wir …«

»Das sind diejenigen, die sie kaufen wollen?« Dee schnaubt. »Ich habe dir schon gesagt, dass wir nicht verkaufen werden, aber das macht mir die Entscheidung noch leichter. Kommt gar nicht infrage!«

»Jetzt sei doch nicht so dickköpfig! Fünf Millionen Rand sind nicht zu verachten! Wir könnten sie uns teilen, du könntest dir eine Villa kaufen, wo immer du willst, und trotzdem noch jede Menge Geld übrig behalten.«

»Ich brauche keine Villa. Nicht jeder ist so materialistisch wie du. Müssen dich schlimme Dinge eigentlich erst persönlich betreffen, bevor sie dich interessieren?«

»Was für Dinge?«

»Rassismus und weißer Chauvinismus zum Beispiel.«

Das ist eine blöde Frage, denn wie könnte mich Rassismus persönlich betreffen? Ich beantworte sie nicht und frage zurück: »Wärst du nicht gerne finanziell dazu in der Lage, Daniel zu helfen? Ihn in ein besseres Krankenhaus verlegen zu lassen und ihm anschließend eine gute Reha zu ermöglichen?«

»Wage es nicht! Wage es nicht, meinen Sohn dazu zu benutzen, mich zu manipulieren! Mein Gott, wie tief willst du noch sinken, um deinen Willen durchzusetzen?«

Als sie davonstürmt, wird mir klar, dass es mir nicht gelingen wird, diese Farm zu verkaufen. Es scheint, als wolle mich das Universum tatsächlich hierbehalten, und ich glaube, ich weiß warum. Es ist an der Zeit, aus einer schlimmen Situation das Beste zu machen.

KAPITEL EINUNDDREISSIG

Zodwa

19. Mai 1994
Big Hop Informal Settlement
Magaliesburg, Südafrika

Keine der Straßen, die ins Squatter Camp führen, ist breit genug für ein Auto. Sechs Männer mussten den Sarg, in dem Leleti nun liegt, zu Fuß von der Hütte zur Hauptstraße tragen und ihn dabei sehr geschickt manövrieren.

Der *Bakkie* hält auf dem Sandstreifen neben der Hauptstraße. Autos rauschen vorbei und wirbeln Staub auf, Zodwa wird ganz schwindlig von den Abgasen. Der Fahrer springt aus dem Wagen und nimmt seinen Hut ab, um sein Beileid auszudrücken.

Leletis schlichter Kiefernsarg wird vorsichtig in den überlangen Venter-Anhänger gehievt. In diesem Anhänger wird man sie heimbringen nach KwaZulu, um sie auf dem Dorffriedhof neben ihrem Mann zu begraben. Doch Zodwa und Mama Beauty werden sich schon hier von ihr verabschieden.

»Bist du sicher, dass du nicht mitfahren willst, mein Kind?«, fragt Mama Beauty. »Ich gebe dir gern das Geld für die Rückfahrt.«

Das Geld für die Überführung von Leleti in ihre Heimat stammt von dem letzten Lohn, den sie von ihrer Madam bekommen hat. Gott sei Dank hatte Leleti jeden Monat einen

Beitrag an die Begräbnisgesellschaft gezahlt. Ansonsten wäre Zodwa nicht in der Lage gewesen, einen Sarg zu kaufen, auch keinen schlichten. Mama Beauty weiß, dass Zodwa es sich nicht leisten kann, nach KwaZulu zu fahren.

»Sie kann umsonst mitfahren«, sagt der Fahrer zu Mama Beauty. »Sie hat ja schon für die Überführung der Überreste bezahlt.«

Die Überreste.

Das ist nun aus Zodwas Mutter geworden. Überreste. Doch wovon? Was bleibt übrig, wenn ein Leben zu schnell endet? Wenigstens gibt es diesmal einen Leichnam, der beerdigt werden kann, und es kann eine Trauerfeier stattfinden. Bei Dumisa war das nicht möglich. Und bei dem Baby geht es nun auch nicht.

Das Baby.

Zodwa kann nicht mehr schlafen, weil sie die ganze Zeit an ihren Sohn denken muss. Sie grübelt pausenlos, versucht zu begreifen, wie er so kurz nach der Geburt gestorben sein kann. Er wirkte völlig gesund, sie erinnert sich noch genau, wie kräftig er an ihrer Brust nuckelte. Außerdem passt es nicht zu dem, was Leleti Zodwa erzählt hatte, kurz bevor sie ihren ersten Anfall bekam.

Der Nebel, in dem Zodwa während ihrer gesamten Schwangerschaft und direkt nach der Geburt herumirrte, hat sich nun gelichtet, und an seine Stelle ist ein überwältigendes Verlustgefühl getreten. Als Leleti die Nabelschnur durchschnitt, kam es Zodwa gar nicht wie eine Trennung von ihrem Kind vor, sondern vielmehr so, als wäre in diesem Moment eine Verbindung entstanden. Und nun spürt sie so viel Liebe für das Baby, dass sie gar nicht fassen kann, in all den

Monaten davor nicht das Geringste für den Kleinen empfunden zu haben.

»Mein Kind«, sagt Mama Beauty. Ihre Worte holen Zodwa ins Hier und Jetzt zurück. »Möchtest du mitfahren?«

»Danke, Mama Beauty, aber ich bleibe lieber hier«, antwortet Zodwa. Ihr Entschluss steht fest.

Denn sie verdient weder die tröstenden Worte ihrer Familie noch den Frieden, der sie überkommen würde, wenn sie sähe, wie ihre Mutter zur letzten Ruhe gebettet wird. Es gäbe zu viele Fragen, und ihre Großmutter ist der einzige Mensch, den Zodwa nicht anlügen kann. Es ist besser, ihren Hunger nach Wahrheit nicht zu stillen, denn die Antworten würden sie nur vergiften.

Außerdem ist Zodwa verflucht. Die Heilerin in der Township hat es bestätigt.

»Mein Kind«, sagte die Heilerin am Tag nach Leletis Tod. »Dass du zuerst dein Baby und kurz darauf deine Mutter verlierst, ist grausam. Und es ist gegen die Natur.« Sie fächerte Salbeirauch durch die Hütte, um böse Energie zu vertreiben. »Du wurdest mit schwarzer Magie verflucht, so viel steht fest. Ich weiß nicht, was du getan hast, dass dir so furchtbare Dinge im Leben widerfahren sind, aber du musst zur *sangoma* gehen und dir *muthi* geben lassen, um den Fluch loszuwerden. Das ist die einzige Möglichkeit.«

Die Heilerin weiß zwar nicht, was Zodwa getan hat, aber Zodwa weiß es. Und die *nyanga*, die sie vor sechs Monaten um Rat fragte, wusste es auch.

Damals dachte Zodwa, dass sie die Ahnen überlisten und Frieden finden könnte, indem sie das Baby loswurde. Nun ist sie das Baby tatsächlich losgeworden, aber nicht so, wie sie es beabsichtigt hatte, und der Frieden ist in unerreichbare Ferne gerückt. Sie wird niemals Frieden finden, solange sie eine andere Frau liebt. Sie hatte wirklich geglaubt, zwischen ihr und Thembeka gäbe es eine besondere, tiefe Verbindung. Nur deshalb hatte sie so viel riskiert und den Brief geschrieben.

Als sie letzte Weihnachten ihren Mut zusammengenommen und Thembeka von der Vergewaltigung und Schwangerschaft erzählt hatte, wusste sie natürlich, dass es ihre Freundin verletzen würde, aber sie war fest davon überzeugt gewesen, dass Thembeka ihr glauben würde. Sie hatte damit gerechnet, dass sich Thembeka sofort von Mongezi trennen und sie vielleicht sogar ermutigen würde, ihn bei der Polizei anzuzeigen.

Doch zu ihrem Entsetzen hatte Thembeka sie als Lügnerin hingestellt. Thembeka wollte nicht akzeptieren, dass Mongezi sie betrogen hatte und dabei so weit gegangen war, eine andere Frau zu vergewaltigen. Trotz dieses Verrats sehnt Zodwa sich noch immer nach Thembeka und wünscht sich nichts mehr, als dass sie irgendwann vielleicht doch noch einen Weg finden zusammenzukommen.

Aber welchen Preis hat sie dafür bezahlt, dass sie den Zorn ihrer Ahnen geweckt hat? Sie hat nicht nur ihr Kind, sondern auch ihre Mutter verloren.

Zodwa kann unmöglich nach KwaZulu zurückkehren, solange der Fluch noch seine böse Wirkung entfaltet. Sie darf ihre Großmutter und ihre übrigen Angehörigen nicht in Gefahr bringen. Dass sie nicht heimfährt, um am Begräbnis ihrer eigenen Mutter teilzunehmen, wird einen Skandal heraufbeschwören, aber damit wird sie leben müssen. Manche Übel sind schlimmer als andere.

»Bist du bereit, dich zu verabschieden?«, fragt der Mann, und Zodwa nickt, obwohl sie nicht bereit ist.

Der Mann tritt vor und öffnet die Anhängerklappe, so dass der Kiefernsarg zum Vorschein kommt. Er nimmt den Sargdeckel ab. Der Sarg wird erst dann fest verschlossen, wenn die übrigen Familienmitglieder Leleti gesehen haben. Der Fahrer und Mama Beauty treten zur Seite, um Zodwa ein wenig Privatsphäre zu ermöglichen, jedenfalls so weit das möglich ist am Rande der Hauptstraße, wo unablässig Autos und LKWs vorbeidonnern, von den Leuten, die zu Fuß unterwegs sind, und den Ziegen ganz zu schweigen.

Eine Libelle schwirrt an Zodwas Wange vorbei und fliegt im Zickzack auf Leletis Gesicht zu, wie eine Nadel, die den endgültigen Riss zwischen Tochter und Mutter, zwischen der Lebenden und der Toten, wieder zunäht. Das Insekt landet auf Leletis Mund, und dabei entsteht die Illusion, dass seine Flügel durch Leletis Atem in Schwingung geraten. Die Libelle glänzt grünblau metallisch im Sonnenlicht; sie ist wohl der schönste Schmuck, den Leleti je getragen hat.

Zodwa schließt die Augen, um sich zu sammeln. Als sie sie wieder öffnet, ist die Libelle verschwunden und mit ihr die Schönheit, die sie Zodwas Mutter für einen Moment verliehen hat. Leletis eingefallenes, schlaffes Gesicht ist kaum wiederzuerkennen. Welche Kraft es auch gewesen sein mag, die Leleti mit Leben erfüllt und sie zu der gemacht hatte, die sie war, sie ist für immer erloschen.

Eine unbeschreibliche Trauer schnürt Zodwa die Kehle zu. Leleti war nie ein Mensch der Worte, sondern eine Frau der Tat, die ihre Liebe zeigte, indem sie Essen auf den Tisch brachte, egal wie erniedrigend es war, das Geld dafür zu verdienen, und die auch Jahrzehnte nach dem Verschwinden ihres Sohnes weiter nach ihm suchte, als alle anderen ihn längst aufgegeben hatten.

Zodwa beugt sich vor und küsst Leleti auf die Stirn, mit Tränen in den Augen. Dann verabschiedet sie sich stumm von ihrer Mutter.

Du wirst noch stolz auf mich sein, Mama. Ich werde dich stolz machen. Das verspreche ich dir.

KAPITEL ZWEIUNDDREISSIG

Delilah

27. Mai 1994
Verdriet, Magaliesburg, Südafrika

Nachdem ich das Kaufangebot der Coetzees abgelehnt hatte, entdeckten wir am folgenden Morgen ein Graffito auf unserem Garagentor. Jemand hatte in roter Farbe *SLET* und *KAFFERBOETIE* darauf gesprüht, daneben ein riesiges AWB-Symbol.

»Du meine Güte«, sagte Ruth, die in ihrem Kimono draußen stand. »Wer von uns beiden ist denn bitte die Schlampe und wer die Kafferbraut?« Sie schnipste ihren Zigarettenstummel weg und drehte sich zu mir. »Dank dir haben sie es jetzt auf uns abgesehen. Zufrieden?«

Seit dem Vorabend hatten wir kein Wort mehr miteinander gewechselt.

Es war inzwischen zwei Wochen her, dass Ruth das Baby im Waisenhaus abgegeben hatte, und seitdem war ihr ohnehin schon besorgniserregender Alkoholkonsum immer schlimmer geworden. An den meisten Tagen war sie schon um die Mittagszeit betrunken und streitlustig; eine beachtliche Leistung, da sie erst gegen elf aufwachte. Ich hatte damit gerechnet, dass sie schneller über das Baby hinwegkommen würde, denn eigentlich war es typisch für sie, intensive Bindungen einzugehen, die nicht lange hielten.

Egal ob das Objekt ihrer Zuneigung ein Mensch, ein Tier

oder ein Gegenstand war, Ruth entwickelte sofort eine heftige, aber kurze Obsession. So hatte sie es früher mit unzähligen Jungs gemacht: Erst behauptete sie, verrückt nach demjenigen zu sein, aber sobald er ihr seine Liebe gestand, ließ sie ihn fallen wie eine heiße Kartoffel. Einmal waren wir mit unseren Eltern auf einem Viehmarkt, wo sie ein Zicklein sah. Danach bettelte sie monatelang darum, eines zu bekommen.

Pa gab schließlich nach und machte sich auf den meilenweiten Weg zu einer anderen Farm, um eines unserer Ferkel gegen ein Zicklein zu tauschen. Ruth war völlig entzückt, als Pa es mitbrachte; sie nannte es Faloolah und fragte Pa zu allem Überfluss auch noch, ob es bei uns im Zimmer schlafen durfte. Natürlich verlor sie schon nach wenigen Tagen das Interesse an dem Tier; sie behauptete, es würde stinken und nach ihr schnappen. An wem blieb es letzten Endes hängen, sich um das Zicklein zu kümmern? An mir natürlich.

Mit dem Baby wäre es bestimmt genauso gelaufen. Der Kleine hatte es nicht verdient, so kurz nach seiner Geburt schon wieder abserviert zu werden. Ich dachte, die beste Strategie bestünde darin, so zu tun, als hätte es das Baby nie gegeben, damit wir wieder zur Normalität zurückfinden konnten, oder zumindest zu dem Maß an Normalität, das Ruth und ich auf die Reihe bekamen. Früher hatte Ruth immer bekommen, was sie wollte, und sobald sie es besessen hatte, das Interesse daran verloren. Das Baby befand sich inzwischen außerhalb ihrer Reichweite, und sie kochte nur deshalb vor Wut, weil sie es nicht besitzen konnte.

Unser Zusammenleben gestaltete sich also ziemlich unerfreulich, aber es würde nicht mehr lange so weitergehen. Nun, da Ruth klar sein musste, dass sie von mir kein Ja zum

Verkauf der Farm erwarten konnte, würde sie bestimmt bald nach Kapstadt zurückkehren, wenn auch mit leeren Händen.

Um mich davon abzuhalten, ständig über Pater Thomas' Bemerkungen nachzugrübeln und zur Klinik zu fahren, um dort auf dem Parkplatz Wache zu halten, hatte ich mir angewöhnt, lange Wanderungen durch die hügelige Landschaft zu machen und Bella mitzunehmen. Sie brauchte jedenfalls mehr Auslauf, als Ruth ungefähr zwölf Mal täglich vom Spirituosenschrank zu ihrem Zimmer und zurück zu folgen, und es war nett, Gesellschaft zu haben. Und da man sie als Isebel gebrandmarkt hatte, so wie mich damals, fühlte ich mich irgendwie mit ihr verbunden.

Bella und ich gingen immer vormittags los, wenn Ruth noch schlief, um dann meilenweit über Viehweiden, Wanderwege, Privatgelände und Sandpisten zu wandern. Wenn uns Zäune im Weg standen, kletterten wir einfach darüber oder zwängten uns hindurch. Unterwegs begegneten wir manchmal Pavianen, Rehantilopen, Buschhasen und Dassies.

Bei ihrem Anblick zitterte Bella jedes Mal vor Erregung, doch sie war eine gehorsame Hündin und wich mir nicht von der Seite. Wer auch immer sie erzogen hatte, hatte das wirklich gut hinbekommen. Erst vor kurzem waren wir einer braunen Hyäne begegnet, doch statt ihr hinterherzujagen, hatte Bella sie davonlaufen lassen. Die Hyäne war mit lässiger Anmut verschwunden und dabei so perfekt mit der Landschaft verschmolzen, dass ich mich fragte, ob ich sie mir bloß eingebildet hatte.

Am Tag nachdem die Coetzee-Brüder bei uns aufgetaucht waren, wollte ich Richtung Tal zu den rosa in der Sonne schimmernden Quarzitfelsen wandern und dem Fluss bis zum Rand der Schlucht folgen. Ich freute mich schon auf den herrlichen Anblick der Wasserfälle, die kleine Seen im Gestein bildeten, und fragte mich, ob die Gegend wohl noch immer so unberührt war wie in meiner Kindheit. Ich hatte Isebel bereits aus Ruths Zimmer geholt und war dabei, meine Stiefel zu schnüren, als es an der Tür klopfte.

Die Hündin bellte.

»Ruhig, Mädchen«, sagte ich. Dann öffnete ich die Tür.

Vor mir stand ein Mann. Sein Gesicht sah ich zunächst nur im Profil, denn er hatte den Blick zur Straße gerichtet, während er sich durchs Haar fuhr und sein Hemd glattstrich. Erst als er sich zu mir drehte, erkannte ich ihn, und mein Herz begann zu hämmern. Es war Riaan van Tonder, meine Jugendliebe und der beste Freund, den ich je hatte.

Er musste inzwischen neunundfünfzig sein, und sein lockiges Haar war kurz geschnitten und nicht mehr braun, sondern weiß, doch die Ähnlichkeit mit dem neunzehnjährigen Riaan, den ich zuletzt gesehen hatte, war unverkennbar. Seine haselnussbraunen Augen mit den grünen und bernsteinfarbenen Sprenkeln waren von Falten umrahmt, doch sie leuchteten noch immer wie Blätter im Herbst. Vor fast vierzig Jahren hatten diese Augen mich angefleht zu bleiben.

Riaan gab mir die Hand und räusperte sich. »Hallo, Delilah.«

Mehr sagte er nicht, nur meinen Namen, aber seine Stimme stockte ein wenig, und ich spürte, wie der Schorf, der sich über diese spezielle Wunde gelegt hatte, einen Riss bekam.

Ich erwiderte seinen Händedruck. »Riaan. So eine Überraschung.«

»Ich hörte, du wärst wieder da, aber ich wollte es nicht glauben und mich lieber selbst davon überzeugen.« Sein Afrikaans-Akzent war stärker, als ich es in Erinnerung hatte.

»Ja, ich bin wieder da«, sagte ich. »Bitte komm doch rein. Kann ich dir einen Tee oder Kaffee anbieten?«

»Gern einen Kaffee, danke.«

Ich führte ihn durchs Esszimmer nach hinten auf die Terrasse, und während ich Kaffee machte, versuchte ich, mich zu beruhigen. Isebel sprang neben Riaan auf einen Stuhl und brachte ihn zum Lachen.

»Deine Hündin hat mir Gesellschaft geleistet«, sagte er, als ich wieder hinauskam und ihm seine Tasse reichte. »Wie hast du es nur geschafft, Shadows Ebenbild zu finden?«

Riaan hatte Shadow genauso geliebt wie ich. Als wir noch Kinder gewesen waren, war sie uns stets wie ein Schatten gefolgt, um keines unserer Abenteuer zu verpassen.

»Eigentlich hat sie uns gefunden. Und sie ist auch eher Ruths Hund als meiner.«

Riaan trank einen Schluck Kaffee und schloss die Augen, um die Wärme zu genießen. Der Winter machte sich bemerkbar, in den Häusern war es kalt. Ohne doppelverglaste Fenster oder Zentralheizung konnte man sich im südafrikanischen Winter, so mild er auch war, ziemlich durchgefroren fühlen. Als Riaan die Augen wieder öffnete, blickte er auf den Garten hinaus. Er sagte nichts, aber das war auch nicht nötig. Ich wusste, was er dachte, nämlich, dass Ma sich bei diesem Anblick im Grab umgedreht hätte.

Der Garten war die einzige Fläche des Grundstücks, die damals nicht für die Farm genutzt worden war. Meine Mutter hatte ihn zu ihrem Reich erklärt, und er war ihr ganzer

Stolz gewesen. So pragmatisch Ma auch war, sie wollte etwas Schönes haben, das sie betrachten konnte.

Sie pflanzte allerdings keine Blumen, die zu hohe Ansprüche stellten, und auch keine, die nicht in Südafrika heimisch waren. Rosen galten als die Blumen der Briten, und da es die Briten gewesen waren, die Mas Vorfahren in Konzentrationslager gesteckt und fast dreißigtausend Afrikaaner im Zweiten Burenkrieg getötet hatten, waren Rosen für sie tabu. Chrysanthemen, Pfingstrosen, Springkräuter, Begonien und Petunien waren ebenfalls zu englisch und kamen daher auch nicht infrage.

Stattdessen pflanzte Ma Zantedeschien und Paradiesvogelblumen, eine Strelitzien-Art. Außerdem mochte sie *Vygies*, Mittagsblumen in Rosa, Violett, Orange und Gelb, weil sie in felsigen Gebieten wuchsen, kaum Pflege benötigten und trotzdem wunderschön blühten.

»Der Garten macht viel Arbeit«, sagte ich. »Stompie schafft es nicht, sich allein um ihn zu kümmern, deshalb ist leider alles zugewuchert. Der Garten steht ganz oben auf meiner To-do-Liste.«

»Heißt das, du willst bleiben?«

»Ja. Ich setze mich hier zur Ruhe.«

Er nickte, sagte jedoch nichts weiter. Um die Stille zu füllen, sagte ich rasch: »Genug von mir geredet – erzähl mir von dir!«

»Da gibt es nicht viel zu sagen«, antwortete er. »Wir betreiben noch immer die Farm, haben allerdings von der Landwirtschaft auf die Wildtierzucht umgestellt.« »Wir« bedeutete wohl, dass er geheiratet hatte, und bezog sich wahrscheinlich auch auf seine Brüder, die am Familienunternehmen beteiligt waren.

Ich hätte gern gewusst, wie es ihm seit damals ergangen war – ob er eine Frau gefunden hatte und wenn ja, ob sie Kinder hatten und ob er glücklich war –, doch er reagierte nicht auf meine ungeschickten Versuche, das Gespräch in diese Richtung zu lenken, und plauderte stattdessen angeregt über seine Freiwilligenarbeit mit Forschern der *Witwatersrand-Universität*, die seit einigen Jahren nach Kromdraai, Gladysvale und Sterkfontein kamen.

»In der Gladysvale-Höhle haben sie Überreste der ersten Hominiden entdeckt, das sind menschenartige Affen – unsere Vorfahren sozusagen, die vor 3,5 Millionen Jahren lebten«, sagte er. »Hier in der Gegend werden so viele hominide Fossilien wie nirgendwo sonst auf der Welt gefunden.«

Seine Begeisterung versetzte mich in unsere Kindheit zurück. Ich war sieben gewesen und er neun, als er einmal durch eine kleine Öffnung in eine Kalksteinhöhle gekrochen war, die sich auf dem Grundstück seiner Familie befand. Ich erinnerte mich noch daran, wie er sich hindurchgeschlängelt hatte und seine Füße in dem schwarzen Loch verschwunden waren, und an das Echo seiner körperlosen Stimme, das zu mir herausdrang.

Später, als er wieder aus dem düsteren Schlund hervorgekrabbelt war, hatte er gesagt: »Schau!«, und dabei etwas Gelbliches in die Höhe gehalten, das wie ein umgedrehtes Nashorn aussah, nur kleiner. »Ich glaube, das ist ein Katzenzahn.«

Ich hatte das Ding skeptisch betrachtet. Es war viel zu groß für einen Katzenzahn, und ich ärgerte mich darüber, dass er trotzdem behauptete, es wäre einer. Schließlich sagte ich ihm, dass allein schon der Kopf einer Katze kleiner sei als das Ding, das er in der Hand hielt.

Daraufhin hatte er gelacht, was mich nur noch mehr verdross.

»Ich meine doch keine Hauskatze«, sagte er. »Sondern eine Säbelzahnkatze. Die haben vor Millionen von Jahren gelebt.«

»Als es die Dinosaurier gab?«, fragte ich.

»Das weiß ich nicht«, sagte Riaan. »Aber ich finde es noch heraus.« Er war schon immer sehr wissbegierig gewesen.

»Delilah?« Riaans nervöses Lächeln brachte mich zurück ins Hier und Jetzt. »Langweile ich dich etwa?«

»Nein, überhaupt nicht! Entschuldige, ich habe mich nur gerade daran erinnert, wie sehr dich das alles früher schon fasziniert hat.«

Riaan errötete. Dann sagte er: »Eigentlich bin ich gekommen, um mit dir über die Coetzees zu sprechen.«

Der plötzliche Themenwechsel verunsicherte mich. Ich hatte damit gerechnet, dass er mich nach dem Grund für meine unerwartete Heimkehr fragen würde. Doch das schien ihn gar nicht zu interessieren.

»Die Coetzees?«

»Ja. Es wird gemunkelt, du hättest dich bei ihnen unbeliebt gemacht, und dem Graffito auf eurem Garagentor nach zu urteilen, würde ich sagen, an dem Gerücht ist was dran.«

»Diese Leute sind furchtbar«, erwiderte ich. »Ich werde ihnen auf keinen Fall nachgeben.« Plötzlich kam mir die Erkenntnis, dass Riaan mir im Lauf der Zeit genauso fremd geworden war wie alle übrigen Landsleute. Er war zwar als Kind kein Rassist gewesen, aber was hieß das schon. »Jetzt sag mir bitte nicht, dass du auch zu deren Gruppe gehörst.«

»Natürlich nicht«, sagte er. Es schien ihn zu treffen, dass ich überhaupt auf diesen Gedanken gekommen war. »Aber die Coetzees sind eine sehr einflussreiche Familie. Keine Leute, mit denen man sich anlegen sollte.«

»Sollen sie sich doch ein dickeres Fell wachsen lassen, wenn sie so empfindlich sind.«

»Ich habe gehört, dass sie euch ein Angebot für die Farm gemacht haben, aber du hättest es abgelehnt. Ruth dagegen wäre bereit gewesen, es anzunehmen.«

»Das stimmt, aber wie schon gesagt, ich will mich hier zur Ruhe setzen und habe deshalb nicht die Absicht, die Farm zu verkaufen.« Ich nahm einen Schluck von meinem Kaffee, der inzwischen kalt geworden war. »Ich verstehe nicht, worin das Problem liegt, wenn die Coetzees sie nicht bekommen. Na und? Es gibt bestimmt zig andere Farmen, die zum Verkauf stehen. Und die obendrein noch bewirtschaftet werden und sofort Gewinn abwerfen, im Gegensatz zu unserer, die erst mal auf Vordermann gebracht werden muss.«

»Die Coetzees sind aber nicht auf der Suche nach einer Farm, die Gewinn abwirft, Delilah. Sie wollen Löwenjagd aus der Konserve anbieten und haben zu diesem Zweck bereits alle umliegenden Grundstücke gekauft – bis auf eures, das genau in der Mitte liegt und alle übrigen miteinander verbindet. Sie brauchen es also unbedingt, wenn sie ihren Zucht- und Jagdbetrieb gründen wollen.«

»Löwenjagd aus der Konserve? Was soll das denn sein?«

»Das ist eine barbarische Praxis, bei der Löwen nur zu dem Zweck gezüchtet werden, sie später in eingezäunten Gebieten zum Abschuss freizugeben – das wird dann als Jagd verkauft.« Er schnaubte verächtlich. »Was natürlich ein Witz ist, weil die Tiere in Gefangenschaft aufgezogen und für Streichelzoos benutzt wurden. Sie sind also an Menschen gewöhnt, doch selbst wenn sie wollten, hätten sie nicht die geringste Chance zu fliehen. Sie sind leichte Beute für Leute, die weder einen Jagdschein haben noch mit Waffen umgehen können, aber trotzdem einen Löwenkopf als Trophäe wollen.«

»Mein Gott, das klingt ja schrecklich! Sie erschießen zahme, eingesperrte Tiere. Ist das überhaupt legal?«

»Es bringt Touristen und viel Geld.« Er zuckte traurig mit den Schultern. »Du weißt doch, Geld regiert die Welt.«

»Tja, dann bin ich erst recht froh, dass wir ihr Angebot abgelehnt haben!« Plötzlich kam mir ein Gedanke. »Wusste Ruth etwa von dieser Löwenjagd-Sache?«

Zu meiner Erleichterung schüttelte Riaan den Kopf. »Nein, die Coetzees haben das bisher alles geheim gehalten und verstecken sich hinter irgendeinem Konsortium. Ruth hatte bestimmt keine Ahnung davon.«

Ich war zwar froh, das zu hören, aber wahrscheinlich hätte das Wissen darüber Ruths Meinung auch nicht geändert. »Du bist also nicht auf einen Freundschaftsbesuch vorbeigekommen?« Ich versuchte, unbekümmert zu klingen, aber es wollte mir nicht so recht gelingen.

»Ich wollte dich warnen und dir klarmachen, worauf du dich eingelassen hast«, antwortete Riaan. »Die Coetzees werden nicht aufgeben, denn sie wollen euer Grundstück haben, koste es, was es wolle. Bitte sei auf der Hut.« Er deutete mit dem Kopf Richtung Haus. »Das gilt auch für Ruth. Du hast keine Ahnung, wozu diese Leute fähig sind.«

KAPITEL DREIUNDDREISSIG

Ruth

27. Mai 1994
Verdriet, Magaliesburg, Südafrika

Ich bin keine große Kaffeetrinkerin. Morgens bevorzuge ich Getränke wie Orangen- oder Tomatensaft. Aufgepeppt natürlich mit etwas Fermentiertem oder Destilliertem. Den ersten Schock des Tages versetzt mir daher der bittere Schluck Kaffee. Den zweiten der Anblick von Riaan van Tonder, der von der Veranda hereinkommt und auf die Haustür zugeht.

Er sieht mich genau in dem Moment, in dem auch ich ihn entdecke, und läuft scharlachrot an. Er wäre ein mieser Pokerspieler; man sieht ihm seine Gefühle aus meilenweiter Entfernung an. Ich zwinkere ihm zu, woraufhin er noch tiefer errötet, bevor er stotternd meinen Gruß erwidert. Der Dummkopf hätte mit mir schlafen sollen, als er vor vielen Jahren die Chance dazu hatte. Ich hätte ihm geholfen, über Dee hinwegzukommen, das garantiere ich.

»Sag mir Bescheid, wenn du Hilfe beim Entfernen der Schmierereien brauchst«, sagt er zu Dee, bevor er zur Tür raus ist.

»Ist er gekommen, um dir die vielen ausstehenden Alimente zu zahlen?«, frage ich, um ihre Reaktion zu testen, und sie belohnt mich, indem sie rot anläuft. »Ich mach doch nur Witze. Warum war er hier?«

»Setz dich, Ruth. Wir müssen reden.«

»Wie Meat Loaf sagen würde: ›You Took the Words Right Out of My Mouth‹, denn wir müssen uns wirklich unbedingt unterhalten. Ich bleibe aber lieber stehen, wenn es dir nichts ausmacht.« Es scheint ihr nicht zu passen, aber sie setzt sich. »Du zuerst? Oder ich?« Als sie nichts sagt, komme ich sofort zur Sache. »Okay, dann fange ich an. Ich bin unterwegs zum Waisenhaus, um offiziell zu beantragen, Angus als Pflegekind aufzunehmen.«

»Das ist nicht dein Ernst, oder?«

»So ernst war mir in meinem ganzen Leben noch nichts.«

»Okay, lassen wir diese Spinnerei mal für einen Augenblick beiseite. Ich habe dir doch gesagt …«

»Stimmt, du hast mir gesagt, dass du das Baby nicht in deiner Nähe ertragen kannst, aber da du es mir unmöglich gemacht hast, die Farm zu verkaufen und nach Kapstadt zurückzukehren, bin ich jetzt gezwungen hierzubleiben.«

»Wer zwingt dich denn dazu? Wenn du so wild entschlossen bist, kannst du ihn doch auch mit zu dir nehmen und mich in Frieden lassen?«

»Nein. Vince und ich haben uns getrennt.«

»Öfter mal was Neues.« Sie schnaubt. »Deine wievielte Scheidung ist das jetzt? Nummer vier?«

»Nein, es ist die dritte, aber was soll ich sagen? Die Männer stehen eben auf mich.«

»Und trotzdem frage ich mich, warum du unbedingt hierbleiben willst. Warum nimmst du nicht das Baby und gehst nach Kapstadt zurück?«

»Ich bin momentan ein bisschen knapp bei Kasse, deswegen hätte ich die Farm ja auch verkaufen müssen. Kein Geld aus dem Verkauf bedeutet, dass ich hierbleiben muss. So, Dee, jetzt weißt du, wie du mich loswirst. Es ist ganz einfach. Nur eine Unterschrift, dass du dem Verkauf zustimmst, mehr ist nicht nötig.«

»Kommt nicht infrage«, erwidert sie mit vorgeschobenem Kinn.

»Ich kapiere einfach nicht, warum du dich so anstellst. Warum willst du überhaupt hierbleiben? Meine Güte, damals konntest du gar nicht schnell genug wegkommen, weißt du noch?«

»Wie kannst du mir das zum Vorwurf machen, Ruth? Nach allem, was hier passiert ist?«

»Ach, fangen wir wieder damit an. Buhuuu, arme Dee, der so übel mitgespielt wurde! Aber du warst nicht die Einzige, die eine scheiß Kindheit hatte, weißt du.«

»Ach, nun hör schon auf! Für dich war doch immer alles ganz leicht, Ruth.«

»Nein, das war es nicht.«

»Doch, das war es. Weißt du noch, wenn wir früher ›Prinzessin auf der Erbse‹ gespielt haben? Du wusstest immer ganz genau, wo die Erbse war, ich nie. Du warst immer die echte Prinzessin, genau wie im Märchen, und ich war die ewige Bäuerin.«

Ich lache bei der Erinnerung daran. Seit Jahrzehnten habe ich nicht mehr daran gedacht! »Oh, mein Gott, Dee, du warst so leicht an der Nase herumzuführen!«

»Was soll das heißen?«

»Ich habe immer den Spiegel auf dem Frisiertisch verstellt, bevor wir angefangen haben zu spielen. Ich habe ihn leicht gekippt, so dass ich sehen konnte, wo du die Erbse versteckt hast. Deswegen habe ich sie jedes Mal erwischt.«

»Nein!« Sie schaut mich dermaßen entsetzt an, dass ich lachen muss.

»Ich kann nicht glauben, dass du dir das nie gedacht hast! Und dass du dich heute noch daran erinnerst.«

»Natürlich erinnere ich mich noch daran. Ich hatte das Gefühl, dass das meine Rolle war, dass es bei uns beiden immer so ging. Dass ich nie mit dir mithalten konnte.«

Plötzlich vergeht mir das Lachen. »Aber du warst doch Mas Liebling. Sie hat dich angebetet.«

»Und du warst Das Liebling. Und der von allen anderen.«

»Alle anderen waren mir egal. Mir ging es um Ma. Und außerdem ist mir meine Rolle nicht in den Schoß gefallen, weißt du«, fahre ich fort. »Dass Da mich mochte, kam nicht von ungefähr. Ich habe mir dafür den Hintern abgearbeitet.«

»Und damit warst du vor ihm geschützt. Gegen dich hat er nie die Hand erhoben.«

Ich muss sie nicht fragen, was sie meint. Ich habe mehr als einmal erlebt, wie Da meine Schwester geschlagen hat. Ich hätte sie beschützen können, wenn sie mich nur gelassen hätte, aber nein. Genau wie Ma musste sie ihm gegenüber immer ein freches Mundwerk riskieren und ihn provozieren.

Dee schüttelt den Kopf. »Du hast ihn nicht so gut gekannt, wie du geglaubt hast. Er war kein guter Mensch.«

»So schlimm war er nun auch wieder nicht.«

Sie hebt eine Hand, um mich zum Schweigen zu bringen. »Ich will das nicht hören.«

»Aber wenn du so viele schlechte Erinnerungen mit der Farm verbindest, warum bleibst du dann hier? Warum packst du nicht einfach deine Sachen, gehst fort und fängst noch einmal neu an?«

»Ich habe es satt wegzugehen«, erwidert Dee. »Kannst du das nicht verstehen? Das ist mein Zuhause, und ich bleibe, aber vielleicht überlegst du es dir noch einmal, das Baby hier anzuschleppen.«

»Nein. Du hast schon deinen Willen bei dem Verkauf durchgesetzt, und ich will nicht …«

»Ruth, jetzt hör mir doch wenigstens mal für eine Minute zu!«, unterbricht sie mich und erzählt mir von Riaans Warnung und den bösen Absichten der Coetzees.

Also deswegen sind sie bereit, einen so hohen Preis für eine unrentable Avocadofarm zu zahlen. »Du weißt schon, dass wir das als Druckmittel benutzen könnten, oder?«, frage ich. »So dass sie mit dem Angebot noch weiter raufgehen?« Sie starrt mich wütend an, und ich zucke mit den Schultern. »Was ist? Es war einen Versuch wert.« Ich stehe auf und wende mich zum Gehen. »Und jetzt entschuldige mich bitte. Ich habe einen Termin im Waisenhaus, den ich einhalten muss.«

»Du willst das also wirklich durchziehen? Du willst ein schwarzes Baby an einen Ort bringen, der ohnehin den weißen Rassisten ein Dorn im Auge ist?«

»Hör mal, Dee, ich hasse es genauso wie du, tyrannisiert zu werden, und ich habe genauso sehr die Nase voll davon wegzulaufen wie du. Aber wie es aussieht, wollen wir uns beide nicht tatenlos damit abfinden.«

»Aber warum dieses Baby? Warum jetzt? Wenn du so unbedingt Kinder haben wolltest, warum hast du dann nicht einfach deine eigenen bekommen?«

»Ich hatte in der Beziehung leider keine Wahl, obwohl du ja glaubst, ich hätte es immer so leicht gehabt.« Damit nehme ich meine Handtasche und gehe zur Tür hinaus.

KAPITEL VIERUNDDREISSIG

Zodwa

27. Mai 1994
Krugersdorp-Leichenhaus, Südafrika

Zodwa hat bereits zwei Stunden in der Schlange vor dem Leichenhaus gestanden, als sie endlich aufgerufen wird. Sie war schon bei zwei anderen Leichenhäusern und einer Trauerhalle in der Umgebung von Magaliesburg, aber nirgendwo konnte man ihr weiterhelfen. Alle Verstorbenen aus der Umgebung, deren Angehörige man nicht ausfindig machen könne, würden dorthin gebracht, hatte man ihr gesagt. Der Gedanke deprimiert sie, dass so viele Tote darauf warten, dass ihre Verwandten sie holen kommen und zur Ruhe betten.

Zodwa hat sich das Geld für das Taxi von der Township nach Krugersdorp von Mama Beauty geliehen, ihr aber nicht die Wahrheit gesagt, wofür sie es brauchte. Zwar benötigt sie das Geld tatsächlich für Essen, aber das hier ist wichtiger als Nahrung.

Die Frau, die sie empfängt, ist weiß und sieht eigentlich zu alt aus, um noch arbeiten zu müssen. Sie mustert Zodwa durch dicke Brillengläser.

»Ich möchte mich nach einem Kind erkundigen, das gestorben ist … Ich wüsste gerne, ob seine Leiche hierher gebracht wurde«, erklärt Zodwa.

»Ein Junge?«

»Ja.«

»An welchem Tag genau ist er gestorben, und wie alt war er?« Die Frau hat ein Formblatt herausgezogen und füllt es aus, während Zodwa antwortet.

»Entweder am 10. oder am 11. Mai, kurz nach seiner Geburt. Er wäre ein oder zwei Tage alt gewesen.«

»Hatte er irgendwelche besonderen Merkmale?«

»Ja, ein Muttermal in der Form von Afrika auf seiner linken Pobacke.«

»Und wo wurde die Leiche hingebracht?«

Die Leiche. Als wäre es ein Sack Steine oder irgendetwas anderes Lebloses, Wertloses. Zodwa hasst die Frau plötzlich wegen ihrer Objektivität, obwohl sie sie zugleich darum beneidet. Wie wunderbar es sein muss, konstant einem solchen Leid ausgesetzt zu sein und sich dennoch geschützt zu fühlen in dem Wissen, dass es nicht das eigene ist.

Sie beißt die Zähne zusammen. »Ich weiß es nicht.«

Das entlockt der Frau eine Reaktion. Sie hört auf zu schreiben und blickt auf. »Sie wissen nicht, was mit der Leiche geschehen ist?«

»Mit meinem Baby«, entgegnet Zodwa. »Nicht ›der Leiche‹. Mit meinem Baby.« Die Frau blinzelt, und Zodwa redet weiter, aus Angst, man könne sie wegen ihrer Unverschämtheit hinauswerfen. »Bitte, Madam. Ich weiß nicht einmal, ob mein Baby wirklich gestorben ist. Nach der Geburt hat es gelebt, und dann …« Zodwa beendet ihren Satz nicht, da sie nichts Böses über Leleti sagen möchte, nicht einmal jetzt, nach ihrem Tod, aber dennoch ihre Zwangslage erklären muss. »Er wurde mir weggenommen, und ich habe ihn nie wiedergesehen. Man hat mir gesagt, er wäre gestorben.«

Die Frau seufzt. »Aber Sie wissen nicht, wo er hingebracht wurde, oder ob er wirklich … verstorben ist?«

»Nein.«

»Können Sie nicht die Person fragen, die ihn genommen hat?«

Zodwa schüttelt den Kopf, und zu ihrer Überraschung kommen ihr die Tränen. »Sie ist auch gestorben.«

Zu ihrer Verwunderung schnalzt die Frau mitleidig mit der Zunge und legt den Stift hin. Sie nimmt Zodwas Hand und drückt sie mitfühlend. Die Geste lässt Zodwa beinahe zusammenbrechen. »Ach, mein armes Kind. Es klingt, als würden Sie eine sehr schwere Zeit durchmachen. Schaffen Sie das denn?«

Zodwa hätte nie erwartet, hier Trost zu finden, ausgerechnet an diesem Ort, ausgerechnet bei dieser Frau. Sie nickt, doch die Tränen unterminieren ihre Antwort.

»Ich schaue mal in unseren Akten nach, aber ich erinnere mich nicht daran, dass zu der Zeit ein Neugeborenes gebracht wurde. An die Babys erinnere ich mich, wissen Sie.«

Und plötzlich begreift Zodwa, dass das, was sie für Gefühllosigkeit gehalten hat, der Verteidigungsmechanismus dieser Frau gegen zu große Gefühle ist.

»Ich gehe mal rasch nachsehen.« Die Frau lässt Zodwa für zehn Minuten allein, und als sie zurückkehrt, schüttelt sie den Kopf. »Wir hatten ältere Babys, aber keine neugeborenen Jungen. Haben Sie denn schon in den Waisenhäusern rings um das Squatter Camp nachgefragt?«

»Nein.«

»Manchmal werden Babys dorthin gebracht, oder sie werden ausgesetzt und enden dort. Es ist einen Versuch wert.«

Zodwa schließt die Augen und spürt einen Funken Hoffnung, von dem sie gar nicht wusste, dass sie ihn so verzweifelt gesucht hat.

Ist es möglich, dass Leleti ihr Baby an solch einen Ort gebracht hat? Dass sie ihren Enkel ihrer Tochter weggenommen hat, weil sie glaubte, er hätte eine bessere Chance im Leben, wenn er von Fremden anstatt von Zodwa großgezogen würde?

Ich habe ihn genommen … Er ist weg … Ich habe es für dich und für ihn getan.

Zodwa ergreift die Hand der Frau und drückt sie fest, bevor sie sich umdreht. Die Hoffnung ist eine Spur von Brotkrumen, denen sie folgen wird.

KAPITEL FÜNFUNDDREISSIG

Delilah

4. Juni 1994
Johannesburg General Hospital
Johannesburg, Südafrika

Die Krankenschwester am anderen Ende der Leitung klang panisch, als sie meine Stimme hörte. »Delilah? Ich hatte gar nicht mehr damit gerechnet, dass du dich heute noch melden würdest.«

Normalerweise rief ich die Intensivstation jeden Tag um sieben Uhr früh an, doch an diesem Morgen hatte ich verschlafen, weil ich fast die ganze Nacht verzweifelt wach gelegen und über die Ausweglosigkeit der Situation nachgedacht hatte. Daniels Zustand konnte ich ebenso wenig ändern wie die bevorstehende Rückkehr des Babys, die wegen der Überfüllung des Waisenhauses sogar noch schneller als üblich in die Wege geleitet werden sollte. Und gegen die Bedrohung durch die Coetzees war ich ebenfalls machtlos.

Sie hatten ihre Einschüchterungsversuche verschärft und legten nun alle paar Tage vergiftete Wildtiere vor unserer Haustür ab; das letzte hatten sie ausgeweidet und die Gedärme auf den Treppenstufen drapiert. Ich war in permanenter Alarmbereitschaft; schon das kleinste Geräusch ließ mich zusammenzucken und durch die Vorhänge spähen. Gegen fünf war ich dann endlich in einen unruhigen Schlaf gefallen und erst um kurz vor neun wieder aufgewacht.

»Bist du das, Rachel?«, fragte ich. »Du klingst so besorgt. Ist etwas passiert?« Ich war schon seit einer Weile mit den Krankenschwestern der Intensivstation vertraut.

»Es geht um Daniel«, sagte Rachel. »Letzte Nacht fingen seine Organe an zu versagen. Um elf Uhr werden die lebenserhaltenden Maßnahmen eingestellt. Es tut mir so leid.«

»Ich bin auf dem Weg.«

An die Fahrt zum Krankenhaus erinnere ich mich nicht mehr, ich weiß nur noch, dass ich unablässig »Bitte nicht« flüsterte; mein erstes Flehen seit vierzig Jahren, das einem Gebet am nächsten kam.

Um halb elf kam ich im Wartezimmer der Intensivstation an, außer Atem, aber innerlich gewappnet für den bevorstehenden Kampf mit Pater Thomas. Er hatte sich selbst zu Daniels Torwächter ernannt, aber er würde mich nicht noch einmal davon abhalten, meinen Sohn zu sehen. Nicht wenn mein Sohn im Sterben lag. Doch Pater Thomas saß nicht im Wartezimmer. Ich war fast schon ein wenig enttäuscht. Dafür entdeckte ich Schwester Rachel im Dienstzimmer.

»Ich habe es noch rechtzeitig geschafft«, keuchte ich. »Bitte lass mich zu ihm. Ich weiß, dass immer nur ein einziger Besucher bei ihm sein darf, aber in diesem Fall ist doch bestimmt eine Ausnahme möglich.«

»Delilah …«

»Ich bin seine Mutter. Ich weiß, ich habe gesagt, dass ich nicht zur Familie gehöre, und vielleicht stimmt das im traditionellen Sinne auch, weil ich ihn nach seiner Geburt abgegeben habe, aber ich bin seine biologische Mutter. Er braucht seine Mutter, Rachel. Und ich brauche ihn.«

Sie hatte Tränen in den Augen. »Ich habe versucht, dich zu

erreichen, Delilah, aber du warst schon weg. Kurz nachdem du hier angerufen hast, ist er gestorben. Es tut mir unendlich leid.«

»Nein.« Ich schüttelte den Kopf. »Nein.« Ich wandte mich von ihr ab und taumelte wie eine Schlafwandlerin zum Sichtfenster.

Die Nonne war wieder da, und sie hielt die Hand von Daniel, meinem Daniel, von dem ich mich noch hätte verabschieden können, wenn ich zur üblichen Zeit im Krankenhaus angerufen hätte, denn dann wäre er bei meiner Ankunft noch am Leben gewesen. Warum war Gott so grausam, mich eine Stunde zu spät kommen zu lassen? Wollte er mich noch immer für die Sünde bestrafen, die ich vor fast vierzig Jahren begangen hatte? Damals hatte ich Daniel im Stich gelassen, obwohl ich bei ihm hätte bleiben sollen. Doch diesmal war ich sofort, nachdem ich erfahren hatte, dass er angeschossen worden war, zu ihm geeilt. Nur um zu erfahren, dass er für immer von mir gegangen war.

Erst in diesem Moment, als mir die Möglichkeit unwiederbringlich genommen worden war, wurde mir klar, wie verzweifelt ich mir gewünscht hatte, mit ihm reden zu können, um ihm zu sagen, wie sehr ich ihn liebte und dass ich an jedem Tag seines Lebens an ihn gedacht hatte. Vier Jahrzehnte lang hatte ich imaginäre Gespräche mit ihm geführt, hatte mir Entschuldigungen und Rechtfertigungen überlegt.

Und jetzt würde ich niemals mehr die Chance haben, mit ihm persönlich zu sprechen.

Die Kirche hatte uns vor all den Jahren voneinander getrennt, aber nun war Gott selbst zwischen uns getreten. Etwas Endgültigeres gab es nicht.

KAPITEL SECHSUNDDREISSIG

Zodwa

2.–30. August 1994
Big Hope Informal Settlement,
Magaliesburg, Südafrika

Zodwa eilt durch die Gassen und grüßt die Leute im Vorbeigehen; zum Plaudern fehlt ihr die Zeit. Die erste Welle von Pendlern hat sich schon vor zwei Stunden auf den Weg in die Stadt gemacht. Sie selbst fängt nicht so früh an, muss dafür aber auch nicht länger arbeiten.

Heute verspätet sie sich um zehn Minuten, weil sie noch einen Termin in einem Waisenhaus hatte, das etwas weiter entfernt war als das letzte. Doch keines der Babys dort wurde um die Zeit herum gebracht, als Zodwas Sohn verschwand. Aber wenigstens kann sie jetzt einen weiteren Ort von ihrer Liste streichen.

»Hallo, Mama Mashigo«, sagt Zodwa, als sie das *Good Times Drinking Establishment* betritt. »Tut mir leid, dass ich zu spät dran bin.«

Die *Shebeen Queen*, wie die Betreiberin einer illegalen Kneipe genannt wird, sitzt an ihrem Tisch in der Ecke und zählt die leeren 750-ml-Bierflaschen, die sie gegen Pfand eintauschen wird. Sie hat sich wie immer perfekt zurechtgemacht, trägt ein Kleid und dazu einen passenden *doek* aus blauem *seshoeshoe*. Ein großes Glas Cola steht neben ihr. Es ist Zodwas Aufgabe, dafür zu sorgen, dass es stets voll ist und zwei Eiswürfel darin schwimmen. Mama Mashigo verkauft Alkohol nur, sie selbst rührt das Zeug nie an.

Sie wirft Zodwa einen Blick zu und schaut demonstrativ auf die Uhr, sagt aber nichts. Zodwa weiß, dass ihre Strafe darin bestehen wird, dass sie bis zum Schluss bleiben und die unangenehmsten Arbeiten erledigen muss: den Boden von Erbrochenem und Flaschenscherben reinigen und die gusseisernen Töpfe schrubben, in denen Mama Mashigo immer *mogodu* und *pap* kocht.

Zodwa macht das nichts aus. Wenn das der Preis ist, den sie bezahlen muss, um eine Arbeit zu haben, soll es ihr recht sein.

Als sie sich vor zwei Monaten auf die Suche nach einem Job machte, war ihr klar, dass sie etwas in der Township finden musste, denn für die tägliche Pendelei in die Stadt fehlt ihr das Geld. Für einen Job in einem Geschäft oder Büro bräuchte sie zudem anständige Kleidung, aber die kann sie sich auch nicht leisten. Doch alle, die sie ansprach, sagten, sie hätten keinen Job zu vergeben, und die Zeiten seien hart.

Das stimmte natürlich nicht. Die Leute wollten nur vermeiden, dass Zodwa ihnen mit ihrem miesen Karma das Geschäft verdarb. Nachrichten sprechen sich schnell herum, und die Heilerin der Township ist nicht die Einzige, die glaubt, dass Zodwa verflucht ist.

Mama Mashigo war entweder zu pragmatisch, um an solche Dinge zu glauben, oder Zodwa tat ihr leid; jedenfalls erklärte sie sich bereit, ihr einen Monat Probezeit zu gewähren, als sie, die Augen noch immer vom Weinen geschwollen, vorbeikam und fragte, ob es in der *Shebeen* Arbeit gäbe. Sie bewährte sich, und nach Ablauf der Probezeit verkündete Mama Mashigo, dass sie bleiben durfte.

Zodwa arbeitet sechs Tage die Woche im *Good Times Drinking Establishment.* Die Kneipe ist so groß wie sieben aneinandergereihte Hütten und hat Platz für bis zu hundert Leute. Der Boden ist aus Beton, und drei der vier Blechwände sind mit Bildern afrikanischer Ikonen aus der Zeitschrift *Drum* dekoriert. Die obere Hälfte der vierten Wand ist offen, damit die Kunden sehen und gesehen werden können, was fast noch wichtiger ist als das Trinken.

Den Strom zapft Mama Mashigo von der fast hundert Meter entfernten Metzgerei ab. Das gibt ihr genug Saft für drei Kühl- und zwei Gefrierschränke und ihr spitzenmäßiges Soundsystem, das ihr Lokal von den anderen *Shebeens* abhebt. Aus den beiden Lautsprechern, die in den Ecken des Raums aufgehängt sind, dröhnt schon *Kwaito*-Musik. Zodwa bewegt sich zum Rhythmus der Musik, das hilft ihr, den Tag zu überstehen, während sie durch das Männermeer navigiert, Drinks serviert und auf Trinkgeld hofft.

Die Betrunkenen einer *Shebeen* sind das Gegenteil von galant. Mama Mashigo passt zwar auf ihre Mädchen auf, aber sie erwartet trotzdem, dass sie nett zu den Männern sind, auch wenn sie pausenlos von ihnen begrapscht werden.

»Am besten suchst du dir einen Freund, dann lassen sie dich in Ruhe«, riet Ntombi ihr nach ihrem zweiten Arbeitstag. Sie ist Mama Mashigos bestes Mädchen und verdient das meiste Geld. »Am besten einen *Pantsula*-Tänzer, keiner will sich an deren Eigentum vergreifen.«

Zodwa winkte lachend ab. Sie will kein Eigentum von jemandem sein.

Plötzlich kommt Mongezi mit seinen Freunden herein.

Sie setzen sich um einen der kleinen Tische, um zu würfeln.

Als Mongezi Zodwa sieht, tut er überrascht. »Ja, wen haben wir denn da?«, sagt er und wendet sich zu seinen beiden Freunden. »Das ist meine Zweitfreundin.« Seine Kumpel lachen blöde, als er den Arm um Zodwas Hüften legt und sie zu sich zieht. »Sie kann gar nicht genug von mir bekommen. Erzählt Thembeka bloß nichts davon.« Er zwinkert ihnen zu. »Sonst wird sie noch eifersüchtig.«

Das letzte Mal, als Mongezi sich gegenüber Zodwa so anzüglich verhielt, war an dem Tag, als er sie vergewaltigte. Einer dieser heißen Augusttage, die sich überhaupt nicht nach Winter anfühlten. Nur eine Brise sorgte für etwas Erleichterung, weshalb Zodwa die Tür der Hütte offen ließ, während sie ihre Hausaufgaben machte. Sie weiß noch, dass sie sich kaum konzentrieren konnte, weil sie die ganze Zeit an Thembeka denken musste.

Ein ganzer Tag war vergangen, seit sie den Brief ins Federmäppchen ihrer Freundin gesteckt hatte. Thembeka hatte ihn bestimmt schon entdeckt, aber sie war nicht zur Schule gekommen. Zodwa hielt die Ungewissheit kaum aus. Als sie gerade überlegte, ob sie bei Thembeka vorbeischauen sollte, fiel ein Schatten über ihr Bett, und als sie aufblickte, stand Mongezi in seiner Schuluniform in der Tür.

»Mongezi«, sagte sie. »Was machst du denn hier? Ist Thembeka mitgekommen?«

»Hallo, Süße«, sagte er lächelnd. »Nein, ich bin allein hier. Thembeka ist nämlich schlecht. Und weißt du, wovon?«

Er benahm sich so sonderbar, dass Zodwa unbehaglich zumute wurde. Sie war froh, dass die Tür offen stand.

»Ich habe dich etwas gefragt«, lächelte Mongezi. »Weißt du, wovon ihr schlecht ist?«

»Nein. Wovon denn?«

»Von deinem Brief.«

Zodwa lief es eiskalt über den Rücken.

»Von deinem widerlichen Brief, in dem du ihr deine widerlichen Gefühle gestehst. Ihr wurde so schlecht davon, dass sie kotzen musste.« Er lächelte noch immer, als er das sagte. »Und ich hätte beinahe auch gekotzt.« Mongezi kam herein und schloss die Tür hinter sich.

Zodwa versuchte zu schlucken, aber ihr Mund war trocken. Sie versuchte, etwas zu sagen, doch sie war vor Angst wie gelähmt.

»Hältst du dich etwa für einen Mann? Hast du etwa auch so einen hier?« Er packte sich in den Schritt, als er auf sie zukam, und Zodwa konnte sehen, wie sein Penis sich unter der Hose abzeichnete.

»Denn nur so einer hier kann eine Frau befriedigen.« Dann stürzte er sich auf Zodwa, bevor sie protestieren oder um Hilfe rufen konnte.

»Bitte nicht«, flüsterte sie. »Bitte nicht.«

»Jetzt tu nicht so. Ich weiß doch, dass du es willst. Ich zeig es dir, damit du kapierst, was du verpasst.« Er öffnete seinen Reißverschluss, und sie sah, dass er darunter nichts anhatte. »Ich werde dich jetzt reparieren.«

Als Mongezi mit seiner Bestrafung fertig war, stand er auf und zog sich die Hose wieder hoch. »Das mit Thembeka war ein Witz«, sagte er, als er den Reißverschluss zuzog. »Sie hat deinen Brief gar nicht gelesen. Sie musste kotzen, weil sie etwas Schlechtes gegessen hatte. Aber wenn du noch einmal versuchst, ihr deine widerlichen Lesbengefühle mitzuteilen, werde ich allen von dir erzählen. Und dann werden dich auch noch andere Männer aus der Township reparieren wollen. Vielleicht wird es dir mit denen ja genauso viel Spaß machen wie mit mir.«

Mit diesen Worten verschwand Mongezi. Und er kam nie wieder, auch nicht, als sie Thembeka erzählte, was er ihr angetan hatte. Doch jetzt ist er plötzlich wiederaufgetaucht und provoziert sie vor den anderen. »Hast du mich vermisst, Süße?«, feixt er.

»Nein.« Zodwa reißt sich los. Damals hat ihre Angst sie gelähmt, doch das wird ihr nicht noch einmal passieren.

»Und ich bin nicht deine Freundin.«

»Ach, wirklich nicht?« Nun fordert Mongezi sie mit einem bösen Funkeln in den Augen heraus. »Wessen Freundin bist du denn?«

Er weiß ebenso gut wie Zodwa, dass es für eine Schwarze die Hölle bedeutet, als Lesbe bezeichnet zu werden. Eine Schlampe genannt zu werden ist das reinste Paradies dagegen, sogar für die Schlampen, die mit dem Freund ihrer besten Freundin schlafen. Aber als Frau zu gelten, die sich zu anderen Frauen hingezogen fühlt, bedeutet, dass man zum Freiwild wird.

Wenn Mongezi ihr Geheimnis verrät, wenn er seinen Freunden und dem Rest der Township erzählt, was Zodwa ist, wird sie eine Geächtete sein und zur Zielscheibe für andere Typen seiner Sorte werden; Kerle, die glauben, dass es nur eine einzige Methode gibt, Frauen wie sie von ihren unnatürlichen Vorlieben zu befreien. Sie fragt sich, was ihn bisher davon abgehalten hat, es jemandem zu sagen. Wahrscheinlich genießt er es, Macht über sie zu haben. Und vermutlich will er auch vermeiden, dass die Leute in Bezug auf

Thembekas Orientierung stutzig werden und sich fragen, warum sie die Aufmerksamkeit einer Frau wie Zodwa auf sich gelenkt hat.

»Ich habe keinen Freund«, sagt sie leise.

Und genau das ist ihr Problem.

Als Ace Boyi eines Tages in die *Shebeen* kommt und mal wieder mit den gestohlenen Sachen herumprahlt, die er gerade zu einem Superpreis verkauft hat, tut Zodwa so, als wäre sie von seinem Schmalspur-Gangstergehabe beeindruckt. Er ist zwar kein echter Gangster, aber in der Hackordnung steht er trotzdem über Mongezi, der keiner Gang angehört und fünf Jahre jünger ist.

Wenn sie die Freundin von Ace wird, wäre sie für Mongezi tabu. Zudem würde er als Lügner dastehen, wenn er ihr Geheimnis an die große Glocke hängt, denn wenn sie einen Freund hat, einen richtigen Mann wie Ace, kann sie unmöglich lesbisch sein. Also lässt sie sich auf Ace ein, obwohl ihr jedes Mal übel wird, wenn er sie anfasst, und sie beim ersten Sex mit ihm am liebsten heulen würde. Als er sich auf sie zwängt, überkommt sie Ekel, aber auch Erleichterung. Ekel, weil sie sich selbst so erniedrigt. Erleichterung, weil sie endlich etwas tut, das als normal gilt. Vielleicht wird es mit der Zeit ja einfacher.

Die ersten zwei Wochen mit Ace sind die schlimmsten. So zu tun, als würde sie ihn mögen. So zu tun, als fände sie es erregend, wenn er sie berührt. Er bringt ihr Geschenke, luxuriöse Dinge wie Fleisch oder Shampoo, aber das macht es nicht leichter für sie, im Gegenteil. Sie kommt sich vor wie eine Prostituierte, die sich für ihre Dienste bezahlen lässt.

Und dann bietet er ihr eines Abends an, von seinem Bier zu trinken, und sie denkt: *Warum nicht?*

Sie nimmt ein paar Schlucke, und sie helfen ihr, sich losgelöst zu fühlen, als ob ihr das alles einfach nur widerführe und sie selbst unbeteiligt wäre an ihrer Erniedrigung. Und wenn ein paar Schlucke das bewirken, was bewirken dann erst eine oder zwei Flaschen? Am liebsten würde sie überhaupt nichts mehr fühlen.

KAPITEL SIEBENUNDDREISSIG

Ruth

10. Oktober 1994
Verdriet, Magaliesburg, Südafrika

Fünf Monate nachdem das Baby auf unsere Schwelle gelegt wurde, ist sein Zimmer bereit und wartet auf seine Ankunft. Alles, was jetzt noch fehlt, ist Mandla. Mandla ist der offizielle Name des Babys, so steht es auf seiner Geburtsurkunde. Er bedeutet »Stärke« oder »Kraft« auf Zulu und gleicht bis auf einen Buchstaben dem Namen »Mandela«, dem jenes Mannes, der Geschichte geschrieben hat, indem er Präsident wurde – und zwar genau an dem Tag, an dem Mandla geboren wurde. Die schwarzen Mitarbeiterinnen im Waisenhaus haben ihm den Namen als eine Art Talisman gegeben, und ich mag ihn; er passt zu ihm.

Ein Kind in Pflege zu nehmen ist normalerweise ein endloser bürokratischer Prozess, aber da man ihn gleich nach der Geburt unserer Obhut anvertraut hat und das Waisenhaus überfüllt ist, wird er beschleunigt. Natürlich gehört es dazu, zunächst intensiv nach seiner richtigen Mutter zu suchen, falls er ihr weggenommen wurde oder sie inzwischen ihre Meinung geändert hat und ihn zurückhaben möchte. Neunzig Tage lang nach Einreichen des Antrags schalten die Behörden Anzeigen in verschiedenen Tageszeitungen, und in dieser Zeit bleibt einem nichts anderes übrig, als abzuwarten.

Jeder Tag, der vergeht, ohne dass jemand Mandla

beansprucht, ist ein weiteres Zeichen dafür, dass er mir gehören soll.

Wenn ich wie üblich nachts wach liege, dankbar dafür, dass sich niemand auf die Anzeigen gemeldet hat, muss ich an sie denken, seine Mutter. Wo ist sie? Was hat sie dazu bewogen, ihn abzugeben? Und, vor allem, warum hat sie sich von allen Türen in der Welt ausgerechnet unsere ausgesucht? Woher wusste sie, dass meine diejenige war, hinter der sich die größte Bedürftigkeit verbarg?

Ich weiß, dass Dee mich auslachen würde, wenn ich ihr verraten würde, was ich denke. Nun ja, jedenfalls hätte die alte Dee es als sentimentalen Unsinn abgetan und mich ermahnt, mich nicht lächerlich zu machen. Die neue tut nicht viel mehr, als auf der Veranda zu sitzen und in die Ferne zu starren.

Seit Daniels Tod ist sie fast katatonisch, und nichts, was ich tue oder sage, reißt sie aus ihrer Erstarrung. Was unter den gegebenen Umständen vollkommen verständlich ist. Ich kann mir nicht mal ansatzweise vorstellen, welche Schuldgefühle sie quälen. Doch wenigstens hat sie in diesem Zustand keinen Streit mehr wegen Mandla angefangen, wobei sie andererseits wegen gar nichts mehr Streit anfängt, nicht mal wegen der Schikanen der Coetzees, die sich nur noch verschärft haben, seit die Neuigkeit von Mandla die Runde macht und die Stadt in Aufruhr versetzt.

Die Ersten, die uns angerufen haben, waren unsere Cousinen mütterlicherseits, zu denen ich seit Jahrzehnten keinen Kontakt mehr habe. Mich belustigen diese Anrufe mehr, als sie es sollten.

»Oh Cecile! Du lebst noch? Wie wunderbar! Ja, es geht mir sehr gut, vielen Dank! Auch Delilah geht es hervorragend …

Wie bitte? Du hast gehört, ich würde ein Kafferkind adoptieren? Oh nein, das muss ein Missverständnis sein … Ja, ich kann mir vorstellen, wie erleichtert du bist, das zu hören … In Wirklichkeit nehme ich nämlich ein schwarzes Kind in Pflege … Das ist das neue Südafrika, Cecile. ›Kaffer‹ sagt man nicht mehr. Und überhaupt, wie du redest – fast könnte man meinen, du gehörtest zu diesen rassistischen Buren, die immer noch die alte Apartheid-Flagge hochhalten anstatt die neue der Regenbogennation … Oh? Wirklich? Hallo, Cecile? Bist du noch dran? Hallo?«

So verliefen die meisten Telefonate, mit nur sehr geringen Abweichungen.

Neben den Anrufen von Bekannten erhielt ich unheimliche anonyme Drohungen, uns und dem Baby etwas anzutun. Während ich vorher die Farm gerne verkauft hätte, sträube ich mich jetzt mit aller Macht, gerade weil ich drangsaliert werde. Diese Idioten haben es irgendwie geschafft, dass ich mich auf Dees Seite geschlagen habe. Und das ist wirklich ein Novum.

Heute schickt die Stadt die ganz schweren Geschütze in Form eines heiligen Mannes.

»Guten Tag, *mevrou.* Ich bin *Dominee* Johannes Oosthuizen von der Niederländisch-reformierten Kirche«, stellt er sich vor, als ich die Tür öffne. »Sie kennen mich sicherlich nicht, aber vielleicht erinnern Sie sich an meinen Vater, *Dominee* Hendrick Oosthuizen? Ich habe die Pfarrei vor dreißig Jahren von ihm übernommen, als er in Rente gegangen ist.«

»Das hat ihn sicherlich sehr gefreut. Ich bin Ruth Richardson, aber bestimmt wissen Sie das bereits. Möchten Sie nicht hereinkommen?«

»Vielen Dank.« Er tritt über ein ominöses schwarzes Bündel vor der Türschwelle hinweg ins Haus und scheint jede Ecke davon mit seiner riesigen Gestalt auszufüllen. Trotz seines Alters, dem Aussehen nach Ende sechzig, ist Johannes Oosthuizen ein beeindruckender Mann. An die eins neunzig groß und breitschultrig wie ein Rugbyspieler oder Ringer, und ich kann mir gut vorstellen, dass er gerne auf seine einschüchternde Gestalt baut, um seinen Willen durchzusetzen.

Ich biete ihm den Platz auf dem Sofa an, auf dem Isebel normalerweise liegt, da ich weiß, dass er mit der Hälfte ihrer Haare an den Klamotten nach Hause gehen wird. Schade, dass der Hund bei Dee im Zimmer ist, da ich den Pfarrer gerne dem Bella-Test unterzogen hätte. Ich vermute, dass sie bei seinem Anblick genauso die Zähne gefletscht hätte wie bei dem der Coetzee-Brüder. Sie ist eine gute Menschenkennerin. »Kann ich Ihnen Tee und Zwieback anbieten?«, frage ich, denn das hat Mama immer den Gästen in der *voorkamer*, dem Wohnzimmer, kredenzt.

Natürlich hatte ihr Tee stundenlang in einer Kanne auf dem Feuer gestanden, so dass das ganze Haus ewig nach Rooibos roch, und ihr Zwieback war hausgemacht, nach einem seit Generationen überlieferten Rezept. Ich serviere dem Pfarrer Ouma-Zwieback, den Dee im Supermarkt gekauft hat, und für den Tee tunke ich schnell einen Beutel in eine Tasse kochendes Wasser. Trotzdem kann er von Glück sagen, dass wir ihn überhaupt gastfreundlich empfangen, in Anbetracht der Absicht, in der er gekommen ist.

»Wie kann ich Ihnen helfen, *Dominee*?«, frage ich, als ich Tee und Zwieback vor ihm auf den Tisch stelle.

Seine Augen huschen zu einem Punkt hinter mir, wahrscheinlich damit er nicht in mein abweisendes Gesicht blicken muss, und ich sehe, wie sie sich weiten, als er das Bild an der Wohnzimmerwand entdeckt. Es ist das alte Zeitschriftencover mit meinem Bild darauf, das Vince mir aus Kapstadt geschickt hat. Es scheint, als könne der Pfarrer entweder nicht die Augen von der Schlange abwenden, die um mich drapiert ist, oder von meinem nackten Körper. Eins von beiden muss es sein.

»Es stimmt also, was mein Vater gesagt hat«, sagt er. »Über Sie und …« Er spricht nicht weiter, da er offenbar um ein höfliches Wort ringt, das all die Liederlichkeit umfasst, die ich verkörpere, und kommt dann auf »… das mit dem Tanzen«.

»Ehrlich gesagt war ich weniger Tänzerin als Stripperin«, korrigiere ich ihn. »Aber wie nett, dass sich Ihr Vater immer noch an meine Show erinnert, so viele Jahre, nachdem er sich heimlich reingeschlichen hat, um sie sich anzusehen.«

Der Pfarrer bläst sich auf wie ein Ochsenfrosch. Ein großer, bedrohlicher Ochsenfrosch. Sein Vater war genauso ein übergriffiger Scheißkerl. »Er hat sich nicht reingeschlichen. Als ein Mann Gottes war es seine Pflicht zu überprüfen, ob die Gerüchte stimmten.«

»Nun ja. Kann sein. Und nachdem er sich persönlich davon überzeugt hatte, dass ich tatsächlich nackt mit einer Schlange tanzte, hätte man ja annehmen können, dass er sofort wieder gegangen wäre.«

Er windet sich.

»Oder zumindest nach ein paar Minuten«, füge ich großzügig hinzu.

»Er musste sich mit eigenen Augen davon überzeugen, welches Ausmaß an Verderbtheit …«

»Sie wissen schon, dass er bis zum Ende geblieben ist?«

»Es war seine Pflicht, als Mann Gottes Zeuge zu sein!«, stößt er hervor und verschüttet etwas Tee in seinen Schoß. Ich hoffe, er hat sich im Schritt verbrannt.

»Wie seltsam, dass er Ihnen und der übrigen Kongregation während der besonders boshaften Predigt, die er über mich gehalten hat, verheimlicht hat, dass er meine Hand genommen und sie auf seinen Penis gelegt hat, um mir zu zeigen, wie hart ich ihn gemacht hatte. Vielleicht war er stolz, dass ein Mann seines Alters ihn immer noch hochkriegen konnte.« Ich lache. »Aber so haben die meisten Männer in dieser gottesfürchtigen Stadt versucht, mir klarzumachen, dass ich auf die schiefe Bahn geraten war, deswegen sollte Ihnen das nicht zu sehr zu schaffen machen. Ihr Vater war nicht der Einzige.«

»Sie sind eine verlogene Schlampe!« Er springt so schnell auf, dass er den Tisch umwirft.

»Ah ja«, erwidere ich versonnen. »Ist es nicht merkwürdig, dass eine Nutte eine Frau ist, die nicht mit dir schlafen will, und eine Schlampe eine, die mit allen anderen außer mit dir schläft? Was wohl das eigentliche Problem Ihres Vaters mit mir war, nehme ich an.« Ich stehe auf und gehe zur Tür. »Nun, kann ich Ihnen noch mit etwas anderem weiterhelfen, bevor ich Sie bitte zu gehen?«

Plötzlich fällt ihm die Mission ein, auf die er geschickt worden ist, und er ist sichtlich besorgt, rausgeworfen zu werden, bevor er seine Pflicht erfüllen kann. Der Pfarrer streicht seine Krawatte glatt und räuspert sich. »Ich möchte gerne mit Ihnen über diesen Unsinn reden, den ich gehört habe, Sie wollten ein Kafferbaby zu sich nach Hause holen, das dann bei Ihnen leben soll.«

»Was ist damit?«

»Das ist unnatürlich in den Augen des Herrn.«

»Ach, wirklich? Es beleidigt den Herrn, dass ein Waisenkind innerhalb dieser vier Wände Liebe und Trost finden wird?« Er nickt misstrauisch und beginnt zu antworten, aber ich schneide ihm das Wort ab. »Wissen Sie, was ich in den Augen des Herrn für unnatürlich halte? Heuchelei. Diese ganze verdammte Stadt stinkt danach. Und wissen Sie was? Die können Sie sich alle in Ihre scheinheiligen Ärsche schieben.« Ich gehe zur Tür und öffne sie für ihn. »Ach, und könnten Sie auf Ihrem Weg hinaus bitte diese schwarze Tasche mitnehmen? Ein armes enthauptetes Tier steckt darin, eines von vielen, das Ihre frommen Schäfchen für uns hinterlassen haben, da offensichtlich widerwärtige Grausamkeit gegen Tiere, Belästigung und Einschüchterung allesamt in den Augen des Herrn natürlich sind.«

Ich hebe die Tüte auf, in die Stompie auf meine Bitte hin die arme Zibetkatze gesteckt hat, und reiche sie ihm. Instinktiv greift er danach.

»Das Baby wird hier nicht sicher sein«, warnt der Pfarrer mit einem Anflug von Verzweiflung in der Stimme. »Wer weiß, was ihm passieren kann!«

»Wagen Sie es nicht, mir zu drohen«, erwidere ich und deute mit dem Finger auf sein Gesicht. Er zuckt zusammen, tritt zurück, und ich zwinge mich zu einem widerlich süßen Lächeln. »Verstehen Sie das bitte nicht falsch, *Dominee*, aber Sie und Ihre Leute können mich mal am Arsch lecken.«

Und dann knalle ich ihm die Tür vor der Nase zu.

KAPITEL ACHTUNDDREISSIG

Delilah

10. Oktober 1994
Verdriet, Magaliesburg, Südafrika

»Verstehen Sie das bitte nicht falsch, *Dominee*, aber Sie und Ihre Leute können mich mal am Arsch lecken.«

Ich musste unwillkürlich lachen. Zum ersten Mal seit Monaten. Ich trat von meiner Zimmertür zurück, wo ich gelauscht hatte, setzte mich aufs Bett und kraulte Isebel am Rücken.

Vier Monate nach Daniels Tod war ich noch immer in meiner Depression gefangen. Ich konnte nicht richtig um ihn trauern, doch nach vorn schauen konnte ich auch nicht. Wie trauerte man um einen Menschen, den man nicht gekannt, doch immer geliebt hatte? Wie konnte man einen Menschen gehen lassen, der nie zu einem gehört hatte?

Ich sagte mir immer wieder, dass ich gar kein Recht hatte zu trauern, dass es mir nur um verpasste Chancen leidtat, aber trotzdem war mir, als hätte Daniels Tod ein Loch in mein Herz gerissen. Ich konnte förmlich spüren, wie der Wind hindurchwehte, ein Rauschen in der Leere, das mich nachts wach hielt und in die Dunkelheit starren ließ.

Ruth hatte versucht, mich dazu zu bewegen, zu Daniels Beerdigung zu gehen. Als sie in mein Zimmer kam, lag ich zusammengerollt im Bett und starrte auf das letzte Foto von ihm, das mir zugeschickt worden war.

Sie setzte sich zu mir aufs Bett und nahm mir das Polaroid

aus der Hand, um es zu betrachten. »So ein schöner Mann«, sagte sie. »Er sieht aus wie du.« Das verblüffte mich. Ich fand, er sah aus wie sein Vater. »Gehst du zur Beerdigung?«, fragte Ruth, als sie mir das Polaroid zurückgab.

Ich schüttelte den Kopf.

»Als er noch lebte, konntest du niemandem erzählen, dass du seine Mutter bist«, sagte Ruth. »Doch nun ist er tot, und du bist keine Nonne mehr. Jetzt kannst du doch sicher mit seinen Freunden und den Gemeindemitgliedern reden. Sag ihnen, dass du seine Mutter bist. Sie würden bestimmt gern mit dir über ihn sprechen, und durch sie könntest du ihn kennenlernen. Es ist doch dein gutes Recht, dich als seine Mutter zu bekennen.«

Mein Recht. Als ob das so einfach wäre.

»Okay«, sagte sie, als ich schwieg. »Dann besuch wenigstens sein Grab. Vielleicht kannst du es dann besser verarbeiten. Schaden kann es jedenfalls nicht. Und wenn du jetzt noch nicht bereit dafür bist, wartest du eben, bis es so weit ist.«

»Wie werde ich denn wissen, wann ich bereit bin?«, flüsterte ich.

»Du bekommst natürlich ein Zeichen.«

Ruth hatte sicher gedacht, es sei herzlos von mir, nicht zur Beerdigung meines Sohnes zu gehen, doch ich konnte es nicht, weil Pater Thomas den Gottesdienst abhielt. Was mir im Weg stand, war meine Feigheit. Man konnte über Ruth denken, was man wollte, feige war sie jedenfalls nicht, und sie ließ sich von niemandem etwas gefallen. Meine Schwester hatte viele Eigenschaften, die mich wahnsinnig machten, aber ich kam nicht umhin, sie für ihren Mut zu bewundern. Nicht nur das, ich beneidete sie sogar darum. Ihre Kühnheit, sich gegen den Pfarrer zu behaupten, war mehr als ein bloßer Akt des Widerstands, es war ein Sakrileg in der Afrikaaner-Kultur, die den Respekt vor männlichen Kirchenältesten und Gemeindeführern über alles andere stellte.

Als wir noch klein waren, wurde Ruth und mir beigebracht, bei jeder Versammlung immer zuerst dem ältesten Mann der Gemeinde unsere Ehrerbietung zu erweisen und anschließend den anderen, je nachdem, welche Hackordnung es nach Alter und sozialer Stellung gab. Es war egal ob man die Männer kannte oder nicht, wir mussten sie alle begrüßen und auf den Mund küssen, bevor wir mit den anderen Kindern spielen gehen durften.

Wenn ein Mann nasse Lippen hatte oder seinen Mund ein wenig zu weit öffnete oder uns vielleicht auf eine Art berührte, die uns unangenehm war, oder uns eine Spur zu lang auf seinem Schoß hielt, war das keine Rechtfertigung, ihn das nächste Mal zu meiden. Wenn wir es doch taten, galt das als Ausdruck schlechter Manieren, und es gab keinen schlimmeren Tadel für Kinder oder deren Eltern, als den Vorwurf einer schlechten Erziehung. Mädchen hatten die Pflicht, zu lächeln und es zu ertragen. Egal was ein Mann tat, sie durften auf keinen Fall Theater deswegen machen.

Diese pervertierte Erziehungsmethode war der Grund dafür, dass ich mir Pater Thomas' Behandlung hatte gefallen lassen, zuerst damals im Kloster und zuletzt im Krankenhaus. Ich war nicht imstande gewesen, mich von dieser indoktrinierten Denkweise zu befreien. Seit Daniel gestorben war, hatte ich mir unzählige Vorwürfe gemacht, aber dass ich dem Pater nicht die Stirn geboten hatte, bereute ich am meisten. Als ich hörte, wie Ruth sich gegen dieses System auflehnte, das mir immer ein Gefühl von Ohnmacht gegeben hatte, tat mir das richtig gut.

Plötzlich klopfte sie an meine Tür, und ich zuckte zusammen.

Als sie hereinkam, rannte Isebel sofort aus dem Zimmer, als wäre sie heilfroh, endlich die Flucht vor mir und meiner gedrückten Stimmung ergreifen zu können.

»Riaan ist wieder da und hat nach dir gefragt«, sagte Ruth leise. »Kommst du raus?«

Ich schüttelte den Kopf.

»Komm schon. Du verbarrikadierst dich schon viel zu lange hier. Etwas Gesellschaft würde dir bestimmt guttun!«

»Nein, Ruth. Mir ist nicht nach Besuch.« Meine Stimme war kratzig, weil ich kaum noch sprach.

»Na gut«, seufzte Ruth. »Zu schade, dass es nicht Vince ist, der jeden Tag auf der Matte steht. Wie auch immer, langsam bin ich es leid, den armen Riaan anzulügen und mir Ausreden für dich auszudenken.« Mit diesen Worten verschwand sie wieder.

Dann hörte ich, wie sie mit ihm redete.

»Habe ich etwas falsch gemacht?«, fragte Riaan. »Ist sie böse auf mich?« Ich bekam sofort ein schlechtes Gewissen, weil mein Verhalten ihn dazu brachte, die Schuld bei sich zu suchen.

»Nein«, sagte Ruth. »Es liegt nicht an dir.« Danach konnte ich nur noch Gesprächsfetzen verstehen: »Sie hat eine schlimme Nachricht erhalten … Jemand, der ihr sehr nah stand, ist gestorben … kommt darüber nicht hinweg.«

Ich dankte Ruth im Stillen für ihren seltenen Anflug von Diplomatie, als ich wieder ins Bett kroch und die Augen schloss.

KAPITEL NEUNUNDDREISSIG

Zodwa

19. November 1994
Big Hope Informal Settlement,
Magaliesburg, Südafrika

Bartstoppeln kratzen an Zodwas Hals, rau wie Sandpapier. Als sie sich umdreht, spürt sie einen stechenden Schmerz hinter der Stirn und zuckt zusammen. Sie legt sich auf den Rücken und starrt an die Decke der Hütte. Sie kann den Atem von Ace riechen, er stinkt nach schalem Bier.

Ace liegt auf der Seite und schnarcht mit weit geöffnetem Mund. Als sie vor seiner Bierfahne zurückweicht, stößt sie mit dem Ellbogen gegen die leeren Black-Label-Flaschen, die neben der Matratze auf dem improvisierten Nachttisch stehen, einer mit Büchern übersäten Milchkiste. Das Klirren weckt Ace auf. Er blinzelt Zodwa an und murrt: »Was machst du denn da für einen Lärm?«

»Tut mir leid«, flüstert sie. »Schlaf weiter.«

Sie schaut nach, ob auf den Büchern Bierflecken sind. Da Zodwa keine offizielle Adresse hat, darf sie nicht Mitglied einer Bibliothek werden, auch nicht im neuen Südafrika. Deshalb bittet sie Mr Tshabalala darum, ihr Schulbücher zu leihen; er ist ihr alter Highschool-Englischlehrer und hat Mitleid mit ihr. Mama Beauty hat ihr auch schon Bücher besorgt. Und wenn es nicht anders geht, kauft sie welche.

Da Bücher für Zodwa genauso lebenswichtig sind wie

Essen und Trinken, hat sie kein schlechtes Gewissen, Geld dafür auszugeben. Denn sie will ihren Highschool-Abschluss nachholen. Deshalb hat sie sich Lehrbücher für Mathematik, Physik, Chemie und Biologie besorgt, aber auch andere Werke: die Memoiren des amerikanischen Sklaven Frederick Douglass, das Kommunistische Manifest und drei Bücher von Dr. Martin Luther King Jr.

Sie hat sogar zwei Romane: *Endlich ausatmen* von Terry McMillan und *Menschenkind* von Toni Morrison. Sie hat beide schon mehrmals gelesen und schaut sich oft die Fotos der Autorinnen an, um sich daran zu erinnern, dass schwarze Frauen mehr können als schuften, dass sie Vorstellungen, Gedanken und Träume haben, die es wert sind, auf Papier gedruckt zu werden, und so faszinierend, dass fremde Menschen sie lesen wollen.

Die Bücher sind unversehrt. Zodwa schaut auf ihre Armbanduhr, steht fluchend auf und flucht abermals, als ihre Zehen im Schlamm versinken. In der Nacht hat es offenbar stark geregnet; die Hütte steht teilweise unter Wasser. Zodwa will gar nicht darüber nachdenken, wie betrunken sie gewesen sein muss, dass sie von dem lauten Getrommel des Regens auf dem Wellblechdach nicht aufgewacht ist. Seufzend zündet sie den Gaskocher an, um den Kessel aufzusetzen. Sie hat den vereinbarten Termin im Waisenhaus verpasst und kommt wahrscheinlich auch zu spät zur Arbeit, aber bevor sie geht, muss sie Ace noch sein gewohntes Frühstück machen: *kota* und süßen Tee zum Hinunterspülen. Zodwa nimmt den Laib Weißbrot zur Hand, schneidet ihn in Viertel und höhlt die Viertel aus.

Sie füllt eines davon mit etwas gebratenem Weißkohl und greift dann nach den Würstchen und Fritten, die vom Abend zuvor übrig geblieben sind. Während sie darauf wartet, dass das Wasser im Kessel anfängt zu kochen, schaut sie sich die Zeitungsseiten an, in denen die Würstchen eingeschlagen waren. Den Luxus einer Zeitung kann sie sich sonst nicht leisten, weshalb sie jede Gelegenheit nutzt, um darin zu lesen. Doch diese Blätter sind uninteressant; keine Artikel, nur Kleinanzeigen und öffentliche Bekanntmachungen.

Während sie eine Blechtasse mit vier Teelöffeln Zucker füllt, fällt ihr Blick auf die Briefe unter der Zuckerdose. Sie sind alle von ihrer Großmutter, die sie anfleht, nach Hause zu kommen und zu erklären, was los ist. Doch sie hat keinen einzigen davon beantwortet. Stattdessen geht sie sooft wie möglich zur Bank, um ihrer *gogo* Geld zu schicken. Das hilft Zodwa, ihre Schuldgefühle zu lindern, und sie hofft, dass ihre Großmutter vielleicht auf diese Weise versteht, was sie ihr nicht sagen kann: dass sie sie liebt, auch wenn sie vom Weg abgekommen ist, und dass sie sie vermisst, auch wenn die Scham sie fernhält.

Als das Frühstück für Ace fertig ist, rüttelt Zodwa ihn sanft wach und geht, bevor er sie zu sich hinunterziehen kann. Dieser Mann hat ständig Appetit auf Sex, er ist unersättlich. Es ist schon schlimm genug, wenn sie dabei betrunken ist, trotz der betäubenden Wirkung des Alkohols. Doch wenn sie einen Kater hat, ist es die reine Hölle.

Zodwa verlässt die Hütte, hebt draußen einen Stein vom Boden auf und fügt ihn dem Schrein ihres Bruders hinzu. Als sie den Steinhaufen berührt, erinnert sie sich plötzlich an den Tag, als sie Dumisa zum letzten Mal sah. Er trug den besten Anzug ihres verstorbenen Vaters, obwohl er stundenlang über staubige Pisten würde marschieren müssen, bevor er eine Straße erreichte und die zweitägige Reise nach Johannesburg antreten konnte. Wie schon ihr Vater war auch ihr Bruder fest davon überzeugt gewesen, dass einem gut gekleideten Mann Respekt gezollt wurde. Ein gut gekleideter Mann besaß Würde, selbst wenn er in die Knie gezwungen wurde.

Dumisa hatte sich zu Zodwa hinuntergebeugt, damit er auf Augenhöhe mit ihr war. Sie blinzelte, als sein Hut kurz einen Schatten auf ihr Gesicht warf und die Sonne ausblendete. Alle sagten, Dumisa wäre ihrem Vater wie aus dem Gesicht geschnitten, aber da Zodwa sich nicht an ihren Vater erinnern konnte, musste sie sich auf das Wort der anderen verlassen. Dumisa war nicht nur stark und gut aussehend, sondern auch klug und erfolgreich. Seine Schwester zu sein brachte auch Zodwa eine besondere Wertschätzung ein, und sie fürchtete, dass diese Wertschätzung abnehmen würde, wenn Dumisa nicht mehr da war.

Als Dumisa seinen Hut abnahm und ihn unter den Arm klemmte, wäre Zodwa ihm am liebsten um den Hals gefallen und hätte ihn angebettelt, im Dorf zu bleiben. Niemand, der fortgegangen war, war jemals zurückgekehrt, auch ihre Mutter nicht, die zwei Jahre zuvor in die Stadt gegangen war, um dort Arbeit zu suchen. Dabei hatte sie damals versprochen, es sei nur vorübergehend. Dumisa war Zodwas Beschützer und bester Freund. Er war es, der sowohl die Trennung von ihrer Mutter als auch den Tod ihres Vaters erträglich machte. Sie konnte sich gar nicht vorstellen, dass er ihr bald keine roten Lutscher mehr aus dem Laden im Ort mitbringen oder die weißen Damen in der Kirche nicht mehr mit seinem Charme bezaubern würde, damit er in den Spendenkisten nach Sandalen wühlen konnte, die Zodwa passten und ihr nicht zwei Nummern zu groß waren.

»Du musst brav sein, kleine Schwester, hast du gehört?«, sagte Dumisa.

Zodwa nickte und schaute auf seine polierten Lederschuhe, die sogar im Schmutz glänzten.

»Schau mich an«, sagte er sanft und hob ihr Kinn, so dass ihre Blicke sich trafen. »Du bist eine Khumalo, genau wie ich. Wir sind ein großes Volk, stolze Zulus. Wir schauen der Welt in die Augen. Und wenn wir in die Welt hinausgehen und uns das, was wir sehen, nicht gefällt, was machen wir dann?«, fragte er und wiederholte einen Refrain, den Zodwa schon oft gehört hatte.

»Wir ändern es.«

»Ja, wir ändern es. Wir machen es besser. Jetzt ist meine Zeit gekommen, aber eines Tages wird deine anbrechen. Und wenn es so weit ist, mach mich stolz, kleine Schwester.«

Dumisa ist ein weiterer Mensch, den Zodwa enttäuscht hat, und eigentlich möchte sie auch das verdrängen, doch indem sie Leletis Ritual lebendig hält, zwingt sie sich dazu, jeden Tag an ihren Bruder und ihre Mutter zu denken, ob sie will oder nicht. Sie ist nun eine Waise, da ihre Eltern beide tot sind, aber gibt es eigentlich auch ein Wort dafür, wenn man seine gesamte Familie verloren hat?

Ja, gibt es. Verflucht.

Aber vielleicht hat sie ja doch nicht ihre gesamte Familie verloren. Sie wird das Waisenhaus später vom Spaza-Shop aus anrufen, um sich zu entschuldigen und einen neuen Termin zu vereinbaren. Und das nächste Mal wird sie ihn einhalten.

KAPITEL VIERZIG

Ruth

2.–17. Dezember 1994
Verdriet, Magaliesburg, Südafrika, und
Turffontein, Johannesburg, Südafrika

Kaum klingelt das Telefon, habe ich auch schon den Hörer in der Hand. »Hallo, Ruth hier.«

»Hallo, Ruth. Hier ist Lindiwe.« Ich bin so erleichtert, die Stimme der Sozialarbeiterin zu hören, dass ich heulen könnte.

»Bitte sagen Sie mir, dass Sie gute Neuigkeiten haben.« Ich will nicht unhöflich sein, aber ich habe keine Lust auf Smalltalk. Die Prozedur, das Kind in Pflege zu nehmen, zieht sich wie Kaugummi, jede neue Phase dehnt sich noch mehr in die Länge als die vorherige. Wenn so ein beschleunigtes Verfahren aussieht, möchte ich kein langsames erleben. Ich hoffe, dass es bald so weit ist! Alle medizinischen Tests und auch der andere Papierkram sind erledigt.

Lindiwe, das muss ich ihr lassen, kommt sofort zur Sache. »Es gibt da etwas, worüber wir reden müssen. Am besten kommen Sie her.«

»Oh? Was denn?«

»Wie gesagt ich denke, es wäre besser, wenn wir das persönlich besprechen«, sagt Lindiwe.

»Jetzt machen Sie mir Angst. Bitte sagen Sie mir einfach, was los ist, sonst stelle ich mir Gott weiß was vor.«

Lindiwe seufzt tief, dann räuspert sie sich. »Gut. Also, die Sache ist folgende … Ich habe hier Mandlas Untersuchungsergebnisse …«

»Ja?«

»Und … wir haben ein Problem.«

»Was denn für ein Problem?«

»Es tut mir leid, Ihnen das sagen zu müssen, Ruth, aber Mandla ist HIV-positiv.«

»Oh mein Gott.«

Nein, bitte nicht.

Am Samstagmorgen sitze ich zusammen mit einer Handvoll anderer Leute in einem winzigen Schulungsraum bei Turffontein, mit zerkratzten Holztischen und unbequemen Plastikstühlen, die in klassischer U-Form angeordnet sind. Der Raum hat keine Klimaanlage, und die Dezemberhitze ist unerträglich schwül. Ich reiße das winzige Fenster auf, damit wenigstens ein Hauch frischer Luft hereinkommt.

Ich bin aus Verzweiflung hier, weil ich nicht weiß, wohin ich sonst gehen oder was ich sonst tun soll. Alles, was ich über HIV und Aids weiß, habe ich aus den Zeitungen, und was die schreiben, klingt einfach nur furchtbar.

Als ich Dee berichtete, dass Mandla HIV-positiv ist, sah sie mich entsetzt an und sagte schließlich: »Tja, dann hat sich das wohl erledigt.«

»Was?«

»Wenigstens können wir diesen Pflegekind-Unsinn jetzt abhaken. Du kannst unmöglich darauf bestehen, das weiter durchzuziehen.«

Genau das hatte ich selbst gedacht: dass Mandlas Gesundheitszustand mir keine andere Wahl mehr ließ. Aber Dees selbstherrliche Gewissheit brachte mich dazu, die Arme zu verschränken und meine Schwester herauszufordern: »Warum nicht?«

»Aids ist ein Todesurteil, Ruth. Dieses Kind wird sterben. Das Ganze war von Anfang an eine Schnapsidee, aber jetzt …« Sie schüttelte den Kopf. Dann fügte sie hinzu: »Von allen Menschen auf der Welt bist du wirklich am wenigsten geeignet, mit so etwas fertigzuwerden.«

Sie wollte mich natürlich dazu bringen, Mandla aufzugeben, aber mit ihren Worten erreichte sie das Gegenteil. Jetzt wollte ich ihr erst recht beweisen, dass sie unrecht hatte. Aber dafür brauchte ich Gegenargumente, und deshalb meldete ich mich für den Kurs an, der gleich anfangen wird.

Eine junge Frau mit langen braunen Haaren betritt den Raum und zieht einen Ordner aus ihrer Tasche. Sie sieht aus, als würde sie sich von niemandem etwas gefallen lassen, und ist mir auf Anhieb sympathisch. »Guten Morgen zusammen! Mein Name ist Courtney, und ich leite diesen Kurs.« Sie geht reihum und klatscht dicke Handbücher auf die Tische. »Das hier ist das offizielle Kursmaterial, aber ich muss Sie warnen: Es ist genau das, was Sie von einem Haufen studierter Bürokraten erwarten würden, die sich als Schreibtischhengste aufspielen und über Dinge schreiben, von denen sie überhaupt keine Ahnung haben. Diese Handbücher sind mit klinischen Beschreibungen und hochgestochenen Schönfärbereien vollgepackt, die kein normaler Mensch versteht und die kaum geeignet sind, Sie auf das vorzubereiten, was Sie erwartet. Aber zum Glück bin ich ja da und kann Ihnen alles übersetzen. Lassen Sie uns am besten mit einer Runde anfangen, bei der Sie sich nacheinander kurz vorstellen und sagen, warum Sie hier sind.«

Wie sich herausstellt, sind wir zwar ein ziemlich bunt gemischter Haufen, haben jedoch alle das gemeinsame Ziel, lernen zu wollen, wie man für HIV-positive Menschen sorgt. Mehr als die Hälfte der Gruppe ist in Gesundheitsberufen tätig, die Übrigen – abgesehen von mir – Ehrenamtliche. Alle von ihnen werden mit fremden Patienten zu tun haben, größtenteils mit homosexuellen Männern. Ich bin die Einzige, die überlegt, ein HIV-positives Baby aufzunehmen, und auch die Einzige, für die das Ganze etwas Persönliches ist.

Courtney schaltet den Overheadprojektor an und legt eine Folie auf. »So, dann wollen wir mal. Die erste Regel der Kriegsführung lautet: Kenne deinen Feind. Hier ist er. Schauen Sie ihn sich genau an. Wir haben hier eine 3D-Darstellung des HIV-Virus. Es sieht harmlos aus, aber lassen Sie sich davon nicht täuschen. Wir haben es mit einer wahren Bestie zu tun.«

Das an die Wand projizierte Bild zeigt ein Ding, das wie eine mit Schrauben übersäte Knetkugel aussieht. Courtney hat recht, es sieht harmlos aus, aber ich weiß es besser. Sofort habe ich wieder das abgemagerte Kind mit den spindeldürren Beinchen und eingefallenen Wangen vor Augen, das ich damals im Waisenhaus sah. Was auch immer einem Baby so etwas antun kann, muss vollkommen gnadenlos sein.

Nachdem wir uns die Folie angeschaut haben, beginnt Courtney mit dem Kurs, und wie die anderen Teilnehmer versuche ich, mit ihr Schritt zu halten. Alle halbe Stunde marschiert sie zum Whiteboard und fügt der wachsenden Liste einen neuen Begriff hinzu. Ich schreibe alles ab und frage mich, wer die schlimmsten Schurken sind: HIV, Aids, TB, opportunistische Infektionen, Läsionen, Durchfall, Lungenentzündung, Kryptokokken-Meningitis, Toxoplasmose, Candidose oder Kaposi-Sarkom.

Die Begriffe schwirren mir durch den Kopf; sie erscheinen mir so real wie feuerspeiende Drachen. So etwas kommt in Gruselmärchen und Alpträumen vor, aber nicht im wirklichen Leben.

»Aids betrifft längst nicht mehr nur homosexuelle Männer, sondern inzwischen hauptsächlich Frauen und Kinder. Die Zahl der gemeldeten HIV-Infektionen in Südafrika ist in den letzten zwei Jahren um mehr als sechzig Prozent gestiegen, und das sind nur die gemeldeten Fälle. Da der Krankheit ein enormes Stigma anhaftet, werden auf Totenscheinen stattdessen oft TB oder Lungenentzündung als Todesursache angegeben, damit die Bestattungsunternehmen sich nicht weigern, die Leichname anzunehmen. Ich schätze, die tatsächlichen Zahlen sind doppelt so hoch wie die offiziellen. Wir steuern auf eine Pandemie zu, daran besteht kein Zweifel.«

Der einzige Mann im Raum, Julian, hebt die Hand und spricht, bevor Courtney ihn aufruft. »Was können wir denn tun, um Aids zu stoppen? Wir haben bisher nur über den Umgang mit Sekundärinfektionen und über Palliativversorgung gesprochen. Aber wie können wir diese Krankheit aufhalten?« Seine Frage scheint naheliegend; Männer sind schließlich davon überzeugt, alles reparieren zu können, während Frauen nur versuchen, das Beste aus einer schlimmen Situation zu machen.

»Es ist ganz einfach, sie aufzuhalten«, lautet Courtneys

überraschende Antwort. Der junge Mann nickt, als hätte er es schon die ganze Zeit vermutet. »Sorgen Sie dafür, dass alle Menschen auf der Welt ab sofort auf Sex verzichten. Am besten gehen Sie mit gutem Beispiel voran.« Sie wirft Julian ein gequältes Lächeln zu.

Julian schüttelt den Kopf. »Was ist mit einem Heilmittel? Oder einer Impfung?«

»Im Moment gibt es Studien, die positive Ergebnisse bei einem Wirkstoff namens AZT zeigen, der dazu beiträgt, die Übertragung von Mutter zu Kind drastisch zu reduzieren. Doch wenn man erst einmal infiziert ist, gibt es keine Heilung. Die USA arbeiten fieberhaft an der Entwicklung von Medikamenten für HIV-Positive, an einer sogenannten antiretroviralen Therapie, aber die bisherigen Ergebnisse sind nicht besonders ermutigend. Die Forscher versuchen ihr Bestes, aber das braucht Zeit.«

Ich melde mich. »Wie hoch ist die Lebenserwartung eines Kindes, das HIV-positiv geboren wurde?«

»Fünfzig Prozent der HIV-positiven Kinder erleben ihren zweiten Geburtstag nicht mehr«, sagt sie.

Mandla ist schon acht Monate alt. Das bedeutet, ihm bleibt nur noch gut ein Jahr.

»So, das war der theoretische Teil des Kurses«, sagt Courtney. »Wir schauen uns jetzt ein paar Videos an, die Ihnen helfen werden, sich auf das vorzubereiten, was Sie erwartet.«

Sie zieht einen Rollwagen mit einem Fernseher und einem Videorecorder von der Wand herüber und legt eine VHS-Kassette ein. Ich atme tief durch und versuche, das Zittern meiner Hände zu unterdrücken, als Courtney die Vorhänge zuzieht. Wir schauen uns Lehrvideos an, die zum

Glück nicht nur die Versorgung von HIV-positiven Erwachsenen, sondern auch von Babys zeigen. Wir sehen, wie man einen schweren Ausschlag behandelt, der durch tagelangen Durchfall verursacht wird, und wie man dem Wundliegen vorbeugt. Außerdem lernen wir, wie man Medikamente durch Plastikspritzen verabreicht. Sofortiges Erbrechen bedeutet, dass das Medikament nicht angenommen wurde, also muss es nochmals verabreicht werden.

Ich schreibe hastig mit und hoffe dabei inständig, dass meine Konzentration nicht nachlässt, damit ich bloß keine Behandlungsmethode verpasse, die eines Tages Mandlas Leben retten könnte. Und dann wird uns gesagt, dass HIV zwar nicht durch Tränen oder Schleim übertragen werden kann, wir aber trotzdem Latexhandschuhe tragen sollten, wenn wir HIV-positive Menschen anfassen.

Nur für alle Fälle.

Allein die Vorstellung ist beschämend, aber die dumpfe Angst, die mir die ganze Zeit die Brust zuschnürte, lässt mit einem Mal nach. Es ist das einzig Beruhigende, was ich heute gehört habe, und ich bin sofort deprimiert darüber, was das über mich aussagt – dass ich erleichtert über eine Latexbarriere zwischen mir und einem Baby bin, das ich bis vor einer Woche noch so verzweifelt wollte wie nichts zuvor in meinem Leben. Und das will wirklich etwas heißen, denn ich bin uncrsättlich.

Als der Kurs vorbei ist, packen alle ihre Sachen zusammen und gehen, aber ich kann mich einfach nicht aufraffen.

»Alles okay bei Ihnen? Sie sind ein bisschen blass um die Nase«, sagt Courtney, als sie die VHS-Kassette aus dem Recorder zieht und sie zusammen mit dem Folienordner in ihre Tasche stopft.

Eigentlich will ich ihr sagen, dass es mir prima geht, aber stattdessen platzt es aus mir heraus: »Ich glaube, ich schaffe das nicht. Das ist eine Nummer zu groß. So habe ich mir das nicht vorgestellt.«

Courtney wendet sich von ihrer Tasche ab und lehnt sich an den Tisch neben meinem. »Wie haben Sie es sich denn vorgestellt?«

»Dass ich ein gesundes Baby in Pflege nehme. Eins, das vielleicht etwas Unruhe in die Gemeinde bringt, weil es schwarz ist, aber damit würde ich schon fertigwerden; ich habe schließlich selbst oft genug in meinem Leben für Unruhe gesorgt. Womit ich nicht gerechnet habe, ist ein Baby, das …«

»… bald sterben wird«, beendet sie den Satz für mich, und ich zucke zusammen.

»Ja.«

»Denn machen Sie sich nichts vor – diese Diagnose ist ein Todesurteil.« Sie seufzt und beugt sich über ihre Tasche, um eine Packung Zigaretten und einen Aschenbecher herauszufischen. Es sind Dumonts, die langen braunen Zigaretten, die mich immer an Zimtstangen erinnern. Sie klopft gegen die Schachtel, und zwei Zigaretten gleichzeitig kommen zum Vorschein. »Wollen Sie auch eine?«

Und ob ich eine will.

Sie gibt mir Feuer, dann sich selbst und nimmt einen langen, tiefen Zug von ihrer Zigarette. Als sie ausgeatmet hat, sagt sie: »Aids ist so ziemlich das Schlimmste, was man sich vorstellen kann. Und zwar für jeden. Ausnahmslos. Auch für Sie. Obwohl Sie … Sie wissen schon …«

»Was?«, frage ich und bemühe mich, ruhig zu bleiben.

»Reich, weiß und privilegiert sind«, sagt sie nüchtern.

Sie will mich nicht beleidigen. Sie sagt nur die Wahrheit. »Ich kenne Sie nicht, Ruth«, fährt sie fort. »Aber ich bin schon vielen Frauen begegnet, die Ihnen ähnlich sind. Frauen, die Probleme mit dem Älterwerden haben und sich deshalb verjüngen. Frauen, die nicht gerne allein sind, also dafür sorgen, dass sie Gesellschaft haben. Frauen, die ständig etwas Neues haben wollen und über die Mittel verfügen, es sich zu beschaffen.«

»Und was ist dagegen einzuwenden?«

»Nichts. Gar nichts. So ist das Leben nun mal. Aber die Sache ist die: Sie gehören zu den Menschen, die es überhaupt nicht gewohnt sind, hilflos zu sein. Weil Sie immer alles im Griff haben. Und genau deshalb sind Sie am wenigsten dafür geeignet, mit dieser Situation klarzukommen.« Sie hält inne und fragt dann: »Wie heißt der Kleine? Das Baby, das Sie in Pflege nehmen wollten?«

»Mandla.«

»Mandla.« Sie atmet eine Rauchwolke aus. »Nehmen Sie ihn nicht. Es sei denn, Sie wollen ihn so sehr wie noch nie etwas zuvor in Ihrem Leben. Denn eines muss Ihnen klar sein, Ruth: Ihr ganzes Geld, Ihre guten Beziehungen, Ihre perfekten Titten, Ihr makelloses Make-up – all das wird Ihnen nicht das Geringste nützen.« Sie drückt ihre Zigarette aus und hält mir den Aschenbecher hin, damit ich es ihr gleichtue.

Dann geht sie, und ich schaue ihr mit Tränen in den Augen nach. Ich weiß, dass sie recht hat. Aber ich weiß auch, dass ich nicht tatenlos zusehen kann, wie ein Kind stirbt.

KAPITEL EINUNDVIERZIG

Zodwa

17. Dezember 1994
Big Hope Informal Settlement,
Magaliesburg, Südafrika

»Wo willst du denn so schnell hin?«, fragt Ace, greift nach Zodwas Bein und umschlingt es. »Komm zurück ins Bett, Baby.«

»Ich kann nicht. Sonst komme ich zu spät zu meinem Termin.« Sie entwindet sich seinem Griff, geht zum Tisch und öffnet ihre Geldbörse, um nachzuschauen, ob sie genug Geld für das Taxi hat.

»Du hast schon wieder einen Termin?« Ace stöhnt und lässt sich zurück auf die Matratze fallen. »Wenn ich es nicht besser wüsste, würde ich denken, dass du dich hinter meinem Rücken mit einem anderen Mann triffst.« Er lacht. Natürlich sollte das ein Witz sein. Eine Frau, die von Ace bedient wird, braucht keinen anderen.

Schon gar nicht Zodwa, die ohnehin schon genug hat von seiner Zuwendung. »Du weißt genau, dass es keinen anderen gibt.«

»Zum wem gehst du denn dann? Wo hast du den Termin?« Er greift nach seiner Hose, die auf dem Boden liegt, und zieht seine Zigaretten aus der Tasche.

Zodwa wirft ihm die Streichholzschachtel zu, bevor er danach fragen kann. »Ich treffe jemanden, mit dem meine Mutter wegen Dumisa sprechen wollte.«

Im Laufe der Jahre hatte Leleti akribisch Buch darüber geführt, mit wem sie sich treffen wollte, um herauszufinden, was genau mit ihrem Sohn passiert war. Zodwa erfuhr davon erst, als Mama Beauty ihr kurz nach Leletis Tod davon erzählte.

Leleti wusste nicht genau, warum, aber aus irgendeinem Grund glaubte sie die Geschichte von Cyril Malema nicht – dem Mann, der behauptete, Dumisa als Letzter lebend gesehen zu haben. Deshalb hatte Leleti alle ehemaligen Kameraden von Dumisa befragt, in der Hoffnung, bei einem von ihnen auf ein Körnchen Wahrheit zu stoßen, und sie hatte jeden, mit dem sie gesprochen hatte, von der Liste gestrichen. Nun sind nur noch eine Handvoll Namen übrig.

Zodwa hat es sich zur Aufgabe gemacht, sie mit Hilfe von Mama Beauty ausfindig zu machen.

»Und gestern Morgen?«, fragt Ace und bläst einen Rauchring Richtung Wellblechdach. »Wo warst du da?«

Zodwa kann ihm unmöglich sagen, dass sie wieder in einem Waisenhaus war, wo sie der Sozialarbeiterin ein Babyfoto von Dumisa zeigte, nur für den Fall, dass ihr Sohn aussieht wie ihr Bruder im gleichen Alter.

»Es gibt hier einen Jungen, auf den deine Beschreibung passt«, sagte die Sozialarbeiterin daraufhin. »Er hat ebenfalls ein Muttermal, aber in der Akte steht nicht, wo oder wie es aussieht. Ich muss unbedingt dafür sorgen, dass die Beschreibungen in der Akte ausführlicher werden.«

Zodwa hatte gar nicht damit gerechnet, dass ihr Sohn tatsächlich dort sein könnte. Nach so vielen Enttäuschungen war ihr dieser plötzliche Hoffnungsschimmer fast schon zu viel. Während sie der Frau durch all die Flure zu dem Baby folgte, das in seinem Gitterbett schlief, gestattete sie sich kurz, daran zu glauben, dass es im nächsten Augenblick vielleicht so weit sein würde und sie endlich ihren Sohn wiederfand. Erst da kam ihr der Gedanke, dass sie sich über Leletis Willen hinwegsetzen würde, falls sie das Baby, sollte es tatsächlich noch am Leben sein, mit nach Hause nahm.

Was hatte Leleti über Zodwa gewusst, was sie selbst nicht wusste? Was hatte Leleti in ihr gesehen, was so schlimm war, dass sie glaubte, ohne sie wäre das Baby besser dran?

Sie war krank und konnte nicht mehr klar denken, redet Zodwa sich ein. *Sie war verwirrt und geschockt wegen der Vergewaltigung. Sie wollte mich bloß schonen.*

Als die Sozialarbeiterin das Baby auszog und auf die Seite drehte, hatte Zodwa für einen kurzen Moment das Gefühl, aus sich herauszutreten und schwebend auf das Kind herabzublicken. Es hatte tatsächlich ein Muttermal auf dem Popo. Aber es war auf der falschen Seite und hatte nicht die Form von Afrika. Zodwa war zu enttäuscht, um zu weinen.

»Hey«, sagt Ace und schnipst mit den Fingern. »Ich habe dich etwas gefragt. Wo warst du gestern?«

»Bei der Beratung«, lügt Zodwa.

»Bei welcher Beratung?«

»Bei der Familienberatung.«

»*Hhayi ngeke*«, sagt Ace mit erhobener Stimme. »Glaub bloß nicht, dass ich mich von dir dazu bringen lasse, diese Dinger zu benutzen. Schwarze Männer tragen keine Kondome. Unsere Schwänze sind einfach zu groß.« Er grinst anzüglich, dann wird seine Miene ernst. »Außerdem habe ich gehört, dass man davon Aids bekommt.«

»Was?« Zodwa hat zwar gerade gelogen, aber sie hat

tatsächlich vor, bald zur Familienberatung zu gehen. Denn das Letzte, was sie brauchen kann, ist wieder schwanger zu werden, und bei Ace kann sie sich nicht immer darauf verlassen, dass er ihn schnell genug rauszieht.

»Dieses Aids. Ich habe gehört, die Weißen stecken das in die Kondome und zwingen die Schwarzen dann, die Dinger zu tragen, damit sie davon krank werden. Darauf falle ich nicht rein.«

Zodwa schüttelt den Kopf über diese dämliche Logik. Aus dem gleichen Grund weigert Ace sich nämlich auch, Fleisch zu essen, das nicht gut durchgebraten ist, weil man davon angeblich Aids bekommt. Sie verabschiedet sich von ihm und macht sich auf den Weg. Draußen legt sie einen weiteren Stein auf Dumisas Schrein. Ob sie wohl jemals in Erfahrung bringen wird, was wirklich mit Dumisa passiert ist?

Wie auch immer, das Schicksal der Khumalo-Frauen scheint jedenfalls darin zu bestehen, ewig nach ihren Söhnen zu suchen.

KAPITEL ZWEIUNDVIERZIG

Delilah

25. Dezember 1994
Verdriet, Magaliesburg, Südafrika

Weihnachten war zugleich mein siebenundfünfzigster Geburtstag, und das Erste, was ich nach dem Aufwachen tat, war, an Daniel zu denken – so wie an jedem 25. Dezember seit 1955.

Als er noch klein gewesen war, fragte ich mich immer, ob die Nonnen wohl einen Christbaum für ihn besorgt und ihm etwas geschenkt hatten. Ich hatte keine Ahnung, wie sie Weihnachten im Kloster feierten, stellte es mir aber ziemlich trostlos vor. Ich hoffte, dass Daniels kindliche Lebensfreude sie dazu bringen würde, das Fest etwas fröhlicher zu gestalten.

Als Daniel heranwuchs, fragte ich mich, ob er wohl glücklich war und ob er jemals an mich dachte; ob es ihm gut ging oder ob er damit haderte, von seiner Mutter verlassen worden zu sein. Doch je älter er wurde, desto weniger war ich um ihn besorgt, obwohl es eigentlich umgekehrt hätte sein sollen. Aber Kinder werden meistens umsorgt und geschützt. Erst wenn sie erwachsen sind, wirft man sie den Wölfen zum Fraß vor. Und wenn sie dann über die Schwelle zur Selbstständigkeit treten in der Hoffnung, dass von nun an alles einfacher wird, kommt die große Katastrophe. Jedenfalls war es bei mir so gewesen.

Ich war es zwar gewohnt, den 25. Dezember ohne Daniel zu verbringen, doch ich hätte mir niemals träumen lassen, wie schwer das erste Weihnachtsfest nach seinem Tod für mich sein würde. Vorher hatte ich immer Trost in dem Wissen gefunden, dass er irgendwo draußen in der Welt war, wenn er auch nicht zu meiner Welt gehörte.

Als ich von meiner vormittäglichen Wanderung zurückkehrte, rechnete ich damit, dass Ruth wie üblich noch verkatert im Bett lag.

Stattdessen begrüßte sie mich euphorisch, als ich mit Isebel ins Haus kam. »Da bist du ja! Ich hatte schon Angst, dass du zu spät zum Mittagessen kommst. Mach dich schnell frisch! Du bist ja ganz verschwitzt.«

»Das sagt die Richtige«, erwiderte ich. Ruths Wangen brannten geradezu, aber dem köstlichen Essensduft nach, der durchs Haus wehte, musste sie stundenlang am Herd gestanden haben.

»Hitzewallungen«, sagte Ruth. »Von der Menopause.« Sie wartete einen Moment, dann fügte sie hinzu: »Auch als Männerpause bekannt.« Sie schien mich unbedingt zum Lachen bringen zu wollen, also tat ich ihr den Gefallen. Sie strahlte vor Freude. »Ich hoffe, du hast Appetit auf ein Festmahl.«

Ich duschte schnell und zog mich um, bevor ich mich mit feuchten Haaren zu Ruth an den Tisch setzte. Es gab zwar keine Weihnachtsdekoration, aber Ruth hatte Partyhüte und Knallbonbons besorgt. »Komm, wir lassen es krachen!«

Beim ersten Knall rannte Isebel mit eingeklemmtem Schwanz hinters Sofa, um sich dort zu verstecken. Nachdem wir sie wieder herausgelockt hatten, zogen wir an den Enden der übrigen Knallbonbons und tauschten den Inhalt, wie wir es als Kinder getan hatten. Es war genauso wie früher. Ruth wollte den glitzernden Mädchenkram und ich die Lupe und das kleine Kartenspiel.

»Bevor ich es vergesse«, sagte Ruth, stand auf und ging in die Küche. »Ich hab uns was richtig Gutes besorgt.« Sie kam mit einer gekühlten Flasche Moët zurück und sah Isebel besorgt an. »Versuch, ihr die Ohren zuzuhalten, während ich nach draußen gehe, um das Ding zu öffnen.«

Der Korken knallte zwar nicht so laut wie erwartet, aber ich musste Bella trotzdem in die Arme schließen, um sie zu beruhigen.

»Nein danke«, sagte ich zu Ruth, als sie unsere Gläser füllen wollte. Ich erwartete, dass sie sagen würde: *Von mir aus – hab ich mehr davon!* Doch stattdessen schaute sie mich betrübt an.

»Komm schon«, sagte sie. »Gönn dir ein bisschen Spaß! Heute ist schließlich dein Geburtstag, was auch für mich ein Grund zum Jubeln ist, denn du bist jetzt genauso alt wie ich!«

Es rührte mich, dass Ruth sich an meinen Geburtstag erinnerte. In unserer Kindheit war er regelmäßig unter den Tisch gefallen, zum einen wegen Weihnachten, aber auch, weil Ma nichts von Geburtstagspartys hielt. Ich war trotzdem nicht in Feierlaune, was ich Ruth auch sagte.

Daraufhin stellte sie die Flasche ab und atmete tief durch. »Hör zu, Dee. Ich weiß, dass du ein paar wirklich beschissene Monate hinter dir hast. Glaub mir, ich weiß es. Mir geht es nämlich ganz ähnlich, wegen meiner Trennung, und weil ich Vince so verdammt vermisse. Ich weiß, wir hatten nicht gerade den besten Start, was ehrlich gesagt vor allem an dir liegt, weil du eine Nervensäge und Spaßverderberin bist.

Aber ich ertrage es nicht, dich so unglücklich zu sehen und nichts dagegen tun zu können …«

»Ruth, ich …«

»Nein, lass mich ausreden. Wir stecken beide hier fest, und falls du es noch nicht bemerkt hast, unsere Lage lässt sich wie folgt zusammenfassen: Wir gegen den Rest der Welt. Wegen Mandla und der Farm sind wir in der Nachbarschaft Staatsfeind Nummer eins. Ich weiß ja nicht, wie es dir geht, aber ich könnte viel besser damit umgehen, wenn wir beide nicht ständig gegeneinander kämpfen würden.« Sie schaute kurz weg, dann blickte sie mich flehend an. »Wir müssen uns ja nicht mögen, Dee, aber können wir wenigstens versuchen, etwas besser miteinander auszukommen? Bitte lass mich heute zusammen mit dir feiern. Ich weiß, es wird dir dadurch wahrscheinlich nicht besser gehen, aber ich würde mich dann weniger hilflos fühlen. Okay?«

Als sie mit ihrer Rede fertig war, brachte ich es nicht über mich, etwas zu sagen oder ihr ins Gesicht zu schauen, denn sie hatte Tränen in den Augen. Stattdessen nahm ich mein Champagnerglas und hielt es ihr hin. Ruth stieß einen Jubelschrei aus, als sie es füllte.

»Cheers!« Ich nahm einen Schluck und versuchte, dabei nicht das Gesicht zu verziehen. »Das mit dem Festmahl war nicht übertrieben«, sagte ich dann und zwang mich zu cinem Lächeln, während ich das kulinarische Aufgebot aus Hähnchen, Kartoffeln, süßen Babykarotten und Rahmspinat betrachtete. »Ich wusste gar nicht, dass du kochen kannst.«

»Ich bin eine Frau mit vielen Talenten« sagte Ruth und zwinkerte.

»Daran zweifle ich nicht.« Wir fingen an, unsere Teller zu

füllen, reichten uns gegenseitig die Schüsseln und staunten darüber, wie köstlich alles aussah. Als wir zu essen begannen, verfielen wir in betretenes Schweigen. Ich beeilte mich, es zu brechen, indem ich die erstbeste Frage stellte, die mir in den Sinn kam.

»Warst du wirklich eine Stripperin?«

»Ja.« Ruth lachte, sichtlich verblüfft über die Wendung, die das Gespräch nahm.

»Entschuldige«, sagte ich. »Es geht mich nichts an.«

»Kein Problem. Ich finde Menschen, die geradeheraus sind, sowieso am sympathischsten, auch wenn das, was sie sagen, nicht unbedingt politisch korrekt ist. Aber bei solchen Menschen weißt du wenigstens immer, woran du bist. Also schieß ruhig los und frag mich, egal was.«

»Okay. Du hast dich ausgezogen? Um Geld zu verdienen?«

»Ja.«

»Und du hast mit einer Schlange getanzt?«

»Manchmal. Mit einem Python namens Frank.«

»Mit einem Python namens Frank?«

Sie zuckte mit den Schultern. »Was soll ich sagen? Er sah aus wie Frank Sinatra. Der gleiche Schlafzimmerblick, der gleiche Charme.«

Ich lachte und spürte, wie etwas Anspannung von mir abfiel.

»Hattest du keine Angst?«

»Die ersten Male war ich noch etwas zimperlich, aber wenn so ein Python dich ein paarmal ankackt und anpinkelt, kommt er dir eher wie ein Baby vor als wie eine gefährliche Bestie. Außerdem war er so schwer, dass ich ihn wie ein Baby in einem Kinderwagen herumkutschieren musste.

Die Leute, die ahnungslos hineinschauten, bekamen natürlich den Schock ihres Lebens.«

Ich lachte und nahm noch einen Schluck Champagner. Langsam gewöhnte ich mich an den prickelnden Geschmack. »War Strippen damals nicht gesetzlich verboten?«

»Nein, dem Gesetz nach durfte man die Bühne nur nicht mit weniger Kleidung verlassen, als man beim Betreten anhatte. Also musste ich mir die Sachen auf der Bühne wieder anziehen und es so aussehen lassen, als wäre es Teil der Show.« Sie schenkte uns beiden nach. »Von wem weißt du überhaupt davon?«

»Ma hat mir ab und zu Briefe geschrieben.«

»Da hat sie bestimmt so einiges über mich vom Stapel gelassen. Aber gegen das ganze Geld, das ich heimschickte, hatte sie nichts einzuwenden, weil es half, die Farm über Wasser zu halten.«

Da waren wir wieder beim Thema, unserem größten Zankapfel. »Ich dachte, du hättest die Farm nach Mas Tod verkauft«, sagte ich.

»Nein«, erwiderte Ruth. »Wir hätten keinen guten Preis dafür bekommen, also beschloss ich, das Land stattdessen zu verpachten. Außerdem hatte ich Dad versprochen …«

»Was?«

»Nichts, vergiss es.« Ruth wich mir aus, aber ich wollte nicht weiter nachhaken. Über Dad wollte ich nichts hören.

»Dann hast du also viel Geld verdient? Mit der Stripperei?«

»Nicht nur damit. Auch mit der PR und allem, was dazu gehört. Aber ja, ich hatte so viel verdient, dass ich sogar darauf verzichten konnte, ein Enthüllungsbuch zu schreiben oder einen Dokumentarfilm zu drehen, obwohl ich mehrere lukrative Angebote hatte.«

Ich wollte Ruth gerade fragen, was mit all dem Geld passiert und warum sie nun knapp bei Kasse war, als sie plötzlich aufsprang.

»Fast hätte ich es vergessen! Ich habe etwas für dich.« Sie rannte in ihr Zimmer und kam mit einem hübsch verpackten Geschenk zurück.

Ich bekam sofort ein schlechtes Gewissen. »Ach, Ruth, das hättest du nicht machen sollen. Ich habe gar nichts für dich.«

»Keine Panik«, winkte sie ab. »Es ist zu deinem Geburtstag, kein Weihnachtsgeschenk. Mach es auf.«

Ich nahm es entgegen und zog vorsichtig die Klebstreifen ab, um das Papier nicht zu zerreißen.

»Oh mein Gott, das ist ja nicht zum Aushalten!«, kreischte Ruth, schnappte sich das Geschenk und riss die Verpackung auf, bevor sie mir die Schachtel reichte, die darunter zum Vorschein kam. »Bitte.«

»Danke«, sagte ich trocken und nahm den Deckel ab.

»Es ist ein Seidenkimono«, quietschte Ruth, bevor ich eine Chance hatte hineinzuschauen. »Wie meiner!«

Ich konnte mir beim besten Willen kein Geschenk vorstellen, das weniger zu mir gepasst hätte. »Aha.«

»Ich weiß, was du denkst«, sagte Ruth.

»Ach ja? Was denn?«

»Dass es kein Geschenk gibt, das weniger zu dir passt. Aber das stimmt nicht. Er ist beige, siehst du? Deine Lieblingsfarbe.« Sie sah so selbstzufrieden aus, dass ich lachen musste.

Im Laufe des Nachmittags stiegen wir von Champagner auf Wein um, während wir uns gegenseitig weiter neckten, lachten und über unwichtige Dinge sprachen. Wir benahmen uns wie ganz normale Schwestern, und ich genoss es sehr. Ich hatte sogar das Gefühl, das Thema Baby ansprechen zu können, ohne dass es in einen Streit ausarten würde. »Was hast du denn jetzt vor, wegen Mandla?«

Ruths Miene wechselte so rasch von vergnügt zu traurig, dass ich mir wünschte, ich hätte sie nicht gefragt. »Ich weiß es nicht«, sagte sie. »Ich denke an nichts anderes, aber ich drehe mich ständig im Kreis.«

Dass sie nicht sofort darauf verzichtet hatte, Mandla aufzunehmen, überraschte mich. Das zeugte von einer Gefühlstiefe und Charakterstärke, die ich ihr gar nicht zugetraut hatte. »Du hast doch bei diesem Kurs gehört, wie seine Prognose lautet. Wie wahrscheinlich ist es wohl, dass er seinen zweiten Geburtstag noch erleben wird?«

»Ja, schon klar, aber …«

Ruth kam nicht mehr dazu, ihren Satz zu beenden, denn hinter ihr ertönte plötzlich ein lauter Knall, und sie schrie auf. Die Fensterschreibe zerbarst, und Scherben flogen in unsere Richtung.

Isebel, die in Fensternähe gelegen hatte, konnte sich gerade noch rechtzeitig aufrappeln und weghuschen, bevor der zweite Stein hereingekracht kam und den Rest des Wohnzimmerfensters zerschlug. Ich packte die Hündin am Nackenfell und zog sie zu mir herüber.

Als Ruth aufstand, dachte ich, sie käme um den Tisch herum auf meine Seite, um dort in Deckung zu gehen, aber stattdessen wandte sie sich zur Vorderseite des Hauses. Ich hatte sie noch nie so wütend gesehen. Die Scherben knirschten unter ihren Absätzen, als sie zur Haustür marschierte.

»Herrgott, Ruth! Bleib hier! Bist du verrückt?«

Aber sie hörte nicht auf mich. Sie schob den Riegel weg, riss die Haustür auf, wedelte mit der Faust und schrie: »Ihr Wichser legt euch mit den falschen Frauen an, habt ihr gehört? Ihr werdet noch bereuen, dass ihr überhaupt geboren wurdet, ihr Scheißkerle!«

Eine Stunde später, als sich der Adrenalinschub gelegt hatte und wir das Chaos beseitigten, sagte ich: »Denk gut darüber nach, was du tust, Ruth. Du bist dabei, ein unschuldiges Kind in die Sache mit reinzuziehen.« Ich deutete auf den Scherbenhaufen und die Steine. »Selbst wenn der Kleine gesund wäre, was nicht der Fall ist: Er ist hier nicht sicher.«

KAPITEL DREIUNDVIERZIG

Ruth

27. Dezember 1994
New Beginnings Baby-Auffangstation,
Rustenburg, Südafrika

Dees Warnung vom Weihnachtstag spukt mir immer noch im Kopf herum, als ich zwei Tage später gegenüber der Sozialarbeiterin Platz nehme.

Lindiwe muss meinen Namen ein paarmal wiederholen, bevor es ihr gelingt, mich zurück in die Gegenwart zu holen. »Ich gehe nicht davon aus, dass Sie lieber ein anderes Kind in Pflege nehmen würden? Ein gesundes?«, fragt Lindiwe.

»Nein. So funktioniert das nicht«, erwidere ich. »Es ist ja nicht so, dass ich hergekommen bin, um mir ein Pflegekind auszusuchen und dabei zufällig Mandla gefunden habe. Es war Mandla, der mich gefunden und dann hierhergebracht hat.«

Lindiwe nickt. »Verstehe.«

»Nein, ich glaube kaum«, entgegne ich.

Ich kann es ja selbst kaum verstehen. Es gibt keine rationale Erklärung für die innere Bindung, die ich zu Mandla habe. Wir haben nicht einmal zwei Tage miteinander verbracht, und was ist das schon? Was sind schon zweiundvierzig Stunden verglichen mit einem ganzen Leben?

Doch es ist so: In einem Moment lebte ich mein Leben, ohne das Geringste von ihm zu wissen, und im nächsten war er da, wie durch Magie, als hätte ihn mein verzweifeltes Verlangen –

Abrakadabra, Simsalabim – aus dem Hut gezaubert und mir damit alles erfüllt, was ich mir jemals gewünscht hatte. Er hätte sonst wo ausgesetzt werden können, aber nein, er ist auf meine Schwelle gelegt worden. Das musste etwas zu bedeuten haben!

Nein, im Grunde bedeutet es alles.

»Ich bin sehr lange in mich gegangen«, sage ich zu Lindiwe, »und habe schließlich erkannt, dass es keine Wahl zu treffen gibt, denn die Entscheidung ist längst gefallen. Mandla gehört zu mir, und das war's.« Und genau so ist es. »Jetzt lassen Sie uns den restlichen Papierkram erledigen, damit er bald nach Hause kann.«

Der Anruf fällt mir schwerer als gedacht. Ich brauche zwei Zigaretten und noch ein Glas Wein, bevor ich mich aufraffe, seine Nummer zu wählen.

Er meldet sich nach dem dritten Klingeln. »Hallo?« Im Hintergrund höre ich Musik und Gelächter, und die unerwartete Geräuschkulisse schnürt mir die Kehle zu. »Hallo?«, wiederholt er.

»Vince, ich bin's.«

Er gibt eine Party, und warum auch nicht? Es ist die Zeit der Partys, und er ist mich los. Also warum sollte er nicht feiern?

»Ruth?«

Ich denke an das vergangene Weihnachtsfest zurück, unser letztes gemeinsames, obwohl ich das zum damaligen Zeitpunkt nicht wusste. Wir hatten alle üblichen Einladungen abgelehnt und den Weihnachtstag allein verbracht, Gourmet-Sandwiches mit überbackenem Käse im Bett gegessen, ohne uns an den Krümeln zu stören. Es war ein wirklich schöner Tag.

»Ich höre, dass es gerade ungünstig ist«, sage ich. »Ich rufe wieder an.«

»Nein, ist schon in Ordnung.« Er ist wohl am schnurlosen Telefon, denn die Geräusche werden leiser und verstummen schließlich ganz. Wahrscheinlich hat er sich ins Schlafzimmer zurückgezogen. »Was ist denn los, Ruth? Geht es dir gut?«

Nein, das tut es nicht. Du feierst eine Party ohne mich, weil du dein Leben weiterlebst. Ich habe ein Kind in Pflege genommen, das bald sterben wird. Wir werden in unserem Haus angegriffen. Ich vermisse dich.

Ich frage mich unwillkürlich, wer bei ihm ist. Ich würde meine Titten darauf verwetten, dass Moira Castleman um Vince herumscharwenzelt. Schlampe.

»Ruth?«

»Ja?«

»Ich habe gefragt, ob es dir gut geht.«

»Ja, es geht mir gut. Alles ist gut. Könnte kaum besser sein.«

»Das freut mich.«

Wir schweigen, und ich schwöre, dass ich Moiras Hyänenlache im Hintergrund höre. Ich wünsche mir plötzlich, ich hätte mir das gerahmte Magazincover nicht schicken lassen. Die Gewissheit, dass es vor ihrer Nase hängt, wäre eine Genugtuung für mich.

»Ich freue mich immer, von dir zu hören, Ruthie, ehrlich, aber gibt es einen bestimmten Grund, weshalb du angerufen hast?«

Scheiße. Augen zu und durch.

Ich atme tief ein und schlucke meinen Stolz hinunter. Und dann bitte ich Vince um einen recht üppigen Kredit.

KAPITEL VIERUNDVIERZIG

Delilah

28. Januar 1995
Verdriet, Magaliesburg, Südafrika

»Bist du sicher, dass du mich nicht begleiten willst?«, fragte Ruth und sah mich so flehend an, dass ich den Blick von ihrem Ebenbild im Badezimmerspiegel abwenden musste. »Ich weiß, dass du nicht einverstanden bist, aber du kannst doch trotzdem mitkommen und dort weitermeckern.«

»Du kennst meine Meinung«, sagte ich. »Ich glaube, du machst einen Fehler.«

Sie drehte sich einen Lockenwickler ins Haar und sprach mit einer Haarklammer zwischen den Zähnen weiter: »Du hast gesagt, dass Mandla hier nicht sicher wäre, aber ich habe doch jetzt für Sicherheit gesorgt.«

Das hatte sie in der Tat. Unser Haus war neuerdings die reinste Festung, dank des Darlehens, das Ruth von ihrem Nochehemann bekommen hatte. Glück konnte man mit Geld nicht kaufen, aber das Gefühl der Sicherheit.

Im vergangenen Monat hatte ein Sicherheitsunternehmen mit Hochdruck daran gearbeitet, unser Haus in Fort Knox zu verwandeln. Um das Haus herum war ein hoher Elektrozaun errichtet worden, der es vom Rest des weitläufigen Grundstücks isolierte, und der einzige Zugang bestand in einem elektrischen Tor, das mit Sicherheitskameras und einer Gegensprechanlage ausgestattet war.

Alle Fenster und Türen waren nun einbruchsicher, und im Garten waren Sensoren installiert worden, so dass wir, falls jemand den Zaun überwand oder durchbrach, gleich informiert wurden, noch bevor derjenige das Haus erreichte. Auch im Haus hatte Ruth eine hochmoderne Alarmanlage installieren lassen.

»Jetzt kriegen wir sogar jeden Vogelfurz da draußen mit«, hatte sie stolz verkündet, als die Arbeiten abgeschlossen waren.

Mein erster Gedanke war, dass Daniel vermutlich noch am Leben wäre, wenn das Pfarrhaus, in dem er gewohnt hatte, auch über so ein Schutzsystem verfügt hätte. Das Sicherheitsunternehmen hatte noch nicht einmal gefragt, warum wir diese extremen Maßnahmen ergreifen wollten, um uns zu schützen. Da die Gewaltkriminalität stetig zunahm, schossen überall gesicherte Wohnanlagen aus dem Boden.

»Vor den Kaffern kann man sich gar nicht genug schützen«, hatte einer der Sicherheitsexperten zu Ruth gesagt.

»Ehrlich gesagt wird Ihr System dazu dienen, einen Kaffer vor den Weißen zu schützen«, hatte Ruth fröhlich geantwortet. »Und hören Sie auf, das Wort Kaffer zu benutzen.«

Der Gesichtsausdruck des Mannes war unbezahlbar gewesen.

»Mandla wird hier in Sicherheit sein«, sagte Ruth und befestigte den Lockenwickler mit der Klammer. »Und wir auch. Alles wird gut, du wirst schon sehen.«

»Ich wünschte, ich würde es verstehen«, sagte ich kopfschüttelnd.

»Was?«

»Deinen plötzlichen Spleen. Warum du auf einmal so verzweifelt dieses Kind willst.«

»Spleen?« Sie legte den zweiten Lockenwickler wieder hin und drehte sich zu mir um. »Du hältst das für einen Spleen?« Bevor ich antworten konnte, legte sie los: »Mit einundzwanzig hatte ich meine erste Fehlgeburt. Die Ärzte sagten, das würde oft passieren, ich wäre noch jung, ich würde wieder schwanger werden. Und sie behielten recht, mit dreiundzwanzig war ich erneut guter Hoffnung. Doch auch dieses Baby verlor ich. Mit siebenundzwanzig wurde ich dann zum dritten Mal schwanger. Wieder eine Fehlgeburt, nach zwölf Wochen. Ich wurde gründlich untersucht, aber sie konnten nicht herausfinden, wo das Problem lag.

Die vierte und fünfte Fehlgeburt erlebte ich während meiner zweiten Ehe mit Jacques, mit neunundzwanzig und einunddreißig. Die letzte war wirklich schlimm, ich wäre fast verblutet. Und danach war es vorbei mit den Schwangerschaften.« Sie erzählte das alles in einem sehr nüchternen Tonfall, doch dann geriet ihre Stimme ins Stocken. »Die Sache ist die: Ich habe mich nie so vollständig gefühlt wie in diesen wenigen Wochen, als ich schwanger war. Als hätte ich vorher eine riesige Leere in mir gehabt, die plötzlich verschwunden war.«

Ich war überrascht. »Genau so habe ich mich auch gefühlt, als ich ins Kloster ging. Als würde Gott mich vollständig machen.«

»Vielleicht sind wir alle mit einem fehlenden Puzzleteil geboren worden, und der Sinn unseres Lebens besteht darin, es zu finden«, sagte Ruth. »Dieses eine Puzzleteil, das uns zu einem vollständigen Menschen macht.«

»Aber es ist gefährlich, daran zu glauben, dass uns etwas zu einem vollständigen Menschen machen kann.«

»Nein, das stimmt nicht. Dieser Glaube treibt uns doch an. Siehst du das denn nicht?«

»Mandla wird dich nicht vollständig machen, Ruth. Und ich habe dir schon vor Monaten gesagt, dass ich nichts damit zu tun haben will«, sagte ich leise. »Ich dachte, ich hätte dir verständlich gemacht, warum ich kein Baby um mich haben kann, aber du setzt dich einfach über mich hinweg.«

»Weil ich ihn nicht einfach im Waisenhaus lassen kann! Ich versuche nur, aus einer schlimmen Situation das Beste zu machen, Dee. Warum musst du immer so negativ sein? Wenn du ihm eine Chance gibst, wirst du ihn vielleicht auch lieben.«

»Genau«, sagte ich, bevor ich mich zurückhalten konnte. »Und welchen Sinn soll das haben?«

Wir wussten beide, was ich meinte: Mandla war unheilbar krank, und es war nur eine Frage der Zeit, bis er sterben würde. Warum jemanden lieben, der einem garantiert das Herz brechen würde?

Ruth wurde bleich. »Das ist die Sache an der Liebe, die du nie verstanden hast. Sie fragt nicht nach dem Sinn.« Ich wandte mich von ihr ab, doch als ich aus dem Badezimmer rauschte, rief sie mir hinterher: »Würde es denn weniger wehtun, Daniel verloren zu haben, wenn du dir gar nicht erst erlaubt hättest, ihn zu lieben?«

Als ich nicht antwortete, sagte sie: »Das dachte ich mir.«

Es dauerte eine Weile, bis ich begriff, was das lärmende Trillern bedeutete, denn seitdem unser Sicherheitssystem installiert worden war, hatten wir noch keinen Besuch bekommen. Isebel bellte wie verrückt und drehte sich hektisch im Kreis, als ich zur Sprechanlage ging. Ich beruhigte sie und drückte auf den Sprechknopf. »Ja, hallo?«

»Delilah?«

»Ja?«

»Ich bin's, Riaan. Hoffentlich störe ich nicht. Ich wollte nur mal vorbeischauen und fragen, wie es dir geht.«

Ich brauchte den Bildschirm nicht einzuschalten; ich wusste auch so, dass es wirklich Riaan war. Seine Stimme hätte ich überall erkannt. Ich drückte den Knopf, um das elektrische Tor zu öffnen und ihn hereinzulassen. Dann lief ich rasch ins Bad und vergewisserte mich im Spiegel, dass ich halbwegs präsentabel aussah. Diese Eitelkeit kannte ich gar nicht von mir. Ich strich mir das Haar glatt, aber dann kam ich mir lächerlich vor und zerzauste es wieder.

Als ich die Haustür öffnete, um Riaan hereinzulassen, sprang Isebel freudig erregt an ihm hoch, als würde sie ihn schon ewig kennen. »Es ist zu heiß für Kaffee«, hörte ich mich sagen. »Möchtest du ein Bier?« Zu meiner Verwunderung hatte ich selbst großen Durst auf ein kühles Helles. Riaan nahm das Angebot an, und wir gingen hinaus auf die Terrasse. »Wie geht es dir?«, fragte ich. »Was gibt es Neues?« Erstaunt registrierte ich, dass ich nicht bloß Smalltalk machte, sondern wirklich daran interessiert war, was er zu berichten hatte.

Riaan erzählte mir von den neuesten Funden in der Gladysvale-Höhle; sie hatten dort Fossilien eines ausgestorbenen Riesenzebras entdeckt. Während ich ihm zuhörte, dachte ich, wie schade es war, dass ein geborener Wissenschaftler wie er sein Leben mit Farmarbeit vergeudete. Für andere mochte das erfüllend sein, doch es war einfach nicht seine Berufung, Farmer zu sein.

Aus Pflichtbewusstsein hatte er seine eigenen Träume aufgegeben, um für andere Menschen da zu sein. Das war sehr ehrenwert und genau das, was ich von ihm erwartet hatte. Sein Pflichtgefühl war einer der Gründe, warum ich nicht zur Farm zurückkehrte, als ich schwanger war. Weil Riaan sofort ehrenwert gehandelt hätte.

Die Leute, denen ich während meiner Arbeit als Entwicklungshelferin in ganz Afrika begegnet war, dachten immer, ich sei ein überaus selbstloser Mensch, der sein eigenes Leben hintanstellte, um das Leben anderer zu verbessern. Bei anderen Entwicklungshelfern mochte das vielleicht so gewesen sein – bei mir nicht. Dass ich mein Leben anderen Menschen widmete, war purer Egoismus. Ich tat das nur, weil ich eine Abmachung mit Gott geschlossen hatte und meinen Teil erfüllen wollte.

Ich werde etwas für dich tun, Gott, wenn du etwas für mich tust. Ich werde mein Leben dafür opfern, anderen Menschen zu helfen, wenn du meinen Sohn beschützt.

Ich hatte mir eingeredet, dass ich meine eigene Familie komplett aufgeben musste, um meinen Teil der Abmachung einhalten zu können, doch in Wahrheit hatte ich aus Scham und Angst Abstand von ihr gehalten. Ich hatte mich geschämt für das, was ich getan hatte: Erst war ich schwanger geworden, dann hatte ich meinen Sohn im Stich gelassen, war aus dem Kloster ausgetreten und hatte meiner Mutter das Herz gebrochen. Und ich hatte Angst vor den Fragen gehabt, die meine Familie mir stellen würde.

Als Pa krank wurde und Ruth und Ma mich anflehten heimzukommen, behauptete ich, vertraglich gebunden und unentbehrlich zu sein – und da es ohnehin nichts gebe, was ich für Pa tun könne, hätte es keinen Sinn, nach Hause zu kommen. Aber natürlich hätte es einen Sinn gehabt, denn sie brauchten mich. Doch ich ließ sie im Stich. Auch Ma ließ ich im Stich, als sie im Sterben lag, obwohl ich wusste, dass sie vor ihrem Tod einfach nur Antworten von mir haben und mich ein letztes Mal sehen wollte. Noch nicht einmal das tat ich für sie. Weil ich es nicht ertragen konnte, damit konfrontiert zu werden, wie sehr ich sie enttäuscht hatte.

Riaan unterbrach meine Gedanken. »Alles in Ordnung, Delilah?«

»Entschuldige, was hast du gesagt?«

»Du schienst mit deinen Gedanken wieder ganz woanders zu sein. Ist alles in Ordnung?«

»Ja. Tut mir leid. Die letzten acht Monate waren wirklich nicht einfach für mich.«

»Möchtest du darüber reden?«, fragte Riaan.

Plötzlich wollte ich es. Sehnte mich geradezu danach.

Ich wollte Riaan von Daniels Tod und der emotionalen Eiszeit erzählen, die damit einherging und meine Gefühle eingefroren hatte, bis sie so taub geworden waren, dass ich sie kaum noch wahrnahm. Ich wollte ihm erzählen, wie ich erkannt hatte, dass der Zustand des Schocks ein barmherziges Geschenk des Körpers ist, das uns in die Lage versetzt, einen Schmerz von uns abzuspalten, der uns sonst das Herz zerreißen und eine Leere in uns entstehen lassen würde, die wie ein tiefes Loch wäre, in das wir hineingefallen sind und aus dem wir uns nie wieder befreien könnten.

Doch ich sagte nur: »Es geht mir gut. Wirklich. Es gibt nichts zu erzählen.«

»Okay«, sagte er, aber seine Miene verriet, dass er mir kein

Wort glaubte. »Hat Ruth dir gesagt, dass ich nach dir gefragt habe?«

»Ja, das hat sie, und ich weiß das wirklich zu schätzen. Es tut mir leid, dass ich mich nicht gemeldet habe, um dir zu danken. Hier ging es ziemlich rund in letzter Zeit, mit den Coetzees und Ruth und dem Baby.«

Riaan schwieg einen Moment lang. Dann sagte er zögernd: »Ruth erwähnte, dass du jemanden verloren hast. Und dass du deshalb sehr mitgenommen wärst.«

Ich nickte.

»War es …« Er unterbrach sich und schaute weg. Dann setzte er noch einmal an: »War es der Priester?«

Der Priester.

Ich erstarrte und überlegte beklommen, was ich ihm antworten sollte. Doch bevor ich etwas sagen konnte, ergriff Riaan wieder das Wort: »Vergiss meine Frage. Es geht mich nichts an. Übrigens bin ich aus einem bestimmten Grund hergekommen … ich meine … nicht nur, um kurz vorbeizuschauen.«

»Sondern?«

»Ich fahre am Sonntag zur Gladysvale-Höhle und wollte fragen, ob du vielleicht Lust hast mitzukommen? Das ist ein netter Tagesausflug, bei dem man außerdem noch viele interessante Dinge erfährt. Ich würde auch etwas Proviant mitnehmen, dann könnten wir mittags ein Picknick machen. Es ist wirklich schön dort, und ich dachte mir, es könnte dir gefallen. Also, mir gefällt es jedenfalls …« Er redete immer schneller; das machte er immer, wenn er nervös war.

»Bittest du mich etwa um ein Date?«, fragte ich, um ihn zu necken und damit sein Unbehagen zu lindern.

»Nein, natürlich nicht«, stammelte er.

»Ach, dann bist du also verheiratet?«

Er wurde knallrot. »Nein, ich habe nie geheiratet.«

Aus irgendeinem Grund machte mich sein Geständnis traurig, und plötzlich tat es mir leid, dass ich ihn so aufgezogen hatte.

Riaan starrte auf seine Fingernägel, bevor er wieder aufblickte. »Ich frage dich nur als Freund, weiter nichts.«

»Okay«, sagte ich. »Ja, ich komme gern mit.« Und zu meiner Überraschung meinte ich es auch so.

KAPITEL FÜNFUNDVIERZIG

Ruth

28. Januar–4. Februar 1995
New Beginnings Baby-Auffangstation und
Verdriet, Magaliesburg, Südafrika

»So, da wären wir also«, sage ich, nicht ganz sicher, ob ich vor Aufregung kotzen oder spontan laut singen werde.

»Ja, da wären wir«, sagt Lindiwe. »Sind Sie bereit?«

»Kann man eigentlich nicht sagen.«

Ich wünschte, Dee wäre hier. Das hier gemeinsam zu erleben wäre so viel weniger beängstigend, als es allein tun zu müssen. Sie kann die Zeit nicht zurückdrehen und ihren Sohn retten, aber dieses Kind, das uns braucht, können wir retten.

Ich folge Lindiwe den Flur hinunter in einen Raum, der wie ein Klassenzimmer aussieht, und zunächst glaube ich, wir hätten uns geirrt und wären in eine Geburtstagsparty geplatzt. Kleinkinder, Babys und Pflegekräfte haben sich um Tische versammelt, die mit grünen Tischdecken gedeckt und mit Cupcakes, Sandwiches, Süßigkeiten und kalten Getränken beladen sind. Alle tragen festliche Partyhüte und fangen an zu jubeln, als wir eintreten, und in dem Moment entdecke ich auch den großen Kuchen in der Mitte eines Tisches.

Herzlichen Glückwunsch zur neuen Familie, Mandla!, steht in blauer Zuckerschrift darauf.

Eine Betreuerin durchquert das Zimmer mit meinem Jungen auf dem Arm. Er hat seine Arme um ihren üppigen Hals gelegt und strahlt sie an. Sie trägt Latexhandschuhe und gibt mir ein Paar zum Anziehen, bevor sie ihn mir überreicht. Sobald Mandla bei mir ist, will er wieder zurück zu ihr.

Er streckt seine Arme nach der Frau aus und quengelt. Sie dreht sich nicht um, um ihn zurückzunehmen, sondern geht einfach weg. Der Abschied ist für sie eindeutig genauso schmerzlich wie für Mandla, denn sie wischt sich das Gesicht ab, als er in herzzerreißendes Schluchzen ausbricht.

»Nicht gerade der beste Start, oder?«, frage ich Lindiwe.

»Keine Sorge«, erwidert sie. »Unsere Ärztin ist eine weiße Lady und sieht Ihnen ein bisschen ähnlich. Sie war vorhin hier, um ihn zu untersuchen, und es hat ihm nicht gefallen. Er hat Angst, dass Sie ihm wehtun.«

»Das beruht auf Gegenseitigkeit«, murmle ich. »Ich habe auch Angst.«

Eine Woche vergeht in einem schlaflosen Taumel.

Ich bin heilfroh, wenn ich Mandla in den frühen Morgenstunden dazu bringe, sich mit dem Gesicht auf meine Brust zu legen, seinen Kopf ungeschickt zur Seite gedreht, damit er zwei Finger in den Mund stecken kann. Ich weiß, dass viele Kinder am Daumen lutschen, aber er hat seine ganz eigene Technik, er nuckelt an Zeige- und Mittelfinger.

Sein Zimmer, das ich mit so viel Mühe eingerichtet habe, bleibt leer. Ich habe so sehr gehofft, dass es ihm gefallen würde, da ich es sorgsam auf eine »kulturell sensible« Art und Weise gestaltet habe, um Dee zu beruhigen, aber er will nicht darin schlafen. Die ersten paar Nächte hat er jedes Mal geschrien, wenn ich ihn in sein Bettchen gelegt habe, bis ich schließlich aufgab. In meinem Bett beruhigt er sich. Entweder liegt er auf meiner Brust oder neben mir, einen Arm ausgestreckt, auf Tuchfühlung mit mir. Mandla braucht ständig Körperkontakt, und ich habe solche Angst, ihn im Schlaf zu ersticken, dass ich selbst kaum Ruhe finde.

Die Schlaflosigkeit trägt noch dazu bei, dass ich mir große Sorgen mache. Durch die neuen Sicherheitsmaßnahmen fühlen wir uns im Haus zwar geschützter, aber die Drohungen können sie nicht fernhalten. Manche kommen mit der Post, aber meist sind es Anrufe – unterschiedliche Stimmen, manche sprechen Englisch, andere Afrikaans.

Wir kriegen euch. Die kaffertjie moet oppas. Wir werden euch zeigen, was wir mit Frauen machen, die nicht hören wollen.

Das alles ist schon schlimm genug, aber die gestrige Kurierlieferung war besonders erschreckend. Ich unterschrieb für das Paket und dachte, es enthalte eines der Dinge, die ich Vince gebeten hatte, mir zu schicken, aber der Karton enthielt eine lebensgroße Plastikpuppe, die mit Sprühfarbe braun gespritzt worden war. Ein Jagdmesser steckte in ihrem Kopf.

Die Drohungen wären einfacher zu verkraften, wenn Dee und ich Seite an Seite stünden, aber sie behandelt mich weiterhin, als wäre ich der Feind. Wie angekündigt hilft mir Dee mit Mandla keinen Handschlag. Wenn sie zu Hause ist, wirft sie mir missbilligende Blicke zu, als mache ich alles falsch, aber sie bietet mir weder Hilfe noch Rat an. Ansonsten macht sie sich rar und geht entweder wandern oder ist bei Riaan.

Ich weiß, dass sie jetzt schmollt, aber sie wird sich schon wieder beruhigen. Mandla ist doch so unfassbar liebenswert.

Ich habe nie verstanden, warum mir das Universum so lange ein Kind versagt hat, warum es zuließ, dass ich mich in so vielen unfruchtbaren Jahren zerfleischte, aber jetzt kenne ich den Grund: Keines der Babys, die ich verloren habe, sollte meines sein. Nicht eines von ihnen. Das Universum wollte mich nicht aushöhlen, sondern einen inneren Raum in Form von Mandla schnitzen, so dass er, als er kam, wie ein fehlendes Puzzleteil perfekt in mein Inneres passte.

All die Jahre der Unfruchtbarkeit haben mich darauf vorbereitet, meinen Seelenverwandten zu erkennen, als ich ihn schließlich traf, denn genau das ist Mandla. Keiner meiner Ehemänner und Freunde, von denen ich hoffte, dass sie mir ein gutes Gefühl geben würden, konnte genügen. Es war jedes Mal eine Sackgasse. Die Straße, die mich von Vince wegführte, war diejenige, die mein Schicksal bedeutete, weil sie mich nach Hause brachte.

Mandla ist zu Hause. Das Universum hatte recht, mich hier festzuhalten.

KAPITEL SECHSUNDVIERZIG

Zodwa

29. Januar 1995
New Beginnings Baby-Auffangstation
Rustenburg, Südafrika

Dies ist das sechste und letzte Waisenhaus auf Zodwas Liste. Leleti war in der Nacht, in der Zodwa geboren wurde, dem Tod bereits sehr nahe, und von daher ist es höchst unwahrscheinlich, dass sie ein Taxi genommen hätte, um eine Stunde hin- und eine zurückzufahren und ihren Enkel in ein so weit entferntes Waisenhaus zu bringen. Andererseits hat Leleti früher in Rustenburg gearbeitet, und es ist möglich, dass sie hier jemanden kannte.

Zodwa wird in das Büro der Sozialarbeiterin geführt. Während sie auf sie wartet, denkt sie über alles nach, was sie tut, um Leleti stolz zu machen, und fragt sich, ob es genug ist: Sie versucht, ihren Schulabschluss zu schaffen, arbeitet in einem halbwegs respektablen Job als Mittel zum Zweck; hat einen Freund, der zwar ein kleiner Gangster ist, aber wenigstens ein Mann. Nun muss Zodwa nur noch ihren Sohn finden und ihn nach Hause bringen und Leleti durch all das beweisen, dass sie unrecht hatte und dass Zodwa ihr Leben nicht vergeudet hat.

»Zodwa?« Eine Frau sitzt ihr gegenüber und sagt ihren Namen.

»Tut mir leid, *sisi*. Ich war in Gedanken.«

Die Frau lächelt. Sie hat ein engelsgleiches Gesicht, das Zodwa an jemanden erinnert. Es dauert ein paar Sekunden, bis ihr klar wird, wem sie so auffallend ähnelt: Desmond Tutu. »Äh, Sie sind nicht zufällig eine Verwandte von …«

»Nein«, erwidert die Frau lachend, »aber die Frage höre ich oft. Ich bin Mrs Nkosi. Wie kann ich dir helfen?«

Und so beginnt Zodwa zu reden, erzählt ihr alles und holt die Fotos von sich und Dumisa als Babys hervor, um sie der Frau zu zeigen. Sie hört aufmerksam zu, die Stirn leicht gerunzelt, nimmt die Bilder zur Hand und studiert sie aufmerksam. Schaut sie das Foto von Dumisa besonders lange an, oder bildet Zodwa sich das nur ein?

Mrs Nkosi räuspert sich. »Das Baby ist also aus der informellen Siedlung *Big Hope* in Magaliesburg verschwunden?«

»Ja, das stimmt.«

»Und da wohnst du immer noch? In einer Hütte?«

Zodwa ärgert sich über die Frage. »Ja.« Sie ist nicht obdachlos. Dennoch hat sie das Bedürfnis, ihre Situation zu erklären. »Ich arbeite dort in einem *Shebeen* und spare Geld, um eine bessere Unterkunft zu finden. Aber es ist nicht einfach. Ich versuche nebenbei, die High School abzuschließen. Die Prüfungen und Lehrbücher sind teuer.«

Die Frau nickt verständnisvoll, und Zodwa fühlt sich etwas besser, bis sie fragt: »Wie geht es dir gesundheitlich?«

»Gesundheitlich?«

»Entschuldige, das ist eine Berufskrankheit. Mir ist aufgefallen, dass du Husten hast, und ich wollte nur sichergehen, dass du gut auf dich achtgibst.«

»Ist nur eine Erkältung«, erwidert Zodwa. »Fast schon wieder weg.«

»Ach so. Aber vielleicht solltest du dir trotzdem Hustensaft besorgen.«

»Mache ich.«

Sie schweigen für einen Moment, und Zodwa fragt sich, was die Frau denkt. Sie sieht aus, als dächte sie fieberhaft nach, obwohl sie versucht, es sich nicht anmerken zu lassen.

»Also«, fragt Zodwa. »Könnten Sie denn in Ihren Akten nachsehen, ob es möglicherweise Übereinstimmungen gibt?«

»Das ist nicht nötig«, entgegnet Mrs Nkosi. »Ich kenne alle Kinder hier, und auf keines von ihnen passt die Beschreibung.« Sie gibt Zodwa die Fotos zurück, sieht ihr aber nicht in die Augen, als sie sagt: »Es tut mir leid, dass ich dir nicht weiterhelfen konnte.«

KAPITEL SIEBENUNDVIERZIG

Delilah

3. April 1995
Drimolen, Muldersdrift, Südafrika

Wir saßen mit den anderen auf Campingstühlen um das Lagerfeuer herum, hinter uns das Zeltlager und unsere Fahrzeuge. Der zunehmende Halbmond glich einer schließenden Klammer, die sich nach ihrem Gegenstück sehnte.

Es war die vierte Ausgrabung, zu der ich Riaan begleitete, aber die erste, die mehrere Tage dauerte, einschließlich Übernachtungen. Zu Beginn des Abends waren wir noch eine ausgelassene Gruppe von gut zwanzig Wissenschaftlern, Studenten und Freiwilligen gewesen, doch inzwischen hatten sich die meisten schon in ihre Zelte zurückgezogen. Nur fünf von uns saßen noch am Feuer, und nachdem ich zum dritten Mal gegähnt hatte, stand Riaan auf und reichte mir die Hand. Ich ergriff sie, erhob mich und versuchte zu ignorieren, dass ich vor Aufregung eine Gänsehaut bekam.

Die Nacht war kühl, und je weiter wir uns vom Feuer entfernten, desto frischer wurde es.

»Ich warte hier auf dich und bringe dich dann zu deinem Zelt«, sagte Riaan, als wir uns trennten, um die Toiletten aufzusuchen.

Als ich herauskam, stand er da, die Hände in die Taschen gesteckt, und blickte hinauf zu den Sternen. Ich hielt kurz inne, schaute ihn einfach nur an und staunte darüber, dass er so viel von seinem jungenhaften Charme hatte bewahren können.

»Ich habe unsere Zelte dort drüben aufgeschlagen«, sagte er, als er bemerkte, dass ich wieder da war.

Riaan hatte mich mit dem Hinweis eingeladen, dass wir in separaten Zelten übernachten würden, worüber ich ziemlich erleichtert gewesen war. Er war schon einige Tage vorher zusammen mit ein paar Wissenschaftlern gekommen und hatte alles vorbereitet, und ich war sehr dankbar, dass mein Nachtlager bereits auf mich wartete.

Den Tag hatte ich nach einer Einweisung mit simplen, aber körperlich anstrengenden Routinearbeiten verbracht. Meine Aufgabe hatte darin bestanden, Eimer mit Sand nach Knochen und anderen Artefakten zu durchsieben, sie zu dokumentieren und einzutüten, damit sie zur Analyse geschickt werden konnten. Knochenarbeit, im wahrsten Sinne des Wortes – sie hatte sich zwar gelohnt, aber mir tat alles weh.

»Keine Sorge, die Zelte sind winterfest und die Schlafsäcke für Minustemperaturen ausgelegt; du dürftest also eigentlich nicht frieren«, sagte Riaan. Er öffnete den Reißverschluss meines Zeltes und kroch hinein. Ich hörte ihn auf dem Zeltboden rascheln. »Ah, da ist sie ja«, sagte er, als der Lichtschein einer Taschenlampe das Zelt erhellte. »Bitte sehr.«

Ich folgte ihm hinein, ließ mich auf der Luftmatratze nieder und streckte seufzend die Beine aus.

Riaan lachte. »Muskelkater?«

»Ja. Ich habe es schon gemerkt, als wir am Feuer saßen, aber jetzt ist es richtig heftig. Meine Knochen sind wohl schon zu alt, um nach pleistozänen Überresten zu forschen.«

Ich rechnete damit, dass er lachend protestieren würde,

doch er hockte einfach nur vor mir und sah mir still in die Augen. Ich kannte diesen Blick. In der Nacht, bevor ich ins Kloster ging, hatte er mich genauso angeschaut.

Damals saßen wir auf einer Decke in einer der Avocadoplantagen. Wir hatten uns um Mitternacht dort hingeschlichen, um uns voneinander zu verabschieden. Riaan hatte einen Picknickkorb mitgebracht, den wir jedoch nicht anrührten. Es war eine laue Nacht gewesen; bald würden die Avocadobäume blühen und die Bienen zu ihnen schwärmen. Doch in jenem Moment war es ganz still gewesen, als hätte die Natur den Atem angehalten. Ich wusste, wie sich das anfühlte.

Wir hatten leise miteinander geredet, bis wir schließlich in Schweigen verfallen waren. Plötzlich setzte Riaan sich auf und sah mich traurig an. »Was kann ich sagen, damit du bleibst?« Tränen stiegen ihm in die Augen, als er die Hand ausstreckte und eine Haarsträhne hinter mein Ohr strich. Seine Geste war so zärtlich, dass ich wegschauen musste.

»Nichts«, sagte ich. »Du weißt, dass das meine Berufung ist. Schon seit Jahren.«

Er schwieg, während er blinzelte, um die Tränen zurückzuhalten. Schließlich sagte er: »Darum geht es nicht. Es geht um den Priester. Ich weiß, dass du in ihn verliebt bist, Delilah.«

»Nein, bin ich nicht!« Ich spürte, wie ich rot anlief. In Wahrheit dachte ich, während ich dort mit Riaan zusammensaß, ununterbrochen an Pater Thomas, der mich am nächsten Tag abholen sollte, um mich ins Kloster zu bringen. Ich war nervös und aufgeregt, weil ich mehrere Stunden lang allein mit ihm im Auto sitzen würde.

»Ich sehe doch, wie du ihn anschaust. So hast du mich noch nie angeschaut.«

»Sei nicht albern.«

»Und du hast erst, nachdem du ihn kennengelernt hast, beschlossen, Nonne zu werden.«

»Ja, aber nur weil ich nicht wusste, dass ich zum Katholizismus konvertieren konnte, bevor ich ihn traf!«

»Hast du mich jemals geliebt?«, fragte Riaan mit rauer Stimme.

»Natürlich habe ich das. Und das tue ich immer noch. Du bist mein bester Freund …«

»Ich meine keine freundschaftliche Liebe. Du weißt, was ich für dich empfinde und schon immer für dich empfunden habe, Delilah. Ich liebe dich, und ich glaube, du könntest mich auch lieben, wenn du nur versuchen würdest, mich als Mann zu sehen. Ich bin nicht mehr der kleine Junge, mit dem du dich als Kind angefreundet hast.« Er fasste mich am Kinn und drehte mein Gesicht zu sich, so dass ich seinem Blick nicht länger ausweichen konnte.

Es war mir unangenehm, ihm in die Augen zu schauen, doch er erreichte damit, was er beabsichtigt hatte. Zum ersten Mal seit langer Zeit sah ich ihn richtig an. Er war so sehr Teil meines Alltags geworden, dass ich angefangen hatte, durch ihn hindurchzuschauen – nicht weil er mir nichts bedeutete, sondern weil er für mich so selbstverständlich geworden war wie die Luft, die ich atmete.

Und ich begriff, was er meinte. Er war kein Junge mehr, sondern fast schon erwachsen. Überrascht nahm ich wahr, wie sehr er sich verändert hatte, ohne dass es mir aufgefallen war. Seine Schultern waren breit geworden, seine Stimme tief.

Seine Kinnpartie war mit Stoppeln übersät, die im Mondlicht wie Sprenkel aus Stahl und Feuer aussahen. Ich war nicht darauf vorbereitet, wie kratzig, wie vollkommen fremd sich das anfühlen würde, als er sich zu mir beugte, mein Gesicht in die Hände nahm und seinen Mund auf meinen drückte.

Zuerst war der Kuss sanft, und seine Lippen fühlten sich an wie ein Schmetterling, der sich auf meinen niederließ. Er roch nach Seife und Regen, und er schmeckte nach Erdbeermarmelade.

»Bleib hier und heirate mich, Delilah«, flehte er und schaute mich an, wartete auf ein Zeichen. »Bitte.« Dann küsste er mich heftiger, presste mich an sich, als wollte er alles von mir besitzen, und zog mich hinunter, bis ich auf der Decke lag und er auf mir.

Und nun sah ich dieselbe Leidenschaft in seinen Augen aufflackern wie damals in jener Nacht. Doch dann blinzelte er, und der Moment war vorbei.

»Gute Nacht, Delilah«, sagte er, und seine Augen glänzten im Dunkeln.

»Gute Nacht.«

KAPITEL ACHTUNDVIERZIG

Zodwa

10. Mai 1995
Big Hope Informal Settlement
Magaliesburg, Südafrika

Zodwas Hand zittert, als sie nach der Packung mit den kleinen Geburtstagskerzen greift. Es ist ihr wirklich ein Rätsel, wie man dafür einen so hohen Preis rechtfertigen will; die Dinger waren teurer als ein Achterpack mit den großen Kerzen von Price, die stundenlang brennen. Eigentlich kann sie es sich gar nicht leisten, so viel Geld für alberne Dinge auszugeben.

Wie eine Schlafwandlerin machte sich Zodwa an diesem Morgen auf den Weg zum Spar im Einkaufszentrum. Sie wusste nicht, was sie wollte, bis sie dort in der Bäckerei die Cupcakes sah.

»Ich nehme einen davon«, sagte Zodwa zu der schwarzen Verkäuferin an der Theke, die ein Haarnetz und Plastikhandschuhe trug, im Gegensatz zu ihrer weißen Kollegin.

»*Hhayi, sisi.* Du kannst die Cupcakes nicht einzeln kaufen, nur im Sechserpack, *sisonke.*« Sie zeigte auf ein paar Plastikverpackungen mit Cupcakes. »Du bist hier nicht in einem Spaza-Shop, wo du Zigaretten stückweise kaufen kannst.« Sie lachte.

Zodwa spürte, wie sie rot wurde. Die Cupcakes waren teuer, und sie brauchte nur einen. Aber sie hatte das Gefühl, nicht ohne sie gehen zu können, also gab sie ein kleines Vermögen für einen Sechserpack und die Packung mit den kleinen bunten Kerzen aus, bevor sie zu ihrer Hütte zurückkehrte.

Der Sechserpack mit den Schokoladen-Cupcakes steht nun geöffnet auf dem Tisch. Zodwa betrachtet die perfekt geformten Cremehäubchen auf den Törtchen. Wie bekommen sie die bloß so schön hin? Dann nimmt sie sich einen Cupcake, den perfektesten von allen, steckt eine Kerze darauf und zündet sie an.

Heute würde ihr Baby ein Jahr alt werden. Genauso lange ist es her, seit ihr Sohn verschwunden ist. Es hat keinen Tag gegeben, an dem Zodwa nicht an ihn gedacht und sich gefragt hat, was wirklich mit ihm passiert ist und ob er tatsächlich tot ist, wie alle glauben. Aber das muss er wohl sein. Was hätte Leleti auch mit ihm vorhaben sollen? Außerdem hätte Zodwa ihn bestimmt längst gefunden.

Sie muss ständig an das letzte Gespräch mit ihrer Mutter denken, es wirbelt unaufhörlich durch ihren Kopf wie ein Strudel.

Mama, wo ist mein Baby?

Es … Es … ist weg.

Weg? Wo ist es, Mama? Was hast du mit ihm gemacht?

Ich habe es … für dich getan. Und für ihn.

Was? Was hast du getan?

Die Kerze braucht siebzehn Minuten, um niederzubrennen. Zodwa zählt jede Minute mit. Das ist bestimmt länger, als die Zeit, die sie nach der Geburt des Kleinen mit ihm verbracht hat. Als sie dort sitzt und auf die Flamme starrt, ruft sie sich ins Gedächtnis, dass das Verschwinden ihres Sohnes ihre Strafe ist.

Der Herrgott weiß, wenn eine Frau ihr Kind nicht haben will.

So lapidar hatte ihre *gogo* die Fehlgeburten der Frauen im Dorf abgetan. Zodwa hatte sie sagen hören, dass Babys im Mutterbauch Dinge hören könnten und sich durch einen Zauber selbst verschwinden lassen würden, wenn sie das Gefühl hatten, nicht gewollt zu werden oder Eltern zu haben, die ihnen unwürdig erschienen. Aber was war mit einem Baby, bei dem es schon zu spät für eine Fehlgeburt war? Konnte ein solches Kind diesen Zauber auch noch anwenden, nachdem es auf die Welt gekommen war? Wenn ja, wäre das eine bittere Anklage.

Welch Ironie, dass sie das Baby nun von ganzem Herzen will. Zodwa würde alles dafür geben, die Zeit zurückdrehen und die Momente nach seiner Geburt noch einmal erleben zu können: Statt an Thembeka zu denken, würde sie sich auf ihren Sohn konzentrieren, und statt ihn fortzuwünschen, würde sie ihn willkommen heißen. Vielleicht wäre er bei ihr geblieben, wenn sie ihm ihre Aufmerksamkeit geschenkt und Tränen der Freude statt Verzweiflung vergossen hätte.

Mutterschaft ist ein unumkehrbarer Zustand – das hat Zodwa nun gelernt. Eine Mutter, die ihr Kind verloren hat, ist deshalb nicht weniger Mutter; eher verstärken sich ihre mütterlichen Gefühle noch, weil sie von einer tiefen Trauer erfüllt ist, die sie stets mit sich herumträgt, wie ein Baby, das sie sich auf den Rücken gebunden hat.

KAPITEL NEUNUNDVIERZIG

Ruth

10. Mai 1995
Verdriet, Magaliesburg, Südafrika

Ich schenke mir ein Glas Wein ein, fülle es bis zum Rand, setze mein breitestes Lächeln auf und rufe mit meiner fröhlichsten Stimme: »So, jetzt kommt mal alle her, Leute!«

Alles ist gut, alles ist gut, alles ist gut.

Es ist keine große Runde, und alle stehen schon um die Tabletts mit bestellten Häppchen im Esszimmer herum, aber ich habe durchaus bemerkt, dass sie dauernd auf die Uhr schauen und Blicke zur Tür werfen, in der Hoffnung, entkommen zu können. Meine Güte, es ist ja nicht so, als wäre mir das nicht auch in den Sinn gekommen. Mandla hat die letzte Stunde durchgeweint. Die beiden Stunden davor war er ruhig, aber nur weil er geschlafen hat.

Mein Junge scheint gegen mich allergisch zu sein, obwohl ich die ganze Zeit Latexhandschuhe trage und wir nie Hautkontakt haben. Egal was ich tue, er schreit wie am Spieß, wenn ich in seiner Nähe bin. Ehrlich gesagt schreit er auch dann wie am Spieß, wenn ich nicht in seiner Nähe bin; eine ausweglose Situation. Es ist etwas mehr als vier Monate her, dass ich ihn nach Hause geholt habe, und in der ersten harten Woche sagte ich mir, dass es schon besser werden würde.

Und das sage ich mir immer noch.

Um ein bisschen Schwung in diese lahme Veranstaltung

zu bringen, die eher einer Totenwache als einer Party gleicht, lasse ich Mandla auf meiner Hüfte wippen und rufe: »Und jetzt das Geburtstagslied!«

Dee und Riaan kommen näher. Sie neigt sich über den Kuchen, den ich gerade erst enthüllt habe: eine dreistöckige Zitronen-Biskuit-Torte mit Zitronen-Frischkäse-Creme.

»Wow«, sagt Dee. »Tolle Kreation! Sieht eher nach einer Hochzeitstorte als nach einem Kindergeburtstagskuchen aus.«

Ich ignoriere ihren Sarkasmus und erinnere mich daran, dass sie unter Zwang hier ist und an allem etwas auszusetzen hat. »Das liegt daran, dass es eine ist. Ich habe sie in einer Konditorei in Sandton bestellt. Die Lieferung hat mich ein Vermögen gekostet, aber das war es wert, nicht wahr?«

Riaan kratzt sich am Kopf. »Sollte auf dem Kuchen nicht ›Herzlichen Glückwunsch zum ersten Geburtstag, Mandla‹ stehen? Verziert mit einer Disney-Figur oder etwas Niedlichem wie einem Teddybär oder einer Spielzeugeisenbahn?« Er schaut sich die Mini-Mandla-Tortenfigur an, als hätte er so etwas noch nie gesehen.

»Sei nicht albern«, spotte ich. »Wir leben in den Neunzigern. Ist doch egal wie der Kuchen aussieht. Nirgendwo steht geschrieben, dass ein Kindergeburtstagskuchen süß und klebrig sein und hausgemacht aussehen muss. Außerdem war es genau diese Tortenfigur, die das ganze Drama verursacht hat, und ich wollte keinesfalls auf sie verzichten.«

Lindiwe kommt zu uns an den Tisch. »Welches Drama?«

»Ich wollte, dass ein schwarzes Baby aus Fondant auf dem Kuchen steckt, um das Motiv der Hochzeitstorte zu vervollkommnen, aber diese Rassisten in der Stadt in ihren *tuisnywerheids*-Bäckereien haben sich geweigert, eins zu machen.« Ich habe mindestens fünf von diesen Heimarbeitsbetrieben angesprochen, alle betrieben von Afrikaaner-*Tannies*, deren Koch- und Backkreationen auf den örtlichen Landwirtschaftsmärkten um blaue Bänder konkurrieren, aber keiner von denen war bereit, den Kuchen auf Bestellung anzufertigen.

»Vielleicht sind sie überhaupt nicht rassistisch. Vielleicht wissen sie einfach nicht, was Fondant ist. Das sind Frauen, die es gewohnt sind, *melktert* und *koeksisters* zu backen«, erwidert Riaan. »So etwas Raffiniertes kennen die gar nicht.« Er schafft es, »Fondant« falsch auszusprechen, obwohl ich es richtig gesagt habe, und beweist damit, dass es mit seiner Raffinesse auch nicht weit her ist.

»Oh bitte. Jetzt verteidige die nicht auch noch! Wenn du eklatanten Rassismus nicht erkennst, obwohl du ihn direkt vor Augen hast, kann ich dir auch nicht helfen.«

Dee schnaubt und murmelt irgendwas von »wer im Glashaus sitzt«, weshalb ich froh bin, dass Sarie und ihr Mann Stompie genau in diesem Moment zu uns stoßen.

»*Dankie, miesie*«, sagt Stompie auf Afrikaans und umklammert seinen Hut, während er mir dafür dankt, dass ich sie eingeladen habe. Beide tragen ihren besten Sonntagsstaat.

»Gern geschehen, Stompie. Danke, dass ihr gekommen seid.«

Ich hoffe, Dee hat die Anzahl der schwarzen Gäste auf dieser Party bemerkt. Sie behauptet immer wieder, dass ich rassistisch bin, aber wie kann ich das sein, wenn ich Mandla nicht einmal als schwarz ansehe? Er ist dunkelhäutig, ja, also ist er theoretisch schwarz, aber er ist nicht wie alle anderen.

Es gibt Schwarze und Schwarze. Nein, ich werde das K-Wort nicht benutzen, was doch beweist, dass ich keine Rassistin bin. Ebenso wie die Tatsache, dass ich hier so viele schwarze Freunde habe.

Stompie lehnt sich nach vorn und kitzelt Mandla am Kinn. »*Hoekom vat die miesie die baba met die gloves?*« Warum nimmt die Madam das Baby mit Handschuhen?

»Allergien«, antworte ich ausweichend.

Natürlich wissen Stompie und Sarie nichts über Mandlas Infektion. Das Stigma ist einfach zu groß, und man kann sich nicht darauf verlassen, dass sie es für sich behalten. Die Lynchmobs sind schon aufgebracht, nur weil Mandla schwarz ist; wenn sie erfahren, dass er HIV-positiv ist, wird ihnen das den Rest geben. Als sie sich umwenden, sehe ich, wie Sarie Stompie anstupst und mit einem Nicken auf mein Zeitschriftencover an der Wand weist. Er folgt ihrem Blick, und seine Augen springen ihm fast aus dem Kopf, als er meine nackten Kurven sieht.

»*Ek het jou mos gesê*«, flüstert sie. *Ich habe es dir doch gesagt.*

Stompie sieht aus, als fielen für ihn Weihnachten, Ostern, Neujahr und sein Geburtstag auf einen Tag, und ich nehme mir vor, das Bild abzuhängen. In Kapstadt hat niemand auch nur mit der Wimper gezuckt, aber die Leute auf der Farm sind nicht ganz so weltoffen wie die noblen Clifton-Bewohner. Ich habe es sowieso nur aufgehängt, um Dee zu ärgern.

Sarie und Stompie haben vor kurzem verkündet, dass sie sich zur Ruhe setzen wollen, was traurig ist, wenn man bedenkt, wie lange sie schon Teil der Familie sind. Aber andererseits sind sie inzwischen in die Jahre gekommen, und jetzt, da wir auf der Farm leben, brauchen wir keine Hausmeister mehr. Stattdessen müssten wir ein Dienstmädchen für die Hausarbeit einstellen.

Ich habe beim Verkauf der Wohnung in Kampsbaai einen guten Gewinn gemacht und etwas Geld auf der Bank, sogar nachdem ich Vince das Darlehen mit Zinsen und seine Auslagen für unsere Sicherheitsmaßnahmen zurückgezahlt habe. Ich nehme mir vor, mit Dee zu reden, ob wir vielleicht zusammenlegen können, um Sarie und Stompie eine ordentliche Abfindung zu zahlen. Sie können jede erdenkliche Hilfe brauchen, wenn sie wirklich wieder in ihr gottverlassenes Heimatdorf ziehen und sich um die ganze Familie kümmern wollen. Und wer sonst sollte ihnen etwas geben, wenn nicht wir?

»Zeit, die Kerze anzuzünden!« Ich stecke eine cremefarbene Votivkerze auf den Kuchen und zünde sie an.

Dann singen alle so furchtbar steif und gedämpft, wie es die Leute bei Geburtstagsständchen machen, als hätten sie Angst, dass man ihre Stimme tatsächlich hören könnte. Ich dagegen singe aus vollem Hals, sowohl um sie zu übertönen, als auch um ihnen zu zeigen, wie es sich gehört. »Happy birthday, lieber Mandla …« – mit extra langem – aaaa – »happy birthday to you!«

»Hipp hipp«, ruft Dee zu meiner Überraschung, und die kleine Gruppe antwortet mit »Hurra!«

»Und noch mal! Hipp hipp«, ruft Riaan.

»Hurra!«

Bella kläfft, als wolle sie auch ihren Senf dazugeben.

Es ist Zeit, die Kerze auszublasen. Das wäre der knifflige Teil, wenn Mandla wüsste, wie man das macht. Mir wurde gesagt, ich solle vorsichtig mit dem Schleim sein, also sollte keiner auf den Kuchen kommen. Ich ziehe die Kerze aus dem Kuchen und blase sie selbst aus.

Sarie steht mit dem Kuchenmesser bereit, in das ich für diesen Anlass Mandlas Namen und Geburtsdatum habe eingravieren lasen. Sein Nachname lautet offiziell Nkosi, so heißt Lindiwe. Die Betreuerinnen suchen für alle Kinder, die ins Waisenhaus kommen, einen Vornamen aus, und als Nachnamen erhalten sie den einer Betreuerin oder der Sozialarbeiterin.

Der Nachname ist nicht eingraviert.

Sarie legt etwas Kuchen in eine Schüssel für Mandla, den ich in seinen Hochstuhl gesetzt habe. Wie durch ein Wunder hört er beim Anblick des Kuchens auf zu weinen. Ich gebe ihm einen Löffel, und er benutzt ihn, um die Schale mit ein paar Karateschlägen zu attackieren, bevor er ihn hinlegt und mit beiden Händen nach dem Kuchen greift. Alle lachen, dankbar, dass das Kreischen aufgehört hat, und ich nehme meine Kamera zur Hand, um nicht nur Mandlas ersten Geburtstag, sondern auch seinen ersten Kuchen festzuhalten. Zucker ist schädlich für HIV-positive Kinder, aber man wird nur einmal ein Jahr alt. Dafür mache ich eine Ausnahme.

Er gräbt die Finger in die unterste Etage des Kuchens und reißt zwei Stücke heraus, eines mit jeder Hand. Als er eines zum Mund führt, drücke ich auf den Auslöser, um seinen Gesichtsausdruck beim ersten Bissen einzufangen. Doch es passiert nicht das, was ich erwartet habe. Mandla verzieht angewidert die Lippen und spuckt den Kuchen aus.

»Sieh dir das an. Er ist kein großer Fan von Zucker«, sage ich stolz. Mein Junge hebt sich bereits vom Rudel ab.

»Ich glaube eher, dass er kein großer Fan von Zitronen-

Frischkäse-Glasur ist«, erwidert Dee trocken. »Das liegt daran, dass er ein Baby ist und nicht den anspruchsvollsten Gaumen hat.« Sie geht in die Küche und holt einen Teller mit Schokoladentörtchen, die mit genug blauer Glasur bedeckt sind, um ein Schlachtschiff zu versenken. »Sarie war so freundlich, diese hier zu backen und mitzubringen. Ich habe das Gefühl, dass sie mehr nach Mandlas Geschmack sein werden.«

Ich ärgere mich darüber, dass mir Sarie die Show gestohlen hat, indem sie Gebäck mitgebracht hat, um das ich nicht gebeten habe, aber ich kann nichts dagegen tun. Sobald der Teller vor Mandla steht, schaut er ihn skeptisch an und schnappt sich dann einen der Cupcakes und schiebt ihn sich ohne Umschweife in den Mund. Für einen Moment ist alles ruhig, und ich warte darauf, dass er genau so reagiert wie auf meinen Kuchen, so dass ich triumphieren kann.

Stattdessen quietscht der kleine Verräter vor Freude! Er versucht, sich noch mehr von dem Muffin in den Mund zu stopfen, und schmiert sich so viel blaue Glasur über sein Gesicht, dass er wie ein Schlumpf aussieht. Das Einzige, was ihn an diesem Tag glücklich gemacht hat, stammt von einer schwarzen Frau.

Ich weigere mich, das als Zeichen zu deuten.

KAPITEL FÜNFZIG

Delilah

15.–22. Mai 1995
Van Tonder Farm, Magaliesburg, Südafrika

Als ich mir eine Grippe einfing, verbannte Ruth mich aus dem Haus.

»Wir dürfen auf keinen Fall riskieren, dass Mandla sich bei dir ansteckt. Verschwinde und nimm deine verdammten Keime mit!«

»Wo soll ich denn hin?«, schniefte ich selbstmitleidig.

»Ich kann dir ein Zimmer in einem Hotel oder einer Pension besorgen, aber warum fragst du nicht Loverboy, ob er sich um dich kümmert?«

»Nein, Ruth. Ich kann mich unmöglich aufdrängen.«

»Jetzt geht das schon wieder los«, stöhnte sie und marschierte zum Telefon. »Wie lautet seine Nummer?«

Als ich mich weigerte, sie ihr zu geben, schaute sie im Telefonbuch nach. »Hallo, Riaan? Ruth hier. Hör mal, Dee hat sich die Grippe eingefangen, und ich will sie nicht hier bei Mandla haben. Könntest du sie vielleicht ein paar Tage bei dir aufnehmen und dich um sie kümmern? Wirklich? Oh, tausend Dank! Könntest du vielleicht direkt herkommen und sie abholen? Ich werde dafür sorgen, dass sie auf dich wartet.«

»Ruth«, stöhnte ich, als sie auflegte.

»Was denn? Du bekommst die einzigartige Gelegenheit, die kranke Jane Bennet zu spielen, die in Netherfield von

Bingley umsorgt wird! Welche Frau träumt nicht davon?« Sie stützte das Kinn in die Hand. »Hm, in dieser Inszenierung bin ich dann wohl Mrs Bennet.«

»Wovon redest du überhaupt?«

»*Stolz und Vorurteil* von Jane Austen. Und dabei dachten alle immer, du wärst die Schlaue von uns beiden! Du solltest wirklich mehr Bücher lesen. Tsss.« Sie marschierte in mein Zimmer und warf Sachen in meinen Rucksack. »Hast du nichts Verführerischeres als das hier?« Sie rümpfte die Nase, als sie mein altes Nachthemd sah. »Was ist mit dem Seiden-Kimono passiert, den ich dir gegeben habe? Hast du es etwa umgekehrt wie Scarlett O'Hara gemacht und Vorhänge daraus geschneidert?« Bevor ich den Kimono aus den Tiefen meines Kleiderschranks ausgraben konnte, stolzierte sie in ihr eigenes Zimmer und holte drei seidene Nachthemden aus ihrem Schrank. »Hier, nimm die.«

»Herrgott noch mal, Ruth. Lass mich bloß in Ruhe mit deinen albernen Dessous.«

»Wie du meinst, aber …« Sie wurde von der Klingel am Tor unterbrochen. »Wow, da kann es jemand kaum erwarten, dich bei sich zu haben«, sagte Ruth, schaute auf den Monitor, ließ Riaan durchs Tor, öffnete ihm die Haustür und schubste mich ohne Umschweife in seine Arme. »Komm erst zurück, wenn du wieder hundertprozentig fit bist.«

Wäre es mir besser gegangen, hätte ich mich natürlich gewehrt. Seit dem Campingabenteuer in Drimolen, wo ich gemerkt hatte, dass Riaan sich noch immer zu mir hingezogen fühlte, war die Lage zwischen uns etwas angespannt. Je näher er mir kommen wollte, desto weiter ging ich auf Abstand. Dass Ruth mich in Riaans Arme schleuderte, war nicht nur unhöflich, sondern vermittelte obendrein eine Botschaft, die mir überhaupt nicht recht war. Aber so, wie die Dinge standen, ging es mir so schlecht, dass ich einfach nur dankbar war, dass sich jemand um mich kümmerte, während ich die Grippe auskurierte.

Riaans Farmhaus war viel moderner als unseres; es war in den achtziger Jahren umfangreich renoviert worden, wobei man das ursprüngliche Reetdach erhalten hatte. Riaan stellte mir ein großes Gästezimmer mit eigenem Bad zur Verfügung. Er schaute regelmäßig nach mir, brachte mir Hühnersuppe, maß Fieber und gab mir Medikamente. Es rührte mich, dass er so liebevoll für mich sorgte. Mein ganzes Leben lang war ich diejenige gewesen, die sich um andere gekümmert hatte, doch nun kümmerte sich plötzlich jemand um mich – das war ich nicht gewohnt. Die Welt um mich herum änderte sich ständig, doch Riaan war so unerschütterlich wie ein Fels in der Brandung. Der Mann, der an meinem Bett saß und mich mit Brühe fütterte, liebte mich noch genauso wie der Junge, der mich damals angefleht hatte zu bleiben.

Und ein Teil von mir wünschte sich nichts sehnlicher, als seine Gefühle erwidern zu können.

In der ersten Nacht hatte ich so hohes Fieber, dass ich träumte, ich würde in der Hölle schmoren und müsste gegen Dämonen kämpfen. Der Erste, den ich erblickte, war der blutüberströmte, sterbende Daniel. Er zeigte anklagend mit dem Finger auf mich und stöhnte, dass er niemals in dem Pfarrhaus gelandet wäre, wo man auf ihn geschossen hatte, wenn ich ihn damals, als ich das Kloster verließ, mitgenommen hätte. Und ich wusste, er hatte recht. Mein Sohn wäre nie Priester geworden, wenn ich ihn behalten und mich um ihn gekümmert hätte.

Plötzlich verwandelte sich Daniels Gesicht in das von Pater Thomas, und in diesem Moment muss ich laut geschrien haben, denn als ich aufwachte, saß Riaan bei mir und wischte mir die Tränen aus dem Gesicht. »Beruhige dich«, sagte er leise. »Alles ist gut. Du bist in Sicherheit. Es ist nichts passiert.«

Mein Herz hämmerte noch immer vor Angst, doch ich wusste, dass er die Wahrheit sagte. Bei ihm war ich sicher. Ich war immer sicher bei ihm, weil er in jener Nacht vor vierzig Jahren aufgehört hatte, als ich ihn darum gebeten hatte. Beim Klang meiner panischen Stimme war Riaan auf mir erstarrt und hatte mich angesehen, als wäre er gerade aus einer Trance erwacht; er war völlig entsetzt über sein eigenes Verhalten gewesen.

Er hatte sofort von mir abgelassen, mich um Verzeihung gebeten und war weggegangen. Andere Männer hätten das nicht getan.

»Ich bin hier«, flüsterte Riaan. »Du bist in Sicherheit. Ich werde nicht zulassen, dass jemand dir wehtut.«

Als ich mich von dem Schreck erholt hatte und wieder hinlegte, blieb Riaan bei mir sitzen und hielt meine Hand, bis ich wieder einschlief.

KAPITEL EINUNDFÜNFZIG

Zodwa

22. Mai 1995
Big Hope Informal Settlement
Magaliesburg, Südafrika

Die Reise nach Soweto ist reine Zeit- und Geldverschwendung. Der Mann, den Zodwa schließlich ausfindig gemacht hat, Cyril Malema – Dumisas Genosse und angeblich die letzte Person, die ihren Bruder lebend gesehen hat, derjenige, von dem Leleti immer vermutete, dass er lügt – ist ein heruntergekommener Säufer. Leleti hatte ihn bereits von ihrer Liste gestrichen, aber Zodwa musste selbst mit ihm sprechen, um die Skepsis ihrer Mutter nachvollziehen zu können.

Nach Zodwas Berechnungen ist Cyril nicht einmal dreißig Jahre alt, und doch sitzt er in einem abgedunkelten Raum, als wäre er von einem lebenslangen Kampf erschöpft. Er stinkt nach abgestandenem Bier und Schweiß, und seine blutunterlaufenen Augen können sich nur mit größter Mühe auf Zodwas Gesicht konzentrieren. Schon bei der bloßen Erwähnung von Dumisas Namen beginnt er unzusammenhängend zu plappern.

»Sie sind hinter mir her! Ich kann mich nicht verstecken. Man kann sich nirgendwo verstecken. Sie werden mich umbringen. Hilf mir, *sisi*! Hilf mir!«

Zodwa erkennt, dass er glaubt, die Sicherheitspolizei wäre immer noch hinter ihm her. Obwohl er ihr auf die Nerven geht, empfindet sie Mitleid mit ihm, weil er in der Hölle der Vergangenheit lebt, selbst jetzt noch, nachdem sie ein für alle Mal besiegt wurde.

Sie versucht, ihn mit sanften Worten zu beruhigen, schafft es aber nicht, ein vernünftiges Wort aus ihm herauszubekommen. Er fleht nur weiter um Hilfe, und Zodwa kehrt deprimiert ins Squatter Camp zurück. Nachdem sämtliche Erkundigungen nach ihrem Sohn in eine Sackgasse führten, hat sie gehofft, mehr Erfolg bei der Suche nach ihrem Bruder zu haben.

Zodwa geht Wasser holen, und als sie mit ihrem Eimer um die Ecke biegt, sieht sie Thembeka am Ende der Schlange vor dem Wasserhahn stehen. Es ist nicht das erste Mal in diesem Jahr, dass sie sie gesehen hat. Sie sind sich öfter begegnet, als ihr lieb war. Die ersten paar Male, als sich ihre Wege kreuzten, während sie in der Schlange an den Latrinen und dann im Spaza-Shop standen, versuchte Zodwa so zu tun, als wäre ihr die Anwesenheit ihrer ehemaligen Freundin gleichgültig. Sie verhielt sich distanziert, als wäre sie diejenige, die die Freundschaft beendet hatte, und nicht umgekehrt. Das Problem dieser Taktik bestand darin, dass sie nur dann wirksam gewesen wäre, wenn sie irgendeine Reaktion hervorgerufen hätte, was nicht der Fall war.

Vollkommene Gleichgültigkeit konnte nur erlangen, wer keine Gefühle mehr hatte, und Zodwa konnte sich nicht vorstellen, diesen Zustand jemals zu erreichen. Es schmerzte sie, dass es Thembeka gelungen war; dass sie anscheinend überhaupt nichts mehr für sie empfand.

Die Wut spornte sie an, so dass sie sich eines Tages, als sie und ihre neue Freundin Ntombi aus dem *Shebeen* von der

Arbeit nach Hause gingen und Thembeka sahen, an Ntombi wandte und murmelte – laut genug, damit Thembeka es hören konnte –: »Die glaubt, sie wäre was Besseres, weil sie ihr Matriek-Examen hat, aber was hat sie damit angefangen? Nichts. Sie sitzt den ganzen Tag herum und tut nichts, genau wie ihr fauler Freund. Sogar für einen Job im *Shebeen* ist sie sich zu gut.«

Die Feindseligkeit fühlte sich gut an.

Zwischen Liebe und Hass verlief eine hauchdünne Linie, feiner als das Fadenkreuz eines Gewehrs. Hass brannte genauso heftig wie Leidenschaft, und Zodwa entschied, dass sie lieber täglich Thembekas Abscheu zu spüren bekommen wollte, als gar keine Rolle mehr für sie zu spielen.

Und tatsächlich hatte ihre Boshaftigkeit eine Reaktion bei Thembeka hervorgerufen. Thembeka sah zunächst verwirrt aus; dann schien sie von Zodwas Kommentar verletzt zu sein. Ihr Schmerz beflügelte Zodwa. Von da an versäumte sie keine Gelegenheit, weitere Bemerkungen über Thembeka und ihren schrecklichen Männergeschmack, ihren offensichtlichen Mangel an Ehrgeiz und die Tatsache, dass sie dachte, sie sei so viel besser als Zodwa, zu machen.

All die Male hatte Zodwa jedoch Freundinnen bei sich gehabt, die über ihre Kommentare lachten und sie in ihrer Bosheit ermunterten. Heute ist sie allein, ebenso wie Thembeka. Sie ist die Letzte in der Schlange, deswegen bleibt Zodwa keine andere Wahl, als sich hinter ihr anzustellen. Zodwa versucht, sich auf alles andere zu konzentrieren als auf Thembekas Nähe, und ihre Aufmerksamkeit sucht sich eine Ablenkung nach der anderen.

»I'll Make Love to You« von *Boyz II Men* plärrt aus einem

Radio in der Nähe, und Fliegen summen um einen Rattenkadaver. Der verführerische Duft von gerösteten *mielies* weht aus einer Tür drei Hütten weiter, aber er kann den Geruch von Babypuder und Vaseline, von dem Zodwa weiß, dass er von Thembeka ausgeht, nicht überlagern. Allein der Gedanke an die Vaseline lässt Zodwas Knie weich werden, so dass sie überlegt, zu gehen und später wiederzukommen.

Als ob sie ihre Gedanken lesen könnte, dreht sich Thembeka um. Sie öffnet den Mund, als wolle sie etwas sagen, und Zodwa zittert innerlich. Sie schämt sich für ihr Verhalten, schämt sich für ihre Beziehung zu Ace und weiß, dass sie jede Beleidigung verdient, die Thembeka im Begriff ist, ihr an den Kopf zu werfen. Was sie nicht erträglicher machen wird. Sie wartet einen Moment und dann noch einen, und als Thembeka immer noch nichts sagt, faucht Zodwa: »Was? Was ist?«

Thembeka zögert noch einmal und schüttelt dann den Kopf. Sie dreht sich wieder um und schaut nach vorn, so dass Zodwa ihren Rücken und Nacken betrachten kann. Ihren schönen Hals, der für Zodwa für immer unerreichbar bleiben wird.

KAPITEL ZWEIUNDFÜNFZIG

Ruth

5. Juni 1995
Verdriet, Magaliesburg, Südafrika

»Und, wie war der Termin?«, fragt Dee, sobald wir zur Tür hereinkommen. Sie versucht, gelangweilt zu klingen, als würde sie nur deshalb fragen, weil sie nichts Besseres zu tun hat, aber ich sehe ihr an, dass sie auf uns gewartet hat.

»Die Ergebnisse der Blutuntersuchungen brauchen ein paar Tage, deshalb weiß ich nicht, wie sein CD4-Quotient und seine Viruslast aussehen, aber zum Glück hat er weder eine Hüftgelenksdysplasie noch Anomalien der Beine, deswegen gibt es keinen Grund, warum er nicht bald anfangen sollte zu laufen.«

»Ich habe dir doch gesagt, dass er ganz normal entwickelt ist«, erwidert sie. Sie hat mir erklärt, dass Kleinkinder, die ihre erste Zeit in Heimen verbracht haben, meistens länger brauchen, bis sie die großen Entwicklungsschritte vollziehen, einfach weil ihnen die Eins-zu-Eins-Bindung an eine Bezugsperson gefehlt hat. Deswegen hat es auch so lange gedauert, bis Mandla anfing zu krabbeln.

»Ich weiß. Du hattest recht«, gebe ich zu und setze trocken nach: »Das liegt eben daran, dass ich von Mutterhormonen überschwemmt werde. Da macht man sich über jede Kleinigkeit Sorgen.«

»Aha. Bestimmt ist das Stillen auch eine ganz schöne Plackerei.«

»Sieh mal einer an, du machst Witze wie ein ganz normaler Mensch. Wirklich urkomisch«, schnaube ich.

»Nein, das ist es nicht. Du bist einfach durcheinander, weil du einen Lagerkoller hast und die Geisel eines Einjährigen bist.«

»Nur dass ich ihn nicht ganz so sehr mag, wie es das Stockholm-Syndrom verlangt.«

Dee lacht. »Scherz beiseite, du solltest wirklich öfter rauskommen. Es ist nicht gesund, dass ihr beide die ganze Zeit so eingesperrt seid.«

Ich schaue sie an. »Im Ernst? Und wohin sollen wir gehen? Etwa in die Kindertagesstätte dieser rechten Rassisten, von denen unserer Meinung nach die letzte Morddrohung stammt? Oder in die Teestube, die der Cousine der Coetzees gehört? Vielleicht sollten wir in die Kirche gehen, damit der freundliche Pfarrer mir noch einmal predigen kann, für wie abartig er uns hält, oder würdest du vielleicht vorschlagen, dass …«

»Okay, okay, okay. Ich hab's verstanden.« Sie schweigt einen Moment und wirft mir dann einen skeptischen Seitenblick zu, als hätte sie etwas auf dem Herzen. »Bitte versteh mich nicht falsch, aber ich wundere mich eben.«

»Worüber?«

»Dass du dich auf diese Art und Weise schikanieren lässt. Das ist nicht die Ruth, die ich kenne. Die Ruth, die ich kenne, würde zum Angriff übergehen.«

»Tja, hm. Die Ruth, die du meinst, ist die VM-Ruth.«

»VM?«

»Vor Mandla. Die NM-Ruth denkt die ganze Zeit daran, dass sie nicht als Einzige unter Beschuss steht. Mandla wird ebenfalls zur Zielscheibe werden, und ich will ihn nicht in Gefahr bringen, wenn ich es nicht muss.«

Der Gedanke, mit Mandla hinauszugehen, wo wir verwundbar sind, und ihn all diesem Hass auszusetzen, dreht mir den Magen um. Ich glaube an Energie, sowohl gute als auch schlechte. All diese Feindseligkeit, die man uns entgegenbringt, ohne Mauern, die uns schützen, können für keinen von uns gut sein.

Dee atmet lange und tief durch und nickt. »Kann ich verstehen.«

»Kannst du ihn mal für eine Minute nehmen, während ich sein Mittagessen zubereite?« Ich warte die Antwort gar nicht erst ab, sondern gebe ihr ein Paar Handschuhe und warte darauf, dass sie sie anzieht, bevor ich ihr Mandla rüberreiche. Ich kann an einer Hand abzählen, wie oft sie Mandla bisher auf den Arm genommen hat. Es hat sich allerdings in den letzten Wochen gebessert, und ich bin vorsichtig optimistisch.

»Mittagessen!«, verkünde ich Mandla, als sein Brei fertig ist und Dee ihn zu seinem Hochstuhl trägt und hineinsetzt. »Lecker. Sieht das nicht richtig lecker aus? Das ist der letzte Schrei in Frankreich, weißt du. Die besten Köche servieren es den Babys mit den anspruchsvollsten Geschmäckern.«

Mandla schlägt mit den Händen auf seinen Tisch.

Dee bindet ihm das Lätzchen um, nimmt den Löffel, taucht ihn in die Schüssel und führt die Mischung aus bunten Stückchen zu ihrem Mund. »Mhm, das sieht so gut aus.« Sie macht ein Riesenbohai daraus, das Essen hinunterzuschlucken und anschließend anerkennend zu schmatzen. »Willst du mal probieren?«

Mandla öffnet seinen Mund, nimmt einen Bissen und behält ihn für ein paar Sekunden in den Backen, bevor er das Gesicht verzieht und alles wieder ausspuckt.

»Bist du sicher, dass du das nicht magst? Ich esse alles auf, wenn du dich nicht beeilst und ordentlich zulangst.« Dee nimmt noch einen Bissen, aber es geht schief. Als sie hustet und das Essen in hohem Bogen über den Tisch spuckt, lacht Mandla laut – zum allerersten Mal.

Ich könnte vor Dankbarkeit heulen. »Tut mir wirklich leid, aber es ist großartig, dass du beinahe erstickt wärst«, pruste ich, und sie nickt mit tränenden Augen.

Als das Telefon fünfzehn Minuten später klingelt, geht Dee ran und beginnt zu plaudern, offenbar mit Riaan.

»Komm, kleiner Mann. Wir müssen deine Windel wechseln.« Ich nehme Mandla das Lätzchen ab, wische über sein Gesicht und seine Hände und trage ihn zum Wickeln in sein Zimmer.

Nachdem ich ihn auf den Wickeltisch gelegt habe, ziehe ich automatisch ein frisches Paar Latexhandschuhe an. Ich öffne seine Windel, recke mich nach dem Paket mit Babytüchern im Regal über seinem Kopf, und als ich eines herausziehe, streckt Mandla die Hand aus und greift nach meiner Hand. Es ist immer ein seltsames Gefühl, wenn ich sehe, wie er mich festhält, wenn ich den Druck seiner Finger spüre, aber nicht die nackte Haut seiner Hand.

Ich erinnere mich an all die Nächte in den letzten Wochen, in denen wir dort gelegen haben, Brust an Brust, und wie er auf mir eingeschlafen ist; all die Male, bei denen er auf mich gekotzt, an mir seinen Rotz abgewischt und mich angepinkelt hat, wenn ich die Windel nicht schnell genug anlegen konnte. Ich denke auch an meine Tränen, die während der vielen Stunden auf ihn getropft sind, in denen ich wach lag und wünschte, dass ich eine Beziehung zu Gott hätte, damit ich beten könnte, dass er meinen Jungen beschützt. Ich denke an den kalten Schweiß, der auf meiner Stirn stand, jedes Mal, wenn ich glaubte, dass Mandla Fieber bekäme, und ich dachte: *Jetzt geht's los, jetzt geht's los, jetzt geht's los.*

Trotz all der Körperflüssigkeiten, die wir ausgetauscht haben, habe ich mir nie Sorgen gemacht, dass ich mich mit dem Virus infizieren könnte. Ich weiß genau, auf welchen Wegen es übertragen wird, nämlich hauptsächlich durch Geschlechtsverkehr, das Teilen von Nadeln, Bluttransfusionen und das Trinken infizierter Muttermilch.

Wozu also die Handschuhe?

Ich ziehe sie langsam aus, atme tief durch und werfe sie in den Mülleimer. Die Schachtel wandert direkt hinterher. Ich werde diese Barriere zwischen Mandla und mir für immer überwinden.

KAPITEL DREIUNDFÜNFZIG

Zodwa

23. Juni 1995
Big Hope Informal Settlement,
Magaliesburg, Südafrika

»Zodwa.«

Die Stimme dringt von hinten aus der Dunkelheit zu ihr, aber sie erkennt sie sofort.

Thembeka.

Zodwas Herz trommelt wie Regen auf ein Blechdach, als sie sich zu der Frau umdreht, die sie liebt. »Was willst du?« Thembeka antwortet nicht, steht nur da und beißt sich auf die Lippe. »Was willst du?«, wiederholt Zodwa.

Da Thembeka immer noch nichts sagt, wendet Zodwa sich wieder von ihr ab und geht weiter. Nach drei Schritten ruft Thembeka: »Ich habe gehört, dass du … nach deinem Baby suchst. Dass du herausfinden willst, was mit ihm passiert ist.«

Zodwa bleibt stehen. In der Township bleibt natürlich nichts geheim. »Ach ja?«

»Ja.« Thembeka hält inne und atmet tief durch. Dann sagt sie: »Ich wollte dich wissen lassen, dass dein Baby nicht bei der Geburt gestorben ist, wie alle behaupten.«

Die Worte bohren sich wie Speere in Zodwas Rücken. Sie dreht sich wieder um, aber diesmal ist sie diejenige, die die andere wortlos anschaut.

»Ich habe gesehen, wie deine Mutter es in der Nacht, als es geboren wurde, weggebracht hat.«

Auf einmal sprudeln die Worte nur so aus Thembeka heraus, als hätte sie Angst, Zodwa würde aufhören, ihr zuzuhören. »Ich war früher an dem Tag schon an deiner Hütte vorbeigekommen und habe dich schreien gehört. Ich wusste, dass du in den Wehen lagst, und ich wollte … Ich wollte abwarten, bis das Baby da ist, um es mir anzuschauen. Um herauszufinden, ob es Mongezi irgendwie ähnelte. Um mich zu vergewissern. Denn wenn es ihm nicht ähnelte, dann … dann hätte ich aufhören können, mich ständig zu fragen … dann hätte ich endlich sicher sein können.«

»Dass ich eine Lügnerin bin?« Zodwa geht auf Thembeka zu, die zurückweicht.

»Als du mir erzählt hast, was passiert ist, wusste ich nicht, was ich glauben sollte«, sagt Thembeka flehend, als wünschte sie verzweifelt, dass Zodwa sie versteht. »Mongezi sagte, er hätte nie mit dir geschlafen. Er sagte, du wärst eifersüchtig auf unsere Beziehung und würdest Lügen erzählen, um einen Keil zwischen uns zu treiben. Ich wusste einfach nicht, wem ich glauben sollte.«

Du hättest mir glauben sollen, will Zodwa schreien. *Mir! Weil ich dich mehr als jeder andere geliebt habe. Ich hätte dich niemals verletzt.* Aber sie bringt kein Wort heraus.

»Also wartete ich vor der Hütte, weil ich dachte, dass ich vielleicht mit dir reden und das Baby sehen könnte«, fährt Thembeka fort. »Diese Ungewissheit schwelte schon seit Monaten in mir, und es machte mich allmählich verrückt, die Wahrheit nicht zu kennen.« Sie schaut weg und dann wieder zu Zodwa. »Während ich dort stand und wartete, kam deine

Mutter aus der Hütte. Sie hatte Plastiktüten und eine große Tasche dabei. Ich wollte warten, bis sie weg war, und dann zu dir in die Hütte gehen, doch als sie an mir vorbeikam, hörte ich einen Schrei aus der Tasche. Den Schrei eines Babys.«

Zodwa schlägt die Hände vor den Mund. *Mama, was hast du getan?*

»Ich fand es seltsam, was Leleti da tat, also folgte ich ihr. An dem Tag war unglaublich viel los, alle feierten Mandela. Bei dem ganzen Lärm hatte niemand außer mir den Schrei des Babys gehört. Zehn Minuten später, als ich Leleti auf die Hauptstraße folgte, hörte ich es wieder schreien. Und dann sah ich, wie Leleti die Tasche absetzte, das Baby herausnahm und es sich mit einer Decke auf den Rücken band. Sie ging Richtung Stadt, und der Hund lief ihr hinterher.«

»Und was passierte dann?«

»Ich konnte ihr nicht weiter folgen, weil Mongezi auf mich wartete, also machte ich kehrt und ging zurück.«

»Aber warum hast du so lange damit gewartet, mir das zu erzählen?« Zodwa würde Thembeka am liebsten an den Schultern packen und schütteln.

»Ich wusste ja nicht, was deine Mutter mit dem Baby gemacht hatte und ob du mir überhaupt glauben würdest. Und als Leleti dann einige Tage später starb … Ich wusste einfach nicht, was ich tun sollte. Ich dachte, wenn Leleti wusste, dass das Baby von Mongezi stammt und dass er dich vergewaltigt hat, wie du gesagt hattest, dann … dann wollte sie es vielleicht loswerden, damit du wieder zur Schule gehen konntest. Ich dachte, es wäre besser, nicht darüber zu reden, bis …«

»Bis was?«

»Bis ich herausfand, wo dein Baby möglicherweise sein könnte.«

Zodwa beginnt am ganzen Körper zu zittern, ihre Knie werden so weich, dass sie sich am Zaun der *Shebeen* festhalten muss.

»Was sagst du da?«

»Es gibt eine Farm, etwa fünfzehn Minuten zu Fuß von hier«, sagt Thembeka. »Dort leben zwei alte weiße Frauen. Sie haben ein schwarzes Baby bei sich, das genauso alt ist, wie dein Baby jetzt sein müsste. Angeblich haben sie es eines Abends vor ihrer Haustür gefunden und behalten.«

»Woher weißt du das?«

»Meine Mutter hat letzte Woche auf der Farm nebenan Avocados gepflückt. Und da hörte sie, wie ein altes Paar, das im Moment noch bei den weißen Frauen arbeitet, aber bald aufhören will, über das Baby sprach.«

Zodwa braucht eine Weile, um diese Informationen zu verarbeiten. Sosehr sie Thembeka auch glauben will, es ergibt einfach keinen Sinn.

Warum sollte Leleti Zodwas Baby nehmen und es zu zwei wildfremden weißen Frauen bringen?

Thembeka scheint ihre Gedanken zu lesen, denn sie fragt: »Kannte Leleti diese Frauen vielleicht?«

Zodwa will gerade protestieren. Ihre Mutter hätte ihr Baby niemals Weißen gegeben, nicht in einer Million Jahren, als ihr plötzlich etwas einfällt.

Wer war denn die Weiße, mit der du eben geredet hast?

Jemand, für den ich vor langer Zeit einmal gearbeitet habe, als wir beide noch sehr jung waren. Der Herrgott hat uns damals zusammengebracht, und er vollbringt noch immer Wunder.

Du hast sie umarmt. Warst du nicht immer der Meinung, dass alle Weißen Dämonen sind?

Diese Frau nicht. Sie ist ein Kind Gottes.

Zodwa blinzelt ein paarmal. Warum hat sie nicht schon früher an diese Frau gedacht? »Kannst du mich zu dieser Farm bringen?«

Zu Zodwas Erleichterung nickt Thembeka.

»Morgen? Kannst du mich morgen hinbringen?«

»Ja.«

Doch etwas nagt an Zodwa, und es dauert einen Moment, bis es ihr klar wird. »Warum hilfst du mir überhaupt?«, fragt sie. »Nach allem, was passiert ist? Du hast mir die Sache mit Mongezi nie geglaubt, was hat sich geändert?«

Thembeka schaut weg, doch dann huscht ihr Blick zu Zodwa zurück. »Ich habe den Brief gefunden, den du mir geschrieben hast.«

KAPITEL VIERUNDFÜNFZIG

Delilah

24. Juni 1995
Verdriet, Magaliesburg, Südafrika

»Findest du wirklich nicht, dass er sich heiß anfühlt?« Ruth nahm mit sorgenvoller Miene die Hand von Mandlas Stirn.

»Nein«, sagte ich. »Was an ein Wunder grenzt, wenn man bedenkt, wie viele Decken du auf das Kind gelegt hast.«

»Wir müssen vorsichtig sein. Er kann sich viel schneller etwas holen als wir.«

»Einen Hitzschlag zum Beispiel«, sagte ich trocken und nahm zwei Decken von Mandla weg.

»Du findest also, seine Stirn fühlt sich nicht heiß an. Fühlt sie sich denn klamm an?«

»Ruth!«

Meine Schwester machte mich langsam wahnsinnig mit ihrer übertriebenen Fürsorge. Mandlas letzte Bluttests hatten gezeigt, dass die Zahl seiner Helferzellen den Umständen entsprechend gut war und seine Viruslast sich nicht erhöht hatte. Diese ermutigenden Ergebnisse hätten sie eigentlich beruhigen sollen. Doch statt sich darüber zu freuen, wurde sie immer panischer, als würde sofort eine Katastrophe eintreten, wenn sie nicht pausenlos wachsam war.

Ruth wollte Mandla allen Ernstes wieder unter den Decken begraben, die ich gerade weggenommen hatte, aber als ich ihr einen giftigen Blick zuwarf, ließ sie es bleiben. Wir hatten es endlich geschafft, den Kleinen dazu zu bringen, in seinem Gitterbett zu schlafen, doch das von mir eingeführte Schlaftraining wurde ständig von Ruth unterlaufen, die ihn, sobald er auch nur quiekte, herausnahm.

»Er braucht mich«, hatte sie in der ersten Nacht des Schlaftrainings gesagt, als ich vor Mandlas Zimmer Wache stand und sie nicht durchließ. »Er schreit nach mir.«

»Er schreit nicht, Ruth, er brabbelt vor sich hin. Du hast ihn doch erst vor einer Viertelstunde hingelegt. Er wird nie lernen, allein zu schlafen, wenn du beim kleinsten Geräusch, das er von sich gibt, gleich zu ihm rennst.«

Sie hatte mich finster angeschaut, sich dann aber wieder in ihr Zimmer verzogen. Letztendlich dauerte es drei Nächte, bis Mandla sich umgewöhnt hatte und die Nacht durchschlief. Alles entwickelte sich bestens, doch Ruth hatte trotzdem ständig Angst, dass ihm etwas passieren würde.

»Richtig – das Leben nämlich«, hatte ich gewitzelt. »Davor kannst du ihn nicht bewahren.« Doch auch dieser Versuch, sie zu beruhigen, blieb erfolglos.

Ich ließ Ruth mit Mandla allein, trat auf die Terrasse hinaus und schloss schnell die Schiebetür hinter mir, um den kalten Wind nicht hereinzulassen.

Riaan hatte draußen einen dreibeinigen gusseisernen Topf auf eine Cadac-Gasflasche gestellt, um Ochsenschwanz-*potjie* zuzubereiten.

»Was macht der Eintopf?«

»Sieht gut aus. Das Fleisch ist schon angebräunt, ich habe gerade das Gemüse darauf geschichtet. Sollte fertig sein, sobald das Rugby-Match vorbei ist.«

»Willst du das Ganze nicht umrühren?«, neckte ich ihn.

Natürlich wusste ich, dass ein *potjie* auf keinen Fall umgerührt werden durfte. Alle Zutaten wurden in einer bestimmten Reihenfolge hinzugefügt, und der gusseiserne Topf speicherte die Hitze derart, dass der Inhalt gleichmäßig garte.

»*Rooinek*«, witzelte Riaan. Das war das *Afrikaans*-Schimpfwort für die Engländer: *Redneck*. »Ihr habt wirklich keine Ahnung von *boerekos*.«

»Kommt rein, das Match fängt an!«, rief Ruth nach einer Weile.

Es war das Finale der Rugby-Weltmeisterschaft zwischen Südafrika und Neuseeland. Wir nahmen vor dem Fernseher Platz, um das Spiel zu verfolgen. Rugby hatte zu den wenigen Gemeinsamkeiten gehört, die es zwischen meinen Eltern gab; den Schotten war dieser Sport ebenso heilig wie den Afrikaanern, und so waren Ruth und ich damit aufgewachsen.

Wegen der Sanktionen, die während der Apartheid gegen Südafrika verhängt worden waren, hatten wir an den ersten beiden Weltmeisterschaften 1987 und 1991 nicht teilnehmen dürfen. Daher war es ein Riesending, dass Südafrika diesmal nicht nur Gastgeber war, sondern dass die Springboks sogar das Finale erreicht hatten und nun gegen die Kiwis antraten.

Ich hatte Schüsseln mit *biltong* und *droëwors* bereitgestellt, denn Trockenfleisch-Snacks waren Tradition, wenn man Rugby schaute. Riaan und ich tranken Castle Lager dazu, Ruth Wein.

Auf dem Bildschirm erschien das ausverkaufte Ellis-Park-Stadion, und auf allen Tribünen wurde emsig die neue südafrikanische Flagge geschwungen; ein ermutigender Anblick. Die Zuschauer hatten ihre Gesichter mit sämtlichen

Farben der Flagge bemalt – Schwarz, Gelb, Grün, Rot, Blau und Weiß –, und die Stimmung war fantastisch. Die Menge wurde mit Gesang und Tanz unterhalten, als plötzlich ein ohrenbetäubender Lärm ertönte.

Eine Boeing 747, die das Stadion im Tiefflug überquerte, nahm den gesamten Bildschirm ein. Auf der Unterseite und den Tragflächen trug sie den Schriftzug *Good Luck Bokke – Viel Glück Springboks*. Fünfundsechzigtausend Menschen legten die Köpfe in den Nacken, um das Spektakel, das über ihnen stattfand, zu bestaunen. Und dann spazierte Nelson Mandela neben Louis Luyt, dem Präsidenten der South African Rugby Union, auf das Spielfeld.

»Das sind die seltsamsten Verbündeten, die ich je gesehen habe«, sagte ich. Luyt war eingefleischter Afrikaaner und galt als Rassist.

»Außergewöhnliche Zeiten erfordern außergewöhnliche Maßnahmen«, erwiderte Riaan trocken. »Sieh dir das an. Mandela trägt ein Springboks-Trikot!«

Mandela, der auch Madiba genannt wurde, trug jedoch nicht nur das Trikot der südafrikanischen Nationalmannschaft und dazu eine Springboks-Kappe, sondern auch die Nummer sechs, die Francois Pienaar gehörte, dem Kapitän der Nationalmannschaft. Es war sehr ungewöhnlich, den Präsidenten so leger gekleidet zu sehen; normalerweise bevorzugte er Anzüge oder sein Markenzeichen, afrikanische Hemden, die inzwischen sogar »Madiba-Hemden« hießen.

Als Mandela den Spielern die Hand schüttelte und dabei ein paar Worte mit jedem wechselte, brandete im Stadion ein Gesang auf.

»Nelson! Nelson! Nelson!«

Mir stiegen Tränen in die Augen, und ich bekam eine Gänsehaut. »Vor einem Jahr wurde er von den weißen Südafrikanern noch als Bedrohung wahrgenommen. Schaut sie euch jetzt an. Schaut, wie sehr sie ihn lieben.«

Auf dem Bildschirm erschien Nelson Mandela, der sichtlich bewegt seine Kappe abnahm und damit dem überwiegend weißen Stadionpublikum zuwinkte.

Das Finale war nervenaufreibend, und am Ende der regulären Spielzeit stand es 9:9 unentschieden.

»Auf die Verlängerung bin ich gespannt«, sagte Riaan. »Die Jungs sehen schon völlig fertig aus.« Er entschuldigte sich, um kurz nach draußen zu gehen und das Gas abzustellen, damit der *potjie* nicht anbrannte.

Dann ertönte wieder ein Pfiff, und der Kampf ging weiter. Es sah gut aus, bis der Verbindungshalb der All Blacks einen langen Straftritt erfolgreich kickte und die Neuseeländer 12:9 in Führung brachte.

»Verdammt!«, schrie Ruth.

Ich war überzeugt, dass wir schon so gut wie verloren hatten, als Joel Stransky den Ausgleich für die Boks erzielte. »Es steht wieder unentschieden!«

»Wie viele Minuten noch?«

»Acht.«

»Kommt schon, Jungs! Ihr schafft das!« Kaum hatte Ruth die Mannschaft angefeuert, als Joel Stransky plötzlich aus dreißig Metern Entfernung einen Sprungtritt ausführte. Gebannt schauten wir zu, wie das Leder-Ei beinahe wie in Zeitlupe Purzelbäume durch die Luft schlug und seinen Zenit erreichte, bevor es mitten durch die Stangen flog. Die Menge rastete aus.

Als der Pfiff das Ende der Verlängerung verkündete, sprangen wir alle drei auf und schrien aus vollem Hals: »Wir haben gewonnen! Wir haben es geschafft!«

»Das ist Madiba-Magie!«

Als es eine Weile später bei uns klingelte, runzelte Ruth die Stirn. Sie hatte immer wieder davon gesprochen, dass etwas Schlimmes passieren würde, und ihrer Miene nach zu urteilen war ihre Befürchtung nun eingetreten.

KAPITEL FÜNFUNDFÜNFZIG

Zodwa

24. Juni 1995
Verdriet, Magaliesburg, Südafrika

Zodwa hebt die Hand und drückt auf die Klingel, bevor der Mut sie verlassen kann. Sie hat keine Ahnung, was sie sagen und wie sie ihre Anwesenheit erklären soll. Sie will nur eines: herausfinden, ob die Gerüchte wahr sind und das schwarze Kind möglicherweise ihr Sohn sein könnte.

»Ja, hallo?« Eine körperlose Stimme hallt aus der Sprechanlage.

»Hallo«, antwortet Zodwa und beugt sich zur Box vor.

»Kann ich Ihnen helfen?«

»Ich suche ...« Sie bricht ab, unsicher, was sie sagen soll. In dem Moment fängt im Hintergrund ein Hund wild an zu bellen und übertönt alles andere.

Die Kamera, die auf dem Elektrozaun positioniert und nach unten zum Tor geneigt ist, bewegt sich und scheint sie zu fokussieren. Zodwa lächelt unsicher hinauf.

»Es tut mir leid, ich kann Sie nicht verstehen, wenn der Hund bellt. Ich öffne das Tor.«

Und einfach so gleitet das elektrische Tor beiseite, und Zodwa befindet sich innerhalb der riesigen Umzäunung und geht auf das Haus zu. Sie blickt sich suchend nach Thembeka um und sieht, wie diese sich hinter den wilden Olivenbäumen versteckt, dort, wo sie sich getrennt haben.

Zodwa wünschte, sie hätte mit Thembeka über den Brief gesprochen und etwas über ihre Reaktion erfahren, aber als sie Zodwa heute Morgen abgeholt hat, hat sie ihn nicht noch einmal erwähnt. Obwohl Zodwa kaum etwas anderes als ihr Baby im Kopf hat, sehnt sie sich noch immer verzweifelt danach zu wissen, was ihre Freundin denkt.

Vor ihr öffnet sich die Haustür, und Zodwa dreht ruckartig den Kopf nach vorn. Eine ältere weiße Frau tritt auf die Veranda. Sie ist schlank und hat graue Haare, die ihr bis knapp über die Ohren reichen. Obwohl ihr Haar seit dem letzten Mal, als Zodwa sie gesehen hat, gewachsen ist, erkennt sie sofort die Frau wieder, die ihre Mutter vor mehr als einem Jahr am Straßenrand umarmte.

»Hallo? Kann ich dir helfen?«, fragt die Frau.

»Hallo, Ma-Madam«, antwortet Zodwa stotternd.

Ein schwarzer Hund schlüpft plötzlich aus dem Haus und läuft auf Zodwa zu, die zurückschreckt.

»Bella!«, ruft die Frau, aber der Hund hört nicht auf sie.

Stattdessen läuft er schwanzwedelnd weiter auf Zodwa zu. Als er sie erreicht, springt er an ihr hoch, als begrüße er eine lang vermisste Freundin.

Oh mein Gott. Das ist Shadow! Das ist Mamas Hund!

Zodwa spürt, wie ihr die Tränen kommen. Sie weiß jetzt, dass sie am richtigen Ort ist; hier wird sie ihren Sohn finden, denn natürlich hat ihre Mutter ihren Hund mit zurückgelassen, um ihn zu beschützen.

»Es tut mir wirklich leid«, sagt die Frau und eilt die Treppe hinunter dem Hund hinterher. »Ich weiß nicht, was in sie gefahren ist. Normalerweise gehorcht sie viel besser.«

»Ist schon in Ordnung«, erwidert Zodwa und krault den

Hund lächelnd hinter den Ohren, wie es Leleti früher getan hat.

»Na ja, sie scheint dich jedenfalls ganz besonders zu mögen.« Die Frau packt den Hund am Halsband und bugsiert ihn wieder hinein, dicht gefolgt von Zodwa.

Sie überlegt fieberhaft, was sie als Nächstes sagen könnte, aber ihr fällt nichts ein. Jetzt bereut sie es, sich keinen richtigen Plan zurechtgelegt zu haben. Eigentlich hatte sie vorgehabt, nur das Grundstück zu überwachen und nach der Frau oder dem Kind Ausschau zu halten, aber gleich nach ihrer Ankunft hatte sie ihre Absicht geändert. Leleti hat ihr immer vorgeworfen, impulsiv zu sein, und sie hat recht gehabt.

Als sie die Tür erreichen, deutet die Frau ins Haus und befiehlt dem Hund: »Ab ins Körbchen, Bella!« Sie klatscht zur Bekräftigung in die Hände, und der Hund gehorcht.

Als der Hund sich trollt, kann Zodwa an ihr vorbei ins Haus hineinschauen, und was sie sieht, verschlägt ihr den Atem.

Ein Kleinkind sitzt auf einer Couch, und es ist das Ebenbild von Zodwas Bruder Dumisa. Mehr noch, seine hervorquellenden Augen und sein verzweifelter Gesichtsausdruck deuten darauf hin, dass er an etwas zu ersticken droht. Zodwa hat keine Zeit zum Nachdenken, sie handelt instinktiv, stößt die Tür nach innen auf und schubst die Frau aus dem Weg.

»Hey!«, ruft die Frau, zu schockiert, um Zodwa den Weg zu versperren oder ihr nachzulaufen.

Zodwa hat das Gefühl, durch Schlamm zu laufen und eine Ewigkeit zu brauchen, bis sie das Kind erreicht. Sie ist sich nur vage bewusst, dass der Hund zurückgekehrt ist, aufgeschreckt durch den Schrei seiner Besitzerin. Sie hört auch andere Schreie, aber sie klingen verzerrt, als kämen sie aus großer Entfernung.

Als Zodwa den Jungen schließlich erreicht hat, beugt sie sich vor und hebt ihn auf, wobei sie spürt, wie sich die Zähne des Hundes in ihre Hand graben. Sie ignoriert die starken Schmerzen und konzentriert sich auf das Gesicht des Kindes. Sein Mund ist aufgerissen, und seine Augen und Nase laufen, sein Gesicht ist eine starre Maske der Panik. Er atmet noch immer nicht. Sie stellt ihn auf den Kopf, legt ihn über ihren ausgestreckten Unterarm und schlägt ihm mit dem Handballen fest zwischen die Schulterblätter.

Weitere Schreie ertönen irgendwo in der Nähe; der Hund gibt auf einmal Ruhe.

Der Junge liegt schlaff in ihren Armen.

Nein. Nein. Nein. Nein. Nein. Nein. Nein.

Jemand zerrt laut jammernd an Zodwas Pullover, aber sie blendet alles aus und konzentriert ihre ganze Aufmerksamkeit auf den Jungen. Sie betet jetzt – intensiver als je zuvor.

Bitte, lieber Gott! Bitte! Bitte!

Noch einmal schlägt sie dem Jungen auf den Rücken.

Stirb nicht! Stirb nicht! Stirb nicht! Nicht jetzt, wo ich dich endlich gefunden habe.

KAPITEL SECHSUNDFÜNFZIG

Ruth

24. Juni 1995
Verdriet, Magaliesburg, Südafrika

Ich bin in der Küche, als Dee laut aufschreit, und ich schaue auf und sehe ein schwarzes Mädchen, das auf Mandla zuläuft. Ich bin verwirrt und erstarre, und dann sehe ich Mandlas Gesicht. Er atmet nicht, und seine Augen treten unnatürlich aus den Höhlen hervor.

»Tu etwas!«, schreie ich Dee an. Ich stehe da wie angewurzelt, die Hände vor den Mund geschlagen, aber das Mädchen hat ihn schon erreicht, und als sie ihn hochhebt, stürzt sich Bella auf sie und beißt sie.

Ich erwarte, dass das Mädchen vor Schmerzen schreit und Mandla fallen lässt, aber es gibt keinen Laut von sich. Sie ist so auf meinen Jungen konzentriert, während sie ihn kopfüber hält und ihm auf den Rücken schlägt, dass sie den Biss nicht einmal zu bemerken scheint. Halb wahnsinnig frage ich mich, ob sie ein Engel ist.

In dem Moment kommt Riaan von der Terrasse herein, und Bella kläfft wie verrückt. Dee beruhigt sie und zieht sie von der jungen Frau weg.

Bitte, lieber Gott! Bitte! Bitte!

Nichts passiert. Mandla atmet immer noch nicht. Ich stürze auf sie zu, packe die junge Frau am Pullover, plappere unzusammenhängend auf sie ein und flehe sie an, ihm zu helfen.

Sie schlägt ihm weiterhin auf den Rücken, und ich will ihr Mandla schon aus den Armen reißen, als sich etwas aus seinem Hals löst. Es sieht aus wie ein Stück *droëwors*, aber kaum liegt es auf dem Boden, schnappt Bella zu und verschlingt es mit einem Happs.

Es ist für einen Moment ruhig, zu ruhig, und dann holt Mandla zitternd Luft.

Er atmet. Mein Junge atmet!

»Oh mein Gott! Du hast ihm das Leben gerettet! Du hast meinem Jungen das Leben gerettet! Er hat es geschafft. Oh, Gott sei Dank, er hat es geschafft!«

Ich weine und Dee weint und das Mädchen weint, und ich nehme ihr meinen Jungen ab und küsse ihn über das ganze Gesicht. Er schreit, und ich sollte ihm wahrscheinlich Raum zum Atmen geben, aber ich würde ihn am liebsten in mich hineindrücken.

Noch nie in meinem ganzen Leben hatte ich solche Angst. Ich dachte, ich würde ihn verlieren. Ich dachte, das wäre es gewesen. Und wäre das nicht der boshafteste Streich gewesen, den mir das Universum hätte spielen können? Ein HIV-positives Baby, das erstickt? Das ist so verrückt, dass ich laut lachen muss, und alle schauen mich an, als wäre ich verrückt geworden. Und das bin ich ja auch. Verrückt vor Erleichterung.

Später sitzen wir alle auf dem Sofa. Mandla sitzt auf meinem Schoß, und mit einer Hand halte ich ihn, mit der anderen die verbundene Hand des Mädchens. Dee hat die Bisswunde desinfiziert und der jungen Frau sogar eine Tollwutspritze aus ihrer Notfall-Reiseapotheke gegeben. Sie entschuldigt sich immer wieder dafür, dass sie die *droëwors* auf dem Tisch hat liegen lassen, wo Mandla sie erreichen konnte, bis ich ihr schließlich sage, sie soll die Klappe halten.

Der jungen Frau scheint es unangenehm zu sein, so neben mir zu sitzen, aber sie starrt meinen Jungen an, als wäre er das Wunderbarste, das sie je gesehen hat.

»Wie war noch mal dein Name?« Sie hat ihn mir schon zwei Mal genannt, aber ich bin die ganze Zeit so sehr auf Mandla fixiert, dass ich mich kaum konzentrieren kann.

»Zodwa«, sagt sie.

Sie ist ein sehr hübsches Mädchen mit schöner, strahlender Haut. Ich wünschte, ich wüsste, wie sie sie so hinbekommt, denn egal wie viel Körperlotion ich bei Mandla auftrage, seine Haut sieht immer trocken und fahl aus. Ihr Haar ist zu zwei Zöpfen geflochten, und das Weiß ihrer Augen leuchtet in der Dunkelheit. Sie hat eine ruhige, aber feste Stimme.

»Zodwa«, wiederhole ich. »Du hast Mandla das Leben gerettet.«

»Mandla. So heißt er also?«

»Ja, es bedeutet …«

»Ich weiß, was es bedeutet«, sagt sie. »Ich bin Zulu.«

Während der ganzen Zeit lässt sie Mandla nicht aus den Augen, und er scheint gleichermaßen von ihr angetan zu sein, weil er immer wieder nach ihr greift.

»Woher wusstest du, wie du reagieren musstest?«, frage ich sie. »Bist du vielleicht Krankenschwester oder so etwas?«

Sie schüttelt den Kopf. »Als ich jünger war, habe ich mich im Dorf meiner Großmutter um die kleineren Kinder gekümmert. Dabei habe ich gelernt, was man in so einem Fall tun muss.«

»Gott sei Dank, dass du so schnell gehandelt hast!«

»Bist du hergekommen, weil du einen Job suchst?«, fragt Dee. »Bist du deswegen hier?«

Sie starrt Dee verständnislos an. Es muss der Schock sein.

»Hast du gehört, dass wir ein Dienstmädchen suchen?«, helfe ich ihr auf die Sprünge. »Wenn du einen Job willst, hast du ihn. Du bist eingestellt!«

Zodwa schaut Mandla für eine Sekunde an, als würde sie eine Entscheidung treffen, und dann lächelt sie. »Ja«, sagt sie. »Ich war auf der Suche nach einem Job.«

KAPITEL SIEBENUNDFÜNFZIG

Zodwa

1. Juli 1995
Big Hope Informal Settlement,
Magaliesburg, Südafrika

»Das ist Wahnsinn«, sagt Thembeka, als Zodwa ihre Habseligkeiten in die Tasche packt, in der Leleti Mandla damals weggebracht hat. »Willst du wirklich für diese Frauen arbeiten?«

Zodwa antwortet nicht, sondern faltet weiter ihre Kleidung zusammen und steckt sie in die Tasche.

»Als Dienstmädchen, Zodwa? Was würde deine Mutter denken?«

Zodwa weiß genau, was ihre Mutter denken würde, aber das hätte Leleti sich überlegen sollen, bevor sie Zodwa ihr Baby weggenommen und es den Weißen gegeben hat.

Da Zodwa nicht reagiert, versucht Thembeka es mit einem anderen Argument. »Sie haben dein Kind. Deinen Sohn. Warum hast du ihn nicht einfach mit hierhergenommen?«

»Und was dann?«, faucht Zodwa. »Welchen Beweis habe ich denn dafür, dass er mein Kind ist, außer dass er wie mein Bruder aussieht? Alle hier sind davon überzeugt, dass mein Kind tot ist, also wem wird die Polizei wohl glauben? Einem armen schwarzen Mädchen aus dem Squatter Camp oder zwei reichen weißen Frauen?«

»Ich kann der Polizei doch sagen, dass ich Leleti mit dem Baby und der Tasche gesehen habe …«

»Selbst wenn sie dir glauben: Du hast nicht gesehen, wohin sie ihn gebracht hat. Es war bloß ein Gerücht, das uns zu diesen weißen Frauen geführt hat. Und diese Leute haben Geld. Sie werden mit ihrem Geld kämpfen. Und was habe ich? Nichts. Das ist die einzige Möglichkeit für mich, in Mandlas Nähe zu sein und ihn jeden Tag sehen zu können.«

»Indem du dich zur Sklavin der Leute machst, die ihn gestohlen haben?«

»Sie haben ihn nicht gestohlen. Leleti hat ihn dorthin gebracht. Ich muss der Entscheidung meiner Mutter vertrauen. Sie wird ihre Gründe gehabt haben.« Als Thembeka schnaubt, hält Zodwa mit dem Packen inne und schaut sie an. »Das sind keine schlechten Menschen«, sagt sie leise. »Mandla lebt in einem schönen, großen Haus, er hat genug zu essen und alles, was er sonst noch braucht. Kann ich ihm das geben? Nein. Was ich ihm geben kann, ist das hier.« Sie deutet auf ihre armselige Hütte. Es erscheint ihr unvorstellbar, diesen Jungen, der ihr alles bedeutet und dem es gerade so gut geht mit all den schönen Sachen, hier aufzuziehen.

Thembeka seufzt. »Und was sagt Ace dazu?«

»Er weiß es noch gar nicht. Er ist übers Wochenende in Hammanskraal, um seine Mutter zu besuchen. Wenn er zurückkommt, werde ich nicht mehr hier sein. Sag ihm nicht, wo ich bin, okay?«

»Und was ist mit der Hütte? Willst du sie einfach leerstehen lassen?«

»Mama Beauty wird sie für mich vermieten, an jemanden von den Leuten aus Simbabwe oder Malawi.«

Mama Beauty ist die Einzige außer Thembeka, die weiß, wohin Zodwa gehen wird, auch wenn sie Zodwas wahren

Beweggrund nicht kennt. Zodwa hatte damit gerechnet, dass Mama Beauty die Arbeit als Dienstmädchen missbilligen würde, doch sie hatte Verständnis gehabt und erzählt, dass sie selbst eine Weile als eine Art Dienstmädchen gearbeitet hat. Außerdem hatte sie gemeint, es sei sicherer, auf einer Farm zu wohnen als in der Township. Ob Mama Beauty ahnt, dass Zodwa sich zu Frauen hingezogen fühlt?

Als Thembeka kein anderes Argument mehr einfällt, fragt sie leise: »Und was ist … was ist mit den Gefühlen, die du für mich hast?«

Endlich ist es so weit. Endlich haben sie das Gespräch, das sich Zodwa erträumt und sich zigmal vorgestellt hat. Aber warum fühlt es sich nicht so an wie erwartet? Wo ist die Freude? Die Erleichterung?

Stattdessen ist ihr zumute, als hätte sie etwas verloren, aber das Gefühl ist seltsam blass; es entspricht nicht einmal annähernd dem, was sie nach dem Verlust ihres Sohnes empfand. Liebeskummer ist schlimm, aber es gibt Dinge, die noch schlimmer sind. Zodwa hat bisher zwar kaum Erfahrung mit der Liebe, aber sie sollte keine destruktive Kraft sein, dessen ist sie sicher. Sie sollte Menschen nicht auseinanderreißen und ihre Leben ruinieren oder Männer dazu bringen, Gewalt anzuwenden und beste Freundinnen gegeneinander aufzuhetzen. Liebe sollte rein und unverfälscht sein, wie das Gefühl, das sie für Mandla hatte, als sie neben ihm auf dem Sofa saß und er nach ihr griff; als sie wusste, dass sie alles tun würde, um bei ihm zu bleiben.

»Es tut mir leid, was passiert ist«, sagt Thembeka. »Aber ich war verunsichert und durcheinander. An dem Tag, als ich dich geküsst habe … das meinte ich ernst. Ich wollte dich küssen, aber es hat mir auch Angst gemacht … wegen dem, was es aus mir machen würde. Und nach der Sache mit Mongezi war es leichter für mich, mir einzureden, dass ich dich hasste, als mit diesen Gefühlen umzugehen. Kannst du das verstehen?«

Zodwa nickt. Sie versteht es wirklich. Sie hat sich ja ebenfalls vor sich selbst versteckt und erniedrigt, indem sie mit Ace schlief, als ob sie der Welt etwas beweisen wollte. Sie hat kein Recht, Thembeka zu verurteilen.

»Bitte geh nicht«, sagt Thembeka und greift nach Zodwas Hand.

»Bleib hier und gib uns eine Chance.«

Doch Zodwa weicht vor ihr zurück. »Es tut mir leid, aber ich kann nicht.«

Auch wenn sie später bedauern wird, Thembeka keinen Abschiedskuss gegeben zu haben.

KAPITEL ACHTUNDFÜNFZIG

Delilah

1. Juli 1995
Verdriet, Magaliesburg, Südafrika

Mein nächster Trip zur Ausgrabungsstätte von Drimolen stand bevor. Ich hatte bereits fertig gepackt und musste mich nur noch von Ruth verabschieden. Ich wollte gerade nach ihr rufen, als ich glockenhelles Gelächter aus Mandlas Zimmer hörte. Die Tür stand offen, und ich warf vorsichtig einen Blick hinein, weil ich nicht stören wollte. Ruth saß mit ausgestreckten Beinen am Fenster auf dem Boden, den Rücken an die Wand gelehnt, und Mandla saß auf ihren Oberschenkeln. Sie hatte einen der Vorhänge zwischen sich und ihn gezogen und versteckte sich dahinter.

»Wo ist er? Ja, wo steckt er denn? Ja, wo ist denn der Kleine?«, rief sie mit Singsang-Stimme, bevor sie den Vorhang zur Seite zog. »Da ist er ja!«

Mandla schüttelte sich vor Lachen, als hätte er noch nie so etwas Lustiges erlebt. Ruth machte weiter, und auch die nächsten fünf Male kreischte er vor Begeisterung.

Auf einmal spürte ich einen dicken Kloß im Hals. Warum, konnte ich gar nicht sagen. Lag es daran, dass ich traurig darüber war, unzählige Momente wie diesen mit Daniel verpasst zu haben? Oder freute ich mich für Ruth, weil ich sie noch nie so glücklich gesehen hatte? War es möglich, beides gleichzeitig zu empfinden?

»Oje. Schau mal, wer da kommt, Mandla!«, rief Ruth und begann ein neues Spiel. »Schau mal, wer da ist. Es ist das Kitzelmonster, und es ist gekommen, um dich zu holen!« Mandla quiekte, als Ruth sich über ihn hermachte und durchkitzelte. Als er es geschafft hatte, sich aus ihrem Griff zu befreien und keuchend davonkrabbelte, ging Ruth auf die Knie und kroch ihm nach. Ihre cremefarbene Leinenhose war zerknittert und schmutzig, aber das schien ihr egal zu sein, wahrscheinlich, weil sie so erleichtert darüber war, dass er endlich angefangen hatte zu krabbeln. Sie machte Tiergeräusche, mal grunzte sie wie ein Schwein, mal brüllte sie wie ein Löwe, und ich musste unwillkürlich lachen, weil es wirklich zum Schießen aussah.

Ruth sah auf, und als sie mich erblickte, lächelte sie und keuchte: »Scheibenkleister, ich muss wirklich mit dem Rauchen aufhören. Ich werde zu alt für so was.«

»*Scheibenkleister*? Wer sind Sie, und was haben Sie mit meiner Schwester gemacht?«

Sie lachte, und ihre Knie knackten, als sie aufstand. »Sein Verstand ist gerade wie ein Schwamm, und ich will lieber nicht, dass er Schimpfwörter aufsaugt.« Dann schnüffelte sie theatralisch, bevor sie Mandla küsste. »Hier ist ein kleiner Stinki! Ich werde keinen Namen nennen, aber hier braucht jemand ganz dringend eine neue Windel.«

Ruth legte Mandla auf den Wickeltisch und machte sich daran, seine Windel zu wechseln. »Ich habe ein paar Sachen für Zodwa herausgesucht; sie kommt ja morgen«, sagte sie und deutete mit dem Kopf auf zwei überquellende Müllsäcke in der Ecke. »Willst du ihr auch ein paar Sachen geben? Du hast ja eher ihre Größe als ich. Moment, was rede ich da? Wahrscheinlich hat sie mehr Kleider als du!«

Ich verdrehte die Augen und schaute in die Säcke.

»Du willst ihr allen Ernstes Stilettos und Dessous geben?«

»Warum nicht? Ein Mädchen kann gar nicht genug Schuhe und schöne Nachtwäsche haben. Ein paar Pullis, Blusen und Hosen sind auch dabei.«

»Die Hosen wird sie nicht tragen.«

»Woher willst du das wissen?«

»Das hat mit ihrer Kultur zu tun. Zulu-Frauen tragen keine Hosen.«

»Wie steinzeitlich! Vielleicht gehört sie ja einer neuen Generation von revolutionären Zulu-Feministinnen an, die damit einen neuen Trend setzen werden.«

Ich musste lächeln. »Du magst sie wirklich, oder?« Es versetzte mich immer wieder in Erstaunen, wie Ruth diesen beiläufigen Rassismus an den Tag legen und gleichzeitig einen regelrechten Narren an manchen Schwarzen fressen konnte.

»Warum auch nicht? Sie hat Mandla schließlich das Leben gerettet.«

Das war Ruths Logik. Sie redete sich ein, Mandlas schwarze Haut zu ignorieren; weil sie in seinem Fall farbenblind war. Und Zodwa schloss sie trotz ihrer Hautfarbe in die Arme, weil sie Mandla geholfen hatte.

Es nutzte nichts, Ruth auf diese Absurdität hinzuweisen; sie hätte es sowieso nicht verstanden, weil es viel zu subtil war. Also wechselte ich einfach das Thema. »Sagst du es ihr?«

»Was?«

»Dass Mandla HIV-positiv ist?«

Ruth seufzte. »Nein, ich denke nicht.«

»Warum nicht?«

»Weil die Krankheit mit einem riesigen Stigma behaftet ist

und ich nicht will, dass sie ihn deswegen anders behandelt. Und es besteht ja auch keine Gefahr, außer beide hätten klaffende Wunden, die ineinanderbluten. Wie groß ist die Wahrscheinlichkeit, dass das passiert?«

»Sehr gering«, gab ich zu. »Aber hat sie nicht trotzdem das Recht, es zu erfahren?«

»Ich finde nicht. Sie ist schließlich in erster Linie als Haushälterin hier, nicht als Kindermädchen. Und ich werde ja auch immer hier sein und dafür sorgen, dass die Umgebung für beide sicher ist. Jedenfalls wird es nett sein, hier ein wenig Gesellschaft zu haben. In Anbetracht der Tatsache, dass eine gewisse Person sich ja kaum noch hier blicken lässt.«

»Sag bloß, du bist eifersüchtig.«

»Ich bitte dich! Loverboy hätte zumindest ein schönes Hotel oder etwas Romantisches organisieren können, aber stattdessen lässt er dich im Dreck herumwühlen.«

»Er musste Berge versetzen, um überhaupt die Genehmigung dafür zu bekommen, mich zu der Ausgrabungsstätte mitnehmen zu dürfen. Dagegen ist die Reservierung eines Hotelzimmers ein Klacks.«

»Weißt du, womit du genauso gut Berge versetzen kannst? Mit Visa und MasterCard.«

Ich lachte. »Wir sehen uns in ein paar Tagen.« Und dann beugte ich mich vor und gab Mandla einen Abschiedskuss.

Ruth strahlte. »Viel Spaß.« Dann fügte sie augenzwinkernd hinzu: »Nicht nur beim Ausgraben!«

KAPITEL NEUNUNDFÜNFZIG

Zodwa

2. Juli 1995
Verdriet, Magaliesburg, Südafrika

»So, hier ist es. Das ist dein Reich«, sagt die weiße Frau und öffnet die Tür.

Zodwa folgt ihr zu dem kleinen Dienstboten-Cottage und hält an der Schwelle inne. »Hier?«

»Ja.«

»Für mich ganz allein?«

»Ich hoffe es, es sei denn, du hast einen Freund oder eine Zirkustruppe in deiner Reisetasche versteckt.«

Zodwa erschrickt bei dem Wort »Freund«. Sie hofft, dass Thembeka ihren Aufenthaltsort vor Ace geheim hält.

»Das mit der Zirkustruppe war ein Scherz«, sagt Madam Ruth. »Tut mir leid, es riecht noch ziemlich stark nach Farbe. Wir haben gestern erst streichen lassen, deshalb ist es hier drin auch so kalt. Ich habe Fenster und Türen aufgemacht, damit die Dämpfe abziehen konnten. Da drüben ist der Heizkörper; bestimmt wird es schnell wieder warm.« Sie wirft noch einmal einen Blick auf Zodwas Tasche. »Ist das dein ganzes Gepäck?«

»Ja.«

»Sieht ziemlich schwer aus. Was hast du da drin? Steine?«

»Lehrbücher«, antwortet Zodwa schnell.

»Ich habe schon immer Bücher geliebt, mich aber nie sehr

fürs Lernen interessiert. Gut, dass du klüger bist! Okay, ich lasse dich dann allein, damit du dich ein bisschen häuslich einrichten kannst. Ich komme später noch einmal wieder und bringe dir Bettwäsche und Handtücher und ein paar andere Sachen, die hier noch fehlen.«

Die Frau verfällt Zodwa gegenüber manchmal in die allzu laute und langsame Sprechweise, wie man sie alten Leuten oder Fremden gegenüber benutzt, begleitet von übertriebenen Gesten zur Betonung. Trotzdem lächelt sie viel. Zodwa kennt sie noch nicht gut genug, um zu wissen, ob das gut oder schlecht ist.

Ohne nachzudenken, fragt Zodwa, was ihr schon seit ihrer Ankunft durch den Kopf geht. »Wo ist Mandla?«

»Oh, er schläft, und ich wollte ihn nicht wecken, deshalb muss ich auch schnell wieder rüber.«

Die Frau geht hinaus und stapft mit ihren hochhackigen Stiefeln den sandigen Weg entlang. Nachdem sie allein ist, stellt Zodwa ihre Tasche ab, dreht sich im Kreis und betrachtet ihr neues Zuhause. Zwar hat es ein Wellblechdach genau wie ihre Hütte, aber die Wände sind aus Zement und Ziegeln gebaut, und es gibt mehrere Fenster statt nur einem. Der Raum ist groß und rechteckig, fast so groß wie das *Good Times Drinking Establishment*. Der Boden besteht aus Beton mit Linoleumfliesen. Zwei Leuchten hängen an der Decke. Zusätzlich zu der Heizung, die die Frau erwähnt hat, befindet sich in der Ecke ein Kaminofen.

An einer gespannten Schnur hängen Vorhänge und trennen das Schlafzimmer vom Rest des Raums. Als Zodwa einen Vorhang beiseitezieht, sieht sie, dass hinter der Abtrennung ein richtiges Bett und ein großer Kleiderschrank stehen. Sie drückt den Schalter an der Wand, und über ihrem Kopf geht das Licht an. Auf einer Seite gibt es eine kleine Kochecke, die aus drei Schränken sowie einem Tisch mit zwei Stühlen besteht. Auch ein kleiner Kühlschrank gehört dazu, der aussieht, als wäre er für Kinder gemacht, und Zodwa öffnet ihn. Es ist leer, funktioniert aber. Sie hat zum ersten Mal im Leben einen Kühlschrank und wünschte, sie könnte etwas hineinstellen.

Die einzige geschlossene Tür macht sie neugierig. Als Zodwa sie öffnet, findet sie ein kleines Badezimmer mit Dusche, Toilette und Waschbecken vor. Zodwa hebt den Toilettensitz an, um zu überprüfen, ob Wasser in der Schüssel ist. Sie drückt den Hebel, und das Wasser rauscht. Und noch einmal, als sie erneut drückt. Sie dreht den Duschhahn auf, und das Wasser ist heiß; sie hält ihre Hand ein paar Minuten in den Sprühregen und staunt über den Luxus von fließendem Wasser und Sanitäreinrichtungen.

Zodwa kann nicht glauben, dass das alles ihr gehört.

Auf der kurzen Fahrt hierher hat ihr die Frau erklärt, dass früher eine ganze Familie von Farmarbeitern hier gewohnt habe, aber die Kinder seien alle weggezogen, und der Mann und die Frau hätten sich vor kurzem zur Ruhe gesetzt. Zodwa weiß nicht viel über die Jugend ihrer Mutter, nur dass sie früh Waise war und von einer Frau in Obhut genommen wurde, die sie zum Hausmädchen auf einer Farm ausbildete. Nach Zodwas Berechnungen muss ihre Mutter vor vielen Jahren genau hier, in diesen Räumen, gewohnt haben. Irgendwie fühlt sich Zodwa dadurch nicht mehr so allein.

Sie packt das wenige aus, was sie mitgebracht hat, hängt ihre vier Kleider und das eine Nachthemd im Schrank auf und legt ihre zwei Sets Unterwäsche und zwei Paar Socken gefaltet in die Schubladen. Sie breitet alle ihre Bücher auf dem Küchentisch aus und holt dann den Stein unten aus der Tasche. Sie hatte befürchtet, dass Madam Ruth erraten könnte, was sie da mit sich herumschleppte, als sie die Bemerkung über das Gewicht der Tasche machte.

Da sie nicht den ganzen Schrein mitnehmen konnte, den Leleti für den verschwundenen Dumisa errichtet hat, hat Zodwa nur den größten Stein genommen. Sie geht nach draußen und legt ihn in den Schatten eines Dornakazienbaums, als Grundlage, die sie jeden Tag ergänzen kann, und sie wird sich bewusst, dass die Zeit ein Kreislauf ist, der jedes Mal von neuem beginnt, wenn wir unsere Vergangenheit in die Zukunft tragen.

Als Ruth später zurückkehrt, eilt Zodwa beim Geräusch des Automotors gleich zur Tür. Diesmal ist Mandla bei ihr, und Zodwas Stimmung hellt sich beim Anblick ihres Sohnes auf. Sie hat sich seine Ähnlichkeit mit Dumisa nicht eingebildet. Sein Lächeln ist ein Widerschein von dem ihres Bruders, und sie wünscht sich so sehr, dass Leleti es sehen könnte.

»Wir haben dir ein paar Sachen mitgebracht!«, ruft die Frau. »Hilf uns mal beim Ausladen.«

Im Kofferraum des Luxusautos liegen prall gefüllte Müllsäcke. Ruth schleppt in einer Hand eine Tasche, mit dem anderen Arm hält sie Mandla. Der Junge trägt Nike-Turnschuhe, die zu seinem Nike-Trainingsanzug und -Sweatshirt passen, und dazu ein wollenes Nike-Beanie, das ihm tief in die Stirn gezogen ist. Allein dieses Outfit hat mehr gekostet als alle Kleider von Zodwa zusammen. Sie beobachtet, wie

Ruth Mandla auf den Fußboden setzt. Er starrt die nackte Einrichtung an, die Finger im Mund.

Obwohl Zodwas neue Behausung mit ihrer ärmlichen Hütte so wenig gemein hat, dass sie genauso gut auf einen anderen Planeten gezogen sein könnte, wirkt der Junge dort noch immer fehl am Platz. Er ist der kleine Master, der sich im Dienstbotenquartier fläzt.

»Hier sind Laken, Bettzeug und Bettwäsche sowie Handtücher, Vorhänge und Küchenzubehör. Ich habe dir auch ein paar Kleider mitgebracht.« Ruth beginnt, Dinge aus einer Tasche zu ziehen, und Zodwa fragt sich, ob das ein Witz sein soll, ob die Frau sich über sie lustig macht.

Sie hat fünf Paar Schuhe mit Absätzen mitgebracht, die wie Dolche aussehen. »Ich glaube, wir sind gleich groß«, sagt die Frau. Weder lächelt noch lacht sie, wodurch Zodwa zu dem Schluss kommt, dass sie es ernst meint. Die Frau glaubt offenbar tatsächlich, dass Zodwa Prostituiertenschuhe tragen würde. »Und hier sind ein paar Blusen und Hosen. Das ist Versace und dies Calvin Klein. Ich weiß, du denkst sicher, dass ich kurviger bin als du, aber diese Sachen sind zu klein für mich, deshalb habe ich sie nie getragen. Sie müssten dir passen.«

An den Kleidungsstücken hängen noch Etiketten, und als Zodwa die Preise sieht, bekommt sie weiche Knie. Dass die Frau so teure Kleidung kauft, obwohl sie ihr nicht passt, ist lächerlich genug, aber dass sie sie dann nicht einmal umgetauscht hat und sich das Geld zurückgeben ließ, ist überwältigend.

»Da sind auch noch ein paar andere Dinge drin. Nachtwäsche und so.«

Zodwa fehlen die Worte, deshalb sagt sie einfach nur: »Danke, Madam.«

»Du wirst im Haus eine Uniform tragen, und ich habe dir auch zwei davon besorgt. Der Spar hier vor Ort hat nicht die beste Auswahl, aber die Sachen werden es vorerst tun, solange du nicht allergisch gegen Polyester bist.« Sie lacht und steht dann auf. »Okay, wir sehen uns um Punkt acht Uhr morgen früh in der Küche.« Damit greift sie nach Mandla und trägt ihn zurück zum Auto.

Als die Frau ihm beim Einsteigen hilft, wendet sich Mandla wieder an Zodwa, lächelt und winkt ihr zu. Sein Gesicht anzusehen ist, als würde sie in die Sonne schauen, aber Zodwa zwingt sich, ihre Augen nicht zu senken. Sie lächelt und winkt zurück. Sie stehen nur wenige Meter voneinander entfernt, doch mit ihrem Kind in den Händen dieser Frau fühlt es sich an, als würden sie sich aus verschiedenen Welten entgegenblicken.

Zodwas Herz bekommt einen Riss, und sie weiß, dass sie sich dagegen wappnen muss, es sich jeden Tag ein wenig mehr brechen zu lassen.

KAPITEL SECHZIG

Ruth

3. Juli 1995
Verdriet, Magaliesburg, Südafrika

Es war ein langer Vormittag. Zodwa ist so grün hinter den Ohren, als käme sie geradewegs aus einem Homeland, obwohl sie mir versichert hat, dass sie schon seit ein paar Jahren in der Stadt lebt. Wenn sie nicht zufällig meinem Sohn das Leben gerettet hätte, hätte ich sie wieder weggeschickt und mir ein Dienstmädchen mit entsprechender Erfahrung gesucht. Aber die Sache ist die: Obwohl sie so unbedarft ist, habe ich ein gutes Gefühl bei ihr.

Immer wenn ich die Geduld mit ihr verliere, sage ich mir, dass Fähigkeiten etwas sind, was man jemandem beibringen kann, während eine gute Chemie selten ist. Das spüre nicht nur ich, sondern auch Mandla. Er hat heute Morgen ein Riesentheater gemacht, weil Isebel ihm einen Keks aus der Hand gefressen hat, aber sobald Zodwa durch die Tür kam, beruhigte er sich und schenkte ihr ein breites Lächeln. Vielleicht liegt es daran, dass sie die einzige schwarze Person außer ihm im Haus ist und er deswegen eine gewisse Affinität zu ihr entwickelt.

Bisher musste ich Zodwa zeigen, wie man den Staubsauger und die Mikrowelle benutzt. Na ja, genau genommen habe ich ihr die Bedienungsanleitung für den Staubsauger gegeben, denn woher zum Teufel soll ich wissen, wie man ihn benutzt? Als ich ihr den Mopp zeige, sieht sie ihn an, als käme er aus dem Weltall.

»Was ist? Hast du noch nie einen Fußboden gereinigt?«

»Nicht mit Wasser«, erwidert sie kryptisch und kratzt sich am Kopf. Welche Art von Boden kann nicht mit Wasser gereinigt werden? »Zeigen Sie mir, wie man das benutzt«, sagt sie, und ich kann mich gar nicht mehr halten vor Lachen.

»Das lasse ich mal schön bleiben. Warten wir lieber, bis Dee nach Hause kommt. Sie kann dir zeigen, wie man das alles benutzt. Fürs Erste reicht es, wenn du staubsaugst, abstaubst und dann die Küche und die Badezimmer reinigst.« Nachdem ich Zodwa eingewiesen habe, wende ich mich Mandla zu. »Komm, mein Engelchen. Setzen wir uns hierhin.«

Mandla schaut von seinen Bauklötzen auf, und ich muss der Versuchung widerstehen, ihn hochzuheben. Jetzt, wo er endlich angefangen hat zu krabbeln, ist der nächste Schritt das Laufenlernen, und das kann er nicht, wenn ich ihn verhätschle, wie Dee mir ständig vorhält. Stattdessen strecke ich ihm die Arme entgegen, und er krabbelt zu mir herüber.

Er ist inzwischen schon fast vierzehn Monate alt, und ich setze alles daran, ihn zum Sprechen zu bringen. Dee sagt zwar, ich solle ihm Zeit lassen, das komme schon von selbst, aber ein Kind wie Mandla, das wahrscheinlich mehr Schmerzen und Unannehmlichkeiten erleiden wird als gesunde Kinder, muss in der Lage sein, besser zu kommunizieren als andere. Wenn er erklären kann, wo es ihm wehtut, weiß der Arzt eher, wie er ihn behandeln muss. Außerdem wird es dazu beitragen, mein Gefühl der Hilflosigkeit zu lindern.

Ich klopfe auf das Sofa, um Mandla dazu zu bringen, sich

hochzuziehen. »Du schaffst das, mein Junge. Du bist mein kleiner Superman.«

Er wirft mir ein seltenes breites Grinsen zu und runzelt dann die Stirn. Ich habe noch nie ein Kind mit so ausdrucksstarken Augenbrauen gesehen. Es macht mich fertig. Er ist frustriert, dass er da unten ist und ich hier oben bin, und ich weiß, dass ich das als Motivation für ihn begreifen sollte, sich hochzuziehen, aber ich kann es nicht haben, wenn ihn etwas ärgert. Ich kann nicht anders, ich muss mich zu ihm hinunterbeugen und ihn auf die Couch neben mich setzen.

Bella kommt rüber und springt neben ihn. Zodwa ist das neue Hausmädchen, aber Bella ist und bleibt Mandlas Kindermädchen und treueste Begleiterin.

»Okay, kleiner Mann. Sieh mich an.« Ich nehme Augenkontakt mit ihm auf, um sicherzustellen, dass ich seine volle Aufmerksamkeit habe. Dann deute ich auf mich und sage: »Ich bin Mama.«

Mandla blinzelt.

Ich versuche es noch einmal. »Mama. Jetzt sag du es.«

Er schüttelt den Kopf.

»Mama«, wiederhole ich, nicke, deute auf mich und versuche möglichst einnehmend zu lächeln. Ich fühle mich wie bei einem Schönheitswettbewerb, bei dem ich einen der schwierigeren Juroren für mich gewinnen will. »Mama.«

Mandla lächelt. *Ja, er versteht mich!* Er öffnet den Mund, und genau in dem Moment knallt Zodwa mit irgendetwas im Badezimmer. Er wendet ruckartig den Kopf, und der Augenblick ist vorüber.

»Zodwa!«, rufe ich. »Alles in Ordnung da drin?«

»Ja, Madam Ruth!«

»Könntest du bitte etwas leiser sein? Ich versuche gerade, Mandla beizubringen, ›Mama‹ zu sagen.«

»Ja, Madam Ruth. Tut mir leid.« Ihre Stimme klingt erstickt, wahrscheinlich, weil sie gerade vornübergebeugt die Toilette schrubbt.

Ich bringe Mandla dazu, sich wieder zu konzentrieren. »Okay, Mandla. Sag es. Sag ›Mama‹.«

»Kaka«, sagt er und grinst über beide Ohren.

»Was zum Teufel …« Gerade noch rechtzeitig bremse ich mich und lache darüber, wie stolz Mandla aussieht. »Du kleiner Schlingel! Du kannst noch nicht mal richtig sprechen und machst schon Witze.« Ich lege die Hand an seine molligen Wangen, drücke sie zusammen, beuge mich nach vorn und gebe ihm ein Nasenküsschen. Gott, wie ich seinen Geruch liebe! Vor allem, nachdem Zodwa das Geheimnis ihrer schönen Haut gelüftet hat – *Vaseline anstelle von feuchtigkeitsspendender Bodylotion*! Wer hätte das gedacht? Seitdem liebe ich auch seine seidig weiche Haut. »Komm, lass es uns noch einmal versuchen. Sag es. ›Mama‹.«

»Kaka.«

»Mama.«

»Kaka.«

Wieder dringt ein Geräusch aus dem Badezimmer, aber diesmal klingt es wie ein Lachen. Ich muss mich aber irren, denn als Zodwa eine Minute später aus dem Badezimmer kommt, schaut sie sehr ernst.

KAPITEL EINUNDSECHZIG

Delilah

3. Juli 1995
Drimolen, Muldersdrift, Südafrika

Drei Monate nach unserem ersten Ausflug zu der Ausgrabungsstätte in Drimolen ergab es sich, dass Riaan und ich uns dort ein Zelt teilten, weil ein kurzfristig angereister Sachverständiger einen Schlafplatz brauchte. Zu Riaans Überraschung stellte ich mein Zelt zur Verfügung, was jedoch kein großes Opfer für mich war. Bei ihm fühlte ich mich sicher. Wir waren uns langsam nähergekommen, und er hatte schon so viel Geduld mir gegenüber gezeigt, dass ich ihm danken wollte, indem ich ihm bewies, wie sehr ich ihm vertraute.

Als wir abends in unsere Schlafsäcke schlüpften, jeder in seinen eigenen, versuchte ich, mich zu entspannen. Ich hatte meine Kleidung anbehalten, und außerdem war die Schlafsackbarriere zwischen uns. Es gab also keinen Grund, Angst zu haben. Riaan schaltete die Campinglampe über unseren Köpfen aus, und das Zelt füllte sich mit Dunkelheit. Nachdem wir eine Weile still dagelegen hatten, streckte Riaan den Arm aus und tastete nach meiner Hand. Er drückte sie kurz, dann drehte er sich auf die Seite und stützte sich auf dem Ellbogen ab.

»Das war ein guter Tag«, sagte er und seufzte glücklich.

»Ja, das stimmt.«

»Ich bin so froh, dass du hier bist.«

»Ich auch.« Und ich war es wirklich. Es machte mir Freude, ihn bei der Arbeit an der Fundstätte zu beobachten, wo er in seinem Element war. Es faszinierte mich, wie er inmitten all dieser Fossilien aufblühte.

Riaan räusperte sich, und als ich meinen Kopf zu ihm drehte, beugte er sich hinunter und küsste mich. Zuerst war es schön, und es fühlte sich gut an, wie sein Kinnbart mein Gesicht kitzelte, aber dann beugte er sich noch weiter hinunter, so dass seine Schulter auf meine Brust drückte und mir die Luft wegblieb. Ich wurde starr vor Schreck und riss die Augen auf. Riaan hielt inne und ließ von mir ab.

»Delilah? Geht es dir gut?«

Es ging mir überhaupt nicht gut, aber das war nicht seine Schuld. Es lag daran, was vierzig Jahre zuvor passiert war.

Als ich mich im Januar 1955 auf den Weg machte, um ins Kloster zu gehen, fiel mir der Abschied von meiner Familie überraschend leicht. Ich wünschte, es wäre anders gewesen, doch alles, was ich fühlte, war Erleichterung. Der Abschied von Riaan in der Nacht zuvor war viel schwerer gewesen; ich hatte stundenlang geweint, meine Augen waren noch ganz verschwollen. Und so redete ich mir ein, dass ich keine Tränen mehr für meine Familie übrig hatte.

Wir standen alle auf der Veranda. Pater Thomas hatte sich bereits verabschiedet; er hatte meinem Vater die Hand geschüttelt und meiner Mutter die Schulter getätschelt. Um Ruth hatte er allerdings einen großen Bogen gemacht, obwohl sie ihn umarmen wollte. Er saß in seinem Plymouth Fury, um uns etwas Privatsphäre zu geben.

Das Auto war nicht gerade das, was man von einem

Priester erwartet hätte. Die rote Karosserie glänzte wie ein kandierter Apfel, ebenso die Sitze, das Armaturenbrett und das Lenkrad. Pater Thomas hatte meinem Vater erklärt, die Kirche hätte den Wagen bei einer Auktion zu einem sehr guten Preis ersteigert und würde ihn neu lackieren lassen, sobald sie über die Mittel dafür verfügte.

Ich war überrascht, weil Pa extra zum Farmhaus gekommen war, um sich von mir zu verabschieden. Nach der Weihnachtspause gab es viel zu tun, und da es schon bald dunkel werden würde, hatte ich eigentlich damit gerechnet, dass er das Tageslicht ausnutzen wollte.

Pa war vieles: ein gewalttätiger Trinker, ein Farmer ohne den kleinsten Funken unternehmerischen Scharfsinn, ein unbeliebter Mann, der von niemandem respektiert wurde. Doch ein Heuchler war er nicht. Als er sich von mir verabschiedete, hatte er Tränen in den Augen, und ich konnte nur zu dem Schluss gelangen, dass sie echt waren. Entweder hatte er seine Zuneigung zu mir stets verborgen, oder er verspürte Reue.

Vielleicht schaute er ja zurück und begriff, was er für mich gewesen war: ein brutaler Vater, der nur Ruth gegenüber sanft gewesen war, mir jedoch nichts als Verachtung entgegengebracht hatte.

»Ich habe dir einen Schlüssel gemacht«, sagte er mit seinem starken schottischen Akzent und hielt den Schlüssel hoch. Die goldenen Konturen funkelten zwischen seinen schmutzigen Fingern, deren Nägel ständig verdreckt waren. »Falls du deine Meinung jemals änderst und wieder nach Hause kommen willst.«

»Werde ich nicht«, sagte ich, verblüfft über meine eigene

Kühnheit. Ich war verletzt, weil er davon ausging, dass ich mit dem, was ich mir am meisten gewünscht hatte, scheitern würde.

»Trotzdem ist es gut zu wissen, dass du die Möglichkeit hast«, erwiderte Pa. »Ich habe ein Loch in diese Statue hier gemeißelt.« Er zeigte auf einen der Betonengel, die Ma sammelte. Er war der Einzige, der halbwegs fröhlich aussah, so dass ich ihn leicht von den anderen unterscheiden konnte.

»Pa hat natürlich denjenigen ausgesucht, der beschwipst aussieht«, sagte Ruth, und ich lächelte unwillkürlich.

»Ich stecke den Schlüssel hier rein, siehst du?«, sagte Pa und schob ihn durch das Loch am Sockel des Engels. Als er ihn fallen ließ, ertönte ein dumpfer Aufschlag. Dann trat Pa auf mich zu, und einen Moment lang dachte ich, er wollte mich umarmen, aber er breitete seine Arme nur ein wenig aus. »Er wird immer dort sein. Das verspreche ich dir.« Dann beugte er sich zu mir und gab mir rasch einen Kuss auf die Stirn. Er roch nach einer Mischung aus Schweiß, Dünger und Tabak. »Mach's gut, und viel Glück.«

»Glück werde ich nicht brauchen«, sagte ich. »Ich habe Gott. Das genügt mir.«

»Leb wohl, kleine Schwester!«, rief Ruth und umarmte mich. Sie trug ihr langes rotes Haar offen, und eine Strähne wehte hoch und kitzelte meine Nase. Sie senkte ihre Stimme, damit unsere Mutter sie nicht hören konnte. »Viel Spaß mit deinem sexy Priester.«

»Ruth!«, sagte ich errötend. »So ist das nicht.«

»Und ob«, flüsterte sie. »Ich sehe doch, wie du ihn anschmachtest. Du kleines Luder.« Ihre blauen Augen waren voller Tränen, als sie mich wieder losließ, und ich war gerührt.

»Kommst du zu meiner Aufnahmezeremonie?«, fragte ich.

»Klar«, sagte sie. »Ein Raum voller Jungfrauen und Opferschnaps? Klingt nach einer höllisch guten Party. Das will ich um nichts in der Welt verpassen.«

»Du meinst Opferwein«, korrigierte ich.

»Natürlich. Wenn ich meine Jungfräulichkeit opfern müsste, würde ich bestimmt auch ein Schlückchen trinken«, sagte sie und zwinkerte.

Und dann blieb nur noch Ma.

Ich hatte gehofft, der Abschied von ihr würde mir am schwersten fallen, weil ich wusste, wie sehr sie mich liebte. Nachdem man sie gezwungen hatte, zu heiraten und Kinder zu gebären, obwohl es ihr sehnlichster Wunsch gewesen war, ihr Leben im Dienst des Herrn zu verbringen, hatte sie all ihre Hoffnungen in mich gesetzt.

»Du wirst das Leben führen, das ich nie führen konnte«, hatte sie zu mir gesagt, nachdem sie ein Jahr zuvor an einem Sonntag mit Pater Thomas gesprochen und meinem Klostereintritt zugestimmt hatte. »Du wirst glücklich sein.«

Meine Mutter war erst sechsunddreißig gewesen, als ich die Farm verließ, aber in meiner Erinnerung war sie viel älter. Sie war eine Farmersfrau, eine sehr unglückliche noch dazu, und vorzeitig gealtert, nicht nur äußerlich, auch innerlich. Ihr Haar war bereits völlig ergraut, ihre Haut trocken und fleckig. Sie trug ihr übliches altes Hauskleid, weil es ein Arbeitstag war, hatte jedoch ihre beste Schürze umgebunden, um dem Anlass und dem besonderen Gast gerecht zu werden. Als sie mich nun anschaute, füllten sich ihre braunen Augen mit Tränen; sie sahen wie Schlammpfützen aus.

»Delilah«, flüsterte sie, als sie meine Wangen mit ihren schwieligen Händen bedeckte.

Mehr sagte sie nicht, aber ich wusste auch so, was sie zum Ausdruck bringen wollte. Ma redete nicht viel. Ich konnte mich nicht erinnern, jemals von ihr gehört zu haben, dass sie mich gernhatte. Sie war die Art von Mutter, die ihre Liebe mit Schimpfen und Schlägen auf den Hintern zeigte, denn das waren die Dinge, die ihrer Meinung nach in den Augen des Herrn den Charakter eines Menschen formten. Ruth zu bestrafen überließ sie meistens meinem Vater (was dieser fast nie tat), weil es ihr schlichtweg nicht wichtig genug war, Ruth moralisch zu festigen. Meine Schwester war für sie seit jeher ein hoffnungsloser Fall gewesen. Ich war das Einzige, was meine Mutter richtig gemacht hatte, und deshalb wollte sie dafür sorgen, dass mir auf dem Weg in den Himmel keine Hindernisse im Weg standen.

Ich liebte meine Mutter sehr, doch ihre Erwartungen erzeugten einen solchen Druck, dass ich manchmal das Gefühl hatte zu ersticken. Ich war ihr Ein und Alles, ihr Lebensinhalt. Viele Leute sagen das zu ihren Kindern, als wäre es etwas Gutes, eine Art Segen, doch was sie tatsächlich damit meinen, ist: *Du bist die Luft, die ich zum Atmen brauche.*

Kein Kind sollte die Last tragen müssen, der Sauerstoff seiner Eltern zu sein.

»Ich habe dich lieb, Ma«, sagte ich.

Sie nickte und gab mir einen Kuss. Dann schlang sie die Arme um ihren Oberkörper und unterdrückte ein Schluchzen. Ich wollte Ruth zuwinken, doch sie sah zu Ma hinüber, als ob sie sie trösten wollte, zugleich aber wusste, dass ihr Trost nicht erwünscht war. Es war ein hungriger Blick. So schaute Ma mich auch immer an.

Bevor ich zu Pater Thomas ins Auto stieg, drehte ich mich

noch einmal um, um einen letzten Blick auf meine Familie zu werfen. Ma hatte die gequälte Miene einer Märtyrerin, die litt, aber zugleich ein perverses Wohlbehagen dabei empfand. Als diente ihr Leid einem guten Zweck.

Ich warf ihr einen Luftkuss zu und dachte, dass ich sie bestimmt bald wiedersehen würde. Sie hatte vor, mich im Kloster zu besuchen, doch dazu kam es natürlich nie. Ich konnte nicht ahnen, dass ich meine Mutter in diesem Moment zum letzten Mal sehen sollte. Und deshalb verspürte ich auch kein schlechtes Gewissen, als ich beim Abschied das Gefühl hatte, endlich genug Luft zu bekommen und in Zukunft nur noch mein eigener Sauerstoff zu sein.

Vor der Autofahrt mit Pater Thomas war ich noch nie mit ihm allein gewesen und fand es irritierend, dass unsere Beine sich im Wagen fast berührten. Ich war es gewohnt, ihn in seinen Gewändern vor der Kirchengemeinde stehen zu sehen. An jenem Tag trug er zwar ein Priesterhemd, aber eine ganz normale Hose, und er war nicht von bunt leuchtenden Kirchenfenstern und Ministranten umgeben.

Als wir etwa vierzig Minuten gefahren waren und ich mich allmählich entspannte, fragte Pater Thomas: »Hörst du das?«

»Was denn, Pater?«

»Dieses schleifende Geräusch.«

Ich lauschte sehr aufmerksam, weil ich nichts falsch machen wollte, aber ich hörte nichts.

»Da stimmt etwas nicht«, sagte Pater Thomas und betätigte den Blinker, um auf den Parkplatz eines billigen Motels einzubiegen – genau die Art von Ort, an dem Ma uns niemals erlaubt hätte anzuhalten.

Beunruhigt setzte ich mich auf. Wir waren gerade erst

in Randfontein. Ich wollte nicht umkehren und kaum eine Stunde nach unserer Abreise zur Farm zurückfahren müssen. »Sind Sie sicher?«, fragte ich.

»Natürlich bin ich sicher«, sagte er verärgert. »Oder kennst du dich vielleicht besser mit Autos aus als ich?«

»Nein, natürlich nicht. Entschuldigen Sie, Pater. Ich habe das Geräusch eben nicht mitbekommen, aber ich glaube, jetzt höre ich es doch …« Ich redete mir ein, dass ich es hören konnte.

Er sagte mir, ich solle sitzen bleiben. Dann stieg er aus, öffnete die Motorhaube und werkelte ein paar Minuten darunter herum. Ich kurbelte das Beifahrerfenster hinunter. Ich trug ein Kostüm, das meine Mutter mir genäht hatte, doch der Stoff war viel zu dick für die Sommerhitze. Schweißperlen hatten sich an meinen Schläfen und zwischen meinen Brüsten gesammelt, und die Rückseiten meiner Beine klebten am Ledersitz.

Ich war gerade dabei, mir mit einem Rockzipfel den Schweiß aus dem Gesicht zu wischen, als Pater Thomas die Motorhaube zuknallte und ans Beifahrerfenster kam. Ich zog den Rock hastig wieder über die Knie, aber nicht rechtzeitig; ich sah, wie Pater Thomas' Blick über meine nackten Schenkel glitt.

»Wir brauchen ein Ersatzteil«, sagte er.

Ich war am Boden zerstört, dass wir umkehren mussten. Doch dann sagte er: »Wir müssen hier übernachten und auf das Ersatzteil warten. Dann können wir morgen weiterfahren.«

»Oh!« Ich war so erleichtert darüber, nicht zur Farm zurückkehren zu müssen, dass ich die Frage, was meine Mutter von dieser Planänderung halten würde, lieber verdrängte. Das Motel sah schäbig und heruntergekommen aus, aber ich war ja nicht allein, Pater Thomas würde mich beschützen.

»Bleib hier im Wagen. Ich frage, ob sie Zimmer frei haben und ob ich wegen des Ersatzteils telefonieren kann.«

Fünf Minuten später kam er mit zwei Schlüsseln zurück. »Sie haben noch Zimmer frei«, sagte er lächelnd. Dann holte er mein Gepäck aus dem Kofferraum und eine kleine Reisetasche, die offenbar ihm gehörte. Das verwirrte mich. Warum hatte er eine Reisetasche dabei, wo doch geplant gewesen war, noch am selben Tag im Kloster anzukommen?

»Dieses Zimmer hier scheint das bessere zu sein«, sagte Pater Thomas, als er eine der Türen öffnete. »Du kannst hier schlafen. Ich schaue mal, was ich uns zum Abendessen besorgen kann.«

Zu meiner Erleichterung war das Motelzimmer sauber. Auf dem Nachttisch lag eine kleine Gideon-Bibel. Es war das erste Mal, dass ich allein in einem Gasthaus übernachtete und ein Zimmer ganz für mich hatte. Bisher hatte ich mir ein Zimmer mit Ruth geteilt, und da ich wusste, dass ich im Kloster nicht viel Privatsphäre haben würde, war ich ganz berauscht von dieser unerwarteten Freiheit.

Ich beschloss, ein Bad zu nehmen. Die alten Rohre klopften dumpf, als sich die Wanne mit Wasser füllte. Dann ließ ich mich in das kühle Nass gleiten und wusch den Schweiß der Autofahrt ab. Als ich fertig war, war die Sonne bereits untergegangen. Ich überlegte, was ich nun anziehen sollte. Das Kostüm musste ich am nächsten Tag wieder tragen, doch außer meiner Klosterkleidung, die ich natürlich erst dort anlegen durfte, hatte ich nur noch ein Nachthemd und einen

Bademantel dabei. Da ich das Gelübde der Armut ablegen würde, hatte ich all meine weltlichen Besitztümer zurückgelassen.

Ich entschied, dass das langärmelige, bodenlange Flanellnachthemd züchtig genug war, zog es an und kniete mich dann mit meinem Rosenkranz nieder, um zu beten. Ich weiß noch immer, wie beseelt ich mich in jenem Moment fühlte. Obwohl es in dem Zimmer stickig und das Nachthemd viel zu warm war, hatte ich das Gefühl, als wären all meine Gebete erhört worden.

Von tiefer Dankbarkeit erfüllt murmelte ich vor mich hin und merkte gar nicht, wie die Zeit verging. Erst als es an der Tür klopfte und ich zusammenfuhr, spürte ich, dass mir die Knie wehtaten – und vor lauter Schreck zerrte ich mir auch noch einen Nackenmuskel.

Ich schaute durch das Guckloch, um mich zu vergewissern, dass es Pater Thomas war, zog mir rasch den Bademantel an und verzog mein Gesicht vor Schmerz, weil ich den Kopf zu schnell bewegt hatte. Dann löste ich die Kette und öffnete die Tür einen Spaltbreit. Ich rechnete damit, dass Pater Thomas mir mein Essen gab und mir dann eine gute Nacht wünschte, doch stattdessen schob er die Tür auf. Ich trat zurück, um ihn hereinzulassen, und zog das Nachthemd eng um den Hals, damit keine nackte Haut zu sehen war.

Pater Thomas hatte zwei in Zeitungspapier gewickelte Päckchen dabei, und der Geruch von frittiertem Fisch und in Essig getränkten Pommes ließ meinen Magen knurren. Es gab einen kleinen Tisch im Zimmer, auf dem er alles abstellte. Dann nahm er sich den einzigen Stuhl und setzte sich darauf. Ich stand unbeholfen daneben.

»Setz dich, Delilah«, sagte er.

Ich schaute mich um und überlegte, was angebracht war. Pater Thomas deutete mit dem Kopf zum Bett. »Das muss reichen, da es nur einen Stuhl gibt.«

Er packte das Essen aus dem Zeitungspapier, verteilte es großzügig auf zwei Portionen und löffelte eine dicke weiße Soße auf jedes Fischfilet.

»Was ist das, Pater?«

»Remouladensauce. Hast du die noch nie gegessen?«

»Nein, ich glaube nicht.«

»Du wirst sie lieben«, sagte er. »Hier.« Er tauchte seinen Finger in die Sauce und hielt ihn mir entgegen.

Als ich begriff, dass er von mir erwartete, ihm die Sauce vom Finger zu lecken, wurde ich knallrot.

»Wie dumm von mir«, sagte Pater Thomas betreten. »Ich verbringe zu viel Zeit mit den Kindern im Waisenhaus und vergesse manchmal, wie man sich in Gegenwart von Erwachsenen verhält.« Als ich lachte, lachte er ebenfalls und schüttelte zerknirscht den Kopf. »Lass es uns noch einmal versuchen. Hier.« Diesmal tauchte er einen Löffel in die Sauce und reichte ihn mir.

Ich nahm ihn entgegen, erleichtert, aber auch verwirrt. Die Sauce war köstlich, würzig und süß zugleich. Wir begannen zu essen, aber eigentlich hatte ich gar keinen Hunger mehr. Ich wusste nicht, wo ich hinschauen sollte; mein Blick wanderte ständig zu Pater Thomas' Lippen, die vor Fett glänzten. Jedes Mal, wenn er sie ableckte, wand ich mich innerlich. Die stickige Hitze im Zimmer wurde immer drückender.

Als Pater Thomas fertig war, schaute er auf das Essen auf meinem Schoß. »Du hast ja kaum etwas zu dir genommen.

Was ist los, Delilah? Ich habe dich doch eben hoffentlich nicht beleidigt? Es war nicht so gemeint.«

»Nein, gar nicht, Pater. Ich habe mir nur eben einen Nackenmuskel gezerrt, und das tut ein bisschen weh.« Es war einfacher, mein Unbehagen darauf zu schieben, als es damit zu erklären, dass das Zimmer allmählich zu schrumpfen und Pater Thomas' Gestalt immer mehr Platz einzunehmen schien.

»Ach je«, sagte er besorgt, stand auf und kam auf mich zu. Mir stockte der Atem. »Eine Muskelzerrung im Nacken kann sehr schmerzhaft sein und verschlimmert sich nur noch, wenn sie nicht sofort behandelt wird. Bevor ich beschloss, Priester zu werden, habe ich übrigens Medizin studiert. Wusstest du das?«

»Nein, Pater. Aber so schlimm ist es gar nicht …«, begann ich zu protestieren. Doch er nahm mir einfach das Essen weg, kniete sich neben mich aufs Bett, schob mich so zurecht, dass ich mit dem Rücken zu ihm saß und legte seine Hände auf meine Schultern.

»Zieh deinen Bademantel aus, dann kann ich dich besser massieren.«

»Pater, ich glaube nicht, dass …«

»Herrgott noch mal, Delilah. Ich bin's doch nur. Ich bin Priester, und du bist völlig sicher bei mir. Du glaubst doch wohl nicht, dass ich dir etwas antun will, oder?« Er klang verletzt, aber auch verärgert.

»Nein, Pater, natürlich nicht«, sagte ich und streifte den Bademantel ab.

Er rückte näher und fuhr mit den Fingern an den Knubbeln meiner oberen Wirbelsäule entlang bis zum Nacken. Als er anfing, meine Schultern zu massieren, spürte ich seinen warmen Atem an meinem Hals und ein seltsames Ziehen im Unterleib. Die Hitze, die mein Gesicht zuvor hatte erröten lassen, wanderte hinab durch den Magen in die Mitte meines Körpers und brachte sie zum Kribbeln.

»Pater …« Ich versuchte aufzustehen, aber er drückte seine Hände auf meine Schultern und zwang mich, auf dem Bett sitzen zu bleiben.

»Delilah.« Seine Stimme klang plötzlich rau. »Meine süße Delilah. Weißt du eigentlich, wie schön du bist?«

Ein Teil von mir wusste, wie falsch seine Worte waren, doch ich antwortete fast automatisch: »Ruth ist die Schöne. Nicht ich.«

»Nein. Ruth hat kein Licht in sich. Überhaupt keine Reinheit. Aber du … Du bist perfekt.« Er presste seine Lippen auf meinen Nacken, legte seine Hände auf meine Ellbogen und drückte sie an meinen Körper.

Sein Atmen verwandelte sich in ein Keuchen, und mein Herz begann zu hämmern. Wie sehr hatte ich mich danach gesehnt, diese Worte wenigstens ein Mal im Leben zu hören. Wenn sie jemand anders zu mir gesagt hätte, hätte ich sie nicht geglaubt, aber ich hatte gesehen, wie Ruth Pater Thomas angesehen und wie er sie zurückgewiesen hatte. Nicht einmal Riaan, von dem ich wusste, dass er mich liebte, hatte mir jemals gesagt, dass ich schöner war als meine Schwester.

Ich spürte, wie etwas Feuchtes und Warmes von meinem Nacken zum Ohr wanderte, und begriff, dass es Pater Thomas' Zunge war. Mit einem Mal spürte ich nur noch seinen warmen Körper, der sich gegen meinen presste, und einen herrlichen Wonneschauer.

Doch als Pater Thomas meine nachthemdbedeckte Brust umfasste, erwachte ich aus diesem Rausch und kam wieder zu Sinnen. Was wir da taten, war falsch.

Bei Matthäus 26,41 hieß es: *Wacht und betet, damit ihr nicht in Versuchung kommt. Der Geist ist willig, aber das Fleisch ist schwach.* Das Gefühl des Dahinschmelzens, die köstliche Wärme waren verschwunden. Stattdessen hatte ich plötzlich Angst.

»Nein, Vater, bitte nicht.«

»Spiel keine Spielchen, Delilah. Du bekommst doch endlich, was du willst, also zier dich jetzt nicht.«

»Ich will aber nicht …«

»Jetzt tu nicht so. Du hast doch vorhin mit deiner Schwester darüber geflüstert, gib es zu! Und warum warst du vorhin so froh, als ich dir sagte, dass wir die Nacht hier verbringen müssen? Du willst es doch, Delilah! Du bist so, wie dein Name es verheißt. Du raubst den Männern ihre Kraft.«

Er stand auf, ging ums Bett herum, stieß mich nach hinten und wälzte sich auf mich. Er hatte die Augen geschlossen, aber meine waren weit aufgerissen und starrten auf sein Gesicht, das einen Ausdruck hatte, den ich noch nie zuvor gesehen hatte; eine dermaßen hungrige Gier, dass der Pater einem wilden Tier glich. Damals und in den vielen schlaflosen Nächten, die folgten, glaubte ich, dass ich ihn dazu gemacht hatte. Ich hatte ihn von einem frommen Mann Gottes in ein Tier verwandelt, das von animalischen Trieben gesteuert wurde. Denn genau das Gleiche hatte ich in der Nacht zuvor mit Riaan gemacht.

Als es vorbei war, stand Pater Thomas auf und zog sich an.

Ich war nicht imstande, mich zu bewegen. Ich lag einfach

nur da, vom Schock gelähmt, und spürte, wie mein Herz gegen das Brustbein klopfte, während sich auf dem Rest meines Körpers Blutergüsse bildeten. Pater Thomas ging ins Bad und kam mit einem Handtuch zurück, das er über mich warf. »Mach dich sauber und zieh dich an.«

Ich gehorchte ihm.

»Und nun lass uns beten«, sagte er und zwang mich dazu, neben ihm niederzuknien. »Unser Herr, Jesus Christus, Erlöser und Retter, ich bitte dich, Delilah ihre Sünden zu vergeben. Sie kam heute mit der klaren Absicht hierher, einen Mann Gottes zu verführen. Sie erlaubte Satan, sich in ihrem Herzen niederzulassen und benahm sich wie eine Isebel. So wie du Petrus seine Verleugnung verziehen hast und denen, die dich gekreuzigt haben, vergib Delilah ihre Sünden gegen einen deiner treuesten Söhne.« Dann stand er auf. »Wir werden nie wieder darüber sprechen.«

Und daran hielt er sich. Wir sprachen nie wieder darüber.

Am nächsten Morgen machten wir uns auf den Weg zum Kloster. Ohne Ersatzteil.

KAPITEL ZWEIUNDSECHZIG

Zodwa

16. August 1995
Verdriet, Magaliesburg, Südafrika

Die anderthalb Monate, seit Zodwa auf der Farm arbeitet, sind wie im Flug vergangen. Wenn sie vom Haupthaus zu ihrem kleinen Cottage geht, spürt sie mehr und mehr, dass die Kargheit des Winters allmählich dem Reichtum des Frühlings weicht, was ihre eigenen verbesserten Lebensumstände widerspiegelt.

Im Vergleich zu ihrem Job in der *Shebeen* verdient Zodwa jetzt mehr als das Vierfache im Monat. Und sie braucht nichts davon für Lebensmittel oder Toilettenartikel auszugeben, weil die Schwestern großzügig sind und sicherstellen, dass der Großteil ihrer Grundbedürfnisse gedeckt wird. Sie kann ihrer *gogo* nun mehr Geld schicken und hat trotzdem genug übrig, um für eine Zukunft zu sparen, von der sie zuvor nicht zu träumen wagte. Aber sie ist nicht des Geldes wegen bei den Schwestern. Selbst wenn sie ihr keinen Cent zahlen würden, würde sie für sie arbeiten, weil sie ihr den Zugang zu ihrem Sohn ermöglichen.

Zodwas Reifeprüfung steht bevor. Sie verbringt jeden Abend mit Lernen, damit ihr die Stunden nach dem täglichen Abschied von Mandla nicht so lang vorkommen. Wenn sie sich in ihren Büchern vergräbt, verwandelt Zodwa sich wieder in das Mädchen, das sie vor der Vergewaltigung war;

eine Schülerin, die Spaß am Lernen hatte und Bestnoten bekam. Sie erniedrigt sich zwar, indem sie für diese Frauen schuftet, aber zugleich verschafft es ihr Selbstachtung, denn sie kann über ihren Sohn wachen. Sie lässt sich zwar dazu herab, die Toiletten und Böden dieser Frauen zu schrubben, doch zugleich verspürt sie Stolz, Mandlas Welt durch ihre Mühen noch heller und freundlicher zu gestalten.

Das sagt sie sich jeden Morgen aufs Neue. Ihr Tag beginnt damit, dass sie mit der Familie zusammen frühstückt. Dieses Ritual hatte Delilah etwa eine Woche nach Zodwas Ankunft eingeführt, als sie Zodwa allein draußen auf der Veranda essen sah, während sie drinnen zusammen mit Ruth und Mandla frühstückte.

»Warum kommst du nicht herein und setzt dich zu uns?«, fragte sie.

»Es ist hier in Ordnung für mich, Madam Delilah.«

»Bitte nenn mich Delilah. Du brauchst mich nicht mit ›Madam‹ anzureden.«

Für Zodwa kam das Angebot völlig überraschend. Für sich nannte sie die Schwestern ohnehin nur Ruth und Delilah, doch Ruth hatte von ihr verlangt, sie Madam Ruth zu nennen, und Zodwa hatte natürlich gedacht, dass Delilah es bestimmt genauso halten wollte. Ruth war zuerst sichtlich verärgert, als Zodwa Delilahs Einladung folgte. Sie schaute verdrossen zu, als Zodwa, die es gewohnt war, mit den Fingern zu essen, mit dem Besteck kämpfte. Doch mit der Zeit schien sie sich daran zu gewöhnen, weil es sich positiv auf Mandla auswirkte. Zodwas Gegenwart beruhigte ihn und hob seine Stimmung.

Wenn der Junge nicht das Muttermal in der Form von Afrika auf dem Popo hätte und Dumisa wie aus dem Gesicht geschnitten wäre, hätte Zodwa ihn bestimmt an der gegenseitigen Verbundenheit erkannt. Mandla scheint instinktiv zu wissen, dass er die ersten neun Monate seiner Existenz in ihrem Bauch verbracht hat; der Klang ihrer Stimme scheint ihm noch aus der Zeit vor seiner Geburt vertraut zu sein. Er ist ein nachdenkliches Kind, das öfter die Stirn runzelt, als zu lächeln, und Zodwa weiß, dass sie an seiner ernsten Miene schuld ist. Schließlich hat sie das skeptische Weltbild ihres Sohnes geprägt. Sie erinnert sich noch genau an die ersten Worte, die sie zu ihm sagte, als sie noch schwanger mit ihm gewesen war, an dem Tag, als der alten Frau in der Warteschlange das Recht zu wählen verweigert wurde.

Jetzt weißt du, was du von dieser Welt zu erwarten hast.

Nun versucht sie, den Schaden, den sie mit dieser Warnung angerichtet hat, rückgängig zu machen, indem sie Mandla jeden Tag zum Lachen bringt. Meistens schafft sie es mit albernen Mätzchen, und wenn das nicht funktioniert, singt sie ihm Miriam Makebas Lied »Qongqothwane« vor, das die Weißen den »Click Song« nennen. Die schnell aufeinanderfolgenden Xhosa-Klicklaute lassen Mandla fast immer in Gelächter ausbrechen. Inzwischen ist es sogar so weit, dass Ruth manchmal mit dem quengeligen Kind zu ihr kommt und sagt: »Meine Güte, bitte klick ihn glücklich.«

Zodwas Tage vergehen immer im gleichen Rhythmus. Montags, mittwochs und freitags sind die Putztage, an denen sie hauptsächlich Geschirr spült, staubsaugt, staubwischt und die Böden putzt. Dienstags und donnerstags sind die Tage, an denen sie sich vor allem ums Waschen und Bügeln kümmert, aber auch die Fenster und Außenbereiche reinigt. Sie isst allein zu Mittag und nimmt ihr Abendessen stets mit in ihr Dienstbotenquartier. Und sie genießt jede Minute, die sie mit Mandla allein verbringen kann, was allerdings nur geht, wenn Ruth ein Bad nimmt oder sich zurechtmacht.

Ruth ist fast immer da. Sie bekommt nie Besuch und verlässt kaum das Haus. Einmal pro Woche fährt sie einkaufen und nimmt Mandla mit. Und einmal im Monat lässt sie Mandla bei Delilah, um nach Johannesburg zum Friseur zu fahren.

Ruth ist unglaublich launisch. Manchmal, wenn sie besonders überschwänglich ist, besteht sie darauf, dass Zodwa sich zu ihr setzt und ihr Gesellschaft leistet. Vor allem dann, wenn sie bereits am Nachmittag eine Flasche Wein öffnet. An anderen Tagen ist die Frau so schroff, dass Zodwa sich fragt, ob sie sie verärgert hat. Ruths Stimmung kippt meistens dann ins Düstere, wenn Mandla gegenüber Zodwa besonders anhänglich ist oder wenn er weint, weil Zodwa das Zimmer verlässt.

Überhaupt ist Zodwa aufgefallen, dass Ruths Stimmung sehr stark von Mandlas Wohlbefinden abhängt. Die Frau ist die reinste Glucke, sie packt den Jungen ständig in Watte, als wäre er ein zerbrechlicher Gegenstand, dabei ist er robust. Wenn er auch nur das geringste Anzeichen von Unwohlsein zeigt, erdrückt sie ihn geradezu mit ihrer Fürsorge.

Es ist erstaunlich, dass Mandla überhaupt krank wird, wenn man bedenkt, wie viel *umuthi* die Frau ihm täglich gibt. Zodwa hat schon versucht, die Etiketten auf den ganzen Sirupflaschen und Medikamenten zu lesen, um herauszufinden, wofür das Zeug überhaupt gut ist, aber Ruth hält den Arzneischrank stets verschlossen. Die Arzneien sind das Einzige, was sie wegschließt; sie lässt sogar ihre Geldbörse und ihren Schmuck herumliegen. Es ist Zodwa wirklich ein Rätsel, warum sie das macht.

Vieles, was die weißen Frauen tun, kann Zodwa nicht nachvollziehen. Einerseits legen sie enormen Wert auf Privatsphäre und genug Platz, andererseits lassen sie sich von einem Hund das Gesicht ablecken. Die Sicherheit ist ein Riesenthema für die Schwestern; vor allen Fenstern und Türen sind Gitterstäbe, und überall im Haus sind Panikknöpfe verteilt.

Zodwa darf weder ans Telefon gehen noch die Haustür öffnen; als würden die Frauen ihr nicht zutrauen, Bedrohungen von außen wahrzunehmen und sie davor zu schützen. Aber wahrscheinlich bilden sie sich diese Bedrohungen genauso ein wie Mandlas Anfälligkeit. Delilah ermahnt Ruth zwar immer wieder, das Kind nicht so zu verhätscheln, aber die Frau hört nicht auf ihre Schwester, und auf Zodwa würde sie schon gar nicht hören, selbst wenn sie den Mut aufbrächte, etwas zu sagen.

Im Haus läuft pausenlos das Radio, weil Ruth Stille nicht erträgt, und auf *702 Talk Radio* erfährt Zodwa endlich mehr über die TRC, die neu gegründete Wahrheits- und Versöhnungskommission, deren Vorsitzender Erzbischof Desmond Tutu werden soll. Sie stellt den Ton lauter, um sich den Bericht anzuhören. Als er zu Ende ist, kommt Delilah zu ihr herüber.

»Die Kommission ist ein erster Schritt zur Versöhnung. Interessiert dich das generell oder aus persönlichen Gründen?«

Zu ihrer eigenen Überraschung gibt Zodwa eine ehrliche Antwort. »Mein Bruder ist seit 1984 verschollen. Er verschwand in Soweto.«

»War er Mitglied der Inkatha-Freiheitspartei? Weil er ein Zulu war?«

Zodwa ist verblüfft darüber, dass Delilah ihr solche Fragen stellt. »Ja, er war bei der Jugendbrigade. Er verschwand bei irgendeinem Auftrag, aber was damals genau geschehen ist, haben wir nie erfahren.«

»Das tut mir wirklich sehr leid, Zodwa. Das muss schlimm für dich sein, nicht zu wissen, was mit ihm passiert ist.«

»Meine Mutter starb letztes Jahr. Das Schrecklichste für sie war, ihren Sohn nicht begraben zu können. Ich werde einen Antrag bei der Kommission stellen. Vielleicht kann ich ja auf diesem Weg Informationen über ihn bekommen. Meine Mutter würde das auch tun, wenn sie noch könnte.«

Zodwa schreibt einen Brief, um die Antragsformulare anzufordern, und nachdem sie sie ausgefüllt und abgeschickt hat, kann sie nichts weiter tun, als zu warten. Falls Dumisas Name in den Tausenden von Interviews, die die TRC durchführt, auftaucht, wird man sie benachrichtigen. Mama Beauty hat bestimmt auch von der Kommission erfahren und einen Antrag auf Auskunft über ihre Tochter gestellt.

So vergehen Tage und Wochen. Zodwa fühlt sich zwar einsam, weil sie so weit weg ist von der Township, aber sie ist bereit, dieses Opfer zu bringen. An ihren freien Tagen könnte sie zwar in die Township zurückkehren, um ihre Leute zu besuchen, aber das würde Fragen aufwerfen, die sie nicht beantworten könnte. Außerdem will sie nicht das Risiko eingehen, Ace über den Weg zu laufen, der bestimmt ziemlich sauer über ihr spurloses Verschwinden ist. Es ist besser für sie, wenn sie sich ganz fernhält, auch um Thembeka nicht zu begegnen.

Sie ist bei ihrem Sohn, und das ist mehr, als sie sich jemals erhofft hat.

KAPITEL DREIUNDSECHZIG

Ruth

22. August 1995
Hartbeespoort-Stausee, Gauteng, Südafrika

Wir sind im *Spur*, einem Steakrestaurant, das mehr für Kinder als für deren Eltern zu bieten hat. Während die Erwachsenen draußen unter einem Strohdach sitzen und, gewärmt von Heizpilzen, Bier schlürfen und an Lammkoteletts nagen, laufen ihre Kinder im Wintersonnenschein auf dem Spielplatz Amok.

Futuristisch anmutende Klettergestelle, Schaukeln und eine Wippe nehmen das eine Ende des Spielplatzes ein, während sich auf der anderen Seite Sandkästen und eine Fahrbahn mit Spielzeug-Motorrädern befinden. Es scheint ein kluges Geschäftsmodell zu sein, wenn man sich ansieht, wie voll es hier ist. An einem der Tische findet eine Geburtstagsfeier statt, bei der alle Kinder Partyhüte tragen, die an Indianer-Federschmuck erinnern.

Wir sind hier, weil uns Mandla vor ein paar Tagen überrascht hat, indem er anfing zu laufen. Ohne Vorwarnung hat er sich hochgezogen, machte ein paar Schritte und jagte dann Isebel hinterher, trittsicher wie eine Bergziege.

So hat es mir jedenfalls Zodwa erzählt, da sie es mit eigenen Augen gesehen hat.

Als ich kurz darauf ins Zimmer kam, stand sie mit den Händen vor dem Mund und Tränen in den Augen da. Dann erst entdeckte ich Mandla, der hinter dem Hund herwackelte.

»Warum hast du mich nicht angerufen?« Ich beklatschte und lobte Mandla für seine Leistung, doch zugleich war ich verärgert über Zodwas Verhalten. Sie tat so, als wäre dieser Meilenstein ein privater Moment zwischen ihr und meinem Sohn.

»Tut mir leid, Madam Ruth«, sagte sie, aber ich hatte das deutliche Gefühl, dass es nur eine halbherzige Entschuldigung war.

Seitdem ist Mandla nicht zu bremsen, und Dee hat mich dazu überredet, mit ihm rauszugehen, wo er frei herumlaufen kann, ohne von einer Wand an die andere zu prallen oder in einem Teil des Gartens zu landen, in dem es womöglich von Schlangen wimmelt.

Eine Frau kommt an unseren Tisch, streckt die Hand aus und berührt Mandlas Gesicht. Ich erstarre, bereit, ihn jederzeit wegzureißen.

»Was für ein wunderhübsches Kind. Diese Augen!« Sie ist um die dreißig und schön wie ein Model. Definitiv keine Einheimische. Ich entspanne mich und erwidere ihr Lächeln. »Wie heißt du denn, du Süßer?«, fragt sie Mandla.

»Mandla«, antworte ich, da er seinen Namen noch nicht sagen kann.

»Eine meiner Freundinnen denkt auch über eine Adoption nach. Sind Sie seine Großmutter?«

Pikiert erwidere ich: »Nein, ich bin seine Pflegemutter.«

»Oh«, quietscht sie. »Cool.« Sie findet offenkundig, dass ich zu alt bin, um Mutter eines Kleinkindes zu sein, ob Pflegekind oder nicht, aber sie hat den gesunden Menschenverstand, ihre Meinung für sich zu behalten. »Wir feiern heute den zweiten Geburtstag meines Sohnes. Du kannst Mandla gerne rüberbringen, wenn du magst. Ich bin übrigens Michelle.«

»Ich bin Ruth. Und vielen Dank! Das ist wirklich sehr nett von dir.« Normalerweise reagiere ich nicht so überschwänglich, aber ich bin so erleichtert über ihre Freundlichkeit, dass ich sie am liebsten umarmen würde, aber sie hat sich bereits umgedreht.

Ein allzu vertrauter Geruch wallt plötzlich auf, und ich stöhne. Durch die Kombination aus dem Immunsystem-Booster und dem Nahrungsergänzungsmittel zur Gewichtszunahme stinken Mandlas Häufchen wie die Pest.

»Na komm, mein Großer.« Ich nehme ihn auf den Arm und gehe mit ihm in die Toiletten, wo es einen Wickeltisch gibt.

Ich bereite mich darauf vor, mich bei jedem zu entschuldigen, der das Pech hat, gerade jetzt hereinzukommen – im Ernst, bei dem Gestank blättert die Farbe von der Wand –, aber das Glück ist auf unserer Seite. Erst als ich die Windel in einer zugebundenen Plastiktüte weggeworfen habe, kommt eine Frau herein und verschwindet in einer Kabine. Kurz darauf geht die Spülung, sie kommt wieder heraus und stellt sich neben uns ans Waschbecken, während ich Mandlas Hose hochziehe.

Sie sieht aus wie Anfang zwanzig, ist ganz schmal und hat langes blondes Haar, das etwa zehn Farbtöne zu weiß ist, um natürlich zu sein. Obwohl es in der Toilette schummrig ist, trägt sie eine große Sonnenbrille. Die Gläser sollen ihr blaues Auge verdecken, aber man sieht es von der Seite. Sie strahlt eine nervöse Energie aus, die ich nur allzu gut kenne. Mir ging es genauso, als ich etwa in ihrem Alter war und regelmäßig windelweich geprügelt wurde. Auch Ma war so, wenn ich jetzt darüber nachdenke.

Während sie sich die Hände wäscht, wirft sie einen kurzen Blick auf Mandla, der sie anlächelt. Sie erwidert sein Lächeln nicht. Als sie meinen Blick im Spiegel erhascht, faucht sie mich an: »Was gibt's denn da zu glotzen?« Sie spricht Afrikaans, ich antworte ihr auf Englisch.

»Ich schaue mir das Veilchen an. Lass mich raten, du bist gegen eine Tür gelaufen?«

Sie wirkt verblüfft und murmelt, nicht ganz überzeugend: »Kümmere dich um deinen eigenen Kram.«

»Schon gut. Aber aus eigener Erfahrung kann ich dir sagen, dass solche Typen niemals aufhören. Egal wie oft sie sich auch entschuldigen, wie oft sie versichern, es täte ihnen leid und sie würden sich ändern. Es gibt nur eine Möglichkeit, sich vor ihnen zu schützen: Man muss gehen.«

Damit nehme ich Mandla auf den Arm und gehe hinaus.

Als wir wieder am Tisch sitzen, bringt die Kellnerin unsere Bestellung an den Tisch, ein Saftpäckchen für Mandla und ein Glas Wein für mich. Während wir den Strohhalm auspacken und in den Silberfolienkreis stechen, bin ich mir die ganze Zeit bewusst, dass wir Aufmerksamkeit erregen. Die Leute versuchen so zu tun, als würden sie nicht hinschauen, aber Mandla und ich bilden ein seltsames Paar, und die Blicke huschen öfter zu uns rüber als auf den Spielplatz.

Mandla windet sich im Hochstuhl. Ich hebe ihn heraus, setze ihn auf dem gepflasterten Boden ab und gebe ihm seinen Saft. Er greift mit seiner freien Hand nach meiner, und die Geste bringt mich zum Lächeln. Er zieht mich hinüber zur Rennbahn für die Spielzeugmotorräder. Alle sind besetzt, und die Kinder flitzen auf ihnen vorbei, wild mit den Beinchen tretend, um Schwung zu holen. Mandla beobachtet fasziniert, wie die Kinder ihre Runden drehen. Manche prallen kreischend gegeneinander.

Nach ein paar Minuten löst sich ein kleiner, etwa fünfjähriger Junge aus der Gruppe, kommt auf uns zu und baut sich vor uns auf. Er hat lockiges braunes Haar und bohrt sich schamlos in der Nase, während er Mandla neugierig anstarrt.

Er sagt nichts, sondern versucht nur weiter, einen Tunnel bis ins Gehirn zu graben, bis ich schließlich »Hallo« sage.

»Hallo.« Es klingt nasal, was nicht weiter verwunderlich ist, wenn man bedenkt, wie tief sein Finger in der Nase steckt.

»Wie heißt du?«

»Kyle.«

»Hast du schon welche gefunden?«

»Was?«

»Diamanten. In der Nase. Danach gräbst du doch, oder?«

Er blinzelt, zieht den Finger raus und starrt den Popel an der Spitze an, wie ein Juwelier, der einen Stein auf seine Karatzahl schätzt.

Ich unterdrücke ein Lachen und deute auf Mandla. »Das ist Mandla.«

»Ist das dein Kind?«

»Ja, das ist er.« Ich versuche, der Gefühle Herr zu werden, die mir unerwartet die Kehle zuschnüren.

»Ist er so auf die Welt gekommen?«

»Wie meinst du das?«

»Ist er braun geboren worden, oder hat er die Farbe gewechselt?«

Ich lache. »Er wurde so geboren.«

»Oh«, sagt er unbeeindruckt. »Ich habe Durst.« Er streckt die Hand aus und schnappt sich Mandlas Saftkarton.

Bevor ich reagieren kann, stürmt eine Frau auf uns zu. »Lass das, Kyle! Ich sagte, lass das!«

»Aber ich will Saft«, jammert das Kind, und ich will der Mutter gerade sagen, dass es in Ordnung sei und Mandla noch keinen Schluck getrunken habe, als die Frau ihrem Sohn den Saft aus der Hand reißt. Sie gehört zu den Gästen, die ich eben beim Starren ertappt habe.

»Ist schon okay«, sage ich zu der Mutter. »Er kann ruhig etwas davon haben.«

Die Frau ignoriert mich und redet auf ihr Kind ein. »Dieser Saft ist eklig. Du wirst krank, wenn du davon trinkst.«

Kyle fängt an zu kreischen, und eine andere Mutter in der Nähe nimmt ihrem Kind den Saft aus den Händen und gibt ihm die Packung. Diesmal protestiert Kyles Mutter nicht, als er gierig an dem Strohhalm saugt, obwohl das Mädchen, das sein Getränk abgeben musste, offensichtlich erkältet ist. Seine Nase ist vor Rotz verklebt.

»Entschuldigung, aber was haben Sie eben damit gemeint, der Saft meines Sohnes sei eklig?« Falls sich die Nachricht von Mandlas HIV-Status irgendwie in der Stadt verbreitet hat, muss ich es wissen.

Endlich spricht sie mich direkt an. »Sie wissen genau, was ich meine.«

»Nein, das tue ich nicht. Mein Kind ist nicht krank, aber das Mädchen da drüben schon. Trotzdem lassen Sie Ihren Sohn aus ihrem mit Bakterien verseuchten Strohhalm trinken.«

»Gott weiß, welche Keime der an sich hat«, erwidert die Frau und deutet auf Mandla. »Kaffer sind dreckig, das weiß jedes Kind.«

Diese Beleidigung macht mich für eine Sekunde sprachlos. Abgrundtief bösartig und verletzend richtet sie sich gegen ein schönes, unschuldiges Kind. Ich fühle mich wie vor den Kopf geschlagen.

Wie kann sie es wagen, so über meinen Jungen zu reden? Wie kann sie es wagen, verdammt noch mal?

Ich hole gerade zum Gegenschlag aus, als ich die Frau von vorhin, Michelle, hinter mir sagen höre: »Wenn dir so viel daran liegt, die Gesundheit anderer Kinder nicht zu gefährden, hättest du mit deinem Kind und seiner Eiterflechte gar nicht erst herkommen dürfen, die ist nämlich hochansteckend.« Dabei zeigt sie auf den Schorf an Kyles Kinn.

Alle Mütter in seiner Nähe greifen plötzlich nach ihren Kindern, um sie von seinem infektiösen Grind wegzuziehen. Kyle, erschrocken von der Aufregung um ihn herum, beginnt wieder zu weinen, und seine Mutter redet tröstend auf ihn ein.

»Na, wie fühlt sich das an, wenn das eigene Kind ausgestoßen wird?«, frage ich, nehme Mandla auf den Arm und gehe mit Michelle davon. Sie tut so, als würde sie die Tränen nicht bemerken, die über mein Gesicht laufen, als ich Mandla immer wieder küsse und ihm sage, was für ein wunderbarer Junge er ist, wie lieb und süß und wertvoll.

Als wir eine halbe Stunde später auf dem Parkplatz stehen und ich Mandla in seinem Autositz anschnalle, setzt sich plötzlich ein *bakkie* in Bewegung, beschleunigt und rast mit Vollgas auf uns zu. Ich stehe hinter der offenen Beifahrertür und erkenne sie erst in dem Moment, als sie mir haarscharf ausweichen und knapp an uns vorbeischießen.

Das Mädchen mit dem blauen Auge und der Sonnenbrille sitzt auf der Beifahrerseite, neben KleinMaynard Coetzee, dem rechten Afrikaaner, der uns seit über einem Jahr mit seinen Drohungen schikaniert. Er beobachtet mich im Rückspiegel, und der Hass in seinem Blick, den der Spiegel zurückwirft, lässt mich erschaudern.

KAPITEL VIERUNDSECHZIG

Delilah

1. Oktober 1995
Verdriet, Magaliesburg, und Maria von der Heiligen Dreifaltigkeit, Johannesburg, Südafrika

An dem Tag, als ich Daniel im Kloster zurückließ, lief der Song »Unchained Melody« von den *Righteous Brothers* im Radio. Ich werde das nie vergessen. Es kam mir so vor, als würden sie diese Ballade über Trauer und Verlust speziell für mich spielen, während ich von Pater Thomas zum Flughafen gefahren wurde.

Und als ich dann an dem Tag, an dem Daniel vierzig Jahre alt geworden wäre, morgens aufwachte und wieder dieses Lied im Radio hörte, diesmal begleitet von Ruths Gesang, wusste ich sofort: Das ist mein Zeichen. Jetzt war der Zeitpunkt gekommen, mich endlich zu meinem Sohn zu bekennen. Ich überlegte kurz, Riaan anzurufen und ihn zu bitten, mich auf der Fahrt zu begleiten, entschied mich jedoch dagegen. Seit der Nacht im Zelt drei Monate zuvor, als er mich geküsst und ich so heftig reagiert hatte, war unsere Beziehung ziemlich abgekühlt. Außerdem hätte ich ihm dann Daniels Existenz erklären müssen, doch das brachte ich nicht über mich.

Umso überraschter und gerührter war ich über Ruths Reaktion, als ich ihr erzählte, wo ich hinwollte. Sie sagte sofort: »Ich komme mit. Du brauchst moralische Unterstützung.«

Dann zwinkerte sie und fügte grinsend hinzu: »Ich biete übrigens auch unmoralische Unterstützung an, falls du mal Bedarf haben solltest.«

»Aber was ist mit Mandla?«

»Ich hole Zodwa, damit sie sich um ihn kümmert.«

»Heute ist Sonntag, Ruth.«

»Das geht bestimmt in Ordnung, wenn ich ihr Überstunden zahle.«

Zodwa erklärte sich freundlicherweise einverstanden – wenn ich an meinem freien Tag als Babysitter hätte einspringen müssen, hätte ich bestimmt nicht so begeistert wie sie ausgesehen –, und Ruth gab ihr eine lange Liste mit Anweisungen für Mandlas Versorgung. Angesichts der Tatsache, dass er eine schwere Erkältung hatte und Ruth wegen seiner Gesundheit ständig in Panik geriet, war ich über ihre Bereitschaft, ihn an diesem Tag Zodwa zu überlassen, wirklich gerührt.

Als wir vor Daniels Kirche hielten, *Maria von der Heiligen Dreifaltigkeit*, kamen gerade die Besucher des zweiten Gottesdienstes herausgeströmt.

»Soll ich mit reinkommen?«, fragte Ruth und musterte die Kirche argwöhnisch, als könnte das Gebäude in Flammen aufgehen, sobald sie einen Fuß hineinsetzte.

»Nein, ich glaube, diesen Weg muss ich allein gehen.«

Sie sah erleichtert aus. »Okay. Siehst du das Restaurant auf der anderen Straßenseite? Ich werde dort zu Mittag essen, während ich auf dich warte. Komm einfach dazu, wenn du so weit bist. Und jetzt geh und bekenne dich zu deinem Sohn.«

Obwohl ich noch nie zuvor einen Fuß in Daniels Kirche gesetzt hatte, war mir, als käme ich nach Hause. In einem katholischen Gotteshaus zu sein fühlte sich noch immer vollkommen selbstverständlich an, obwohl das letzte Mal schon eine Ewigkeit her war. Alles war mir so vertraut, als wäre es gestern gewesen.

Vor mir hing Christus, ans Kreuz genagelt, um für meine Sünden zu sterben. Seine Hände und Füße bluteten, der Kopf mit der Dornenkrone hing herunter. Die bunten Kirchenfenster mit den Bibelszenen warfen gelbe, blaue und rote Schatten auf mich und erinnerten mich unwillkürlich an den Tag, an dem ich Pater Thomas zum ersten Mal sah.

Aber nun kniete ich in Daniels Kirche nieder – an dem Ort, wo er unzählige Male Predigten gehalten, Gottes Segen verteilt, Beichten abgenommen, Ehen geschlossen, Verstorbener gedacht und Gebete gesprochen hatte.

Ich blickte zur Kanzel hoch und versuchte, mir meinen Sohn dort vorzustellen. Ich fragte mich, wie seine Stimme geklungen hatte. War sie schroff und tief wie die seines Großvaters gewesen, oder eher melodiös, wie die seines Vaters? Hatte er beim Reden gestikuliert, um die lauschende Gemeinde für sich zu gewinnen, oder regungslos wie eine Statue dort gestanden und darauf vertraut, dass seine Worte ihr Ziel auch so erreichten?

Ich hoffte, er hatte den Beichtenden ihre Sünden schnell und großzügig vergeben. Ich hoffte, er hatte eher Güte gezeigt als verurteilt. Ich nahm es an, doch mir war bewusst, wie leicht ich dazu geneigt gewesen wäre, ihn als Heiligen zu betrachten. Schließlich senkte ich den Kopf und betete; zum ersten Mal seit vierzig Jahren. Mein letztes Gespräch mit Gott hatte nach Daniels Geburt stattgefunden, als ich meinen Sohn der Oberin überreicht hatte. Damals bat ich

Gott, über meinen Sohn zu wachen und ihn zu beschützen. Doch nun betete ich, dass mein Sohn mir vergab, ihn nicht selbst beschützt zu haben.

Ich weiß nicht, wie viel Zeit vergangen war, aber als ich mich wieder erhob, waren die Schatten der Kirchenfenster schon lang geworden. Als ich mich umdrehte, um zu gehen, bemerkte ich eine Nonne, die einige Reihen hinter mir saß und mich aufmerksam ansah.

Ich grüßte sie mit einem Lächeln, das sie erwiderte, bevor sie aufstand und auf mich zukam.

»Du bist es tatsächlich«, sagte sie. »Ich wusste, dass du kommen würdest, aber ich hatte früher mit dir gerechnet.«

»Verzeihung, ich verstehe nicht ganz.«

»Erinnerst du dich nicht mehr an mich?«

Sie schien über sechzig zu sein, eine korpulente Frau mit rundem Gesicht und roten Wangen. Ich wollte gerade den Kopf schütteln, als ich mich plötzlich an die Novizin erinnerte, die mir damals nach meiner Ankunft im Kloster beim Umziehen geholfen und schweigend die Blutergüsse auf meinem Körper betrachtet hatte.

»Ah.« Sie lächelte. »Jetzt weißt du, wer ich bin.«

»Ja«, erwiderte ich. »Du warst damals im Kloster. Du bist Schwester Marguerite, nicht wahr?«

»Ja, und du bist Delilah«, sagte sie. »Komm, ich zeige dir sein Büro und sein Grab.«

»Von wem redest du?«

»Von Pater Daniel natürlich. Seinetwegen bist du doch gekommen, oder?«

Sie führte mich nach draußen, zu einem kleinen Gebäude direkt neben der Kirche. »Inzwischen gibt es einen

Nachfolger für Pater Daniel, aber ich habe ihm woanders ein Quartier besorgt. Ich wollte Pater Daniels Büro unverändert lassen, für den Fall, dass du noch kommst. Pater Michael war sofort einverstanden. Kein Wunder, wenn man bedenkt, was dort passiert ist.«

Als mir klar wurde, dass sie von dem Überfall auf Daniel sprach, blieb ich stehen. Ich fürchtete mich davor, den Ort zu sehen, an dem man ihn niedergeschossen hatte. Schwester Marguerite, die meine Gedanken zu lesen schien, drehte sich um und sagte: »Keine Angst, dort ist nichts mehr, was dich schockieren würde. Komm.«

Ich folgte ihr ans Ende eines Flurs, wo sie vor einer Tür stehen blieb. Sie löste einen Schlüsselbund von ihrem Gürtel und schloss die Tür auf. »Hier hat er die meiste Zeit verbracht.«

Das Zimmer sah genauso aus, wie ich es mir vorgestellt hatte, mit einem zerkratzten Holzschreibtisch, der einen Großteil des Raumes einnahm, und Wänden mit überfüllten Bücherregalen, bis auf die Wand gegenüber vom Schreibtisch, an der lediglich ein großes Kruzifix hing. Ergänzt wurde das schlichte Mobiliar durch ein Sofa und einen zerschlissenen Teppich. Staubpartikel wirbelten durch die Luft, es roch stark nach Holzpolitur.

Der Schreibtisch war leer bis auf eine Schreibunterlage aus Papier, einen Globus, eine Lampe und ein paar gerahmte Fotos, die ich in die Hand nahm. Eins zeigte Daniel als jungen Absolventen des Priesterseminars. Er stand neben Schwester Marguerite, die mit strahlendem Gesicht zu ihm schaute. Ein anderes zeigte ihn bei einer Taufe, mit dem Baby auf dem Arm; auf einem weiteren schüttelte er einem schwarzen Jugendlichen die Hand.

»Das hier ist von Shauns Taufe. Daniel war sein Patenonkel. Und dieser junge Mann ist Vusi. Daniel war sein Mentor bei einem Jugendprogramm.«

»Kannst du mir sagen, was passiert ist? In der Nacht, als er angeschossen wurde?«

Sie seufzte, dann sagte sie: »Es waren Einbrecher, die nicht damit rechneten, dass so früh am Morgen jemand im Büro war. Sie gerieten wohl in Panik. Daniel litt an Schlaflosigkeit. Und wenn er nicht schlafen konnte, kam er hierher, um an seinen Predigten zu arbeiten oder zu lesen. In den Wochen vor dem Überfall war es besonders schlimm.«

»Du kanntest ihn gut.« Es war eine Feststellung, keine Frage.

»Bei Gott. Ja. Ich habe ihn mit großgezogen, nachdem du fortgingst.«

Da begriff ich, dass sie die Nonne sein musste, die ich im Krankenhaus gesehen hatte. Was hatte Pater Thomas zu mir gesagt?

Siehst du die Schwester? Das ist Daniels Mutter. Sie ist seine Mutter, seit du damals gegangen bist.

Schwester Marguerite bekam jedoch gar nicht mit, wie überrascht ich war, sondern fuhr in Gedanken versunken fort: »Als er dann ordiniert und hierhergeschickt wurde, bin ich mitgegangen, als seine Sekretärin und Haushälterin. In der Nacht, als es passierte, wäre ich normalerweise auch hier gewesen, aber Daniel hatte mir ein Busticket nach East London gekauft, damit ich eine kranke Freundin besuchen konnte. So ein Mensch war er. Selbstlos und fürsorglich. Ich wollte ihn eigentlich nicht allein lassen, weil ich wusste, was er durchmachte, aber er bestand darauf, dass ich trotzdem fahre.«

»Was hat er denn durchgemacht?«, fragte ich.

Sie setzte an, etwas zu sagen, zögerte jedoch und wich meinem Blick aus. Mein Magen zog sich zusammen. »Was hat er durchgemacht?«, wiederholte ich mit heiserer Stimme.

»Er hatte es erst vor kurzem herausgefunden.«

»Was denn?«

»Dass du seine Mutter bist.«

KAPITEL FÜNFUNDSECHZIG

Zodwa

1. Oktober 1995
Verdriet, Magaliesburg, Südafrika

Es ist das erste Mal, dass Zodwa mehr als eine halbe Stunde unbeaufsichtigt mit ihrem Sohn verbringen kann. Sie hat keine Ahnung, was für ein Notfall die Schwestern plötzlich nach Johannesburg gerufen hat, und es ist ihr auch egal. Der Tag ist ein unerwartetes Geschenk.

Mandla sitzt auf der Couch neben Zodwa und kämpft gegen den Schlaf, während er aus seinem Schnabelbecher trinkt. Er ist erschöpft von einem hektischen Vormittag, an dem er sie von Zimmer zu Zimmer verfolgt hat. Jedes Mal, wenn er sie erwischte und sie ihn begeistert hochfliegen ließ, quietschte er und wollte sofort weiterlaufen, sobald seine Füße den Boden berührten. Zodwa zuckte innerlich zusammen bei jedem aufgeregten Schrei, der von einem rasselnden Hustenanfall begleitet wurde, aber sie erlaubte Mandla trotzdem weiterzuspielen.

Sie weiß, dass sie nicht hätte zulassen sollen, dass Mandla sich so sehr anstrengte, da er den ganzen letzten Monat erkältet war, aber sie liebt das Lachen ihres Sohnes so sehr, dass sie nicht Nein sagen konnte. Sie kann sich auch nicht dazu durchringen, ihm die Medizin einzutrichtern, die er so sehr hasst.

Der rosafarbene Sirup mag nach Obst riechen, aber er schmeckt nach Kreide und bringt ihn zum Würgen. Zodwa kann es Mandla nicht verübeln, dass er ihn nicht bei sich behalten kann und hysterisch wird, wenn sie mit der Flüssigkeit in der Spritze auf ihn zukommt. Sie hat so wenig Zeit mit ihm, dass sie sie nicht verderben will, indem sie diejenige ist, die Regeln durchsetzt und ihn dazu bringt, bittere Medikamente zu schlucken. Er hasst es schon, dass sie ihm ständig den Schleim abwischt, der ihm von der Nase in den Mund läuft.

Als Mandla seinen Rooibos-Tee ausgetrunken hat, gibt er Zodwa die Tasse. Normalerweise nennt er sie »Dwa«, da er ihren vollen Namen nicht aussprechen kann, aber als er jetzt nach ihrer Hand greift, sagt er »Mama«.

Zodwa hat keine Ahnung, wie er darauf kommt, da sie ihn nie dazu ermuntert hat, sie so zu nennen. Obwohl sie sich verzweifelt nach der Liebe ihres Sohnes sehnt, will sie ihn auf gar keinen Fall durcheinanderbringen. Dennoch ist es, als durchschaue er ihre Scharade und erkenne ihre wahre Beziehung.

»Mama«, sagt er noch einmal und greift nach ihrem Zeigefinger.

Zodwa merkt nicht, dass sie weint, bis Mandla die Hand hebt, eine Träne von ihrer Wange abwischt und dann die Hand vor sein Gesicht hält, um seine Finger zu inspizieren. Sobald er sicher ist, dass die Tränen keine Flecken hinterlassen, dreht er sich um und schmiegt den Kopf an Zodwas Brust, um sich an sie gekuschelt auszuruhen. So schläft er ein, den Herzschlag seiner Mutter im Ohr.

Zum ersten Mal, seitdem sie auf der Farm ist, stellt sich Zodwa vor, mit ihm wegzulaufen. Wie weit würden sie kommen, bevor Ruth sie einholte?

KAPITEL SECHSUNDSECHZIG

Delilah

1. Oktober 1995
Johannesburg, Südafrika

»Alles in Ordnung? Du bist ja kreidebleich«, sagte Schwester Marguerite besorgt, während sie mich stützte.

»Er … er wusste, dass ich seine Mutter bin?«

»Ja, er hatte nach dir gesucht. Ich habe ihm geholfen, an deine Aufnahmeunterlagen zu kommen, darin war ja eine Adresse angegeben, eine Farm in Magaliesburg, aber dort warst du nicht.«

Da erinnerte ich mich wieder an Saries Worte.

Hat dein Freund dich eigentlich gefunden?

Welcher Freund?

Der Mann, der dich hier vor etwa einem Monat gesucht hat. Ich habe ihm gesagt, dass du schon als junges Mädchen fortgegangen bist und die Familie schon lange nicht mehr hier lebt. Er war sehr enttäuscht.

Schwester Marguerite sprach weiter: »Ich hatte ihm zwar gesagt, dass du dich vermutlich woanders aufhältst, weil deine letzte bekannte Adresse in Zaire sei, aber er wollte sich unbedingt selbst davon überzeugen. Ich glaube, er hatte gehofft, wenn schon nicht dich, dann wenigstens Verwandte zu finden.«

Er hatte von mir gewusst. Daniel hatte von mir gewusst, bevor er starb. Ich war für ihn keine Unbekannte gewesen, wie ich angenommen hatte, als ich ihn von weitem auf der Intensivstation gesehen hatte. Wenn er aufgewacht wäre und mich gesehen hätte, hätte er mich als seine Mutter erkannt. Ich wusste nicht, ob ich lachen oder weinen sollte.

»Warte«, sagte ich, weil ich das alles gar nicht so schnell verarbeiten konnte. »Woher wusste er denn von mir?«

»Ich hatte es ihm gesagt.«

»Du?«

»Ja. Ich habe das Geheimnis sehr lange bewahrt, aber du weißt ja, wie Kinder sind. Sie bekommen vieles mit. Er wusste also weitaus mehr, als ich dachte. Und irgendwann begann er, mir Fragen zu stellen. Er sagte, er hätte den Verdacht, dass die Nonne, die man im Jahr seiner Geburt fortgeschickt hatte, seine Mutter sei, aber die einzige Information, die er über dich hätte, sei dein Ordensname, Maria Theresa. Er bat mich, ihm zu helfen, die fehlenden Puzzleteile zu finden, und das tat ich.«

Mein Schädel pochte vom drückenden Schmerz der aufgestauten Tränen, und plötzlich konnte ich sie nicht mehr zurückhalten.

Er wusste, wer ich bin. Mein Junge wusste es.

»Ach, meine Liebe. Komm her.«

Schwester Marguerite schloss mich in die Arme.

»Daniel, Daniel, Daniel.« Ich hatte keine Worte, außer den Namen meines Sohnes, den ich immerzu wiederholte – wie ein Gebet, das zugleich Anrufung, Geständnis und Wehklage war; ein Ausdruck von *bitte* und *danke* und *vergib mir* und *Amen*.

Schwester Marguerite hielt mich fest und ließ sich mit mir durch den Sturm der Gefühle treiben, bis das Schlimmste vorbei war. Als sie spürte, dass ich mich einigermaßen beruhigt hatte, führte sie mich zum Sofa, wies mich an, Platz zu nehmen, und holte rasch ein paar Taschentücher.

»So ist es gut. Geht es dir ein wenig besser?«

Ich nickte, während ich mir die Augen abtupfte. »Ja danke. Bitte entschuldige.«

»Es gibt nichts, wofür du dich entschuldigen müsstest.«

»Ich habe mich wieder gefangen«, sagte ich. »Bitte erzähl weiter. Du sagtest, du hättest ihm geholfen.«

»Ja. Dass Daniel sich fragte, wer sein Vater sein könnte, passierte jedoch erst, als es zum Prozess gegen Pater Thomas kam. Da hat er dann eins und eins zusammengezählt.«

»Es gab einen Prozess gegen Pater Thomas?«

»Ja. Du weißt davon gar nichts?«

»Nein.«

»Sie schrieben dir damals, um dich zu fragen, ob du bereit wärst, als Zeugin auszusagen, aber es kam keine Reaktion von dir. Und da nahm ich an, dass du das alles lieber hinter dir lassen wolltest.«

»Wer schrieb mir?«

»Davon weißt du auch nichts? Langsam wird mir einiges klar«, meinte sie kopfschüttelnd. Als sie meinen frustrierten Blick bemerkte, sagte sie: »Entschuldige bitte. Am besten fange ich ganz von vorn an. Vor drei Jahren gingen zwei junge Frauen aus Pater Thomas' Gemeinde zur Polizei, um ihn wegen sexueller Nötigung anzuzeigen. Daraufhin kam es zu einem Ermittlungsverfahren, und vor einem Jahr ging der Fall vor Gericht. Es fand sich jedoch keine Nonne, die gegen ihn aussagen wollte, obwohl einige von ihnen das Gleiche wie du durchgemacht hatten. Aber du warst eine ehemalige

Novizin, die nichts zu verlieren hatte, und ich dachte mir, dass du vielleicht in Betracht ziehen würdest auszusagen. Deshalb habe ich ihnen deine Adresse gegeben. Aber sie bekamen nie eine Antwort von dir.«

»Ich habe den Brief nicht erhalten. Auf die Post war ja auch kaum Verlass.« Mir schwirrten so viele Fragen durch den Kopf, dass ich gar nicht wusste, welche ich zuerst stellen sollte. Schließlich fragte ich: »Woher wusstest du, dass ich in Zaire war? Woher hattest du meine dortige Adresse?«

»Ich wusste immer, wo du warst. Im Laufe der Jahre habe ich dir auch immer wieder Fotos von Daniel geschickt.«

»Das warst du?«

Sie nickte. »Ich habe daran gedacht, wie furchtbar es für dich gewesen sein musste, dein Kind aufzugeben, besonders unter diesen Umständen. Deshalb wollte ich dich wissen lassen, dass es deinem Sohn gut ging und dass für ihn gesorgt wurde, auch wenn du nicht bei ihm sein konntest.«

»Ich dachte immer, Pater Thomas hätte mir die Fotos geschickt, aber als ich ihm im Krankenhaus begegnete, stritt er es ab.«

»Im Krankenhaus?«

»Ja, er lief mir auf der Intensivstation über den Weg, als ich Daniel besuchen wollte.«

»Du warst auf der Intensivstation? Ich hatte immer gehofft, dass du kommen würdest, aber ich habe dich dort nie gesehen.«

»Ich glaube aber, ich habe dich gesehen«, sagte ich. »Zwei Mal. Das erste Mal im Mai, und dann an … an dem Tag, als Daniel starb. Du hast an seinem Bett gesessen, oder?«

»Ja. Aber Delilah … Ich verstehe nicht … Warum bist du

nicht an sein Bett gekommen? Du hättest mit mir sprechen können.«

»Pater Thomas sagte, dass es dich nur aufregen würde, mich zu sehen. Er meinte, du wärest Daniels wahre Mutter, und ich hätte kein Recht, ihn zu sehen.«

Schwester Marguerite schüttelte entrüstet den Kopf. »Pater Thomas war derjenige, der kein Recht dazu hatte – Daniel hätte es nicht gewollt. Ich stand zuerst so unter Schock, dass ich nichts dagegen unternahm, aber irgendwann platzte mir der Kragen, und ich drohte ihm. Dann ging er endlich.«

Ihre Wut verriet sie. »Er hat dir das Gleiche angetan, oder?«

Sie senkte den Kopf. »Woher weißt du das?«

»Ich erinnere mich noch an deinen Gesichtsausdruck, als du meine Blutergüsse gesehen hast, an dem Tag, als Pater Thomas mich zum Kloster brachte. Als hättest du gewusst, woher die blauen Flecken kamen. Und wie du dich verhalten hast, als herauskam, dass ich schwanger war. Als hättest du verstanden.«

»Ja, so war es auch. Ich hatte bloß Glück gehabt, nicht schwanger zu werden.«

»Du wolltest also auch nicht gegen ihn aussagen?«

»Nein.«

»Warum nicht?«

»Die Kirche hat mich überredet, es nicht zu tun. Nicht nur mich, auch die anderen. Weil die Kirche ihre eigenen Angelegenheiten lieber intern regeln wollte.«

»Dann kam er also nicht ins Gefängnis?«

»Nein.« Sie seufzte. »Er wurde freigesprochen.«

Ich schnaubte. »Und wo ist er jetzt?«

»Er wurde in den Ruhestand gezwungen. Er lebt jetzt in einem Heim, nicht weit von hier.«

»Und Daniel wusste davon, sagst du? Von der … dass Pater Thomas sein Vater war?«

»Nun ja, nach all den Anschuldigungen hat er es sich gedacht«, sagte sie. »Es hat ihn zutiefst erschüttert. Sie standen sich immer sehr nah, er und Pater Thomas. Daniel hatte sogar seinen Nachnamen angenommen, weil er in Pater Thomas einen Vaterersatz sah. Aber die Erkenntnis, dass Pater Thomas tatsächlich sein Vater war, stellte sein komplettes Weltbild infrage. Deshalb half ich ihm, dich ausfindig zu machen. Er schrieb dir einen Brief in der Nacht, als er niedergeschossen wurde.«

»Woher weißt du das?«

»Ich habe den Brief nach dem Überfall gefunden. Er steckte in einem Umschlag, der an dich adressiert war.«

»Aber … warum hast du ihn mir nicht geschickt?«

»Weil ich nichts über dich wusste, Delilah. Ich kannte deine Lebensumstände nicht und wusste auch nicht, in welcher seelischen Verfassung du warst. Ich wusste nicht einmal genau, wo du dich zu diesem Zeitpunkt aufgehalten hast. Ich wollte dir den Brief nicht schicken, solange ich nicht sicher sein konnte, dass er dich auch erreichen würde, oder ob du seelisch stabil genug wärst, damit umzugehen. Ich wollte, dass du dafür bereit bist, und ich war mir sicher, dass du kommen würdest, wenn es so weit ist. Ich habe auf dich gewartet. Ich habe im Krankenhaus auf dich gewartet.«

»Und Pater Thomas stand Wache und sorgte dafür, dass wir nicht miteinander sprechen konnten.«

Sie ging zum Schreibtisch, schloss eine Schublade auf,

holte einen Luftpostumschlag heraus und reichte ihn mir. »Hier ist der Brief. Jetzt kann ich ihn dir persönlich geben.«

Ich nahm ihn mit zitternder Hand entgegen. »Danke.«

»Du kannst ihn später lesen, wenn du dich dafür bereit fühlst. Möchtest du jetzt Daniels Grab besuchen? Ich kann dir noch mehr über ihn erzählen, wenn du möchtest.«

»Ja, sehr gern.«

Wir sprachen lange miteinander, Schwester Marguerite und ich, und weil sie Daniels Ersatzmutter gewesen war, konnte ich mich ihm so nah wie noch nie zuvor fühlen. Dieses Geschenk machte er mir an dem Tag, an dem er vierzig Jahre alt geworden wäre, und ich würde es bis an mein Lebensende in meinem Herzen tragen.

Als ich einige Stunden später zu Ruth ins Restaurant kam, entschuldigte ich mich dafür, dass ich sie so lange hatte warten lassen.

Sie winkte ab. »So etwas braucht Zeit, das kann man nicht überstürzen. Hast du Hunger?«

Ich schüttelte den Kopf. Abgesehen von ein paar Bissen Toast zum Frühstück hatte ich noch nichts gegessen, aber ich fühlte mich so satt wie seit Jahren nicht mehr. Also machten wir uns auf den Heimweg. Unterwegs begann ich schließlich zu reden. Ich weiß nicht, ob es daran lag, dass es bereits dunkel war oder Ruth beim Fahren auf die Straße schauen musste; ich hätte ihr jedenfalls nicht in die Augen schauen können. Aber ich musste das Gift in mir loswerden, und das konnte ich nur, indem ich mich jemandem anvertraute.

Vielleicht gab mir das Wissen, nicht die Einzige gewesen zu sein, den Mut, endlich mein Herz auszuschütten.

»Ruth?«

»Ja?«

»Mir ist etwas passiert, und ich möchte dir gern davon erzählen.«

»Okay. Du kannst mir alles sagen, das weißt du.«

Und das stimmte – trotz allem. Obwohl ich mich mein Leben lang über sie geärgert hatte, obwohl wir völlig verschieden waren, uns nie besonders nahegestanden hatten und sie mich mit ihrer Egozentrik immer wieder zur Weißglut trieb.

Also fing ich an, ihr die Wahrheit darüber zu erzählen, wie ich mit Daniel schwanger geworden und was danach alles geschehen war. Und während ich redete, kamen die Erinnerungen zurück – an das, was an jenem Abend passierte, aber auch an dem Tag, als Pater Thomas meine Schwangerschaft entdeckte. Vor meinem geistigen Auge sah ich, wie er mich, als ich gehen wollte, an sich drückte, und wie sein Verhalten sich schlagartig änderte, als er meinen dicken Bauch spürte und begriff, was er bedeutete. Er stand reglos da und starrte mich entsetzt an.

Und dann flüsterte er: »Was hast du getan, Delilah? Was hast du getan?«

Eine halbe Stunde zuvor hatte er mich noch Schwester Maria Theresa genannt, aber jetzt war ich in seinen Augen plötzlich keine Novizin mehr, sondern wieder Delilah, die »den Männern ihre Kraft raubte«.

»Es … es tut mir leid, Vater«, stammelte ich.

»Wie bitte?« Er sah mich an, als wäre ich Satan persönlich, der gekommen war, um ihn zu vernichten. »Du hast mein Leben zerstört – und alles, was dir dazu einfällt, ist, dass es dir leidtut?«

»Ich wollte doch nicht …«

»Sei still! Ich will kein Wort mehr aus deinem Hurenmund hören, verstanden?«

Ich nickte und versuchte vergeblich, meine Tränen zu unterdrücken.

Er schlug sich die Hände vors Gesicht und begann, auf und ab zu gehen und vor sich hin zu murmeln. Als er schließlich stehen blieb, war seine Miene vollkommen ausdruckslos. Die Verwandlung war fast genauso furchteinflößend wie seine Wesensveränderung an jenem Abend im Motel. Ich verstand nicht, wie er so rasch von einem Extrem ins andere fallen konnte. Er war wie Dr. Jekyll und Mr Hyde.

Er drehte sich zu mir und nagelte mich mit seinem Blick fest. »Du wirst niemals darüber sprechen, was du mir damals in diesem Zimmer angetan hast. Du wirst niemals einer Menschenseele erzählen, wie du mich ins Verderben gestürzt hast, verstanden?«

»Ja, Pater.«

»Niemand darf davon erfahren. Wenn dir jemand Fragen stellt, wirst du nicht antworten, denn wenn du mit deiner Sünde prahlst, wirst du dieses Kind damit beflecken.« Er deutete mit dem Kopf auf meinen Bauch. »Willst du das? Willst du die Seele deines Kindes zerstören, noch bevor es geboren wurde?«

»Nein, Pater. Nein, bitte, ich …«

»Wenn du unser Geheimnis für dich behältst, kann ich dein Kind retten. Hast du verstanden, Delilah?«

»Ja, Pater.«

»Wenn du gelobst, sofort nach seiner Geburt zu verschwinden, niemals zurückzukehren und nie darüber zu reden, kann ich mich um dein Kind kümmern. Also gelobe es. Sofort.«

Als ich zögerte, um die Konsequenzen seiner Worte zu durchdenken, packte er mich an den Schultern und schüttelte mich. »Gelobe es in Gottes Namen!«

Und ich gehorchte ihm.

Mein Schluchzen hatte inzwischen die Aufmerksamkeit der Oberin erregt, die an die Tür klopfte und dann hereinstürzte, ohne auf eine Antwort zu warten. »Meine Güte, was ist denn hier los? Schwester Maria Theresa, was …«

Da erzählte Pater Thomas ihr von meinem Zustand, und danach geriet das gesamte Kloster in Aufruhr. Doch egal wie oft sie mich fragten, wer der Vater sei, ich verweigerte jedes Mal die Antwort. Und je öfter ich mich weigerte, den Namen des Vaters preiszugeben, desto mehr nahm Pater Thomas mein Kind in Schutz, während er mich gleichzeitig verurteilte.

Während ich erzählte, hörte Ruth schweigend zu. Sie unterbrach mich kein einziges Mal, zündete sich bloß mit zitternder Hand eine Zigarette nach der anderen an. Als ich endlich fertig war, zischte sie: »Ich werde dieses verdammte Schwein umbringen. Wo ist der Scheißkerl? Ich hoffe, er lebt noch, damit ich ihn finden und totprügeln kann.«

»Aber verstehst du nicht? Du hattest die ganze Zeit recht! Ich war in ihn verliebt, ich fühlte mich zu ihm hingezogen. Als er mich küsste, reagierte ich auf ihn. Ich ließ es zu, weil es sich gut anfühlte.« Es kostete mich enorme Überwindung, das zuzugeben und meine Beteiligung an dem, was geschehen war, einzugestehen.

»Was zum Teufel hat das denn damit zu tun? Als er weitermachte, hast du Nein gesagt! Du hast ihm gesagt, dass er aufhören soll!«

»Aber ich hatte ihn doch schon verführt, mit all den Signalen, die ich …«

»Welche Signale? Du hast darauf geachtet, dass dein ganzer Körper von deinem Bademantel bedeckt war! Du hast dich geweigert, ihm den Finger abzulecken. Du hast ihm gesagt, dass du keine Schultermassage brauchst und deinen Bademantel nicht ausziehen willst. Klingt das für dich nach einer Verführung?«

»Nein, natürlich nicht, aber …« Ich hielt kurz inne. »Aber er hat doch gesagt, ich hätte ihn in Versuchung geführt …«

»Klar hat er das. Um die Verantwortung für sein eigenes Tun auf dich abzuwälzen.«

»Aber ich habe seinen Kuss doch erwidert!«

»Ja, einen Moment lang, aber dann hast du ihm gesagt, dass er aufhören soll. Herrgott, du bist nur ein Mensch, Dee! Wir alle haben Schwächen, und dieser Hurensohn sah wirklich verdammt gut aus. Es wäre unmöglich gewesen, nicht auf ihn zu reagieren! Unser Körper verrät uns andauernd, dagegen ist kein Kraut gewachsen. Aber das spielt keine Rolle. Worauf es ankommt, ist: Du wolltest, dass er aufhört, und du hast es ihm gesagt.«

»Ja, das stimmt.«

»Er hat dich vergewaltigt, Dee. Das ist dir doch klar, oder?«

Und in diesem Moment begriff ich es endlich: Nicht ich hatte ihm etwas angetan, sondern er mir.

Als wir am Farmhaus anhielten, öffnete Ruth ihren Sicherheitsgurt und drehte sich zu mir. Erst da sah ich, dass ihr Tränen über die Wangen liefen; ihr Make-up war völlig verschmiert, die Wimperntusche zu schwarzen Rinnsalen mutiert. Sie lehnte sich zu mir und zog mich an sich. Und dann weinten wir beide, bis wir keine Tränen mehr hatten und nur noch zum Haus gehen konnten, wo Zodwa uns schon an der Tür erwartete.

KAPITEL SIEBENUNDSECHZIG

Ruth

10. Oktober 1995
Verdriet, Magaliesburg, Südafrika

Es ist jetzt über eine Woche her, seit Dee sich mir anvertraut hat, und ich kann die Wut, die ich in ihrem Namen empfinde, immer noch nicht loswerden. Es reizt mich bis aufs Blut, wenn ich daran denke, dass dieser Scheißkerl von Priester sie nicht nur vergewaltigt, sondern ihr auch noch eingeredet hat, sie hätte ihn verführt. Und sie, das naive junge Ding, hat ihm natürlich geglaubt! Wobei mich das im Grunde nicht wundern sollte; ich habe solche und ähnliche Szenarien im Laufe der Jahre zu Dutzenden erlebt.

Uns Frauen sagt man vor, welchen Wert und welche Geltung wir haben, und wie viele Wege es gibt, hinter den Erwartungen anderer zurückzubleiben; uns wird gesagt, warum wir Huren sind und warum die Gesellschaft Huren nicht tolerieren kann. Wir werden daran erinnert, auf welche Art und Weise wir gegen den ungeschriebenen Vertrag verstoßen, den wir unwissentlich am Tag unserer Geburt unterschrieben haben: einen Vertrag, in dem wir uns bereit erklärt haben, eine vorgegebene Grenze nicht zu überschreiten und uns mit unserer Rolle abzufinden, nur weil wir das schönere Geschlecht sind.

Ach du Scheiße, ich glaube, ich werde in meinem Alter noch zu einer dieser unrasierten, BH-verbrennenden Feministinnen!

Ich habe mich immer gefragt, warum der Priester Dee so viel Aufmerksamkeit zollte, während er mich ignorierte, und jetzt weiß ich endlich, warum. Er wusste, dass es zwei Arten von Frauen gibt: solche wie mich, die einem Mann wie ihm in die Eier treten, und solche wie Dee, die das schleichende, tödliche Gift schlucken, das er ihnen verabreicht. Raubtiere wie er haben einen sechsten Sinn dafür, die Beute auszuwählen, die ihnen am ehesten erliegen wird, was nicht dasselbe ist wie die schwächste; wenn überhaupt hat sich Dee als die Stärkere von uns beiden erwiesen.

Die Gegensprechanlage reißt mich mit ihrem Summen aus meinen Gedanken, und als ich auf den Bildschirm schaue, sehe ich einen Lieferwagen. Mich überläuft es kalt, als ich an die letzte Lieferung denke, die Puppe mit dem Jagdmesser im Kopf. Dennoch scheint sich die Lage etwas beruhigt zu haben. Seit dem letzten Drohanruf ist schon eine Weile vergangen.

»Ja?«, frage ich durch die Sprechanlage.

»Ich habe eine Sendung für Ruth Richardson«, sagt ein Mann.

»Ich nehme an, Sie wissen nicht, was es ist?«

»Dokumente«, antwortet er, was mich erleichtert aufatmen lässt, und ich öffne das Tor.

Mandla und Zodwa sitzen am Tisch, und er isst zu Mittag. Isebel hockt zu ihren Füßen, bereit, alles zu verschlingen, was ihm hinunterfällt. Da er darauf besteht, allein zu essen, bekommt sie mehr als genug.

Ich öffne die Tür, und der Fahrer hält mir ein Klemmbrett hin. »Bitte unterschreiben Sie, um den Empfang zu bestätigen.«

Er überreicht mir einen großen braunen Umschlag und rennt davon, als Bella beschließt, dass ein Besucher interessanter ist als die Erbsen und Möhren, die von oben herabregnen.

»Sollen wir mal nachsehen, was das ist, Bella? Hm? Vielleicht ein neues Angebot für mich, meine Memoiren zu schreiben? Oder eine Anfrage für einen Dokumentarfilm? Was sollen wir wetten?«

Sie winselt zur Antwort, während ich nach einem Messer greife, um den Umschlag aufzuschlitzen. Ich brauche einen Augenblick, bis ich erkenne, dass es sich um ein juristisches Dokument handelt, und zwar nicht um die Art, die ich mir vorgestellt habe.

»Dieser Hurensohn«, flüstere ich und lege die Scheidungspapiere auf den Tisch. »Er hat es getan. Er hat es tatsächlich getan.« Ich kann kaum atmen, so sehr schnürt mir der Schmerz die Kehle zu.

Ich zerre mir den Verlobungsring und den Ehering von den Fingern, marschiere zur Haustür, reiße sie auf und werfe die Ringe raus. Es war als dramatische Geste gedacht, sie sollten im hohen Gras verschwinden – wo sie in den Vipernnestern schmachten können, sehr passend, da der Mann, der sie mir geschenkt hat, eine Schlange ist –, aber stattdessen landen sie klingend auf dem Kies direkt unterhalb der Treppe.

Der Diamant meines Verlobungsrings funkelt im Sonnenlicht und verspottet mich mit seiner Heiterkeit.

»Mist!«

Ich schnappe mir die Fernbedienung und marschiere dann die Treppe hinunter, nehme beide Ringe und mache mich auf den Weg durch das elektrische Tor und die Einfahrt entlang zum zugewucherten Weg, der zum Speichersee führt. Bis ich ans Wasser komme, bin ich ganz außer Atem und muss erst einen Augenblick Luft schöpfen. Dabei betrachte ich die Ringe in meiner Hand. Der einer filigranen Rose nachgebildete Verlobungsring mit seinem zartrosa Schimmer weckt so viele Erinnerungen, dass ich mich trotz meiner Wut nicht dagegen wehren kann.

Ich hatte mir nach meiner zweiten Scheidung geschworen, nicht noch einmal zu heiraten, und es geschafft, mich ganze zehn Jahre an diesen Entschluss zu halten, bevor ich Vince traf. Ich war sofort von seinen freundlichen Augen und seiner sanften Seele überwältigt. Er war ein Mann, der von seinem Verstand und nicht von seinen Leidenschaften gesteuert wurde, und unter anderem zog mich genau das an.

Vince war der einzige meiner Ehemänner, der so vorausschauend war, vor seinem Antrag einen Ring zu kaufen, daher wusste ich, dass es keine spontane Geste war, kein Impuls aus der Situation heraus. Er überraschte mich, indem er mich zum Abendessen in ein exklusives Restaurant auf einem Weingut in Paarl einlud. Ich hatte nicht mit einer so feinen Umgebung gerechnet und fiel auf wie ein bunter Hund.

»Du hättest mir sagen sollen, dass ich nicht stilvoll genug angezogen bin«, flüsterte ich Vince zu, als wir uns durch die Tischreihen zu unseren Plätzen auf der Terrasse mit Blick auf die Weinberge begaben. Ich zerrte an meinem engen Minikleid, das mehrere Frauen missbilligend musterten. Jemand erkannte mich sogar, und ich hörte, wie hinter vorgehaltener Hand mein Name geflüstert wurde, und obwohl ich mich nie für meine Vergangenheit geschämt hatte, wollte ich nicht, dass Vince andauernd damit konfrontiert wurde.

»Unsinn. Du siehst wundervoll aus.«

Und das genügte mir. Plötzlich spielten keine verstohlenen Kommentare und kein anzügliches Grinsen mehr eine Rolle. Es kam nur noch auf Vince an und dass er fand, ich gehöre zu ihm an diesem schönen Ort mit den glitzernden Kronleuchtern und dem Silberbesteck, den Kristallgläsern und seinem Herzen aus Gold. Es war das schönste Geschenk, das mir je jemand gemacht hatte: mich mit so nachsichtigen Augen zu sehen.

Kurz bevor das Dessert serviert wurde, fuhr sich Vince mit den Fingern durchs Haar und räusperte sich, griff in seinen Smoking und zog eine kleine Schachtel heraus. In ihren samtigen Falten steckte der wunderschönste Ring, den ich je gesehen hatte. Er war aus Rotgold, das im Kerzenlicht kupferrosa glühte. Ein reiner runder Diamant schmiegte sich in die Mitte einer üppigen Rose in voller Blüte, und die exquisit gearbeiteten Blätter rankten sich wie Efeu rechts und links um den Goldreif.

Vince zupfte ihn aus der Schachtel, und der Ring sah in seinen dicken Fingern winzig aus, als er ihn mir entgegenhielt. »Ruth, ich bin kein junger Mann mehr, also vergib mir, dass ich nicht vor dir auf die Knie falle. Aber dieses alte Herz, so verschlissen es auch ist, möchte den Rest seiner Tage damit verbringen, neben deinem zu schlagen. Würdest du mir die Ehre erweisen, meine Frau zu werden?«

Natürlich habe ich Ja gesagt.

Du hast versprochen, mich so zu lieben, wie ich bin, Vince. Du hast sogar ein Gelübde abgelegt. Entweder du hast dein Versprechen gebrochen, oder du hast mich nie richtig gekannt, denn ich habe mich nicht verändert.

Ich hole weit aus und werfe die Ringe mit vollem Schwung hinaus in den See. Kaum ein Spritzer, und sie verschwinden unter der Wasseroberfläche.

Ich wische mir die Hände ab, wie Pa es immer tat, nachdem er eine notwendige, aber schwierige Aufgabe erledigt hatte, und wende mich an Isebel. »Es wird höchste Zeit, dass sich Mama mal wieder ein bisschen amüsiert«, sage ich. Vor dem Haus erwartet mich Zodwa mit Mandla auf dem Arm. »Kannst du dich ein paar Stunden lang um ihn kümmern?«, frage ich. »Ich muss unbedingt mal raus.« Sie sieht besorgt aus, nickt aber, ohne Fragen zu stellen, was zu den vielen Dingen gehört, die ich an ihr schätze. »Vergiss nicht, ihm später seine Antibiotika zu geben, okay?«

Es ist längst überfällig, dass ich etwas Dampf ablasse.

KAPITEL ACHTUNDSECHZIG

Zodwa

10. Oktober 1995
Verdriet, Magaliesburg, Südafrika

Ruth ist schon seit Stunden weg. Sie sagte Zodwa nicht, wo sie hinwollte, aber bevor sie ging, brachte sie ihre Frisur in Ordnung, frischte ihr Make-up auf und zog sich ein hautenges, tief ausgeschnittenes Kleid an, dazu hochhackige Schuhe, wie üblich. Zodwa ist es ein Rätsel, wie Ruth damit überhaupt laufen, geschweige denn fahren kann.

Bevor sie aufbrach, nahm Ruth Mandlas Gesicht in die Hände und gab ihm einen Kuss. »Bis später, mein hübsches Kerlchen«, sagte sie.

Sie wirkte ungewöhnlich aufgekratzt, fast schon hysterisch. Zodwa war drauf und dran, sie zu fragen, ob es ihr gut ging. Doch dann hätte sie eine Grenze überschritten. Sie war schließlich nur Ruths Angestellte, nicht ihre Freundin. Mandla protestierte lautstark, als Ruth ging, streckte seine Arme aus und rief nach ihr.

»Mama!«

»Mama kommt bald wieder zurück!«, rief Ruth und warf ihm einen Luftkuss zu, bevor sie die Tür hinter sich zuzog.

Inzwischen ist es schon fast neun Uhr abends, aber Ruth ist noch immer nicht zurück. Mandla schläft schon in seinem Zimmer, und Zodwa ist ebenfalls müde. Als sie gerade überlegt, bei Riaan anzurufen und nach Delilah zu fragen, rennt

Isebel zur Haustür und bellt wie verrückt. Zodwa schaut aus dem Fenster.

Ruths Auto steht direkt hinter dem elektrischen Tor. Die Fahrertür ist offen, und die Scheinwerfer sind an, aber der Wagen ist leer.

Und dann hört Zodwa ein Platschen.

Sie schaut nach Mandla, der so tief schläft, dass er von dem Gebell gar nichts mitbekommt. Vorsichtig zieht sie seine Zimmertür zu. Dann geht sie mit Isebel hinaus, schließt die Haustür hinter sich ab und rennt zum Tor. Sie muss die Augen mit der Hand abschirmen, um nicht vom grellen Scheinwerferlicht geblendet zu werden. Als sie das Tor erreicht, schaut sie noch einmal in den Wagen, um sich zu vergewissern, dass er wirklich leer ist. Aber Ruth ist tatsächlich nicht im Wagen.

Wurde sie etwa entführt?

Zodwa hat von den Methoden der Autodiebe gehört. Meistens überfallen sie Leute, die vor Toren anhalten und darauf warten, hindurchfahren zu können. Zodwa überlegt, ob sie wieder ins Haus zurücklaufen und den Panikknopf auf der Fernbedienung drücken soll, als Ruths Stimme vom See zu ihr dringt. Zodwa geht auf das Windrad zu, dessen Flügel im Dunkeln schimmern, und als sie um die Kurve biegt, hört sie abermals ein Platschen.

Ruth steht im See, und Isebel läuft winselnd am Ufer hin und her, neben Ruths Sachen, die auf dem Boden liegen.

»Madam Ruth?«, ruft Zodwa, unsicher, was sie jetzt machen soll.

»Oh, hallo, Zodwa!«, ruft Ruth. »Kümmer dich nicht um mich. Ich suche nur nach meinen Ringen!« Sie lacht, aber es klingt nicht vergnügt, sondern eher so, als stünde sie kurz davor durchzudrehen.

»Ringe? Welche Ringe denn, Madam?«

»Meinen Verlobungsring und meinen Ehering!«, ruft Ruth lallend. Und dann taucht sie unter.

Zodwa hält die Luft an. Was, wenn Ruth nicht mehr auftaucht? Zodwa kann nicht schwimmen und wird Ruth im Notfall nicht retten können. Als sie gerade um Hilfe rufen will, taucht Ruth wieder auf, die Frisur völlig hinüber.

»Warum suchen Sie Ihre Ringe denn im See, Madam Ruth?«

»Weil ich sie dort hineingeworfen habe, als ich vorhin die Scheidungspapiere bekam.«

Die Scheidungspapiere. Deshalb ist Ruth am Mittag also wutentbrannt zum See marschiert.

»Wir können die Ringe doch ein anderes Mal suchen. Bitte kommen Sie aus dem Wasser, sonst erkälten Sie sich noch.«

Doch Ruth antwortet nicht; stattdessen geht sie noch weiter in den See hinein. Zodwa zieht ihre Schuhe aus und geht vorsichtig ins Wasser. Ihre Füße versinken sofort im Schlamm. Ruth summt irgendein Lied.

»Madam Ruth? Wir müssen dringend ins Haus. Mandla schläft zwar, aber ich will ihn nicht zu lange allein lassen.«

Ruth reagiert nicht einmal auf den Namen des Jungen. Stattdessen geht sie tiefer ins Wasser; es reicht ihr nun bis zur Nase. Sie hört auf zu summen. Offenbar ist sie nicht mehr bei Verstand. Zodwa überlegt abermals, ob es nicht besser wäre, den Panikknopf zu drücken, aber sie will nicht, dass die Sicherheitsleute Ruth in diesem Zustand sehen; nackt, betrunken und völlig neben der Spur.

»Ich kann nicht schwimmen, aber ich komme jetzt ins Wasser!«, ruft Zodwa, rafft ihren Rock hoch und wagt sich tiefer in den See, obwohl ihr die Knie zittern. Das Wasser reicht ihr nun bis zu den Oberschenkeln, und sie muss aufpassen, dass sie auf dem schlammigen Boden nicht ausrutscht. »Ich hole Sie jetzt heraus, Madam. Greifen Sie einfach nach meiner Hand.«

Zodwa streckt Ruth ihre Hand entgegen, doch sie ist noch viel zu weit von ihr entfernt. Als sie Ruth japsen hört, geht sie tiefer hinein und kämpft gegen die aufsteigende Panik an; das Wasser reicht ihr nun bis zur Taille. Sie versucht, sich zu beruhigen; sagt sich, dass ihr schon nichts passieren wird, solange sie noch stehen kann.

»Madam Ruth?« Zodwa watet vorsichtig weiter, bis das Wasser ihr bis zur Brust geht. Jetzt ist Ruth endlich in Reichweite. Zodwa streckt wieder die Hand nach ihr aus, doch statt danach zu greifen, geht Ruth unter.

Eine Blase steigt auf, und als Zodwa hastig darauf zusteuert, verliert sie den Boden unter den Füßen und schreit vor Schreck. Sie geht ebenfalls unter, und die Welt wird schwarz, es gibt kein Oben und Unten mehr, nur noch Wasser, überall Wasser. Sie schreit abermals, schluckt Wasser und muss husten. Auf einmal spürt sie wieder den Boden unter sich, und Zodwa stemmt sich mit aller Kraft mit den Füßen nach oben und reißt die Arme hoch.

Als sie die Oberfläche durchbricht, muss sie fürchterlich husten und nach Luft schnappen, aber sie ist heilfroh, wieder atmen zu können. Dann sieht sie Ruth, die mit dem Gesicht nach unten direkt neben ihr im Wasser treibt. Zodwa packt sie an der Bluse und zieht sie zu sich herüber.

Zuerst ist Zodwa zutiefst erleichtert, als sie Ruth Richtung Ufer bugsiert, um sie in Sicherheit zu bringen. Doch dann lodert Wut in ihr auf. Das soll die Frau sein, der Leleti Mandla anvertraut hat? Eine im Luxus schwelgende, vom Leben verwöhnte Alkoholikerin, die sich zu dermaßen irrsinnigen Handlungen hinreißen lässt, bloß weil sie ihre Scheidungspapiere bekommen hat? Eine Säuferin, die aus purer Dummheit fast ersoffen wäre? Hat Leleti ernsthaft geglaubt, dass diese Irre sich besser um Zodwas Sohn kümmern kann als seine eigene Mutter?

Das kann nicht wahr sein.

Diese Gedanken schwirren Zodwa auch später noch durch den Kopf, als sie die betrunkene Ruth längst ins Haus geschleppt, in ein heißes Bad gesteckt und anschließend ins Bett gebracht hat. Und auch als sie Mandla vorsichtig aus seinem Gitterbett hebt, um ihn mit sich zu nehmen und in ihr eigenes Bett zu legen. Vielleicht ist es doch am besten, wenn sie sich ihren Sohn auf den Rücken bindet und mit ihm davonrennt.

KAPITEL NEUNUNDSECHZIG

Ruth

11. Oktober 1995
Verdriet, Magaliesburg, Südafrika

Die Vorhänge sind geöffnet, und das Licht strömt grell herein und bohrt sich durch meine Netzhaut direkt in meinen Schädel. Egal wie beschissen das Leben ist, man kann sich immer darauf verlassen, dass die Sonne wie eine herzlose Schlampe scheint.

Ich greife gerade nach dem Glas Wasser auf dem Nachttisch, als mir Mandla einfällt.

Ich kämpfe gegen die Übelkeit an, stehe schwankend auf, eile aus dem Zimmer und rufe nach ihm. Die Tür zu seinem Zimmer steht offen, aber als ich hineingehe, sehe ich sofort, dass er nicht in seinem Bettchen liegt. Seine Decke fehlt auch.

»Mandla! Wo bist du?« Mein Atem geht stoßweise, und ich befürchte, jeden Moment zu hyperventilieren. »Dee?«

Mandla ist bei ihr. Natürlich! Aber als ich in ihr Zimmer komme, ist ihr Bett noch gemacht. Da fällt mir ein, dass sie mit Riaan unterwegs ist, und gerate daraufhin noch mehr in Panik.

Wie bin ich ins Bett gekommen? Wo war Mandla da? Ich weiß es nicht mehr. Das Letzte, woran ich mich erinnere, ist, dass ich meinen sechsten oder siebten Martini in der *Tusk Bar & Lounge* im *Palace of the Lost City* getrunken habe. Ich erinnere mich nicht daran, das *Sun City Resort* verlassen zu haben oder nach Hause gekommen zu sein, aber ich trage mein Nachthemd, das ist ja wenigstens etwas.

Und dann fällt es mir ein: Zodwa. Sie hat sich um Mandla gekümmert, während ich weg war. Ich habe keine Ahnung, wann ich nach Hause gekommen bin, aber ich weiß, dass sie auf jeden Fall bei ihm geblieben ist, bis ich wieder da war. Wo ist sie?

Da fällt mir auf, dass die Haustür weit offen steht. Oh Gott, nein! Mir fallen all die Anrufer ein, die meinen Jungen und mich bedrohen. Ich sehe KleinMaynard Coetzees Gesicht im Rückspiegel, nachdem er auf mich zugerast und mir mit knapper Not ausgewichen ist, den Hass, der sich in seinem Blick widerspiegelte. Ich sehe den Pfarrer, der sagt: *Das Baby wird hier nicht sicher sein. Wer weiß, was ihm alles passieren kann!*

Haben sie meinen Jungen entführt?

Ich muss in Erfahrung bringen, ob Zodwa da ist oder ob sie auch fehlt. Jetzt wünschte ich, ich hätte ein Telefon in ihrer Unterkunft installieren lassen, aber da ich es nicht getan habe, bleibt mir nichts anderes übrig als rüberzugehen. Ich finde meinen Schlüssel nicht, aber dafür die Ersatzfernbedienung, und als ich hinauslaufe, sehe ich Vinces' Auto vor dem Tor stehen. Ich habe keine Ahnung, was es dort macht und warum ich es nicht hineingefahren habe, jedenfalls renne ich jetzt hinüber. Steine schneiden mir in meine weichen Fußsohlen, und ich wünschte, ich hätte daran gedacht, Pantoffeln anzuziehen, bevor ich hinausstürmte.

Das Auto ist unverschlossen, und der Schlüsselbund steckt noch im Zündschloss. Gott sei Dank.

Es ist eine kurze Fahrt hinüber zum Cottage, aber sie dauert eine Ewigkeit.

KAPITEL SIEBZIG

Zodwa

11.–12. Oktober 1995
Verdriet, Magaliesburg, Südafrika

Zodwa sitzt mit Mandla im Schatten des wilden Feigenbaums und liest ihm etwas vor. Es ist ihr Lieblingsplatz zum Lernen geworden, da dort fast immer ein Lüftchen geht und es kühler ist als in ihrem Cottage. Der Baum selbst ist wunderschön mit seinem riesigen Blätterdach und den gewundenen Würgerwurzeln, die so dick sind, dass sie sich bequem an sie lehnen kann.

Sie liest Mandla *Bist du meine Mutter?* vor, was sie unbeschreiblich traurig und hoffnungsvoll zugleich macht, und sie deutet auf den Baum über ihnen, als der Vogel in der Geschichte aus dem Nest fällt. »Das ist ein Baum, Mandla.«

»Baum«, wiederholt er, und dann hustet er. Schleim rasselt in seiner Brust.

»Ja! Baum.«

Sie hält ihre Hand an seine Stirn. Er fühlt sich heiß an, aber er hat schon seit einiger Zeit erhöhte Temperatur. Zodwa hat vergessen, ihm gestern Abend seine Medikamente zu geben, und sie auch nicht mitgenommen, um sie ihm heute Morgen zu verabreichen. Ruth soll das machen. Warum soll Zodwa immer diejenige sein, die Mandla zwingt, etwas zu schlucken, was er hasst?

Sie würde viel lieber etwas Lustiges mit ihm machen, zum

Beispiel mit ihm zum Afro-Friseur in die Township gehen, damit sein Haar mal vernünftig geschnitten wird. Ruth hat keine Ahnung, wie man mit Afro-Haar umgeht, und wäscht Mandlas Kopf täglich mit Shampoo für Weiße. Sein Haar ist trocken und spröde und braucht ein gutes Styling sowie eine regelmäßige Behandlung mit Kokosöl. Der erste Haarschnitt eines Jungen ist ein wichtiges Ereignis; Zodwa möchte diejenige sein, die es mit Mandla teilt.

Sie will gerade weiterlesen, als jemand an die Haustür hämmert und ihren Namen ruft. Es ist Ruth, die endlich gekommen ist, um Mandla abzuholen.

»Madam Ruth, hier sind wir!«, ruft Zodwa.

Sie prallen beinahe aufeinander, als Ruth um die Ecke biegt. Sie sieht wild aus; ihr Haar ist im Liegen getrocknet und das Make-up über ihr ganzes Gesicht verschmiert. Ihre Augen funkeln vor panischer Angst.

Gut, denkt Zodwa. *Prima, dass du es mal richtig mit der Angst zu tun bekommst.*

»Ich habe ihn gestern Abend mit zu mir genommen«, erklärt Zodwa und übergibt Mandla an Ruth.

Sie erwartet, dass sich Ruth entschuldig und sich Vorwürfe macht. Mit der schallenden Ohrfeige, die Ruth ihr verpasst, hätte sie nie gerechnet. Zodwa stolpert überrascht rückwärts.

»Wer hat dir erlaubt, Mandla mit hierherzunehmen?«, zischt Ruth wutentbrannt. »Wie kannst du es wagen?«

Zodwa ist sprachlos. Ihr fällt nichts anderes ein, als sich an die schmerzende Wange zu fassen und Ruth entsetzt anzustarren.

»Ich war schier verrückt vor Angst! Ich bin aufgewacht, und er war nicht da. Niemand war da. Du hast keine Nachricht oder irgendetwas hinterlassen.« Sie schreit jetzt, und Speicheltropfen treffen Zodwas Gesicht. »Ich dachte, es wäre etwas Schreckliches passiert!«

Zodwa blinzelt und weicht vor Ruths Wut und dem Gestank von schalem Alkohol zurück. Er liegt nicht nur in Ruths Atem, sondern dünstet auch aus ihren Poren. Der Geruch ist ekelhaft.

Mandla fängt an zu weinen, wobei er abwechselnd Ruth und Zodwa ansieht, und was Zodwa in diesem Moment durch den Kopf geht, während ihr verängstigter Sohn von der schreienden weißen Frau auf dem Arm gehalten wird, sind die Worte aus dem Buch, das sie Mandla nur wenige Minuten zuvor vorgelesen hat.

Er wusste nicht, wie seine Mutter aussah. Er erkannte sie nicht.

Ruth geht davon und ruft ihr über die Schulter hinweg zu: »Ich bin zu sauer, um mich jetzt mit dir zu beschäftigen. Wir reden später.«

Das ist zu viel für Zodwa. »Nein, wir reden jetzt«, erwidert sie.

»Wie bitte?« Ruth dreht sich um.

Zodwa weicht und wankt nicht, obwohl ihr die Knie weich werden.

»Was hast du gesagt?«

»Ich sagte, wir reden jetzt. Sie sind diejenige, die nicht das Recht hat, sich so zu verhalten«, fährt Zodwa fort. »Sie haben kein Recht, so mit mir zu reden.«

Ruth starrt sie an.

»Sie hätten sich gestern Abend umbringen können, als Sie sturzbetrunken nach Hause gefahren sind. Und danach wären Sie beinahe im See gestorben. Sie wären vermutlich ertrunken, wenn ich Sie nicht herausgezogen hätte. Dabei wäre ich selbst beinahe ertrunken.« Zodwas Stimme klingt gefährlich tief. Wenn sie sie erheben würde, käme ihre Faust womöglich gleich mit. »Ich habe Sie gebadet, aufgewärmt, in Ihren Pyjama gesteckt und ins Bett getragen, und dann habe ich Mandla mit hierhergenommen, weil Sie zu betrunken waren, um auf den Beinen stehen, geschweige denn auf ihn aufpassen zu können!«

»Für wen hältst du dich?«, fragt Ruth und starrt Zodwa an, als hätte sie sie noch nie zuvor gesehen.

»Für wen ich mich halte?«, erwidert Zodwa, und alles dreht sich um sie. *Ich bin seine Mutter!*, hätte sie am liebsten gebrüllt. *Ich bin seine Mutter, dafür halte ich mich!*

»Ja, für wen zum Teufel hältst du dich, dass du es wagst, so mit mir zu reden?«

»Ich bin eine Frau, der etwas an diesem kleinen Jungen liegt«, antwortet Zodwa. »Ich bin eine Frau, die glaubt, dass er etwas Besseres als eine Säuferin als Mutter verdient. Und ich bin eine Frau, die Sie dem Sozialamt melden wird, falls Sie jemals wieder in einen solchen Zustand geraten, wenn Sie sich um ihn kümmern müssten. Haben Sie mich verstanden?«

Ruth errötet, und Zodwa bereitet sich auf einen Angriff vor. Stattdessen setzt Ruth Mandla ab, dreht sich um und kotzt in den Staub.

Zodwa verbringt eine schlaflose Nacht damit, alles noch einmal durchzuspielen, was sich ereignet hat. Natürlich kann man nicht so mit einer weißen Person sprechen und damit durchkommen. Es spielt keine Rolle, dass dies das neue Südafrika ist; die Weißen haben immer noch die Macht, was

Ruth beweisen wird, indem sie Zodwa feuert. Und was dann? Was soll aus ihr werden, wenn sie nicht nur arbeitslos ist, sondern auch Mandla nicht mehr sehen kann?

Sie denkt an das geheime Versteck unter ihrer Matratze und die Perlenhandtasche, die sie dort aufbewahrt. Sie zählt jeden Tag zwanghaft die darin enthaltenen Scheine und weiß genau, wie viele es sind. Es sind nicht genug, um mit Mandla zusammen in KwaZulu ein neues Leben anzufangen, und in die Township zurückzukehren kommt nicht infrage. Dort wird man als Erstes nach ihr suchen.

Zodwa bleibt nichts anderes übrig, als sich bei Ruth zu entschuldigen und um Verzeihung zu bitten. Wenn sie ihren Job nur für ein weiteres Jahr behalten kann, hat sie genug Geld gespart, um mit Mandla fortzugehen und in ihrer Heimat unterzutauchen, wo Ruth sie hoffentlich nicht finden wird.

Dennoch fragt sich Zodwa, ob es ein Fehler war, die Gelegenheit gestern Abend nicht zu nutzen, um mit Mandla wegzulaufen; aber sie sagt sich, dass sich irgendwann eine neue ergibt und sie beim nächsten Mal besser vorbereitet sein wird.

Als Zodwa früh am Morgen zur Arbeit geht, rechnet sie damit, dass ihr Schlüssel nicht mehr ins Schloss passt, aber sie hat keine Schwierigkeiten hineinzukommen. Das Haus ist still, und sie glaubt, dass noch alle schlafen, bis sie merkt, dass die Terrassentür offen steht. Ruth ist nie so früh auf, deshalb geht Zodwa hinaus. Sie erwartet, Delilah vorzufinden, und hofft, dass sie ihr ein Gefühl für Ruths Stimmung vermitteln kann. Überrascht stellt sie fest, dass Ruth in ihrem schicken Morgenmantel dort sitzt und darauf wartet, dass der Kaffee in der Tasse vor ihr abkühlt.

Die beiden Frauen schauen sich forschend an, und Zodwa will gerade zu ihrer Entschuldigung ansetzen, als Ruth die Hand hebt. »Lass uns nicht darüber reden, okay?«

Eine Welle der Erleichterung überkommt Zodwa. »Okay.« Sie ist schon auf dem Weg zurück ins Haus, als ihr noch etwas einfällt und sie sich umdreht. »Mandla braucht einen vernünftigen Haarschnitt. Von einem Friseur, der sich mit Afro-Haaren auskennt. Und Sie dürfen seine Haare nicht jeden Tag waschen, Sie müssen sie stattdessen mit Öl behandeln. Ich zeige Ihnen, was Sie kaufen müssen.«

Ruth schweigt einen Moment und sagt dann: »Okay.«

Als Zodwa Wasser ins Becken laufen lässt, um das Geschirr zu spülen, entdeckt sie all die leeren Alkoholflaschen von Ruth im Mülleimer. Sie überprüft die Hausbar und lächelt, als sie feststellt, dass sie vollkommen leer ist.

KAPITEL EINUNDSIEBZIG

Delilah

12. Oktober 1995
Van Tonder Farm, Magaliesburg, Südafrika

Riaan und ich saßen bei einem späten Lunch in einem *Bush Pub*. Es war sein Vorschlag gewesen, auf dem Rückweg von der Ausgrabungsstätte dort anzuhalten, doch während des Essens war er ungewöhnlich schweigsam. Ich nahm an, dass es ein Problem auf seiner Farm gab.

»Ist alles in Ordnung?«, fragte ich.

Er blickte auf und sah mich lange an. Dann sagte er: »Ehrlich gesagt, nein.«

»Warum? Was ist los?«

Er seufzte. »Das hier. Das bringt doch nichts.«

Beklommenheit stieg in mir auf.

»Ich meine … Was machen wir hier, Delilah?«

Ich lächelte und erwiderte leichthin: »Was wir hier machen? Na, wir essen gerade.«

Riaan legte Messer und Gabel nieder, das Besteck klapperte gegen den Teller. »Ich bin zu alt dafür. Wir sind beide zu alt für dieses Katz-und-Maus-Spiel, das seit Monaten zwischen uns läuft. Jedes Mal, wenn ich das Gefühl habe, dass wir einen Schritt nach vorn gehen, gehst du zwei Schritte zurück, und ich weiß nicht, warum. Du weißt, was ich für dich empfinde, schon immer für dich empfunden habe. Was spricht dagegen, dass wir zusammen sind? Was hält uns auf?

Erwiderst du meine Gefühle nicht? Ist es das? Ich weiß, dass die Situation kompliziert war, als du damals von hier fortgegangen bist, aber jetzt liegen die Dinge anders. Wir könnten unser Leben miteinander teilen. Jedenfalls die Jahre, die uns noch bleiben. Aber das geht natürlich nur, wenn du genauso empfindest wie ich.«

»Du bedeutest mir sehr viel, Riaan, mehr, als du glaubst.« Erst als ich es aussprach, begriff ich, wie wichtig er mir war.

Sechzehn Monate waren seit Daniels Tod vergangen – die schwerste Zeit meines Lebens. Im Laufe der Jahre hatte ich Cholera und Krieg, Hungersnöte und Völkermord erlebt, doch nichts hatte mich so tief getroffen wie der Tod meines Sohnes. Und während ich mit meinem Verlust und meiner Feigheit gehadert hatte, was Ruth mir noch schwerer machte, indem sie Mandla zu uns holte, war Riaan der einzige Mensch gewesen, der sich bemühte, mich aus den dunkelsten Tiefen meiner Verzweiflung zu befreien und mich seelisch aufzurichten.

Er hatte sich immer wieder nach mir erkundigt und mich besucht, obwohl ich ihn nicht hatte sehen oder sprechen wollen. Er hatte mich abgelenkt, indem er mich zu der Ausgrabungsstätte mitnahm, und obwohl ich auf Distanz blieb, hatte er intuitiv erkannt, was ich am meisten brauchte, und sein Bestes getan, es mir zu geben, obwohl ich vor fast vierzig Jahren den Kontakt zu ihm abgebrochen hatte.

»Ich spüre, dass es ein Aber gibt, Delilah«, sagte Riaan, griff nach meiner Hand und drückte sie. »Ich möchte lieber jetzt wissen, woran ich bei dir bin, als noch ein Jahr mit Rätselraten und dem Gefühl zu verbringen, dass alles, was ich tue, falsch ist.«

Ich erwiderte seinen Händedruck, bevor ich meine Hand wegzog und in meiner Tasche nach einem Taschentuch wühlte. Dabei strichen meine Finger über Daniels Brief. Seit Schwester Marguerite ihn mir gegeben hatte, trug ich ihn bei mir. Auch wenn mir noch der Mut fehlte, ihn zu lesen, gab es mir Kraft, ihn bei mir zu haben. »Ich muss mit dir über etwas sprechen. Darüber, was geschehen ist, als ich fortging.«

»Von dem Priester brauche ich nichts zu wissen«, sagte Riaan. Seine Kiefermuskeln zuckten. »Wir müssen darauf nicht eingehen. Was vorbei ist, ist vorbei. Ich weiß nicht, warum du zurückgekommen bist oder warum du so traurig bist, aber ich möchte das ändern. Ich möchte dich glücklich machen, aber das kann ich nur, wenn du mir die Chance dazu gibst.«

»Für mich ist das, was vorbei ist, aber nicht vorbei.«

»Gut, aber nimmt die Vergangenheit denn so viel Raum ein, dass sie zwischen uns steht?«

»Ich bin noch dabei, sie zu verarbeiten. Und für mich ist es wichtig, dass du alles weißt, bevor du deine Entscheidung triffst. Wirst du mir das zugestehen? Wirst du mir zuhören?«

Er nickte. Und dann erzählte ich ihm alles und sparte kein Detail aus.

KAPITEL ZWEIUNDSIEBZIG

Ruth

13. Oktober 1995
Lancet Laboratories, Sandton, Südafrika

»Nein, Mama! Nein!« Mandlas Augen sind vor Schreck weit aufgerissen, und ich könnte weinen, wenn ich seine Verzweiflung sehe.

»Alles okay, Schatz. Keine Sorge. Das ist gar nicht schlimm. Mama ist bei dir. Nur ein kleiner Piks, dann ist es auch schon vorbei. Bitte bleib still sitzen, mein Schatz, bitte!«

Doch Mandla windet sich aus meinem Griff, und die blonde Laborantin runzelt die Stirn. »Sie müssen ihn ruhig halten, Mrs Richardson.«

»Ich versuche es, aber er hat Angst, das ist ja auch verständlich.«

»Ich kann ihm aber kein Blut abnehmen, wenn er nicht still hält.«

Mandla windet sich heftig, als die Laborantin sich wieder mit der Nadel nähert. »Nein, Mama! Nein!«

»So geht das nicht«, sagt die Frau. »Ich glaube, es wäre besser, wenn Sie hinausgehen und ich eine Kollegin bitten würde, mir zu helfen.«

»Aber …«

»Wir brauchen die Blutprobe, und wenn er nicht still hält, tun wir ihm am Ende weh. Außerdem ist es gefährlich für uns wegen seiner HIV-Infektion. Ein Stich mit der Spritze ist schnell passiert, und das kann keiner von uns brauchen.« Sie ruft eine Kollegin an, die gleich herbeieilt und nach dem Rechten sieht. Ich muss aufstehen und beiseitegehen, so dass sich die andere Frau neben Mandla setzen kann. Ich angle um sie herum nach Mandlas Hand.

»Ma'am, bitte, ohne Sie wird das viel leichter gehen. Könnten Sie für eine Minute rausgehen?«

Als ich das Zimmer verlasse, habe ich das Gefühl, als Mutter an allen Fronten zu versagen. Mir kommt wieder in den Sinn, was Zodwa vor zwei Tagen zu mir gesagt hat.

Ich bin eine Frau, die glaubt, dass er etwas Besseres als eine Säuferin als Mutter verdient. Und ich bin eine Frau, die Sie dem Sozialamt melden wird, falls Sie jemals wieder in einen solchen Zustand geraten, wenn Sie sich um ihn kümmern müssten. Haben Sie mich verstanden?

Ich schäme mich, wenn ich nur daran denke, aber zum Glück passiert genug, was mich davon abhält, mich in Erinnerungen zu verlieren. Der Raum hat eine Glaswand, und ich beobachte, wie eine dritte Laborantin hinzukommt. Zu dritt halten sie meinen Jungen gewaltsam fest, und dabei schreit er die ganze Zeit nach mir.

»Mama! Mama! Nein! Mama!«

Ich zittere vor Angst und Hilflosigkeit und vom Entzug. Das ist jetzt mein dritter Tag ohne Alkohol, und Gott steh mir bei, es ist hart.

Ich hätte mir nie träumen lassen, wie schwer es ist, meine Schutzinstinkte gegenüber Mandla unterdrücken zu müssen, selbst wenn ich weiß, dass das, was diese Leute tun, für die Kontrolle des Krankheitsverlaufs unerlässlich ist. Mandla ist jetzt siebzehn Monate alt, nur sieben Monate von dem Alter entfernt, in dem die meisten infizierten Kinder sterben. Ich weiß, dass er nicht auf wundersame Weise von HIV geheilt werden wird, aber das muss auch nicht sein. Ich will nur, dass er noch eine Weile weiterkämpft.

Ich habe in den letzten Monaten in regelmäßigem Kontakt mit Doktor Torres gestanden, dem führenden HIV/Aids-Experten am *St. Vincent's Hospital* in New York City. Dort führt man seit einigen Jahren pharmazeutische Studien durch und scheint Erfolg zu haben mit einem Medikamentencocktail namens HAART, einer hochaktiven antiretroviralen Therapie. Es ist nur eine Frage der Zeit, bis sie einen Durchbruch erzielen, und mein Junge muss nur lange genug kämpfen, bis die Medikamente zugelassen sind und ich ihn damit behandeln lassen kann.

Als Mandlas Schreie endlich zu erbärmlichen kleinen Schluchzern abebben, ist es so still, dass ich die Uhr im Empfangsbereich hinter mir ticken hören kann.

»*Ma, jou kleintjie soek jou*«, sagt die dritte Laborantin, als sie etwas derangiert aus dem Zimmer kommt. *Mama, dein Kleiner verlangt nach dir.*

Ich erwarte, dass er sich in meine Arme wirft, sobald ich das Zimmer betrete. Stattdessen liegt er da und starrt mich mit anklagendem Blick an.

KAPITEL DREIUNDSIEBZIG

Delilah

25. Dezember 1995
Verdriet, Magaliesburg, Südafrika

Wir hatten Zodwa über die Weihnachtszeit drei Wochen Urlaub gegeben, doch sie sagte, sie würde lieber hierbleiben, um sich nach ihren Prüfungen zu erholen. Sie hatte ihre Reifeprüfung mit Bestnoten bestanden, weshalb wir ihr zu Ehren ein kleines Festmahl veranstalteten. Anschließend zog ich sie beiseite.

»Ich bin so stolz auf dich, Zodwa! Wir möchten dir zu deinem Schulabschluss gern etwas schenken. Was hältst du davon, wenn ich dir Bustickets besorge, damit du die Weihnachtstage bei deiner Familie verbringen kannst?«

»Danke, Delilah. Das ist sehr großzügig von Ihnen, aber seit dem Tod meiner Mutter habe ich keine Familie mehr. Ich hatte nur meine Mutter und meinen Bruder, und jetzt gibt es nur noch mich.«

Ich wusste, wie groß die meisten Zulu-Familien waren. Insofern war es eher unwahrscheinlich, dass Zodwa keine Verwandtschaft mehr hatte, aber ich sagte nichts weiter. Stattdessen gab ich ihr das Geld für die Tickets und schenkte ihr dazu noch einige Bücher, für die sie sich interessiert hatte.

Als ich Ruth fragte, was sie davon hielt, Zodwa zu unserem Weihnachtsessen einzuladen, winkte sie ab.

»Ein junges Mädchen wie sie möchte die Feiertage sicher

lieber mit Freundinnen verbringen als mit zwei alten Schabracken und einem Kleinkind.«

Da hatte Ruth vermutlich recht, aber irgendwie wurde ich das Gefühl nicht los, etwas verpasst zu haben. »Ist zwischen euch beiden etwas vorgefallen, wovon ich nichts weiß?«

»Was meinst du damit?«

»Keine Ahnung. Ich habe den Eindruck, dass es Spannungen zwischen euch gibt. Hattet ihr Streit?«

»Quatsch. Sei nicht albern. Ich finde bloß, das Mädchen braucht außer uns dreien auch noch einen anderen Lebensinhalt.«

»Mag sein«, sagte ich und beließ es dabei.

Am 1. Dezember hatte Ruth zusammen mit Mandla den Christbaum geschmückt. Er war hoffnungslos überladen und sah aus, als würde er jeden Moment umkippen.

»Das wird vielleicht das einzige Weihnachtsfest sein, das er erlebt«, sagte Ruth, als ich verwundert die Augenbrauen hochzog. »Deshalb möchte ich, dass es etwas Besonderes wird.«

Es war das erste Mal, dass sie mir gegenüber zugab, dass Mandlas Krankheit ein Todesurteil bedeutete.

Am Weihnachtstag, der zugleich mein 58. Geburtstag war, verschwand Riaan im Badezimmer, um sich als Weihnachtsmann zu verkleiden und die Geschenke zu verteilen, die unter dem Baum lagen. Als er einige Minuten später im Kostüm auftauchte, wollte Mandla jedoch nichts mit ihm zu tun haben. Der weißbärtige Mann in dem roten Mantel, der immer wieder »Ho, ho, ho!« rief, jagte ihm Angst ein.

Ruth bestand trotzdem darauf, diesen Affenzirkus fortzusetzen.

»Schau mal, wer da ist! Das ist der Weihnachtsmann. Und sieh nur, wie viele Geschenke er für dich hat!« Bei jedem Geschenk, das Mandlas Namen trug, rief sie »Oh!« und »Ah!«, und winkte dem Kleinen mit den glänzenden Päckchen zu, um ihn dafür zu begeistern.

Doch Mandla öffnete nur fünf seiner Geschenke, dann verlor er das Interesse. Er hustete noch immer stark, und inzwischen war ich ebenso besorgt um ihn wie Ruth. Er wirkte apathisch, und sein Blick war seltsam starr, wie ich es noch nie bei ihm gesehen hatte. »Glaubst du, dass es ihm gut geht?«, fragte ich Ruth.

»Das wird schon«, sagte sie. »Es dauert bloß eine Weile, bis die Antibiotika wirken. Kommt, lasst uns weiter Geschenke öffnen!«, fügte sie bemüht fröhlich hinzu.

Ich hatte Riaan ein paar praktische Utensilien besorgt, die er bei den Ausgrabungen verwenden konnte, und dazu Bücher über Paläontologie und Evolution. Außerdem hatte ich in seiner Garage herumgestöbert und dabei den Zahn der Säbelzahnkatze entdeckt, den er, als wir noch Kinder waren, in der Höhle auf dem Grundstück seiner Familie gefunden hatte. Ich hatte das Fossil in einem Glaskästchen fixiert und daran eine Plakette befestigt mit der Inschrift *Riaan van Tonder, aufsehenerregende Ausgrabungen seit 1944*.

Vor kurzem hatte es tatsächlich einen spektakulären Fund gegeben. Paläontologen der *Witwatersrand University* glaubten, den bis dahin vollständigsten Schädel eines Affenmenschen entdeckt zu haben; er war anderthalb bis zwei Millionen Jahre alt und stammte vermutlich von einer Vorfahrin des Frühmenschen. Das Ganze war zwar noch streng geheim, aber Riaan war als Freiwilliger dabei gewesen, als der Schädel in Drimolen neben dem Unterkiefer eines weiteren Affenmenschen gefunden wurde. Ich war stolz auf ihn und wollte ihm zeigen, dass ich das Potenzial sah, das in ihm steckte und das er nie voll ausgeschöpft hatte. Das Geschenk machte ihn sprachlos, es gefiel ihm also.

Für Ruth hatte ich eine Collage aus sämtlichen Artikeln gebastelt, die im Laufe der Zeit über sie erschienen waren, ergänzt um Zeitschriftenfotos und Schlagzeilen über ihre schockierenden Taten. In die Mitte hatte ich in Schönschrift Helen Kellers Zitat über Mut geschrieben: *Lass niemals den Kopf hängen. Halte ihn stets hoch. Schau der Welt direkt in die Augen.*

Ruth johlte vor Freude, als sie das gerahmte Kunstwerk sah.

Wie nicht anders zu erwarten war, schenkte meine Schwester mir eine Auswahl an Seiden- und Spitzendessous mit dazu passender Nachtwäsche, deren Anblick nicht nur mich, sondern auch Riaan erröten ließ; sein Gesicht nahm die Farbe seines Weihnachtsmannkostüms an.

Unter den Sachen, die Riaan mir schenkte, war eine ledergebundene Bibel mit meinem Namen in Goldbuchstaben. »Falls du wieder anfangen willst, darin zu lesen«, sagte er, als hätte er geahnt, dass ich mit dem Gedanken spielte.

Nach einem sehr üppigen Mittagsmahl überraschte mich Riaan mit einer Zartbitterschokoladentorte.

»Danke, dass du das nicht übernommen hast«, sagte ich zu Ruth, als ich die Torte mit der Aufschrift *Happy Birthday, Delilah* in goldener Glasur sah. »Kein Fondant, Gott sei Dank.«

»Bedank dich nicht zu früh«, antwortete sie und steckte

achtundfünfzig Miniaturkerzen auf die Torte, die sie sodann betont langsam anzündete, um den dramatischen Effekt zu steigern.

Als sie endlich damit fertig war, setzte ich Mandla auf meinen Schoß und bat ihn, mir beim Ausblasen zu helfen. Er blies ein- oder zweimal, kraftlos.

»Kann es sein, dass er Fieber hat?«, fragte ich und versuchte, nicht allzu besorgt zu klingen. Es ließ sich schwer sagen, weil seine Temperatur eigentlich ständig zu hoch war.

»Der kleine Mann ist nur müde«, sagte Ruth. »Es war ja auch ein anstrengender Tag.« Sie drückte ihm einen langen Kuss auf die Stirn und streckte ihm die Arme entgegen. »Außerdem kann einem bei achtundfünfzig brennenden Kerzen schon mal heiß werden«, witzelte sie, und ich lachte, obwohl mir ihr Verhalten langsam unheimlich wurde.

Wo war meine überfürsorgliche Schwester geblieben?

Als ich gerade ansetzen wollte, die Kerzen selbst auszublasen, beugte Mandla sich plötzlich nach vorn und erbrach sich auf Ruths Hose. Und dann bekam er einen heftigen Krampfanfall.

KAPITEL VIERUNDSIEBZIG

Ruth

27.–29. Dezember 1995
Rustenburg, Gauteng, Südafrika

Zwei Tage nach Weihnachten sitze ich zusammengekauert auf einem Stuhl neben Mandlas Bett.

Mandla ist an verschiedene Infusionen und Monitore angeschlossen, und er wurde einer großen Anzahl von Tests unterzogen. Die Prognose sieht nicht gut aus; er hatte einen Fieberkrampf durch eine schwere Lungenentzündung, und seine CD4-Zahl ist seit dem letzten Test gesunken. Die Ärzte sind besorgt über seine Viruslast, obwohl sie noch nicht von Aids sprechen. Aber sie sind sehr ernst, was mich beunruhigt.

Ich wollte so sehr, dass mein Junge das perfekte Weihnachtsfest erlebt, dass ich mich weigerte, mir einzugestehen, wie krank er war. *Dumme, egoistische Ruth.*

Ich habe kaum geschlafen und trage immer noch dieselbe Kleidung wie am Weihnachtstag. Dee hat mir Toilettenartikel und Wechselsachen mitgebracht, aber ich habe zu große Angst, von Mandlas Seite zu weichen. Ich renne höchstens zwischendurch mal schnell auf die Toilette. Seine Temperatur schießt immer wieder in die Höhe, und die Ärzte befürchten, er könne einen weiteren Anfall erleiden, wenn sie sie nicht in den Griff bekommen.

Ich höre ein Rascheln vom Bett und sehe, dass Mandla

wieder versucht, sich die Sauerstoffmaske herunterzuziehen. Mein Junge ist ein Kämpfer, aber ich wünschte, er würde nicht so viel von seiner Energie damit vergeuden, sich gegen die Maßnahmen und die Leute zu wehren, die ihn gesund machen wollen. Wobei die Maschinen wenigstens treue Dienste leisten und nicht diskriminieren. Ich wünschte, ich könnte dasselbe über die Menschen sagen.

Als wir im Krankenhaus ankamen, brauchten wir vier Krankenschwestern, um Mandla festzuhalten, damit sie ihm Blut abnehmen und einen Tropf legen konnten. Kaum hatte ich ihnen seinen Status erklärt, wichen zwei der Krankenschwestern zurück und weigerten sich, ihn zu behandeln.

»Ziehen Sie doch einfach Handschuhe an, in Gottes Namen!«, rief ich und versuchte, sie dazu zu bringen, ihm zu helfen.

»Spritzenunfälle passieren hier andauernd«, erwiderte die eine Krankenschwester, »besonders, wenn Kinder derartig um sich schlagen. Ich gehe das Risiko nicht ein.«

Die andere Krankenschwester sagte nichts, sie sah mich nur aufmüpfig an, und ich erkannte sie sofort wieder. Sie war die Frau, die ich an jenem Tag in der Toilette des *Spur* gesehen hatte. Die mit dem blauen Auge, die bei dem Rassisten KleinMaynard Coetzee im Auto saß. Ich las ihr Namensschild.

Mimi Coetzee. Seine Frau.

»Gehen Sie mir aus dem Weg«, sagte ich. »Dann mache ich das eben.«

Ich hielt Mandla fest, brachte ihn sanft zum Schweigen, flüsterte immer wieder seinen Namen und sagte ihm, wie sehr ich ihn liebte.

Als ich jetzt seine Hände von der Maske wegziehe, fühle ich, wie glühend heiß er ist. Noch ehe ich die Krankenschwester rufen und Bescheid sagen kann, dass seine Temperatur wieder gestiegen ist, beginnt er zu krampfen.

»Hilfe! Kommen Sie schnell!«, schreie ich, während die Maschinen, an die er angeschlossen ist, alarmierend heulen und piepen. Aus dem Augenwinkel heraus sehe ich eine Bewegung an der Tür und wende mich hin, weil ich denke, es wäre die Schwester oder ein Arzt. Aber die Person, die dort steht, das Gesicht kreidebleich, ist weder noch. Es ist Vince, der erschrocken einen Teddybären umklammert.

Er wirft einen Blick auf Mandla, wirbelt herum und ruft mit mir zusammen um Hilfe.

Zwei weitere Tage vergehen, ohne dass die Gesichter der Ärzte ihren ernsten Ausdruck verlieren. Mandla befindet sich in einem kritischen Zustand. Ich bin schier verrückt vor Angst, so dass keine anderen Gefühle in mir Platz haben.

Vince bleibt die ganze Zeit bei mir und hält abwechselnd meine Hand und die von Mandla. Er fragt mich zwischendurch einmal, ob es mir recht sei, dass er gekommen ist. Dee hat ihm offenbar erzählt, was passiert ist, als er am zweiten Weihnachtstag anrief. Ich sage ihm freiheraus, dass ich noch nie im Leben so dankbar war, ihn zu sehen. Dee und Riaan sind die meiste Zeit bei uns und bringen uns etwas zu essen, obwohl ich keinen Bissen hinunterbringe. Zodwa würde ebenfalls gerne kommen, aber hier herrscht die strenge Vorschrift, dass nur Angehörige zu den Patienten dürfen. Im Krankenhaus glaubt man, Vince und Riaan seien unsere Ehemänner, und ich korrigiere sie nicht.

Als ich eines Tages aus der Toilette komme und auf den Flur trete, versperrt mir eine Gruppe von Leuten den Weg. Ich weiche ihnen aus und will an ihnen vorbeigehen, als ich eine Hand auf meinem Arm spüre. Ich schaue auf, in dem Glauben, es sei einer von Mandlas Ärzten, nur um festzustellen, dass es KleinMaynard Coetzee ist. Er trägt wieder seine AWB-Uniform, und er ist nicht der Einzige. Als ich mich umblicke, sehe ich eine ganze Gruppe von AWB-Anhängern. Es scheint, als würden sie eine Art Demonstration veranstalten.

»Wir wollen diesen Aids-verseuchten Kaffer nicht in unserem Krankenhaus haben«, fährt KleinMaynard mich an.

In meinem Zustand der Erschöpfung kommt mir etwas in den Sinn, das Echo eines Gesprächs mit Dee vor vielen Monaten.

Es ist doch nicht illegal, zur AWB zu gehören, oder? Es ist ihr gutes Recht, welcher Organisation auch immer anzugehören.

Müssen dich schlimme Dinge eigentlich erst persönlich betreffen, bevor sie dich interessieren?

Damals hatte ich das für eine dumme Frage gehalten, weil mir nicht klar gewesen war, wie Rassismus mich persönlich betreffen könnte. Wie gut meine Schwester mich kannte, und wie treffend ihre Bemerkung gewesen war, denn nichts ist persönlicher für mich als Mandla. Wie außerordentlich einschneidend die Liebe ist, wie sehr sie einen verwandelt! Ich vermag jetzt ganz deutlich etwas zu sehen, für das ich früher blind war. Wenn es um diese Art von Vorurteilen geht, muss man nicht einer der Idioten sein, der aktiv seinen Rassismus von den Dächern schreit; Schweigen und Trägheit machen einen zu Komplizen, und ich will mich nicht länger mitschuldig machen.

»Wir wollen ihn und seine Seuche nicht in unserer Nähe haben!«, ereifert sich KleinMaynard.

»Geh mir aus dem Weg, du rassistisches Arschloch!«, zische ich ihn an und dränge mich an ihm vorbei. Die Augen treten ihm aus den Höhlen, entweder vor Überraschung oder vor Wut. »Wenn du dich auch nur in die Nähe meines Sohnes wagst, bringe ich dich um, das schwöre ich, hast du verstanden?« Ich starre ihn an, und als er blinzelt, schockiert darüber, zur Abwechslung mal selbst das Ziel einer Drohung zu sein, drehe ich mich um und gehe davon.

Danach kämpfe ich so erbittert gegen den Schlaf, wie Mandla gegen den Tod kämpft, denn ich halte an dem magischen Glauben fest, Mandla würde weiteratmen, solange ich nur wach bliebe. Mein Junge wird mich nicht verlassen, solange ich an seinem Bett auf ihn achtgebe. Er wird mich nicht verlassen, solange ich auf dem Posten bleibe.

Aber ein menschlicher Körper kann sich nur für eine bestimmte Zeit bei Bewusstsein halten, und irgendwann ergebe ich mich der Dunkelheit, die bei jedem Blinzeln tiefer in mich eindringt. Ich habe keine Ahnung, wie lange ich geschlafen habe, aber als ich mit einem Schlag erwache, weiß ich sofort, wo ich bin und dass ich meine Mahnwache unterbrochen habe. Vince steht über Mandla gebeugt da, und Tränen laufen ihm über das Gesicht.

Ich setze mich mit einem Ruck auf, in der Gewissheit, dass mein Junge tot ist.

Stattdessen ist er wach. Das Fieber ist gesunken. Mein Junge hat den Weg zurück zu mir gefunden.

KAPITEL FÜNFUNDSIEBZIG

Zodwa

1. Januar 1996
Verdriet, Magaliesburg, Südafrika

Seit acht Tagen geht Zodwa durch die Hölle; sie ist beinahe verrückt vor Sorge.

Was stimmt mit meinem Sohn nicht? Wie kann es sein, dass er wegen einer Erkältung um sein Leben kämpft?

Sie denkt an all die Medizin, die Mandla in den letzten Monaten ausgespuckt hat, und all die Male, in denen sie ihn hätte zwingen sollen, sie zu schlucken, es aber nicht tat. Wurde er deshalb so krank? Ist sie daran schuld?

Sie durfte nicht zu ihm, als sie ihn im Krankenhaus besuchen wollte, aber durch die Glasscheibe konnte sie die Maschinen sehen, die für Mandla atmeten; die Krankenschwestern, die ständig nach ihm schauten; die Medizin, die in seine Venen strömte. Wie konnte so viel notwendig sein, um einen so kleinen Körper am Leben zu erhalten?

In den ersten Tagen kam Ruth gar nicht nach Hause, und Zodwa musste sich auf das verlassen, was Delilah ihr berichtete. Sie war ernst und wollte nicht viel sagen, außer dass die Prognose nicht gut war.

»Der Kleine ist sehr, sehr krank«, sagte sie, bevor sie in ihrem Zimmer verschwand. Als Zodwa sie weinen hörte, gefror ihr das Blut in den Adern.

Zodwa ist von ständiger Unruhe erfüllt. Selbst wenn sie

zwischendurch etwas Schlaf bekommt, ist sie unruhig; ihre Augenlider zucken, und sie schreckt ständig hoch, um nach etwas zu greifen. Nach ihrem Sohn? Nach Hoffnung? Sie fängt an, zu Leletis Gott zu beten, ihn um Barmherzigkeit zu bitten, ihn anzuflehen, ihr Mandla nicht wegzunehmen, jetzt, wo sie ein Teil seines Lebens ist.

Und Gott scheint sie zu erhören, denn am achten Tag wird Mandla endlich nach Hause gebracht, mit einem von diesen Autos, in dem sonst nur Präsidenten und berühmte Leute herumchauffiert werden. Zodwa kennt den Fahrer nicht, aber er scheint Ruth nahezustehen.

Der Wagen ist so imposant, dass Zodwa sich nicht traut, hinzulaufen und nach Mandla zu sehen. Stattdessen schaut sie aus einigen Metern Entfernung zu, wie der Mann die hintere Autotür öffnet und Ruth hilft, zusammen mit Mandla auszusteigen. Erst als der Kleine seine Hand nach Zodwa ausstreckt, läuft sie zu ihm.

»Willkommen zu Hause«, sagt sie und nimmt Ruth das apathisch wirkende Kind ab. Sie ist so erschrocken darüber, wie mager Mandla geworden ist, dass sie ihm unwillkürlich einen Kuss auf die Wange gibt. »Du siehst dünn aus, kleiner Mann. Es wird Zeit, dass wir dich wieder zu Kräften bringen.«

Sie trägt ihn hinein und zeigt ihm den Schokoladenkuchen, den sie extra für ihn gebacken hat. Sie hat gehofft, dass er sich freut, weil es sein Lieblingskuchen ist, aber stattdessen wendet er sich davon ab und vergräbt fingerlutschend sein Gesicht an ihrem Hals.

Während Ruth ein paar Taschen in Mandlas Zimmer bringt, kommt der Mann zu Zodwa und Mandla in die Küche.

Er wirkt abwesend, als er Zodwa begrüßt. »Guten Tag, Sir«, erwidert sie seinen Gruß.

Als Ruth dazukommt, stellt sie sie einander vor: »Das ist Zodwa, unser Hausmädchen. Zodwa, das ist Vince, mein … zukünftiger Ex-Mann. Er wohnt in Kapstadt.«

Zukünftiger Ex-Mann. Er ist also der Grund, weshalb Ruth damals am See durchdrehte. Zodwa lächelt ihn an, obwohl die Information, dass er aus Kapstadt kommt, ihr Angst macht.

Ist der Mann deshalb hier? Um Ruth und Mandla mit nach Kapstadt zu nehmen?

Das kann Zodwa auf keinen Fall zulassen. Doch dann sagt Ruth zu ihr: »Kannst du kurz auf Mandla aufpassen? Ich verabschiede mich nur von Vince. Er fliegt heute nach Hause.«

»Natürlich«, sagt Zodwa zutiefst erleichtert.

Der Mann beugt sich zu Mandla und gibt ihm einen Kuss auf die Stirn.

»Auf Wiedersehen, Mandla. Und dass du mir gut auf deine Mutter aufpasst.«

Einen winzigen Moment lang fühlt Zodwa sich angesprochen, aber der Mann meint natürlich nicht sie. Als Ruth und der Mann nach draußen gehen, beobachtet Zodwa die beiden durch die offene Tür. Ihre Stimmen dringen ins Haus, Zodwa versteht mühelos jedes Wort.

»Du hättest nicht kommen müssen«, sagt Ruth. »Aber ich weiß es wirklich sehr zu schätzen. Vielen Dank, dass du uns finanziell unter die Arme gegriffen hast. Ich werde dir das Geld natürlich so schnell wie möglich zurückzahlen.«

»Du brauchst es mir nicht zurückzuzahlen, Ruth. Ich bin froh, dass ich helfen konnte. Kannst du ihn denn in Zukunft über deine Krankenversicherung absichern?«

»Nein, sie haben ihn aufgrund seines Status abgelehnt.«

Zodwa runzelt die Stirn. Mandlas Status? Ruth meint vermutlich seinen Status als Pflegekind.

Dann können Pflegekinder also nicht in die Krankenversicherung ihres Vormunds aufgenommen werden. Mandla war in einer Privatklinik, nicht in einem der unzureichend ausgestatteten staatlichen Krankenhäuser, in das Zodwa ihn hätte bringen müssen, wenn sie offiziell seine Mutter und Sorgeberechtigte wäre. Zodwa hatte die ganze Zeit angenommen, dass Ruths Versicherung für Mandlas Behandlung aufkommt. Sie kann sich noch nicht einmal ansatzweise vorstellen, was Mandlas Krankenhausaufenthalt gekostet haben muss, und doch hat dieser Mann das alles bezahlt, ohne mit der Wimper zu zucken.

Zodwa denkt an all die medizinischen Geräte in Mandlas Privatzimmer, die sie durch die Glasscheibe sehen konnte. Er hat sie nur deshalb bekommen, weil diese Leute reich sind. Zodwa hätte sich das niemals leisten können.

Sie denkt an ihre mageren Ersparnisse unter der Matratze und ihren Plan, mit Mandla wegzulaufen. Sie wird rot vor Scham darüber, wie lächerlich diese Idee ist.

Ruth küsst Vince auf die Wange. »Danke, dass du gekommen bist.«

»Ich bin immer für dich da, Ruth, das weißt du.«

Sie schüttelt den Kopf. »Nicht immer«, sagt sie, bevor sie zurück ins Haus geht. Zodwa dreht sich mit Mandla von der Tür weg und vergräbt einen Moment lang ihr Gesicht in seinem Hals, bevor Ruth wieder zu ihnen kommt und ihn ihr abnimmt.

KAPITEL SECHSUNDSIEBZIG

Zodwa

6. Januar 1996
Verdriet, Magaliesburg, Südafrika

»Hier ist die Telefonnummer des Clubs, Zodwa. Ruf an, wenn Mandla Fieber bekommt oder irgendetwas anderes nicht in Ordnung ist«, sagt Ruth und legt den Zettel neben das Telefon.

»Das mache ich, Madam Ruth. Keine Sorge.«

»Und sieh zu, dass du die Fernbedienung mit dem Panikknopf immer griffbereit hast, okay?«

»Ja, Madam.« Zodwa muss sich zusammenreißen, um nicht die Augen zu verdrehen. Ruths Sicherheitswahn ist wirklich lächerlich. Typisch weiß, ständig Angst vor dem schwarzen Mann zu haben.

»Ich rufe heute Abend um halb neun an, um mich nach Mandla zu erkundigen. Achte auf das Telefon.«

»Mach ich.«

Ruth kann sich einfach nicht losreißen. Erst als Dee hupt und ruft, dass sie zu spät zu ihrer Veranstaltung kommen werden, macht sie sich auf den Weg. Mandla sitzt auf Zodwas Schoß. Sie war gerade dabei, ihm aus dem bebilderten Zulu-ABC-Buch vorzulesen, das sie ihm zu Weihnachten gebastelt hat. Er schaut nicht einmal hoch zu Ruth, als sie ihm theatralisch Luftküsse zuwirft.

Als Ruth endlich gegangen ist, wendet Zodwa sich wieder

dem Buch zu. Sie bringt Mandla bei, wie man einige der Zulu-Wörter ausspricht, und erzählt ihm dabei Geschichten von ihrem Volk, die sie als Kind von ihrer *gogo* gehört hat.

Ihr Sohn, der sonst so ernst ist, kriegt sich vor Lachen gar nicht mehr ein, als sie ihm den *umzansi*-Tanz zeigt und er ihr nachmacht, wie sie mit dem Fuß aufstampft. Es geht ihm schon viel besser.

»Noch mal!«, ruf er. »Noch mal, Dwa!«

Es gibt so viele Zulu-Rituale, die Mandla verpassen wird. Schon nach seiner Geburt gab es keine *imbeleko*-Zeremonie für ihn, um ihn den Ahnen vorzustellen und ihren Schutz zu erbitten. Er wird nie am *umhlanga*, dem Schilfrohrtanz, teilnehmen und auch nie die Geschichten der *amadlozi* hören oder ihnen zu Ehren eine Ziege oder ein Huhn schlachten.

Die Weißen haben ihre eigenen Rituale und Zeremonien, aber wenn Mandla bei ihnen aufwächst, kommt das einem Bruch mit jahrhundertealten Traditionen gleich. Zodwa will ihm etwas von seinem wahren Selbst geben, etwas, woran er sich festhalten und das ihm keiner nehmen kann.

Als er neben ihr einschläft, eine Hand auf ihr Bein gelegt, hebt sie ihn hoch und bringt ihn in sein Zimmer. Isebel trottet hinter ihnen her; ihre Krallen schleifen leise über den Boden. Zodwa legt Mandla in sein Gitterbett und lässt Isebel bei ihm im Zimmer, bevor sie die Tür hinter sich zumacht und nach draußen auf die Terrasse geht, um sich ein wenig abzukühlen.

Heute wäre Leleti neunundvierzig Jahre alt geworden, doch der Gedanke an den Verlust ihrer Mutter und die Tatsache, dass sie diesen Geburtstag nicht mehr erleben durfte, vermag Zodwas Glück nicht zu trüben. Ihre Trauer fühlt sich eher wie eine Erinnerung an, wie ein Schal, der so oft getragen wurde, dass er ganz zerschlissen ist.

Und Zodwa spürt auch Dankbarkeit, weil es bestimmt Leleti war, die ihr das Geschenk gemacht hat, einen Abend allein mit ihrem Sohn verbringen zu können. Delilah hatte lange gebraucht, Ruth dazu zu bringen, sich einige Stunden von Mandla zu trennen, um an ihrer Spendensammelaktion teilzunehmen. Ruth wollte nicht, weil es ihm erst seit kurzem wieder besser geht, aber dann hat sie sich doch überreden lassen.

Zodwa betrachtet einen der beiden Briefe, die sie neuerdings immer bei sich trägt. Sie hatte sich für ein Fernstudium der Sozialarbeit an der UNISA, der *University of South Africa*, beworben und kann noch immer kaum glauben, dass sie angenommen wurde. Nächste Woche wird sie zum Campus gehen und ihr Erspartes dafür verwenden, die Einschreibungsgebühr zu bezahlen. Geld zu sparen, um mit Mandla wegzulaufen, war eine dumme Idee. Besser, sie investiert in ihre Zukunft. Ihre Mutter würde das sicher gutheißen.

Sie faltet den Brief wieder zusammen und betrachtet den anderen, den sie von der Wahrheits- und Versöhnungskommission bekommen hat. Darin wird ihr mitgeteilt, dass Dumisas Name in einem der Interviews erwähnt wurde, die die Kommission geführt hat. Die Informationen über ihn sollen in einer der nächsten Anhörungen offengelegt werden, und sobald der Termin feststehe, werde man Zodwa über das genaue Datum und den Ort informieren.

Wir werden die Wahrheit bald erfahren, Mama. Das ist mein Geburtstagsgeschenk für dich.

Zodwa geht wieder hinein, setzt sich aufs Sofa, greift nach

der Fernbedienung des Fernsehers und stellt den Ton leise. Gerade als der Vorspann des Acht-Uhr-Films beginnt, gleiten von draußen Scheinwerferlichter über die Wand. Eigentlich ist es noch zu früh für die Schwestern, aber Ruth ist bestimmt zurückgekommen, um kurz nach Mandla zu schauen. Zodwa steht auf und geht zum Fenster, um nachzusehen, ob sie es ist. Doch vor dem Tor steht ein *bakkie*, den Zodwa noch nie gesehen hat.

Zodwa wartet darauf, dass der fremde Besuch sich an der Gegensprechanlage meldet, doch nichts passiert. Sie stellt den Fernseher noch etwas leiser und hört das Auto im Leerlauf.

Und dann fällt plötzlich der Strom aus.

Es wird stockdunkel im Haus, das Bild auf der Mattscheibe schrumpft zu einem blauen Punkt zusammen, bevor auch der Fernseher schwarz wird. Das einzige Licht im Raum kommt jetzt von den Autoscheinwerfern, und Zodwa sieht, wie der Beifahrer aussteigt, durch den Zaun greift, um etwas hochzuklappen, und das Tor dann mit der Hand zur Seite schiebt, bevor er wieder einsteigt.

Als der Wagen durch die Einfahrt rollt, läuft es ihr eiskalt über den Rücken.

Der Panikknopf? Wo ist der Panikknopf?

Zodwa schaut auf dem Sofatisch nach, aber dort ist er nicht, genauso wenig auf dem Sofa. Als sie wieder nach draußen blickt, öffnet sich eine der Autotüren, und das Licht im Wageninneren geht an. Zodwa kann zwei Männer erkennen, doch sie hat sie noch nie gesehen.

»Wir hätten das schon vor Monaten machen sollen. Das ist der einzige Weg, mit Ungeziefer fertigzuwerden. Man muss gnadenlos sein.«

»Damals wussten wir noch nicht, wie schlimm es war. Jetzt schon. Und jetzt setzen wir dem ein Ende.«

Die Männer sprechen Afrikaans. Was Zodwa Angst macht, ist, dass sie nicht nur aggressiv, sondern auch völlig betrunken sind. Beide Männer lallen, der eine taumelt sogar beim Aussteigen. Durch ihren Job in der *Shebeen* weiß Zodwa, dass man mit wütenden, betrunkenen Männern nicht vernünftig reden kann.

Als die Männer sich dem Haus nähern, sieht Zodwa, dass sie so eine Art Armeeuniformen tragen. Sie geht schnell vom Fenster weg, damit sie nicht gesehen wird, und lehnt sich mit dem Rücken an die Wand. Als die Männer gegen die Haustür hämmern, zuckt sie zusammen.

»Mach auf, du Hure! Mach die verdammte Tür auf!«

»Wir werden nicht zulassen, dass du diese Krankheit in unsere Stadt bringst!«

Bei dem Geschrei schlägt Isebel sofort an, aber sie ist noch bei Mandla im Zimmer, so dass ihr Gebell gedämpft wird. Zodwas Herz schlägt so heftig, dass sie Angst bekommt, die Männer könnten es hören.

Diese Krankheit.

Zodwa weiß zwar nicht, wovon die Männer reden, aber ihre Absichten sind klar. Sie werden nicht einfach kehrtmachen.

»Du musst verschwinden, und das Aids-verseuchte Kaffernbalg auch!«, schreit einer von ihnen und hämmert abermals gegen die Tür.

Aids-verseucht. Was meint er damit? Es spielt keine Rolle. Den Teil mit dem »Kaffernbalg« hat sie verstanden. Die Männer sind hinter Mandla her, und Zodwa schnürt es vor Angst die Kehle zu.

»Komm, lass es uns hinten versuchen.«

Zodwa wirbelt herum und schaut zur Terrassentür. Das Schutzgitter mit dem Sicherheitsschloss steht noch offen, aber die Glasschiebetür hat Zodwa vorhin hinter sich zugemacht. Aber hat sie sie auch verriegelt? Als sie nachschauen will, flackern draußen in der Dunkelheit Taschenlampen auf. Sie kommen. Es ist zu spät. Zodwa rennt in Mandlas Zimmer.

Als sie hineinschlüpft, steht Isebel regungslos da. Im Mondlicht, das durchs Fenster fällt, sieht Zodwa, dass die Hündin ihr Nackenhaar aufgestellt hat. Zodwa zieht die Tür hinter sich zu und dreht den Schlüssel im Schloss herum. Mandla ist inzwischen aufgewacht; seine Augen glänzen im Dunkeln. Das Bellen der Hündin hat ihn erschreckt, und er sieht aus, als würde er gleich weinen. Zodwa hebt ihn aus dem Gitterbett und drückt ihn an sich, um ihn zu beruhigen.

Aids-verseuchtes Kaffernbalg.

Sie darf jetzt nicht darüber nachdenken.

Ihre Gedanken kehren zur Terrassentür zurück. Das Sicherheitssystem ist nutzlos, wenn sie die Schiebetür nicht verriegelt hat, aber sie kann sich nicht erinnern … Und dann fallen Zodwa die ferngesteuerten Panikalarme ein, die Ruth in jedem Zimmer installieren ließ. Jetzt versteht sie, warum.

Die Fernbedienung soll an der Wand neben Mandlas Wickeltisch hängen, aber in der Dunkelheit kann Zodwa sie nicht sehen. Sie tastet danach, doch das Ding ist nicht an der Wand. Hektisch zieht Zodwa eine der Schubladen des Wickeltisches auf. Die Stimmen der Männer kommen näher, dann hört sie, wie ein Stuhl umgeworfen wird.

Die Männer sind nun im Haus.

Zodwa erstarrt. Sie hört nur noch ihren zitternden Atem

und das pulsierende Blut in ihren Ohren. Als sie wieder imstande ist, sich zu bewegen, tastet sie mit der freien Hand in der Schublade herum, aber dort sind nur Mandlas Sachen.

Zodwa zieht die nächste Schublade auf.

»Wo ist die Schlampe?«

»Sieht aus, als wäre niemand da.«

»Die Hure und das Balg hocken ständig im Haus. Sie müssen hier sein.«

Isebel bellt, als sie die Stimmen der Männer hört.

Zodwa wühlt weiter, aber auch in der zweiten Schublade ist nichts. Sie nimmt sich die dritte vor und will gerade aufgeben, als sie die Fernbedienung endlich findet. Tränen steigen ihr in die Augen. Sie holt das Gerät heraus und drückt mehrmals auf den Panikknopf. Sie rechnet damit, dass ein Alarm ertönt, aber nichts passiert. Auch kein Licht blinkt auf. Ist die Batterie etwa leer?

Bitte nicht.

Verzweifelt drückt sie abermals mehrfach auf den Knopf.

»Wo ist denn dieser verdammte Köter?«

»Vielleicht dahinten in dem Zimmer. Es ist das einzige, wo die Tür zu ist.«

»Die Hure schließt ihren Wachhund ein? Wie kann man nur so bescheuert sein?«

Die Männer lachen beide, während sie von Zimmer zu Zimmer gehen. Mandla bleibt zum Glück still. Er lehnt seinen Kopf an Zodwas Brust, als wolle er wieder einschlafen.

Plötzlich klingelt das Telefon. Zodwa zuckt vor Schreck zusammen. Das muss Ruth sein; sie wollte ja wegen Mandla anrufen. Die Männer ignorieren es. Es läutet sieben Mal, dann hört es auf. Es fühlt sich wie eine Ewigkeit an.

»Schau mal da drüben in dem Zimmer nach.«

»Vergiss es, Mann. Der Hund ist da drin.«

Das Telefon fängt abermals an zu klingeln, dann kracht es, danach ist es still. Einer der Männer muss es vom Küchentresen gestoßen haben.

»Ich kann noch immer nicht fassen, dass diese verdammte Hure diese Krankheit in unsere Stadt gebracht hat. Wir könnten uns alle anstecken.«

»Mimi meinte, es wäre überhaupt der erste Fall in der Klinik gewesen. Schlimm genug, dass sie einen dieser dreckigen Kaffern behandeln musste, aber dann auch noch einen Aids-verseuchten?«

Aids. Das Wort schwirrt wie eine Wespe in Zodwas Kopf herum. *Aids. Aids. Aids*. Sie muss sie verscheuchen, um sich zu konzentrieren.

Plötzlich wird die Türklinke nach unten gedrückt. Zodwa schlägt das Herz bis zum Hals. Die Männer stehen nun direkt vor Mandlas Zimmer.

KAPITEL SIEBENUNDSIEBZIG

Ruth

6. Januar 1996
Golfclub Rustenburg, Südafrika

»Ich gehe mal ein Münztelefon suchen«, flüstere ich Dee ins Ohr, als die Versteigerung eines Wochenendausflugs nach Hermanus angekündigt wird.

»Warum?«, flüstert Dee zurück.

»Ich habe Zodwa versprochen, dass ich mich um halb neun melde.«

»Sie hat die Nummer des Clubs, und sie ruft garantiert an, falls irgendetwas mit Mandla ist. Außerdem«, fährt Dee mit einem Blick auf ihre Uhr fort, »ist es erst kurz nach acht.«

Ich wünsche mir zum hundertsten Mal, dass ich mit meinem eigenen Auto gekommen wäre. Ich möchte die Spendensammler nicht beleidigen, indem ich früher gehe, zumal sie das alles für Mandlas Waisenhaus tun, aber für mich ist die Veranstaltung eine Qual. Warum habe ich nicht einfach einen Scheck geschickt und fertig?

»Ist doch egal, wenn ich etwas früher anrufe«, antworte ich und stehe vom Tisch auf.

Lindiwe lächelt mich von vorn an, wo sie neben einem Tisch mit Auktionsartikeln steht. Inzwischen ist schon ein kleines Vermögen zusammengekommen, und die gesamten Einnahmen fließen in den Ausbau der HIV-Station, jetzt, da sie weit mehr als nur zwei Babys aufnehmen muss. Ich erwidere ihr Lächeln und gebe ihr mit einer Geste zu verstehen, dass ich später mit ihr sprechen werde.

Es gibt ein Münztelefon in der Nähe der Herrentoilette. Ich habe nicht genug Kleingeld in meiner Handtasche und will gerade wieder hineingehen, um Dee danach zu fragen, als ich eine Glücksmünze im Rückgabefach des Telefons finde. Nachdem ich unsere Nummer gewählt habe, bin ich froh, das Telefon auf der anderen Seite klingeln zu hören.

Das Telefon wird Mandla wahrscheinlich wecken, was mir leidtut, aber vielleicht geht Zodwa schnell genug ran, so dass es ihn nicht zu sehr stört. Nach sieben Mal Klingeln ertönt das Besetztzeichen. Meine Erleichterung verwandelt sich in Sorge.

Vielleicht ist sie auf der Couch eingeschlafen. Vielleicht ist sie im Badezimmer. Vielleicht habe ich mich verwählt.

Die Münzen fallen ins Rückgabefach, und mit zitternden Fingern werfe ich sie erneut ein. Diesmal wähle ich langsamer und aufmerksamer und lausche mit angehaltenem Atem dem Rufzeichen im Hörer.

Dee kommt um die Ecke. Sie sieht verärgert aus. Ich hebe eine Hand hoch, um sie zum Schweigen zu bringen.

Komm schon, Zodwa. Geh ran!

Dann wird tatsächlich der Hörer abgenommen. »Hallo? Zodwa?«

Keine Antwort. Statisches Rauschen im Hintergrund.

»Was ist?«, fragt Dee, angelockt von meinem besorgten Gesichtsausdruck.

»Es hat geklingelt, und dann hat es sich angehört, als hätte jemand abgenommen, aber jetzt ist niemand dran!«

»Bestimmt gibt es Probleme mit der Leitung.«

»Aber dann kann uns Zodwa nicht erreichen, falls irgendetwas ist. Ich finde, wir sollten fahren.«

Dee nimmt mir den Hörer aus der Hand und legt ihn wieder auf die Gabel. »Riaan hat ein Angebot für ein Quad abgegeben. Können wir noch eine halbe Stunde bleiben, um zu sehen, ob er es bekommt?«

Ich seufze. »Okay, aber nur eine halbe Stunde.«

KAPITEL ACHTUNDSIEBZIG

Zodwa

6. Januar 1996
Verdriet, Magaliesburg, Südafrika

Die Männer rütteln an der Tür, und Isebel fängt wieder an zu bellen. Bevor Zodwa Mandla die Hand über den Mund legen kann, beginnt er zu weinen.

»Der kleine Kaffer ist da drin!«

»Die Tür ist abgeschlossen. Sie muss da drin sein, bei ihm.«

»Hey, Schlampe!«, ruft einer der Männer. »Wir wissen, dass du da drin bist! Mach die Tür auf!«

Als sie anfangen, gegen die Tür zu schlagen, ruft Zodwa verzweifelt: »Madam Ruth ist nicht zu Hause! Nur ich bin hier, um auf das Baby aufzupassen!«

Einen Moment lang ist es still.

»Wer bist du?«

»Ich bin nur das Dienstmädchen, *baas*.« Zodwa widerstrebt es zwar, diese Anrede zu benutzen, aber sie hofft, dass ihre Unterwürfigkeit die Männer weniger aggressiv macht.

»Eine schwarze Schlampe ist bei dem kleinen Kaffer.«

»Sieh mal einer an. Das ist ja sogar noch besser. Sie kann ihn halten, dann muss ich ihn nicht anfassen. Wir nehmen uns beide vor.«

Sie schlagen wieder gegen die Tür, und nun fängt Mandla an zu schreien. Isebel bellt wie besessen. Zodwa weicht in die hinterste Ecke des Zimmers zurück. Sie drückt Mandla so fest an ihre Brust, dass er nur noch lauter schreit. Sie lockert ihren Griff, aus Angst, ihm wehzutun.

Nun treten die Männer gegen die Tür, sagen etwas, was sie nicht verstehen kann, und dann wird es auf einmal still. Sie hört Schritte, die sich entfernen, doch als sie gerade hofft, dass die Männer verschwinden, kehren sie zurück.

»Ich habe die Axt fürs Brennholz gefunden.«

Zodwa hört ein Grunzen, gefolgt von einem Krachen; die Männer fangen an, die Tür einzuschlagen, Holzspäne fliegen durch die Luft. Isebel weicht jaulend vor dem Splitterregen zurück. Noch ein Schlag. Nun ist ein klaffendes Loch in der Tür, durch das der Lichtschein einer Taschenlampe dringt. Eine Hand greift durch das Loch und rüttelt an dem Schloss herum, bis die Tür aufbricht.

Zodwa dreht sich zur Wand, um Mandla mit ihrem Körper zu schützen. Eine Hand packt sie und zerrt an ihr, aber sie leistet erbittert Widerstand. Ein Knurren ertönt, dann flucht der Mann, lässt Zodwa los und tritt nach Isebel, die ihn gebissen hat. Doch die Atempause ist nur kurz, dann legt sich ein Arm von hinten um Zodwas Hals.

»Komm her, du blöde Kaffernschlampe!«

Der Mann zieht sie so kräftig nach hinten, dass Zodwa zurücktaumelt. Er hat sie im Würgegriff, sie bekommt keine Luft mehr. Doch sie ist fest entschlossen, Mandla nicht loszulassen, der wie am Spieß schreit. Sie hält ihn an ihre Brust gedrückt, damit er nicht fällt. Der Mann zwingt Zodwa zu Boden, sie sieht zwei Beine und dann Isebel, die sich daraufstürzt. Die Hündin wird heftig in die Rippen getreten und jault vor Schmerz auf.

Zodwa wird schwarz vor Augen. Sie kämpft gegen die

Ohnmacht an, und während sie verzweifelt versucht, sich aus dem Würgegriff zu befreien, sieht sie abermals Beine, erst zwei, dann vier blaue Hosenbeine in schwarzen Lederstiefeln, die ins Zimmer stürmen. Und dann hört sie fremde Stimmen:

»Lassen Sie sofort die Frau los und nehmen Sie die Hände hoch!«

Zodwas Kopf knallt auf den Boden, aber der Schmerz ist ihr egal, Hauptsache, sie hat Mandla nicht losgelassen. Sie haben es nicht geschafft, ihr ihren Sohn wegzunehmen.

Er ist in Sicherheit. Mandla ist in Sicherheit.

KAPITEL NEUNUNDSIEBZIG

Ruth

7. Januar 1996
Verdriet, Magaliesburg, Südafrika

Das erste Licht fällt schon durch die Vorhänge, als Mandla und Zodwa aneinandergeschmiegt in meinem Zimmer einschlafen. Am Fußende des Bettes ist ein Platz frei, wo Isebel normalerweise liegt. Sie muss zur Beobachtung beim Notfalltierarzt bleiben, aber er hat versprochen, dass sie wieder ganz gesund wird, Gott sei Dank.

Dee reicht mir eine Tasse Kaffee, als ich mich zu ihr in die Küche geselle. Sie sieht furchtbar aus in ihrem zerknitterten Kleid. Das dezente Make-up, das sie anlässlich der Spendenaktion aufgetragen hatte, ist um ihre Augen herum verwischt. Ich bin mir sicher, dass ich noch übler aussehe. Wenigstens funktioniert der Strom wieder. Jemand muss die Umspannstation repariert haben, die die Coetzees sabotiert haben.

Wir sind erst vor etwas über einer Stunde aus dem Krankenhaus zurückgekommen, nachdem Mandla und Zodwa endlich nach Hause durften. Mandla geht es körperlich gut, aber wer weiß, welches Trauma er zurückbehalten wird? Zodwas Nacken wird vorsorglich von einer Halskrause gestützt, und sie hat am ganzen Körper blaue Flecken.

Ich muss immer wieder an ihre Hände denken, die sie in der Notaufnahme im Schoß übereinandergelegt hatte. Die Krankenschwester hatte mir zugeflüstert, dass Menschen, die beinahe erwürgt worden wären, fast immer Gewebe unter den Fingernägeln hätten, Verteidigungsspuren von ihrem verzweifelten Ringen um Luft.

Aber anstatt sich gegen ihre Angreifer zu wehren, um ihr eigenes Leben zu retten, klammerte sich Zodwa an meinen Jungen und hielt sie davon ab, ihn ihr wegzunehmen. Die Polizei hat erzählt, so hätten sie sie gefunden, nachdem die Sicherheitsfirma sie darüber informiert hatte, dass der Panikalarm ausgelöst worden war: bewusstlos, aber mit Mandla in den Armen.

Warum hat sie das getan? Ihr eigenes Leben für seines zu riskieren? Es ergibt keinen Sinn. So selbstlos kann niemand sein.

»Es tut mir leid, dass ich dich aufgehalten habe«, sagt Dee. »Wir hätten nach Hause fahren sollen, als du es wolltest.«

»Woher hättest du das wissen sollen? Gott sei Dank hat der Panikalarm funktioniert.«

Wir sind beide in Gedanken versunken, als eine Stimme aus meinem Zimmer kommt. »Hat Mandla Aids?«

Ich drehe mich um. Ich habe gar nicht gehört, dass Zodwa aufgestanden ist. »Was?«

»Diese Männer haben gesagt, Mandla hätte Aids, und er würde die ganze Stadt damit infizieren.«

Diese verdammte Mimi Coetzee! Zum Teufel mit ihr. Ich denke an das malträtierte Gesicht der jungen Frau und schüttele den Kopf. Wahrscheinlich hat sie die Informationen an ihren Mann weitergegeben, um sich in irgendeiner Weise gegen ihn zu wappnen. Aber letzten Endes war das eine bewusste Entscheidung, und sie hat sich dafür entschieden, Mandla zur Zielscheibe zu machen.

»Zodwa, bitte komm her.« Ich strecke die Hand aus, und sie kommt zu mir. In Dees Nachthemd sieht sie aus wie ein kleines Mädchen. Die Halskrause muss unangenehm sein.

Zodwa setzt sich neben mich. »Also ist es wahr?«, fragt sie.

»Er ist HIV-positiv, aber die Infektion hat noch nicht dazu geführt, dass das Aids-Virus ausgebrochen ist. Es tut mir leid, dass wir dir nichts davon erzählt haben. Wir haben versucht, ihn zu beschützen, weil die Krankheit so stark stigmatisiert ist. Ich schwöre dir, dass du keine Sekunde in Gefahr warst, dich mit dem Virus anzustecken. Dafür habe ich gesorgt. Diese Idioten wissen nicht, wovon sie reden. Es gibt keine Möglichkeit, dass Mandla einen von ihnen infizieren könnte, geschweige denn die ganze Stadt. Ignorante Scheißkerle!«

Zodwas Gesicht ist ein Bild des Jammers, und mich überkommt eine große Welle der Zuneigung für diese junge Frau, die meinem Jungen nicht nur ein Mal, sondern gleich zwei Mal das Leben gerettet hat. Sie ist sein Schutzengel, daran besteht kein Zweifel. »Wir sind dabei, ihn auf einen Medikamentencocktail zu setzen, der ihm helfen sollte. Diese Medikamente sind gerade erst zugelassen worden, aber die Testergebnisse waren sehr vielversprechend.«

»Es gibt Medikamente, die ihn heilen können?«

»Nein, HIV kann nicht vollständig geheilt werden, aber die Medikamente werden sein Leben verlängern. Sie sind sehr teuer, und wir müssen sie aus den USA beziehen, aber es ist einen Versuch wert. Ohne sie hat er keine Chance, also ist das Timing wirklich günstig. Wenn er ein Jahr früher zur Welt gekommen wäre, hätte es wahrscheinlich keine Hoffnung für ihn gegeben.« Ich nehme ihre Hand. »Wenn du weggehen und woanders arbeiten möchtest, werde ich offen gesagt am Boden zerstört sein, aber ich hätte absolutes Verständnis dafür. Bitte tu das, was du für richtig hältst.«

»Ich will nicht gehen!«, erwidert sie heftig. »Ich will bei Mandla bleiben!«

Ich wünschte, ich würde mich nicht wundern, warum, aber ich tue es.

KAPITEL ACHTZIG

Zodwa

3. Februar 1996
Magaliesburg-Ambulanz, Gauteng, Südafrika

»Zodwa Khumalo?«, ruft die Krankenschwester ins Wartezimmer.

Zodwa steht auf. »Das bin ich.«

»Bitte kommen Sie mit.«

Zodwa folgt ihr durch den inzwischen vertrauten Flur, aber diesmal führt die Krankenschwester sie in einen anderen Raum als den, in dem sie Zodwa vor einer Woche Blut abgenommen hat.

»Wartet hier jemand auf Sie?«, fragt die Krankenschwester, und Zodwa nickt, obwohl es nicht stimmt.

Und dann erzählt die Krankenschwester Zodwa, was sie bereits weiß. »Es tut mir sehr leid, aber der Bluttest hat ergeben, dass Sie HIV-positiv sind.«

Die Krankenschwester spricht eine halbe Stunde lang mit Zodwa und gibt ihr verschiedene Broschüren.

Zodwa denkt an Thembeka, die ebenfalls HIV-positiv sein muss, weil sie Geschlechtsverkehr mit Mongezi hatte, wenn auch, im Gegensatz zu Zodwa, freiwillig. So wie Zodwa sich auf Sex mit Ace einließ, der sich bei ihr angesteckt haben wird, weil er keine Kondome benutzen wollte.

Die Krankheit breitet sich unaufhaltsam aus. In einem Land, das von Diskriminierung beherrscht wird, ist eine

Pandemie entstanden, weil es ein Virus gibt, das keine Diskriminierung kennt. Als die Krankenschwester ihr rät, wegen der Mutter-Kind-Übertragung nicht schwanger zu werden, würde sie am liebsten laut lachen.

»Haben Sie Fragen?«, sagt die Krankenschwester.

»Wann wird die Krankheit bei mir ausbrechen?«

»Das ist bei jedem anders. Bei manchen passiert es ein Jahr nach der Ansteckung, bei anderen erst nach sieben Jahren.«

»Ich habe gehört, dass es eine Behandlung mit Medikamenten gibt, die HAART-Therapie«, sagt Zodwa. Vielleicht sind die Medikamente aus den USA, die Mandla einnehmen wird, ja bald auch in Südafrika zu haben.

Die Krankenschwester scheint zwar beeindruckt zu sein, dass Zodwa davon weiß, doch sie schüttelt bedauernd den Kopf. »Leider ist diese Therapie hier nicht verfügbar, und selbst wenn, würde sie Tausende von Rand pro Monat kosten. Das ist eine Therapie für die Reichen. Es tut mir leid.«

Es ist so, wie Ruth gesagt hat.

Zodwa dankt der Krankenschwester für das Gespräch und geht. Sie denkt an all die Male, als sie kurz davorstand, mit Mandla wegzulaufen, um mit ihm in KwaZulu unterzutauchen, wo man sie nie gefunden hätte. Wenn sie das getan hätte, wäre Mandla wahrscheinlich schon tot.

Er hat jetzt eine Chance. Dieses Glück hat sie nicht. Sie denkt an Gertie aus dem Squatter Camp, deren Zustand sich rapide verschlechterte. Als Zodwa sie das letzte Mal sah, war sie von Krebsgeschwüren übersät und bis auf die Knochen abgemagert. Als Gertie ihren Mund öffnete, um zu husten, war Zodwa beim Anblick des weißen Belags auf ihrer Zunge zusammengezuckt.

Dieses Schicksal erwartet Zodwa nun auch. Sie wird an der Krankheit oder an den damit verbundenen Komplikationen sterben. Aber ihr Sohn hat die Chance, der tödlichen Krankheit noch ein paar Lebensjahre abzutrotzen. Solange er bei den Schwestern bleibt, die das Geld und die Mittel haben, ihn behandeln zu lassen.

Das war Leletis Geschenk an ihren Enkel, als sie ihn an der Tür dieser Frauen zurückließ. Sie wusste es damals vielleicht nicht, aber mit dieser Tat gewährte sie ihrem Enkel einen Aufschub.

Danke, Mama. Ich danke dir.

KAPITEL EINUNDACHTZIG

Ruth

3. Februar 1996
Palace of the Lost City, Rustenburg, Südafrika

»Bist du sicher, dass ich dich nicht mit etwas Süßem verführen kann?«, fragt Vince.

Wir essen im weitläufigen Sun City Resort zu Mittag, weil Vince im *Palace-of-the-Lost-City*-Hotel wohnt, während er beruflich in der Stadt ist. Zumindest behauptet er, es sei eine Geschäftsreise, aber ich vermute, er ist nur meinetwegen hier.

»Nein, für mich kein Dessert«, erwidere ich. »Aber trotzdem danke.«

»Gibt es sonst noch etwas, womit ich dich verführen kann?« Er wackelt vielsagend mit den Augenbrauen, weil es diese bestimmte Art von Mittagessen ist, wie in alten Zeiten, außer dass ich diesmal keinen im Tee habe.

Ich lache zur Antwort. »Glaub nicht, dass du mich nicht in Versuchung bringst. Sich mal wieder tüchtig im Heu zu wälzen wäre wahrscheinlich genau das, was der Arzt mir verordnen würde.«

»Wer auch immer dieser Arzt ist, ich mag ihn. Und vergiss nicht, dass es sich bei dem Heu, in dem du dich wälzen würdest, um ein riesiges Bett in der Royal Suite handelt, mit Wäsche aus ägyptischer Baumwolle«, erwidert er, da er ganz genau weiß, dass ich eine Schwäche für opulente Hotelzimmer und hochwertige Bettwäsche habe.

»Du bist gemein! Du machst es mir nicht leicht, Nein zu sagen.«

Er lächelt, um anzudeuten, dass er es größtenteils scherzhaft gemeint hat, und winkt dem Kellner, damit er die Rechnung bringt.

Ehrlich gesagt hätte die alte Ruth keine Sekunde gezögert. Die alte Ruth hätte schon bei der Vorspeise ihre Zunge in Vince' Ohr gehabt. Ach was: Sie hätte nicht mal zugelassen, dass es Vince zum Mittagessen aus dem Zimmer schafft. Aber die alte Ruth ist längst verschwunden, was nicht unbedingt schlecht ist.

Was zum Teufel ist mit mir passiert?

Als die Rechnung kommt, nehme ich sie und gebe dem Kellner meine Kreditkarte.

»Ach, Ruth, komm schon, lass mich dich zum Mittagessen einladen. Es wäre mir eine Freude.«

»Danke, aber lieber nicht. Ich schulde dir immer noch etwas für die Krankenhausrechnung.«

»Du willst doch nicht ...«

Ich hebe die Hand, um ihn zum Schweigen zu bringen. Eine große Investition wird sich in zwei Monaten auszahlen, und dann kann ich ihm alles zurückgeben. Mit Zinsen. Keine Diskussion. Ich ziehe zwei Dokumente aus meiner Handtasche und übergebe sie Vince. »Das ist eigentlich ein Arbeitsessen, deshalb bezahle ich dich für deine Zeit.«

Er nimmt den ersten Umschlag, öffnet ihn und blättert den Inhalt durch, mit hochgezogenen Augenbrauen. Sein Gesichtsausdruck gleicht dem von Dee, die ebenfalls gern die Augenbrauen hochzieht. Tatsächlich haben die beiden so manche Ähnlichkeit. »Ein Testament? Du hast ein Testament aufgesetzt?«

»Ja.«

»Aber du hast es immer abgelehnt, über Nachlassregelung zu sprechen, wenn ich das Thema angesprochen habe. Du meintest, das sei krankhaft, und das Nachdenken über den Tod würde ihn nur anziehen.«

»Habe ich das? Das klingt überhaupt nicht nach mir.«

Vince seufzt und sieht mich besorgt an. »Dir geht es doch gut, oder? Ich meine, du bist nicht …«

»Um Himmels willen, wie oft muss ich dir noch sagen, dass ich eigentlich gar nicht vorhatte, Selbstmord zu begehen. Ich habe nur versucht, dich dazu zu bringen, bei mir zu bleiben.«

»Okay. Vielleicht hast du recht, und es ist wirklich sinnvoll, jetzt ein Testament zu machen. Nach dem, was auf der Farm passiert ist.«

Ich nicke, aber das ist nicht der Grund, warum ich endlich eines verfasst habe. So beängstigend der Überfall auch war, nicht er hat mich auf meine eigene Sterblichkeit aufmerksam gemacht. Mir ist einfach immer klarer geworden, dass das Sprichwort zutrifft: *Wenn du Gott zum Lachen bringen willst, verrate ihm deine Pläne*. Und ich hatte noch nie mehr Pläne als jetzt. Sollte ich das Schicksal dadurch auf dumme Ideen bringen, sollte ich am besten auf alle Eventualitäten vorbereitet sein.

»Könntest du dir das bitte durchlesen und dann als Zeuge unterschreiben? Und schickst du es bitte an die Anwaltskanzlei, wenn du wieder in Kapstadt bist?«, frage ich.

»Natürlich.«

»Danke.«

»Was ist das andere?«, fragt Vince, während er den Umschlag öffnet.

»Die unterschriebenen Scheidungspapiere.«

Er erstarrt, lässt den Umschlag wie eine heiße Kartoffel fallen und stößt dann einen langen Atemzug aus, während er mit beiden Händen durch sein Haar fährt. »Ruth, es tut mir leid, dass ich sie dir ohne Vorwarnung geschickt habe. Es fühlte sich einfach an, als wäre es Zeit, weißt du, da …«

»Entschuldige dich nicht. Es war absolut an der Zeit.« Ich nicke nachdrücklich, damit er glaubt, dass ich es ernst meine. Ich räuspere mich. »Danke für die Unterhaltszahlungen. Ich weiß, dass ich vorher gesagt habe, ich würde sie nicht annehmen, aber jetzt, nach allem, was mit Mandla passiert ist … Weißt du, du warst mehr als großzügig, und das weiß ich sehr zu schätzen.«

»Bitte bedanke dich nicht bei mir.« Er hat Tränen in den Augen.

Und ich auch.

KAPITEL ZWEIUNDACHTZIG

Zodwa

3. Mai 1996
Rhema Bible Church, Randburg, Johannesburg

In der Stuhlreihe links neben Zodwa sitzen Mandla, Ruth und Delilah, rechts neben ihr sitzen Mama Beauty und deren weiße Freundin Robin. Mama Beauty hat darauf bestanden, mitzukommen und Zodwa beizustehen, obwohl sie von der Kommission noch nichts wegen ihrer eigenen Tochter gehört hat.

Als sich alle miteinander bekannt machen, stellt Mama Beauty Robin als ihre »weiße Tochter« vor, und beide lächeln.

»Schön zu sehen, wie lebendig die Regenbogennation ist«, sagt Delilah. »Und dass wir nicht die einzige ungewöhnliche südafrikanische Familie sind.«

»Es gibt mehr von uns, als man glauben würde«, erwidert Mama Beauty, die den Blick nicht von Mandla lassen kann. Sie scheint auf den Jungen fixiert zu sein, und Zodwa wird allmählich nervös.

Zu ihrer Erleichterung ergreift in diesem Moment der elegant aussehende grauhaarige Mann das Wort, der vorn an dem langen Tisch sitzt. Er spricht in sein Mikrofon und bittet alle Anwesenden um Aufmerksamkeit. Alle schauen zu ihm, und das Gemurmel im Saal verstummt. Er sagt, er sei Dr. Boraine, stellvertretender Vorsitzender der Wahrheits- und Versöhnungskommission, und dann stellt er die übrigen Mitglieder der Kommission vor, einschließlich des

Vorsitzenden, Erzbischof Desmond Tutu, der in violetter Robe und Kappe zu seiner Linken sitzt.

Ein Raunen der Anerkennung geht durch die Menge, als Desmond Tutu seine Hand zur Begrüßung hebt, und auch Zodwa verspürt den Nervenkitzel, den die Anwesenheit des berühmten Erzbischofs auslöst. Seine Miene ist ernst, und obwohl er von kleiner Statur ist, strahlt er eine beeindruckende Kraft und Ruhe aus.

»Vorsitzender, ich rufe den ersten Zeugen auf und bitte ihn, sich zum Zeugenstand zu begeben.«

Zodwa hält den Atem an, als Cyril Malema zum Zeugenstand geht und Platz nimmt. Er läuft gebeugt wie ein alter Mann und trägt einen schlecht sitzenden Anzug, aber wenigstens sieht er nüchtern aus, was an ein Wunder grenzt, wenn man bedenkt, in welchem Zustand er war, als Zodwa mit ihm gesprochen hat.

»Mister Cyril Malema, zunächst möchte ich Sie willkommen heißen und Ihnen sehr herzlich für Ihre Bereitschaft danken, die Wahrheits- und Versöhnungskommission zu unterstützen. Würden Sie sich bitte erheben und den Eid ablegen?«

Cyril legt die Hand auf die Bibel und spricht den Eid. Seine Stimme zittert, seine Hand ebenso.

Dr. Boraine beginnt mit der Befragung. »Gut, Mister Malema. Bitte sagen Sie uns nun in Ihren eigenen Worten, was Sie uns heute hier mitteilen möchten.«

Ein Misston dringt durchs Mikrofon, als Cyril sich räuspert. Dann beginnt er mit heiserer, bebender Stimme zu sprechen.

»1984 wurde ich als Mitglied der Jugendbrigade der Inkatha-Freiheitspartei zusammen mit Dumisa Khumalo, Jakes

Mogwase und Kabetso Hlongwane auf eine Mission geschickt, die zum Tod einiger Menschen führte.«

Zodwas Herz schlägt ohnehin schon schnell, aber bei der Erwähnung ihres Bruders beginnt es zu rasen.

»Wie lautete Ihre Mission?«, fragt Dr. Boraine, während er seine Brille zurechtrückt.

»Ich bekam den Auftrag, Jakes und Kabetso zur Grenze zu bringen, damit sie sie passieren konnten, um ihre militärische Ausbildung zu absolvieren.«

»Wo genau sollten Sie sie hinbringen? Und an welchem Datum war das?«

»Zur Grenze nach Botswana, am Fluss Limpopo. Das war in der Nacht des 23. August 1984.«

Das sind schon jetzt mehr Informationen, als Zodwa damals aus ihm herausbekommen konnte. Sie beugt sich vor und hört gebannt weiter zu.

Dr. Boraine schaut in seine Unterlagen und fragt dann: »Was war mit Dumisa Khumalo? Sollte er auch über die Grenze?«

»Nein, Sir. Dumisa sollte mich nur auf der Mission begleiten.«

»Und wie lauteten Ihre Anweisungen?«

»Die beiden Männer an einem Treffpunkt am Fluss abzusetzen, wo sie mit ihrer Kontaktperson verabredet waren.«

»Können Sie uns sagen, was in dieser Nacht passiert ist, Mister Malema?«

»Ja, Sir. Als wir an der vorgesehenen Stelle anhielten, stiegen Jakes und Kabetso aus dem Auto, um eine zu rauchen, während Dumisa und ich drinnen blieben. Als wir auf die Kontaktperson warteten, die sie über die Grenze bringen sollte, wurden plötzlich Lichtkegel auf uns gerichtet, und wir wurden angebrüllt. Es war ein Hinterhalt der Sicherheitspolizei, die das Feuer auf uns eröffnete.«

Eine ältere Frau, die am Rand sitzt, schreit auf. Mama Beauty nimmt Zodwas Hand und drückt sie. So, wie die ältere Frau von ihren Angehörigen getröstet wird, scheint sie die Mutter von einem der anderen Männer zu sein. Am liebsten würde Zodwa auch neben dieser Frau sitzen, damit sie sich aneinander festhalten und diese Qual gemeinsam durchstehen können.

Als die Frau sich etwas beruhigt hat, fährt Dr. Boraine mit der Befragung von Cyril fort: »Haben die Männer, die ausgestiegen waren, überlebt?«

»Nein, sie wurden beide erschossen. Und Dumisa, der neben mir auf dem Beifahrersitz saß, wurde auch erschossen.«

Nun ist Zodwa diejenige, die aufschreit und vor Entsetzen die Hände vor den Mund schlägt. Delilah lehnt sich zu ihr und legt ihr den Arm um die Schultern.

»Woher wusste die Sicherheitspolizei, dass Sie in dieser Nacht dort sein würden?«

Cyril Malema lässt den Kopf in die Hände sinken, und es wird totenstill im Saal. Als er wieder aufschaut, sagt er: »Weil Dumisa und ich es ihnen gesagt haben.«

Zodwa läuft ein eisiger Schauer über den Rücken.

Nein. Das kann nicht sein. Ich muss mich verhört haben.

Doch sie hat sich nicht verhört. Im gesamten Saal bricht Unruhe aus, Leute sind schockiert, springen auf, rufen wütend durcheinander.

Nach einigen Minuten sagt Dr. Boraine: »Bitte nehmen Sie wieder Platz und beruhigen Sie sich. Danke.« Als wieder Stille herrscht, setzt er Cyril Malemas Befragung fort: »Sie und Dumisa Khumalo haben die Sicherheitspolizei also darüber informiert, dass Sie dort sein würden, obwohl Sie beide der Inkatha-Freiheitspartei angehörten?«

»Ja, Sir.« Cyril bricht in Tränen aus. »Wir waren Doppelagenten, verstehen Sie? Die Sicherheitspolizei hat uns viel Geld bezahlt, damit wir ihnen Informationen geben.«

Zodwa wird schwindelig, als um sie herum erneut Chaos ausbricht. Sie hört Leute protestieren und fluchen, und die ältere Frau von eben bricht in so lautes Wehklagen aus, dass Zodwa es kaum aushält. Nun ist sie froh darüber, dass sie nicht neben ihr sitzt. Mama Beauty drückt Zodwas Hand; es fühlt sich an wie ein Schraubstock.

Dr. Boraine erhebt abermals seine Stimme: »Ich bitte um Ruhe im Saal, damit Mister Malema mit seiner Aussage fortfahren kann!«

Erzbischof Desmond Tutu schaut mit schmerzvoller Miene in den Saal, die Stirn gerunzelt, das Kinn auf die Hände gestützt.

Als wieder Ruhe eingekehrt ist, fährt Dr. Boraine fort: »Aber warum sind Sie damals bei Ihren Kameraden am Treffpunkt geblieben, obwohl Sie sie doch verraten hatten und genau wussten, was passieren würde?«

»Das war Dumisas Idee gewesen, Sir. Er sagte, wenn wir bei ihnen bleiben würden, käme niemandem der Verdacht, dass wir daran beteiligt waren. Dumisa sollte nicht erschossen werden. Das war ein Versehen.«

Zodwa ist vor Entsetzen wie gelähmt, als Cyril Malema schildert, wie er der Sicherheitspolizei half, die Leichen seiner drei Kameraden in der Nähe des Tatorts zu verscharren. Er zittert heftig, während er seine Aussage macht – wohl nicht nur wegen des Alkoholentzuges –, und hält immer wieder schluchzend inne, um die Familien von Jakes und Kabetso um Vergebung zu bitten. Er spricht die Mütter mit Namen an, hält jedoch den Blick gesenkt. Zodwa bittet er nicht um Vergebung. Schließlich war ihr Bruder an diesem furchtbaren Hinterhalt beteiligt.

Als Cyril Malema mit seiner Aussage fertig ist, spürt Zodwa den übermächtigen Drang, zu den Müttern der beiden Männer zu gehen und sie um Vergebung für das zu bitten, was Dumisa getan hat, aber Scham hält sie zurück. Sie ist sicher, dass Cyril die Wahrheit sagt. Nun ergibt alles einen Sinn; Dinge, über die sie als Kind nie nachgedacht hatte, und die Erwachsenen um sie herum offenbar auch nicht, denn sonst hätten die Alarmglocken schrillen müssen.

Wie war es zum Beispiel möglich gewesen, dass Dumisa so viel Geld nach Hause schicken konnte, obwohl er nur ein kleiner Angestellter war? Wie hatte er sich mit seinem Einstiegsgehalt einen Gebrauchtwagen leisten und für ein Haus sparen können? Leleti und Zodwas *gogo* hätten spüren müssen, dass etwas nicht stimmte, aber sie sahen nur das, was sie sehen wollten.

Auch Cyrils Alkoholsucht erklärt sich ihr nun, ebenso seine Äußerungen bei ihrem Treffen, die sie für wirres Gerede gehalten hatte.

Sie sind hinter mir her! Ich kann mich nicht verstecken. Man kann sich nirgendwo verstecken. Sie werden mich umbringen. Hilf mir, sisi*! Hilf mir!*

Zodwa hatte gedacht, er glaubte, die Sicherheitspolizei sei immer noch hinter ihm her, aber von ihr sprach er gar nicht. Er meinte seine eigenen Leute und die Familien derer, die er verraten hatte. Als der ANC an die Macht kam, war ihm klar, dass irgendwann der Tag der Abrechnung kommen würde.

Dr. Boraine kündigt eine Pause an. Es wird wieder laut im Saal, und Zodwa ist dankbar für den Lärm. Sie ist jetzt nicht imstande, mit Delilah zu sprechen, die aufgestanden ist und die Hand nach ihr ausstreckt.

»Gehen Sie ruhig schon mal vor«, sagt Mama Beauty. »Ich glaube, Zodwa braucht noch ein paar Minuten. Ich bleibe solange bei ihr.« Sie versichert den Schwestern, dass mit Zodwa alles in Ordnung sei, und Zodwa nickt, damit die Schwestern endlich gehen. Als Ruth Mandla davonträgt, schmerzt es Zodwa plötzlich, ihren Sohn anzusehen, weil er seinem Judas-Onkel so ähnlich sieht.

Als sich der Saal geleert hat und Ruhe herrscht, bringt Zodwa es nicht über sich, Mama Beauty in die Augen zu sehen. Denn Mama Beautys Tochter, die Freiheitskämpferin, wurde vielleicht von jemandem wie Dumisa verraten; von jemandem, der nur so tat, als kämpfte er für die Freiheit, in Wahrheit jedoch nur an sich selbst dachte.

»Mein Kind«, sagt Mama Beauty und greift wieder nach Zodwas Hand. »Das ist ein schrecklicher Schlag für dich, ich weiß. Zu den schwierigsten Dingen im Leben gehört es herauszufinden, dass diejenigen, die wir am meisten lieben, diejenigen sind, die wir am wenigsten kennen.« Sie drückt Zodwas Hand. »Manchmal machen gute Menschen schreckliche Dinge. Das bedeutet aber nicht, dass sie im Kern verfault sind; es bedeutet nur, dass sie falsche Entscheidungen getroffen haben. Dumisa ist immer noch Dumisa. Er ist noch immer dein Bruder. Nur ist er jetzt kein Held mehr, sondern ein Mensch.«

Mama Beauty hat recht. Dumisa wurde tatsächlich sein ganzes Leben lang als Held gefeiert. Und Zodwa hatte stets das Gefühl gehabt, in seinem Schatten zu stehen und ihm nie das Wasser reichen zu können.

Sie denkt an das letzte Gespräch, das sie mit ihm hatte.

Du bist eine Khumalo, genau wie ich. Wir sind ein großes Volk, stolze Zulus. Wir schauen der Welt in die Augen. Und wenn wir in die Welt hinausgehen und uns das, was wir sehen, nicht gefällt, was machen wir dann?

Wir ändern es.

Ja, wir ändern es. Wir machen es besser. Jetzt ist meine Zeit gekommen, aber eines Tages wird deine anbrechen. Und wenn es so weit ist, mach mich stolz, kleine Schwester.

Ihr wird schlecht von der ganzen Heuchelei ihres Bruders, aber dann wird ihr mit einem Mal klar, dass sie Dumisa nicht länger als Maßstab nehmen muss. Der Gedanke ist befreiend, und doch zerreißt es ihr das Herz. »Danke, Mama Beauty.«

»Das Richtige ist, mit diesen Müttern zu sprechen, egal wie schwierig es sein mag, aber bevor du zu ihnen gehst, möchte ich dir noch dies sagen: Wie du nun bei deinem eigenen Bruder gemerkt hast, kommt jedes Geheimnis irgendwann ans Tageslicht. Ich weiß nicht, warum du den beiden Frauen verschweigst, dass Mandla dein Sohn ist, und ich verstehe auch nicht, warum Leleti dich angelogen und behauptet hat, dein Sohn wäre bei der Geburt gestorben, aber ich hoffe, irgendwann kommt der Moment, in dem du deine Geheimnisse offenbaren wirst. Denn jemand, der weiser ist als wir, hat gesagt: ›Die Wahrheit wird euch frei machen.‹« Und damit beugt Mama Beauty sich zu Zodwa und gibt ihr einen Kuss auf die Stirn, bevor sie sich mit einem Seufzen erhebt.

KAPITEL DREIUNDACHTZIG

Ruth

17. Juli 1996
Verdriet, Magaliesburg, Südafrika

»Könntest du dich nicht für ein späteres Semester einschreiben, damit du nicht das ganze Jahr verschwendest?«, fragt Dee Zodwa, die am Herd steht und Mandlas Mittagessen kocht. Mandla sitzt auf der Küchenanrichte und windet sich, als Dee versucht, ihm eine Fliege umzubinden.

Ich fasse es nicht, dass Dee dem armen Mädchen schon wieder wegen seines Studiums auf die Nerven geht. Sie war bitterlich enttäuscht, als Zodwa Anfang des Jahres ihre Meinung geändert und sich gegen das Sozialarbeitsstudium an der UNISA entschieden hat. Ständig klagte sie wegen des vergeudeten Potenzials, zumal Zodwa bei ihren Matriek-Prüfungen so gut abgeschnitten hat, aber ich verstehe nicht, was so schlimm daran sein soll.

»Bei den Studiengebühren können wir dir unter die Arme greifen«, sagt Dee jetzt, »falls das Finanzielle das Problem ist.«

»Vielen Dank, lieber nicht.« Zodwa lächelt, um die Ablehnung abzuschwächen, aber sie hat deutlich gemacht, dass sie sich auf keine weiteren Diskussionen einlassen wird.

Ich bin erleichtert, weil wir uns gerade auf etwas viel Wichtigeres konzentrieren sollten. »Runter vom Sofa, Bella!« Ich klatsche in die Hände, und der Hund wirft mir einen gekränkten Blick zu.

»Entspann dich«, sagt Dee, ruft Bella zu sich und krault sie hinter dem Ohr. »Der Hausbesuch ist doch nur eine Formalität. Lindiwe weiß, wie wir leben.«

»Trotzdem will ich, dass alles gut läuft. Zodwa, hast du die Scones gebacken, um die ich dich gebeten habe?«

»Ja, Madam Ruth.«

»Bitte serviere dazu die drei verschiedenen Marmeladen und die Clotted Cream.«

Warum stehen die Kissen schon wieder schief?, frage ich mich, *und woher kommt der Staub, obwohl Zodwa heute Morgen sauber gemacht hat?* Ich wünschte, ich hätte Blumen für den Wohnzimmertisch besorgt, aber jetzt ist es zu spät.

Ich bin schon die ganze Woche nervös, weil die Sozialarbeiterin aus dem Waisenhaus kommt, um im Rahmen des Adoptionsverfahrens einen Hausbesuch zu machen. Es war nicht gerade hilfreich, dass Zodwa so abgelenkt war, dass ich sie mikromanagen und ihr von Raum zu Raum folgen musste, um sicherzustellen, dass alles perfekt ist.

Ich weiß nicht, was in letzter Zeit mit Zodwa los ist. Ich kann mir nur vorstellen, dass sie die bevorstehende Heimreise zur Beerdigung ihres Bruders so aufwühlt, denn sie war in den letzten Tagen launisch und mit den Gedanken ganz woanders.

»So ist es gut! Alles erledigt«, sagt Dee, als sie Mandla von der Anrichte hebt und ihn auf die Füße stellt.

Er ist hinreißend in seinem blauen Anzug, seinem weißen Hemd, seiner rosa-blau gepunkteten Fliege, seinen glänzenden schwarzen Schuhen und seinem eleganten Trilbyhut. Mein Junge sieht aus wie ein kleiner Mann.

»Er sieht aus, als würde er für eine Rolle in *The Music Man* vorsprechen«, bemerkt Dee trocken.

»Kleider machen Leute«, erwidere ich und mustere sie von Kopf bis Fuß. »Du hättest dir auch ein bisschen mehr Mühe geben können.«

»Wieso?« Dee schaut an ihrer beigefarbenen Hose und der dazu passenden Bluse herab. »Alles sauber und gebügelt.«

Ich will ihr gerade sagen, dass ihre Definition von »sich Mühe geben« mal überprüft werden müsse, als die Gegensprechanlage summt und wir alle zusammenzucken. Zodwa stellt gerade Schälchen mit Marmelade auf einen Teller und lässt eines fallen. Erdbeermarmelade spritzt auf Mandlas Jacke.

»Verdammt, Zodwa!«

»Tut mir leid, Madam Ruth.«

»Könntest du die Tür öffnen, damit ich das abwischen kann?«

Mein Gott, muss man denn hier alles selber machen?

KAPITEL VIERUNDACHTZIG

Zodwa

17. Juli 1996
Verdriet, Magaliesburg, Südafrika

Zodwa geht zur Tür und zwingt sich zu einem Lächeln. Hier zu sein und kochen und putzen zu müssen, damit Ruth einen guten Eindruck auf die Person machen kann, die entscheidet, ob sie Mandla adoptieren darf, ist unerträglich.

Er hat eine Mutter, die ihn liebt und alles tut, um bei ihm zu sein. Er braucht keine andere.

Aber genau das ist natürlich der Punkt: Er braucht eine andere Mutter.

Als Zodwa die Tür öffnet, ist sie überrascht. Sie kennt die Frau, die vor ihr steht, von irgendwoher. Die Frau schaut Zodwa ebenso verblüfft an; scheint sie aber auch nicht gleich einordnen zu können.

»Hallo«, sagt die Frau.

Da fällt Zodwa ein, wer sie ist, und ihr gefriert das Blut in den Adern.

Es ist die Sozialarbeiterin aus dem letzten Waisenhaus, das sie in der Hoffnung aufgesucht hat, Mandla zu finden. Zodwa bekommt sofort Panik, dass die Frau sich ebenfalls erinnert und sie als Mandlas Mutter bloßstellt. Aber die Miene der Sozialarbeiterin verrät, dass sie selbst Angst hat, und plötzlich fallen Zodwa die sonderbaren Fragen wieder ein, die die Frau ihr an jenem Tag gestellt hat.

Und da wohnst du immer noch? In einer Hütte?

Wie geht es dir gesundheitlich?

Gesundheitlich?

Entschuldige, das ist eine Berufskrankheit. Mir ist aufgefallen, dass du Husten hast, und ich wollte nur sichergehen, dass du gut auf dich achtgibst.

Ist nur eine Erkältung. Fast schon wieder weg.

Ach so. Aber vielleicht solltest du dir trotzdem Hustensaft besorgen.

Mache ich. Könnten Sie denn in Ihren Akten nachsehen, ob es möglicherweise Übereinstimmungen gibt?

Das ist nicht nötig. Ich kenne alle Kinder hier, und auf keines von ihnen passt die Beschreibung.

Die Sozialarbeiterin sah Zodwa damals nicht in die Augen, als sie ihr Dumisas Babyfoto zurückgab. Zodwa weiß noch, wie seltsam sie es fand, dass die Frau das Bild zuerst lange betrachtete und es dann so plötzlich von sich wies.

Jetzt begreift sie: Die Sozialarbeiterin hat gelogen. Und da bricht es aus Zodwa heraus: »Sie haben es gewusst!«

KAPITEL FÜNFUNDACHTZIG

Ruth

17. Juli 1996
Verdriet, Magaliesburg, Südafrika

Die Erdbeermarmelade hat einen Fleck auf Mandlas Anzugaufschlag hinterlassen, aber da kann man nichts machen. Ich überlege gerade, ob ich eine Blume im Garten pflücken und sie ihm anstecken sollte, als ich Zodwas laute Stimme aus der Diele höre.

»Sie haben es gewusst!«

Lindiwe antwortet ihr, ebenfalls ziemlich laut. »Was machst *du* hier?«

Ich trage Mandla aus dem Badezimmer und sehe, wie sich die beiden vor der Haustür gegenüberstehen.

»Sie haben genau gewusst, dass er es war, aber Sie haben mich angelogen!«, sagt Zodwa und hält ihre geballten Fäuste zurück, als habe sie Angst davor, jemanden zu schlagen.

»Moment mal!«, ruft Dee und eilt aus der Küche zur Tür. »Was ist denn hier los? Wo liegt das Problem?«

»Was macht sie hier?«, fragt Lindiwe, an Dee gewandt, Panik im Gesicht.

»Das ist Zodwa, unser Dienstmädchen, von dem ich Ihnen erzählt habe«, antworte ich anstelle von Dee. »Was zum Teufel ist hier los?«

Zodwa spricht mit Lindiwe, als wären wir anderen nicht anwesend. »Warum haben Sie mich angelogen?«

»Ich habe nicht gelogen«, erwidert Lindiwe, aber man sieht ihr das Unbehagen deutlich an. »Er war nicht mehr da, als du gekommen bist. Er war am Tag zuvor abgeholt worden.«

»Aber Sie wussten, wer er war! Sie wussten es! Und Sie haben es mir nicht gesagt.«

»Nur weil ich wusste, dass du krank bist, *sisi*!«

Plötzlich tritt eine tödliche Stille ein, in der sich die beiden Frauen anstarren. Sie atmen schwer, keine sagt ein Wort.

»Okay, jetzt beruhigen wir uns mal alle wieder.« Dee übernimmt das Kommando, fasst Zodwa am Ellbogen und lenkt sie von der offenen Tür weg zu einem der Sofas. »Kommen Sie rein, Lindiwe«, sagt sie und winkt der Sozialarbeiterin zu. Als alle Platz genommen haben, schaut sie zu mir. »Ruth?«

Ich stehe wie angewurzelt in der Badezimmertür. Eine schlimme Vorahnung verursacht einen Knoten in meinem Magen.

»Würde uns jetzt jemand mal bitte sagen, was hier los ist? Zodwa?«, fragt Dee, als Mandla und ich uns gesetzt haben.

Zodwa sagt nichts. Sie beißt die Zähne so fest zusammen, dass sich die Muskeln an ihren Schläfen wölben.

»Lindiwe?«, fragt Dee und blickt sie an.

Die Sozialarbeiterin schweigt für einen Moment, als überlege sie, wie viel sie preisgeben soll, und seufzt dann. »Sie ist zu uns ins Waisenhaus gekommen, weil sie nach ihm gesucht hat. An dem Tag, nachdem Sie ihn nach Hause geholt hatten.«

»Ihn? Wen denn?«, fragt Dee verständnislos, aber ich kenne die Antwort, bevor Lindiwe sie gibt.

»Mandla«, sagt Lindiwe und fährt dann fort: »Zodwa ist seine Mutter.«

Nein. Das kann nicht sein! Nein! »Seine Mutter?« Dee versucht, das alles zu verstehen. »Sie behaupten, Zodwa wäre Mandlas leibliche Mutter?«

»Ja«, sagt Lindiwe. »Fragen Sie sie.«

»Zodwa?«, flüstert Dee entsetzt.

Zodwa nickt, und eine Träne fällt auf ihren Schoß. Sie wischt sich weitere aus dem Gesicht. »Es ist wahr. Ich bin seine Mutter.«

Ausgerechnet in diesem Moment windet sich mein Junge in meinen Armen und greift nach ihr. Seine Hände zu sehen – die perfekten zehn Finger, die sich zu ihr hinstrecken – ist in dem Augenblick das Allerschlimmste für mich. Ich schließe die Augen und presse ihn fest an mich, während Zodwa zu erzählen beginnt.

KAPITEL SECHSUNDACHTZIG

Delilah

17. Juli 1996
Verdriet, Magaliesburg, Südafrika

»Ich wurde vergewaltigt.« Mit dieser Erklärung begann Zodwa, uns die Wahrheit zu erzählen, und ich spürte, wie mir das bisschen Kontrolle, das ich über die Situation zu haben glaubte, entglitt.

Wie viele unserer Geschichten beginnen so?, dachte ich. *Mit Gewalt statt Liebe? Wie viele Leben werden ruiniert, weil irgendwo irgendein Mann beschließt, Anspruch auf etwas zu erheben, das ihm gar nicht gehört?*

»Das passierte im August 1993. Und am 10. Mai 1994 wurde Mandla geboren«, fuhr Zodwa fort.

»Das ist der Tag, an dem er vor unsere Tür gelegt wurde«, sagte ich. »Aber warum … warum hast du ihn zu uns gebracht?«, fügte ich hinzu und schaute besorgt zu Ruth hinüber.

Sie war leichenblass geworden. Ich konnte mich nicht erinnern, sie jemals sprachlos erlebt zu haben, doch Zodwas Offenbarung hatte ihr anscheinend die Kehle zugeschnürt. Es lag nun an mir, Fragen zu stellen.

»Das habe ich nicht«, erwiderte Zodwa. »Meine Mutter hat das getan.«

»Deine Mutter?«

»Ja. Sie kannten sie. Leleti Khumalo.«

Ich schüttelte den Kopf, weil ich den Namen noch nie gehört hatte, aber dann fügte Zodwa hinzu: »Sie kannten sie als Precious. Sie ist hier auf der Farm mit Ihnen aufgewachsen.«

Precious! »Oh mein Gott.« Ich drehte mich zu Ruth. »Ich bin ihr vor zwei Jahren wiederbegegnet, als ich draußen im Squatter Camp eine Reifenpanne hatte. Ungefähr zwei Wochen bevor Mandla zu uns gekommen ist … Daher wusste sie also, dass ich wieder auf der Farm war.«

Ruths Blick war schmerzerfüllt, doch sie sagte noch immer nichts. Zodwa sprach weiter.

»Nach der Geburt schlief ich ein, und als ich wieder aufwachte, war mein Sohn verschwunden.«

Ich schüttelte den Kopf, versuchte das alles zu begreifen. »Aber warum hätte Precious dir das antun sollen? Dir dein Baby wegzunehmen und es zu uns zu bringen?«

»Sie wusste, dass ich das Baby nicht wollte. Nach der … nach dem, was mir passiert war, war ich so traumatisiert, dass ich keine Mutter sein wollte. Mama wusste das. Sie wusste von der Vergewaltigung. Als ich ihr davon erzählte, war sie zutiefst erschüttert. Und da sie wusste, dass sie selbst bald sterben würde …«

»Sie ist tot?« Ich konnte es nicht fassen. Im selben Moment wollte ich mich für meine eigene Dummheit ohrfeigen, denn Zodwa hatte mir ja schon erzählt, dass ihre Mutter gestorben war. Doch erst in diesem Augenblick konnte ich eins und eins zusammenzählen.

»Ja«, erwiderte Zodwa. »Sie starb zwei Tage nach Mandlas Geburt an Tuberkulose.«

»Das tut mir unendlich leid«, sagte ich. Nun verstand ich,

warum Precious bei unserer Wiederbegegnung so mitgenommen ausgesehen hatte.

»Sie wusste, dass sie nicht mehr lange leben würde«, sagte Zodwa. »Und dass sie nicht da sein konnte, um mir zu helfen, für das Baby zu sorgen. Sie dachte wahrscheinlich, dass das Baby ohne mich besser dran wäre.«

Zodwa erzählte uns dann, man hätte ihr gesagt, ihr Baby sei gestorben, doch sie hatte es nicht glauben wollen und in Leichenhallen und Waisenhäusern nach ihm gesucht, bis sie schließlich auf Lindiwe traf.

»Am Tag bevor Zodwa zu uns kam, hatte Ruth Mandla mitgenommen«, schaltete Lindiwe sich ein. »Die Untersuchungen hatten ergeben, dass er HIV-positiv war, und mir war klar, dass er das Virus von Zodwa haben musste.«

Oh Gott. Zodwa war auch HIV-positiv.

»Willst du mir jetzt etwa zum Vorwurf machen, dass ich das Kind jemandem geben wollte, der gesund ist und über die Mittel verfügt, ihm zu helfen?«, sagte Lindiwe zu Zodwa. »Was hättest du denn …«

»Lindiwe!« Ich war entsetzt darüber, wie kalt und selbstherrlich sie klang.

Doch Lindiwe schüttelte stur den Kopf. »Ich habe das Richtige für Mandla getan. Ich habe nur in seinem Interesse gehandelt.«

Ich rechnete damit, dass Zodwa protestieren würde, doch sie saß einfach nur schweigend da, schlaff wie ein Segel bei Windstille.

»Woher wusstest du denn, dass Mandla hier ist?«, fragte ich Zodwa.

»Jemand hatte mir erzählt, dass hier ein schwarzes Baby

lebte, also kam ich her, weil ich herausfinden wollte, ob es vielleicht Mandla war.«

»An dem Tag, als du Mandla vorm Ersticken gerettet hast.«

»Ja.«

Plötzlich stand Ruth auf und drückte Mandla noch fester an sich. »Das reicht jetzt.«

»Ruth …«

»Nein, ich habe genug gehört«, sagte sie und brach in Tränen aus. »Bist du hier, um mir meinen Sohn zu stehlen?«, fragte sie Zodwa mit bebender Stimme. »Bist du deshalb hier?«

Zodwa erhob sich ebenfalls mit funkelnden Augen. »Mandla ist mein Sohn, nicht deiner. Ich kann nichts stehlen, was rechtmäßig zu mir gehört. Und ich hätte ihn jederzeit mitnehmen können, wenn ich das gewollt hätte. Jederzeit!«

»Was willst du dann?«, fragte Ruth tränenüberströmt. »Warum spielst du dieses Spiel mit uns? Was willst du?«

»Was ich will?«, rief Zodwa erregt. »Ich will leben! Ich will leben und meinen Sohn großziehen! Aber das ist nicht möglich. Alles, was ich will, ist, dass für meinen Sohn gesorgt wird. Ich will einfach nur, dass er eine Mutter hat, wenn ich nicht mehr für ihn da sein kann.« Plötzlich schwankte sie; ich konnte sie gerade noch auffangen.

Sie begann zu weinen, und ich nahm sie in die Arme. »Alles wird gut«, flüsterte ich. »Alles wird gut.«

Manchmal muss man genau das hören, auch wenn es die größte Lüge unter der Sonne ist.

KAPITEL SIEBENUNDACHTZIG

Zodwa

18. Juli 1996
Verdriet, Magaliesburg, Südafrika

Es klopft an der Tür, und Zodwa springt auf und eilt hin, um sie zu öffnen. Es ist Delilah, und sie ist allein.

Ihr trauriges Lächeln beantwortet Zodwas unausgesprochene Frage. »Sie wollte nicht, dass ich ihn mitbringe, aber gib ihr Zeit, Zodwa. Es ist alles noch so frisch.«

»Bitte komm rein«, sagt Zodwa und tritt zur Seite. »Möchtest du dich setzen?« Sie deutet auf den Tisch mit den beiden Stühlen.

»Danke«, sagt Delilah.

Es wäre wahrscheinlich höflicher, das Thema zu umgehen, und das Letzte, was Zodwa will, ist, dass Delilah sich unwohl fühlt, aber sie kann nicht anders, als zu fragen: »Will Ruth, dass ich gehe? Ist es das, was du mir sagen willst?«

»Nein. Sie ist momentan sehr aufgewühlt, aber das wird sich legen. Wir müssen nur ein wenig Geduld mit ihr haben.«

Zeit ist das Einzige, was Zodwa nicht hat, aber das ist nicht Delilahs Schuld, und deshalb spricht sie es nicht aus. Stattdessen sagt sie: »Danke, dass du mir geholfen hast. Ich weiß nicht, warum du es tust, aber …« Zodwa sucht nach den richtigen Worten, um ihre Dankbarkeit auszudrücken.

Delilah lächelt, aber es ist ein trauriges Lächeln. »Ich habe eine gewisse Ahnung von dem, was du durchmachst.« Zodwa muss skeptisch dreinschauen, denn Delilah lacht. Ihr Blick verliert sich in der Ferne, und dann sagt sie: »Ich wurde auch vergewaltigt, Zodwa. Wahrscheinlich im selben Alter wie du. Und auch ich bin dabei schwanger geworden.«

Zodwas Augen weiten sich. Was auch immer sie von Delilah erwartet haben mag, das jedenfalls nicht.

»Ich hatte auch einen Sohn«, fährt Delilah fort, »aber hier weichen unsere Geschichten voneinander ab. Ich habe meinen Sohn nach der Geburt abgegeben, während dir deiner genommen wurde. Ich wünschte, ich hätte so hart gekämpft wie du, ich wünschte, ich wäre so stark gewesen.«

Zodwa schüttelt den Kopf. Sie ist nicht stark. Sie ist die schwächste Person, die sie kennt, und sie will nicht, dass Delilah sie so falsch einschätzt. »Nein, ich …«

»Bitte stell dein Licht nicht unter den Scheffel. Ist dir überhaupt bewusst, welche Charakterstärke es beweist, dass du im letzten Jahr so mit uns gelebt hast? Als Dienstmädchen im Haus deines Sohnes, nur damit du jeden Tag bei ihm sein kannst?« Delilah schüttelt den Kopf. »Ich habe die ganze Nacht wach gelegen und darüber nachgedacht, wie unerträglich diese Situation für dich gewesen sein muss.«

Zodwa zuckt mit den Achseln. Ihr ist nicht wohl bei so viel Lob. So schwierig es auch war – von Mandla getrennt gewesen zu sein wäre unendlich viel schwieriger gewesen.

»Wie auch immer«, sagt Dee, die Zodwas Unbehagen spürt, und wechselt das Thema. »Ich wollte nur mal nachhören, ob ich dich zum Busbahnhof fahren soll.«

»Nein, ich fahre lieber nicht.«

»Wie bitte?«

»Wie könnte ich jetzt fahren, wo die Dinge zwischen mir und Ruth so stehen? Sie könnte Mandla nehmen und …«

»Das wird sie nicht tun. Das garantiere ich dir. Ich werde hier sein, um darauf aufzupassen, dass das nicht passiert«, verspricht Delilah. »Außerdem kann man Ruth zwar vieles vorwerfen, aber sie ist nicht dumm. Sie weiß, dass du Mandla schon längst hättest haben können, wenn du es wirklich gewollt hättest. Sie weiß, dass du keine Bedrohung für seine Sicherheit darstellst, aber sie fühlt sich in eine Ecke gedrängt. Deine Abwesenheit könnte sogar etwas Gutes haben. Sie wird ihr die Möglichkeit geben, sich zu beruhigen und über alles nachzudenken. Sie wird erkennen, dass es einen Weg gibt, wie ihr beide ein Teil seines Lebens sein könnt.«

Zodwa seufzt und schüttelt den Kopf. Es steht viel auf dem Spiel.

»Schau, ich weiß, dass das alles wirklich kompliziert ist. Precious hätte dir natürlich nie Mandla wegnehmen und ihn hierherbringen dürfen. Das versteht sich von selbst. Ich habe absolut keine Ahnung, was ihr durch den Kopf gegangen ist, als sie das getan hat, Zodwa, aber ich kann mir nur vorstellen, dass sie dachte, sie täte dir damit einen Gefallen nach der Vergewaltigung. Glaub mir, sie hat es nicht getan, weil sie dich für eine schlechte Mutter hielt oder um dich zu bestrafen.«

Zodwa wischt eine Träne weg. Es tut so gut, diese Absolution zu bekommen.

»Du brauchst Ruths Erlaubnis nicht, um Mandla zu sehen. Ist dir das klar? Er ist dein Sohn. Ich meine, du kannst ihn jetzt zwar nicht einfach mitnehmen, aus rechtlichen Gründen, aber nachdem du die entsprechenden juristischen Schritte unternommen hast, kannst du ihn zurückholen.«

Zodwa nickt. »Aber was dann? Wir ziehen in unsere Hütte im Squatter Camp, und dann? Mandla braucht eine Behandlung, die ich mir nicht leisten kann. Und ich bin selbst todkrank, Delilah. Ich werde vor meiner Zeit sterben. Ich weiß, dass es egoistisch ist, aber ich möchte das, was von meinem Leben übrig ist, als Teil seines Lebens verbringen. Danach will ich das Beste für ihn.«

»Es ist überhaupt nicht egoistisch, und wenn das jemand versteht, dann ist es Ruth. Bitte sag deine Reise nicht ab. Geh und begrab deinen Bruder. Bette ihn zur Ruhe und komm dann zurück. Es wird sich alles von selbst regeln. Du wirst sehen.«

Zodwa möchte ihr so gern glauben! »Gut«, sagt sie. »Ich fahre.«

KAPITEL ACHTUNDACHTZIG

Ruth

3. August
Verdriet, Magaliesburg, Südafrika

Dee klopft an meine Zimmertür, und als ich antworte, kommt sie mit einem Glas Wasser und den Antibiotika herein, die mir der uralte Dorfarzt nach einem Hausbesuch verschrieben hat. »Und, geht es dir besser?«

»Nicht wirklich. Diese Lungenentzündung ist eine höllische Quälerei, das kann ich dir sagen. Kein Wunder, dass Mandla so schwach war, als er eine hatte.«

Sie reicht mir die Pillen, die so groß sind wie Bomben. »Hier, schluck die.«

»Ich spucke lieber aus, als zu schlucken, um ehrlich zu sein«, erwidere ich und zwinge mich zu einem Augenzwinkern, bevor ich sie von ihr annehme. Ich schaffe es, sie runterzubekommen, aber danach schmerzt meine Brust wieder, und ich beginne instinktiv, sie zu reiben.

»Tut's immer noch weh?«

Ich nicke und lege mich wieder hin. Bella springt auf das Bett und rollt sich neben mir zusammen. Ich fahre mit den Fingern in ihr Fell. »Wie geht es Mandla?«

Seit zwei Tagen, seitdem es mir so schlecht geht, habe ich ihn nicht mehr im Arm gehalten. Sosehr ich ihn auch vermisse, ich will ihn nicht in meiner Nähe haben, denn das könnte bedeuten, dass er krank wird. Dee hat ihn heute

Morgen an der Tür hochgehalten, damit er mir einen Kuss zuwerfen konnte.

»Es geht ihm gut. Er macht ein Nickerchen, aber bestimmt wird er bald wach«, antwortet Dee und wechselt dann das Thema. »Vince hat noch einmal angerufen, um sich nach dir zu erkundigen.«

»Er ist ein lieber Mann.« Er hat in letzter Zeit oft angerufen. Es fühlt sich an wie in alten Zeiten, als ich noch umworben wurde.

»Wie habt ihr zwei euch eigentlich kennengelernt?« Dee überrascht mich mit der Frage. »Du hast es mir nie erzählt.«

»In der Entzugsklinik«, antworte ich und erwarte, dass Dee die Augenbrauen hochzieht, aber das tut sie nicht. »Ich war abhängig von Drogen und Alkohol. Er war abhängig von verschreibungspflichtigen Schmerzmitteln nach einem Autounfall. Es heißt, dass man im Entzug nie eine Beziehung anfangen sollte, und das passte mir sehr gut. Ich hatte zu dem Zeitpunkt die Nase voll von Männern. Voll bis oben hin, das sage ich dir!«

Dee lächelt. »Na klar doch.«

»Natürlich hat das nicht lange angehalten.« Ich schnaube, bringe uns beide zum Lachen und zucke zusammen, als mir prompt ein Schmerz durch die Brust fährt. Als er abebbt, rede ich weiter: »Er hat ein Jahr gewartet, bis wir beide clean waren, hat mich dann angerufen, und zwar so oft, bis ich mich einverstanden erklärt habe, mit ihm auszugehen.«

»Und dann?«

Ich zucke mit den Schultern. »Verliebt, verlobt, verheiratet, und es war wunderbar, bis ich alles vermasselt habe.«

»Wie?«

»Ich habe wieder angefangen zu trinken. Und Tabletten genommen.«

»Warum?«

»Wahrscheinlich aus demselben Grund, warum ich überhaupt angefangen habe zu trinken und warum ich immer wieder rückfällig wurde. Ich konnte mich nicht damit abfinden, dass ich das nicht haben konnte, was ich so unbedingt wollte.«

»Aber dafür hatte er doch bestimmt Verständnis?«

»Er war mitfühlend, aber er dachte, wir beide würden uns genügen, nur wir zwei, also hat er es letzten Endes nicht verstanden. Nicht wirklich. Und er hat mir immer wieder gesagt, dass er nicht mit jemandem zusammen sein kann, der trinkt. Jedes Mal, wenn ich mich entschuldigte und versprach, dass ich es nicht wieder tun würde, gab er mir eine zweite und dritte Chance, aber natürlich habe ich ihn immer wieder enttäuscht, bis ich alle meine Chancen verspielt habe.«

Nachdem ich Dee davon erzählt hatte, dass ich damit gerechnet hatte und trotzdem überrascht war, als meine Welt in Scherben lag, füge ich zu meiner eigenen Überraschung hinzu: »Er verdient etwas Besseres. Das hat er immer getan. Er ist ein guter Mann, der mit jemandem zusammen sein sollte, der ihn nicht runterzieht.«

Dee seufzt. Ich nehme an, ich muss ihr nichts darüber erzählen, wie es ist, wenn man das Beste für jemanden will und weiß, dass man selbst es nicht ist.

»Du hast aufgehört zu trinken«, merkt sie an.

»Im Großen und Ganzen.« Ich erröte vor Verlegenheit, als ich an meinen Rückfall denke, von dem Dee nichts weiß, sowie an den, von dem sie weiß, und dann wechsle ich das Thema. »Wann hast du das letzte Mal von Zodwa gehört?«

»Sie hat gestern angerufen. Die Beerdigung ihres Bruders findet am Samstag statt.«

»Gut. Ich bin froh, dass sie alle jetzt ihren Frieden finden können.« Und ich stelle fest, dass ich es wirklich ernst meine.

Ich war in den letzten zwei Wochen so wütend, und meine ganze Wut richtete sich gegen Zodwa. Obwohl ich fairerweise zugeben muss, dass ich fast genauso sauer auf das Universum war. Es ist ein grausamer Scherz, mir erst das zu gewähren, wonach ich mich immer schon gesehnt habe, und es mir dann wieder wegzunehmen. Ich hatte von Anfang an das Gefühl, dass irgendetwas seltsam war an Zodwas unerschütterlicher Hingabe an Mandla, ohne genau sagen zu können, was es war. Doch wovon rede ich? Habe ich mich nicht auch auf den ersten Blick in Mandla verliebt? Trotz unserer Unterschiede? Trotz allem?

Meine Begründung war, dass ich mich weigerte, einem geschenkten Gaul ins Maul zu schauen. Ihre war … na ja, sie brauchte keine, oder?

Sie hat mehr Anspruch auf ihn, als ich je haben werde. Es spielt keine Rolle, wie sehr ich ihn liebe oder wie unfair das alles ist. Sie ist seine Mutter, Punkt. Sie ist seine Mutter, und Kinder gehören zu ihren Müttern. Die Scheißkrankheit macht mich ganz uneigennützig oder nachsichtig oder sonst was Blödes. Ich hoffe, das geht vorbei, sobald ich mich besser fühle.

»Hast du darüber nachgedacht, wie es weitergehen soll, wenn Zodwa am Montag wiederkommt?«, fragt Dee jetzt, als könnte sie meine Gedanken lesen.

Ich habe an nichts anderes gedacht. Aber Dee war in letzter Zeit so besorgt, und ich finde es schlimm, dass sich diese

Falte so viele Monate nach Daniels Tod wieder in ihre Stirn gräbt. »Es wird alles gut«, versichere ich ihr. Ich habe nichts, worauf ich mich stützen könnte, außer der Tatsache, dass alles von selbst funktionieren muss. Es muss einfach sein. »Weißt du, was das Verrückte ist?«

»Was?«

»Ich habe immer geglaubt, dass es ein Zeichen des Universums war, dass Mandla ausgerechnet vor unsere Tür gelegt wurde und dass ich nicht nur dazu bestimmt war, eine Mutter zu sein, sondern ganz speziell seine Mutter. Aber dann, nach dem, was Zodwa gesagt hat, wurde mir klar, dass Mandla deinetwegen zu uns gekommen ist. Weil Precious dich gesehen hat und wollte, dass du ihn bekommst.« Dee verzieht skeptisch das Gesicht, deshalb fahre ich fort: »Überleg doch mal, Dee. Du hast deinen Sohn abgegeben und es jeden Tag deines Lebens bereut. Glaubst du nicht, dass das, was ich für mein Zeichen hielt, eigentlich deines war?«

Sie lächelt traurig und schüttelt den Kopf. »Vielleicht war es meine zufällige Begegnung mit Precious, die sie dazu bewogen hat, ihn hierher zu bringen, aber ich war nur deshalb an diesem Tag unterwegs, weil *du* mich bis aufs Blut gereizt hast, und daraufhin bin ich ihr begegnet. Wie standen die Chancen dafür? Und du vergisst das Wichtigste. Dass ich ihn nicht wollte, Ruth. Ich wollte ihn nicht behalten. Du hast deinen Willen durchgesetzt.«

Ihre Worte sind Balsam auf eine Wunde, die ich immer wieder aufgekratzt habe. »Vielleicht war er dazu bestimmt, uns beiden zu gehören«, sage ich.

Sie nickt. »Nicht nur uns, sondern auch Zodwa. Er gehörte

von Anfang an ihr und hätte ihr nie weggenommen werden dürfen. Kannst du dir vorstellen, wie das für sie gewesen sein muss?«

Ich nicke. Jemand versucht mir jetzt auch gerade meinen Sohn wegzunehmen. Es ist entsetzlich.

»Du bist diejenige, die an Zeichen glaubt, Ruth«, fährt Dee fort. »Interpretiere sie jetzt richtig. Sie weisen darauf hin, dass wir alle gemeinsam in dieser Sache drinstecken.«

Ich nicke wieder, und der Schmerz in meiner Brust wallt plötzlich auf und strahlt von innen nach außen. Ich zucke zusammen, als Dee aufsteht. »Ich lasse dich jetzt allein, damit du dich etwas ausruhen kannst.«

Ich weiß nicht warum, aber ich will plötzlich nicht, dass sie geht, was einfach dumm ist. Ich möchte sie bitten zu bleiben, aber stattdessen sage ich: »Es gibt etwas, was ich dir nie gesagt habe. Über Pa.«

»Über Pa?«

»Ja. Bevor er starb, nahm er mir das Versprechen ab, die Farm niemals zu verkaufen.«

»Wirklich? Wie seltsam. Er hat die Farm und das ganze Farmerleben gehasst. Ich bin überrascht, dass Mas Wille sogar sein Denken beeinflusst hat.«

»Er wollte sie nicht ihretwegen bewahren. Sie hätte sie am liebsten verkauft und wäre wieder an die Küste gezogen.«

»Also, warum dann? Nur um sie zu quälen und sie zu zwingen, dort zu bleiben, wo sie nicht sein wollte?«

»Nein, deinetwegen.«

»Meinetwegen?«

»Ja. Er hat dir am Tag deiner Abreise versprochen, dass der Schlüssel immer auf dich warten würde, falls du dich entscheiden solltest zurückzukommen. Er wollte dieses Versprechen unbedingt halten.«

»Aha.«

»Es tut mir leid, dass ich es beinahe gebrochen hätte. Ich bin froh, dass du uns gezwungen hast, die Farm zu behalten, und dass wir hier zusammen leben.«

»Ich auch. Und jetzt versuche, dich auszuruhen.«

»Mache ich.« Sie ist gerade an der Tür, als ich sie noch einmal zurückrufe. »Dee?«

»Ja?«

»Ich hab dich lieb, weißt du. Ich bin mir nicht sicher, wann ich es dir das letzte Mal gesagt habe, aber es ist wahr. Es ist wichtig, dass du das weißt.«

Sie kommt zurück ans Bett und greift nach meiner Hand. »Du wirst nicht sterben, du dumme Gans. Du hast nur eine Lungenentzündung. Und es wird dir sehr peinlich sein, wenn es dir besser geht und du dich an diesen Moment erinnerst.«

»Wahrscheinlich, also erinnere mich nicht daran.«

»Werde ich nicht.« Sie lächelt und küsst die Knöchel meiner Hand. »Ruf mich, wenn du irgendetwas brauchst.«

»Mache ich.«

Dee sagt nicht, dass sie mich auch lieb hat, aber das muss sie auch nicht. Das ist eben so in einer Familie: Die ehrlichsten Dinge sagen wir uns nicht mit Worten.

KAPITEL NEUNUNDACHTZIG

Zodwa

3. August 1996
KwaZulu-Natal, Südafrika

Zodwa steht vor den beiden Gräbern. Bei dem einen ist die Erde noch locker, bei dem anderen hat sie sich bereits gesetzt, und am Kopfende steht ein Grabstein.

Mutter und Sohn ruhen nun endlich zusammen. Zodwa ist von tiefer Dankbarkeit erfüllt, dass sie zumindest das für Leleti hat tun können. Nach all den Irrtümern und Irrwegen in ihrem Leben fühlt es sich gut an, etwas bewirkt zu haben, das ihrer Mutter Frieden bringt. Denn egal was Dumisa getan hat, seine Mutter hätte ihn trotz seiner Fehler weiterhin geliebt; davon ist Zodwa überzeugt. Sie würde Mandla auch immer lieben, egal was er tun würde.

»Komm, mein Kind«, sagt Zodwas *gogo*. »Lass uns jetzt gehen.«

Die Neuigkeiten über Dumisa haben ihrer *gogo* sichtlich zugesetzt. Zodwa hatte ihr die Nachricht so schonend wie möglich beigebracht. Ihre *gogo* hatte zugehört und sich dann gekrümmt, als wäre ihr Herz vom Pfeil der Wahrheit durchbohrt worden. Und dann brach sie weinend zusammen und schaukelte hin und her, während sie ihren Enkel betrauerte und zugleich den Mythos, der mit ihm gestorben war. Zodwas *gogo* spricht nun nicht mehr ehrfürchtig über Dumisa. Sie spricht gar nicht mehr über ihn.

Als sie zum Dorf laufen, drückt ihre Großmutter Zodwas Arm. »Du bist so dünn geworden, mein Kind. Ist alles in Ordnung?«

»Es war bloß ziemlich anstrengend in den letzten Monaten, seit ich das mit Dumisa herausgefunden habe.«

Ihre *gogo* nickt, lässt sich jedoch nicht dazu verleiten, über ihn zu sprechen. »Aber sonst geht es dir gut?«

»Ja, *gogo*. Es ist alles in Ordnung.«

Diese Lügen sind für Zodwa zur zweiten Natur geworden. Sie hat ihrer *gogo* nichts von Mandlas Existenz und der tödlichen Krankheit gesagt, die sie beide haben. Sie redet sich ein, dass es besser ist, wenn die alte Frau nichts davon weiß. Dumisas Verrat hat sie schon so sehr erschüttert. Doch es nagt an ihr, ihre *gogo* zu täuschen.

Denn mit ihrem Schweigen schützt sie nicht nur ihre *gogo*, sondern auch sich selbst. Für Zodwa ist die Wahrheit eigentlich ein Geschenk, das bereitwillig und vollständig überreicht werden sollte, nicht widerwillig und häppchenweise. Aber Zodwa kann nicht offenbaren, dass sie einen Sohn hat, ohne sich zu ihrer eigenen Sexualität zu bekennen. Doch wenn ihre *gogo* erfährt, wer Zodwa wirklich ist, wird sie sich zweifellos gegen sie wenden, so wie sie sich nun gegen Dumisa gewandt hat.

Für ihre Großmutter und die Dorfgemeinschaft wäre Zodwas sexuelle Orientierung eine noch größere Schande als das, was Dumisa getan hat. In ihren Augen wären die Vergewaltigung und die daraus resultierende Infektion angemessene Strafen für Zodwas Verbrechen, eine andere Frau zu lieben. Und damit könnte Zodwa nicht leben. Es wäre unerträglich für sie, wenn ihre angeborene Neigung, für die sie überhaupt nichts kann, als weitaus schlimmer angesehen würde als der Verrat, den ihr Bruder aus freien Stücken und purem Eigennutz begangen hat.

Und selbst wenn Zodwa es über sich brächte, ihrer *gogo* nur einen Teil der Wahrheit zu erzählen: Welchen Sinn hätte es, sie mit der Nachricht zu erfreuen, dass sie einen Urenkel hat, nur um dann hinzuzufügen, dass er nicht lange leben wird, weil er ein tödliches Virus in sich trägt, das Zodwa an ihn weitergegeben hat? Der Gedanke, zugeben zu müssen, dass sie ihren Sohn schon zum Tode verurteilt hatte, bevor sie ihm Liebe schenken konnte, ist genauso unerträglich für sie.

Sie gehört hier nicht hin. Das weiß sie nun. Ihr Platz ist auf der Farm, bei Mandla und den Schwestern.

Trotz allem, was sich ereignet hat, ist Zodwa froh darüber, dass Mandla das Glück hat, so viel Liebe zu bekommen, dass zwei Frauen bereit sind, um ihn zu kämpfen. Das erinnert an die biblische Geschichte von König Salomon und dem Urteil, das er fällte, als zwei Frauen dasselbe Baby als Mutter für sich beanspruchten. Auch diesmal wird es hoffentlich nicht so weit kommen, dass das Kind im Kampf zerrissen wird. Ob sie diejenige sein wird, die bereit ist, auf Mandla zu verzichten? Oder liebt Ruth ihn genug, um das Gleiche zu tun?

Mandla ist der Planet, um den sie kreisen. Sie sind seine Satelliten. Sie können sich nicht aus seiner Anziehungskraft befreien, selbst wenn sie es wollten.

KAPITEL NEUNZIG

Ruth

5. August 1996
Verdriet, Magaliesburg, Südafrika

Ich habe mir nicht gewünscht, dass Zodwa und ich uns auf diese Weise wieder gegenüberstehen würden: ich wie eine Invalidin, sie aufrecht neben mir.

Ich habe mir ausgemalt, dass ich mich stark fühlen und dadurch besser mit dem Machtungleichgewicht würde umgehen können – denn, machen wir uns nichts vor, ich mag diejenige mit dem Geld sein, aber Zodwa hält alle Trümpfe in der Hand. Sie ist Mandlas leibliche Mutter und hat juristisch gesehen jedes Recht auf ihn. Ich bin nur eine Frau, die den Sohn einer anderen Frau von ganzem Herzen liebt; eine, die dummerweise glaubte, sie könne etwas beanspruchen, was ihr nicht gehörte, nur weil sie es so wollte.

Als ich das vorhin zu Dee sagte, gab sie trocken zurück: »Du bist nicht die erste Weiße, der es so geht, und du wirst sicherlich nicht die letzte sein.« Dann seufzte sie und sagte: »Sei nicht so streng mit dir. Du hast in den letzten zwei Jahren eine starke Entwicklung durchgemacht, Ruth. Ich bin stolz auf dich.«

»Bitte, setz dich«, sage ich zu Zodwa, und sie nimmt auf dem Stuhl Platz, den Dee ihr hingestellt hat. »Danke, dass du mich besuchen kommst.«

Zodwa fummelt an ihrer Armbanduhr herum, und ich

nutze ihre nervöse Abgelenktheit, um sie unverhohlen zu betrachten. Sie ist noch so jung, erst knapp über zwanzig, und sieht noch jünger aus, fast wie ein Teenager. Unwillkürlich denke ich an mich in diesem Alter zurück, in dem ich glaubte, alles zu wissen. Doch ich war so viel unbeschwerter, als sie es jemals sein könnte.

Es überrascht mich, welchen Schutzinstinkt ich Zodwa gegenüber empfinde, wie viel Trauer und Wut ich in ihrem Namen verspüre. Wann habe ich angefangen, sie liebzugewinnen? Seit wann ist sie für mich fast so etwas wie eine Tochter? Ab dem Zeitpunkt, als sie Mandla zum ersten Mal das Leben gerettet hat? Oder ab dem zweiten Mal? War es, als sie mich vor dem Ertrinken gerettet hat oder als sie den Mut aufbrachte, mir die Leviten zu lesen, dass ich eine bessere Mutter sein sollte? Tja, diese Analogie würde Mandla zu meinem Enkel machen, und das könnte doch funktionieren, oder? Wenn Zodwa es erlaubt? Da er keine Großmutter hat, gibt es bestimmt eine Lücke für mich, in die ich mich einfügen kann.

»Wie war die Beerdigung?«, frage ich, und Zodwa schaut auf.

»Gut.«

»Bestimmt war es sehr hart. Ich kann mir nicht vorstellen, dass ich Delilah, und dann … auch noch unter diesen Umständen …« Ich drücke mich absichtlich vage aus, denn ich will nicht unsensibel sein.

Sie nickt. »Ja, es war hart.«

Dann schweigen wir beide, und ich frage mich, wie man das Eis brechen und das Thema Mandla anschneiden könnte. Ach, denke ich dann, zum Teufel mit Takt und Diplomatie, und sage: »Bitte geh nicht, Zodwa! Bitte, ich flehe dich an zu bleiben.« Und dann weine ich, was ärgerlich ist, weil es wehtut und das Sprechen erschwert, aber ich kämpfe mich durch und versuche, alles loszuwerden. »Bitte bringe ihn nicht weg. Ihr könnt beide zusammen im Cottage wohnen, wir lassen es für euch einrichten, oder wir könnten es vergrößern … Wir könnten einige Umbauten machen lassen, damit wir alle zusammen hier wohnen können. Was immer du willst. Bitte versprich mir, dass du bleibst!«

Zodwa überrascht mich, indem sie aufsteht und sich zu mir aufs Bett setzt. Sie greift nach meiner Hand und hält sie fest; wahrscheinlich ist sie genauso von ihren Gefühlen überwältigt wie ich. »Ich will nicht, dass mein Sohn mich als Dienstmädchen erlebt. So soll er sich nicht an mich erinnern.«

»Du wirst nicht das Dienstmädchen sein. Bleib als unser Gast … mehr noch … als unsere Freundin.« Ich hätte fast Familienmitglied gesagt, aber nur weil ich sie beinahe als Tochter betrachte und Mandla als meinen Sohn, macht uns das noch nicht zu einer Familie. Das ist etwas, das man sich verdienen muss. »Wir möchten so sehr, dass du ein Teil unseres Lebens bist und wir ein Teil von deinem sein dürfen.«

»Du willst Mandla. Nicht mich.«

»Das ist nicht wahr.« Aber ich spüre, wie ich dabei erröte. »Hör mal, ich will dir die Wahrheit sagen. Ich war am Bo den zerstört, als ich erfahren habe, dass du Mandlas Mutter bist. Ich fühlte mich nicht nur verraten, sondern es war auch, als hätte deine Anwesenheit hier die Beziehung zwischen Mandla und mir untergraben. Es war, als hätte ich nur gespielt, seine Mutter zu sein, weil du die ganze Zeit als Sicherheitsnetz da warst. Ergibt das einen Sinn?«

Zodwa nickt und ermutigt mich dadurch weiterzureden.

»Aber nachdem ich gründlich darüber nachgedacht habe, ist mir klar geworden, wie dringend ich dieses Sicherheitsnetz gebraucht habe. Ich hatte gehofft, dass Dee das für mich sein würde, aber sie wollte Mandla zuerst nicht hier haben und war somit überhaupt keine Hilfe. Ich brauchte dich, Zodwa, aber das war mir nicht bewusst. Du hast mir gutgetan und mich auf ein höheres Level gehoben.«

»Ich wollte, dass du ihm eine bessere Mutter bist.«

»Und ich wurde eine bessere Mutter, nicht wahr?«

Sie nickt.

»So, und das ist dein Verdienst.«

»Aber wir können nicht beide seine Mutter sein.«

Damit sind wir beim Kern des Ganzen angekommen. »Nein, das geht nicht.«

»Mandla kann dich nicht mehr Mama nennen, Ruth.« Es ist das erste Mal, dass sie mich bei meinem Vornamen nennt, ohne Madam davor, und sie sieht mich dabei mit herausforderndem Blick an. »Ich bin seine Mutter.«

»Ich weiß.« Oh mein Gott, das wird schwer! Viel schwerer, als ich dachte.

»Er könnte dich Oma nennen«, schlägt sie vor, als hätte sie eben meine Gedanken gelesen. Ich könnte schwören, dass dabei ein schelmisches Funkeln in ihren Augen liegt.

»Um Himmels willen!«, stöhne ich. »Sehe ich in deinen Augen so alt aus?« Sie lacht, und darauf hatte ich gehofft. »Schau, wir kriegen das alles hin, okay? Ich verspreche dir, dass wir Mittel und Wege finden werden, damit es so funktioniert, dass du damit zufrieden bist. Lass mich erst mal wieder gesund werden und zu Kräften kommen, dann können wir es in Ruhe angehen. Würdest du das mir zuliebe tun? Und bitte vorerst einfach hierbleiben?«

Sie denkt nach, dann nickt sie. »Wie geht es dir?«

»Beschissen, aber danke der Nachfrage.«

»Delilah möchte gerne noch mal mit dir zum Arzt. Sie sagt, die Medikamente würden nicht wirken.«

»Ich weiß. Ich habe ihr gesagt, wir können morgen hinfahren.«

»Okay, dann lass ich dich jetzt schlafen.« Sie steht auf und wendet sich zum Gehen.

»Zodwa?«

»Ja?«

»Danke.«

Und ich meine es ernst. Noch nie in meinem Leben war ich für irgendetwas dankbarer.

KAPITEL EINUNDNEUNZIG

Delilah

6. August 1996
Verdriet, Magaliesburg, Südafrika

Ich hatte Ruth gerade eine Tasse Kräutertee gemacht, als das Telefon klingelte. Es war Vince, der sich erkundigen wollte, wie es ihr ging.

»Leider nicht besser. Die Antibiotika scheinen nicht zu wirken. Ich bringe sie heute Nachmittag zu einem Spezialisten.«

»Gut. Nimm es mir nicht übel, aber ich traue Kleinstadtärzten nicht. Wie geht es Mandla?«

»Ihm geht es gut. Aber er ist missmutig, weil er im Moment nicht mit Ruth kuscheln darf.« Dass Mandla die Nacht bei Zodwa im Cottage verbracht hatte, erwähnte ich nicht. Das wäre Vince sehr ungewöhnlich vorgekommen, und ich hätte es näher erklären müssen. Aber es stand mir nicht zu, ihm die Neuigkeit mitzuteilen, dass Zodwa Mandlas biologische Mutter war. »Ich wollte Ruth gerade ihre Medizin bringen. Ich halte dich auf dem Laufenden, okay?«

»Danke, ich weiß das zu schätzen. Bitte sag ihr, dass ich … Bitte grüß sie von mir.«

»Mach ich. Bis bald, Vince.«

Er sagte *bitte grüß sie von mir*, aber eigentlich meinte er *bitte sag ihr, dass ich sie liebe*. Als Ruth vor einigen Monaten von ihrem Lunch mit Vince in Sun City zurückkam, war sie so gut gelaunt gewesen wie schon lange nicht mehr. Und jedes Mal, wenn sie von ihm sprach, wurde ihre Stimme ganz weich. Es war offensichtlich, dass sie ihn immer noch liebte. Und er schien auch noch Gefühle für sie zu haben. Als ich ihm erzählen musste, dass Mandla auf der Intensivstation um sein Leben kämpfte, war er sofort hergeflogen, um Ruth zu unterstützen. Und seit sie krank war, rief er täglich an. Vielleicht bestand ja doch Hoffnung, dass die beiden wieder zusammenfanden. Es konnte ja nicht schaden, ein paar Bemerkungen fallen zu lassen, um Ruth dazu zu bringen, darüber nachzudenken. Manchmal brauchten Menschen einen sanften Schubs, um in die richtige Richtung zu gehen.

Isebel stand vor Ruths Tür und bettelte jaulend, hereingelassen zu werden. Sie war aufgeregter als sonst, und ich beruhigte sie, bevor ich mit dem Tee und den Antibiotika an Ruths Tür klopfte. »Ruth?« Als ich keine Antwort hörte, klopfte ich abermals. Doch sie reagierte nicht. Also öffnete ich vorsichtig die Tür, um sie nicht aufzuwecken, falls sie noch schlief.

Doch sie schlief nicht.

Ruth lag mit dem Gesicht auf dem Teppich, einen Arm zur Tür gestreckt. Isebel rannte sofort zu ihr. Ich ließ vor Schreck den Tee fallen; die heiße Flüssigkeit ergoss sich über meine Beine, bevor die Tasse auf dem Boden zerschellte. Dann stürzte ich Isebel hinterher und kniete mich neben meine Schwester auf den Boden.

»Ruth!«

Einen Moment lang dachte ich, sie hätte sich wieder bis zur Besinnungslosigkeit betrunken. An dem Tag, als wir erfuhren, dass Zodwa Mandlas Mutter war, hatte sie, nachdem sie Mandla zu Bett gebracht hatte, einen schlimmen Rückfall. Ich hatte mich schon gewappnet, ihr ins Gewissen zu reden, doch am folgenden Morgen schlich sie mit reuevoller Miene in die Küche und versprach, dass es nie wieder vorkommen würde.

Bitte lass sie nur ohnmächtig sein.

Doch als ich mich über sie beugte und sie sanft rüttelte, um sie zu wecken, wusste ich bereits, dass es keine Ohnmacht war.

Meine Schwester fühlte sich eiskalt an und reagierte auch nicht, als Isebel ihr das Ohr leckte. Als ich Ruth umdrehte, schaute sie mit leerem Blick zur Decke. Das Leuchten in ihren Augen war für immer erloschen.

KAPITEL ZWEIUNDNEUNZIG

Zodwa

6. August 1996
Verdriet, Magaliesburg, Südafrika

Zodwa ist erschöpft, aber guter Dinge. Die lange Rückfahrt am Sonntag von Ulundi nach Hause und das emotional anstrengende Gespräch mit Ruth waren ermüdend genug, aber dann hat Mandla sich auch noch fast die ganze letzte Nacht in ihrem gemeinsamen Bett herumgewälzt und sie damit wach gehalten. Dennoch ist es der erste Schritt in die richtige Richtung und mehr, als sie so kurz nach ihrer Rückkehr zu hoffen gewagt hat.

Sie zieht sich an, lässt Mandla in Bademantel und Pantoffeln schlüpfen, und dann gehen sie Hand in Hand hinüber zum Farmhaus. Der Feldweg erstreckt sich vor ihnen, und die Augustwinde peitschen den Staub in Mandlas Gesicht. Zodwa beugt sich vor, nimmt ihn auf den Arm und drückt ihn schützend an die Brust.

»Mama«, sagt Mandla, und Zodwa lächelt, bis sie merkt, dass er sich windet und seine Arme zum Haus und zu Ruth ausstrcckt. »Wo ist Mama, Dwa?«

»Ruth liegt krank im Bett, mein Junge.«

»Ich will zu Mama.« Er dreht sich von Zodwa weg, und sie setzt ihn wieder ab.

Sie muss den Kloß in ihrem Hals hinunterschlucken, bevor sie ihn beruhigt. »Wir sind fast da. Gleich siehst du Ruth.«

Aber er rennt voraus, und sie sieht zu, wie er durch die Tür verschwindet, die Delilah für Isebel offen gelassen haben muss. Als Zodwa hineingeht, steht Mandla an der Schwelle zu Ruths Zimmer. Er hat zwei Finger im Mund und nuckelt daran.

»Lilah?«, fragt er mit der Hand im Mund.

»Bleib da stehen, Mandla. Komm hier nicht rein.« Delilahs Stimme ertönt aus dem Zimmer. Sie versuchen, Mandla von Ruth fernzuhalten, damit er sich nicht ansteckt.

»Tut dir dein Fuß weh?«, fragt er.

»Nein, Mandla«, erwidert Delilah. »Mein Herz tut mir weh.« Da merkt Zodwa, dass Delilah weint.

Bevor Zodwa Mandla zurückhalten kann, läuft er ins Zimmer, und sie ruft: »Nein, Mandla! Komm zurück.«

Aber er hört nicht. Er läuft durch Scherben, die von einer zerbrochenen Tasse stammen müssen, zu Delilah, die auf dem Boden sitzt und Ruths Kopf im Schoß hält. Isebel sitzt jammernd neben ihnen. Ruth ist bleich und bewegt sich nicht, und Delilah weint lautlos. Sie blutet aus einem tiefen Schnitt an ihrem Fuß.

Zodwa versucht zu sprechen, will fragen, was passiert ist, aber sie bringt keinen Ton heraus. Das Bild von ihrer Mutter steigt in ihr auf, die reglos auf dem Boden der Hütte lag.

Mandla setzt sich neben Delilah und fährt mit einer Hand über Ruths Gesicht. »Mama schläft?«

»Ja, mein Junge«, sagt Delilah. »Mama schläft.«

Er beugt sich vornüber und küsst Ruth auf die Wange. »Nacht. Schlaf gut und träum süß, wie der Mops im Paradies.« Das sagt Ruth immer zu ihm, bevor sie ihn ins Bett bringt.

Delilah zieht Mandla an sich und küsst ihn auf den Scheitel. Dabei wiegt sie sich die ganze Zeit vor und zurück. Dann winkt sie Zodwa zu sich.

KAPITEL DREIUNDNEUNZIG

Delilah

6. August 1997
Verdriet, Magaliesburg, Südafrika

Ich konnte es noch immer nicht begreifen, dabei war es schon ein Jahr her, dass Ruth uns verlassen hatte. Kein Tag war vergangen, ohne dass ich sie schmerzlich vermisste, und mir war noch immer, als läge ein riesiger Stein auf meiner Brust.

Nach ihrem Tod erfuhren wir ein Geheimnis über Ruth, das ihr selbst stets verborgen geblieben war. Doch wenn sie davon gewusst hätte, wäre ihr Leben vielleicht anders verlaufen. Ihre Fehlgeburten waren unvermeidlich gewesen. Sie hätte niemals ein Baby zur Welt bringen können – aus demselben Grund, der dazu führte, dass sie an einer Lungenembolie starb, die fälschlicherweise als Lungenentzündung diagnostiziert worden war.

Ruth hatte eine Faktor-V-Mutation Typ Leiden, die erst bei der Obduktion entdeckt wurde. Wahrscheinlich war auch Pa daran gestorben; wir dachten, er hätte einfach nur einen Herzinfarkt gehabt. Durch diesen Gendefekt bestand bei Ruth ein erhöhtes Risiko, Thrombosen zu entwickeln und Fehlgeburten zu erleiden.

Ruth hätte gerettet werden können, wenn wir davon gewusst hätten. Ein blutverdünnendes Medikament anstelle des Antibiotikums hätte das Gerinnsel, das sich bei ihr gebildet hatte, auflösen können. Wenn ich doch nur nicht unseren alten Hausarzt gerufen hätte. Wenn ich doch nur früher mit ihr nach Joburg zum Spezialisten gefahren wäre. Wenn ihr doch nur keine Bettruhe verordnet worden wäre, die die Thrombose erst recht begünstigte.

Wenn. Wenn. Wenn. Das Leben drehte sich um eine Achse des Bedauerns.

Ich fragte mich unwillkürlich, ob Ruth ihren Tod vorausgeahnt oder irgendein Zeichen gesehen hatte; sie war immer so gut darin gewesen, sie zu erkennen. Es konnte kein Zufall gewesen sein, dass sie nur sechs Monate vor ihrem Tod zum ersten Mal in ihrem Leben ein Testament gemacht hatte. Als hätte sie gewusst, was Zodwa eines Tages brauchen würde, und selbstlos dafür gesorgt, dass sie es auch bekam. Dabei entsprach das gar nicht Ruths Natur. Meine Schwester und selbstlos? Von wegen.

Zodwa war vollkommen überrascht darüber, was Ruth in ihrem Testament für sie verfügt hatte, aber sie hätte es nicht zu sein brauchen. Schließlich hatte sie Mandla mehr als ein Mal das Leben gerettet, und dafür war Ruth dankbarer, als sie es je mit Worten hätte ausdrücken können. Vince hatte das Geld sicher angelegt, um damit Zodwas antiretrovirale Therapie zu finanzieren. Seit Beginn der Therapie vor sechs Monaten hatte Zodwa schon deutlich zugenommen; vielleicht war das Ruths Rache, denn gertenschlanke Frauen waren ihr immer ein Dorn im Auge. Ich wünschte, es wäre seitdem alles reibungslos verlaufen, aber Zodwa hatte gute und schlechte Tage, wobei die Nebenwirkungen der antiretroviralen Medikamente oft schlimmer waren als die Krankheit selbst. Es war ein Geduldsspiel, aber wir hofften das Beste. Und wenigstens war sie nicht allein.

Auch Isebel vermisste Ruth jeden Tag. Oft suchte sie nach ihr und lief dabei von Zimmer zu Zimmer, der Anblick war herzzerreißend. Doch sie beschützte Mandla noch genauso energisch wie früher und folgte ihm wie ein Schatten. Von Zodwa wusste ich, dass Bella früher Shadow hieß, als sie noch ihrer Mutter gehörte. Precious hatte sie wohl in Erinnerung an meinen eigenen Hund aus Kindertagen so genannt.

Bella hatte zudem begonnen, eine alte Gewohnheit von Ruth wieder aufleben zu lasse: Sie störte mich abends beim Beten. Inzwischen kniete ich dabei allerdings nicht mehr vor meinem Bett, sondern lag darin. Während ich also mit Gott Zwiesprache hielt, sprang Bella mit schöner Regelmäßigkeit zu mir auf die Matratze und leckte mir das Gesicht ab. Nur gut, dass meine Schwester darauf verzichtet hatte.

Ruth wäre sicher überglücklich gewesen, wenn sie gewusst hätte, wie prächtig ihr Junge gedieh. Die Schönheit dieses Kindes verblüffte mich mindestens ebenso wie sein schneller Verstand und sein großes Herz. Mandla hätte Ruth jeden Tag stolz gemacht. Manchmal, wenn wir uns zusammen Fotoalben ansahen und Bilder von ihr betrachteten, nannte er sie immer noch Mama. Welches Glück ihnen doch beschieden gewesen war, einander zu haben, auch wenn ihre gemeinsame Zeit nicht lange dauern sollte. Vielleicht hatte Ruth das geahnt und Mandla deshalb so unbändig geliebt.

In ihrem Testament hatte Ruth den Großteil ihres Vermögens Mandla in einem Treuhandfonds vermacht und bestimmt, dass ich ihn im Falle ihres Todes als Mandlas Vormund überwachen sollte. Doch sie hatte ihr Testament geschrieben, bevor wir die Wahrheit über Zodwa erfuhren. Ruth hatte mich gebeten, Mandla zu adoptieren, aber das brachte ich nicht über mich. Denn Zodwa war schließlich seine Mutter, und sie lebte bei uns auf der Farm. Wir hatten dann einen Familientherapeuten aufgesucht, um herauszufinden, wie wir am besten mit der Situation umgingen. Eines der letzten Dinge, die Ruth zu mir gesagt hatte, war, dass alles gut werden würde, und ich glaubte ihr. So würde es sein.

In der Tageszeitung erschien ein Artikel zu Ruths erstem Todestag. Ein kleiner Artikel nur, aber immerhin – man erinnerte sich an sie. Wenn meine Schwester die ganze Presse, die sie nach ihrem Tod bekam, hätte lesen können, wäre sie unausstehlich geworden. Sie war regelrecht verrückt danach gewesen, im Mittelpunkt zu stehen. Aus den zahlreichen Tributen an »Südafrikas wildestes Girl« hatte ich zwei weitere Collagen gebastelt und sie neben das Kunstwerk gehängt, das ich ihr zu Weihnachten geschenkt hatte. Das Bild, auf dem sich eine Schlange um Ruth wand, faszinierte Mandla am meisten.

Vince bestand darauf, Mandlas antiretrovirale Therapie zu finanzieren, und er kam regelmäßig aus Kapstadt, um ihn zu besuchen. Noch nie habe ich einen Mann so gebrochen und reumütig gesehen. Auch wenn Ruth in ihrem letzten Lebensjahr menschlich einen großen Schritt nach vorn gemacht hatte, ein kleiner Teil von ihr hätte sich bestimmt gefreut, Vince so leiden zu sehen. Er wollte nichts davon hören, nach vorn zu schauen, was ich irgendwie auch verstehen konnte. An Ruth kam keine andere Frau heran. Für ihn war es schwerer, weil sie für ihn tatsächlich nicht mehr da war; er konnte sie nicht mehr sehen, weil er nicht nach Zeichen suchte, so wie ich. Meine Schwester hatte es mir schließlich doch noch beigebracht.

Ruth war der rote Schmetterling, der exakt den Farbton ihres Lieblingslippenstiftes von Dior hatte und sich auf Zodwas Handgelenk setzte, als sie vor Gericht saß, um gegen die Brüder Coetzee auszusagen, bevor sie zu zwölf Jahren Gefängnis verurteilt wurden. Ruth war Isebels nasse Schnauze an meinem Bein, als ich hörte, dass der geplante Käfigjagd-Betrieb der Coetzees nicht genehmigt worden war und wir nicht mehr in ständiger Angst leben mussten, bedroht zu werden. Sie war die Stimme, die mir erst zuflüsterte und mich dann anschrie, dass ich Riaan endlich erlauben sollte, mich zu lieben. Sie war die Wut, die mich letzten Monat dazu brachte, nach Johannesburg zu fahren, und sie war der Mut, der mich gestärkt hat, als ich nach all den Jahren endlich Pater Thomas konfrontierte.

Ruth war bei mir, als ich an jenem Tag bei ihm vor der Tür stand. Sie stärkte mir den Rücken, als ich mich weigerte, meine Vorwürfe gegen Pater Thomas fallen zu lassen – weder als er anfing zu brüllen, noch als er zu wimmern begann. Ruth war bei mir, als ich das, was er mir angetan hatte, »Vergewaltigung« nannte, im Bewusstsein, dass es die Wahrheit war, und diese Bürde endlich ablegte, damit ich die Zukunft umarmen konnte.

Ich werde heute tapfer sein, Ruth. Für dich.

Ich zog meine Lesebrille und den Umschlag aus meiner Tasche und holte tief Luft, um mich innerlich zu wappnen. Isebel stupste mich beruhigend mit der Schnauze und lehnte sich an mein Bein, als wollte sie mir helfen, mein Tapferkeitsversprechen einzulösen.

Trau dich ruhig, sagte sie, und natürlich hatte sie recht.

Ich öffnete den Umschlag mit zitternden Fingern, zog den

Brief heraus, faltete ihn auseinander und begann die Worte zu lesen, die mir fast dreieinhalb Jahre zuvor geschrieben worden waren.

8. April 1994

Meine liebe Delilah,

dieser Brief wird entweder eine vollkommene Überraschung für Dich sein oder etwas, worauf Du seit achtunddreißig Jahren gewartet hast. Wie auch immer, ich hoffe, dass seine Ankunft Dir willkommen ist und dass ich mich nicht aufdränge, denn das wäre wirklich das Letzte, was ich mir wünschen würde. Wenn Du Dich dazu entscheidest, nicht zu antworten, werde ich das voll und ganz respektieren.

Wo soll ich anfangen? Am besten, indem ich mich vorstelle. Mein Name ist Pater Daniel Da Silva, und ich bin Dein Sohn. Wie seltsam es sich anfühlt, das zu schreiben, aber auch wie wunderbar, mich zu Dir zu bekennen: Du bist meine Mutter.

Ich habe bereits seit vielen Jahren vermutet, dass Du Schwester Maria Theresa bist, die junge Novizin, die aus dem Kloster verwiesen wurde, in dem ich aufwuchs. Vor kurzem hat sich diese Vermutung nun endlich bestätigt. Vielleicht hätte ich trotzdem nicht versucht, Kontakt zu Dir aufzunehmen. Doch dann kam ich dahinter, wer mein Vater ist und welche Umstände zu meiner Entstehung führten.

Ich hatte eine wunderbare Kindheit. Ich wurde verhätschelt und verwöhnt, vielleicht mehr, als für ein Kind, das im Kloster aufwächst, gut ist. Schwester Marguerite, an die Du Dich vielleicht erinnerst, war meine Ersatzmutter, und im Laufe der Jahre hat es mir wirklich an nichts gefehlt: weder an Liebe, Zuneigung, moralischer Führung noch an materiellen Dingen.

Als ich aufwuchs, war Pater Thomas Da Silva eine Vaterfigur für mich. Ich trug seinen Nachnamen, und so lange ich denken kann, war er ein Teil meines Lebens. Als Kind betete ich ihn an, und es war sein Einfluss, der mich zum Seminar führte. Von klein auf hatte ich den Wunsch, Priester zu werden, so wie er, mein großes Vorbild. Du kannst Dir also sicher vorstellen, wie schockiert ich war, als ich vor zwei Jahren von den Anschuldigungen hörte, die einige junge Frauen aus seiner Gemeinde gegen ihn erhoben.

Ich schäme mich, zugeben zu müssen, dass ich ihnen zuerst nicht geglaubt habe, denn Pater Thomas ging sofort zum Angriff über und leugnete ihre Version der Ereignisse vehement. Doch nicht nur das: Er verwendete vertrauliche Informationen, die er von ihnen bekommen hatte, um sie zu diskreditieren. Erst als ich auf seine Bitte hin Partei für ihn ergreifen wollte, weihte Schwester Marguerite mich in ihre eigenen Erfahrungen mit ihm ein, und sie äußerte die Vermutung, dass Du etwas Ähnliches mit ihm erlebt haben musstest.

Es war niederschmetternd, entdecken zu müssen, dass der Mann, den ich vergötterte und dem ich so sehr nacheiferte, ein Monster war. Ebenso niederschmetternd, wie herauszufinden, dass mein Leben durch einen so abscheulichen Akt der Gewalt entstanden war. Ich kann mir nicht einmal ansatzweise vorstellen, wie schlimm es für Dich gewesen sein muss, als junge Frau, die ihr Leben Gott widmen wollte, zuerst von Pater Thomas und dann auch noch von der Kirche so schrecklich hintergangen und verraten zu werden.

Du sollst wissen, dass ich es Dir nicht verübele, dass Du mich verlassen hast. Du warst verängstigt und allein, und man ließ Dir keine Wahl. Ich weiß, dass man Dir gedroht hat und dass

Pater Thomas seinen beträchtlichen Einfluss nutzte, um mich bei sich zu behalten und gleichzeitig dafür zu sorgen, dass Du aus dem Kloster verwiesen wirst.

Ich habe Dich letzten Monat gesucht. Von Schwester Marguerite hatte ich Deine letzte bekannte Adresse bekommen, aus der Zeit, bevor Du ins Kloster kamst. Ich war mir der geringen Wahrscheinlichkeit bewusst, Dich dort zu finden, aber es bestand trotzdem die Möglichkeit, dass Du vielleicht dorthin zurückgekehrt bist. Und wenn nicht, hatte ich darauf gehofft, dort vielleicht Verwandte zu finden, aber wie Du weißt, sind sie schon seit langem nicht mehr dort.

Meine einzige Hoffnung, Kontakt aufzunehmen, ist nun dieser Brief. Ich hoffe, dass er seinen Weg zu Dir findet und dass Du vielleicht in Betracht ziehst, mir zu antworten. Obwohl meine Kindheit idyllisch war, hatte ich immer das Gefühl, dass etwas fehlte. Ist es möglich, etwas zu vermissen, das man nie hatte? Sich nach einer Person zu sehnen und sie zu lieben, die man noch nie getroffen hat?

Ich glaube schon.

Es würde mir so viel bedeuten, wenn wir eine Beziehung haben könnten. Ich hoffe, Du überlegst es Dir.

Dein Sohn
Daniel

Als ich den Brief gelesen hatte, konnte ich nicht anders; ich brach weinend zusammen. Ich hatte nie die Chance gehabt, meinen Sohn kennenzulernen – weder als Kind noch als Erwachsenen. Und ich hätte alles gegeben, die Zeit zurückdrehen zu können, um es anders zu machen. Mein Sohn war zu einem großherzigen Mann und mitfühlenden Priester herangewachsen, und ich hatte nicht den geringsten Anteil daran gehabt.

Als ich um Daniel weinte, trauerte ich zugleich um alles, was ich außer ihm noch verloren hatte: meine Kindheit, meine Unschuld, meine Berufung und meinen Gott. Ich blickte auf mein Leben zurück und spürte fast nur Bedauern. Doch ich begriff endlich, dass ich nicht für das verantwortlich war, was Pater Thomas mir angetan und wie die Kirche mich anschließend behandelt hatte. Und mir wurde klar, dass ich mich aus meinem eigenen Leben verbannt hatte, um mich selbst zu bestrafen und mich so lange mit Schuldgefühlen zu geißeln, bis ich nur noch von diesem zerstörerischen Gefühl erfüllt war.

Für Daniel und mich war es zu spät, aber er hatte mir das Geschenk gemacht, nach dem ich mich mein ganzes Leben lang gesehnt hatte: Vergebung und Absolution. Er hatte mir keine Vorwürfe gemacht oder mich gehasst. Mein Sohn hatte mich trotz allem für liebenswert gehalten. Mehr hätte ich mir nicht wünschen können.

KAPITEL VIERUNDNEUNZIG

Zodwa

6. August 1997
Verdriet, Magaliesburg, Südafrika

Zodwa wacht auf und stellt fest, dass das Bett neben ihrem leer ist. Sie steht auf, geht ins Wohnzimmer und reibt sich dabei den Schlaf aus den Augen. Mandla sitzt auf dem Sofa und sieht fern. Er ist zu sehr von dem flackernden Licht und den Farben fasziniert, um sie zu bemerken, während er aus seiner Schnabeltasse trinkt, aber Thembeka kommt sofort aus der Küche, wo sie Tee gekocht hat.

Thembeka legt die Hand auf Zodwas Stirn. »Du fühlst dich nicht mehr so heiß an.«

Zodwa hat in letzter Zeit nächtliche Schweißausbrüche gehabt. Deswegen haben sie die beiden Einzelbetten der Schwestern aus Delilahs altem Zimmer geholt und das Queen-Size-Bett hinausgebracht, weil Thembeka nicht schlafen kann, wenn Zodwa um sich schlägt. Thembeka küsst sie auf die Wange, und Zodwa schließt die Augen, um die Weichheit ihrer Lippen zu genießen. Solange sie lebt, wird sie sich nie an das Gefühl von Thembekas Lippen auf ihrer Haut gewöhnen.

Solange sie lebt.

Wer weiß, wie lange noch? Es gibt Tage, an denen Zodwa das Gefühl hat, dass sie für immer leben wird, und solche, an denen das Ticken der Uhr wie ein Countdown bis zu ihrem letzten Atemzug klingt, Tage, an denen es ihr so schlecht geht, dass sie den Tod fast willkommen heißen würde, wenn er barmherzig genug wäre, sie zu holen.

Sie hat nicht so positiv auf die ARVs reagiert wie Mandla; bei Erwachsenen wirken sie offenbar nicht so gut wie bei Kindern. Aber immerhin ist Thembeka von der Infektion verschont geblieben, wofür sie dankbar ist. Der Gedanke, Sex mit einem Mann zu haben, war ihr derartig zuwider, dass sie Mongezi gesagt hatte, sie wolle keinen Sex vor der Ehe – sie wusste, dass er nicht die Absicht hatte, sie zu heiraten. Das hatte sie gerettet.

Doch viele andere hatten nicht so viel Glück gehabt, und die Nachrichten aus dem Squatter Camp sind deprimierend. Dutzende ihrer gemeinsamen Freunde sind bereits gestorben oder siechen langsam und schmerzhaft dahin, da ihre Körper von opportunistischen Infektionen heimgesucht wurden. Die Panik vor der Krankheit hat sich so sehr gesteigert, dass es aus Angst vor Verfolgung niemand wagt, seine Infektion öffentlich zu machen. Diejenigen, die kurz vor dem Ende stehen und ihren Zustand nicht mehr verbergen können, auch wenn sie es versucht haben, werden allzu oft von Lynchmobs bedroht und sogar aus ihren Häusern geschleift.

Mama Beauty berichtet, sie befürchte, dass eine ganze Generation systematisch ausgelöscht würde und Waisenkinder zurückließe, die von Frauen wie ihr aufgezogen würden: Mütter im Herbst ihres Lebens, deren Kinder sich um sie kümmern sollten, die aber jetzt ihre Enkelkinder aufziehen, während sie hilflos mit ansehen müssen, wie ihre Kinder sterben, eines nach dem anderen.

Zodwa zieht Thembeka näher an sich, dankbar für ihre Vitalität. »Wo ist Delilah?«, fragt sie, als sie sich voneinander lösen.

»Heute ist Ruths Todestag«, erinnert Thembeka sie. »Sie hat Ruths Asche mit auf eine Wanderung genommen und gesagt, wir sollten mit dem Frühstück nicht auf sie warten.«

Ein ganzes Jahr.

Wie kann es sein, dass es schon so lange her ist, dass Zodwa ins Zimmer kam und Delilah weinen sah? Andererseits: Was ist schon ein Jahr, wo sich in den letzten vier Jahren seit Zodwas Vergewaltigung so viel verändert hat? Sie denkt an den Tag zurück, an dem sie die *nyanga* besuchte, um ihr Schicksal zu beeinflussen. Wie naiv sie war zu glauben, dass so etwas möglich ist!

Zodwa erinnert sich an den Traum, nach dem die Heilerin sie gefragt hat, den Traum, der sie aus dem Schlaf gerissen und sie überhaupt dazu gebracht hatte, die Heilerin aufzusuchen.

Was hast du geträumt, als du zum letzten Mal geschlafen hast?

Ich habe geträumt, dass ich verfolgt werde.

Von wem oder was?

Von zwei weißen Eulen. Ihre Schwingen erstreckten sich über den ganzen Himmel und verdunkelten die Sonne.

Und was ist dann passiert?

Ich dachte, sie würden mich töten, aber sie waren nicht hinter mir her.

Hinter wem denn?

Dem Baby. Sie haben es mir entrissen und sind weggeflogen.

Zodwa weiß jetzt, dass die beiden weißen Eulen Ruth und Delilah waren und dass sie Mandla nicht nahmen, um ihm zu schaden, sondern ihn zu retten, nachdem Leleti ihn vor ihre Tür gelegt hatte. Sie weiß auch, dass es so etwas wie Flüche nicht gibt; es sind selbst angelegte Fesseln, die nur dann

Macht über uns haben, wenn wir an sie glauben. Wir sind unseres Glückes Schmied, und wir sollten das Beste aus der Zeit machen, die wir haben.

Zodwa muss daran denken, wie grausam die Welt sein kann, dass sie einem Kind zwei Frauen schenkt, die alles darum geben würden, es zu bemuttern, um ihm dann beide wegzunehmen und keiner die Möglichkeit zu geben, es aufzuziehen. Doch vor dem großen Verlust steht die allumfassende Liebe, und wenn Herzschmerz der Preis für diese tiefe Liebe ist, dann ist Zodwa bereit, ihn zu bezahlen.

»Mama!«

Zodwa dreht sich um und sieht, dass Mandla auf der Couch steht und ihr zuwinkt. Sein Lächeln ist so strahlend, dass ihr fast die Tränen kommen. Sie geht zu ihm hinüber und nimmt ihn auf den Arm. »Mein Sohn. Mein kleiner Mann«, sagt sie und küsst ihn über und über.

Er quietscht, erwidert dann ihre Küsse und trompetet auf ihrer Wange, wie Delilah es ihm beigebracht hat. Und in diesen wenigen Sekunden spielt es keine Rolle, ob Zodwa sterben wird oder Mandla krank ist. Es spielt keine Rolle, dass ihr ganzes Leben und all ihre Kämpfe weniger als ein Wimpernschlag im großen Weltenplan sind.

Alles, was in diesem kurzen wundersamen Moment zählt, ist, dass ihre Herzen dicht beieinander schlagen. Jeder Tag ist ein Segen, jeder Atemzug ein Geschenk. Zodwa weiß nicht, wie viele ihr noch bleiben. Alles, was sie weiß, ist, dass sie sie damit füllen wird, ihren Sohn für eine Zeit zu wappnen, in der sie nicht mehr da ist.

Sie wird ihn mit solcher Inbrunst lieben, dass diese Liebe alles sein wird, woran er sich erinnert.

DANKSAGUNG

Zwar ist das Schreiben von Romanen in der Tat ein einsames Unterfangen, aber man braucht trotzdem ein umwerfendes Team, um ein Buch zu veröffentlichen. Die ganze Zeit allein mit meinen imaginären Freunden zu reden (und zu streiten, zu lachen oder zu weinen) wäre ohne eine tolle Truppe, die mich nach Kräften unterstützt hat, nicht möglich gewesen.

Mein Dank gilt zuallererst der brillanten Kerri Kolen, die in drei Probekapiteln genug Potenzial sah, um mir die Verwirklichung dieses Romans zu ermöglichen. Ich bin ihr unglaublich dankbar, dass sie meinem ersten Buch nicht nur ein Zuhause gegeben hat, sondern mir auch erlaubt hat, weiterhin das zu tun, was ich am meisten liebe. Sie ist die beste gute Fee, die sich eine Schriftstellerin wünschen kann.

Ein weiteres großes Dankeschön geht an meinen tollen Verlag Putnam. Ich bin so stolz darauf, Teil der Familie *Putnam* zu sein, und überglücklich, solche unglaublichen Menschen an meiner Seite zu haben. Vielen Dank an Danielle Dieterich, meine wunderbare Lektorin, die meine erste chaotische Version zu etwas gemacht hat, worauf ich unglaublich stolz bin. Ihre Klugheit und Beratung waren von unschätzbarem Wert, und es war eine absolute Freude, mit ihr zu arbeiten.

Für immer und ewig dankbar bin ich: Ivan Held, Christine Ball, Sally Kim, Alexis Welby, Ashley Pattison McClay, Lauren Monaco, Emily Ollis, Madeline Schmitz, Brennin Cummings sowie den Design- und Herstellungsabteilungen, meiner Text-Redakteurin Chandra Wohleber, allen *Penguin Random House*-Vertriebsmitarbeitern, der Foreign-Rights-Abteilung und allen anderen, die dazu beigetragen haben, dieses Buch zum Leben zu erwecken und unter die Leute zu bringen.

Katie McKee ist die beste PR-Frau, die sich eine Autorin wünschen kann. Im Ernst, die Welt wäre ein unendlich besserer und freundlicherer Ort, wenn Katie für ihren Lauf verantwortlich wäre. *Katie for president!* Jordan Aaronson ist ein großer Gewinn, und ich bin ihr unglaublich dankbar für ihre Kompetenz und ihre harte Arbeit. Vielen Dank an Kaitlin Kall für das Design eines weiteren tollen Covers. Danke auch an mein großartiges *Penguin Random House Canadian*-Team: Bonnie Maitland, Christina Vecchiato, Sam Church (Rusinsky), Emma Ingram, um nur einige wenige zu nennen.

Buchhändler, Bibliothekare, Buchblogger und Bookstagrammer gehören zu meinen Lieblingsmenschen, und ohne ihre enorme Unterstützung könnte ich nicht das tun, was ich tue. Ihre Leidenschaft fürs Lesen trägt dazu bei, dass Bücher in die richtigen Hände gelangen, und ich kann ihnen nicht genug dafür danken, dass sie eine so wunderbar unterstützende Gemeinschaft sind. Vielen Dank insbesondere an Scott Pardon und Courtney Calder für ihre phänomenale Ermutigung.

Ein großes Dankeschön geht an meine umwerfende Agentin Cassandra Rogers von *The Rights Factory*, weil sie mich nie aufgegeben hat, und für alles, was sie tut, um meine Karriere zu ermöglichen. Vielen Dank auch an Olga Filina für ihr großes Herz und ihr ausgezeichnetes Lektorinnenhirn. Ich kann Cass und Olga gar nicht genug loben.

Vielen Dank an Melusi Tshabalala von *Melusi's Everyday Zulu*, der dafür bekannt ist, ein hervorragender und sensibler Leser zu sein, und der mir geholfen hat, die Sprache und Kultur der Zulu richtig darzustellen. Folgen Sie ihm auf Facebook und kaufen Sie sein urkomisches und lehrreiches Buch – Sie werden es nicht bereuen! Vielen Dank an Shayne Broomberg und Brett Uys für ihre technische Beratung in Bezug auf Landwirtschaft, Generatoren und Kraftwerke. Vielen Dank an Walter G. Speirs für die Beantwortung von Fragen zum schottischen Dialekt, Tracey du Preez und Maureen Mokoena für die Beantwortung medizinischer Fragen, Izak Furstenburg für die Unterstützung bei der Übersetzung von Afrikaans, Liezel Klopper und Lynne Harrison für Informationen zum Thema Landwirtschaft und Danielle De Grooth für die Gestaltung einer 1-A-Karte. Alle Fehler im Buch nehme ich auf meine Kappe!

Ich bin so glücklich, die beste Schreibwerkstatt zu haben, die eine Schriftstellerin nur haben kann. Vielen Dank an Lisa Rivers, Kath Jonathan, Jenny Prior, Caroline Gill, Emily Murray, Susie Whelehan und Suzy Dugard, dass sie so vieles mit mir geteilt, so leidenschaftlich mit mir gekämpft und den Wein eingeschenkt haben, wenn alles andere nicht half. Ich kann nicht genug betonen, wie wertvoll ihr Feedback ist und was für ein integraler Bestandteil meines Schreibprozesses sie sind. Lisa, vielen Dank vor allem für all die Partys, die du für mich geschmissen hast, und für deine brillanten redaktionellen Beiträge. Du bist ein Engel.

Ich wurde mit so vielen wunderbaren Freunden und einer so wunderbaren Familie gesegnet, dass es unmöglich ist, ihnen allen einzeln zu danken. Ihre nimmermüde Unterstützung und Ermutigung hat mir mehr bedeutet, als sie je ahnen könnten, und ich kann nur hoffen, dass ich mich bei allen dafür bedankt habe, dass sie ein Teil meines Lebens sind und es erhellen. Leana Marais, danke, dass du genügend Exemplare von »Summ, wenn du das Lied nicht kennst« gekauft hast, um ein Schlachtschiff zu versenken. Meinen Nichten, Neffen und Patenkindern danke ich dafür, dass sie sich nicht allzu sehr für mich geschämt und ständig die Regale in den Buchläden so umgeräumt haben, dass meine Bücher vorn und in der Mitte stehen. Charmaine Shepherd, du bist und bleibst mein Fels in der Brandung und mein Leuchtfeuer, meine Seelenverwandte und meine Heldin.

Ich danke allen in meinem Leben, dass sie unzählige Bücher gekauft und sie dann jedem, den sie kennen, aufgezwungen haben und dass sie immer zur Unterstützung auf Buchmessen, Lesungen, Veranstaltungen und in Buchhandlungen erschienen sind.

Ich bin all meinen Leserinnen und Lesern und den Buchclubs unendlich dankbar, die so großzügig und freundlich zu mir waren und mich persönlich oder virtuell bei sich zu Hause aufgenommen haben. Es ist eine große Freude, mit anderen Lesern zu sprechen und mir ihr Feedback und ihre klugen Erkenntnisse anzuhören.

Ich schreibe, um meine Welt zu verstehen, aber es sind meine Leser, die mir am meisten über meine Arbeit beibringen! Ich bin unter *bianca.bookclub@gmail.com* erreichbar, wenn ihr einen Buchclub-Skype-Termin ausmachen wollt.

Ich danke dir Muggle, dass du mich zu regelmäßigen Spaziergängen mitgenommen hast, und dir, Wombat, für die viele »Akupunktur«.

Mein größter Dank gilt schließlich und endlich meinem Mann Stephen, der nicht zulässt, dass ich irgendetwas allzu ernst nehme und dessen Lieblingswitz seine generelle Albernheit widerspiegelt: »Du weißt doch, dass bei Enten, die in V-Formation fliegen, immer eine Seite des Vs länger ist als die andere. Und weißt du auch, warum das so ist? Weil auf dieser Seite mehr Enten sind!«

Danke, dass du mich immer zum Lachen gebracht hast, Poodle, und dass du du bist.

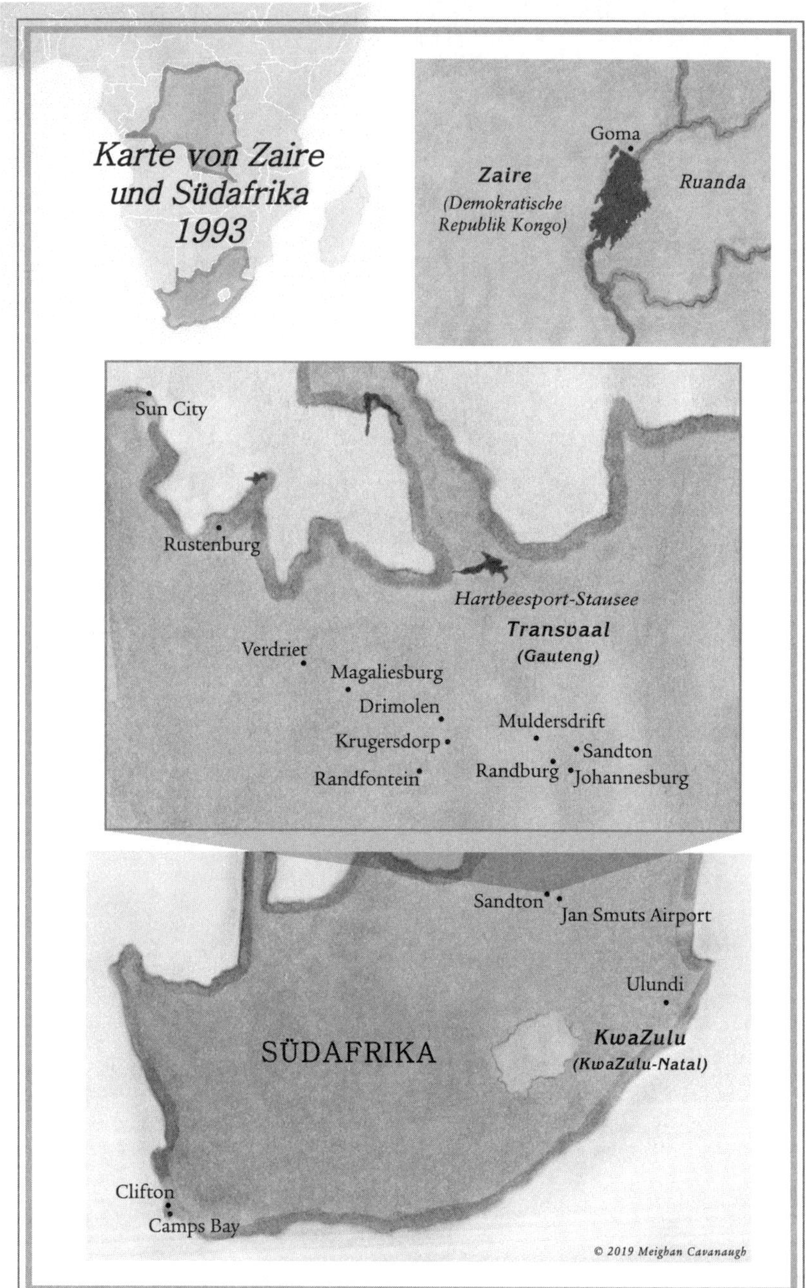

Karte von Zaire
und Südafrika
1993
Goma
Zaire
(Demokratische
Republik Kongo)
Ruanda
Sun City
Rustenburg
Hartbeesport-Stausee
Transvaal
(Gauteng)
Verdriet
Magaliesburg
Drimolen
Krugersdorp
Randfontein
Muldersdrift
Sandton
Randburg
Johannesburg
Sandton
Jan Smuts Airport
Ulundi
SÜDAFRIKA
KwaZulu
(KwaZulu-Natal)
Clifton
Camps Bay
© 2019 Meighan Cavanaugh

WORTERKLÄRUNGEN

Afrika(a)ner – weiße, afrikaanssprachige Südafrikaner (korrekte Schreibweise im Afrikaans: Afrikaner, auf Dt. mit –aa– wegen des Bedeutungsunterschieds zu »Afrikaner«)

Afrikaans – ist eine Tochtersprache des Niederländischen, in SA die zweitwichtigste Landessprache nach Englisch. Daneben gibt es neun weitere Landessprachen. Afrikaans ist die Muttersprache auch vieler Nichtweißer.

Afrikaner Weerstandsbeweging (AWB) – Die Afrikaner Weerstandsbeweging (deutsch: »Afrikaaner Widerstandsbewegung«) ist eine rechtsextreme Burenbewegung in Südafrika. (Wikipedia)

Amadlozi – (Zulu) die Ahnen

ANC – Der African National Congress (kurz *ANC*), deutsch: Afrikanischer Nationalkongress, ist eine 1912 gegründete südafrikanische Organisation. Von 1960 bis 1990 waren ihre Aktivitäten in Südafrika per Gesetz als »unrechtmäßig« eingestuft und damit illegal, der ANC hatte jedoch als führende Bewegung gegen die Apartheid aus dem Exil großen Einfluss auf das Geschehen in Südafrika. Seit 1994 stellt er die Regierung. Sein bekanntester Politiker war Nelson Mandela. (Wikipedia)

Antie / Auntie – respektvolle Anrede für ältere Frau im südafrikanischen Englisch

Apartheid – Als Apartheid wird eine geschichtliche Periode der staatlich festgelegten und organisierten so genannten Rassentrennung in Südafrika bezeichnet. Sie war vor allem durch die autoritäre, selbsterklärte Vorherrschaft der »weißen«, europäischstämmigen Bevölkerungsgruppe über alle anderen gekennzeichnet. Sie begann bereits Anfang des 20. Jahrhunderts, hatte ihre Hochphase von den 1940er bis zu den 1980er Jahren und endete 1994 nach einer Phase der Verständigung mit einem demokratischen Regierungswechsel, bei dem Nelson Mandela der erste schwarze Präsident des Landes wurde. (Wikipedia)

Bakkie – Pick-up, Transporter mit offener Ladefläche

Bure – von Afrikaans »boer«, Bauer; auch: stolzer Afrikaaner

Boerekos – (Afrikaans) Bauernessen

Bushveld (s. a. Veld) – offene, unbebaute Landschaft Südafrikas mit dichter Busch- oder Dornbuschvegetation

Dassies – (Afrikaans) siehe *Klippschliefer*

Doek – (Afrikaans) Tuch, Bezeichnung für speziell gebundenes, üppiges Kopftuch afrikanischer Frauen

Dominee – (Afrikaans) Priester, Pfarrer

Gogo / ugogo – (verschiedene afrikanische Sprachen) Oma

Hhayi – (Zulu) Halt, Nein

Hinja – (Zulu) Hund

Inkatha Freedom Party (IFP) – Die Inkatha Freedom Party (deutsch: Inkatha-Freiheitspartei) ist eine politische Partei in Südafrika. Sie wurde 1975 von Mangosuthu Buthelezi gegründet und wird noch immer von ihm geführt. Zur Gründung verwendete der Zulu-Führer Buthelezi die Strukturen einer kulturellen Organisation der Zulu, die bereits seit den 1920er Jahren bestand und *Inkatha* hieß. Die Partei entstand im KwaZulu-Homeland. Noch heute sind die meisten Mitglieder der Partei Zulu, auch wenn die Partei offen ist für Personen sämtlicher ethnischer Gruppierungen. Die Inkatha Freedom Party versteht sich als antikommunistisch und als Gegenpartei zum African National Congress (ANC). Während der Zeit der Apartheid suchte sie anders als der ANC punktuell die Zusammenarbeit mit der weißen Regierung. Die entgegenstehenden Positionen von ANC und Inkatha Freedom Party führten insbesondere ab 1989 zu gegenseitigen Übergriffen und Kämpfen zwischen beiden Seiten. Die Unruhen kosteten rund 7000 Menschen das Leben. Erst als es Nelson Mandela 1994 gelang, Buthelezi in die neue Regierung einzubinden, hörten die Unruhen auf. (Wikipedia)

Izinyanga – (Zulu) Plural: Heiler

Jirre – (Afrikaans, Slang) »Jesus!«; erschrockener oder überraschter Ausruf

Kaffer(-n) – abwertende, beleidigende Bezeichnung für Nichtweiße

Kafferboetie – abwertend, beleidigend: Kafferfreund

Kak – (Afrikaans) Scheiße

Karoo – Khoisan für Halbwüste. Die Karoo ist eine Halbwüstenlandschaft in den Hochebenen des Landes Südafrika, nördlich der Großen Randstufe und im südlichen Namibia. Unterschieden werden Kleine Karoo, Große Karoo und Obere Karoo sowie Sukkulenten-Karoo und Nama-Karoo. (Wikipedia)

Klippschliefer – kaninchengroße Tiere, die in trockenen felsigen Gebieten Afrikas und Westasiens vorkommen. Sie wiegen etwa 2 bis 4,5 Kilogramm. In der Farbe sind Klippschliefer sehr variabel; alle Brauntöne können vorkommen. In der Gestalt ähneln sie einem Pfeifhasen oder einem Murmeltier, diese Ähnlichkeit ist aber rein äußerlich. (Wikipedia)

Knopkierie – (Afrikaans) eigentlich: Knüppel, Keule, hier: Spazierstock

Koeksisters – frittierte Teigzöpfe, in Sirup getränkt

Kota – Township- oder Straßenimbiss-Essen; ein Viertel Brot, ausgehöhlt und meist mit Pommes frites, Fleisch und Soße gefüllt

Kwaai – (Afrikaans, Slang) cool

Kwaito – in den 1990er Jahren entstandene südafrikanische Musikszene bzw. Stilrichtung, die vor allem bei schwarzen Jugendlichen populär ist. Die Musik basiert auf verlangsamten House-Beats und Akkorden, dazu kommt ein Gesang oder Sprechgesang in isiZulu, Sesotho, Tsotsitaal (bzw. Iscamtho) oder anderen Sprachen oder Soziolekten. (Wikipedia)

Mahewu – (Zulu) fermentierter, flüssiger Maisbrei

Melktert – Milchtorte; eine flache Tarte mit einer Art Puddingfüllung

Meneer – (Afrikaans) Anrede: Herr

Mevrou – (Afrikaans) Anrede: Frau

Mielies – (Afrikaans, überall im südl. Afrika verbreitet) Mais

Miesie – (Afrikaans) Mrs

Mlungu / umlungu – (Xhosa, Zulu) ein Weißer / eine Weiße

Morogo – wilder Spinat

Mpepho / impepho – (Zulu) Salbei

Mzukulu wami – (Zulu) »meine Enkelin«

Ndumba / indumba – (Zulu) Hütte einer Heilerin

Nyanga / inyanga – (Zulu) Heilerin

Pantsula – kleiner Gangster

Pap – traditionelles südafrikanisches Gericht; ein Brei aus Maismehl, der mit Wasser gekocht wird

Polony / Polonie – eine Art Fleischwurst

Regtig – (Afrikaans) wirklich, echt

Rooibos – (Afrikaans) Rotbusch, wissenschaftlicher Name *Aspalathus linearis*, ist eine Pflanzenart, die zur Familie der Hülsenfrüchtler (*Fabaceae*) gehört. Sie gedeiht ursprünglich in den westlichen Bergregionen der südafrikanischen Provinz Westkap. Rooibostee gilt als südafrikanisches Nationalgetränk. (Wikipedia)

Sandton – Stadt im Norden von Johannesburg, gilt als Pflaster der Reichen

Sangoma / isangoma – (Zulu) traditioneller Heiler oder Heilerin, Medizinmann, Zauberer / Zauberin

Sawubona – (Zulu) Gruß: »Hallo«, »Guten Tag«

Seshoeshoe – bedruckter, gefärbter Baumwollstoff, der in Afrika zur Herstellung traditioneller Kleidung weit verbreitet ist

Shebeen – illegale afrikanische Bar oder Nachtclub, in der Alkohol ohne Lizenz ausgeschenkt wird

Shosholoza – Nguni-Lied, das von den verschiedenen Stämmen zugehörigen Gold- und Diamantenminenarbeitern in Südafrika gesungen wurde

Sisi – (Xhosa) Schwester

Squatter Camp – *s.* Township

Tannie – (Afrikaans) Tante, respektvolle Anrede älteren Frauen gegenüber

Township – Als Township bezeichnet man in demografischen Zusammenhängen die während der Rassentrennungspolitik in Südafrika und im südafrikanisch verwalteten Südwestafrika zahlreich eingerichteten Wohnsiedlungen für die schwarze, die farbige oder die indische Bevölkerung. Sie besitzen teilweise die Ausmaße von mittleren und großen Städten. Bekannte Beispiele sind Soweto (*South Western Townships*), ein Stadtteil von Johannesburg in der Provinz Gauteng. (…) In Südafrikas Städte strömen ständig Zuwanderer vom Land oder aus anderen Teilen Afrikas und bauen auf freien Flächen, oft am Rand der Townships, neue Hüttensiedlungen oder *Squatter Camps* ohne Anschluss an Wasser, Strom oder Kanalisation. Die südafrikanische Regierung lässt diese regelmäßig einreißen, aber es entstehen genauso schnell wieder neue. (Wikipedia)

Tuisnywerheid – (Afrikaans) Heimarbeit; kleine Betriebe, die handwerklich etwas herstellen, z.B. Backwaren

U – Artikel im isi-Zulu

Umuthi – (Zulu) Medizin, Kräutermedizin

Undlela zimhlophe – (Xhosa) berauschende Wurzel, benutzt, um lebhafte Träume hervorzurufen

Unjani – (Zulu) »Wie geht's?«

Veld – (Afrikaans) offene, unbebaute Landschaft

ANMERKUNGEN DER AUTORIN

Die Käfigjagd-Industrie ist leider kein Produkt meiner Fantasie. Südafrika ist zwar ein wunderschönes touristisches Reiseziel, wozu ich alle von ganzem Herzen einladen möchte, es zu besuchen, aber bitte denken Sie zweimal darüber nach, bevor Sie Löwen oder ihre Jungen kuscheln, streicheln oder als Freiwillige auf einer Löwenfarm arbeiten.

Nur sehr wenige der privaten Löwenparks oder Raubtierzuchtstationen in Südafrika können als echte Naturschutzvorhaben betrachtet werden, da sie Raubtiere für eine Vielzahl von kommerziellen Zwecken züchten, wie zum Beispiel die Käfigjagd, bei der zahme oder in Gefangenschaft gezüchtete Raubtiere in eng umgrenzten Gebieten geschossen werden.

Löwen in Gefangenschaft zu züchten leistet keinen Beitrag zum Naturschutz, da keines der Tiere jemals erfolgreich ausgewildert wurde, und doch zieht diese Branche Tausende naiver Freiwilliger aus der ganzen Welt an, die sie zusätzlich mit über 100 000 Dollar pro Monat unterstützen.

Nur sehr wenige, wenn überhaupt irgendeines der Löwenjungen, die Touristen und Freiwilligen zum Streicheln oder Kuscheln präsentiert werden, wurden in der Wildnis gefunden; die Betreiber der Stationen gewöhnen die Kleinen einfach an den Menschen, damit sie die Angst vor ihnen verlieren, wodurch sie leichter geschossen werden können.

Wenn Sie mehr über diese Branche erfahren möchten, kann ich Ihnen den ausgezeichneten Dokumentarfilm »Blood Lions« empfehlen. Die dazugehörige Website heißt www.bloodlions.org. Wenn Sie die überaus sinnvolle Arbeit der Organisation mit einer Spende unterstützen, leisten Sie einen wichtigen Beitrag zum Naturschutz.

Die Aids-Pandemie in Südafrika Ende der 1990er und Anfang der 2000er-Jahre war verheerend. Der damalige südafrikanische Präsident Thabo Mbeki behauptete offiziell, dass »ein Virus kein Syndrom verursachen kann« (womit er meinte, HIV wäre nicht schuld an Aids), und seine Politik der Leugnung von Aids hatte katastrophale Folgen und kostete über 300 000 Südafrikaner das Leben.

Am schlimmsten von der Pandemie betroffen waren Frauen und Kinder. Nicht nur verstarben Tausende, sondern die Frauen, die übrig blieben (viele von ihnen alte Leute, die in bitterer Armut lebten), mussten sich zudem um die HIV-positiven Waisenkinder kümmern, die nach der Krise allein zurückblieben.

Von der *Stephen Lewis Foundation* hörte ich zum ersten Mal während meiner langjährigen Freiwilligenarbeit in Soweto. Ihre Unterstützung der Großmütter (*gogos*) Südafrikas durch die Kampagne »Grandmother to Grandmother« hat für viele dieser Frauen lebenswichtige Verbesserungen gebracht, und ich danke ihr für das, was sie und ihre Freiwilligen bereits für viele Frauen in meiner Heimat getan haben und weiterhin tun.

Informationen über die Stiftung finden Sie unter www.stephenlewisfoundation.org – Spenden für ihre wunderbare Sache sind hochwillkommen.

Mandlas Geschichte beruht auf dem Fall von Nkosi Johnson, einem Kind, das in Südafrika mit Aids lebte und 2001 im Alter von zwölf Jahren verstarb. Nkosi wurde von einer weißen Frau, Gail Johnson, adoptiert, als seine eigene Mutter, Nonthlanthla Daphne Nkosi, zu krank wurde, um sich um ihn zu kümmern. Nkosis Aktivismus bewog mich dazu, Freiwilligenarbeit mit HIV-positiven Kindern zu leisten, und seine Geschichte ist sowohl herzzerreißend als auch zutiefst ermutigend. Das Buch über ihn, *We Are All the Same: A Story of a Boy's Courage and A Mother's Love* von Jim Wooten, kann ich nur jedem empfehlen.

Bei der Figur der Ruth habe ich mich von einer Frau aus dem wahren Leben inspirieren lassen, Glenda Kemp, einer Stripperin, die Anfang der 1970er-Jahre mit ihrem Python »Oupa« auftrat. Ihr Buch, »Glenda Kemp: Snake Dancer«, ist ebenfalls eine interessante Lektüre.

Von der Faktor-V-Leiden-Mutation erfuhr ich zum ersten Mal, als mein Schwager Louis Marais 2007 im Alter von 39 Jahren an einer Lungenembolie verstarb. Erst nach Louis' Tod wurde die Familie auf die Genmutation aufmerksam, und alle ließen sich testen. Ich glaube fest daran, dass Louis das Leben seiner Brüder und seines Vaters gerettet hat, die inzwischen ihr Risiko kennen und sich entsprechend behandeln lassen. Mit meinem Roman wollte ich ihm ein Denkmal setzen, und ich bin sicher, dass Louis Ruth gemocht hätte und sie von ihm gleichermaßen begeistert gewesen wäre.

Das Gebiet, in dem Riaan van Tonder im Roman Freiwilligenarbeit leistet, wurde inzwischen *Cradle of Humankind*, »Wiege der Menschheit«, getauft und 1999 von der UNESCO zum Weltkulturerbe erklärt. Es ist ein faszinierender Teil unseres Landes und unbedingt einen Besuch wert.

Viele weitere und nützliche Informationen finden Sie unter www.thecradleofhumankind.net.

© Jory Nash

Bianca Marais ist in Südafrika aufgewachsen und ging später nach Kanada, wo sie Creative Writing studierte. Wie schon ihr Romandebüt »Summ wenn du das Lied nicht kennst« spielt auch ihr zweiter Roman »Wie man Gott zum Lachen bringt« in ihrer Heimat Südafrika. Marais lebt mit ihrem Mann, ihrem Golden Retriever und zwei Katzen in Toronto.

Mehr zur Autorin unter www.biancamarais.com

Die Originalausgabe erschien 2019 unter dem Titel
»If you want to make God laugh« bei G.P. Putnam's Sons,
an imprint of Penguin Random House, New York.

Dieses Buch ist auch als E-Book erhältlich.

Das in diesem Buch eingesetzte Papier
stammt aus nachweislich kreislauforientierter,
nachhaltiger Forstwirtschaft.

Wunderraum-Bücher erscheinen im
Wilhelm Goldmann Verlag, München,
einem Unternehmen der Random House GmbH.

1. Auflage

Redaktion: Bärbel Brands
Umschlaggestaltung und Konzeption: Buxdesign | München
Umschlagmotiv: © Collage: Ruth Botzenhardt; Eule: Creativmarket/Piñata
Satz: Buch-Werkstatt GmbH, Bad Aibling
Druck und Bindung: GGP Media GmbH, Pößneck
Printed in Germany
ISBN 978-3-336-54810-1

www.wunderraum-verlag.de

Auf Wiedersehen im

WUNDERRAUM